KB163149

하고 싶어서 하는

I want to do it

아이수 장편소설

동아

하고
싶어서
하는

초판 1쇄 인쇄일 | 2023년 09월 19일
초판 1쇄 발행일 | 2023년 10월 12일

지은이 | 아이수
펴낸이 | 조승진
펴낸곳 | 데이즈엔터

출판등록 | 제2023-000050호
주소 | 서울특별시 강서구 양천로 570 NH서울축산농협 NH서울타워 19층 (등촌동)
전화 | (070)8826-4508
팩스 | (02)337-0668
E-mail | bear6370@hanmail.net

정가 | 12,800원

ISBN 979-11-93420-20-1 (03810)

하고
싶어서
하는

아이수 장편소설

I want to do it

동아

목　　차

붙잡아야 하는

"뭐 해, 안 벗고."

소파에 앉아 넥타이를 느슨하게 끄르는 남자의 목소리는 한없이 나른했다. 손으로 빗어 제멋대로 흐트러진 머리나 재킷도 걸치지 않은 셔츠 차림에서 맞선 상대에 대한 존중은 조금도 보이지 않았다.

맞선 장소였던 호텔 라운지에서 희원이 한 시간을 기다리는 동안 그는 스위트룸에서 자고 있었던 모양이었다.

밤새 얼마나 뒹굴었는지 피곤해 보이는 눈을 하고 있는데도 그의 잘생긴 외모는 조금도 죽지 않고 빛을 발했다. 어떤 연예인을 옆에 놔도 밀리지 않을 오라를 뿜어내며 시선을 뗄 수 없게 했다.

그러나 그는 저 조각 같은 얼굴 속에 감춰진 가학성으로 더 유명했다.

오죽하면 신이 그의 외모를 빚는 데 정신이 팔려 인성을 챙기는 걸 깜빡했다는 말까지 나올 정도로.

얼굴은 명품, 인성은 쓰레기.

도원 그룹 삼남 김태신을 가리키는 말이었다.

도원 에너지 이사라는 반듯한 직업보다 개망나니, 사이코, 개차반 같은 말로 더 유명한 재벌 3세.

그 악명을 생각하면 평생 엮이지 않고 사는 게 최선이겠지만, 지금의 희원에게는 그가 유일한 구원자였다.

희원이 가만히 보고만 있는 게 마음에 안 들었는지 태신의 수려한 눈썹이 크게 들썩거렸다.

"맞선 보러 왔다면서 그렇게 보릿자루처럼 가만히 있을 거야?"

"저는……."

"결혼할 거면 궁합이 잘 맞는지 일단 몸을 맞대 봐야지 않겠어?"

누가 맞선 자리에서 알몸을 맞대느냐고 되묻고 싶은 것을 꾹 눌러 참은 희원이 밭은 호흡을 애써 가다듬었다.

"김태신 씨."

할 말이 있으면 어디 한번 해 보란 눈빛이 형형했다. 쓸데없는 말로 그의 시간을 뺏으면 무슨 일이 벌어질지 눈앞에 그려지는 듯해 희원의 목소리가 살짝 떨렸다.

"비록 대타로 왔지만……. 저 이 자리에 억지로 나온 건 아니에요."

재계 5위 도원 그룹 김자엽 회장이 혼담을 넣은 상대는 신성 그룹의 류진아였다.

사촌 언니 류희원이 아니라.

물론 희원이 일부러 가로챈 건 아니었다. 목숨보다 소중히 아끼는 딸이 망나니 같은 김태신의 마수에 걸리는 꼴을 볼 수 없다면서 작은엄마가 그 자리에 희원을 대신 밀어 넣었다.

류진아와 마찬가지로 신성 그룹 회장의 손녀지만 부모를 여의면서 끈 떨어진 연 신세가 된 조카를.

"나도 억지로 나오지 않았어. 맞선 상대가 바뀌어서 놀라긴 했는데."

재밌다는 듯 웃으며 말한 태신이 그새 완전히 푼 넥타이 천을 손에 칭칭 감았다. 양쪽으로 빠르고 강하게 당기자 까만 천이 팽팽 위협적인 소리를 냈다.

입술 끝을 길게 늘여 웃는 얼굴이 더할 나위 없이 매력적이었지만 희원은 넥타이에서 눈을 떼지 못했다.

"혼담 취소의 책임을 내게 넘기려고 별수를 다 쓴다 싶었지."

"……."

태신이 정확히 핵심을 짚어 내자 희원의 하얀 얼굴이 파리해 보일 만큼 창백해졌다.

신성 그룹은 현재 오너 류경수 회장에서 차남 류진규에게로 경영 승계가 이루어지는 중이었다. 그렇기에 류진규 사장의 딸이어야만 그나마 혼인 동맹의 의미가 살았다.

무려 도원 그룹의 회장이 직접 넣은 혼담을 거절하기 어려우니 조카를 내세워 구색을 갖춘 다음 도원 쪽에서 혼담을 취소하길 기다리겠다는 속내가 아주 노골적이었다.

"무시당했다고 생각한 내가 깽판이라도 치길 바라나? 그 수모를 견디는 대가로 뭘 약속받았지?"

태신의 깊고 날카로운 눈빛이 마치 꼭꼭 감춰 둔 속내를 다 까발리려고 하는 것 같아 희원은 숨도 제대로 쉬지 못했다.

단정하게 빗어 내린 머리가 잘게 떨리는 것을 보며 태신이 넥타이를 강하게 당겼다.

팡!

공기가 터지는 듯한 소리가 나자 희원이 크게 움찔거렸다. 저 여리고 부드러운 천이 이렇게 무섭게 느껴질 수 있는 건가. 팽팽하게 당겨진 천이 자신을 조르는 것만 같은 착각이 들었다.

"나는…… 김태신 씨와 결혼하려고 이 자리에 나왔어요."

"누구 마음대로?"

"……."

"네게 류진아 이상의 가치가 있어 보이진 않는데."

역린을 건드렸는지 희원의 핏기 없이 하얗던 얼굴이 순식간에 빨갛게 달아올랐다. 그 모습을 태신은 빤히 지켜봤다.

류희원. 류경수 회장의 장남 류선규의 딸이었다. 신성 바이오를 지금의 위치로 끌어 올린 천재 박사 류선규가 살아 있었다면 혼담은 처음부터 류희원에게 갔을 것이다. 하지만 그는 죽었고 류희원은 가치를 잃었다.

신성 그룹 후계자의 딸이라는 가치도, 장래가 유망하던 피아니스트로서의 가치도.

가진 걸 잃은 류희원에게 남은 건 악밖에 없었다. 제 악명을 알면서도 결혼하려고 하는 저 악에 받친 오기. 류희원이 악에 받쳤든 말든 태신에게는 하등 중요하지 않은 일이었지만, 흥미가 돋기는 했다.

"……진아와의 혼담은 성사되지 않을 거예요. 진아를 인질 삼아 신성 그룹을 집어삼킬 것을 두려워하니까요."

떨림까지는 숨기지 못했지만 당차게 할 말을 하는 희원을 보며 태신은 입꼬리를 끌어 올렸다. 두려움에 잠긴 듯 어둡게 떨리던 눈동자에 어느덧 총기가 돌아와 있었다. 그 반짝이는 안광이 보석 같다는 생각을 잠깐 했다.

"그게 너와 결혼할 이유가 되진 않아."

한마디 할 때마다 움찔하는 걸 보니 더 찔러 보고 싶은 충동이 일었다. 엉키는 감정을 애써 추스르려는 듯 희원이 마른침을 꿀꺽 삼키더니 다시 협상을 시도하려 들었다.

"……필요하잖아요. 이미지 쇄신용 이상적인 부부를 연기해 줄 수 있는 아내."

희원은 이번 혼담이 신성 그룹을 삼키려는 의도보다는 김태신의 이미지 쇄신용이라고 파악했다.

원래도 학폭 주동자였다느니 유학 가서도 여자에, 마약에 아주 난잡하게 놀았다느니 맨날 술 마시고 사고를 친다느니 해서 이미지가 좋진 않았지만, 올해 초에 벌어졌던 갑질 사건이 가장 타격이 컸다.

[도원 김자엽 회장 삼남, 운전기사 폭행으로 입건?]
[도원 김태신 갑질 영상 단독 입수! 무릎 꿇은 운전기사]

김태신 앞에 무릎을 꿇고 비는 운전기사의 모습이 찍힌 동영상이 유출되면서 재벌 갑질 문제로까지 번진 사건이었다. 도원 그룹의 주가마저 출렁거릴 정도로 대한민국을 떠들썩하게 했다.

최종적으로는 운전기사의 자작극으로 판정되었지만, 믿는 사람은 아무도 없었다.

간이 배 밖으로 나오지 않은 이상 일개 운전기사가 재벌 3세에게 죄를 뒤집어씌우는 건 말이 안 됐으니까.

제일 잘생긴, 그리고 제일 문제 많은 재벌로 항상 대중의 입에 오르내리던 사람이라 그런지 시간이 지나도 성난 여론은 가라앉지를 않았다. 그룹 이미지를 다 깎아 먹는 삼남을 결혼시킴으로써 철이 들었다느니 새사람이 되었다는 식으로 이미지를 쇄신하려는 게 분명했다.

"김태신 씨 사생활 절대 터치 안 할게요."

맞선 상대가 누구든 김태신이 원해서 하는 결혼은 아닐 것이다. 그래서 희원은 그가 혹할 만한 조건을 걸어 환심을 사고자 했다.

"집에 여자를 데려와도 괜찮아요. 원한다면 침실도 내줄 수 있어요."

부부의 침실에 딴 여자를 들여도 상관하지 않겠다는 말에 태신의 유려한 눈썹이 보기 좋게 들썩거렸다. 어디 계속해 보라는 듯 보이는 표정에 희원은 절박한 심정을 그대로 입에 담았다.

"알리바이가 필요하다면 언제든 날 팔아요. 만약 내가 거슬린다면 아예 따로 생활해도……."

"이 결혼에 대한 열망이 아주 눈물겹군."

"……."

정곡을 찔린 희원의 표정이 조금 흔들렸다. 너무 초반에 가진 패를 다 드러낸 걸까. 절박한 심정에 그만 실수한 것 같았다. 조심스레 태신의 눈치를 살피자 그가 고개를 저었다.

"아쉽게도 내가 원하는 건 그런 보여 주기용 아내가 아니야."

야심 차게 준비해 온 수를 김태신이 쓰레기통에 버려 버리자 희원은 당황을 숨기지 못했다.

"그럼요?"

순진하게 감정을 다 드러내는 희원을 보며 태신이 비릿한 미소를 지었다. 쇼윈도 부부를 연기하면서까지 저와 결혼하려고 드는 이유가 궁금했다.

도원 그룹 며느리가 되고 싶어서?

하지만 허울뿐인 며느리가 가질 권한은 아무것도 없었다. 제대로 된 며느리 대접을 받지 못할 걸 모르지 않을 텐데도 류희원의 태도는 너무나 절박해 보였다. 마치 제 아내가 되는 것에 사활을 건 것처럼.

자신과의 결혼을 대가로 뭘 받기라도 하는 건가?

류희원이 혼담을 취소하는 데 주력했다면 태신은 바로 신경을 꺼 버렸을 것이다. 하지만 지금 류희원은 집안의 결정과 반대되는 행동에 나섰다. 그것도 독단적으로.

당연히 그 의도가 순수하게 느껴지지 않았다. 비록 집안 내 입지는 좁아졌다지만 류희원은 후계자였던 아버지로부터 상당한 지분을 물려받은 상속녀였다.

거액의 빚을 진 것도 아니고 사기를 당한 것도 아니다. 부족함 하나 없는 류희원이 이렇게까지 매달리는 것이 태신의 관심을 잡아끌었다.

손끝으로 넥타이를 비비듯 문지르며 희원을 탐색하는 태신의 눈빛이 깊고 예리했다. 그 날카로운 눈빛에 압도당한 희원이 긴장을 숨기지 못하고 주먹을 꽉 움켜쥐었다.

그 숨 막히는 대치의 끝을 알리듯 태신이 입을 열었다.

"나는 내가 안지 않는 여자, 내 집에 들이지 않아."

단순하게도 예쁜 인형 역할만 생각하고 왔는지 동요를 숨기지 못하는 게 보였다. 희원의 하얀 얼굴에 여러 가지 감정이 동시다발적으로 올라왔다.

"이제 벗을 마음이 들었나?"

"……."

태신은 류희원이 어떤 선택을 내릴지 궁금했다. 결혼을 빌미로 류희원을 안고자 한 게 아니었으니 이 제안을 거절하면 그걸로 끝이었다.

엷게 푼 물감이 하얀 얼굴 위에 번지듯이 피어오른 연한 홍조가 눈길을 끌었다. 제 말 한마디, 한마디에 색이 하나씩 추가되는 걸 보는 재미가 있어 태신의 입꼬리가 쓱 올라갔다.

"그러면…… 나와 결혼해 줄 건가요?"

"봐서. 내 취향을 아주 잘 맞춰 줘야 할 거야."

"……."

희원은 몸 안쪽에서부터 오한이 드는 것처럼 전신이 떨렸다. 넥타이를 손에 든 채 얘기해서 그런지 그 취향이라는 것이 무척이나 위험하게 들렸다.

그런 각오도 없이 이 자리에 섰어, 류희원?

태신의 눈빛이 마치 그렇게 조롱하는 듯했다. 희원은 주먹을 꽉 쥔 채 망설였다. 자신은 허울뿐인 결혼이라고 할지라도 김태신의 아내가 되어야만 했다.

물론 지금 얼마나 위험한 도박을 하고 있는지는 잘 알았다.

김태신은 손짓 하나로, 말 한마디로 제 인생을 완전히 무너뜨리고 가지고 놀 수 있는 존재였다.

그런 사람을 이용해 제가 원하는 바를 쟁취하려고 한다? 그러다 잘못되기라도 하면 돌이킬 수 없었다.

김태신을 이용하는 건 26년 인생에서 최대의 미친 짓이라고 자신할 수 있었다.

그러나 지금 포기하고 물러선다고 해서 더 나은 인생을 살 수 있는 것도 아니었다. 평생 이번 일을 포기한 걸 후회하며 살아야 한다면 차라리 할 수 있는 걸 모두 해 보고 후회를 남기지 않는 편이 나았다.

"알겠어요."

눈을 질끈 감았다가 뜨며 각오를 다진 희원이 자리에서 일어났다.

원피스 지퍼를 내리기 위해 뒤로 뻗은 손이 잘게 떨렸다. 그 탓인지 자꾸 실패하는 모습이 조금 애처롭게 보였다.

그 모습을 물끄러미 지켜보는 태신의 시선이 깊게 가라앉았다.

솔직히 지금쯤이면 도저히 못 하겠다고 자리를 박차고 떠날 줄 알았는데, 류희원의 각오가 제 예상보다 더 비장했던 모양이었다.

신성 그룹에서 맞선 상대를 바꾸겠다고 통보해 왔을 때, 도원 그룹 비서실에서 류희원의 신상 정보를 넘겨줬다. 연도별로 정리된 이력과 신체 정보, 병력 따위였다.

이런 글 몇 줄로 한 사람의 삶을 평가할 수 있겠느냐마는 도원 그룹 비서실은 철두철미했다. 시간이 얼마 없었음에도 탄생부터 지금까지 류희원의 인생에 있었던 굵직한 사건은 다 파악해 정리해 두었다.

네 살 때 피아노를 시작해 열아홉 살까지 피아노는 류희원 인생의 전부였다.

부모님이 돌아가시면서 피아노를 관뒀지만, 그렇다고 그 후로 비뚤어졌거나 한 것도 아니었다. 아주 얌전한 모범생처럼 대학 생활을 마치고 신성 바이오에 입사했다. 자를 대고 그린 듯 반듯한 삶이었다.

이렇게 갱생 불가 쓰레기라고 소문난 남자를 잡기 위해 옷을 벗는 그런 사람이 아니라는 소리였다.

무엇이 류희원을 이렇게까지 하게 만들었는지 보면 볼수록 더 오리무중이었다.

"이리 와."

지퍼 하나 제대로 내리지 못하고 낑낑대니 답답했는지 태신이 이리 오라며 손짓했다. 가지 않는다는 선택지는 없었기에 희원은 순순히 소파 옆으로 걸어가 그의 앞에 섰다.

태신이 희원을 그의 다리 위에 끌어다 앉혔다. 깜짝 놀라 도로 일어설 뻔한 것을 겨우 참아 낸 희원은 흔들리는 시선을 간신히 숨겼다. 단단한 허벅지의 감촉이나 밀착된 그의 몸에서 뿜어져 나오는 열기가 정신을 혼미하게 했다.

코앞에서 마주한 김태신은 제 생각보다 훨씬 존재감이 큰 사람이었다. 심장이 긴장감을 숨기지 못하고 요란스럽게 쿵쿵 뛰었다.

"옷 하나도 제대로 못 벗어서야."

타박하듯 말하는 목소리에 웃음기가 살짝 묻어났다. 태신의 손이 어깨를 스치듯 지나쳐 목뒤로 향하자 뻣뻣하게 굳은 희원은 숨도 쉬지 못한 채 그의 손길을 느껴야 했다.

지이익. 작디작은 지퍼의 금속이 스치는 소리가 이리도 오싹했었나? 한 번도 신경 써 본 적 없는 게 다 신경 쓰였다.

등허리에서 한 번 멈춘 지퍼를 만지작거리며 태신이 말했다.

"내 아내가 되면 밤낮 가릴 것 없이 언제든 나와 어울려야 할 거야. 집에서든 밖에서든."

허리에 걸린 지퍼를 엉덩이까지 쭉 잡아 내린 태신이 팔을 뺄 수 있게 도와줬다.

그러자 원피스가 흘러내리면서 속옷만 입은 상체가 고스란히 드러났다. 그의 시선이 흘러넘칠 듯 모인 가슴의 골짜기에 닿자 희원의 얼굴이 터질 듯이 빨갛게 달아올랐다.

"그럴 수 있겠어?"

길게 뻗은 검지가 길게 흘러내린 머리카락을 희롱하듯 문질렀다. 그러다가 갑자기 속옷을 아래로 잡아당겨 버렸다. 예쁜 가슴이 무방비하게 출렁거리며 훤히 드러났다.

깜짝 놀란 희원이 순간적으로 가슴을 가리며 몸을 돌리자 태신이 혼을 내 듯 턱을 잡아 저를 보게 했다. 강한 힘이 실리진 않았지만 꼼짝할 수 없었다. 그를 마주 보는 희원의 눈동자가 진동하듯 흔들렸다.

"뭐 하자는 거지?"

바들바들 떠는 희원에게 내리꽂히는 단호한 목소리가 몹시 매섭고 날카로웠다.

"누가 보면 내가 억지로 범하는 줄 알겠어. 혹시 어디 카메라라도 숨겨 둔 거면 당장 들고 꺼져."

"그런 게 아니……."

"그런 수작이라면 치가 떨려."

짓씹듯 뱉은 말에 억눌린 화가 끈적하게 눌어붙어 있었다. 저급한 수작에 속수무책으로 당했던 올해 초가 떠올라 태신의 기분이 순식간에 최악으로 치달았다.

옷을 끌어 올리는 희원을 무심히 바라보던 그가 조소하며 물었다.

"뭘 약속받고 내게 접근했지?"

희원은 그의 불같은 태도에서 불현듯 갑질 사건이 떠올랐지만, 이내 그럴 때가 아니라고 생각을 가다듬었다.

이대로 오해하게 둘 수는 없기에 다급히 태신을 붙잡았다.

"정말 아니에요!"

덜덜 떨리는 손이 절박하게 자신을 붙들자 태신이 눈을 가늘게 떴다.

절대 그런 게 아니라고 결백을 호소하는 눈을 보니 확 끓어올랐던 감정이 조금은 누그러지는 듯했다.

시도 때도 없이 벌어지는 음해 공작이었지만, 태신은 대수롭지 않게 여기며 잘 넘겨 왔다. 난봉꾼 이미지 같은 건 딱히 신경 쓰지도 않았고. 하지만 운전기사 갑질 사건은 도를 넘어섰다. 태신 혼자만 타격을 받은 게 아니라 도원 그룹까지 같이 휘말려 피해를 본 것이다.

자칭 피해자가 조작된 증거로 언론 플레이를 하면서 여론을 등에 업자 진실은 하등 중요하지 않게 됐다.

그때처럼 또 당할 생각은 추호도 없기에 태신은 좀 날카롭게 대응하고 말았다. 저렇게 청초하고 순진무구한 얼굴로 제 뒤통수를 때리려고 한 건가 싶어 화가 난 것도 있고.

"아니라고?"

"맹세해요. 절대 아니에요. 단지 놀라서…… 그랬어요. 처음이라……."

혀가 굳은 건지, 입술이 마비된 건지, 목소리도 잘게 떨리고 있었지만, 물러서지 않겠다는 의지만큼은 확고하게 전해졌다. 희원은 가슴을 가리던 손으로 태신의 손을 꼭 붙들더니 제 가슴 위에 올려놓는 것도 마다치 않았다.

"……."

손바닥을 통해 전해져 오는 보드라운 감촉과 따뜻한 온기에 태신이 눈살을 좁혔다.

녹을 것 같다는 표현으로밖에는 설명되지 않는 감촉이 조금 남아 있던 불쾌한 감정을 녹여 버렸다. 의혹은 나중에 풀어도 된다는 생각이 들 만큼.

"경험이 없어서……. 그, 그래도 열심히 할게요. 잘할 수 있어요."

보고받은 내용에 따르면 제대로 된 남자 한번 안 만나 봤으면서 이렇게 유혹하는 건 어디서 배웠는지. 아니, 배워서 하는 게 아니라 더 잘 먹히는 건가?

태신은 일부러 손에 힘을 주며 희원의 반응을 살폈다. 엷게 퍼졌던 홍조가 한층 짙어지면서 눈가도 함께 붉어졌다.

눈물이 맺힌 건지 물기가 느껴지는 눈을 하고서도 어떻게든 태신을 바라보려 하고 있었다. 어떤 이유인지는 모르겠지만 흥미로워졌다.

부끄러움을 무릅쓰고 그의 손길을 받아들이려고 애를 쓰는 모습이 자못 속을 자극했다.

"그럼 어디 증명해 봐."

"증명이요? 어떻게……."

뭘 어떻게 해야 증명할 수 있는 건지 희원은 감도 오지 않았지만, 태신은 말해 줄 생각이 없어 보였다.

편하게 등을 소파에 기대는 그를 보니 아무 경험도 없는 희원은 머릿속이 하얘지는 기분이었다. 하지만 이대로 그를 실망하게 둘 수는 없었다.

희원은 될 대로 되라는 심정으로 그의 셔츠에 손을 올렸다. 제가 더 적극적인 모습을 보여야 할 것 같아서였는데, 단추를 푸는 손길을 거부하지 않는 걸 보니 잘못된 판단은 아닌 모양이었다.

하나, 둘, 단추가 풀어지면서 드러나는 가슴과 탄탄한 복근을 마주할 자신이 없어 고개를 들다가 눈이 마주쳤다. 태신은 좀 전에 화를 내던 건 완전히 잊어버린 것처럼 흥미롭다는 표정을 하고 있었다. 이런 상황이 아무렇지 않은지 태연하게 위스키를 음미하였다. 다시 봐도 정말 아름다운 얼굴이었다.

"고작 단추 두어 개 풀고 끝내려고?"

넋을 놓고 보고 있자 잔을 내려놓은 태신이 눈썹을 들어 올렸다. 그 삐뚜름한 시선에 희원은 입술이 바짝바짝 타들어 갔다. 저도 모르게 입술을 혀로 축이는데 태신이 불쑥 말했다.

"다시 내밀어 봐."

"네?"

말로 설명하지는 않았지만, 제 입술에 꽂힌 그의 시선을 보고 희원은 어색하게 혀를 내밀어 입술을 핥았다. 가까이서 보려는 것처럼 태신이 등을 세워 앉았다.

희원은 타인이 제 혀를 관찰하듯 쳐다본다는 게 이렇게 긴장되는 일인지 처음 알았다.

그러다가 태신이 저를 따라 하듯 입술을 핥는 걸 보고 제가 뭘 해야 하는지 자연스럽게 깨달았다.

벌어진 셔츠 사이를 손으로 짚고 몸을 숙이자 태신의 입꼬리가 살짝 길어졌다. 마치 키스를 허락하겠다는 듯한 느낌이 드는 미소였다.

"……."

입술과 입술이 닿는 느낌은 생각한 것보다 훨씬 감각적이었다. 전신의 신경이 입술에 쏠리고 그의 체온은 마치 타오를 듯 뜨겁게 느껴졌다.

입술을 붙인 걸로 그가 원하는 증명이 이루어졌는지 이후는 태신이 주도했다.

뒷머리를 파고드는 커다란 손이 강한 힘으로 희원을 붙들었다. 희원은 옴짝달싹하지 못한 채로 쏟아지는 키스를 받아 내야 했다. 고작해야 혀를 얽고 호흡을 나누는 행위에 불과한데 정신이 혼미해지려 했다.

첫 키스는 불같았다. 마치 김태신의 안에서 펄펄 끓던 불길이 제게 옮겨붙는 것처럼.

"숨 쉬어야지."

입을 살짝 뗀 태신이 입꼬리를 길게 늘여 웃었다. 숨 쉬라는 말을 듣고 나서야 키스 내내 참았던 숨을 뱉은 희원이 가슴이 들썩일 정도로 숨을 몰아쉬었다.

"설마 키스도 처음이야?"

하아, 하아. 밭은 숨을 몰아쉬며 희원이 고개를 끄덕였다. 어쩌다 26살이 되도록 키스 한 번 못 해 봤느냐고 하면 할 말이 없었다. 스무 살 이후로 희원의 시간은 멈춘 거나 다름없었으니까.

"그럼 네 처음은 모두 다 내 차지겠군."

뺨을 진분홍빛으로 물들인 채 숨을 몰아쉬는 희원을 바라보던 태신이 다시 고개를 숙였다.

살짝 벌어져 있던 희원의 입술이 더 크게 벌어지며 그를 받아들였다. 처음보다는 익숙해졌는지 뭐라도 해 보려는 듯 혀를 움직이는 게 우스워 태신은 입술이 간지러워졌다.

"음……!"

혀를 강하게 잡아채 쭉 빨아 올리자 가녀린 몸이 그 힘을 버티지 못하고 딸려 왔다. 그 몸을 으스러지도록 끌어안고 숨을 깊게 들이마셨다. 더할 나위 없이 좋은 향기가 밀려들며 태신의 기분을 좋게 했다.

엉망진창으로 헝클어진 머리칼을 쓸고 어루만지며 키스를 이어 가는데, 희원이 또다시 숨을 못 쉬고 헐떡였다.

태신은 친절히 호흡을 유도했다. 깊고 거친 호흡이 입 속을 드나드는 걸 지켜보다 도톰한 입술을 깨물자 달아오른 숨이 그의 얼굴 위로 훅 끼쳤다. 그 다디단 숨이 몹시도 자극적이었다.

"가르칠 게 아주 많겠어, 류희원 씨."

그 목소리가 조금 즐거운 듯 들린 건 착각일까. 희원은 숨을 고르다 말고 멍하니 그를 바라봤다. 저와 결혼할 마음이 들었다는 건지는 확실하지 않았지만 좋은 방향으로 가고 있다는 신호로 들렸다.

"내가…… 김태신 씨 마음에 들었나요?"

질문이 이상했던 건지 태신이 눈을 찡그리며 웃었다. 길고 시원한 눈매에 음영이 지면서 그윽한 분위기를 자아냈다.

확실히 김태신은 희원이 살면서 본 중에 가장 아름답게 잘생긴 남자였다.

점토로 빚은 듯 입체적인 이목구비는 결점 하나 없어 세상 그 누구도 김태신보다 화려하다는 형용사를 잘 소화할 수 없어 보였다.

보는 것만으로도 숨이 막힐 만큼 압도적인 외모를 가졌으니 온갖 추문을 달고 사는 것도 이해가 됐다. 거기에 도원 그룹이라는 배경까지 갖췄는데 뭐가 두려울까. 세상만사가 다 그의 뜻대로 이루어질 만도 했다.

"마음에 안 드는 여자를 내 위에 앉힐 것 같나?"

"아……."

기회를 준 것 자체가 마음에 들었기 때문이란 소리에 희원의 표정이 대번에 환해졌다. 순진하리만큼 감정 표현이 확실하게 드러나는 것에 태신이 쓴 웃음을 삼켰다.

불순한 의도로 접근한 주제에 이렇게 순진한 모습을 보여 주다니. 의도한 거라면 굉장한 지략가이자 최고의 연기자였다. 도저히 연기로 안 보이는 게 문제고.

"류희원 씨는 원래도 그렇게 좋고 싫은 티가 다 나나? 감정을 조금도 못 숨기는 것 같은데."

"……그럴 리가요. 무슨 생각을 하는지 모르겠다는 말을 항상 듣는데요."

조금 시무룩한 얼굴로 눈을 내리깔자 마치 귀가 축 처진 강아지 같아 보였다.

"그건 맞아. 나도 왜 나랑 결혼하고 싶어 하는지 모르겠거든. 나랑 결혼하면 맞아 죽거나 말라 죽을 거란 경고쯤은 받았을 텐데."

"……."

"음?"

"……."

대답하면 큰일이라도 나는지 희원이 입을 꾹 다물었다. 입매가 하얘질 만큼 힘주어 닫은 입을 보니 억지로 벌리고 싶어졌다. 딱히 그러지 말아야 할 이유도 없어서 태신이 턱을 잡고 검지를 입술 사이로 비집어 넣었다.

"흣……."

손톱으로 혓줄기를 따라 긁자 희원이 몸을 크게 떨며 신음을 흘렸다. 느끼는 듯한 표정을 보니 태신은 순수하게 기분이 좋아졌다.

"그러고 보니 이걸 안 썼군."

소파 옆에 내려놨던 넥타이를 집어 들자 희원이 바짝 굳었다. 태신은 모르는 척 태연한 얼굴로 희원의 손을 잡고는 가느다란 손목에 넥타이를 빙빙 둘렀다. 수갑 채우듯 넥타이로 두 손을 묶고는 예쁘게 리본까지 묶었다.

그래 놓고 웃는 얼굴이 살 떨리게 매혹적이라서 희원은 뭐라 반응해야 할지 알 수 없었다.

희원의 팔을 위로 든 태신이 두 팔 사이에 머리를 끼워 넣었다.

"앗……."

희원은 당황한 표정을 숨기지 못하고 우물쭈물했다. 마치 제가 원해서 태신을 끌어안고 매달리는 듯한 모양새가 된 게 당황스러웠다.

"이렇게 1초에 한 번씩 바뀌는 네 표정이 제일 마음에 들어."

"……놀리는 건가요?"

"그 정도는 알아듣는군."

크게 웃는 태신을 보니 희원은 기분이 묘해졌다. 제가 들은 소문과 전혀 매치 되지 않는 모습이었다. 소문대로라면 저는 이미 몇 대를 맞았어도 이상하지 않았다.

물론 절 향한 그의 흥미가 식어 버린다면 돌변할지도 모르지만, 지금까지 겪어 본 바로는 완전히 다른 사람 같았다.

"그대로 안고 있어."

"네? 흐앗……!"

갑자기 태신이 자리에서 일어나 희원은 비명을 지르고 말았다. 반사적으로 목을 꽉 끌어안자 그가 웃는 게 느껴졌다.

허벅지 아래를 받치는 단단한 손 덕분에 떨어지는 일은 없었지만, 순간적으로 놀란 가슴이 벌렁벌렁했다.

그대로 희원을 침실로 데려간 태신이 침대 위로 올라갔다. 희원을 눕히면서 동시에 허리에 걸려 있던 원피스를 아예 벗겨 버렸다.

몸이 겹쳐지고 태신의 손이 맨살을 쓸자 희원의 얼굴이 빨갛게 달아올랐다. 얼마나 더 빨개질 수 있을지 궁금할 정도로.

넥타이로 묶인 손 때문에 얼굴을 움직일 때마다 서로의 뺨이나 코, 입술이 스쳤다.

키스하려는 듯 맞닿은 입술이 금세 떨어지고 태신이 턱을 깨물었다. 살짝 아프면서도 짜릿한 감각에 희원이 움찔하는 사이, 가슴을 어루만지던 커다란 손이 아래로 내려갔다.

"으응……."

제 손이 아닌 타인의 손이 닿을 거라고 생각도 하지 못한 곳으로 들어오는 순간 저도 모르게 비음이 흘러나왔다.

속옷 안으로 들어간 손이 부드럽게 살을 비집어 열고 안쪽을 매만졌다. 희원은 차마 눈을 뜨지 못한 채 태신이 주는 자극을 받아들였다.

생전 처음 느끼는 감각이었다. 손가락이 작은 원을 그리며 움직일 때마다 찌릿한 감각이 이어졌다. 제 몸 안쪽에서 뭔가 흐르는 듯한 느낌이 잇따르면서 희원은 저도 모르게 발끝을 오므렸다.

마침내 손끝이 꾹 닫힌 채 열릴 줄 모르는 입구를 건드렸다. 손가락 하나도 받아들일 줄 모르는 단단한 조임에 태신의 눈매가 가늘어졌다. 남자는커녕 혼자 해 본 경험조차 없다는 걸 몸이 증명하고 있었다.

마치 노크를 하듯 입구를 부드럽게 두드리며 손끝을 밀어 넣는데, 희원의 몸에 힘이 바짝 들어간 탓인지 풀릴 줄을 몰랐다.

태신은 다시 입을 겹치며 희원의 혀를 강하게 잡아채 쭉 빨아 올렸다. 혀뿌리를 뽑을 것처럼 압박받자 희원의 신경이 위로 쏠렸다. 그 순간을 노린 태신이 손가락을 꾹 밀어 넣었다.

조금의 틈도 없는 것처럼 꽉 차 보였던 속살을 비집어 열고 들어간 손가락을 굽히자 희원이 허리를 띄우며 몸을 떨었다. 태신은 다급히 터져 나오는 신음을 무시하고 질벽을 꾹 문질렀다. 민감한 안쪽이 손길을 받아들여 젖어드는 게 느껴졌다.

"흐, 아앗……."

희원은 감전되어 본 적이 없는데도 감전된 듯한 기분을 느끼며 어쩔 줄을 몰라 했다. 태신이 손을 쓸 때마다 뭔지 모를 감각이 전신으로 퍼져 나갔다.

"그, 흣……. 하아."

그만하라는 뜻으로 다리를 오므리려고 했지만, 태신이 다리 사이에 있어서 아무 의미가 없었다. 거기다 제 몸이 얼마나 반응하고 있는지 알려 주는 듯 젖은 물소리가 점점 뚜렷하게 들려와 귀를 막고 싶었다. 희원은 그제야 제 두 팔이 구속되어 있다는 걸 깨달았다. 할 수 있는 거라고는 태신을 끌어 안는 것밖에 없었다.

거침없는 손길이 자신을 알지 못하는 길로 인도하고 있었다. 안개로 가득 차 앞도 보이지 않고 어디로 가야 하는지도 모르는 낯선 길에 김태신만 믿고 뛰어든 격이었다.

당연히 두려웠다. 두려웠는데, 태신의 존재가 그 불안을 잠재웠다. 김태신 은 길이 없다면 길을 만들어서 나아가는 사람이니까. 지금의 희원에게 방법 이라고는 태신밖에 없었기에 그가 마치 길잡이처럼 느껴졌다.

그러자 제 손목을 묶고 있는 넥타이가 조금은 고마워졌다. 그 덕분에 태신 에게 거리낌 없이 매달릴 수 있게 됐으니.

"······."

태신은 긴장한 듯 얼어 있던 희원의 몸이 조금씩 풀어지는 걸 느꼈다. 이 정도면 됐다. 애초에 태신은 그녀를 배려할 생각이 전혀 없었다. 무슨 속셈 으로 제게 접근했는지 모를 여자에게 배려는 사치였다. 다만 전혀 경험이 없 다는 것을 고려해 조금의 아량을 베풀었을 뿐이었다.

"으응······."

얼음 같았던 몸이 좀 풀어지니 용기가 난 건지 희원이 엉덩이를 들썩거 렸다. 딴에 제 리드에 반응해 같이 움직이려고 하는 모양인데, 그 몸짓이 어설프기 짝이 없었다. 한 번도 해 보지 않은 티를 내듯 딱딱하고 어색했 다. 하지만 그 서툰 몸짓을 류희원이 자기 의지로 했다는 것이 태신의 마음 을 움직였다.

"날 봐."

희원의 입술을 잡아먹을 듯 깨물고 빨아 올리며 저를 보게 했다. 꼭 감겨 있던 눈이 뜨이면서 보석처럼 빛을 담고 있는 눈동자가 모습을 드러냈다. 그 빛나는 눈동자 안에 제가 담기는 게 나쁘지 않았다.

"꽉 끌어안고 매달려."

매달려야 하는 이유를 채 깨닫기도 전에 희원의 눈이 튀어나올 듯 커졌다. 자세를 잡은 태신이 단단하게 선 페니스를 안으로 밀어 넣기 시작했다.

"아, 앗…!"

희원의 눈이 찢어질 듯 커지고, 비명인지 호소인지 모를 소리가 입에서 쏟아졌다.

손가락만으로도 버겁다고 생각했는데, 그건 맛보기였다는 듯 페니스는 그 두께가 남달랐다. 찢어질 것 같다는 두려움이 인 희원이 필사적으로 몸을 빼려고 하자 태신이 혼을 내듯 코끝을 깨물었다.

"그럼 못 쓰지."

아래에서 느껴지는 묵직한 둔통과는 다른 날카로운 통증에 정신을 차린 희원이 눈물이 가득 고인 눈으로 그를 올려다봤다.

"피하면 끝이야. 여기서 끝내길 원해?"

원한다면 얼마든지 끝내 주지. 태신의 낮은 목소리에서 칼 같은 날카로움을 느낀 희원이 눈물을 꾹 참고 고개를 저었다. 밭은 호흡을 억지로 가다듬으며 몸에 힘을 빼려고 노력하는 모습이 태신의 눈에 고스란히 담겼다.

도대체 자신과의 결혼으로 무엇을 얻을 수 있길래 이렇게까지 감내하는 것일까.

태신은 희원의 허리와 다리를 잡아 제게서 떨어지지 못하게 고정한 채 끈기 있게 비집고 들어갔다.

한 번도 이렇게 벌어져 본 적 없는 몸이 페니스를 자르고 뭉갤 듯이 조여 댔지만, 멈추지 않고 더 확실하게 밀어붙였다. 속도는 느렸지만, 차근차근 희원을 장악해 나갔다.

다 넣는 건 무리였다. 마치 더는 길이 없는 것처럼 금방 한계가 찾아왔다. 반쯤 삼켜진 페니스를 타고 올라온 뜨거운 열기가 그를 뒤덮으며 숨도 쉬지 못하게 했다. 하지만 물러서고 싶은 마음은 전혀 들지 않는다. 오히려 더 그 안으로 뛰어들고 싶게 하는 달콤한 열기였다.

무리라는 걸 알면서도 끝까지 넣으려고 좀 더 힘을 주던 찰나 태신의 고개가 난데없이 위로 들렸다.

"……?"

희원이 머리채를 잡아당긴 것이다. 이게 무슨 상황이지? 인상을 찌푸리며 고개를 바로 하던 태신이 희원을 보고는 인상을 풀었다.

두 눈을 질끈 감은 희원은 울 것 같은 얼굴로 뜨거운 숨을 토해 내고 있었다. 얼마나 깨물었는지 새빨개진 입술이 바들바들 떨렸다.

제 머리채를 잡은 걸 알긴 아는 건가. 왠지 무의식중에 저지른 듯한데 여전히 모르는 눈치였다.

가여워 보이는데도 짓궂은 마음이 들어 슬쩍 더 밀어 넣어 봤다. 흐윽, 하는 신음과 함께 머리채를 쥔 손에 다시 힘이 들어간다. 머리카락을 뽑을 작정이냐며 속으로 웃은 태신이 희원의 귓가에 대고 속삭였다.

"이건 내 머리 꼭대기에 오르겠다는 야망의 표명인가?"

"에……?"

태신이 움직임을 멈춘 것에 안도하며 처음 겪는 생소한 느낌을 받아들이려고 애쓰던 희원이 눈을 떴다. 어찌나 힘주어 감고 있었는지 눈앞이 흐리고 뿌옜다.

서서히 돌아오는 시야 속 태신은 어쩐지 조금 즐거워 보였다. 그를 보고 난 후에야 희원은 제가 무언가를 꽉 움켜쥐고 있다는 걸 깨달았다.

"앗!"

어쩔 줄 모르는 얼굴로 얼른 손을 펴는 희원을 보며 태신이 크게 소리 내 웃었다. 한 손을 목뒤로 돌려 희원의 손목에 두른 넥타이를 풀어 줬다.

"난 또 날 조종하려 드나 했지."

"아니에요!"

아까랑 다른 이유로 빨개진 얼굴을 보니 놀리는 맛이 있었다.

"그렇게 아팠어?"

"……."

차마 대답은 못 하겠는지 희원이 커다란 눈동자를 굴렸다. 충혈된 눈만 봐도 대답은 들은 거나 마찬가지였다. 처음인 걸 감안하면 이만큼 버틴 것도 칭찬해 줄 일이었다.

노력하는 게 보였으니 아쉽지만 이만 봐줄 생각이었는데, 희원이 목을 조심스럽게 끌어안아 왔다.

"이제부턴…… 잘 참아 볼게요."

"……."

대단한 각오라도 다지는 듯 굳센 목소리에 태신이 입술을 꾹 물었다. 꺼져 가던 불이 다시 화르르 살아나는 건 순식간이었다.

* * *

오상연의 시선이 시계를 향했다. 오후 10시 46분.

늦은 줄은 알고 있었지만, 시간을 정확히 확인하니 한층 더 언짢아졌다.

"대체 왜 아직 안 들어오는 거야."

도원 그룹 김태신과의 맞선 자리에 나간 희원의 귀가가 예상보다 훨씬 더 늦어지고 있었다.

늦어도 8시쯤엔 돌아올 거라 예상했는데, 자정이 다 되도록 연락조차 없었다. 심지어 전화조차 받지 않고.

'도원에서 진아를? 세상에!'

처음 혼담이 들어왔을 때만 해도 상연은 세상을 다 가진 것처럼 기뻤다.

무려 도원 그룹의 김자엽 회장이 제 소중한 외동딸 류진아를 며느리로 낙점한 것이다. 도원의 김씨 가문은 대한민국 최상위 가문으로 손꼽아도 과언이 아니었다.

신성 그룹이 혼담 상대로 인정받았다는 뜻이니 기쁘지 않을 수가 없었다.

뛰어난 선구안과 추진력으로 도원 그룹을 현재 위치로 올린 김자엽 회장은 슬하에 세 아들을 두고 있었는데, 장남만 기혼이었다.

당연히 차남 김주성과의 혼담이라 생각한 상연은 이미 도원 그룹과 사돈이 된 것처럼 오만가지 상상의 나래를 펼치며 행복해했다.

도원의 지원을 받는다면 신성 그룹이 바이오 분야에서 선두로 치고 나가는 것도 무리가 아니었다.

신성 병원을 맡은 상연은 바이오보다 병원을 상급 종합병원으로 승격시키고 싶은 마음이 컸다.

진아가 도원의 며느리가 된다면 이 모든 꿈이 현실이 될 테니 흥분하지 않을 수가 없었다.

'누, 누구요? 김태신? 김주성이 아니라?'

그래서 상대가 차남이 아니라 삼남이란 사실을 깨달은 순간, 상연은 마치 이카로스처럼 추락의 고통을 맛봐야만 했다.

삼남 김태신은 도원 그룹이라는 엄청난 배경으로도 감쌀 수 없는 폭탄이었으니까.

헛된 희망 끝에 찾아온 절망은 쓰디썼다.

환상이 모두 깨지자 상연은 이 혼담이 얼마나 악의적인지 느끼고 치를 떨었다.

김태신은 단순한 비유가 아니라 정말로 제 딸을 불행하게 만들 작자였다. 폭력적이고 난폭한 데다 여자 문제까지 시끄러운데, 그 옆에 진아를 뒀다가는 맞아 죽든 말라 죽든 할 게 분명했다.

도원 그룹에서 한참 밑지는 혼담을 넣을 때 알아봤어야 했다. 화려한 배경에 정신이 팔려 하마터면 소중한 딸을 불구덩이에 밀어 넣을 뻔한 것이다.

그뿐이면 차라리 나을 텐데, 갱생 불가 쓰레기라도 도원의 핏줄이라고 김태신은 머리가 좋았다.

난데없이 진아를 주성이 아닌 태신의 결혼 상대로 고른 건 신성 그룹을 통째로 집어삼키려는 수작일 가능성이 컸다.

그러니 이 혼담은 절대로 받아들여선 안 됐다. 그런데 거절마저도 쉽지 않았다.

김자엽 회장이 직접 혼담을 넣은 건 존중의 의미가 아니라 거절하기 부담스럽게 하려는 압박이었다.

상대가 김태신이라고 하면 누구든 거절하려고 할 테니까 선수를 친 것이다. 왜 하필 자신들에게 이런 일이 생긴단 말인가. 신성이 바이오 분야에서 알아준다고는 하지만, 도원의 눈에 찰 정도는 아니었다.

궁지에 몰린 상연이 생각해 낸 비장의 수가 바로 희원이었다. 진아와 마찬가지로 신성 그룹 회장의 손녀 류희원.

혼담의 대상을 희원으로 바꾼 다음에 거절의 사유는 희원 개인의 문제로 뒤집어씌우기로 한 것이다.

'토요일 5시 L 호텔이야. 네가 잘 거절하고 오렴.'

현재 류씨 집안 내에서 가장 입김이 센 사람을 뽑으라면 단연 상연이었다.

큰아들 내외를 잃은 후로 기운이 없어진 류경수 회장이 뒷방으로 물러나면서 둘째 며느리인 상연이 대소사를 맡아 주관하고 있었다.

제 눈치나 보면서 설설 기는 조카 하나 구워삶는 건 일도 아니었다. 남편이 조카 희원을 아낀다고 하지만, 일에 치여 얼굴 보기도 힘든 사람이었다.

'사리를 분별할 줄 아는 너라면 결례를 저지르지 않겠지. 희원이 너는 다소곳하니 비위를 잘 맞추니까.'

진아는 정반대였다. 아직 어리다 보니 자유분방하고 말을 가릴 줄 몰랐다. 김태신의 심기라도 거스르면 큰일이었다.

희원이라면 눈치껏 잘 얘기하고 올 줄 알았는데, 생각 이상으로 늦어지니 초조함을 감출 수 없었다.

"설마 희원이를 붙잡아 두고 있는 건가……?"

맞선 거절을 자신을 무시한다고 받아들인 김태신이 화가 나서 희원을 억류하고 시위하는 걸지도 모르겠다는 생각이 들었다.

단순히 붙잡고만 있는 거라면 상관없지만 만에 하나 때리기라도 한다면 얘기가 달라졌다.

류희원은 류경수 회장이 가장 끔찍이 생각하는 손녀였다. 죽은 아들 내외를 투영하기라도 하는지 희원을 무슨 보물 다루듯이 했다.

스물여섯이나 먹고도 여전히 할아버지 집에서 함께 사는 것만 봐도 알 수 있는 대목이었다.

만약 자신이 희원을 위험에 처하게 했다는 것이 시아버지의 귀에 들어간다면 보통 곤란해지는 게 아니었다.

"어떻게 된 애가 거절 하나도 제대로 못 해?"

죄송하다고 사과하고 재빨리 나오면 될 일을 복잡하게 한다고 씩씩댄 상연이 다시 핸드폰을 집어 들었다.

한 번 더 전화해 보고 안 받으면 희원의 운전기사에게 호텔에 올라가 보라고 시킬 생각이었다.

딩동-

막 전화를 하려는 찰나, 차가 들어온다는 벨이 울렸다. 핸드폰을 던지듯 내려놓은 상연이 벌떡 일어나 현관으로 향했다.

밖으로 나가니 차에서 내리는 희원이 보였다. 몹시 지친 기색이었지만 다행히도 멀쩡해 보였다.

그래도 안심이 되지 않는지 상연은 기어코 희원의 팔을 냅다 잡아채 몸 여기저기를 확인했다.

어디 한 군데 부러졌다거나 맞아서 부은 건 아닌지 꼼꼼히 확인하고 나서야 안도의 한숨을 내쉬었다.

"왜 이렇게 늦었니? 얘기는 잘 끝났어?"

빠르게 쏘아붙이는 작은엄마 상연을 마주하는 희원의 얼굴이 창백했다. 울었는지 눈도 좀 빨갰고.

선을 보러 가기 전에는 감히 완벽하다고 말할 수 있을 만큼 단정했는데, 지금은 옷도 구김이 가 있고 머리도 조금 흐트러져 있었다.

무슨 일이 있었던 것이 명백해 보이는 모습이었다.

"⋯⋯다녀왔습니다."

기가 죽은 얼굴로 인사를 올리는 희원을 보니 답답해 속이 터지려 했다. 상연은 빨갛게 칠한 입술을 신경질적으로 이로 눌러대다가 혀를 찼다.

대답을 못 하고 우물쭈물하는 모습을 보아하니 거절을 그른 듯했다.

"쯧, 그거 하나 제대로 못 하다니 실망스럽구나."

"⋯⋯."

"일단 들어가자."

지끈거리는 머리를 부여잡은 상연이 먼저 몸을 획 돌렸다.

희원은 묵묵히 작은엄마를 바라보다가 밤이라 은은한 조명이 들어와 있는 집으로 시선을 돌렸다.

이 평창동 집에 들어와 살기 시작한 지 벌써 6년이었다. 대학 입시 때문에 미국에서 지내던 희원에게 부모님의 죽음은 청천벽력과도 같았다.

어릴 적 행복한 추억이 가득했던 집에 들어가지도 못하는 희원을 할아버지 류경수 회장이 본가로 불러들였다. 할아버지와 함께 사는 데 불편함은 없었다.

다만 그로부터 2년 뒤, 쇠약해지신 할아버지를 모신다는 명목으로 작은집 식구들이 본가에 들어온 게 문제였다.

류씨가의 실질적 안주인이 된 희원의 작은엄마 오상연은 가릴 게 없었다. 마치 날개를 단 호랑이처럼 활개를 쳤다.

그녀가 날아오를수록 희원은 땅으로 끌려갔다. 남들 앞에서는 체면을 차렸지만, 뒤로는 어떻게든 희원을 깎아내리려고 온갖 수를 썼다.

희원은 그런 작은엄마가 무서웠다. 단순히 교묘한 말장난으로 할아버지와 저 사이를 이간질하고 자신을 고립시키기 때문이 아니었다.

그녀는 원하는 바를 이루기 위해선 무슨 짓이든 하는 사람이었기 때문이었다.

"뭐 하니?"

따라오지 않고 가만히 서 있는 희원이 거슬렸는지, 상연이 멈춰 서서 타박했다. 아래에서 위로 쏘아 낸 조명이 내리깐 시선과 맞물려 그녀를 한층 더 권위적으로 보이게 했다.

희원은 꾸물거려서 죄송하다는 듯 꾸벅 고개를 숙여 보이고는 걸음을 옮겼다. 그러면서도 속으로는 제 유일한 희망인 태신을 떠올렸다.

김태신은 날카롭게 잘 벼린 칼날과 같았다. 남을 겨눌 때는 이보다 더 든든할 수 없지만, 저 역시 언제든 그 칼날에 베일 수 있다는 걸 인지하고 있어야만 하는, 손잡이 없는 칼.

'그런데 이렇게 네 독단으로 나와 결혼하겠다고 결정해도 되는 건가? 나를 자극해서 혼담을 무르려는 속셈이었을 텐데.'

폭풍과도 같았던 시간이 지나고 태신과 함께 누워 있었을 때 나눴던 대화가 희원의 머릿속을 스쳤다.

'네. 그래서 김태신 씨가 강제로 이 혼담을 이어 가는 걸로 해 주셨으면 해요. 제가 거절하는 것도 허락하지 않은 거고.'

믿고 보낸 희원이 혼담을 거절하기는커녕 어떻게든 결혼하려고 들었다는 걸 작은엄마가 알았다가는 난리가 날 터였다.

그러니 진짜 결혼이 성사될 때까지 희원은 무슨 일이 있어도 진실을 숨겨야만 했다.

간절한 얼굴로 부탁하는 희원을 빤히 바라보던 태신이 피식 웃음을 흘렸다.

'네가 아니라 내가 원해서 하는 결혼이다?'

'그렇게 해 주실 수 있나요……?'

혹시 제가 선을 넘었나 싶어 간이 쪼그라드는 것만 같았다. 어디까지 봐줄까 시험하는 것처럼 느낄 수도 있는 일이었다. 하지만 희원은 그저 제 절박한 심정을 알아 달라고 애원하고 싶은 마음뿐이었다.

희원의 턱을 붙잡고 마치 자기가 살 물건의 하자가 있는지 없는지 확인하는 것처럼 이리저리 돌려 보던 태신이 눈웃음을 지었다.

'내 아내 될 사람은 요구하는 게 참 많네.'

내 아내 될 사람.

그 말이 주는 울림이 희원의 가슴속을 휘저었다. 대학 합격 소식도 이보다 기쁘진 않았던 것 같았다.

들뜬 기분이 고스란히 드러나는 희원의 얼굴을 빤히 바라보던 태신이 은근하게 말했다.

'베갯머리송사를 하려면 제대로 해야지?'

공교롭게도 침대에 함께 누워 있고 막 관계를 나눈 상황이니 충분히 베갯머리송사라고 표현할 수 있는 상황이라 희원의 얼굴이 빨개졌다.

'간드러지게 속살거리고 아양을 부려야 그럴 마음이 들지 않겠어?'

태신이 자신을 놀린다는 걸 알아차린 희원은 애써 용기를 내 그에게 몸을 밀착했다. 정말 아양이라도 부리려는 것처럼.

가슴이 눌리면서 맨살이 스치는 느낌이 오싹오싹했다. 누구의 피부가 뜨거운 건지 달라붙은 살갗이 녹아 흐를 것만 같았다.

빨라진 심장 박동을 들킬세라 희원은 위로 손을 뻗었다. 여전히 웃기만 하는 그의 뺨을 조심스레 어루만지는데, 태신이 그 손을 꽉 움켜쥐었다. 어찌나 힘이 센지 신음이 절로 흘러나왔다.

'꽝이야. 누가 얼굴 만지는 거 싫어해.'

'아…….'

골라도 하필 싫어하는 행동을 고르다니. 운이 없어도 너무 없었다.

시무룩해진 희원을 보며 웃음을 삼킨 태신이 으스러뜨릴 듯이 주었던 손힘을 풀고 깍지를 끼웠다. 손 크기 차이가 명명백백했다.

태신이 희원을 제 위에 완전히 올라타게 했다. 이불이 흘러내리면서 새하얀 나신이 가감 없이 드러났다.

'예쁘니까 봐주는 거야.'

선심 쓰듯 흘린 칭찬에 희원은 순간 잘못 들었나 하고 제 귀를 의심했다. 정작 말을 뱉은 태신은 신경도 안 쓰고 희원의 뒷머리를 감싸 끌어당겼다.

수도 없이 맞붙은 입술이 이제는 적응됐는지 제 것처럼 자연스럽게 느껴졌다. 희원은 처음 색깔을 입힌 도화지처럼 태신이 가르쳐 주는 바를 그대로 익혔다. 김태신의 방식으로.

그의 키스를 받으면서 희원은 그래도 그가 제 외모를 마음에 들어 해서 다행이라는 생각을 했다.

그의 마음에 드는 점이 많을수록 결혼이 순탄해질 테니.

"어디 얘기해 보렴. 뭐가 문제였어?"

할아버지 방에서 제일 먼 응접실 소파에 앉은 상연이 얼른 와 앉지 않고 뭐 하느냐고 눈을 부라렸다.

잠자리에 든 할아버지를 깨우지 않으려는 속내를 알고도 모르는 척하며 희원은 자리에 앉았다.

애초에 진아 대신 선을 보게 한 것도 할아버지에게 숨겼다는 걸 알고 있었다. 어쩌면 도원에서 혼담을 넣은 사실 자체를 숨겼을지도 모를 일이었다.

"다 문제였어요. 김태신 씨를… 쉽게 본 거죠."

"뭐?"

자신을 탓하는 듯한 말에 상연이 눈살을 세모꼴로 꼿꼿이 세웠다. 희원은 그저 눈을 내리깔며 순종적인 태도를 보였다.

이 집에 들어와 살게 되면서 희원은 작은엄마의 심기를 거스르지 않기 위해 필사적으로 노력해 왔다.

그러지 않으면 모든 상황을 자신에게 유리하게 꾸며 말하는 데 천부적인 재능을 지닌 작은엄마의 세 치 혀에 자신만 늘 이기적이고 문제 많은 애가 되기에.

할아버지 앞에서 없는 소리를 만들면서 저를 매도하는 것에 한두 번 당한 게 아니었다. 그게 아니라고 반박도 해 보았지만, 그럴수록 오히려 더 수렁에 빠져 희원은 이제 숨 쉴 때조차도 그녀의 눈치를 봤다.

상연의 속이 타들어 가는 소리가 들리는 듯했지만, 희원은 일부러 한숨을 크게 내쉬며 필사의 연기를 시작했다.

악마 같은 김태신에게서 간신히 살아 돌아왔다는 설정으로.

"결혼하지 않겠다는 얘기를 꺼내자마자 무섭게 화를 내셨어요. 자기를 무시한다면서."

"……."

어깨를 감싸고 몸을 떠는 건 너무 과한 것 같아 희원은 두 손을 다리 위에 공손히 모은 채 힘만 줬다. 꾹 쥔 주먹이 두려움을 숨기지 못하듯 파르르 떨렸다.

소파에 느른한 자세로 앉아 있기만 하던 김태신이었지만, 희원의 상상 속 그는 재떨이를 집어 던지고 유리잔을 깨뜨리며 화를 냈다.

'내가 그렇게 만만히 보였나? 이딴 식으로 굴어도 봐줄 줄 알았어?'

눈빛만으로도 상대를 찍어 누를 수 있는 사람이었기에 화내는 모습을 상상하는 것만으로도 실제로 몸이 떨리고 간이 쪼그라들었다.

희원은 적당한 시점에서 무거운 한숨을 내쉬고 말을 이었다.

"이렇게 거절할 거면 혼담 상대는 왜 바꾼 거냐면서, 원래대로 진아를 데려오라고……."

맞선 상대 바꿔치기의 맹점을 찔린 상연의 미간이 대번에 구겨졌다.

시간을 끌었다가는 더 거절하기 곤란해질 것 같아 서두른 게 패착이었다. 하지만 그렇다고 그쪽이 원하는 대로 진아를 내보낼 수도 없는 노릇이었다.

"설마 그러겠다고 하고 돌아온 건 아니지?"

"그럼요."

그럴 리 없다고 생각하면서도 상연은 희원의 대답을 듣고 나서야 가슴을 쓸어내렸다. 하긴, 그랬으면 이렇게 늦을 이유가 없었다.

"진아는 만나는 사람이 있어서 어렵다고 얘기했어요. 그런데 고작 그런 이유냐고…… 이건 자기뿐만 아니라 도원을 무시하는 처사라고, 이게 신성의 대답이냐면서 화를……."

벌벌 떨리는 손이 그 상황에 느꼈던 공포를 고스란히 전하는 듯하자 상연이 입술을 깨물며 한숨을 내쉬었다.

"제발 용서해 달라고 애원해 봤지만……. 들은 척도 안 하셨어요."

류희원 개인의 문제로 치부해 쉽게 넘어가길 바랐는데, 그건 제 희망 사항일 뿐이었다. 마치 건수를 잡았다는 듯 김태신은 집안을 통째로 엮어 버린 것이다.

이 약점을 가지고 김태신이 어떻게 나올지 상상할 수조차 없었다. 무엇을 상상하든 그 이상을 저지르는 작자였으니까.

"그래서 우리 약점을 쥐었다고 어떻게 하겠다는 거야? 무슨 협박이라도 하디?"

앙칼진 목소리로 화를 내고 있지만, 희원은 완벽히 감추지 못한 불안을 알아챘다. 그래서 일부러 그 불안에 불을 붙이는 도박을 걸었다.

"일단 거절은 받아들이지 않겠다고, 저든 진아든 혼담은 끝까지 진행해야 할 거라고 못 박으셨어요……."

진아의 이름이 나왔을 때 상연의 눈에 힘이 들어가는 게 보였다. 절대 안 된다는 의사가 그 눈동자에 선명히 쓰여 있었다.

"희원이 너라면 잘 거절하고 올 줄 알았는데, 일이 오히려 더 복잡해졌구나."

비난에 가까운 힐난에 희원은 죄송하다며 면목 없는 것처럼 고개를 숙였다. 그리고 구겨진 옷 주름을 만지작거렸다. 구겨진 이유는 전혀 달랐지만, 상연에게는 김태신의 폭력성을 상기시켜 줄 터였다.

"인제 와서 진아를 보낼 순 없어. 알지?"

"……."

희원은 일부러 대답하지 않았다. 맞선이야 거절하려고 나간 자리였다지만, 그 이상은 내키지 않는다는 듯이.

어차피 작은엄마가 도원 그룹에 밉보일 각오로 혼담 취소를 밀어붙일 일도 진아를 내보낼 일도 없기에 가능한 태도였다.

희원이 대답하지 않자 초조해졌는지, 상연의 말이 빨라졌다. 언성도 훨씬 누그러들고.

"그래, 이건 김태신이 변덕 부리는 거야. 우리 쪽에서 먼저 거절하니까 자존심 상한 거지."

"……."

"대충 몇 번 비위 맞춰 주면 그쪽에서 먼저 질린다고 할 거다. 희원아, 작은엄마가 잘 알아. 김태신 같은 사람은 쉽게 질리고 변덕이 죽 끓듯 해."

"하지만……."

"눈 딱 감고 몇 번만 더 어울려 주렴. 심심풀이 땅콩 같은 거지. 장담하건대 한 보름 지나면 네 존재도 잊어버릴 거야."

그게 세간에 떠도는 김태신의 이미지였다. 아마 지금 희원의 요구를 들어주는 것도 변덕이 나서 그랬을 게 분명했다.

작은엄마는 두어 번이면 김태신이 떨어져 나갈 거라고 안심시켰지만, 희원은 반대로 그가 계속해서 제게 흥미를 느끼게 붙잡아 두어야 하는 입장이었다.

이만큼 시간을 끌었으면 됐다 싶어 희원은 고개를 들었다. 어쩔 수 없이 말을 따른다는 표정으로.

"만약, 만약 정말로 결혼하려고 하면 어떡하죠? 작은엄마, 저 무서워요……."

정말 두렵다는 뉘앙스로 얘기한 건데, 작은엄마는 오히려 비웃음을 흘렸다.

"그럴 일은 절대 없어, 희원아."

김태신이야 무슨 생각을 하고 사는지 모를 인간이라 그렇다 쳐도 도원에서 희원을 며느리 삼을 일은 절대 없다고 생각하는 게 빤히 보였다.

그걸로도 모자라 비웃음이 어린 상연의 표정은 마치 네 주제를 알라고 말하는 듯했다.

작은엄마는 늘 이렇게 희원의 가슴에 소금을 뿌렸다. 그래서인지 부모님을 잃었을 때 생긴 상처는 6년간 조금도 아물지 않고 점점 더 곪아만 갔다.

주먹을 꽉 움켜쥐거나 이를 악무는 행동조차 용납되지 않기에 희원은 도리어 몸에 힘을 뺐다. 마치 그 말에 안심했다는 듯이.

"김태신이 아무리 정신 나간 작자여도 널 때리거나 하지는 않을 거다. 신성 그룹 손녀를 때리는 건 운전기사를 때리는 거랑 경중이 다르니."

희원이 운명을 받아들이기로 했다고 느꼈는지 상연의 목소리가 한결 부드러워졌다. 희원이 조금만 더 희생하면 다 잘될 거라 여겼는지 무려 손을 잡아 오기까지 했다.

작은엄마의 손이 닿는 것만으로도 희원은 소름이 돋았지만, 애써 내색하지 않았다.

김태신과 혼인 신고서에 도장을 찍는 그 순간까지 절대로 이를 드러내서는 안 됐다. 당신에게 순종하고 부복한다는 태도로 방심을 유도해야만 했다.

"잘할 수 있지?"

우아한 미소를 지으며 대답을 강요하는 작은엄마를 보며 희원은 천천히 고개를 끄덕였다.

"네……."

* * *

매달 두 번째 일요일은 도원가의 가족 식사가 있는 날이었다.

김자엽 회장의 확고한 신념에서 비롯된 시간으로 오로지 가족에게 집중하라는 의미로 일 얘기조차 허락되지 않았다.

가족 화합은 식사 전 음식을 만들 때부터 시작되었는데, 김자엽 회장도 예외가 아니었다.

요리를 진두지휘하는 아내 한애란 여사를 도와 직접 비닐장갑을 손에 끼고 김치를 담는 모양새가 한두 번 해 본 게 아닌 듯 매우 먹음직스러워 보였다.

한 여사는 첫째 며느리와 함께 국의 간을 보고 둘째 아들이 상에 수저를 놓는 풍경이 화목한 가정집의 평범한 주말 모습을 떠올리게 했다. 물론 옆에서 요리를 돕는 전문 인력들이 있다는 게 달랐지만.

"늦었습니다."

태신은 요리가 거의 다 끝날 때쯤에야 얼굴을 비쳤다. 다리가 불편한 둘째마저도 시간 맞춰 와서 돕고 있는데도 느지막이 나타나는 것에 김 회장이 못마땅한 표정을 지었다.

"좀 더 일찍 올 수는 없는 게냐."

"노력했습니다."

말이나 못 하면. 눈빛에 담긴 핀잔을 읽었지만, 태신은 익숙한 듯 받아넘겼다. 겉옷을 벗으며 식구들 면면을 죽 둘러보는데, 북미 출장을 간 큰형만 빼고 모두 와 있었다.

"어, 어서 와."

재작년, 교통사고가 크게 난 후로 말이 어눌해진 작은형 주성이 손을 들어 인사했다. 죽었어도 이상하지 않을 만큼 큰 사고였던지라 식구들은 이렇게 살아 있는 것만으로도 하늘이 도왔다고 입 모아 말했다.

태신은 절뚝거리는 다리로 다가오는 주성을 물끄러미 바라봤다.

형제는 빈말로도 많이 닮았다고 하기 어려웠다. 평범하게 생긴 형들과 달리 태신은 아버지, 어머니의 장점만 쏙쏙 골라 물려받은 듯 외형이 아주 빼어났다.

어릴 때는 이리 다른 외모 탓에 안 좋은 소문도 돌았을 정도였다. 물론 김자엽 회장 앞에서 대놓고 입에 담을 만큼 간 큰 인간은 없었지만.

어릴 적, 큰형의 충실한 심복을 자처하는 작은형에게 괴롭힘당한 기억이 흐릿하게 남아 있었다. 중학교 들어갈 때쯤 형들 키를 넘어서면서 신체적 괴롭힘은 줄었지만, 그 뒤로도 작은형은 유치하고 더러운 수작을 부리는 데 늘 앞장섰었다.

그때는 자신의 미래가 이리 처참하게 망가질 줄 예상도 못 했을 것이다. 믿는 도끼에 발등을 찍혀 죽다 살아난 작은형은 완전히 다른 사람처럼 변해 버렸다.

헤어 나올 수 없는 늪에 빠진 것처럼 음울한 기운을 두른 주성이 부끄러움을 무릅쓰고 먼저 인사를 건네는 데 얼마나 큰 용기가 필요했는지 아는 태신은 그저 그의 어깨를 툭툭 두드려 주었다.

"어제 맞선은 어땠니?"

태신이 손을 씻고 오기 무섭게 한 여사가 맞선 얘기를 꺼냈다.

멋대로 상대를 바꾼 걸 트집 잡아 맞선을 취소하게 할 계획임을 꿰뚫어 봤기 때문에 신성 그룹의 행태가 탐탁지 않은 참이었다.

신성 그룹의 독단적인 행동이 마음에 들지 않은 건 김 회장도 마찬가지였다.

아무리 태신의 이미지가 나쁘다고 해도 무려 그가 직접 넣은 혼담을 이런 식으로 돌려 거절할 줄은 꿈에도 몰랐다.

"네 소문이 하도 지저분하니 이런 일이 벌어지는 것 아니냐. 쯧쯧, 이 아비 얼굴에 먹칠이나 하고."

제 권위마저 무시당한 기분이 든 김 회장이 노기 어린 목소리로 태신을 나무랐다. 물론 태신은 남의 이야기를 듣는 양 무심하기만 했다.

항상 이런 식이었다. 가짜 고교 동창이 일진이었다고 거짓 폭로를 했을 때도, 만난 적도 없는 여자가 성희롱 피해자 행세를 했을 때도 태신은 제 일이 아닌 것처럼 무관심으로 일관했다.

다 거짓부렁인데 돈과 권력으로 무마했다는 소릴 들어 억울하지도 않으냐고 물었더니 돌아오는 대답이 기가 찼다.

'개가 짖는다고 같이 짖으면 제가 뭐가 되겠습니까.'

달리 말하면 김 회장이 개의 아비란 소리였다. 태신의 이미지를 저리 망가뜨린 건 다름 아닌 첫째 아들 김영신이었으니.

첫째가 워낙 교활하고 탐욕스러운 놈인 건 알고 있었다. 어릴 때도 동생들에게 무엇 하나 나눠 줄 줄 모르더니 이제는 회사마저도 혼자 다 삼키려고 욕심을 부렸다.

물론 도원 그룹을 배경에 두고 있으면 피를 나눈 형제인 동시에 후계 자리를 두고 다투는 적수이기 마련이었다.

김 회장은 장남이란 이유만으로 후계 자리를 물려주는 사람이 아니었으니까. 먼저 태어난 건 가산점이 되지 못했다.

그러니 어느 정도 신경전을 펼치는 건 이해했다. 상대의 이미지를 나쁘게 만든다든지 여론전을 하는 정도는 충분히 이해 범주에 속한 일들이었다.

이번 운전기사 갑질 사건도 첫째가 꾸민 여론전의 일환이었다. 그룹 이미지에도 피해가 미쳤다는 것에서 도리어 마이너스였지만.

"이번 갑질 사건이라도 제대로 해명했어야지."

태신이 운전기사에게 아무 짓도 하지 않았다는 건 이미 밝혀진 사실이었지만 태신의 이미지가 나빠서인지 진실을 믿지 않는 사람들이 많았다.

"소용없었을 겁니다. 저와 결혼하면 맞아 죽을 거라고 믿는 모양인데, 해명한다고 듣기나 했을까요."

"허, 참……."

악의적인 생각에 사로잡혀 귀를 닫고 있으면 아무리 오해라고 주장해 봐야 소용이 없는 법이었다.

"그래서 직접 보니 어떻더냐."

사실 김 회장은 맞선에 나갈 필요도 없다고 얘기했었다. 신성 그룹의 얄팍한 속내를 알면서도 당하는 게 마음에 들지 않았지만, 그래도 조실부모한 장손녀와 결혼시키느니 혼담을 무르는 게 낫다는 판단이었다.

물론 류희원은 신성 그룹의 핵심 인물이기는 했다. 보통의 오너 일가들이 그렇듯이 류희원도 미성년자 시절부터 증여받은 주식이 있었다. 거기다 원래 후계자였던 아버지의 지분을 모두 상속받기까지 했다.

계열사 지분까지 가진 류진규 사장에 비할 바는 아니었지만, 그래도 절대 무시할 수 있는 수치가 아니었다. 류희원이라는 우호 지분이 있기에 류씨 가문의 경영권이 확고할 수 있었다.

달리 말하면 도원 그룹이 힘을 보태 주면 신성 그룹의 주인을 바꿀 수도 있는 존재란 소리였다.

"그 처자랑 결혼할 생각이 있는 게야?"

신성을 집어삼킬 의도로 맞선에 나간 건지 궁금해진 김 회장이 태신을 떠봤다.

그렇게 되면 맞선 상대가 류진규 사장의 딸인지 조카인지는 하등 중요하지 않았으니까.

평생 음악을 전공하고 이제 겨우 평사원이 된 어린 여자 하나를 구워삶는 건 일도 아닐 터였다. 만약 아들의 목적이 신성 그룹 자체라면 김 회장은 훌륭한 판단이라고 칭찬해 줄 생각이었다. 처음 혼담을 넣었던 제 의도와도 부합했고.

"글쎄요."

그런데 태신의 태도는 늘 그렇듯 뜨뜻미지근했다. 제 아들이지만 무슨 생각을 하는지 도통 알기 어려웠다.

큰애처럼 잘 보이려고 손을 비비는 법도 없고 둘째처럼 눈치를 보는 법도 없이 늘 방종했다. 그럼에도 언제나 만족할 만한 결과물을 가지고 오기에 김 회장은 그의 태도를 크게 신경 쓰지 않았다.

"마음에 안 들디?"

한 여사가 자세히 좀 말해 보라며 거들어보자 그건 아니었는지 태신이 고개를 저었다.

"일단 몇 번 더 만나 보기로 했습니다."

더 만나 보기로 했다? 김 회장의 두꺼운 눈썹이 크게 물결치며 놀란 기색을 드러냈다. 류희원이라는 처자가 태신의 흥미를 끌어내기는 한 모양이었다.

"어머, 괜찮았던 모양이구나?"

태신이 마음에 들지 않는 사람을 두 번 만날 리 없음을 잘 아는 한 여사도 눈이 동그래졌다.

"네 입에서 더 만나 보겠다는 말이 나오다니, 결혼한다는 거랑 뭐가 달라."

"너무 앞서 나가지 마세요, 어머니."

태신은 부정했지만, 한 여사는 확신에 차 있었다. 태신이 더 만나 보기로 했다는 것 자체가 결혼의 가능성을 시사하는 거나 마찬가지였다.

'저와 결혼해 주세요. 열심히 할게요.'

태신은 절박할 만큼 저와 결혼하고 싶어 하던 류희원을 떠올렸다.

제 행동 하나하나에 일일이 반응을 보이던 순진하고 어수룩한 모습들이 시간이 지나도 선명하게 생각났다. 그러면서도 꼭꼭 숨긴 속내를 지키겠다고 용을 쓰는 게 흥미로웠다.

맞선 전, 사진으로 봤던 류희원은 뿌리가 잘려 시든 꽃처럼 생기가 없었다. 실제로 봤을 때도 사진과 다르지 않게 창백했는데, 저와 얘기를 나누는 동안 생기를 되찾은 듯 나중에는 장밋빛 혈색이 돌았다.

연붉게 물든 뺨을 하고서 저를 끌어안던 류희원을 떠올린 태신의 입가에 미미한 미소가 머물렀다.

"일단 식사하시죠. 형수님, 죄송합니다. 저 때문에 음식이 다 식었네요."

태신이 대화를 끊으며 형수 민희를 바라봤다.

"아니에요, 도련님."

꿔다 놓은 보릿자루처럼 숨소리도 내지 않고 있던 최민희가 황급히 손을 내저었다. 그 얼굴에 당황한 기색이 역력했다.

일부러 형수를 언급하는 행동에서 김 회장은 태신이 지금 이 대화가 첫째의 귀에 들어갈 걸 예상했다는 걸 깨달았다. 어쩐지 말을 많이 아끼는 것 같더니, 넘겨도 되는 정보만 꺼낸 모양이었다.

'맞선 상대를 바꾸는 것까지 영신이 놈 계획일 수 있다.'

신성 그룹이 감히 김 회장이 내민 손을 쳐내는 데에 영신의 입김이 있었음을 짐작하기는 어렵지 않았다.

만약 영신이 류희원을 태신의 곁에 심으려고 수작을 부린 거라면 이건 신성 그룹을 통째로 영신에게 바치는 일이 될 수도 있었다.

그런 경고를 해 주려고 했는데, 태신도 다 짐작하고 있는 눈치였다.

"그래. 눈치 없이 밥상 앞에 두고 얘기가 길었구나."

김 회장의 말이 떨어지자 모두 일사불란하게 자리에 앉았다. 수저를 든 태신은 맞은편에 앉은 형수의 미미하게 굳은 표정을 읽어 냈지만, 굳이 알은척하지 않았다.

* * *

류진규 사장은 승계를 앞두고 그 어느 때보다 바쁜 나날을 보내고 있었다. 아버지의 지분을 물려받아야 경영권 승계가 마무리되는데, 그 과정에 드는 승계 자금과 상속세 때문에 골치가 아팠다.

형의 갑작스러운 죽음으로 엄청난 상속세를 뜯긴 탓에 이번 경영권 승계는 신중히 진행해야 했다.

주가를 누르고 자금을 확보하는 동시에 자신의 계열사 지배력도 강화해야 하니 여간 복잡한 게 아니었다.

그러다 보니 집안의 대소사에 관해서는 전적으로 아내에게 맡기는 편이었고 도원에서 들어온 혼담이 어떻게 진행되었는지도 일이 다 벌어진 후에야 듣게 되었다.

도원 측에서 혼담을 취소하게 만들겠다는 계획이 무위로 돌아갔을 뿐 아니라 희원이 김태신에게 끌려다니게 생겼다는 말에 류진규 사장의 표정이 묘하게 일그러졌다.

"당신 계획대로 되지 않았네."

안 그래도 일 돌아가는 상황이 마음에 들지 않았던 상연의 표정이 뾰족해졌다.

"그러게, 어쭙잖게 수 쓰지 말고 그냥 좋게 거절하지. 김태신 이사가 얼마나 걸물인데."

동갑내기에 연애결혼을 한 부부는 서로에게 스스럼이 없었다. 하지만 상연은 남편이 눈치 없이 속을 긁을 때마다 치미는 화를 억지로 참아야 했다.

"지금 그걸 말이라고 해? 그럼 세상이 뒤집혀도 그런 인간 말종이랑은 결혼 못 시킨다고 거절했어야 한다는 거야?"

"그건 좋게 거절하는 게 아니잖아."

"그러니까 어떻게 좋게 거절하냐고. 누가 봐도 김태신이 문제라서 거절하는 건데."

"그야······."

말문이 막힌 류진규가 애꿎은 입술을 짓이겼다. 아내의 말도 틀린 건 아니었다. 세상에 도원 그룹에서 제안한 혼담을 거절할 만한 '좋은 명분'은 찾기 어려웠으니까.

"그렇다고 희원이를 끌어들여?"

"그럼 우리 진아를 그놈 앞에 대령해야 했니?"

그 상황을 상상하는 것만으로도 끔찍하다는 듯 상연의 목소리가 날카로워졌다. 하지만 그는 아내가 과민하게 대응한다고 여겼다.

"뭐, 만나 보는 것쯤이야 어때서."

그 역시 김태신의 소문을 듣기는 했으나 상연만큼 심각하게 생각하지는 않았다.

3년 전, 도원 김자엽 회장이 에너지 계열을 맡긴 이후로 김태신은 줄곧 출중한 능력을 드러내 왔다. 에너지 쪽에선 업계 3위였던 도원이 지금은 1위도 넘볼 만큼 몸집을 불리는 데 성공한 것이다.

그러다 보니 그의 사나운 성질이나 난잡한 사생활도 그저 치기 어린 젊은 날의 실수 정도로만 여겼다.

내심 진아와 결혼해도 되지 않나 하는 마음도 있었는데 상연이 제 눈에 흙이 들어가도 안 된다고 강경하게 나오니 포기한 참이었다.

상대의 조건이 좋다고 해서 아내가 반대하는 결혼을 억지로 시키고 싶진 않았으니까.

"그 김태신이야. 거절했다고 손찌검이라도 하면 어떡해?"

"당신이 그렇게 귀가 얇은 줄 몰랐는데."

"여보. 내가 고작 증권가 지라시 같은 거에 휘둘려서 이러는 줄 알아? 다 믿을 만한 사람한테 들은 거야."

"믿을 만한 사람?"

그게 누구냐고 남편이 관심을 보이자 상연이 자신의 정보력을 과시하듯 고개를 쳐들며 입을 열었다.

"김영신 상무 와이프."

"김영신…… 김 회장님 장남?"

"그래, 장남 와이프. 얼마나 확실한 소스야. 진짜 세간에 도는 소문은 새 발의 피래."

어깨를 부르르 떤 상연이 목소리를 확 죽였다. 새어 나가면 안 되는 비밀을 공유하듯이.

"미국에 있을 때 하도 마약에 절어서 재활원을 제집 드나들듯 했대. 누군지도 모르는 여자랑 뒹굴어서 애 지운 게 두 번이고, 또 누가 애 안고 찾아와도 놀라지 않을 지경이라더라."

"으음."

상상을 초월하는 이야기에 류진규가 신음을 삼켰다.

"믿기 어려운데……."

"누가 말해 준 건지 벌써 까먹었어?"

도원가 맏며느리. 확실히 신빙성 있는 출처였는데, 그래서 더 놀라웠다. 가문의 치부나 다름없는 이야기를 떠벌렸다는 것이.

"자기 애 임신한 여자도 때리는 개망나니라는데, 내가 미쳤다고 진아를 보내겠어?"

"그런 얘기를 당신에게 해 줬어? 오히려 더 쉬쉬해야 하는 거 아니야?"

"당연히 회장님이나 사모님은 쉬쉬하시지. 김 상무 와이프가 나 생각해서 해 준 얘기야. 아무리 그래도 막내 도련님은 아니라고."

"흠. 순수하게 당신 생각해서 말해 준 거 맞아?"

의심을 거두지 않는 남편의 태도에 상연의 눈이 세모꼴이 됐다. 류진규는 얼른 아내를 진정시켰다.

"내 말은 동생이 든든한 처가 얻는 게 싫어서 얘기를 부풀린 걸 수도 있다, 이거지."

수십 개의 계열사를 가진 도원에 비할 바는 아니라고 하더라도 신성 정도면 어디 가서 빠지지 않는다. 아버지 류경수 회장의 개인 지분 가치만 해도 3조 원이 넘었다.

인성이야 어쨌든 능력 좋은 막내가 날개를 얻는 게 싫어서 농간을 부린 건 아닌지 생각해 볼 만했다. 재벌가 형제들이 다 자신처럼 우애가 좋지는 않다는 걸 류진규는 누구보다 잘 알고 있었다.

문득, 세상을 떠난 형이 생각난 그의 눈빛이 살짝 어두워졌다.

"당신, 아니 땐 굴뚝에 연기 나는 거 봤어?"

"음……. 못 봤지."

진규는 그녀의 말에도 일리가 있기에 적당히 수그려 줬다. 상연은 언제나 자신이 옳다고 확신하는 부류라서 근거도 없이 반박했다간 괜히 골치만 아팠다.

남편이 수긍하는 눈치를 보이자 그제야 상연의 표정이 원래대로 돌아왔다.

"그렇게 걱정하면서 희원이를 대신 보내? 혹시 뭔 일이라도 나면 어쩌려고."

"뭔 일 안 났잖아. 무사히 돌아왔으면 됐지."

딸은 애지중지하면서 하나뿐인 조카에게는 참 독한 아내를 보며 그는 속으로 혀를 찼다. 그래도 일찍 떠난 형 내외를 대신해 부모 노릇을 해 준 노고를 알기에 섣불리 타박하지는 않았다. 제겐 소중한 핏줄이지만, 상연은 가족일지언정 피가 섞인 건 아니니까. 제가 더 챙겨야 하는데, 갑자기 회사 일에서 손을 뗀 아버지의 빈자리를 메우는 것만으로도 벅차 집안일에는 신경을 쓰지 못한 것도 사실이었다.

"그런데 그러다 그쪽에서 희원이라도 결혼시키겠다고 하면 어쩌려고?"

"아하하! 내가 이 웃긴 얘기를 또 듣네."

상연이 배꼽을 잡고 웃었다. 과장된 웃음이 사람 놀리는 것 같아 남편의 표정이 안 좋아질 때쯤 그녀가 절대 그럴 일은 없다며 손을 내저었다.

"세상에, 당신도 그렇고 당신 조카도 그렇고 어쩜 그렇게 자신감이 넘쳐?"

"갑자기 무슨 자신감 타령이야?"

"도원 그룹이야. 김자엽 회장님이라고. 그런 대단한 집안에서 희원이를 며느리 삼을 것 같아?"

"……."

류진규의 표정이 애매하게 변했다. 희원이가 뭐가 부족하냐고 반박하고 싶은 마음이 반, 상대가 상대인 만큼 부족하다고 인정하는 마음이 반인 탓이었다.

"우리 진아야 당신이 장차 회장이 될 거니까 그렇다 쳐. 희원이는 뭐가 있는데? 희원이랑 결혼한다고 김태신한테 무슨 이득이 생기냐고."

"음……."

희원이 장차 제 뒤를 이어받는다면……. 최소 30년은 지나야 하는 일에 진규는 고개를 절레절레 흔들었다. 김태신의 인내심이 그렇게 길 것 같지 않았다.

"당신이 생각해도 아니지? 그런 일은 일어날 수가 없어, 여보."

듣고 보니 확실히 희원이와 결혼할 일은 없어 보여 진규는 당신 말이 맞는다며 고개를 끄덕였다. 어쨌든 소중한 조카가 문제가 많다는 놈과 결혼할 일 없다니 그것도 다행이었다.

"아무튼 희원이 용돈이라도 두둑이 챙겨 줘. 팔자에 없던 고생을 시켰으니."

그래도 조카딸이라고 챙겨 주려는 남편의 말에 상연의 표정이 삐뚜름해졌다가 원래대로 돌아왔다.

핏줄에게 무른 점은 마음에 들지 않지만, 엄연히 이 신성 그룹의 주인이 될 남자였다. 부족한 부분은 제가 채워 주면 되니 굳이 토를 달지는 않았다.

* * *

'김태신과 결혼하기' 대작전을 펼치고 있었지만, 그와 별개로 희원의 삶은 평소대로 흘러갔다.

아침 일찍 출근 준비를 하고 퇴근할 때까지 회사에서 바쁜 시간을 보낸다. 평생 음악을 전공했던 희원에게 회사 생활은 적응하기 쉽지 않았다.

아무도 신성 그룹에 입사해 회사 일을 배우라고 강요한 적은 없었다. 희원이나 진아나 하고 싶은 일을 하고 살라는 가풍 덕에 가업과 상관없는 예체능을 전공했으니까.

부모님이 돌아가시면서 생긴 트라우마 때문에 더는 피아노를 칠 수 없게 된 희원은 아버지가 평생 일구어 온 일에 대해 알고 싶다는 일념으로 전공을 바꿨다.

신성 바이오에 입사하겠다고 했을 때 눈에 불을 켜던 작은엄마의 반응은 지금도 생생했다. 설마 차기 후계 자리를 노리는 거냐는 그런 경계심이 가득했다.

자진해서 가업을 배우겠다는 손녀딸을 대견하게 여긴 할아버지의 전적인

지지가 없었다면 아마 입사 자체가 무산되었을 터였다.

회장의 손녀라는 타이틀 덕분에 일반 직장인보다야 회사 생활을 편하게 한다지만, 그래도 쉽기만 하지는 않았다.

오늘도 끝을 모르고 이어지는 회의와 산처럼 쌓인 서류 더미 사이에서 허덕이던 희원은 퇴근 준비를 할 때가 되어서야 태신이 보낸 메시지를 발견했다.

[몇 시에 끝나지?]

무려 세 시간이나 전에 온 메시지였다. 그를 기다리게 했다는 생각에 당황한 희원은 얼른 답장을 쓰다가 메시지를 보내서 될 게 아니다 싶어 전화를 걸었다.

단조로운 연결음이 울리는 동안 어찌나 심장이 뛰던지, 저도 모르게 주먹으로 가슴을 꾹 눌러야 했을 정도였다.

영영 끝나지 않을 것만 같은 몇 초가 지난 끝에 전화가 연결되었다. 바로 태신의 목소리가 들릴 줄 알았던 희원은 아무 목소리도 나오지 않자 긴장하며 귀를 더 바짝 가져다 댔다.

"여보세요?"

수화기 너머는 빈말로도 조용하지 않았다. 음악 소리도 들리고 웅성거리는 소리도 들려왔다. 하지만 어디에도 태신의 목소리는 없었다.

전화를 잘못 걸었나 하고 화면을 쳐다봤지만, 메시지까지 받은 그 번호가 맞았다.

재즈풍의 음악이 흐릿하게 흘러나오는 걸로 보아 재즈바 같은 술집이 아닐까 싶었다.

"김태신 씨?"

- 퇴근했어?

조심스레 그의 이름을 부르고 나서야 목소리가 느리게 흘러나왔다. 마치 물속에 들어 있다가 막 꺼낸 듯 깊게 잠긴 목소리였다.

"이제 퇴근해요. 메시지를 늦게 봤어요."

— 여자를 이렇게 오래 기다려 본 건 처음이야.

나른하게 흘러나오는 목소리에 어린 웃음이 진했다. 목소리를 듣고 있으니 맞선 날이 떠올랐다.

그가 마신 술에 제가 취한 것처럼 용기를 냈던 날.

그의 목을 끌어안고 밀착한 자세에서 직접 귓속을 파고들었던 목소리를 떠올린 희원의 얼굴이 발갛게 물들었다.

— 여기 찾아올 수 있겠어? 차를 보내 줘야 하나?

"아……. 괜찮아요. 주소 보내 주시면 지금 갈게요."

할아버지가 붙여 준 운전기사가 지금쯤 주차장에 와 있을 터였다.

필요 없다고 했지만, 자식을 잃은 슬픔에 빠진 할아버지는 강경했다. 오죽하면 그 자유분방한 진아도 운전기사만큼은 필수로 달고 다녔다. 진아는 덕분에 몸이 편하다고 좋아했는데, 희원은 마음이 불편했다.

— 그럼 기쁘게 기다리지.

'기쁘게'라는 단어가 왜 이렇게 뜨끈한 울림을 가진 걸까. 희원은 심장이 속도를 올리는 이유를 알지 못한 채 전화를 끊었다.

서둘러 가방을 챙겨 자리를 뜨는데, 엘리베이터 앞에서 입사 동기 조수환을 마주했다.

"희원 씨. 지금 퇴근해요?"

반갑다는 듯 활짝 웃는 그에게 희원도 미소로 응수했다. 배정받은 부서는 달랐지만, 수환의 성격이 워낙 좋아 이렇게 오가는 길에 마주치는 것으로도 친분이 유지되고 있었다.

"네. 수환 씨도요?"

"왜 꼭 퇴근 전에 일감을 던져 주는 걸까요? 희원 씨가 저희 과장님한테 말 좀 해 주실래요?"

수환이 집에 가서도 일해야 한다며 푸념을 늘어놓았다. 희원은 어색한 미소를 지은 채 먼저 엘리베이터에 올랐다.

뒤따라 탄 수환이 그가 내릴 1층과 희원이 내릴 지하 주차장 버튼을 연달아 눌렀다. 희원에게 출퇴근을 담당하는 운전기사가 있다는 건 워낙 유명한 이야기였다.

"지하 3층이죠?"

"아, 네. 고마워요."

별거 아니라고 웃으며 희원을 돌아보자 언제 봐도 감탄이 나올 만큼 아름다운 외모가 그의 마음을 어지럽혔다.

이목구비는 물론이고 윤기가 흐르는 머리칼마저도 특별하게 느껴졌다. 사람이 어쩜 이렇게 생겼을까. 예쁘다는 단순한 말로는 류희원을 표현하기에 한참 부족했다.

희원이 회장의 손녀라는 걸 안 것은 신입 사원 연수 때였다. 희원이 제 입으로 직접 밝힌 것은 아니나 흔치 않은 성 때문에 모두가 바로 알아봤다.

회장의 손녀. 신성 그룹은 오너 자녀가 둘밖에 없는지라 류희원의 입사에 이목이 쏠릴 수밖에 없었다.

오너 자녀라 하면 보통 5년 안에 임원으로 승진하는 게 관례였다. 류희원도 다르지 않을 터였다.

그래서 흔히 담배 타임 때면 일 잘하는 것보다 류희원 잡는 게 승진하는 길이라는 우스갯소리가 나오곤 했다.

'류희원 자빠뜨리면 나도 임원 달아 주냐?'

'쯧쯧, 임원을 왜 하냐. 류희원 재산이 얼만데, 셔터맨이나 해야지. 아니면 사업 자금 대 달라고 해서 번듯한 명함 하나 파든가.'

희원을 잘 모르는 놈들일수록 더 쉽게 그녀를 입에 담고 혀로 희롱했다.

하지만 희원과 직접 친분을 쌓아 보면 그런 가벼운 마음으로 대해도 되는 사람이 아님을 즉각 깨닫게 된다.

희원의 숨 막히도록 빼어난 외모에 빠졌든 대단한 배경에 혹했든, 흑심을 품고 희원의 앞에 선 놈들은 다 불알이 쪼그라들어 도망쳤다.

류희원에게는 그런 품격이 있었다.

그래서 조수환은 더더욱 언행과 몸가짐에 조심했다. 제 시선에 담긴 감정이 혹시라도 노출될까 봐 얼른 고개를 돌렸다. 닫힌 엘리베이터 문에 흐릿하게 비친 희원을 보며 실없이 대화를 이어 갔다.

"희원 씨 보면 회장님 손녀분 같지가 않아요. 저였다면 그렇게 열심히 안 할 것 같은데."

"똑같이 입사했는데 일도 똑같이 해야죠."

"훨씬 더 열심히 하잖아요. 아, 주인 의식인가요?"

"……."

발버둥이라고 말하면 이해해 줄까. 희원은 굳이 그의 이해를 바라지 않기 때문에 말을 덧붙이지 않았다. 사람마다 처한 상황이 다르기도 하고.

제 나름대로 농담이라고 던진 것이었는데 희원의 표정이 좋지 않자 수환이 입술을 오므리며 눈치를 살폈다. 대답 없는 희원을 힐끗 본 그가 얼른 말을 보탰다. 순식간에 1층에 도착한 엘리베이터 문이 열리고 있었다.

"어쨌든 열심히 하는 사람은 멋있죠. 그럼 잘 가요, 희원 씨."

"네, 들어가세요."

1층에서 내린 수환이 손을 흔들어 보이고는 멀어졌다. 열심히 하는 사람은 멋진 법이라는 말이 마치 지친 어깨를 주물러 주는 것 같아 희원의 입술에 희미한 미소가 어렸다.

늘 그렇듯이 희원의 지정석이나 다름없는 자리에서 기다리는 차에 올라타 태신이 보내 준 주소로 이동했다.

"도착했습니다. 얼마나 머무르실 예정이십니까?"

차 내 블랙박스를 의식하는 듯 운전기사는 언제나 희원에게 말을 높였다.

"······잘 모르겠어요."

희원은 차로 다가오는 직원을 바라보며 중얼거렸다. 귀가 시간은 전적으로 김태신에게 달린 문제였으니까.

"어떻게 오셨습니까?"

살짝 내린 창문을 향해 얼굴을 들이민 직원에게 김태신 이름 석 자를 말하니 무전으로 확인을 거친 후 주차장으로 안내해 주었다.

르뮈에 라운지(Remuer lounge). 이름만큼은 희원도 들어 본 적이 있는 회원제 프라이빗 라운지였다.

오로지 기존 회원의 추천이 있어야만 가입할 수 있고 회원당 추천 기회도 한정적이라 들어가기 쉽지 않다고 했다.

이렇게 완전히 다른 세상의 이야기를 희원에게 전해 준 이는 바로 사촌 동생 진아였다. 여기서 벌어지는 프라이빗 파티에 초대받았다며 얼마나 방방 뛰었는지 모른다.

'그럼 혹시 진아랑 만난 적이 있는 건가?'

직원과 함께 엘리베이터를 타고 올라가는 사이 순간적으로 든 생각이었다. 도원 그룹에서 류진아를 특정해서 혼담을 보낸 배경에 두 사람의 만남이 있었을지도 모른다는.

"회원과 동행하지 않을 시 엘리베이터는 로비와 주차장만 운행합니다."

직원의 목소리가 상념을 뚫고 들어왔다. 여러모로 비밀이 많은 공간인 듯했지만, 희원은 김태신만 만나면 되기에 대수롭지 않게 여겼다.

다만 엘리베이터가 멈추자 긴장감이 불쑥 찾아왔다. 저도 모르게 가방을 쥔 손에 힘을 꾹 주는데, 심호흡할 겨를도 없이 문이 열렸다.

마치 새로운 세상이 펼쳐지듯, 묘한 분위기의 공간이 희원의 앞에 모습을 드러냈다. 비회원이지만 일시적으로 출입을 허용하겠다는 직원의 태도도 한몫했다.

직원이 제 할 일을 마쳤다는 듯 엘리베이터를 타고 돌아가 버려 희원은 혼자서 태신을 찾아 나설 수밖에 없었다.

호텔을 연상케 하는 복도를 지나 안으로 들어가자 고급진 공간 여기저기를 차지하고 있는 사람들이 보였다. 자신들만의 세상에 침입한 이방인에게 던지는 시선에 호기심이 가득했다.

두리번거리는 모습이 촌스럽게 보인다는 생각을 하지 못한 채 희원은 태신을 찾기 바빴다.

로비와 메인 홀, 플레이 룸 등 열린 공간은 거의 다 살펴봤지만, 어디에서도 보이지 않았다.

문이 반쯤 열려 있는 눈앞의 방까지만 살펴보고 전화를 걸어야겠다고 생각하며 걸음을 옮겼다.

어렴풋이 여자, 남자 목소리가 들렸다. 다투는 것도 같고 일방적으로 소리치는 것도 같았다.

열린 문 안쪽을 살짝 들여다보는 정도는 괜찮겠지, 하고 고개를 들이미는 찰나, 희원의 옆으로 쑥 뻗어 들어온 손이 문고리를 잡고 쾅 닫았다.

"훔쳐보는 건 나쁜 짓이야."

귓가에 속삭이는 눅진한 목소리에 희원은 놀람을 표현도 하지 못한 채 굳어 버렸다.

"호기심은 고양이를 죽인다는데, 류희원 씨가 고양이가 아니라 다행이야."

"태, 태신 씨를 찾으려고…….”

변명처럼 들리는 말을 뱉는 걸 듣지도 않은 채 태신이 머리칼 사이로 손을 쑥 집어넣었다. 뒷머리를 감싸는 커다란 손의 감촉에 희원은 눈을 꾹 감았다가 떴다.

제 의지와 상관없이 고개가 옆으로 돌아가고 태신의 잘생긴 얼굴이 시야에 들어왔다. 4일 만에 보는 얼굴은 낯선 듯 낯익었고 어색한 듯 반가웠다.

"잘 지낸 모양이지?"

제 안색이 나쁘지 않았는지 그가 멋대로 잘 지냈을 거라 재단했다. 희원은 굳이 부정하지 않았다.

하루가 지나고 이틀이 지나도 김태신이 찾지 않으니 처음에는 신경질적이었던 작은엄마의 얼굴이 점차 여유를 찾아갔다. 김태신이 단순히 심술을 부린 거라 여기는 게 눈에 보였다. 오늘 이후로 또 어찌 바뀔지는 모르는 일이었지만.

"덕분에요. 제 부탁 들어주셔서 감사해요."

생각이 바뀌었다고 말을 뒤집어도 어쩔 수 없는 일이었기 때문에 희원은 그의 마음이 변치 않았다는 것에 진심으로 감사했다.

태신은 취기 때문에 똑바로 서는 게 힘에 겨운 것처럼 문 옆에 몸을 기댔다. 살짝 풀어진 얼굴이 경계심을 누그러뜨렸다.

그러면서도 희원의 머리를 매만지는 손은 떼지 않았다. 그 감촉이 반갑다는 듯 손가락으로 머리카락을 빙빙 돌리기도 했다.

"말로만?"

"네?"

"감사의 키스라도 받아야겠는데."

머리칼을 가지고 놀면서 태신이 소리 없이 부드럽게 웃었다. 슬며시 벌어진 입술이 감사의 키스를 내뱉자 희원은 얼굴이 화끈 달아올랐다.

다른 사람이 말했다면 그냥 놀리는 거라 생각할 텐데 김태신의 입으로 들으니 진짜 키스하라는 건가 싶어 혼란스러웠다. 희원은 자꾸 태신의 입술로 시선이 가려고 해 어쩔 줄을 몰라 했다. 빤히 바라보는 시선이 진짜 재촉하는 것 같아서 당황하는데, 갑자기 문이 벌컥 열렸다.

"으악!"

놀란 쪽은 이쪽인데 비명은 문 연 사람이 내질렀다. 잔뜩 구겨진 셔츠를 대충 걸친 남자였다.

"김태신! 왜 문 앞에서…… 누구야?"

태신과 아는 사이인지, 깜짝 놀랐다며 투덜대던 남자가 희원을 쳐다보며 표정을 바꾸었다. 그에게서 땀 냄새 이상의, 말로 표현하기 힘든 날것의 냄새가 났다.

"흡……."

그야말로 여자, 남자가 본연의 모습으로 뒤엉켰다고 말하는 듯한 냄새에 희원이 저도 모르게 숨을 참았다.

그 모습을 바라보던 태신이 희원의 머리를 만지던 손을 움직였다. 머리를 끌어당기는 강한 힘에 희원은 그대로 엎어지듯 태신의 품에 안기게 됐다.

앗……. 반사적으로 내지른 신음이 그의 셔츠 속으로 스며들었다.

"문단속 좀 잘해. 네 더러운 숨소리 듣고 싶지 않으니까."

"아, 열려 있었어?"

희원을 흥미롭다는 듯 훑어보던 남자, 조윤호가 머쓱한 듯 웃었다. 좀 급했지, 하면서 웃는 모습이 덜떨어져 보였다.

그제야 태신이 문을 쾅 닫았던 이유를 알게 된 희원의 얼굴이 확 빨개졌다.

하얗던 귀마저도 눈에 띄게 빨개지자 조윤호가 귀엽네, 하고 중얼거리다가 태신의 시선을 받고 큼큼 헛기침했다.

"네 손님, 좀 귀엽다? 새로 낚은 거야?"

"바느질을 배우진 않았지만, 잘할 수 있을 거야. 나는 뭐든지 잘하거든."

"어우……. 살벌하기는."

입을 꿰매 주겠다는 말을 참 오만하게도 한다며 조윤호가 어깨를 부르르 떨었다.

그러는 사이, 희원은 조심스럽게 몸을 떼려고 했다. 태신의 위로 엎어진 상태라 중심이 제대로 잡히지 않아 불편했다. 하지만 몸에 힘을 주기 무섭게 태신이 더 꽉 끌어당겨 도로 끌려갔다.

"알았어. 간다, 가."

태신에게 상체를 붙잡힌 탓에 뒤로 빠진 엉덩이를 힐끗대던 조윤호가 항복하듯 두 손을 들어 보이며 뒤로 물러섰다.

그가 완전히 사라지고 나서야 태신이 희원을 놔줬다. 겨우 바로 선 희원이 크게 심호흡하며 바짝 마른 입술을 혀로 축였다.

붉은 혀가 힐끔 고개를 내밀었다가 사라지는 모습을 잡아채듯 바라본 태신의 눈빛이 번뜩였다.

류희원은 그야말로 '순진한 처녀'를 형상화한 듯한 인물이었다. 하지만 역설적이게도 몸짓 하나하나가 남자를 유혹하는 데 천부적이었다. 아무 의식 없이 하는 행동이란 걸 아는데도 절로 음심이 동했다.

여자라면 질릴 정도로 상대한 조윤호조차 시선을 떼지 못하고 침을 흘리던 것을 보면 다른 이들은 어떨지 알 만했다.

이런데도 저와 만나기 전까지 남자 경험이 아예 없었던 것을 보면 온실 속 화초처럼 철저히 보호받으며 산 모양이었다.

그렇게 귀하게 자란 공주님이 처음 본 남자와 섹스하려면 얼마나 큰 각오가 필요할까.

"…태신 씨?"

태신이 냉담한 표정으로 빤히 바라보자 희원이 커다란 눈을 연신 깜박였다.

결백하다 못해 무해하다는 감상을 느끼게 하는 순진무구한 얼굴을 보니 태신은 저도 모르게 비웃음이 터졌다.

저 완벽한 얼굴이 가면이라고 생각하니 벗겨 버리고 싶은 충동이 손끝을 간지럽혔다.

"……."

싱긋. 무섭던 무표정이 한순간에 부드러워지며 미소를 머금자 희원이 눈에 띄게 안도했다. 그 모습을 꼼꼼히 살펴보던 태신은 몸을 돌렸다.

"귀한 분을 오래 세워 놨군."

"아, 아니에요."

따라오라는 듯 먼저 걷는 태신을 뒤따르던 희원은 주변 사람들이 노골적으로 훑어보는 게 느껴졌다.

김태신과 함께 있으면 이런 시선을 받아야 하는 걸까. 익숙지 않았지만, 희원은 태연하려고 애썼다.

아까 지나쳤던 플레이 룸으로 들어가는 태신을 보니 엇갈렸다는 걸 알았다. 혹시 제가 왔다는 소식에 마중 나왔던 걸까.

플레이 룸 한쪽에는 당구대와 다트판이 보이고 양주가 늘어서 있는 바에는 바텐더도 있었다.

공간은 큼직한데, 정작 사람은 별로 없었다. 적지만 노골적인 시선을 무시하고 걸어간 태신이 그의 자리인 듯 비어 있는 소파에 앉았다. 맞은편에서 술을 마시던 사람들이 그의 귀환을 소리 높여 환영했다.

"김태신, 물 빼러 간 줄 알았더니 웬 예쁜 인어를 낚아 왔네?"

겉보기로도 꽤 취해 보이는 남자가 가로로 몸을 기울인 채로 희원을 손가락질했다.

아까에 이어 또다시 낚였다는 표현을 들은 희원의 표정이 아리송해졌다.

정확히 말하자면 제가 김태신을 낚았다.

다만 물 밖으로 끌어 올릴 힘이 없어서 낚싯바늘을 문 김태신에게 반대로 끌려다니고 있는 초보 낚시꾼이라 할 수 있었다.

태신이 멋쩍게 서 있는 희원의 손을 끌어당겨 옆에 앉혔다. 그의 손짓에 털썩 주저앉게 된 희원이 그만 가방을 놓쳤다.

소파 아래로 툭 떨어진 가방을 태신이 발끝으로 죽 밀었다. 소파 테이블 밑으로 넣어 버리는 것이 주울 생각을 하지 말라는 듯 느껴졌다. 희원은 얌전히 순응했다.

"형수님 될 분한테 말 함부로 하면 못써."

태신이 빙긋 웃으며 말했다. 조금도 진지하지 않은 언행이라 희원은 아무도 진심으로 받아들이지 않을 줄 알았다. 그런데 주변이 삽시간에 조용해지며 모두 눈을 커다랗게 뜨고 쳐다보는 것에 덩달아 놀라고 말았다.

"너, 너 이 미친놈. 결혼 상대를 여기 데려왔어?"

놀라는 포인트가 그거라니. 물론 잠깐 둘러봤을 뿐인데도 왜 이방인을 경계하는 회원제 라운지인지 알 수 있을 만큼 방탕한 공간이기는 했다. 배우자에게 떳떳하지 못한 생활이라는 자각은 있는 모양이었다.

"내 사생활을 다 이해해 주겠다는 아주 관대하고 너그러운 아내지."

태신이 희원의 목을 가리고 있는 머리칼을 가볍게 쓸어 넘기며 웃었다. 조명을 받으며 희게 빛나는 기다란 목을 쓰다듬는 손길이 몹시도 야릇했다.

"진짜로? 그럼 김태신이 나랑 자도 이해해 줄 거예요?"

짓궂은 질문을 던지는 목소리가 가벼웠다. 태신의 손끝이 선사하는 간지럼과는 다른 묘한 느낌을 의식하지 않으려고 애쓰던 희원이 얼른 시선을 앞으로 옮겼다.

허리까지 오는 긴 머리가 유난히 시선을 잡아끄는 미인이 도발하듯 턱을 치켜든 채 눈을 깜박였다. 처음 보는 사람인데도 왠지 모르게 낯이 익었다. 연예인일지도 모르겠다는 생각이 들었지만, 자신과는 아무 상관 없는 일이었다.

대답하기 전, 태신이 했던 말이 떠올랐다. 자신이 바란 건 보여 주기용 아내가 아니라던.

그렇지만 제가 그의 아내가 된다고 해서 그가 사생활을 완전히 정리할까? 사랑이 있는 결혼도 아닌데?

감히 김태신을 제 얕은 안목으로 재단해서는 안 된다지만, 절 이곳에 데려오고 사생활 얘기를 먼저 꺼낸 것을 근거로 희원은 입을 열었다.

"태신 씨가 그러고자 한다면 제가 막을 일은 없어요."

질문을 던졌던 홍소연이 흐응, 하고 콧소리를 냈다. 말하는 걸 보면 정략결혼임이 분명한데, 김태신이 그러지 않을 거란 믿음이 흐릿하게나마 느껴졌다.

세상에 믿을 놈이 없어서 저 김태신을 믿나? 혹시 자신만은 다를 거라고 믿는 건가? 아니면 나쁜 남자에게 빠진다는 착한 아이 콤플렉스?

속으로 슬쩍 비웃은 소연이 김태신을 살폈다. 새로운 장난감을 얻었다는 듯 흥미가 가득한 표정을 보니 저 순진해 보이는 여자에게 쓸데없는 동정심이 들려고 했다.

"이야. 그럼 김태신 너는 어떤데? 제수씨가 나랑 자도 돼?"

형수님을 제수씨로 바꾼 양호준이 과장되게 윙크하며 물었다.

농담인 걸 알면서도 난감해진 희원이 뭐라 반응을 보이기도 전이었다. 목에서 직각으로 떨어지는 예쁜 어깨를 집요하게 문지르던 태신의 손에 힘이 꽉 들어갔다. 가느다란 목을 분질러 버리려는 게 아닐까 싶을 만큼.

"그건 절대로 용납 못 하지."

그럴 일 없다는 말이 희원의 입 안을 맴돌았지만, 무저갱처럼 깊고 어두운 태신과 눈을 마주하자 몸이 굳어 입이 떨어지지 않았다.

"물론 내 어여쁜 아내는 절대 다른 남자 냄새 따위 묻히지 않을 거야. 그렇지?"

목소리는 감미로웠지만, 눈빛은 무섭게 번들거렸다. 희원은 태신의 눈에 담긴 의미를 확실히 읽었다. 그런 일이 벌어지는 순간, 이 결혼 놀이는 끝이라고.

"네. 절대 그럴 일 없어요."

대답을 고민할 필요도 없는 일이었다. 일말의 망설임조차 없었기에 대답에 진심이 넘치도록 묻어났다.

"……."

마치 눈 속에 거짓말 탐지기라도 장착한 것처럼 빤히 바라보던 태신이 눈을 가늘게 뜨며 씩 웃었다. 눈에 담는 것만으로 숨 쉬는 걸 잊을 만큼 고혹적인 미소였다.

"나는 바람피워도 너는 안 된다? 이거 아주 못된 놈이라니까."

호준이 태신을 손가락질하며 크게 웃었다. 그래도 그 마음을 이해하지 못

하는 건 아니었다. 김태신이 데려온 여자는 확실히 독점욕이 들 만했다.

단순히 예쁜 수준을 넘어서 고급의 삶을 살았다는 기품을 아우라처럼 두른 여자였다. 곱게 자랐다는 티가 나는데 하필 저런 망나니 김태신 손에 들어가다니. 절로 안타까운 마음이 들었다.

악당 김태신의 마수에서 공주를 구하는 용사가 되는 상상을 하며 히죽거리던 양호준이 이내 표정을 구겼다.

저 막강한 빌런을 이길 방도가 도무지 그려지지 않았다. 죽기 싫으니 공주를 포기하는 수밖에.

아쉬움에 입맛을 다신 그가 희원에게 눈인사를 건네며 술병을 들었다.

"그래도 김태신이 결혼할 여자를 소개하는 건 처음인데, 한 잔 받아요. 양호준입니다."

"아, 저는 류……."

"수작 걸지 마."

희원의 이름이 태신의 목소리에 묻혀 지워졌다. 심지어 호준의 손에서 술병마저 뺏어 가서는 대신 술을 따랐다.

"자, 마셔."

술잔을 입술에 붙일 듯이 가져다 대니 희원은 빼지 못하고 얌전히 받아 마셨다. 태신의 눈이 저를 향한 흥미로 반짝거리는데, 찬물을 끼얹을 수는 없었다. 그나마 술을 마실 줄 안다는 게 다행이라면 다행이었다.

"옳지, 잘 마시네."

강아지의 재롱을 보는 주인의 시선이 이럴까. 희원은 뺨이 화끈거리는 게 독한 술 때문인지 태신의 반응 때문인지 구분하지 못했다.

"김태신이 여자를 저런 눈으로 보다니. 내가 너무 취했나?"

호준이 소연을 보며 제가 지금 제대로 보고 있는 게 맞느냐고 물었다. 그래도 결혼할 여자는 다른 건가? 하고 중얼거리는 말에 소연은 코웃음을 쳤다.

결혼할 여자라고 다르다? 있을 수 없는 일이었다. 그 어떤 여자가 와도 절대 품을 내주지 않던 게 김태신이었다.

소연은 다정하게 웃는 김태신을 보면서도 부정했다. 저 다정함이 진짜일 리 없다고. 분명히 저 여자를 방심시키고자 연기하는 거다.

'김태신이 맞선을 봤어. 상대가 꽤 마음에 든 모양이야.'

집안에서 마련한 혼담이라고 했다. 김 회장님의 권위에도 굴하지 않는 김태신이 순순히 맞선을 보러 나간 것부터가 신기할 따름이었다.

'맞선 상대가……. 그래, 참 예쁜 아이거든.'

예쁜 아이라며 칭찬하던 목소리를 떠올리며 소연은 김태신의 품에 반쯤 파묻힌 여자를 바라봤다.

태신의 기대와 종용 속에서 잔을 비운 여자의 얼굴이 발갛게 달아올라 있었다. 그 모습이 참으로 순진하고 어여쁘게 보이기는 했다.

'나는 찬성이야, 그 결혼.'

'그러니 너는 힘쓰지 않아도 돼. 성과 없는 노력만큼 허무한 게 없는데, 그간 수고가 많았어. 보상은 톡톡히 해 줄게.'

소연은 어금니를 부술 것처럼 주었던 힘을 뺐다. 이 가는 소리라도 나면 안 될 일이었다.

제가 어떤 진전도 이루지 못했다는 것은 스스로 제일 잘 알았다. 하지만 그걸 남의 입으로 듣는 건 또 다른 일이었다. 소연은 제 쓸모가 다했다는 걸 인정하고 싶지 않았다.

"더 마셔."

"태신 씨, 잠시만……."

"왜, 입으로 넘겨줄까?"

한 잔으로는 성에 안 차는 듯 다시 채워 준 술을 두고 희원이 쩔쩔매자 태신은 웃으며 술잔을 기울였다.

그의 입으로 들어간 술이 금세 그녀의 입으로 넘어갔다. 꿀꺽꿀꺽. 목구멍이 열리며 술은 금세 식도를 타고 내려갔건만, 태신은 입을 뗄 기미를 보이지 않았다.

여자의 입속을 유영하는 태신의 혀가 간간이 입술 사이로 보였다. 남들 눈을 전혀 신경 쓰지 않는 것이 더없이 김태신다웠다. 더는 태연히 지켜볼 수 없어 소연은 자리를 벗어났다.

김태신은 새로운 장난감의 재롱이 마음에 든 것뿐이다. 난잡한 사생활을 눈감아 주겠다며 관심을 끈 모양인데, 과연 얼마나 갈까. 김태신 변덕이 어디 하루 이틀 일이던가.

당장 결혼할 것처럼 구는 것도 입에 발린 소리에 불과할 것이다. 집에서 아무리 이 결혼에 찬성한다 해도 김태신의 마음에 들지 않으면 다 허사였다.

소연은 조만간 저 여자도 김태신의 바짓가랑이를 잡고 매달릴 거라고 확신했다. 그래야만 했다.

* * *

술은 식도를 타고 아래로, 아래로 내려가는데, 열기는 위로 피어오르는 듯 머리가 뜨거워졌다.

희원은 할아버지에게 정식으로 주도를 배운 후로 술을 마실 기회가 여럿 있었다. 한 번도 심하게 취해 본 적이 없어서 술이 세다는 생각도 했다. 하지만 이렇게 도수 높은 술을 마셔 본 적 없기에 할 수 있었던 자만이었다.

빈속에 독주를 물처럼 연달아 마시고 나니 뺨이 화끈거리는 걸 넘어서 머리를 뜨거운 물에 담근 듯했다.

들이마시는 숨은 시원한데 제가 내쉬는 숨은 몹시도 뜨거웠다. 마치 제가 온풍기가 된 것 같다는 생각이 들어 실없이 웃음이 나왔다.

"왜 웃지?"

"온풍기……."

"응?"

단어를 소리 내서 뱉고 보니 더 웃겼다. 새어 나오는 웃음을 주체할 수가 없어 샐샐 웃고 있으니 태신이 뺨을 매만졌다. 그 따스한 손길이 몹시 기분이 좋았다. 그대로 기대고 싶을 만큼.

"술버릇이 고작 웃는 거라니, 류희원 씨는 참 종잡기 어려워."

웃는 게 술버릇인 사람이 어디 있어요. 분명히 그렇게 말했는데 혀가 제대로 움직이지 않았다. 웅얼대느라 입술만 간지러웠다. 입술을 쥐어뜯듯 만지자 태신이 그러지 말라는 듯 손을 떼어 내고는 얼굴을 겹쳤다.

그대로 아랫입술을 깨물렸는데, 감각이 둔해진 건지 아프지 않고 오히려 기분 좋았다. 다시 입꼬리가 위로 솟자 태신이 못 말린다는 듯 웃음을 터트렸다.

"그래도 우는 것보단 낫나."

하도 끌어안고 비벼대느라 헝클어진 머리를 어깨 뒤로 넘겨 준 태신은 조금 허탈한 얼굴로 희원을 살폈다.

본모습을 드러내게 하려고 일부러 술을 진탕 먹였는데, 어째 돌아가는 꼴이 생각과 달랐다.

본디 사람은 술에 취하면 입이 가벼워지는 법이었다. 논리적 사고를 담당하는 뇌의 전전두엽이 알코올로 마비되면서 온갖 생각과 감정들이 입 밖으로 나오는 걸 통제할 수 없게 된다.

그래서 비밀이 있는 자는 술을 멀리해야 했다. 비밀을 감추려고 늘 경계하고 조심하던 이성이 마비된 틈에 입이 비밀을 술술 흘리는 것이다.

그런데 류희원의 입은 웃음만 흘릴 뿐, 도통 말을 담지 않았다. 그저 웃고 또 웃었다.

웃는 주사라니, 숫제 귀엽기까지 한 모습에 태신은 어이가 없을 따름이었다.

분명히 완전히 취해 풀어진 얼굴에 경계심이라고는 조금도 찾아볼 수 없었다. 머리를 어깨에 기대게 하자 희원이 아기처럼 품에 안겨 왔다.

취하기 전에는 보이지 않던 모습이었다. 이런 걸 보면 술이 제대로 작용한 게 맞는데, 비밀이 없는 건지 입이 무거운 건지 모를 일이었다.

태신은 제 턱에 닿는 보드라운 머리칼을 쓸어 넘기며 반듯한 이마를 내려다봤다. 이마에서 콧날로 떨어지는 고운 선이 만져 보고 싶게 했다.

조금 전까지 입술을 물고 빨고 했는데, 그것과는 전혀 다른 감정이었다.

"류희원 씨."

"으응……."

"날 봐야지?"

태신은 거의 눈을 뜨지 못한 채 숨만 색색 내쉬는 희원의 턱을 잡아 저를 보게 했다. 취기가 더 올랐는지 어느새 웃음마저 지워진 채였다.

눕혀 주면 그대로 잠들 것 같은 얼굴을 한 희원이 억지로 눈을 뜨며 태신을 보려고 했다. 제대로 치켜뜨지 못한 속눈썹이 시야를 가렸다. 그래도 그를 알아보긴 했는지 얼굴에 맺히는 미소가 봄날의 바람처럼 살랑거렸다.

"아내가 남편에게 비밀이 있으면 안 되잖아. 그렇지?"

"네에……."

대답은 잘한다. 하지만 무슨 말인지 알아들은 것 같지는 않았다. 하지만 태신은 개의치 않았다. 애초에 이러려고 술을 잔뜩 먹인 거기도 했고.

태신은 주변을 둘러봤다. 희원에게 술을 먹이기 시작할 때부터 하나둘 자리를 뜬 탓에 어느새 플레이 룸에는 바를 지키는 직원밖에 남아 있지 않았다.

손을 살짝 들어 서빙 직원을 불렀다. 조용히 다가온 직원에게 손으로 테이블을 가리켰다. 그 손짓을 따라 시선을 옮긴 직원이 바로 알아듣고 가방을 주워 공손히 내밀었다.

부드러운 나파 가죽 숄더백을 손에 든 태신은 거리낌 없이 지퍼를 열었다. 가방 안은 단출하고 깔끔했다. 내용물을 빠르게 훑고는 핸드폰을 꺼냈다.

"자, 손 내밀어. 아무것도 없으면 선물을 주지."

느리게 눈을 깜박인 희원이 선물? 하고 고개를 갸웃거렸다. 말을 문장으로 알아듣지 못하고 몇몇 단어만 간신히 주워 삼키는 듯 보였다.

"그래, 선물. 가지고 싶은 건 뭐든 사 줄게."

술기운에 잠식당한 게 빤히 보이는데도 류희원의 보석 같은 눈동자는 빛을 잃지 않고 반짝거렸다.

순진한 어린애를 속여 사랑을 갈취하는 듯한 죄의식을 느낀 태신이 쓴웃음을 지었다. 말도 안 되는 소리였는데, 순진무구해 보이는 류희원의 표정이 그런 생각이 들게 했다.

"손."

핸드폰 화면을 앞에 두고 검지가 아니라 손 전체를 예쁘게 내미는 걸 보니 뭘 하라는 건지 전혀 이해하지 못하는 게 확실했다.

손등이 보이게 내민 손이 오랜 시간 피아노를 쳤다는 것을 방증하듯 몹시 길고 아름다웠다.

"이거야, 원. 주인한테 귀염받으려고 손 주는 강아지 같잖아."

손수 검지만 남기고 주먹을 쥐여 주며 태신은 꼬리 흔들고 있는 건 아닌지 확인해 봐야겠다고 실없이 농을 속삭였다.

"꼬리요……?"

정말 꼬리가 있는지 확인하려는 것처럼 희원이 뒤를 돌아보는 사이, 손끝이 꾹 눌리고 핸드폰 잠금이 풀렸다. 다시 고개를 돌린 희원이 시무룩한 얼굴로 중얼거렸다.

"나 꼬리 없네……."

잠금이 풀린 핸드폰을 냉철한 눈으로 훑던 태신이 반사적으로 풉, 웃음을 터트렸다. 류희원의 핸드폰 속에 형과 연락한 증거가 있을지도 모른다는 생각에 사납게 일었던 살기가 순식간에 기운을 잃고 사그라졌다.

꼬리가 있어야 선물을 받는다고 생각한 건지, 아니면 그저 꼬리가 갖고 싶었던 건지 모르겠지만 아쉬워하는 얼굴이 가짜 꼬리라도 만들어 붙여 주고 싶게 했다.

핸드폰 속을 뒤지던 것도 잊고 그런 희원을 빤히 바라보던 태신이 입술을 꾹 물며 고개를 저었다.

"이젠 그냥 속아 주고 싶을 지경이야."

핸드폰 속이야 깨끗할 수 있다. 대포 폰으로 연락을 주고받았을 수도 있고 대면으로 얘기를 나눴을 수도 있었다.

하지만 이런 술 취한 모습도 연기할 수 있다고? 이게 연기라면 류희원은 전공을 잘못 선택해도 한참 잘못 선택했다. 하늘이 내린 재능을 쓰레기통에 버린 수준이었다.

적어도 태신의 눈에는 그랬다.

어릴 적부터 큰형이 붙인 사람들을 수도 없이 만나면서 태신은 그들의 진위를 의심하고 어느 게 진심이고 어느 게 거짓인지 판별하는 데 도가 텄다. 그 경험을 바탕으로 판단했을 때 류희원은 비밀을 감추는 자 특유의 경계심이 전혀 보이지 않았다.

큰형이 수작을 부렸다는 건 이미 확인한 상황이었다. 형수 최민희가 신성 그룹의 며느리이자 신성 병원 병원장인 오상연과 친분이 있었다. 그 친분을 빌미 삼아 무슨 개소리를 지껄여 댔을지 알 만했다.

마약 중독이라느니, 낙태를 시켰다느니, 질리지도 않고 써먹는 레퍼토리였다. 현대 사회에서 사람 하나 쓰레기 만드는 건 없는 호랑이를 만들어 내는 것보다 훨씬 쉽게 이뤄졌다.

널리 퍼진 태신의 악명과 도원가 며느리의 보증 아래 신성 그룹은 혼담을 거절하기로 했다.

그런데 거기서 튀어나온 류희원의 돌발 행동이 문제였다.

태신은 저와 결혼하고 싶어 하는 류희원의 배후에 큰형이 있다는 의심을 떨쳐 낼 수가 없었다.

다른 그 누구도 아닌 제 큰형이었다. 평생 그를 떠받들며 따르던 동생을 그의 손에서 벗어나려고 했다는 이유 하나만으로 불구로 만들어 버린.

태신이 그를 흠집 내려는 악의적인 소문에 시달리는 것과는 비교도 할 수 없는 사건이었다. 큰형은 그런 짓을 눈 하나 깜짝하지 않고 저질렀다.

없는 꼬리 때문에 시무룩한 것도 잠시였는지 다시 고개가 기우는 희원을 바라보는 태신의 속내가 복잡했다.

"류희원."

고개를 앞으로 숙이고 있는 탓에 기다란 속눈썹에 가려진 보석 같은 눈이 보이지 않았다. 태신은 그게 아쉽게 느껴졌다.

"왜 나랑 결혼하려고 했어?"

맨정신으로는 들을 수 없었던 질문. 술에 둔화된 입이 과연 진심을 흘릴까.

태신은 왠지 모르게 손바닥에 땀이 차는 걸 느꼈다. 마치 저 예쁜 입에서 큰형의 이름을 듣고 싶지 않은 것처럼.

그새 잠든 것처럼 반응이 없던 희원이 한참 만에 고개를 들었다. 자체적으로 발광하는 반딧불이처럼 빛을 품은 눈이 태신을 오롯이 담았다.

젖은 눈을 한 희원이 말갛게 웃었다. 그 웃음의 의미를 태신은 짐작조차 할 수 없었다.

휘청대듯 고개를 앞으로 기울인 희원이 마치 비밀을 말해 주려는 양 손날을 세워 입가로 가져가는 걸 본 태신이 귀를 기울였다.

가로로 예쁘게 길어진 입술이 6년간 꼭꼭 숨겨 왔던 비밀을 조심스레 흘렸다.

"살고 싶어서……."

먹먹한 목소리가 태신의 귓가에 울렸다.

* * *

핸드폰 속에는 김영신 혹은 그와 관련된 인물과 연락을 취한 흔적이 없었다. 몇몇 저장되지 않은 번호로 온 연락이 있기는 했지만, 대부분이 스팸이었다.

"기술자의 손을 빌려야겠어."

"바로 호출하겠습니다. 카피하시려는 겁니까?"

"그래. 그리고 이것도. 녹음기나 카메라가 있는지 확인해 봐."

"알겠습니다."

"손상 없이."

"명심하겠습니다."

공손하게 대답했지만 이런 일이 익숙한 직원은 자신에 차 있었다. 가방에 손상을 입히는 건 하수나 할 일이었다. 만에 하나 손상을 입히더라도 감쪽같이 수선해 낼 실력도 있었고.

가죽 숄더백을 조심스레 받아 든 직원이 자리를 뜨고 태신은 핸드폰 속 사진첩을 열며 희원을 힐끗 바라봤다. 제 허벅지를 베고 곤히 잠든 희원은 깰 기미가 보이지 않았다.

잠든 척으로 절 속일 수 없다는 걸 알면서도 괜히 검지를 코 밑에 대 봤다. 희미한 숨결이 손가락을 간지럽혔다. 간질간질한 느낌이 묘하게 자극적이었다.

쓸데없는 짓이었다고 손을 턴 태신은 다시 시선을 핸드폰으로 돌렸다. 사진첩에는 그 흔한 셀카 한 장이 없었다. 죽죽 넘겨 보던 태신의 눈에 가족사진이 들어왔다.

학교에서 개최한 연주회였는지, 배경에 붙은 플래카드에 예술 고등학교 이름이 적혀 있고 하늘색 드레스를 입은 류희원이 까만 그랜드 피아노 앞에 서서 웃고 있었다.

고등학생 류희원은 무척 앳돼 보였다. 엠파이어 라인의 우아한 드레스를 입고 있는데도 얼굴에서 느껴지는 애티가 더 강했다.

환하게 웃는 모습이 마치 해바라기를 의인화한 것 같다는 생각이 들 만큼 해맑았다. 천진한 표정이 앳된 얼굴을 더 귀엽게 보이게 했다. 살면서 어려움한 번 겪어 본 적 없다는 듯 그늘이 없고 사랑받고 자란 티가 확연히 드러났다.

류희원의 좌우에 든든한 날개처럼 위치한 남녀가 바로 류 회장의 첫째 아들 류선규와 그의 아내 박현희였다.

박현희가 난소암으로 세상을 뜨자 그 슬픔을 이기지 못한 류선규가 스스로 목숨을 끊었다는 이야기는 태신도 들은 적이 있었다. 류선규가 워낙 천재로 추앙받던 인물이라 그랬다.

바이오 업계의 새 지평을 열면서 주목받은 천재 박사가 그리도 허무하게 가리라고는 아무도 예상하지 못했기에 재계의 충격이 컸다.

그래도 그 충격이 류희원이 받은 충격만 할까.

이 두 사람이 세상을 떴다는 건 류희원의 날개가 찢겼다는 뜻이나 다름없었다. 확실히 그 이후로 평생을 함께한 음악까지 그만뒀을 정도니 류희원이 받은 충격이 어느 정도인지는 굳이 셈하지 않아도 될 듯했다.

태신이 본 류희원의 최근 사진은 하나같이 생기 없는, 시체라는 말도 이상하지 않을 만큼 무미건조했다. 미소는커녕 핏기도 없었다.

웃는 게 주사라는 건…… 취하지 않고는 웃지 못하는 삶이라고 해석할 수도 있었다.

'*살고 싶어서….*'

류희원이 취중에 중얼거린 대답의 의미를 태신은 아직 짐작할 수 없었다.

지잉. 작지만 강한 진동에 상념이 끊어졌다. 손에 쥐고 있던 류희원의 핸드폰이 마치 놓아 달라는 양 몸부림치고 있었다.

[작은엄마

발신인을 본 태신의 눈썹이 조금 위로 솟았다. 딸 대신 조카를 내보내는 얄팍한 수를 쓴 장본인이었다.

자정이 다 되도록 오지 않는 조카를 걱정하는 마음일지는 전화를 받아 보면 알 터였다.

통화 버튼을 누르기 무섭게 목소리가 터져 나왔다.

- 아직도 김태신이랑 같이 있니?

첫마디부터 가관이었다. 하긴 안 보이는 데서는 나라님도 욕한다는데, 제 이름 석 자만 부르는 건 양호한 편인지도 모른다.

일부러 대답하지 않고 기다리자 오상연이 초조한 기색을 드러내며 재촉했다.

- 대답 안 해? 이 무슨 경우 없는 짓인지……. 쯧.

태신의 눈썹이 삐뚜름하게 솟았다. 고작 몇 초였다. 상대가 어떤 상황인지 전혀 알지 못하면서 다짜고짜 경우 없다고 깎아내린다? 부모 대리라는 집안 어른이 쓸 법한 언행이 아니었다.

사실 류희원이 신성 그룹의 천덕꾸러기였나? 조사한 바와 다른 느낌에 태신의 머리가 바삐 돌아갔다. 조사가 틀릴 리가 없는데.

- 너 정말……!

"사람 이름을 막 부르는 건 경우에 맞는가 봅니다?"

- 무슨……. 기, 김태신?

경우를 모르는 건지 경황이 없는 건지 이번에도 무례하게 이름 석 자만 튀어나왔다. 희원의 전화를 제가 받을 줄은 꿈에도 모른 듯했다.

"뭐, 벌써 처숙모님 행세하시려는 거라면 이해해 드리죠."

- 아, 아니! 미안해요, 김태신 씨. 조금 놀라는 바람에 말이 제대로 전달 안 된 것 같네요.

순식간에 차분해지는 목소리를 들으며 태신은 꿈나라에서 헤매는 희원의 머리칼을 만지작거렸다. 만지는 것만으로도 녹아 없어질 듯 부드러운 감촉이었다.

"원래 장모님이라 불러 드리려고 했는데, 그건 싫으셨나 봅니다?"

- ……싫다니요. 그럴 리가요. 그저 상황이 여의치 않아서……. 희원이가 제대로 전달을 안 했나요?

여기서 다시 류희원에게 화살을 돌린다? 태신의 눈이 가느스름해졌다.

"내가 납득할 만한 이유는 아니더군요. 공교롭게도 지금 한국에 없던데."

- …….

"미국 가는 조건으로 받은 가방이 아주 마음에 든 모양입니다."

맞선 직전에 미국으로 출국해 돌아오지 않는 걸 꼬집었더니 갑작스레 침묵이 찾아왔다.

류진아는 패션 인플루언서로 SNS 팔로워를 제법 가지고 있었기에 개인 계정이 따로 있었다. 몇몇 사람들에게만 공개하는 비밀 계정 속은 그야말로 날것 그 자체였고 여과되지 않은 언행은 거침이 없었다.

유명한 재벌 3세랑 맞선 볼 뻔했는데 엄마가 반대했다느니 미국 가 있는 조건으로 명품 가방을 받았다느니, 용케 제 이름은 안 적었다 싶을 만큼 세세한 내용이 가득했다.

신상 가방을 안고 함박웃음을 짓는 류진아의 외모는 류희원과 닮은 듯 닮지 않았다. 엄마의 피가 진했는지 류희원보다 좀 더 턱이 뾰족하고 광대가 두드러졌다.

"도원 그룹의 가치가 고작 670만 원이었습니까?"

- 오해하지 말아요. 그건 그냥 딸에게 준 선물이었어요. 제가 정말 혼담을 거절할 거였다면 왜 희원이를 보냈겠어요?

"흐음."

- ……희원이야말로 회장님의 장손녀랍니다. 도원 그룹의 격에 조금이라도 맞추고자 한 제 선한 의도를 부디 헤아려 주세요.

태신은 웃지 않을 수가 없었다. 순식간에 변명거리를 만들어 내는 오상연의 재치에 감탄하기도 했지만, 무엇보다 조금 전까지만 해도 말썽꾸러기 취급하던 류희원의 격을 올리려고 애쓰는 모습이 우스웠다.

"그렇게 깊은 뜻이."

놀림조라는 걸 알았을 텐데도 오상연은 딱히 반응을 보이지 않았다. 확실히 그 이상 가는 변명은 저도 생각해 내기 힘들었다.

왜 류진규 사장의 든든한 우군인 류희원을 견제하는 것처럼 느껴지나 했더니 그다음 후계자가 될 가능성 때문인 듯했다. 류희원이 신성 바이오에서 배우고 경험을 쌓다 보면 류진규의 다음을 이어받기 충분할 테니까.

그렇게 되면 오너가의 경영권이 계속 이어져서 좋은 것 아닌가 싶지만, 그 안의 복잡한 사정은 제삼자가 알 수 없는 법이었다.

"처숙모님 뜻은 잘 알았습니다."

― …….

자기 꾀에 넘어간 자의 얼굴이 어떨지 직접 보지 못하는 게 아쉬울 따름이었다. 태신은 빙그레 웃으며 희원의 머리칼을 만지는 손을 들어 올렸다. 길게 따라 올라온 머리칼이 모래처럼 손가락 사이로 빠져나갔다. 그 감촉이 마치 손가락을 희롱하는 것처럼 보드라웠다.

"희원 씨는 제가 안전하게 집에 잘 데려다주겠습니다."

전화를 끊은 태신의 옆으로 직원이 다가왔다. 통화를 마무리할 때까지 기다린 모양인데 그런 기색은 조금도 내비치지 않았다.

"깨끗합니다."

가져갔을 때와 똑같은 모양을 한 가방을 내밀었다. 깨끗하다. 도청기든 초소형 카메라든 아무것도 없다는 뜻이었다.

류희원이 집안 문제로 저와 결혼하기를 선택한 걸지도 모른다는 가정을 세운 태신의 얼굴은 전화를 받기 전보다 훨씬 누그러져 있었다.

"그럼 카피하겠습니다."

옆에 시립하고 있던 기술자가 핸드폰을 요구했다. 복제하려면 기존 핸드폰에 특정 앱을 설치해야 했다.

손에 든 핸드폰과 류희원을 번갈아 바라본 태신은 이내 고개를 가볍게 저었다.

"아니, 그것보단 이미 카피된 적 있는지 확인해 줘. 카피 폰일 가능성도."

"지금 확인해 보겠습니다."

제가 생각한 방법이라면 큰형도 이미 생각했을 가능성이 농후했다.

기술자가 작업하는 동안 태신은 직원에게 객실을 준비해 달라고 부탁했다.

처숙모라고 한껏 약을 올려놨는데 바로 귀가시키는 건 익히 알려진 김태신다운 처사가 아니었다. 망나니라면 망나니답게 행동해야지. 날 밝은 뒤 집에 보내거나 아예 회사로 출근시킬 생각이었다. 밤새 손톱을 물어뜯으며 기다릴 오상연을 떠올리니 그것도 나름 고소했다.

"현재까지 카피 된 흔적은 없습니다. 스파이 앱도 없고 클라우드나 계정에 수상한 IP가 접속한 기록도 없네요. 깨끗합니다."

그사이 검증을 마친 기술자가 입을 열었다.

"녹음 파일들이 있긴 한데, 숨겨져 있지는 않습니다. 내용은 텍스트 변환해서 드리겠습니다."

"한 달 이상 지난 파일은 확인할 필요 없어."

신성 그룹이 혼담 상대로 정해진 건 지난 달이었다. 그보다 더 일찍 접선했을 가능성은 없다고 봐도 무방했다.

태신은 알겠다고 말하면서도 의외라고 생각했다. 큰형이 제 옆에 사람을 붙이면서 이 정도 대비도 안 했다고? 여태껏 보인 형의 치밀한 태도와 맞지 않았다.

조사할수록 류희원의 결백만 입증되는 상황이 내심 마음에 들면서도 불안은 완전히 사그라지지 않았다. 내심 마음에 들다니. 태신은 마치 류희원의 결백을 바라는 듯한 제 태도에 자조를 흘렸다.

객실로 안내하겠다는 소리에 태신이 희원을 안고 일어섰다.

벤처캐피털을 통해 우회적으로 경영권을 획득한지라 잘 알려지지 않았지만, 르뮈에 라운지는 태신의 소유였다. 심지어 직원 중에서도 아는 사람이 몇 없었다.

큰형의 수작이 통하지 않게 엄격하게 관리하다 보니 오히려 그 폐쇄성으로 유명세를 탔다.

지금 태신을 담당하는 직원 김도형은 태신이 주인이라는 걸 아는 몇 안 되는 사람으로 몇 번의 테스트를 거쳐 그의 사람이라 인정받았다.

100%까지는 아니더라도 95% 정도는 신뢰했기에 이런 내밀한 일들도 맡길 수 있는 존재였다.

남은 5%는 일종의 방어 기제였다. 언제 배신당하더라도 덤덤히 넘어갈 수 있게 하는.

이런 지독한 인간 불신을 심어 준 자가 같은 피가 흐르는 형제라는 것이 참 아이러니했다.

"그럼 필요한 게 있다면 불러 주십시오."

태신이 희원을 침대에 눕히는 걸 도운 직원이 인사 후 방을 나섰다.

침대라는 걸 본능적으로 알아차렸는지 몸을 웅크리며 자세를 잡는 희원을 내려다보던 태신이 피식 웃었다. 내일 아침이 되면 퍽 놀랄 얼굴이 눈에 선했다.

* * *

"여태 안 자고 있었어?"

새벽 2시였다. 접대를 마치고 불콰하게 취해 집에 들어온 류진규는 여태 깨어 있는 아내를 보고 깜짝 놀랐다.

늦게 자는 건 피부에 안 좋다고 자정 전에는 무조건 잠자리에 드는 사람이 뜬금없이 자신을 기다렸을 리는 없으니 뭔가 다른 일이 있다는 뜻이었다.

"진아가 무슨 연락이라도 했어? 고 녀석, 뉴욕까지 가서 사고 친 건 아니겠지?"

"희원이가 안 들어왔어."

"음? 언제부터 희원이 귀가를 신경 썼다고 그래? 나이가 몇인데, 알아서 하겠지."

한집에 살고 부모 대리를 맡고 있다지만, 귀가 시간까지 관여하는 건 과한 면이 있었다. 그런데 말을 하기가 무섭게 도끼눈을 뜨는 걸 보니 뭔가 또 거슬린 모양이었다.

"이 시간까지 김태신이랑 같이 있는 거라고. 당신은 어쩜 그렇게 생각이 짧아?"

류진규는 취기를 애써 누르고 아내의 얘기를 곱씹었다. 김태신과 같이 있다. 그래, 희원이가 요즘 김태신 이사를 만난다고 했지. 남녀가 밤늦게까지 함께 있는 게 뭐 대수인가?

잠깐만……. 김태신 이사?

그제야 상황을 파악한 듯 남편의 표정이 달라지자 상연이 눈을 흘겼다.

"희원이한테 전화했는데 김태신이 받더라. 진아 미국 보낸 건 대체 어찌 알았는지 그거 가지고 트집을 잡잖아."

상연은 김태신의 치밀함에 치를 떨었다. 진아 입단속을 단단히 했는데 어떻게 알아냈는지 모를 일이었다. 가방 가격까지 정확하게 아는 걸로 보아 그냥 떠보는 게 아니었다.

"엿 먹으라고 일부러 희원이 붙들고 안 보내 주는 모양인데, 진짜 미치겠어."

김태신이 처숙모, 처숙모 하며 놀려 댔지만, 상연은 그가 정말로 희원이라도 데려가려 한다고 생각하진 않았다.

이건 말하자면 혼담 파기에 대해 정식으로 사과하고 보상을 하라는 경고였다. 희원을 인질로 잡고 도원 그룹의 격에 걸맞은 보상을 내놓으라고 협박하고 있는 것이다.

"원하는 대로 해 주는 게 어때. 당신이 고집부릴수록 일이 커지는 것 같은데."

거뭇거뭇하게 수염이 올라온 턱을 쓰다듬으며 진규가 가볍게 말했다.

"김태신 이사랑 기 싸움해 봐야 당신만 손해야. 뭘 이겨 먹겠다고 그렇게 용을 써."

"……지금 그걸 말이라고 하는 거야?"

아내의 날 선 반응에 진규는 아차 싶어 입을 다물었다. 술기운에 그만 본심이 흘러나오고 말았다. 기분이 상한 아내를 보니 사과해 봐야 늦었다는 판단이 선 그가 슬쩍 자리를 피했다.

"내가 누구를 위해서 이러는데……. 내가 진짜 어디 저 인간 믿고 살 수 있겠냐고."

화장실로 피신하는 남편의 뒷모습을 노려본 상연이 이를 악문 채 한숨을 흘렸다.

도원 그룹의 격에 맞는 보상이라니, 말이야 쉬웠다. 아니, 그런 보상을 한다고 치자. 과연 그걸로 김태신이 만족하고 용서할까? 오히려 빌미를 잡은 것처럼 더 큰 걸 원하고도 남을 위인이었다.

그렇다면 김태신에게 끌려다니는 것보다는 차라리 김자엽 회장의 부인인 한애란 여사를 공략하는 게 낫겠다고 판단한 상연의 머리가 빠르게 돌아갔다.

* * *

뉴욕의 명문 음악 대학 오디션은 류희원의 19년 인생에서 가장 큰 행사였다. 인생이 걸렸다는 말이 자연스럽게 나올 만큼 중요했다.

마지막 라이브 오디션을 앞둔 희원은 두려움이나 걱정보다는 기대가 더 컸다.

음대에 입학하고 나면 펼쳐질 뉴욕 생활이 벌써 꿈에 나오곤 했다. 어퍼웨스트사이드의 아파트에 살며 브로드웨이에서 공연을 보고 악보와 커피를 들고 학교에 가는 삶. 영화에나 나올 법한 그 모습을 상상하는 것만으로도 가슴이 뛰었다.

오디션을 치르기까지 모든 과정이 순조로웠다. 마치 희원의 입학을 환영하는 것처럼 추천서를 받고 레퍼토리 리스트에서 입시 곡을 정하는 것까지 착착 진행됐다.

오디션 전, 가장 중요하고 어려운 단계가 바로 합격 후 사사할 교수를 정해 접촉하는 건데, 그마저도 생각지도 못하게 도움을 받았다.

희원은 예술 학교 재학 당시 한국 클래식 음악계의 유망주를 육성하는 프로그램에 뽑혔던 적이 있었다. 그때 프로그램을 후원했던 저명한 인사가 뉴욕 음대의 교수와 연결을 해 줬다.

오디션 전 치른 시범 레슨에서 호평을 들으며 교수에게 제대로 눈도장을 찍은 덕분에 희원은 오디션을 치르기 전부터 자신이 있을 수밖에 없었다.

그렇게 순조로웠다. 마치 세상이 제 앞날을 응원하고 지지해 주는 것만 같았다.

오디션 당일에도 컨디션이 이보다 더 좋을 수가 없었다. 긴장하면 손끝이 굳고 어는데, 혈액 순환이 잘되는지 손이 따뜻하고 부드러웠다.

오디션이 아니라 연주회를 하고 나온 기분으로 연주를 끝마친 희원은 뿌듯하고 기쁜 마음에 곧장 집에 전화를 걸었다.

'엄마!'

아직 결과가 나오지 않았음에도 마치 합격한 것처럼 날아갈 듯한 목소리였다. 신이 난 목소리로 엄마를 찾았지만, 전화를 받은 이는 엄마가 아니었다.

'시험 끝났니? 비행기 표 준비해 놨으니 돌아오렴.'

냉랭한 작은엄마의 목소리에 희원은 머릿속을 가득 메우고 있던 행복의 기운이 연기처럼 사라지는 기분이 들었다.

'돌아가셨어. 시험 끝날 때까지 네겐 알리지 말라고 하셨단다.'

돌아가셨다는 말을 이해할 수 없어서 몇 번을 되물어야 했다. 어디를 돌아가요? 엄마가 어디 갔다고요?

'딸 된 도리로 발인은 봐야지.'

엄마의 죽음을 인정하고 받아들이길 거부하는 희원이 듣기에는 지나치게 냉정한 목소리였다.

어떻게 한국행 비행기를 타고 집에 왔는지 기억하지 못했다. 전화를 끊은 다음 기억이 장례식장이었다. 엄마의 사진을 끌어안은 채 죽은 듯 엎드려 있는 아빠를 보고 나서야 엄마의 죽음이 실감 났다.

난소암 4기라고 했다. 엄마가 암에 걸렸다니, 희원은 그조차 처음 들었다. 무려 신성 그룹의 며느리였다. 신성 병원이 운영하는 최고급 건강 검진 센터에서 매년 VIP 코스로 건강 검진을 받는 사람이 암이 4기까지 진행되도록 몰랐다는 사실을 희원은 믿을 수가 없었다.

의사이자 병원장인 작은엄마의 설명으로는 난소암이 원래 발견하기가 참 어렵다고 했다. 검사를 해도 안 보이기 일쑤고 2, 3개월이면 복강 전체로 전이되는 아주 무서운 암이라고.

'증상이 나왔을 때는 이미 손쓸 수 없는 상황이었어. 건강 검진을 했을 때만 해도 이상이 없었으니 생각도 못 했지. 네게는 절대 알리지 말아 달라고 부탁하셨단다. 네 입시가 끝날 때까지 버틸 거라고 힘을 내셨는데…….'

고개를 저으며 안타까워하는 작은엄마의 목소리가 제대로 들리지 않았다. 넋이 나가 앉아 있는 아빠의 모습이 저와 똑같았다. 현실을 받아들일 수 없으니 세상과 괴리가 일었다.

희원은 엄마의 시신조차 볼 수 없었다. 소각장으로 향하는 관만 봐도 눈물이 쉴 새 없이 쏟아졌다. 울고 울다가 실신하고 다시 눈을 뜨면 또 우는 사이 엄마는 한 줌의 재가 되어 유골함에 담겼다.

아빠의 손을 잡고 집에 갔다. 엄마의 모든 흔적이 그대로 있는데, 정작 엄마가 없는 집은 몹시도 썰렁했다. 엄마의 빈자리가 너무 크게 느껴져서 집에 있는 게 더 괴로웠다.

엄마가 마지막으로 누웠을 침대에 엎드려 울며 엄마를 원망했다. 차라리 병을 알았을 때 바로 알려 주지 그랬냐고. 그럼 마지막 시간이라도 함께했을 텐데, 그깟 입시가 뭐 대수라고 병을 숨겼느냐고 울부짖었다.

입시를 앞두고 엄마와 통화하던 때도 떠올랐다. 뉴욕에 같이 와 주지 않았다고 얼마나 투정을 부렸던가. 영상 통화를 하면서도 병색을 눈치채지 못하고 입시 따위가 힘들다고 징징댄 저 자신이 끔찍했다.

그렇게 울다 지쳐서 잠든 희원이 눈을 떴을 때 본 건 엄마를 따라간 아빠의 싸늘한 모습이었다.

"취했을 땐 잘만 웃더니 잘 땐 울어?"

"흐윽……."

"뭐가 그렇게 서러워서 울까?"

웃음기가 섞인 타박이 선명하게 울리자 상대적으로 과거의 기억이 조금씩 흐릿해졌다.

희원은 저도 모르게 목소리가 들리는 쪽으로 손을 뻗었다. 제가 그런다는 인지조차 하지 못했는데, 어느 순간 따뜻한 온기가 손에 닿았다. 그 온기에 필사적으로 매달렸다.

"좋아. 가슴이야 얼마든지 빌려줄 수 있지."

웃는 목소리가 점차로 뚜렷해졌다. 얼굴에 닿는 단단한 감촉과 귓속을 파고드는 안정적인 두근거림이 더할 나위 없는 안도감을 선사했다.

울음이 번졌던 희원의 얼굴이 어느샌가 차분해졌다. 색색거리는 숨소리에 고개를 숙여 희원을 본 태신이 쓴웃음을 지었다.

* * *

희원의 아침은 오전 5시에 시작된다. 5시 30분까지 명상과 아침 체조로 몸과 마음을 맑게 하고서 하루를 시작하는데, 아주 어릴 때부터 자리 잡은 습관이라 전날 아무리 늦게 자도 5시만 되면 알아서 눈이 뜨였다.

"으음……."

오늘도 마찬가지로 정각에 눈을 뜬 희원이 지끈지끈 울리는 머리를 부여잡고 신음했다. 알 수 없는 어지러움에 눈앞이 핑 돌아 고개를 들 수가 없었다.

조금이라도 편해지고자 고개를 이리저리 움직이는데, 얼굴에 비벼지는 베개가 평소와 달리 단단했다.

그러면서도 부드럽고 탄력적인 감촉이 낯선 듯 기분 좋게 느껴졌다. 따끈하기도 한 데다 촉감이 좋아서 그대로 얼굴을 대고 있었는데, 이번에는 타는 듯한 갈증이 문제였다.

"물……."

입을 벌리는 것만으로도 입술이 찢어질 것 같은 느낌이 들었다. 혀로 입술을 축이며 몸을 일으키려고 손을 뻗는데, 입술에 마침 차가운 감촉이 닿았다.

고개를 살짝 드는 순간, 샘물처럼 다디단 물이 입술 사이로 흘러들었다. 절로 환한 미소가 그려질 만큼 반가워 희원은 눈도 제대로 못 뜬 채 꿀꺽꿀꺽 삼켰다.

"눈도 못 뜨면서 안 흘리고 잘 받아 마시네."

웃음이 섞인 저음의 목소리가 귓속을 파고드는 순간 눈이 번쩍 뜨였다.

한순간에 밝아진 시야에 날카로운 턱선과 목이 보였다. 길쭉이 늘어나는 입술이 시야 한쪽에 스미듯 들어왔다.

그것만으로도 존재감이 어찌나 강한지 바로 누군지 알아봤다.

"태, 태신 씨……?"

깜짝 놀란 희원이 뒤늦게 몸을 일으켰다. 갑작스러운 움직임에 머리가 핑돌았지만, 그런 걸 신경 쓸 겨를이 없었다.

"어떻게……."

어쩌다 태신과 한 침대에서 눈을 뜨게 된 건지, 그 과정이 전혀 기억나지 않았다.

지금 막 잠에서 깬 자신과 달리 그는 아예 안 잔 건지 완벽한 미모에 퇴폐적인 느낌이 더해졌다. 창백한 피부와 어두운 눈가가 함부로 범접할 수 없는 분위기를 자아내 희원은 저도 모르게 몸을 더 뒤로 물렸다.

그러자 태신의 눈매가 가느스름했다. 점점 벌어지는 거리가 마음에 들지 않는다는 듯.

"왜 갑자기 내외하는 거지? 밤새 그렇게 달라붙더니."

"……제가요?"

밤새 달라붙었다고? 안 잔 건지, 못 잔 건지 피곤하단 눈을 한 채 머리를 쓸어 올리는 김태신의 나른한 태도보다 그 말이 훨씬 더 당황스럽게 느껴졌다. 그에게 달라붙는 제 모습을 쉬이 상상할 수 없었으니까.

희원이 잘 돌아가지 않는 머리를 억지로 굴리며 지난밤을 떠올리려고 애를 썼다. 태신을 만나러 와서 술을 마시고 또 마시고……. 마치 기억을 가위로 싹둑 잘라 낸 것처럼 그다음이 없었다.

"이리 와."

태신이 손을 뻗어 희원을 잡아끌었다. 얼결에 끌려가는 희원의 머릿속으로 방금까지 그의 가슴을 베개 삼아 누워 있었다는 것이 떠올랐다. 뒤늦게 얼굴이 화끈거렸다.

다시 같은 자세로 눕게 된 희원이 무게를 전하지 않으려고 몸에 힘을 주자 태신이 피식 웃었다.

"힘 빼."

그냥 기대라고 머리를 누르는 손길이 묵직했다. 마지못해 힘을 뺀 채 그의 가슴을 베고 눕는데, 기분이 묘했다.

머리칼 사이로 태신의 손이 들어왔다. 두피를 긁듯이 문지르며 머리를 빗는 손길이 부드러웠다.

"원래 취하면 그렇게 아무한테나 안기고 웃어 주고 그러나?"

"아니, 그게……."

기억에 없는 얘기를 하니 뭐라 반박할 말이 떠오르지 않았다. 지금까지는 술을 마시고 추태를 부린 적이 단 한 번도 없었다고 자부했지만, 지금은 입이 열 개라도 할 말이 없었다.

"어디까지 기억하지?"

"술 마신 건 기억이 나는데……."

"개가 됐던 건 기억 못 하고?"

"……개요?"

술 마시면 개가 된다는 비유를 떠올린 희원의 얼굴이 사색으로 질렸다. 이런 소리를 들을 정도로 심한 술버릇이 기저에 숨어 있었다고?

생각하는 게 얼굴에 다 드러나자 태신의 눈빛이 조금 짓궂어졌다.

"귀를 쫑긋거리고 꼬리를 살랑거리는 게 볼만했는데. 손 달라니까 얌전히 손도 주고 말이야."

제가 상상한 개와 그가 묘사하는 개가 전혀 다른 종류라는 걸 알아차린 희원의 표정이 이상하게 일그러졌다. 설마 지금 제가 술에 취해서 멍멍 우는 강아지 흉내를 냈다는 얘기인가……?

"다른 새끼가 봤다면 횡재했다고 냉큼 목줄을 채웠을 거야."

아니, 누가 사람이 개 흉내 낸다고 목줄을 채워 데려가요. 그럴 법한 사람은 오히려 눈앞의 김태신이었다.

순간, 희원은 개집에서 눈을 뜨지 않은 게 천만다행이라는 생각이 들었다. 그의 소문대로라면 자신은 지금 입마개와 목줄을 차고 철장 속에 갇혀 있어도 이상하지 않았다.

"목줄…… 안 채우셨네요?"

제법 리얼한 상상 탓에 저도 모르게 목을 매만지며 말하자 태신이 대번에 정색하며 되물었다.

"나를 개랑 결혼하는 이상 성욕자로 만들려고?"

"네? 아니, 아니요!"

당황한 희원이 빠르게 고개를 흔들자 태신은 언제 정색했었냐는 듯 씩 웃었다.

"개의 남편은 좀 그렇지. 주인이면 모를까."

뒷목을 쓰다듬어 앞으로 넘어오는 손길이 야릇하게 느껴졌다. 아침이라 둔해졌던 감각을 깨우는 자극이었다. 몸을 살짝 떤 희원이 아래로 내리깔았던 눈을 들어 올렸다.

태신은 아침 햇살이 이 둥근 눈동자 안에 갇혀 있다는 느낌을 받았다.

"……남자가 주는 술은 함부로 받아 마시는 거 아니야. 나였으니 망정이지, 앞으로는 조심하도록."

제일 위험한 사람에게 이런 조언을 들으니 희원은 기가 막혔다. 반발심에 고개를 흔들었다. 가지고 놀던 머리카락이 손가락 사이를 빠져나가자 반사적으로 움켜쥐었던 태신이 천천히 손을 폈다.

"마실 리 없잖아요. 태신 씨가 주는 게 아니었다면 절대 그렇게 취하도록 마시지 않았어요."

제 운명을 쥐고 있는 사람에게 잘 보이려고 마신 거지, 생각 없이 넙죽넙죽 받아 마신 게 아니었다.

발끈하는 희원을 빤히 바라보던 태신이 엄지로 발간 입술을 꾹 눌렀다.

"훗……."

입술을 눌린 희원이 움찔하는 것도 신경 쓰지 않고 태신은 입술에만 집중했다.

건조한 감촉 끝에 촉촉함이 느껴졌다. 타액이 묻는 것도 신경 쓰지 않고 더 밀어 넣으니 단단하면서도 연약하게 느껴지는 아랫니가 닿았다. 힘을 주면 그대로 으스러질 것 같았다. 물론 그렇게 간단하지 않겠지만, 기분상으로는 그랬다.

희원은 갑작스러운 행동에 당황한 듯한데도 얌전히 그 손길을 받아들였다. 작은 초식 동물을 연상케 하는 커다란 눈을 연신 깜박이며 태신을 바라봤다.

태신은 불쑥 치솟은 충동에 그대로 고개를 숙였다. 입술이 닿았다. 평소라면 절대 하지 않았을 행동이었음에도 주저함이 없었다. 손을 아래로 내려 물러서지 못하도록 턱을 잡았다.

류희원은 아침에도 달큼했다. 마치 술이 증발하면서 남은 설탕이 혀에 코팅된 듯 단맛이 돌았다.

뜨거운 호흡과 다디단 타액에 취해 있던 태신이 희원의 손을 잡아 제 복부 아래로 가져갔다.

"……!"

놀란 듯 바르작거리는 손을 더 꽉 쥐고 위로 솟은 바지춤에 대고 눌렀다. 피가 몰려 부피가 커진 물건이 손길을 느끼고 움찔거렸다. 어느새 감고 있었던 눈을 뗀 태신이 희원을 바라봤다. 창백했던 얼굴에 복숭앗빛 홍조가 스르륵 올라와 있었다.

"자면서 어찌나 더듬는지, 덕분에 잠도 못 자고 곤욕을 치렀어. 쿨쿨 자는 걸 깨워서 안을 수도 없고."

"읏……."

말 몇 마디에 숫제 딸기처럼 빨갛게 익어 버린다. 놀리는 맛을 느끼게 해 주는 순진한 반응에 태신의 입가에 옅은 미소가 어렸다.

"눈 떴으니 이제 책임져야지."

손을 아예 옷 속으로 넣어 버리니 희원이 눈을 질끈 감았다. 파르르 떨리는 속눈썹이 속마음을 대신 전해 주는 듯했다.

그 반응을 하나하나 눈에 새기면서 태신은 손을 움직였다. 류희원은 손바닥조차 곱고 부드러웠다.

밤새 잠든 류희원을 지켜봤다. 왜 그랬는지는 지금도 모를 일이었다. 옆에 누가 있으면 못 자기는 했지만, 다른 방에 가면 될 일이었다. 그냥 보다 보니 아침이 밝을 때까지 눈을 떼지 못했다.

술 때문에 깊이 든 류희원은 악몽에 시달리기 전까지 사실 미동 한번 없었다.

태신이 속눈썹 개수를 셀 수 있을 만큼 얼굴을 바짝 붙여 살펴보는데도 곤히 자기만 했다. 깨워 버릴까 하는 짓궂은 마음이 들어 오뚝한 코를 콕콕 눌러도 봤지만, 반응이 없었다.

그렇게 지켜보는 사이 뭉근하게 끓어오른 열이 지금은 주체할 수 없이 펄펄 끓었다. 류희원이 눈을 뜨기만을 기다렸다는 듯이.

당장 열을 해소하라고 성화를 부리며 태신을 부추겼다.

"눈 뜨고 날 봐."

피하는 건 좋지 않아. 낮게 읊조린 목소리가 귓속을 파고들자 희원이 힘겹게 눈꺼풀을 들었다.

천천히 열리는 시야로 자신을 뚫어지게 바라보는 태신과 눈이 마주쳤다. 까만 눈동자에 그의 얼굴이 비치자, 손바닥 안에서 반응이 일었다. 크게 움튼 흥분이 크기를 한층 더 키웠다.

깜짝 놀란 희원이 고개를 아래로 숙였지만, 옷 속에 있어서 보이지 않았다. 그러자 마른 웃음이 이마에 닿았다.

"보고 싶어?"

화끈거리는 뺨을 애써 무시하고 희원이 고개를 빠르게 흔들었다.

"보려던 게 아니에요……."

작게 속살거리는 목소리에 태신은 귀 언저리가 간지러웠다.

이미 끝까지도 갔으면서 마치 처음인 양 수줍어하는 모습이 귀엽게 보였다. 다른 사람이 그랬다면 내숭을 떤다고 질색했을 모습인데, 류희원은 이상하게도 내숭으로 느껴지지 않았다.

"얼마든지 봐도 돼."

희원의 반응에 내심 만족한 태신은 직접 옷을 걷었다. 겹쳐진 두 손 사이로 발그스름한 페니스가 보이자 희원이 숨을 들이켰다.

속에 숨겨져 있던 존재는 믿을 수 없을 만큼 우람했다. 크기도 굵기도 희원의 상상을 훨씬 뛰어넘었다. 그녀의 손으로는 다 잡히지도 않아서 태신이 손수 쥐고 있었다.

그러고 보면 맞선 날은 눈으로 보고 말고 할 정신이 없었다. 그날 상황 자체가 어떻게 흘러갔는지 제대로 기억하지도 못했다.

그저 태신의 심기를 거스르지 않으려고 애를 썼고 그가 제 거래에 응하도록 하는 데 온 심력을 쏟았다.

그의 마음에 들었다는 데 안도했고 그 이후로는 그저 태신이 이끄는 대로 따라갔을 뿐이었다.

완전히 압도당한 희원이 넋이 나간 것처럼 멍하니 보고 있자 태신은 그 시선에 왠지 모르게 콧대가 서려 했다.

"눈을 못 떼네. 그렇게 마음에 들어?"

"네? 아니, 그게……."

"그럼 마음에 안 든다고?"

"으읏……."

마음에 들고 말고 할 존재인가, 이게?

페니스의 거대한 위용에 압도당해 눈을 떼지 못하기는 했지만, 그런 식으로 생각해 본 적은 없던 희원은 어쩔 줄을 모르고 입술만 연신 달싹거렸다.

태신이 희원의 얼굴을 가리는 머리칼을 귀 뒤로 넘겨 주면서 나직이 말했다.

"앞으로 자주 볼 텐데, 친해져야지."

"친해지라니, 뭘 어떻게……."

당황한 희원이 안절부절못하자 태신의 얼굴에 어린 미소가 곱절로 진해졌다.

태신은 대답 대신 마른 어깨를 지긋이 내리눌렀다. 희원은 주저하는 모습을 보였지만, 손에 담긴 의도를 모른 척할 수 없었는지 조금씩 아래로 내려갔다.

가빠진 숨결이 가슴을 지나쳐 복부를 스쳤다. 셔츠를 입고 있음에도 태신은 그 꽃바람 같은 숨결을 선명하게 느꼈다.

이윽고 두 손의 곁까지 내려간 희원은 숨을 멈춘 채 앞을 바라봤다. 그 시선을 느낀 듯 태신이 페니스를 쥔 손을 움직였다. 위로 아래로.

우람한 자태가 더 선명하게 드러나자 희원은 자면서 날아갔을 취기가 도로 머리에 달라붙은 듯 정신이 혼미했다.

"후우……."

나지막이 흘러나온 태신의 낮은 숨소리가 희원의 숨을 한층 더 달아오르게 했다. 숨을 들이마시고 내쉬는 간단한 호흡이 몇 번이나 뒤엉켰다. 들이마신 채 내쉬는 걸 잊기도 하고 폐가 쪼그라들 때까지 내쉬기만 반복하기도 했다.

그 엉망진창인 상황 속에서도 눈은 태신에게서 떨어지지 않았다. 마치 엄청난 흡착력이 제 시선을 붙들어 놓고 있는 듯했다.

태신이 손을 움직일 때마다 포피가 귀두를 가렸다가 꺼내길 반복했다. 선단에 물이 맺히면서 페니스가 윤기 있게 반짝였다.

느리지만 일정하게 페니스를 훑던 태신이 조금 거칠어진 호흡을 크게 뱉어 내더니 인상을 썼다. 찌푸린 표정마저도 이상하기보다는 고뇌에 찬 듯 멋스러운 분위기를 자아냈다.

희원은 술에 취했을 때보다 기분이 더 이상야릇해지고 있었다. 코앞에서 남자가, 그것도 김태신이 절정에 이르는 걸 지켜본다는 건 몸을 섞는 것 이상의 아찔한 자극을 선사했다.

빨라지는 손의 움직임에 맞춰 태신의 호흡도 빨라졌다. 살짝 시선을 든 희원은 태신의 아름다운 얼굴에 맺힌 땀을 발견했다. 표정이 일그러지면서 이목구비가 더욱 뚜렷해 보였고 목울대가 선명하게 움직였다.

"키스……해 봐."

물에 잠긴 듯 젖은 목소리에 어린 흥분이 희원을 끌어당겼다. 자석이 당기는 것처럼 희원의 고개가 움직였다.

희원이 시야가 김태신으로 가득 찼다는 것을 깨달았을 때는 이미 입술이 겹쳐진 후였다. 뜨겁게 달뜬 호흡이 섞이고 혀가 서로를 거칠게 비벼댔다.

"으, 음……."

희원의 입술이 소리를 내기 위해 벌어졌지만, 태신이 아무 말도 필요 없다는 듯 모조리 삼켜 버렸다.

태신은 심한 갈증을 느끼는 것처럼 희원을 탐했다. 희원은 그의 열기를 받아 내느라 여념이 없었다.

헝클어진 머리가 희원의 얼굴을 가리는 게 싫은 듯 쓸어 넘기며 태신은 그녀의 입 안에 샘솟는 타액을 혀로 휩쓸어 삼켜 버렸다.

밤새 한숨도 자지 못하고 깨어 있던 탓에 생긴 갈증을 희원의 타액으로 해소하려는 듯이.

"태신 씨……."

태신이 쉴 틈을 주지 않고 입을 겹치고 혀를 섞는 탓에 그의 이름이 몹시도 어렵게 흘러나왔다. 그리고 그 이름이 마치 스위치라도 되는 듯 태신을 멈춰 세웠다.

"……."

미간을 좁힌 태신이 가늘게 뜬 눈으로 희원을 바라보다가 이내 헛웃음을 흘렸다.

자신이 얼마나 정신없이 류희원을 몰아붙이고 있었는지 이제야 눈치챈 것처럼.

"왜, 아직도 키스할 때 숨 쉬는 게 힘들어? 제대로 배웠을 텐데."

미소를 머금은 입술이 매혹적인 호를 그렸다. 제 호흡을 되찾은 태신은 몹시 여유로워 보였다.

"다시 해 볼게요. 조금 벅찼어요……."

희원의 대답에 그의 미소가 한층 뚜렷해졌다.

"내가 몇 번이든 기회를 줄 거라고 생각하는 점이 참 마음에 들어."

"……."

반어법이라는 걸 알아차린 희원이 입을 꾹 다물었다. 커다란 눈동자를 굴리는 행동에서 어떻게 만회해야 하는지 고민하는 기색이 역력했다.

다채로운 표정 변화가 간지럼을 태우는 것처럼 웃음이 나게 했다. 태신은 류희원에 관해서는 한없이 관대해지는 자신을 느꼈다. 모를 수 없었다. 평소와 전혀 다른 행동을 하고 있으니까.

"계속해 봐. 과연 어디까지 봐줄지 나도 궁금하니까."

더없이 다정한 말투였는데, 희원은 마지막 경고를 받은 것처럼 소름이 돋았다. 몇 번이고 봐줄 것처럼 말하지만, 마음이 뜨는 순간 그대로 끝이라는 뜻이 명확했다.

언제 끝이 찾아올지 모른다는 두려움이 희원의 등을 떠밀었다. 태신의 옷깃을 움켜쥐고 고개를 든 희원이 조금은 도발적으로 그의 입술을 훔쳤다.

"⋯⋯."

입술이 닿는 건 재빨랐지만, 혀가 입술 사이를 비집고 들어가는 건 느리디느렸다. 태신은 감질이 나서 그대로 그 혀를 휘어 감아 뽑듯이 빨아올리고 싶은 충동을 참느라 인내심을 발휘해야만 했다.

힘들게 참아 낸 끝에 달콤한 과실이 태신을 찾아왔다. 마침내 온전히 들어온 희원의 혀가 입 안쪽을 건드릴 때마다 달콤한 희열이 팡팡 터졌다.

희원이 서툴게 입천장을 훑었을 때, 태신은 제가 입천장이 예민하다는 것을 처음 깨달았다.

조금 전 직접 손에 쥐고 훑을 때보다 더 큰 자극이 단전 아래를 두들겼다. 둑을 무너뜨리는 파도처럼 거세게 몰아치고 이성을 집어삼켰다.

"홋⋯⋯."

입천장 안쪽을 찍은 혀가 빠져나오면서 태신의 혀를 간질였다. 어떻게 얽어야 하는지 모르는지 이리저리 시도하다가 제풀에 지친 듯 헉헉댔다.

혀를 어정쩡하게 내민 채 숨을 몰아쉬는 희원을 보고 있으니 태신은 열이 끝없이 끓어올랐다.

"⋯⋯정말이지 질릴 틈이 없군."

희원의 뒷머리를 잡아채듯 감싼 태신이 혀를 움직였다. 놀란 듯 숨을 들이켠 희원은 조심스레 응했다.

그대로 태신의 무게가 희원에게로 쏠리면서 몸이 뒤로 넘어갔다. 몸을 겹친 태신의 무게감이 묵직하게 희원을 내리눌렀다.

버둥댈 거란 예상과 달리 희원이 그의 허리에 다리를 감자 태신은 잠시 멈칫했다. 이미 밀착해 있음에도 부족하다는 듯 제 허리를 더 끌어당기는 다리의 감촉이 몹시 자극적이었다.

위로 들린 허벅지 아래를 꽉 움켜쥐는 태신의 입가에 뚜렷하게 어린 미소에 희원은 제 선택이 옳았음을 알았다.

"하나를 가르치면 둘을 배우니 가르칠 보람이 있어. 좋아."

태신은 수동적이기만 하던 희원이 조금이지만 적극적으로 행동하는 것이 흡족했다. 옷을 벗길 때도 팔을 드는 등 같이 움직였다. 브래지어를 풀고 드러난 탐스러운 가슴에 입을 맞추고 나서야 희원이 살짝 몸을 웅크렸다. 이런 애무는 익숙하지 않다는 듯한 몸짓이었다.

하지만 태신은 희원이 부끄러운 마음에 다시 소극적으로 굴게 둘 생각이 없었다. 희원의 두 손을 끌어다가 제 페니스를 잡게 했다.

"흡……."

깜짝 놀란 듯 숨을 들이켠 희원의 시선이 조심스럽게 아래로 향하는 것이 태신에게는 너무도 잘 보였다. 제가 시킨 거니 손을 떼지도 못하고 그렇다고 움직이지도 못한 채로 바짝 굳어서 힐끔거리기에 태신은 일부러 힘을 줘 페니스를 움직였다.

"으앗……!"

화들짝 놀라며 손을 뗐다가 다시 잡는 희원의 얼굴이 터질 듯 빨갛게 달아올랐다. 성기가 왜 혼자 움직였는지 도저히 이해하지 못하는 눈치라 태신은 터져 나오는 웃음을 참아야 했다.

"그렇게 기겁할 일이야?"

"웃, 그게… 이, 이렇게 움직일 줄 몰라서……."

또 움직일까 봐 조마조마한 것처럼 페니스를 쥔 손이 살짝 떨리는 게 느껴졌다. 태신은 두 손 사이에 온 신경을 집중하고 있는 희원의 관심을 제게로 돌릴 요량으로 입술을 훔쳤다. 아래로 내려갔던 시선이 자연스럽게 올라와 눈이 마주쳤다.

태신의 눈에 감정이 뚜렷이 어린 걸 본 희원은 기분이 묘해졌다. 항상 속모를 사람 같기만 했는데, 지금 거리가 훅 줄어들었다는 느낌이 왔다.

"내가 했던 것처럼 손을 움직여."

입술을 살짝 뗀 태신이 속삭였다. 희원은 깊게 생각하지 않고 그대로 손을 움직였다. 페니스가 움찔거릴 때마다 같이 움찔거리긴 했지만, 점차 익숙해졌다.

손을 적시는 쿠퍼액을 윤활 삼아 기둥을 훑으니 기분이 이상야릇해졌다. 심지어 손으로 만지고 있는데 마치 제 사타구니에 대고 문지르는 듯한 착각마저 들었다.

태신은 제 페니스를 훑는 어색하고 서툰 손길을 느끼며 소담한 가슴에 얼굴을 파묻었다. 얼굴에 닿는 살결이 녹아내릴 듯이 부드러웠다. 눈앞에서 희롱하는 듯 고개를 드는 유두를 손끝으로 비벼 더 단단하게 만들고 입에 물었다.

쭉 빨아 올릴 때마다 다디단 신음이 머리 위에서 흩어졌다. 그게 아까워서 키스를 하고 싶은 마음과 눈앞의 사탕 같은 유두를 계속 빨고 싶다는 마음이 동시에 들었다.

"으응……."

태신이 허리를 들이밀자 귀두가 희원의 몸에 닿았다. 옷의 감촉이 마음에 들지 않아 태신은 희원의 바지를 마저 내려 버렸다. 희원의 손을 매단 채로 페니스 끝으로 수풀을 헤쳤다. 귀두에 닿는 안쪽이 젖어 있다는 것에 그의 입꼬리가 위로 올라갔다.

"다리 더 벌려."

태신은 희원의 손을 떼어 내고 다리를 넓게 벌리게 했다. 음부를 노골적으로 바라보는 시선에 희원은 다리를 오므리고 싶은 마음이 드는 것을 꾹 참아야 했다.

태신의 손가락이 도톰한 대음순을 가르듯 열고 안으로 들어갔다. 연분홍빛 속살이 수줍게 모습을 드러내고 자그마한 구멍에 맺힌 애액도 보였다.

"여기도 널 닮았군."

"네……?"

"얼굴 가리고 여기만 봐도 네 몸인지 알아보겠다고."

그게 무슨 해괴한 소리냐고 희원이 눈으로 묻는데도 태신은 아랑곳하지 않고 고개를 숙였다. 태신의 말을 이해하려고 찌푸렸던 눈이 대번에 튀어나올 듯이 커졌다.

"흐아, 읏!"

"가만히 있어."

희원은 얼굴을 가릴 수밖에 없었다. 그만큼 충격적이었다. 하지만 눈이 가려지고 시야가 어두워지는 순간 제 음부를 핥는 혀의 감촉이 몇 배로 더 생생해졌다.

뾰족하게 세운 혀끝이 살살 움직일 때마다 미칠 것 같은 기분이 들었다. 간지러우면서도 묘하게 짜릿하고 이상하기도 한, 말로 형용하기 힘든 느낌이었다.

"하아……!"

태신이 아예 입을 벌려 음부를 크게 물고 쭉쭉 빨자 희원은 머릿속에 전기가 튀는 듯했다. 눈앞이 하얗게 물들고 몸을 가만히 둘 수가 없었다. 허리를 들썩거리고 비틀었지만, 태신이 양다리를 꽉 잡고 있어 조금도 피할 수 없었다.

희원이 참지 못하고 허리를 말고 다리를 오므렸다. 그래도 태신은 멈추기는커녕 오히려 더 강하게 빨고 혀를 움직였다. 그 강렬한 자극은 곧추선 척추를 지나 머릿속을 헤집어 댔다.

"흐으, 아, 앗."

말이 되지 못한 소리가 입 밖으로 튀어나와 아무렇게나 굴러다녔다. 희원은 자신이 또다시 태신의 머리를 쥐어뜯고 있다는 걸 인지하지 못했다. 그를 밀어 내려고 뻗은 손에 머리칼이 닿았고 자극을 감당하지 못해 손을 움켜쥐었을 뿐이었다.

태신은 머리를 붙든 손길에도 아랑곳하지 않고 마음껏 맛보고 혀를 썼다. 껍질 밖으로 나온 작은 구슬 같은 클리토리스를 혀로 간질이면 달콤한 물이 마셔 달라는 듯이 흘러나왔다.

젖기는 했지만 느슨해질 줄 모르던 질구도 혀가 드나들 때마다 조금씩 풀어졌다. 얼른 페니스를 찔러넣고 미친 듯이 쑤시고 싶은 욕망이 턱 끝까지 차올랐다.

밤새 예쁘게 자는 류희원을 바라보며 차곡차곡 쌓이고 억눌렸던 욕망이 통제 불능이 되어 쏟아졌다. 주워 담기는 요원했고 주워 담을 생각도 없었다.

쾌감을 감당하지 못하고 움찔거리는 희원의 반응이 태신을 더 부추겼다. 마치 불이 꺼지지 않게 계속해서 장작을 넣는 것처럼 류희원의 몸짓과 신음은 물론 미미한 숨소리 하나까지도 다 자극제가 됐다.

태신은 희원의 엉덩이가 뜰 정도로 다리를 위로 번쩍 들어 올렸다.

"흐앗!"

갑자기 몸이 반으로 접힌 희원이 새된 비명을 내질렀다. 눈을 번쩍 뜬 희원은 그제야 자신이 태신의 머리채를 잡고 있다는 걸 깨닫고 황급히 손을 놓았다.

"내 머리 위에 올라앉겠다는 야망을 도저히 못 숨기겠어?"

"아니, 그게……."

왜 그의 머리를 잡았는지조차 알지 못해서 희원은 손을 어찌할 줄을 모른 채 말을 더듬었다. 자극이 너무 강하니 저도 모르게 손에 닿는 걸 구명줄처럼 붙잡은 것 같았다.

"너무 놀라서……. 미안해요."

"싫었어?"

싫었느냐는 질문에 희원은 대답이 궁해졌다. 부끄럽고 이상하고 뭐라 말해야 할지 모를 느낌이었지만, 싫은 건 아니었다. 어딘가를 핥을 때는 조금 좋기도 했고…….

생각하는 게 고스란히 드러나는 표정에 태신이 소리 없는 웃음을 흘렸다.

"고민하는 걸 보니 더 해야겠는걸."

정말 다시 핥을 작정이라는 듯 고개를 숙여 허벅지 안쪽에 입을 맞추는 태신을 보며 희원이 허겁지겁 소리쳤다.

"시, 싫지 않았어요. 아니, 좋았어요……!"

싫지 않았다는 말로는 태신의 표정이 변치 않자 희원은 얼른 좋았다고 말을 바꿨다. 그 얼굴이 빨갛다 못해 터질 듯해 태신의 웃음이 한층 더 진해졌다. 예쁘게 닫혀 있는 도톰한 살 위에 입을 쪽 맞추면서 속삭였다.

"좋았으면 더 해 주길 원하겠네?"

"네? 아, 웃……."

"말해 봐. 좋으니까 더 해 달라고."

"……."

다시 말문이 막힌 희원이 애꿎은 입술만 열었다가 닫기를 반복했다. 이 상황을 빠져나갈 길이 보이지 않는지 살짝 눈에 눈물이 맺히기까지 했다. 더 놀렸다가는 정말 울 것 같아서 태신은 놀리기를 멈추고 베개를 가져와 희원의 허리 밑에 대 줬다. 엉덩이가 높아지면서 높이가 얼추 맞아떨어졌다.

태신이 짓궂게 구는 걸 멈췄다는 것에 속으로 안도한 희원이 바짝 마른 입을 축이며 태신을 바라봤다.

단단히 발기한 페니스를 훑는 손이 먼저 눈에 들어오고 호흡할 때마다 선명하게 조여들었다가 풀어지는 복근이, 그리고 단단한 가슴과 날카로운 턱선이 차례로 보였다.

점점 올라가는 시선 끝에 태신과 눈이 마주쳤다. 그 순간, 아무 터치도 없었음에도 조금 전 음부를 직접 애무받았을 때보다 더 찌릿했다. 주룩. 희원은 몸 안쪽에서 뭔가 흐르는 느낌을 받고는 얼굴을 붉혔다. 이제는 이런 몸의 반응이 어떤 의미인지 알았다.

"힘 빼."

태신이 이내 중심부를 맞췄다. 한 손으로 음부를 넓게 벌려 구멍 위치를 확실히 파악하고 페니스를 밀어 넣는 행동에는 희원이 알지 못할 배려가 가득했다.

느리지만 한 번에 정확하게 찔러 넣은 페니스가 버거운지 희원의 몸에 힘이 들어갔다. 그를 예상하고 있던 태신은 그녀의 허벅지 안쪽을 꾹꾹 누르며 경직되지 않게 풀어 줬다. 희원의 상태를 지켜보며 밀어 넣은 덕에 이전처럼 중간에 멈추지 않고 더 깊숙이까지 부드럽게 들어갔다.

"숨 쉬어도 돼."

몸을 숙여 희원을 마주 안은 태신이 바짝 얼어 있는 희원을 보며 작게 웃었다. 인공호흡 하듯 입술을 겹쳐 물었다가 떼자 희원이 저도 모르게 참고 있던 숨을 터트렸다.

"하아, 하, 흡……."

하지만 간신히 숨이 트이기가 무섭게 태신이 입을 겹쳐 버렸다. 숨을 앗아 가는 키스가 머리를 아득하게 만들었다.

역시 달아. 태신이 중얼거리는 소리가 현실인지 꿈인지 모르게 흐릿하게 들렸다. 달다. 맞는 표현인지는 모르겠지만, 태신에게 건네받아 삼키는 숨이 달게 느껴졌다.

제 몸에 들어와 떡하니 존재감을 뿜어내고 있는 페니스가 의식하지 못하는 사이 천천히 움직였다. 더 들어왔다가 빠져나갔다가 다시 들어오기를 반복하며 제 자리를 더 공고히 했다.

"훗, 아아, 아."

태신과 입술이 떨어질 때마다 흘러나오는 신음은 아픔보다는 성적 흥분을 더 담고 있었다. 희원은 태신을 와락 끌어안고 매달렸다. 제 위에서 허리를 움직이고 있는 태신이 이 거친 쾌감을 선사하는 장본인이라는 걸 알고 있음에도 그에게 매달리는 것 말고는 생각할 수 없었다.

태신은 조금씩 속도를 올렸다. 희원이 받아들일 수 있는 정도를 파악해 괜찮다 싶으면 거침없이 밀어붙였다.

희원의 엉덩이를 잡고 더 벌리면서 성기가 더 깊숙이 들어갈 수 있게 했다. 흠뻑 젖은 안쪽이 성기를 녹일 듯이 조여 대자 태신도 흥분이 머리끝까지 차올랐다. 성기가 감각을 어찌나 예민하게 받아들이는지 너무 자극적이라 빼 버리고 싶다가도 중독된 것처럼 허리를 들이밀게 됐다.

"하앗! 태신, 씨, 훗!"

어느 한 지점을 찌른 순간 희원이 자지러졌다. 그곳을 놓치지 않고 집요하게 두드려 대자 울음인지 교성인지 구분하지 못할 달콤한 소리들이 쉴 새 없이 쏟아져 나왔다. 그 사이사이 섞여 있는 제 이름이 듣기 좋았다.

"……."

문득 그런 자신이 이상하게 느껴진 태신은 부드럽게 풀어진 입매를 굳혔다.

살면서 이렇게 누군가의 행동 하나하나에 일희일비한 적이 있던가?

항상 언제 자신을 배신할지 경계하며 거리를 두며 살아왔던 태신으로서는 이런 제 모습이 어색하고 이상할 수밖에 없었다.

심지어 류희원은 아직 완벽하게 결백이 입증된 것도 아니었다. 그저 뒤가 구린 흔적이 없다는 것 하나만으로 이만큼이나 경계심이 옅어진 것이다.

왜? 류희원은 뭐가 달라서?

태신이 갑자기 멈추자 숨이 넘어갈 듯했던 희원은 살짝 여유를 되찾을 수 있었다. 밭은 호흡을 가다듬으며 그를 바라보는데, 태신의 눈빛이 유달리 복잡해 보였다.

가볍게 농을 할 때와는 전혀 다른 눈빛이었다. 혼란, 두려움, 분노, 의심……. 희원이 생각할 수 있는 온갖 부정적인 감정이 다 섞여 있는 듯했다.

그럼에도 지금이 훨씬 진솔하게 느껴졌다. 그래서 왜 갑자기 표정이 굳은 건지도 모르면서 그저 그를 더 꽉 끌어안았다. 두 팔로도 다 끌어안기 힘든 만큼 커다란 등을 끌어안고 그의 어깨에 얼굴을 묻었다.

태신의 눈빛이 흔들렸다. 왜 이러는 건지 그 의도를 알지 못하는데도 희원의 체온이 유난히 따뜻하게 느껴졌다.

그 온기가 가슴속으로 스미는 걸 느낀 태신은 눈을 질끈 감았다가 떴다. 커다란 손으로 희원의 뒷머리를 감싼 그가 고통을 삼키는 듯 낮게 가라앉은 목소리로 중얼거렸다.

"……매우 화가 날 것 같아."

네가 날 배신한다면.

호감과 믿음의 연관성

"좋은 아침입니다, 이사님."

출근을 위해 태신을 모시러 온 비서 남규성이 아침 인사를 건네며 뒷좌석 문을 열었다. 별다른 반응 없이 차에 올라타는 태신을 보면서 그는 평소처럼 상사의 기분을 파악하고자 했다.

'음……?'

그런데 태신의 분위기가 어딘지 모르게 평소와 달랐다. 이런 느낌은 처음이라 의아했다. 고개를 갸웃거린 그가 차 문 닫는 타이밍을 놓치자 태신이 시선을 들었다.

"무슨 문제라도?"

"아, 아닙니다."

한마디 듣고 나서야 남 비서는 아차 싶어 얼른 움직였다. 군기가 바짝 든 그가 차를 빙 돌아 운전석에 올라탔다.

지난번 운전기사의 주작 사건이 있었던 후로 믿을 만한 운전기사를 구하지 못한 탓에 남 비서가 운전기사를 겸하고 있었다.

남 비서는 차라리 이대로 계속 제가 겸하는 게 낫다고 생각했다. 사람이 새로 오면 태신은 신경이 극한으로 날카로워지는 터라 괜히 저까지 가시방석이었다.

피곤한 듯 눈을 감고 있는 태신을 힐끗 본 그는 오늘 일정을 설명하는 대신 뒷좌석 모니터에 띄웠다. 눈을 뜬 태신이 언제든 볼 수 있도록.

남 비서는 태신을 모시기 10년 전부터 비서 일을 해 왔고 그간 모셔 온 모든 상사에게 만점을 받았을 만큼 자신의 커리어에 자부심이 있었다.

그런 그에게 가장 모시기 어려운 상사를 고르라고 하면 단연 김태신이었다. 그는 겪어 본 중 가장 엄격한 사람이었다. 타인뿐 아니라 자기 자신에게도.

그래서 처음 김태신 아래에서 일하게 되었을 때 그는 엄청난 혼란을 겪었다. 들은 소문과 완전히 다른 사람이었으니까.

난잡한 사생활을 즐기는 마약쟁이? 대체 그런 인간이 어디에 있는데?

김태신의 가장 가까운 자리에서 일하다 보니 그의 압도적인 성과가 거저 얻어진 것이 아님을 절로 깨닫게 됐다.

태신은 후계 경쟁을 하는 형을 방심시키려고 유흥을 좋아하는 척하지만, 실제로는 엄격하게 자신을 관리했고 일 중독자처럼 일에 매달렸다. 그렇다고 종일 일만 하는 건 아니었다. 그의 뛰어난 머리는 시간을 기계처럼 효율적으로 쓰는 걸 가능하게 했으니까.

다만 그를 가장 모시기 힘든 상사로 꼽은 이유는 그 엄격성에 있지 않았다.

인간 불신.

지독하다는 말이 절로 붙을 만큼 심한 인간 불신이 가장 견디기 힘들었다.

3년이었다. 3년을 가족보다 더 오랜 시간 함께 일했는데도 남규성은 아직도 김태신의 신임을 완전히 얻지 못했음을 알았다. 그는 신뢰와 의심을 동시에 보여 주는 특이한 사람이었다.

그럼에도 그의 신임을 얻고 싶은 마음이 드는 것이 김태신의 매력이었다.

저 사람에게 인정받고 싶다. 저 사람에게 칭찬받고 싶다. 그런 인정 욕구가 끊임없이 차올랐다.

일방통행이라는 것이 가슴 아플 만큼.

"무슨 고민 있으십니까?"

눈을 뜬 태신이 창밖을 물끄러미 바라보자 남 비서가 조심스레 입을 뗐다. 상대의 호흡을 끊지 않고 자연스럽게 섞여 드는 게 그의 특기였다.

태신이 시선을 창밖에 고정한 채 눈만 가느스름하게 떴다. 그의 눈에 담기는 게 창밖 풍경인지, 지나간 시간의 한 장면인지, 혹은 앞으로 있을 상황의 상상인지는 아무도 모를 일이었다.

"아무 이유 없이 믿음이 가는 사람이 신기해서 말이야. 처음 겪는 유형이야."

태신의 시야에 비치는 광경을 유추하던 남 비서는 저도 모르게 인상을 찌푸렸다가 폈다. 김태신에게 믿음을 산 사람이 있다고? 믿기 어려운 이야기였다.

대체 어떻게 해서 그의 믿음을 얻었을까. 그 방법을 추측하던 찰나, '아무 이유 없다'는 말이 떠올라 맥이 탁 풀렸다.

"그건 호감이 작용한 것 같습니다만……."

"호감?"

태신이 별소리를 다 듣는다는 식으로 고개를 돌려 룸미러로 그를 쳐다봤다. 갑작스럽게 강렬한 눈빛을 받은 남 비서는 순간 찔끔했지만, 내색하지 않고 고개를 끄덕였다.

"호감 가는 상대를 믿는 건 보편적인 심리니까요."

"……."

침중한 표정으로 제 말을 곱씹는 태신을 보니 어째 동의하지 않는 눈치였다.

"왜 그러십니까?"

"호감이 믿음에 영향을 미친다니, 이해하기 어려워."

"음……. 예를 들어 이사님이 어떤 걸 도둑맞았는데, 좋아하는 사람과 싫어하는 사람이 용의자라면 누구를 더 의심하시겠습니까?"

"알리바이가 없는 사람."

"……."

순간, 예시를 잘못 들었나 하는 생각이 들 만큼 즉각 튀어나온 대답에 남 비서는 할 말을 잃고 말았다.

무슨 문제가 있느냐는 듯한 시선을 보니 김태신에게 호감은 믿음의 이유가 되지 못한다는 게 확실히 느껴졌다. 조금 오기가 생긴 남 비서는 평소라면 여기서 멈췄을 대화를 좀 더 이어 갔다.

"둘 다 알리바이가 없다면요? 모든 조건이 동등하다는 전제를 놓고 보는 겁니다."

"그럼 둘이 공범이거나 둘 다 범인이 아니라는 의미지."

"……."

이런 고집불통. 남 비서는 튀어나올 뻔한 말을 간신히 삼켰다. 죽어도 호감이 믿음의 근거가 될 수 있다고 인정하기 싫은 게 분명했다.

상사를 이겨 먹는 건 좋은 비서의 행동이라 할 수 없으니 여기서 멈춰야 한다는 걸 직감하고 남 비서는 입을 닫았다.

기어코 비서의 입을 다물게 한 태신은 침묵 속에서 다시 상념에 빠져들었다.

호감이 믿음의 근거가 된다는 말과 함께 밤새도록 지켜봤던 류희원의 모습이 끊임없이 머릿속을 맴돌았다.

* * *

출근해서 일하는 동안 희원은 약간 나사가 빠져 있었다. 입사 이래 처음 있는 일이었다.

강박적일 만큼 일에 집중해 왔던 지난 1년을 생각하면 절대 있을 수 없는 일이지만, 그만큼 아침의 여파가 컸다.

어제저녁에 만났을 때부터 예상을 벗어나는 일투성이였다. 아무래도 김태신은 자신을 놀리고 가지고 노는 것이 꽤 즐거운 모양이었다.

제게 흥미를 느껴 주는 건 매우 고맙고 기꺼운 일이지만, 그 방법이 생각과 전혀 다른 게 문제였다.

김태신과 몇 번이나 부딪혔던 입술이 지금도 간질간질했다. 저도 모르게 입술을 매만지던 희원이 남들 모르게 한숨을 내쉬었다.

"하아……."

김태신이 저를 대하는 태도가 난폭하고 무섭지 않은 게 오히려 문제가 될 줄이야. 그렇다고 소문처럼 취급받는 게 낫다는 말은 아니지만, 이런 난관은 전혀 예상하지 못했다.

'내가 남자한테 면역이 너무 없나. 다 처음이라…….'

김태신을 만나기 전까지는 모르고 살았던 스킨십의 자극이 상상 이상이었다. 키스는 마치 생크림을 입 안에서 녹여 먹는 느낌이었고 김태신의 눈빛이나 손길은 저 자신이 생크림이 된 기분을 느끼게 했다.

다른 남자였어도 이런 기분이 들까. 아니면 상대가 김태신이기 때문일까. 문득 궁금증이 들었지만 알 길이 없었다. 다만 다른 사람은 이렇게까지 제 근간을 뒤흔들지 않을 것 같다는, 근거 없는 확신이 들었다.

아침부터 그와 하나가 됐던 몸은 지금도 은근하게 끓는 듯이 불이 꺼질 줄 모르고 은근하게 끓었다. 맞선 날 처음 관계했을 때와는 완전히 달랐다.

제 몸을 완전히 잠식한 열기 속에서도 김태신의 존재감은 뚜렷했고 처음 느껴 보는 쾌감과 절정은 지금까지도 여운이 감돌았다.

새벽부터 그렇게 격렬한 정사를 치르고도 출근할 정신이 남았다는 게 신기할 따름이었다.

희원은 조금 초조한 기색으로 시계를 바라봤다. 퇴근하려면 아직 두어 시간 더 지나야 했다.

'오늘은 기다리게 하지 마.'

정사 후 기진맥진한 희원을 욕실로 데려간 태신은 무뚝뚝한 손길로 몸을 씻겨 주며 퇴근 시간에 맞춰 데리러 가겠다고 했다.

관계 도중 갑작스럽게 태도가 변했던 태신은 이내 아무것도 아니었던 것처럼 다시 행동했다. 그 잠깐 사이에 무슨 생각을 했던 건지 희원은 알 길이 없었지만, 그가 먼저 말해 주지 않는 걸 물어볼 수는 없었다.

그저 머리 위에서 흘러나왔던, 몹시도 어둡고 깊었던 목소리가 뇌리에서 떠나지 않았다. 무슨 말을 한 건지 제대로 듣지 못했음에도 그 쥐어짠 듯한 목소리의 울림이 희원의 마음에 깊은 파문을 만들어 냈다.

"……원 씨?"

"아, 네."

저를 부르는 소리를 놓친 희원이 한발 늦게 대답했다. 무슨 일 있느냐는 듯 바라보는 사수의 시선에 황급히 표정을 바로 했다.

류희원이 멍을 때리다니? 생전 처음 보는 모습에 놀란 강 대리가 고개를 갸웃거렸다. 그렇지만 회장의 손녀를 꾸짖을 수 있을 만큼 간이 크지도, 사적인 얘기를 나눌 만큼 친하지도 않다 보니 그냥 넘어갔다.

희원은 일에 집중하지 못하고 태신의 생각에 빠져 있던 자신을 자책하며 얼른 정신을 다잡았다.

* * *

"그래요? 출근은 했단 말이죠."

"네. 오전에 연락 주셔서 정시에 모셔다드렸습니다."

희원은 기어이 집에 들어오지 않았다. 하긴, 김태신이 붙들고 있다면 무슨 수로 빠져나올까.

그래도 회사는 보내 주었다는 건 아무리 막 나가는 김태신이라도 선은 지키겠다는 뜻일까. 아니, 아직 여지를 남겨 두었다는 의미에 더 가까우리라.

상연은 김태신의 의도에 끌려다니게 된 상황이 치욕스러웠다. 기껏해야 계열사 하나 먹고 떨어질 망나니 삼남 따위가 자신을 이렇게 무시한다는 것이 자존심에 큰 상처를 만들었다.

그런데 문제는 김태신만이 아니었다. 김태신에게 끌려다니기 싫어서 그 위에 선을 대려던 것도 실패로 돌아간 것이다.

－ 말뜻은 이해했습니다. 하지만 그래도 역시 먼저 언질을 주셨다면 좋았겠지요. 이번 일로 그이도 저도 실망이 컸답니다.

도원의 한애란 여사와 약속을 잡으려고 했는데, 전화로 거절당하고 말았다. 감히 혼담을 어그러뜨린 것을 마음에 담아 두었는지 약속조차 잡아 주지 않았다.

사실 따지고 보면 애초에 위압이 당긴 일방적 혼사였으면서 자신들이 피해를 보았다는 양 구는 게 어처구니가 없었지만, 상대는 도원의 안주인이었다. 그래도 되는 자리에 있는 사람인 것이다.

상연은 전화기를 쥔 손을 떨지 않으려고 애를 써야 했다.

"제가 만나 뵙고 정식으로 사과를 드리고…….."

－ 태신이가 류 회장님 장손녀와 만나 본다고 하지 않았다면 그냥 안 넘어갔을 겁니다.

제 말을 끊고 나온 한마디에 상연의 손의 떨림이 일순 멈추었다. 무슨 의미로 말한 건지 헤아리는 데 시간이 걸렸다.

김태신이 류희원을 결혼 상대로 낙점하면 그대로 결혼시키기라도 하겠다는 말인가?

신성 그룹은 곧 주인이 바뀐다.

승계 과정이 쉽지 않다고는 하나 류진규가 회장이 되는 건 정해진 일이었고 심지어 얼마 남지 않았다. 그걸 누구보다 잘 아는 사람이 저렇게 말한다는 걸 상연은 이해하기 어려웠다.

요즘은 상대 배경과 상관없이 자식이 좋다고 하면 연애결혼도 시킨다고 하지만, 그렇다면 처음부터 정략결혼에 가까운 혼담을 진행할 이유가 없었다.

도원 그룹은 아직 스물셋밖에 되지 않은, 김태신보다 한참 어린 진아에게 혼담을 넣었다. 그건 신성 그룹이라는 먹음직스러운 부가 가치가 있기 때문이었다.

그런데 정략결혼 상대가 류희원으로 바뀐다면 그 부가 가치는 쓰레기만도 못했다. 류희원을 잡는다고 신성 그룹이 따라가지 않으니까.

'희원이 지분 가지고는 어림도 없을 텐데……'

신성 그룹은 류 씨 부자가 가진 지분으로 굳건한 경영권을 확보하고 있었다. 한 줌에 불과한 희원의 지분을 이용해 신성 그룹을 좌지우지하려면 상상 이상으로 많은 자금을 쏟아 부어야 할 터였다.

3대 주주라고는 하지만 류 씨 부자가 가진 지분과 비교하면 새 발의 피였다. 기껏해야 대주주 중 한 사람에 불과한 류희원에게 무슨 가치가 있다고 도원의 며느리 자리까지 주면서 끌어들인단 말인가. 정략결혼의 이익이 성립되지 않았다.

진아를 인질 삼아 신성 그룹을 안에서부터 먹어 치우려는 것과는 완전히 다른 얘기라는 뜻이었다.

류진아가 가지는 인질로서의 가치가 류희원에게는 없었다. 아무리 류진규가 조실부모한 조카를 딸같이 아낀다 해도 진짜 딸이 되는 건 아니니.

─ 장손녀가 일찍 부모를 잃었다고 해서 걱정이 있었는데, 사모님께서 잘 돌봐 주신 모양입니다. 태신이 말이 아주 현명하고 참한 아가씨라더군요.

"……과찬이십니다."

그런데 한 여사는 마치 그런 속사정 같은 건 잘 모른다는 듯 순진하게 희원의 됨됨이를 칭찬했다.

─ 가업을 잇겠다고 회사에 들어간 걸로 아는데, 이 어찌나 대견한 아이입니까. 손녀가 모두 가업에 뜻이 없어 류 회장님이 아쉬워하시던 것이 어제 일처럼 생생한데. 정말 뿌듯하시겠습니다.

뜻하지 않게 희원의 칭찬을 듣고 있으려니 상연은 배알이 뒤틀렸다. 억지로 웃는 얼굴 근육에 마비가 오려 했다. 그것도 모른 채 한 여사는 좋은 소리를 이어 갔다.

─ 류 회장님의 훌륭한 가풍 아래 자랐으니 어찌 안 그러겠습니까. 회장님께서 한시름 놓으셨겠어요. 그런 아이가 며느리로 들어온다면 집안의 경사가 되겠지요.

제 딸을 두고 조카를 입이 마르도록 칭찬하다니, 상연은 지금 자신을 놀리는 건가 싶었다. 마치 네 딸이 아니라 조카로 바뀌어서 다행이라고 말하는 듯했다.

어이가 없는 걸 넘어서 기분이 나빠지려던 찰나였다.

─ 그러니 저는 태신이만 좋다면 상관없답니다. 혼사는 어디까지나 당사자 뜻에 따라야 잘 풀리는 법이니.

김태신만 좋다면 상관없다?

한 여사의 입에 발린 소리를 대충 흘려넘기던 상연이 그 말에 눈을 번쩍 떴다.

그러니까 지금 한 여사는 제게 이러지 말고 당사자인 김태신과 얘기하라고 언질하고 있는 것이었다.

류희원을 한껏 광내 주던 번지르르한 칭찬은 사실 아무 의미도 없는 잡담에 불과했다. 그리도 노골적인 반어법을 못 알아들었다니 얼굴이 화끈거렸다.

"예, 그렇지요. 당사자 뜻에 따라야……."

상연이 자신의 말을 되뇌는 게 흡족했는지 한 여사는 웃으며 전화를 끊었다.

상연은 김태신을 피하려고 했던 제 꼼수가 완전히 실패로 돌아갔다는 것을 인정할 수밖에 없었다.

김태신이 이미 부모에게까지 언질해 둔 게 분명했다. 무시당한 당사자인 자신이 직접 사과받겠다고.

자신이 고개 숙이는 꼴을 보고 말겠다는 의도가 선명히 느껴지자 상연은 다시 치솟는 분을 억지로 삭여야 했다.

몇 번의 심호흡 끝에 김태신에게 전화를 걸었다.

도원의 가치가 670만 원밖에 안 되느냐며 조롱하던 걸 떠올리면 대체 어떤 식의 보상을 요구할지 감도 오지 않았다. 수많은 경우의 수를 떠올리며 전화의 연결을 기다린 끝에 상대가 전화를 받았다.

- 예, 처숙모님.

첫마디부터 상연의 속을 긁으며.

* * *

제시간에 퇴근한 희원이 주위를 살폈다. 태신의 차로 움직일 거라서 운전기사는 먼저 돌려보낸 참이었다.

밤새 자신을 기다렸다는 얘기를 들었을 때 얼마나 미안했는지 몰랐다. 평소에는 항상 짜인 일정대로 움직였기 때문에 생각하지 못한 변수였다.

귀가하지 않았는데 운전기사를 돌려보냈으니 그 소식이 고용주의 귀에 들어갈 것이다. 원고용주는 할아버지지만, 실제 관리를 맡은 작은엄마 선에서 끊길 가능성이 컸다.

작은엄마는 김태신과 관련된 이 모든 상황이 확실히 끝날 때까지 할아버지에게 관련 사실을 모두 함구할 작정인 게 분명했다.

아들 부부가 떠나간 후로 기력이 눈에 띄게 쇠한 할아버지는 최근에는 아예 별채에서 지내며 두문불출했다. 작은엄마가 먼저 무슨 일이 있다고 고하지 않으면 관심을 두지 않았다.

희원이 직접 알리는 수도 있지만, 지금은 때가 아니었다. 김태신과의 결혼을 작은엄마 마음대로 파투 낼 수 없게끔 상황이 더 무르익은 다음 알릴 작정이었다.

"누구 찾아요?"

회사 앞으로 나온 희원은 아직 태신의 차가 보이지 않자 시간을 확인했다. 조금 서두른다는 게 너무 빨리 나온 듯했다.

회사 앞 도로에서 두리번거리고 있으니 아는 사람 눈에 띄었는지 누군가 말을 걸었다. 태신을 찾던 희원이 뒤를 돌아봤다.

"수환 씨."

이틀 연속으로 마주치다니 신기했다. 그러나 신기한 건 수환이 더 심했는지 그의 얼굴에 놀란 기색이 고스란히 드러나 있었다.

"이 시간에 여기서 만날 줄은……. 무슨 일이에요?"

개인사를 캐묻기보다는 정말 신기해서 묻는 티가 나서 희원은 그냥 미소로만 답했다. 희원이 둘러보던 주변을 똑같이 둘러본 수환이 씩 웃었다.

"자주 보니까 반갑네요."

대답을 안 해도 귀찮게 안 하고 부담스럽게 안 하는 게 수환의 장점이었다. 희원이 회사 내에서 편하게 지내는 몇 안 되는 사람이기도 했고.

"그러게요. 집에 가는 거예요?"

"요 옆에 헬스장 다녀요. 운동을 안 했더니 체력이 없어서 안 되겠더라고요."

"대단하네요. 일 끝나고 운동이라니."

"살려고 하는 거죠, 뭐. 그런데 사실 운동을 해도 죽겠어요. P.T 받다가 죽은 사람 분명 있을 거라니까요?"

희원이 대단하다고 추켜세우자 수환이 엄살을 피우면서도 은근히 자부심이 느껴지는 얼굴로 어깨를 툭툭 두드렸다. 그래도 요즘 운동한 효과가 나는지 어깨가 좀 넓어졌다고.

얘기를 듣고 보니 각지고 큰 어깨가 두드러졌다. 예전에는 어땠더라. 연수 때 처음 본 그를 떠올리려고 해 봤지만 사실 어깨너비 같은 세세한 건 기억나지 않았다.

"희원 씨도 관심 있으면 체험 수업 한번 받아 봐요. 근육이 막 불타는데, 이게 할 때는 고통스러워도 스트레스가 싹 풀리거든요."

"아……. 추천 고마워요."

"하하, 눈은 절대 싫다고 말하고 있는데요."

눈빛에 진심이 담겼다며 수환이 폭소를 터트렸다. 절대 안 올 것 같다며 웃는 그를 보니 희원도 같이 웃게 됐다. 실제로 갈 생각이 전혀 없기도 했고.

그와 함께 이런 실없는 이야기로도 쉽게 아이스 브레이킹을 해내고 부드럽게 분위기를 풀어 내는 수환의 재간에 감탄했다. 고작 몇 마디 말로 사람 마음을 편하게 하는 재주라니, 배우고 싶을 정도였다.

그때, 희원의 앞으로 차 한 대가 미끄러지듯 다가와 멈췄다. 두 사람의 시선이 자연스럽게 차로 향했다.

세단의 정숙함과 스포츠카의 날렵함을 모두 지닌 차의 까만 몸체가 유려한 선을 자랑했다.

"와……. 끝내주네요."

온갖 고급 외제 차가 도로를 점령한 강남 도로에서도 거의 본 적 없는 희소한 차종의 등장에 수환이 절로 감탄을 흘렸다.

정황상 희원이 기다리던 사람이 분명했다. 슬쩍 눈치를 보는 찰나, 보조석 창문이 열리고 차 문손잡이가 밖으로 스르륵 나왔다. 타라는 말을 대신하듯이.

"그럼 수환 씨, 힘내세요."

"네? 아, 아아! 네! 조심히, 들어가세요!"

운동 힘내라는 말을 뒤늦게 알아들은 수환이 멍청한 소리만 내다가 얼른 작별 인사를 건넸다.

희원이 보조석 문을 열었는데, 각도 때문에 운전석에 탄 사람은 보이지 않았다. 다만 어두운 실내를 비추는 가로등 조명 덕분에 기어 위에 올려 둔 손만은 볼 수 있었다.

크고 길쭉하면서 단단한 뼈대가 뚜렷이 보이는 손. 수환은 그저 손만 봤을 뿐인데도 그의 외모가 범상치 않음을 직감했다.

하긴 류희원부터가 천상계인데 만나는 사람이 수준 낮을 리 있나.

문득 현실을 깨달은 기분에 수환의 얼굴에 씁쓸한 미소가 어렸다.

창문을 올리기 전, 희원이 고갯짓으로 한 번 더 인사하자 수환도 손을 흔들었다. 그러자 더는 기다려 주지 않겠다는 듯 차가 출발했다.

"직접 운전하시네요?"

방금까지 화술의 달인과 얘기를 나눴기 때문일까. 희원은 평소라면 하지 않을 아이스 브레이킹을 시도했다.

심기가 불편한지 날카로운 표정을 한 태신이 입을 꾹 다물고 있으니 저라도 분위기를 풀어 보고자 하는 노력이었다.

"찔리나?"

"네?"

"안 하던 말을 다 하는 게 다른 놈 냄새 풍길까 봐 찔려서 그러나 했지."

"아니……."

당황한 희원은 그대로 얼어붙고 말았다. 다른 놈 냄새라니, 조수환을 의미하는 걸까? 하지만 그저 몇 분 얘기를 나눈 게 다였다.

희원은 너무 황당해서 저도 모르게 숨을 들이켜 냄새를 맡았다. 그런 의미가 아님을 알면서도. 자신과는 진짜 연인 사이도 아닌데 예민한 그의 모습을 보니 순간적으로 진짜 연인이 된 듯한 착각을 할 뻔했다.

그 순진한 태도가 태신의 입매를 부드럽게 풀었다. 단단히 힘을 주고 있었는데 이리도 간단히 풀리다니, 태신은 안면 근육의 통제를 잃은 기분을 느꼈다.

"그냥 입사 동기예요. 생각하시는 그런 사이는 절대 아닌……."

"내가 무슨 생각을 했는데?"

무슨 생각이냐니, 그렇게 명백한 걸 굳이 입으로 말해야 하는 걸까.

희원의 눈이 그렇게 되묻고 있었지만, 정면을 보고 운전하는 태신에게 보일 리 만무했다.

"바람피우는……."

"네가 다른 새끼 만나면 바람피우는 게 되나? 이번엔 우리가 그런 사이냐고 물어야겠군."

"그래도 결혼할 사이니까요. 다른 사람을 만나는 건 바람피우는 게 되겠죠."

"그렇단 말이지."

희원은 제가 잘 대답한 건지 태신의 표정을 봐서는 도통 알 수 없었다. 가만히 운전하던 태신이 신호에 걸린 사이 희원을 바라봤다.

저녁 도로의 온갖 조명이 차 안으로 쏟아지면서 태신을 신비롭게 보이게 했다. 풍부한 색이 서로 섞여 이름을 붙일 수 없는 아름다운 색조를 자아냈다.

"그래서 그 새끼랑 바람피우는 게 아니다?"

"네. 절대요."

"네 감정을 스스로 눈치채지 못한 건 아니고?"

"네?"

그게 무슨 의미냐고 되물었지만, 태신은 그 이상 말이 없었다. 마침 신호마저 바뀌어 그의 고개가 다시 정면을 향했다.

처음 차에 탔을 때보다 훨씬 더 냉랭한 공기가 차 안을 감돌았다. 희원은 그의 마지막 말이 무슨 뜻인지 곱씹었다.

제 감정을 스스로 눈치채지 못했다?

그럼 제가 조수환을 좋아한다고? 그런 일은 있을 수 없었다. 단 한 번도 그를 입사 동기 이상으로 본 적 없었으니까.

솔직히 말해서 아직 속마음을 편히 털어놓을 수 있는 친구라고 부르기도 어려웠다. 수환은 어렵고 힘들고 불편한 회사 생활 속에서 유일하게 잠깐 힘을 빼고 웃을 수 있게 해 주는 고마운 사람일 뿐이었다.

그걸 좋아한다고 말하는 건 옳지 않았다.

생각을 정리한 희원이 한결 단호해진 눈으로 태신을 바라보며 말했다.

"한 번도 그런 감정을 느껴 본 적 없어요."

희원은 태신이 원한다면 이유와 근거를 모아서 프레젠테이션이라도 할 용의가 있었다. 이런 식으로 말도 안 되는 오해를 받아 그의 흥미를 잃을 수는 없었다.

"어지간히도 나와 결혼하고 싶은가 보군."

그 속을 꿰뚫어 본 듯 태신이 비아냥거렸지만, 할 말이 없었다. 이제는 무조건 태신과 결혼해야만 했으니까. 그 결연한 표정을 보았는지 태신이 비웃음을 흘렸다.

"오늘 오 원장님의 전화를 받았지."

갑자기 그가 작은엄마 오상연을 언급하자 희원의 눈이 튀어나올 듯 커졌다. 동요한 티를 내지 않으려고 바로 표정을 수습했지만, 빨라진 심장 박동은 쉬이 진정되지 못했다.

"어제…… 외박한 것 때문에 그런가요?"

"그보다 더 이전의 문제지. 맞선 상대를 너로 변경한 것에 관해 사과하고 싶다더군. 날 무시할 의도는 없었다면서."

"……."

"정당한 보상으로 마무리 짓고 싶은 눈치던데, 네 의견과 상반되게."

희원은 할 말이 없었다. 어젯밤 집에 들어가지 않은 것이 작은엄마를 초조하게 만든 것 같았다. 만에 하나 사고라도 치면 일이 커지니 수습에 나선 모양이었다.

"얘기를 듣다 보니 네가 왜 그렇게 나와 결혼하고 싶어 했는지 감이 오더군. 집안 내 알력 다툼에 밀리던 중 나라는 패가 보였고 어떻게든 붙잡아야겠다 싶었겠지."

"태신 씨, 그건……."

"오 원장은 왜 너를 견제하지? 너는 류 사장의 든든한 아군일 텐데."

희원이 해명하려는 듯 입을 열었지만, 태신은 기회를 주지 않았다. 제가 궁금한 것만 듣겠다는 태도가 명백했다. 희원은 한껏 굳어 안으로 말렸던 어깨를 억지로 펴며 심호흡했다.

"제가 훗날 작은아빠의 자리를 위협할 수 있으니 미리 싹을 잘라 내려고 하세요. 저를 어떻게든 짓밟으려고 안달이시죠. 할아버지가 완전히 회장직을 내려놓으신다면……. 저는 회사에서도 쫓겨날 거예요. 신성과 관련된 어떤 일도 하지 못하게."

제가 왜 이렇게 궁지에 몰려 있는지 누군가에게 털어놓는 것 자체가 처음이라 희원은 말하는 내내 목소리가 떨렸다.

지금 희원에게는 자기 편이 단 한 사람도 없었다. 저를 사랑하는 할아버지의 마음은 의심할 여지가 없었지만, 그에게는 가족 한 명, 한 명이 똑같이 소중했기에 저만의 편이라고 할 수는 없었다. 그런 할아버지를 설득하려면 명백한 근거가 필요했다. 작은엄마가 절 쫓아내려고 한다는 눈에 보이는 근거가.

그러다 보니 홀로 고립되어 있었다. 아무에게도 고충을 털어놓을 수도 없고 누구의 도움도 구할 수 없었다.

"그래서?"

"당연히…… 작은엄마 뜻대로 해 드릴 생각은 추호도 없어요. 나를 지킬 힘이 필요했어요."

희원은 솔직하게 대답하면서도 태신이 어떤 반응을 보일지 두려웠다. 귀찮은 일에 말려들었다며 다 없던 일로 하자고 하면 어쩌지 하는 생각에 입이 바짝 말랐다.

"부당한 견제를 이겨 내고 다음 후계자가 될 힘을 갖추겠다. 좋아. 그게 전부인가?"

"네?"

"나와 결혼하지 않으면 죽을 것처럼 구는 이유가 그게 전부냐고."

"……."

순간, 희원의 커다란 눈동자가 떨림을 숨기지 못하고 고스란히 드러냈다. 종을 친 것처럼 파르르 떨리는 눈동자를 본 태신의 눈빛이 어둡게 가라앉았다.

태신은 오늘 아침, 남 비서에게 들은 말을 떠올렸다. 호감이 믿음의 근거가 되어 주기도 한다고. 그 말에 넘어갈 뻔했지만, 역시나 말도 안 되는 소리였다.

이런 상황에서도 류희원을 믿어야 한다고? 단지 저 빌어먹게 예쁜 얼굴과 아름다운 눈에 혹했다는 이유로?

'아니, 김태신. 아직 류희원이 숨기는 게 뭔지 듣지 못했잖아. 만약 이대로 류희원을 내쳤는데, 알고 보니 형과 연관된 게 아니었다면 후회하지 않을 수 있겠어?'

마음의 소리가 솔직해지길 종용했다. 후회하지 않을 수 있느냐는 말은 곧 후회할 거라는 뜻이었다.

그리고 무엇보다 마음에 걸리는 게 한 가지 있었다.

여태 큰형이 사주한 사람들은 이럴 때 '걸렸다, 망했다.' 같은 눈으로 펄쩍 뛰며 부정부터 하고 봤다. 적반하장으로 화를 내고 억울하다며 눈물을 보이기도 했다.

심지어 증거가 명명백백할 때조차 아니라고 발뺌하는 모습을 보면 정말 욕지기가 치밀어 올랐다.

그런데 지금 류희원은 어떻게든 이 상황을 모면하려고 하는 초조한 기색 같은 건 전혀 보이지 않았다. 그저 말할 수 없다는 데서 오는 곤란함만이 느껴졌다.

그렇다면 류희원이 숨기는 비밀이 큰형과 관련 없을 수도 있지 않을까.

"일단 거짓말은 안 하네."

"……."

태신이 조용히 운전에만 집중하자 희원은 어떤 말도 덧붙이지 못했다. 눈치를 한 번 보고 고개를 숙이는데, 커다란 손이 눈앞에 불쑥 나타났다.

"손."

마치 잡으라는 듯 살짝 흔드는 손을 바라본 희원은 그 위로 손을 얹었다. 태신의 뜨거운 손과 닿으니 제 손이 얼마나 얼어 있었는지 여실히 느껴졌다.

"내 심기를 불편하게 했으면 어떻게든 풀어 주려고 해야지. 가만히 있는 건 내가 어떤 결정을 내리든 승복하겠다는 의미밖에 안 돼."

"아……."

"이대로 널 쫓아내고 다 없던 일로 칠까? 승복할 수 있겠어?"

태신이 입꼬리를 쓱 올리며 웃었다.

그의 심기를 더 거스를까 봐 가만히 있었던 것이 덜 절박하게 느껴질 수 있다는 뜻에 희원이 낮게 신음했다.

그리고 한편으로는 이리도 친절하게 구는 태신이 낯설어 당혹스러웠다.

왜 김태신은 만나면 만날수록 소문과 다른 모습만 보여 주는 걸까.

제가 얘기를 들은 김태신은 그에게 숨기는 게 있다는 것을 알았을 때 이미 기회를 박탈할 사람이었다. 그의 시간을 낭비하게 했다며 화를 내거나 손을 써도 이상하지 않았다.

그러나 김태신은 그렇게 화를 내는 대신, 자신의 침묵을 용인해 주고 친절히 가르침을 내려 줬다.

화가 났을 텐데도.

"아아⋯⋯."

태신이 손가락 하나하나에 깍지를 끼우고는 힘을 주자 희원은 손가락뼈가 지르르한 느낌에 저도 모르게 얕은 신음을 흘렸다.

"귀여운 짓을 하든 손이 닳도록 빌든 해서 내 마음을 잡으려고 해야지. 류희원 씨는 가만 보면 수동적인 구석이 있어. 그 예쁜 얼굴 믿고 그러나?"

혼을 내듯 살짝 더 힘을 주니 뼈가 으스러질 듯이 아팠다. 하지만 그건 아주 잠깐에 불과했다. 태신이 어찌나 강약 조절을 잘하는지 아프다고 소리를 내려고 하면 괜찮아졌다.

"하긴, 효과가 있긴 해. 얼굴 보면 화를 못 내겠으니."

"그건 다행이네요⋯⋯."

"예뻐서 다행이라고?"

"아, 아뇨. 화를 못 내겠다고 하셔서. 물론 애초에 화나게 하지 않아야겠지만요⋯⋯."

희원은 딱히 제 얼굴에 감흥이 없었다. 예쁘다는 말은 저보다는 개성과 매력이 넘치는 진아에게 더 잘 어울린다고 생각했다.

물론 그렇다고 제 외모를 싫어하는 건 아니었다. 거울을 보면 엄마가 보였으니까. 아주 어릴 적부터 엄마와 똑 닮았다는 얘기를 듣고 자랐는데, 성인이 되고 나서는 이모들이 놀랄 만큼 더 비슷해졌다.

엄마를 빼닮은 외모는 거울을 볼 때마다 엄마의 죽음을 상기했다. 엄마 생각이 난 희원이 입을 꾹 다물었다.

"……."

그러는 사이 차는 강남의 한 백화점에 들어섰다. 왜 백화점에 데려온 건지 몰랐지만 희원은 딱히 의문을 표하지 않았다.

태신은 차에서 내릴 때만 손을 놔 줬고 백화점으로 들어갈 땐 다시 손을 잡았다. 그것도 희원의 힘으로는 절대 풀지 못하게 깍지를 꽉 껴서.

저녁 시간의 백화점은 평일임에도 꽤 북적북적했다. 태신은 목적지가 정해져 있는 건지 헤매는 법 없이 한 매장 안으로 바로 들어섰다.

해외 유명 주얼리 브랜드였다. 결혼 예물로 유명한.

순순히 따라 걷던 희원이 그제야 놀란 얼굴을 했다. 설마 벌써 결혼반지를 맞추려는 건 아닐 텐데, 왜 여기에 왔는지 의아했다.

여기는 어쩐 일이냐고 조심스레 묻자 태신이 눈썹을 들며 웃었다.

"선물 주겠다고 약속했으니 지켜야지."

"선물이요?"

김태신이 선물을? 저한테?

단순히 변덕을 부려 선물을 주겠다고 한 거라면 그럴듯했지만, 약속했다고 하니 의아했다. 언제 그런 약속을 했느냐고 되묻자 태신의 눈웃음이 한층 진해졌다.

"기억 안 나?"

"혹시 취했을 때……예요?"

"네가 개가 됐을 때지."

마침 태신을 안내하러 오던 직원이 얘기를 들었는지 눈빛이 흔들리는 게 보여 희원은 얼굴이 화끈거렸다. 그냥 취했다고 하면 되지, 개가 됐을 때라니.

직원에게로 고개를 돌린 태신이 말했다.

"김태신 이름으로 예약한 제품을 보러 왔습니다."

"네, 고객님. 준비해 두었습니다. 먼저 상담실로 안내해 드리겠습니다."

극진할 정도로 허리를 숙여 인사한 직원이 내부에 있는 개인 자리로 안내했다. 그때까지도 손을 꽉 잡고 있던 태신은 기어이 희원을 제 옆에 붙여 앉혔다.

남들 눈에는 사랑이 넘치는 연인처럼 보이겠다는 생각이 문득 희원의 머리를 스쳤다.

'혹시 그런 모습을 연출하는 건가?'

결혼할 사람에게 푹 빠져 망나니 생활을 청산하는 모습을 보이려고 하는 거라면 이해가 됐다.

그의 연기에 동참해야 한다는 생각에 희원은 방긋방긋 웃음을 지었다. 일부러 눈도 크게 깜박이면서.

"……."

갑작스러운 미소에 태신이 순간 멈칫했다. 희원을 데리러 갔을 때, 봤던 장면이 머릿속에 떠올랐다.

같이 있던 남자를 향해 해사하게 웃는 류희원.

차창 너머로 보는 건데도 빛이 난다고 느껴질 만큼 예쁜 미소였다.

그래서 혹시 좋아하는 남자인가 하는 생각이 들었다. 진짜 사랑하는 사람을 따로 두고 정략결혼을 하는 경우는 심심찮게 볼 수 있었으니까 류희원도 그럴 수 있었다.

하지만 전혀 아니라고 부정하는 모습이 단호했다. 단 1%의 가능성도 없다는 것처럼.

그렇다는 건 그 미소는 좋아하는 마음에서 비롯된 게 아니라 단지 편해서 나왔다고 볼 수 있었다.

갑자기 왜 저를 보며 예쁘게 웃는지 모르겠지만, 그때 봤던 미소와는 차이가 느껴졌다. 지금은 억지로 꾸며 내서 웃는 거고 그때는 순수하게 좋아서 웃은 거라 그럴까.

태신은 그 미소가 자신을 향하는 상상을 해 봤다가, 미묘하게 가슴이 뻐근해지는 느낌에 미간을 좁혔다.

"태국산 생망고 주스입니다."

주스와 함께 예쁘게 플레이팅 된 디저트를 내온 직원이 제품을 가져오겠다며 자리를 떴다. 미리 준비한 건지 3단으로 된 고급 트레이에 담긴 디저트가 호화로웠다.

"마셔."

태신이 주스 잔을 입가에 가져다 대자 희원은 당황스러웠다. 직원이 보는 것도 아닌데 굳이 먹여 줄 필요는……. 하지만 김태신이 어떤 사람인가. 그가 원하는 대로 해 줄 마음에 순순히 받아 마셨다.

"흘리면 핥아먹어 줄게."

흘리지 않게 조심하라는 말을 참 무섭게도 한다. 희원은 온 신경을 입과 혀에 집중한 채로 주스를 마셨다. 그 모습이 웃겼는지 태신은 소리 내서 웃기까지 했다.

잔을 다시 테이블에 내려놓기까지 직원은 돌아오지 않았다. 겨우 안도의 한숨을 내쉬기는 했지만, 희원은 대체 지금 무슨 주스를 먹은 건지 헷갈릴 지경이었다.

"아……. 저도 먹여 드릴까요?"

가만히 바라보는 태신의 시선을 기다리는 걸로 해석한 희원이 조심스레 물었다. 직원이 곁에 없는데도 몰래 속삭이는 목소리가 어찌나 작은지 입바람이 더 선명히 느껴졌다. 간지러운 느낌을 없애려고 어금니 안쪽을 슬쩍 혀로 쓰다듬은 태신은 똑같이 귓가에 속삭여 줬다.

"입으로 먹여 준다면 얼마든지."

"……."

단번에 희원의 입을 막아 버린 태신이 직접 잔을 쥐고 주스를 마셨다. 희원은 괜히 혀로 입 안을 쓸었다. 진한 망고 맛이 이제야 느껴졌다.

금박 입힌 초콜릿부터 마카롱, 케이크, 타르트 등 여러 종류의 디저트 중 태신의 선택을 받은 건 생초콜릿이었다.

손으로 쥐고 내미는 행동에 희원은 얌전히 입을 벌렸다. 그런데 태신이 초콜릿을 놓지 않는 바람에 어정쩡하게 그의 손가락을 입에 무는 모양새가 됐다.

커다란 눈동자가 어찌할 바를 모르고 이리저리 구르는 것에 태신이 낮게 웃었다. 그 와중에 입에 들어온 초콜릿은 계속 녹고 있어서 희원은 고심 끝에 초콜릿을 뺏을 듯이 입에 힘을 줬다. 혀를 써서 초콜릿을 빼는 데 성공하자 태신이 잘했다는 듯 손을 거뒀다. 손가락이 초콜릿과 타액으로 범벅인데도 딱히 개의치 않고 물티슈로 닦아 낸다.

"으……. 짓궂어요."

초콜릿을 녹여 삼킨 희원이 들릴 듯 말 듯 한 작은 소리로 웅얼거렸다.

"그래? 난 재밌는데."

결혼을 앞둔 연인들은 원래 이렇게 짓궂고 닭살 돋게 노는 걸까. 아니면 그냥 김태신이 별난 걸까. 잘 모르겠지만, 왠지 모르게 후자일 것 같다는 감이 들었다.

다행히 더 짓궂은 행동이 이어지기 전에 직원이 돌아왔다. 김태신이 중요한 고객이라 그런지 직원 수가 서너 명으로 늘어 있었다. 게다가 몹시 값비싼 제품이라고 광고라도 하듯이 극도로 조심하는 티가 났다.

"현재 한국에 없어서 일본에서 공수해 온 콰트로 네크리스입니다."

일본에서 공수해 왔다는 말을 듣는 순간 희원은 저도 모르게 마른침을 삼켰다.

어젯밤 취했을 때 선물을 주겠다고 약속했다는 건 오늘 아침에나 매장에 알아봤다는 소리였다.

그로부터 열 시간도 채 지나지 않은 지금, 해외에 있던 목걸이가 눈앞에 있다?

아무리 일본이 가깝다고 하더라도 말이 안 되는 프로세스였다. 도원 그룹 삼남이라는 위치가 가진 힘을 새삼 실감한 희원이 엄중한 보안을 느끼게 하는 상자를 바라봤다.

장갑을 낀 직원의 각 잡힌 손짓 속에서 상자가 열리고 우아한 자태를 뽐내는 목걸이가 눈앞에 드러났다.

"네 줄로 이루어진 라운드 컷 다이아몬드, 바게트 컷 다이아몬드, 프린세스 컷 다이아몬드입니다. 목에 닿는 면은 가죽과 새틴으로 길이를 조절할 수 있습니다."

목걸이를 보는 순간 희원은 얼이 빠졌다. 천문학적인 가격을 예상케 하는 수백 개의 작고 영롱한 다이아몬드 때문이 아니었다.

목걸이의 디자인이 문제였다. 네 줄의 다이아몬드 밴드가 목을 감싸는 형태는 마치 개의 목줄을 떠올리게 했다.

아마도 다른 때였다면 이렇게 아름다운 목걸이를 보고 그런 비유를 하지 않았을 것이다. 하지만 취해서 개 흉내를 냈다는 얘기를 들은 뒤라 바로 목줄로 보였다.

"이건……."

희원이 뭐라 반응하지 못하고 어정쩡하게 눈을 깜박이자 태신이 사랑스러운 이를 보는 듯한 눈빛을 보내며 속삭였다.

"내 아내의 목에 채울 거라면 이 정도는 되어야지."

한국말을 모르는 사람이 들었다면 프러포즈를 한다고 오해했을 것 같은 다정한 목소리였다.

하지만 희원은 그사이에 생략된 '목줄'이라는 단어가 귓가를 맴돌자 저도 모르게 몸을 부르르 떨었다.

용케 목줄 안 채웠다고 반문했던 아침의 제 입을 때려 주고 싶었다. 그 말을 들고 준비한 게 틀림없었다.

아무리 그래도 그렇지, 목줄 같은 목걸이를 찾겠다고 일본에서까지 공수해 오게 하다니.

"마음에 안 들어?"

이 상황에서 마음에 안 든다고 할 수 있을까. 앞에는 직원이 영업용 미소를 지은 채 보고 있고 김태신은 예비 신부에게 푹 빠진 남자를 연기하고 있었다.

여기서 말을 잘못하면 김태신이 연출한 상황을 망친다는 걸 아는 이상 희원은 고개를 끄덕일 수밖에 없었다.

한편으로는 그가 정말 이미지 관리를 위해 연기를 하는 건지, 단순히 저를 놀리고 있는 건지 헷갈리기도 했다.

"너무 좋아요."

고개를 느리게 끄덕이며 감탄을 내뱉는 희원을 보니 태신은 웃음을 참을 수가 없었다. 눈빛과 입이 서로 다른 말을 하고 있었다.

"이런 걸 받아도 될지……."

입으로는 부담스럽다느니, 과분하다느니 하는 말을 하고 있지만, 눈은 목줄을 차기 싫다고 비명을 지르는 게 보였다.

"일단 해 봐. 얼마나 잘 어울리는지 보고 싶으니까."

"네에……."

그녀답지 않게 말끝까지 늘리는 게 귀엽게 들려 태신은 기어코 한마디 더 하고 말았다.

"아주 잘 어울리겠지. 보자마자 내 아내를 위한 디자인이란 걸 알았거든."

아무 말도 못 하고 체념하는 표정이 여태껏 봐 온 모습 중 가장 인간적으로 느껴졌다. 그 순간, 태신은 깨달았다. 이 엉뚱하고 짓궂은 장난이 류희원이 세운 벽을 한 겹 무너뜨렸다는 것을.

직원의 도움을 받아 희원의 목에 목걸이를 채웠다. 다이아몬드만으로 이루어진 단색의 목걸이가 가느다란 목과 만나 영롱하게 발광했다.

원래도 하얗던 피부가 자체적으로 빛을 머금은 듯 더 아름답게 보이는 게 확실히 류희원을 위해 만들어진 목걸이처럼 느껴졌다.

"안목이 정말 좋으십니다."

얼른 아부하는 직원의 목소리에도 진심이 담겨 있었다. 목 전체를 두른 다이아몬드의 빛에 눌리지 않고 오히려 혈색이 더 좋아지니 이보다 더 잘 어울리는 사람을 찾기 어려웠다.

"더 말할 것도 없군. 이걸로 하지. 결혼반지도 세트로 하면 되겠어."

"같은 에디션의 반지도 보여 드리겠습니다."

일본에서 공수해 올 때 아예 세트로 가져온 건지 직원이 자신 있게 반지를 내밀었다. 목걸이를 그대로 축소해 만든 듯한 반지였다.

희원은 결혼반지로 주제가 넘어가자 내심 안도했다. 세상에서 가장 비싼 목줄에서 드디어 해방된 것이다. 게다가 결혼반지를 맞춘다는 건 태신이 저와 결혼하기로 마음먹었다는 의미이기도 했다.

그에게 모든 진실을 말하지 않았는데도 제 거래를 받아 준 속사정까지는 짐작하기 힘들었다.

어쩌면 태신도 보기보다 더 결혼이 급한 상황일 수도 있고 저 말고 다른 상대를 찾는 게 귀찮았을 수도 있었다.

제게 가진 흥미가 생각보다 클 수도 있고……. 태신이 결혼을 결심한 이유를 짐작해 보던 희원은 그가 자신을 빤히 바라보고 있다는 걸 뒤늦게 깨달았다.

"귀걸이도 같이 하자는 게 그렇게 고민할 일인가?"

"아, 미안해요. 저도 태신 씨에게 선물할 만한 게 뭐가 있을지 생각하다가……."

"내게 선물을?"

임기응변으로 한 말이었지만, 진심이기도 했다. 목줄 목걸이처럼 그를 당황하게 할 만한 선물을 생각해 낼 자신은 없었지만, 결혼을 결정한 그에게 감사의 인사를 하고 싶었다.

퍽 놀란 듯하면서도 기분 좋아 보이는 태신을 보니 얘기를 잘 꺼냈다 싶었다. 한참 웃은 태신이 손을 뻗었다.

"내겐 네 존재가 선물이야."

머리를 부드럽게 쓰다듬으며 이마에 가볍게 입을 맞추는 행동에 희원은 숨이 덜컥 멎을 뻔했다. 앞에서 지켜보고 있는 직원의 시선을 느끼고 나서야 태신의 연기가 아직 진행 중임을 깨달았다.

놀란 속을 간신히 진정시킨 희원이 저도 그렇다며 웃었다.

목걸이 선물로 시작해 결혼 예물까지 주문하고 나서야 매장을 나선 태신은 백화점 근처의 음식점으로 희원을 데려갔다.

저녁 데이트를 나온 수많은 연인들 사이에서 근사한 저녁을 먹은 후 직접 집에 바래다줬다.

희원은 이틀 만에 오게 된 집의 대문을 어색하게 바라봤다. 할아버지 집으로 들어와 살게 된 지가 벌써 6년인데, 고작 하룻밤 외박했다고 이렇게 낯설어질 수가 있을까.

"집에 들어가기 싫은 얼굴이야."

정곡을 찌르는 태신의 한마디에 희원이 시선을 피했다.

"그럴 리가요."

진심이라고는 전혀 느껴지지 않는 목소리였지만 태신은 어깨만 한 번 들썩거렸다.

"나와의 관계가 어떻게 진행되고 있는지는 다 모른다고 잡아떼면 돼. 그저 내 비위를 맞추는 게 고작이었다고."

"외박을 했는데 그 정도로 될까요? 분명히 의심하실 거예요."

"의심하라고 해. 나는 내 아이를 가졌다고 해도 눈 하나 깜짝 안 하는 냉혈한이 아닌가. 네가 신성 그룹 손녀라는 이유로 책임질 만큼 생각 있는 인간이 아니야."

어딘지 이상했다. 분명 자기 얘기를 하고 있는데, 완전히 다른 사람의 이야기를 하는 것 같았다. 목소리에 감정이 담기지 않아서 더 그렇게 들렸다.

아이가 생겨도 책임지지 않는 냉혈한. 자신의 행동에 죄책감이나 양심의 가책을 느끼지 못하는 소시오패스라면 이렇게 덤덤히 말할 수 있을 것이다.

하지만 희원이 경험한 김태신은 절대 소시오패스가 아니었다. 사이코패스는 더더욱 아니었고.

그렇다면 혹시 그와 관련된 소문들이 다 근거 없는 거짓이었던 걸까? 하지만 감히 누가 도원 그룹 삼남에게 이런 악의적인 누명을 씌운단 말인가. 그리고 아니라면 왜 그런 소문을 해명하지 않고 가만히 있는 걸까. 그런 이미지가 정착해 버리면 손해가 막심할 텐데.

희원이 머릿속으로 풀리지 않는 의문으로 혼란스러워하는 사이, 태신이 말을 이었다.

"그러니 의심받아도 그냥 잘 모르겠다고 해. 그다음은 내가 알아서 할 테니."

"네……."

희원은 의문을 내려놓고 고개를 끄덕였다. 태신이 스스로 잘못된 이야기라고 해명하지 않는데, 먼저 묻는 것도 이상했다.

이제 집에 들어갈 때였다. 안전벨트를 풀고 가방을 챙겼다. 인사를 하려고 태신을 바라보는데, 그와 시선이 마주치는 순간 아까 나눴던 얘기가 떠올랐다.

"갖고 싶은 거 있으세요?"

"음?"

"선물이요. 진심으로 했던 말인데……."

다시 선물 얘기를 꺼낼 거라고는 예상하지 못했는지 태신이 피식 웃었다.

"내가 바라는 건 물질적인 게 아닌데, 네가 줄 수 있을까?"

"말해 보세요."

"믿음."

"네……?"

"널 믿을 수 있게 해 줘."

"……."

전혀 예상하지 못한 얘기에 희원은 살짝 당황했다. 김태신 정도 되면 뭐든 제 손으로 살 수 있으니 물질적으로 가지고 싶은 게 없을 수는 있었다. 하지만 원하는 게 믿음이라니.

"만약에라도 내 뒤를 찌를 작정으로 결혼하려는 거라면 지금 그만두는 게 좋을 거야. 나는 단 한 번도 날 배신한 사람을 용서한 적이 없거든."

희원은 태신의 목소리에서 아물지 않은 상처의 피비린내를 맡았다. 이건 배신당하고 속은 적 있는 사람만이 풍기는 냄새였다.

그리고 이 얘기를 듣는 순간, 머릿속을 복잡하게 만들던 의문이 스르륵 풀렸다.

그에게 숨기는 게 있다는 걸 알았을 때 보인 반응. 소문의 진상에 대해 말해 주지 않는 이유.

다 자신을 믿지 못하기 때문이었다.

"심하게 배신당한 적이 있었나요? 마음을 다칠 정도로……."

조심스레 나온 말에 태신의 표정이 낮게 가라앉았다. 마음을 다친다는 말은 쉽게 쓸 수 있는 말이 아니었기에. 그의 날 선 반응에 조금은 두려움을 느끼기도 했지만 지금 솔직하지 않으면 안 될 것 같아 희원은 제 얘기를 꺼냈다. 그 누구에게도 하지 않았던 얘기를.

"저도 경험이 있어요. 절대 그럴 리 없다고 믿은 사람이었죠. 지금도 솔직히…… 그 상처에서 헤어 나오지 못했어요."

"……."

"견디기 힘들어요. 믿음이 칼날이 되어 돌아올 거라고 누가 생각하겠어요. 대비할 수조차 없이 당하고 마는 거죠. 믿은 게 죄라면서……."

태신은 어느새 주먹을 꾹 움켜쥔 채 희원의 말을 듣고 있었다. 뭘 아는 것처럼 나불대는 저 입을 틀어막고 싶었다. 제 마음을 그대로 읽어 주는 그 목소리를 계속 듣고 싶었다. 상반된 두 마음이 머릿속에서 시끄럽게 악을 써 댔다.

"……역시 막아야겠어."

네? 희원의 반문이 채 떨어지기도 전이었다. 희원의 목을 낚아채듯 감싸 끌어당긴 태신이 그대로 입을 겹쳤다.

급작스러운 동작이라 목이 꽤 세게 꺾였는데, 아픔을 표할 새가 없었다. 겹쳐진 입술이 순식간에 희원의 머릿속을 하얗게 물들였다.

갑작스러운 키스에 놀랐지만, 제 호흡을 빨아들인 태신이 몇 배로 진하게 돌려주자 취한 듯 몽롱해졌다.

키스란 걸 어떻게 하는 줄도 몰라서 숨을 어떻게 쉬어야 할지, 혀는 뭘 해야 할지 생각하느라 정신없었던 얼마 전이 거짓말인 것처럼 자연스럽게 숨이 쉬어지고 혀가 움직였다.

태신이 이끄는 대로, 제가 가고 싶은 대로. 호흡이 하나로 섞이기도 하고 몇 갈래로 나뉘기도 하면서 자연스럽게 교감했다.

"……."

나누고 또 나누고 또 나눈 호흡이 끊어질 때가 되어서야 입술이 떨어졌다. 접착제로 붙었다가 떨어지는 것처럼 아쉬움 가득한 입술이 느리게 떨어진 후에야 희원이 숨을 크게 들이켰다.

"이제 들어가."

태신은 이대로 데리고 가고 싶은 충동을 감춘 채 읊조렸다.

오전에 오상연과 통화만 안 했다면 희원의 의견조차 묻지 않고 그냥 차를 출발시켰을 것이다. 하지만 순간의 감정에 치우쳐서 제가 구상해 놓은 그림을 어그러뜨릴 수는 없었다.

잠시 숨을 고르던 희원이 고개를 끄덕였다. 차 문을 열고 내리는 모습을 빤히 바라보던 태신이 주먹을 꾹 쥐었다. 일시적 충동에 휘둘리는 자신을 한심하게 여기면서.

"조심히 가세요."

차 문을 닫은 희원이 배웅하는 것처럼 보고 있자, 태신은 먼저 출발했다. 차 안에 남은 짙은 향기를 날려 버리려는 것처럼 창문을 활짝 열고서.

"하아……."

멀어지는 차의 뒤꽁무니를 바라보던 희원이 느리게 숨을 내쉬었다. 폐가 완전히 쪼그라들 정도로 모든 숨을 뱉고 다시 크게 들이마시자 조금이나마 머리가 맑아지는 듯했다.

역시나 김태신과의 키스는 위험했다. 너무 강한 자극이라 정신이 혼미할 뿐더러 끝난 후에도 여운이 너무도 길게 남았다.

희원은 마지막에 절 쳐다보던 그의 눈빛이 자꾸 아른거리자 고개를 빠르게 흔들었다.

집에 들어갈 생각을 하니 잘 먹은 저녁이 갑자기 얹히는 것처럼 속이 불편했다. 그렇다고 피할 수 있는 것도 아니라 희원은 가방에서 거울을 꺼내 얼굴을 확인한 후 걸음을 옮겼다.

"다녀왔습니다."

"이리 와서 앉으렴."

"……!"

마치 턱 끝에 칼날을 들이미는 듯 날카로운 말투였다.

태신의 차를 타고 왔으니 도착했다는 알림이 떴을 리 없었다. 그럼에도 마치 자신이 들어오기만 기다린 것처럼 거실에 앉아 있는 작은엄마 오상연을 보는 순간, 희원은 귀신을 마주한 것처럼 가슴이 철렁했다.

희원은 태신과 보낸 시간이 얼마나 평화롭고 편안했는지 집에 도착해서야 깨달았다. 숨이 턱 막혔다.

백지장처럼 희게 질린 얼굴로 걸어가 소파에 앉았다. 상연은 팔짱을 낀 채 고압적인 자세로 앉아 그런 희원을 위아래로 훑어봤다.

"작은엄마. 어제는⋯⋯."

"거두절미하고 이것부터 먹어라."

상연의 시선을 따라 고개를 돌려 소파 테이블을 바라본 희원의 표정이 살짝 흔들렸다. 은색 포장지에 든 알약 하나가 물컵과 함께 놓여 있었다. 희원이 오면 바로 먹이려고 준비해 둔 것처럼.

설명이 적힌 박스가 없어 무슨 약인지 알아볼 수 없었다. 그럼에도 불길한 느낌이 물씬 풍겼다. 약을 집어 들고 살핀 희원이 숨을 헉 들이켰다.

"작은엄마⋯⋯!"

피임약이었다. 관계 후 최대한 빨리 복용해야 한다는 사후 피임약.

"얼른 먹으래도."

서슬 퍼런 목소리가 다시금 목을 찔렀다. 희원은 덜덜 떨리는 손으로 약을 쥔 채 그녀를 바라봤다.

"24시간 내가 가장 좋지만, 48시간까지도 효과가 있어."

"⋯⋯과한 걱정이세요."

"희원아."

희원의 말을 싹둑 끊은 상연이 희원의 팔목을 붙들었다. 그 힘이 어찌나 센지, 희원은 저도 모르게 비명을 질렀다. 그럼에도 눈 하나 깜짝하지 않은 상연이 힘이 가득 든 목소리로 나지막이 말했다.

"작은엄마 말 오해하지 말고 들어. 김태신은 이를테면 재해야. 천재지변."

"⋯⋯."

"우리가 어떻게 할 수 없는 불가항력이란 의미지. 정조니, 뭐니 하면서 널 탓하려는 게 아니고 그저 일이 더 커지지 않게 예방하자는 거야."

희원은 아니라고 반박하려던 것을 가까스로 참아 냈다. 상연의 눈에는 그저 잠깐 움찔한 정도로밖에 보이지 않을 터였다.

안 하던 외박을 했으니 이런 의심을 할 줄은 예상하고 있었다. 하지만 다짜고짜 피임약을 먹이려고 할 줄이야. 그 치밀함에 소름이 끼쳤다.

김태신은 아이가 생겨도 책임지지 않을 거라 말했지만, 작은엄마는 아이가 생기는 일 자체를 차단하려고 들었다.

희원이 도원 그룹의 핏줄을 가지는 일은 만에 하나라도 일어나선 안 되니까.

"이번 한 번이라면 괜찮으니 작은엄마 믿고 먹어. 아무렴 내가 네게 나쁜 걸 권하겠니?"

희원은 피임약을 바라봤다. 솔직히 아이나 피임에 대해서 깊이 생각해 본 적이 없었다. 그런 부분에서는 태신이 이끄는 대로 이끌려 간 게 사실이었으니까.

하지만 피임약을 눈앞에 두자 오늘의 관계로 아이가 생긴다면 그게 인생의 순리라는 생각이 들었다.

김태신을 단순히 눈앞의 이 사람을 상대하기 위한 힘으로만 여기는 게 아니기 때문이었다.

저도 모르는 사이 싹 트기 시작한 감정을 작은엄마가 내민 피임약이 알려 줬다. 아이가 생겨도 후회하지 않을 사람이라고.

"어서 먹으래도."

눈앞에서 먹는 걸 보고 말겠다는 작은엄마의 강경한 태도에 희원은 이 순간을 어떻게 넘겨야 할지 고민했다.

"그리고 이것도 챙기렴. 경구 피임약이야. 이쪽은 안전하니까 걱정도 안 해도 되지. 작은엄마가 오늘 김태신이랑 통화했는데, 곧 해결될 것 같아. 그때까지만 참으면 돼. 참아 줄 수 있지?"

곧 해결된다고? 희원이 놀람을 숨기지 못하고 눈을 크게 떴다.

"정말요……?"

"그래. 탐욕스럽긴 해도 말이 안 통하는 사람은 아니었어."

작은엄마가 해결된다고 말한다는 건 혼담 자체를 무르는 걸 의미할 터였다. 그래서 더 혼란스러웠다. 막 태신과 결혼 예물을 맞추고 오는 길이었다. 같은 날, 상연에게는 혼담을 무르겠다고 하고 저와는 결혼 준비를 한다?

한쪽은 무조건 거짓인 상황이었다.

'*무조건 잘 모르겠다고 해. 그다음은 내가 알아서 할 테니.*'

하지만 태신의 목소리가 귓가에 울리는 순간, 희원은 생각을 접었다. 저는 그저 태신을 믿으면 됐다. 말 그대로 다음은 그가 알아서 할 테니.

삐리릭. 달칵.

그때였다. 갑자기 현관문 열리는 소리가 들리자 상연이 재빨리 약들을 방석 밑으로 감추었다. 그 동작이 어찌나 날랜지 희원은 반응조차 할 수 없었다. 휘날렸던 상연의 머리칼이 한발 늦게 가라앉았다.

"아, 나와 계셨군요."

들어온 사람은 별채에서 할아버지를 모시는 집사 김정복이었다. 30년 넘게 일한 심복으로 할아버지가 가장 신뢰하는 인물이기도 했다. 그의 아들에게 계열사의 중역을 맡길 정도였다.

"아저씨……."

희원이 저도 모르게 김 집사를 불렀다. 아주 어릴 때부터 봐 온 터라 집안의 큰 어른이나 다름없었다.

김 집사는 희원을 보더니 친근하게 눈인사를 건네고는 곧바로 상연에게 용건을 전했다.

"회장님께서 찾으십니다."

상연의 눈빛이 흔들렸다. 곧 가겠다고 말해 봐야 김 집사가 혼자 돌아갈 사람이 아닌 걸 익히 잘 아는 탓이었다. 그를 앞에 두고 허투루 움직일 수도 없기에 상연은 이를 악물고 표정을 바꿨다.

"그럼 희원아, 작은엄마 말 명심하렴. 알았지?"

자애로운 미소와 달리 꼭 약을 먹으라고 종용하는 눈빛이 살기등등했다. 상연을 등지고 있는 김 집사는 알지 못할, 희원에게만 보이는 본얼굴이었다.

"네, 걱정하지 마세요……."

희원은 마지못한 척, 하지만 이해했다는 표정으로 고개를 끄덕였다. 그 표정이 통했는지 상연이 눈에 힘을 풀고 몸을 돌렸다.

김 집사와 함께 별채로 떠난 후에야 희원은 기나긴 한숨과 함께 소파 등받이에 몸을 기댔다.

고작 십여 분 대화를 나눴을 뿐인데, 전신이 두들겨 맞은 것처럼 아프고 머리가 지끈거렸다.

그러다가 이럴 때가 아님을 깨닫고 얼른 약들을 챙겨 방으로 달려갔다. 사후 피임약을 뜯어 변기에 물과 함께 흘려보내고 나서야 안도의 한숨이 나왔다.

아저씨가 오지 않았다면 꼼짝없이 피임약을 먹어야만 했을 것이다. 아무리 조심성이 많은 상연이라도 이미 먹었다고 우기면 또 먹으려고 하지는 않을 터였다.

나중에 테스트기를 쓰게 해서 거듭 확인할 사람이기는 했지만, 그때는 이미 상연이 생각한 것과 전혀 다른 상황이 펼쳐져 있을 테니 상관없었다.

경구 피임약 상자는 가방 속에 넣어 버렸다. 설마 이걸 매일 먹는지도 확인하진 않겠지.

스르륵 주저앉은 희원이 문에 뒷머리를 기댄 채 숨을 몰아쉬었다. 분명히 환풍구도 있고 창문도 열려 있는데도 갇혀 있는 양 갑갑했다. 사실 천장이 뻥 뚫려 있어도 똑같이 느꼈을 것이다.

머리칼을 아무렇게나 쓸어 올리던 희원은 문득 입술을 손가락으로 만지작거렸다. 특정 생각을 떠올리며 한 행동은 아니었다. 그런데 엄지와 검지가 입술을 문지르는 횟수가 반복될수록 엉망진창이던 호흡이 조금씩, 조금씩 잦아들었다.

희원은 멍하니 오늘 태신을 만났던 일을 떠올렸다. 같이 백화점에 간 거나 밥을 먹으면서 나눈 자잘한 이야기들까지.

고작해야 몇 시간 되지 않는데, 그 시간 동안 나눈 대화가 세세하게 기억이 났다.

그 말을 하는 태신의 표정이나 작은 손짓 하나까지도 떠올랐다. 그렇게 되짚다 보니 아침의 일까지도 생각이 났고 희원은 저도 모르게 얼굴을 붉혔다.

고개를 흔들어 떠오르는 기억들을 날린 희원은 한결 편해진 마음으로 자리에서 일어났다. 거울에 비친 얼굴도 훨씬 나아 보여 슬쩍 입술 끝을 들어 웃었다.

* * *

북미 출장을 갔던 김영신의 귀국에 맞춰 김 회장이 아들 셋을 모두 소환했다. 간단히 점심을 함께하자는 뜻이었다.

태신은 올 것이 왔음을 짐작했다. 오늘 자리에서 아버지는 류희원에 관한 이야기를 꺼낼 것이 틀림없었다.

맞선 일정을 첫째 영신이 한국에 없을 때로 잡은 건 다름 아닌 아버지 김 회장의 결정이었다.

개입하려고 한다면 어떻게든 하겠지만, 그래도 물리적 거리를 멀리 떨어뜨려 놓으면 시차가 생겨 즉각 대응하기 힘들 거라는 판단이었다.

김영신이 맞선 상대를 바꾸는 데 관여했는지 아닌지는 아직 확실하지 않았다.

오상연의 태도로 보아서는 단순히 류진아를 지키려고 가만히 있던 류희원을 끌어다 쓴 것 같지만, 오상연이 그런 판단을 내리는 데는 분명히 형수 최민희의 개입이 있었다.

하지만 류희원이 한패라는 증거는 어디에도 없었고 아직 아무 짓도 하지 않았다.

확실하게 결혼식을 올리고 나서 본색을 드러내려는 걸지도 모르지만, 무죄 추정의 원칙에 따르면 현재 류희원은 무고했다.

태신은 복잡한 머릿속을 잠시 비우기로 했다. 어차피 지켜보면 알 일이었다. 정말로 큰형이 손을 뻗쳤다면 아무 일도 안 벌일 리 없을 테니까.

'믿음이 칼날이 되어 돌아올 거라고 누가 생각하겠어요. 대비할 수조차 없이 당하고 마는 거죠.'

간신히 비운 머릿속에 류희원의 목소리가 스멀스멀 피어올랐다. 그때는 제 마음을 대변해 준다고 생각했는데 지금은 또 그녀를 믿지 말고 대비하라는 친절한 경고 같기도 했다.

"정말 속 모를 여자야……."

"예?"

저도 모르게 중얼거린 소리에 남 비서가 제게 하는 말인 줄 알고 되물었다. 태신은 힐끗 그를 바라봤다.

"아무것도. 이제 출발하지."

"예."

차로 이동하기 위해 엘리베이터에 탄 태신이 지나가는 말처럼 입을 열었다. 투명한 유리에 태신의 모습이 흐릿하게 비쳤다. 연회색 슈트가 그의 조각상 같은 몸매를 부각했다.

"아주 잘했어. 무리한 부탁이었을 텐데."

"예? 아……. 별말씀을요. 마침 일본에 있던 덕분에 시간을 맞추는 데 무리가 없었습니다."

목걸이 얘기인 걸 알아들은 남 비서가 아무렇지 않게 겸양을 떨었다. 만약 가까운 일본에도 없었다면 절대 해낼 수 없는 일이었다. 주문 제작으로 이루어지는 하이 주얼리가 아님에도 억이 넘는 가격대 때문인지 국내 어느 매장에서도 제품을 찾을 수가 없었다.

아주 잘했다는 칭찬이 붙은 걸 보니 태신은 그 목걸이가 무척 흡족했던 듯했다.

고작 두어 번 만난 여자에게 억대의 목걸이를 선물한다니, 믿기 힘들었다.

가격 때문이 아니라 그 정도로 그 여자가 마음에 들었나 싶어서.

지독한 인간 불신을 겪는 김태신이 여자에게 선물을 준다? 그것도 순수한 호의로?

김태신을 3년간 가장 가까이에서 지켜본 남 비서로서는 믿을 수 없는 이야기였다. 분명 속셈이 있을 것이다. 있어야만 했다. 돈으로 회유하려고 한다든가 하는 속셈이.

"이러면 결혼 준비도 믿고 맡길 수 있겠어. 잘 부탁하지."

이건 또 무슨 소린가. 눈이 튀어나올 듯이 커진 남 비서는 엘리베이터 안에 둘만 있다는 것에 감사했다. 이렇게 표정 관리를 못 하는 비서는 실격이다.

"그분과 결혼하실 겁니까?"

뭐 그렇게 당연한 걸 묻느냐는 듯 태신이 웃으며 걸음을 옮겼다. 어느덧 엘리베이터는 문까지 열린 채 사람이 내리길 기다리고 있었다. 남 비서는 서둘러 태신의 뒤를 좇았다.

차가 회사에서 멀어진 후에야 태신이 말을 이었다.

"그럼 결혼할 생각 없이 맞선을 봤겠어? 이상한 걸 묻는군. 왜, 내가 결혼한다니 이상한가?"

"그 정도로 마음에 드셨습니까? 그러면 선물하신 것도 다른 이유가 있어서가 아니라……."

"다른 이유?"

순간, 안 해도 될 말을 했다는 걸 깨달은 남 비서는 사색이 되어 입을 다물었다. 하지만 말을 꺼낸 이상 끝맺지 않을 수 없다는 걸 깨닫고는 솔직하게 털어놨다.

"저는 돈으로 회유하려고 하시는 줄 알았습니다. 태도를 시험하신다거나……."

눈살을 찌푸렸던 태신은 이내 피식 웃었다. 류희원을 돈으로 회유하려면 얼마를 써야 할지 감도 오지 않았다.

신성 그룹 3대 주주가 받는 배당금을 생각하면 제가 선물한 목걸이 같은 건 류희원 스스로도 얼마든지 살 수 있었다.

"돈이라……."

태신은 문득 떠오른 생각에 표정을 굳혔다. 입가에 맺혀 있던 미소는 온데 간데없이 사라졌다.

"하나 조사해 줄 게 있어."

"예. 말씀하십시오."

태신의 분위기가 완전히 바뀌었다는 걸 알아차린 남 비서가 신경을 날카 롭게 긴장시키며 대답했다.

"신성 그룹 지분 구조에 변동이 있는지 알아봐야겠어."

"지금 신성은 승계를 위해 지배 구조를 개편하느라 변동이 클 텐데요."

"그렇겠지. 그중 류진규 쪽으로 가지 않은 게 있는지 알아봐. 못 보던 사 모펀드가 붙었는지도. 소량이어도 상관없어. 1% 이상 지분을 매집하는 곳이 있다면 대표가 누군지 다 알아 와."

"알겠습니다."

태신이 그대로 입을 다물자 남 비서는 상사의 사색을 방해하지 않기 위해 조용히 운전에만 집중했다.

무거운 침묵 속에서 목적지에 도착한 차가 정차했다. 여기서부터는 남 비 서가 따라갈 필요가 없어 태신 혼자 움직였다.

차에서 내린 태신은 평소의 표정을 유지한 채 안으로 들어갔다. 어머니가 심혈을 기울여 관리하는 온실 갤러리였다.

휴관일이라 방문객이 있을 리 없는 내부에 먼저 와 있는 사람이 보였다. 태신의 기척을 느낀 듯 돌아본 남자가 눈을 접으며 웃었다.

"우리 막내, 오늘은 용케 안 늦었구나."

주머니에 꽂고 있던 손을 빼 흔드는 큰형 김영신을 보는 순간 태신은 무너지려는 평정심을 간신히 붙들었다.

뒤로는 온갖 더러운 수작을 부리면서도 영신은 앞에서는 언제나 다정한 형인 양 굴었다. 아니, 그는 정말로 자신이 매우 다정하고 착한 형이라 생각하는 게 분명했다.

그 역겨운 태도에 치를 떠는 것도 하루 이틀이지, 이제는 일일이 반응하지 않았다. 표정에 드러나는 혐오감까지는 어쩔 수 없어도 태신은 꽤 차분히 대응했다.

"형이야말로 일찍 왔네. 아버지는."

"아직 안 오셨어. 둘째는 안에 있고. 개야 뭐, 항상 빠릿빠릿하잖아. 다리가 불편해도 변하지 않네."

아무렇지 않게 주성의 다친 다리 얘기를 꺼내는 뻔뻔함에 태신의 얼굴이 와락 구겨졌다.

그런데도 영신은 아랑곳하지 않고 다가와 어깨를 툭툭 두드려 주었다. 남들 눈에는 형이 나이 차 나는 막내를 대견하게 여긴다고밖에 보이지 않을 터였다.

탁. 태신이 더러운 것이 묻었다는 듯 그의 손이 닿았던 어깨를 털자 영신은 크게 웃으며 몸을 돌렸다.

안으로 들어가니 먼저 와 앉아 있던 둘째 주성이 영신을 보고는 벌떡 일어났다.

"어, 어어……."

쾅! 의자가 테이블과 너무 가까웠던 탓인지 뒤로 넘어가고 말았다. 그 바람에 휘청거린 주성이 테이블을 짚으며 중심을 잡았다. 테이블보가 흐트러지면서 테이블 위가 엉망이 됐다.

"저런, 조심해야지. 너는 늘 덤벙거려서 문제라니까."

혀를 차며 주성에게 다가간 영신이 손수 넘어진 의자를 바로 세우며 그를 자리에 앉혀 주었다.

"혀, 형⋯⋯."

"그날도 내가 부른 걸 잊어버리는 바람에 사고가 나지 않았어? 잘 생각해서 나한테 왔으면 피할 수 있었는데, 참."

"⋯⋯."

주성의 손이 바들바들 떨렸다. 아니, 손뿐만이 아니었다. 손을 시작으로 전신에 경련이 일어났다.

"형!"

몸이 뻣뻣하게 굳고 거품까지 무는 모습에 놀란 태신이 황급히 달려갔다. 테이블 위를 치우러 왔던 직원도 덩달아 놀라 우왕좌왕했다.

영신을 밀치고 주성을 바닥에 눕힌 태신이 직원의 손에서 행주를 뺏어 침을 닦아 주고 상의 단추를 풀었다.

이렇게 놀란 상황에서도 바로 능숙하게 대처하는 건 이번이 처음이 아니기 때문이었다.

영신은 툭하면 주성의 사고를 입에 담아 이런 식으로 그의 트라우마를 자극했다.

잠시 기다리자 다행히 주성은 경련이 멈추고 점점 안정을 찾아갔다. 안도의 한숨을 내쉰 태신이 영신을 노려봤다.

"저리 심약하기까지 하고."

태연하게 고개를 흔드는 영신의 태도에 살심이 일었다. 저 뻔뻔한 면상을 한 대 후려갈기고 싶다는 충동에 주먹을 움켜쥐자 영신이 웃으며 한 걸음 물러났다.

"워, 나를 골로 보낼⋯⋯."

"이게 무슨 소란이냐?"

영신의 빈정거림이 막 도착한 아버지의 목소리에 묻혔다. 심상치 않은 상황임을 알아본 그가 매서운 표정으로 들어서자 영신이 대수롭지 않은 투로 설명했다.

"뭐가 도진 건지 주성이가 또 발작하더라고요."

발작을 일으켰다는 말에 김 회장의 눈이 화등잔만 해졌다. 뒤늦게 바닥에 앉은 셋째가 둘째를 안고 있는 게 보였다. 이미 멈췄는지 별다른 움직임이 없었다.

"괜찮은 게야?"

처음 있는 일이 아니기에 김 회장도 호들갑을 떨지는 않았다. 금방 멈춘 것을 보니 병원에 갈 정도는 아닌 듯했다. 이전에는 경련하다가 머리를 부딪치는 바람에 출혈이 난 적도 있었다.

"금방 멈췄으니 좀 쉬게 해 주면 될 듯합니다."

"그래? 후우……."

힘이 빠진 듯 김 회장의 자세가 조금 흐트러졌다. 손으로 이마를 짚으며 한숨을 내쉰 그가 주성을 누워서 쉴 수 있는 곳으로 옮기게 했다.

만약 또 발작하면 바로 알려 달라고 신신당부한 후 그는 자리에 앉았다. 아직 엉망인 테이블 위를 보더니 밥맛이 떨어졌다는 듯 자리를 옮겼다.

영신은 먼저 그 뒤를 따랐고 태신은 잠시 앉은 채로 얼굴을 쓸어내렸다. 정말이지 끔찍했다.

옮긴 자리에서 아버지와 대화를 나누고 있는 영신은 이미 주성에 관한 일은 뇌리에서 지운 듯 태연한 모습이었다. 아무런 죄의식도 느끼지 않는 것이다. 그는 타인의 고통에 무감했다. 그 타인에는 가족도 포함되어 있었고.

오로지 자기 자신만이 중요했다. 그래서 남의 고통은 인지 못 하면서 자신이 느끼는 아주 미미한 고통은 수백 배로 과장해 받아들였다.

평생 충성한 동생 주성이 단 한 번, 자신의 지시를 듣지 않고 멋대로 행동했다는 이유로 차 사고를 낸 것도 그런 연유에서였다.

자신의 손아귀에서 벗어나려고 했다는 데서 느낀 배신감이 친동생을 망가뜨릴 만큼 컸다는 것이다.

"안 그래도 네 얘기를 하고 있었어."

태신이 자리에 앉기가 무섭게 영신이 웃으며 말을 꺼냈다. 눈을 가늘게 뜬 태신은 무슨 소리냐는 듯 쳐다봤다.

"맞선 봤다면서. 류 회장님 손녀랑."

식사도 하기 전인데 그 얘기부터 꺼내는 게 의미심장했다. 태신은 그의 도발을 태연하게 받아넘겼다.

"첫째 손녀랑 봤지."

전혀 타격감 없어 보이는 태도 때문일까. 영신의 목소리에 조금 더 힘이 실렸다.

"안 그래도 아버지가 말씀해 주셨어. 이야, 신성이 콧대가 많이 높아졌어. 황금 알 낳는 거위는 이미 배 터져 죽었는데 말이야. 안 그래?"

"말조심하지?"

"듣는 사람도 없는걸, 뭐."

영신이 웃으며 찻잔을 들었다. 바로 옆에서 시중을 드는 직원을 무생물 취급하면서.

"그리고 틀린 말도 아니잖아?"

신성 그룹을 지금의 위치로 끌어 올리는 데 공헌한 류선규가 자살했다는 건 공공연한 얘기였다. 문제는 자살한 이유에 있었다.

"의학 전문 집안에서 정작 회장 며느리 몸에 있는 암 덩어리를 놓치다니. 이래서 봉사가 제 점 못 친다던가?"

"……."

"심지어 둘째 며느리가 산부인과 전문의인데. 꼴 보기 싫은 형님 치워 버리고 싶어서 수 쓴 거 아니야? 하하."

"적당히 해라."

듣다 못 한 김 회장이 영신을 나무랐다. 남의 집안 이야기는 이렇게 함부로 떠들 게 아니었다.

"곧 사돈이 될 수도 있는데, 어찌 방자하게 구는 게야."

"죄송해요, 아버지. 그런데 그렇게 말씀하시는 걸 보니 진행하기로 한 건가 봐요?"

"그야 태신이가 정할 일이지."

눈빛, 호흡, 목소리 톤, 말하는 빠르기, 태도, 손짓, 고갯짓. 영신을 세세한 것 하나까지 집중해 파악하던 태신이 제게 쏠리는 시선에 고개를 끄덕였다.

"예. 결혼할 생각입니다."

지난번 가족 식사 자리에서만 해도 좀 더 지켜보겠다고 했던 태신이 그새 마음을 정했다는 것에 김 회장이 눈을 크게 떴다.

"그렇게 마음에 들었어?"

영신의 얼굴에 미소가 선명했다. 그에 반해 대답하는 태신의 얼굴은 딱딱하기만 했다.

"신성 그룹 손녀면서 차기 후계자야. 그 정도면 충분하지."

"흐응."

영신이 묘한 소리를 냈다. 별다른 말을 붙이지 않고 고개를 끄덕이는데, 어떤 부분에 동의한다는 건지 알기 힘들었다.

"네가 그렇다면야. 우리 막내가 벌써 결혼하다니. 참 많이 컸어. 안 그래요, 아버지?"

마치 감개무량하다는 듯 영신이 박수를 두어 번 치며 웃었다.

"결혼하겠다는 의사는 전달했고?"

김 회장은 큰아들의 말을 가뿐히 무시하고는 태신에게 물었다.

"류 회장님께 직접 말씀드리려고 합니다."

오상연이나 류진규가 아니라 류경수 회장에게 직접 말하겠다는 것에는 두 가지 의미가 있었다.

류진규 사장 내외가 류희원의 부모 대리라는 것을 인정하지 않겠다는 것.

류 회장을 끌어들여 오상연이 중간에서 거절하지 못하게 하려는 것.

"그래. 그럼 네가 먼저 뵙고 말씀드려라. 나는 그 후에 뵙도록 하지."

아버지의 허락이 떨어지는 순간에도 태신은 영신의 표정을 살폈다. 하지만 역시 고단수였다. 표정부터 몸짓까지 무엇을 봐도 그의 속내를 짐작하기 힘들었다.

하지만 어떤 반대도 없고 트집도 잡지 않고 가만히 듣기만 한다는 것이 이미 답이었다.

김영신이 제게 이득이 되는 결혼을 찬성할 리가 없었다.

"막내며느리 될 사람도 만나 보셔야죠, 아버지. 저도 얼른 보고 싶네요."

영신이 먼저 막내며느리를 언급하는 것에 김 회장이 눈을 비뚜름하게 떴다. 너무 순순한 태도가 오히려 더 수상하게 느껴진 탓이었다. 하지만 싱글싱글 웃는 얼굴에 대고 무슨 속셈이냐 물어봐야 원하는 답은 안 나올 게 뻔했다.

"그래. 시간 될 때 한번 데려와라."

"예. 준비됐을 때 인사시키겠습니다."

시간 될 때와 준비됐을 때는 완전히 다른 얘기였지만, 김 회장은 굳이 트집 잡지 않았다. 그런데 가만히 있던 영신이 도리어 끼어들었다.

"저도 왔는데, 가족 식사 한번 해야죠? 그날 부르면 되겠네요."

출장 때문에 지난 가족 화합 자리에는 영신이 빠져 있었다. 그런 경우에는 으레 한 번 더 모이곤 했다는 걸 지적한 것이다.

"그저 같이 밥 한 끼 먹는 건데 준비할 게 뭐 있어. 안 그래?"

태신은 이 제안을 피할 핑계가 없기도 했지만, 차라리 잘됐다 싶었다. 둘이 직접 대면하는 모습을 제 눈으로 보는 것 이상으로 확실한 게 없을 테니까.

"그래. 그렇게 해."

태신이 동의하니 김 회장도 가타부타 말하지 않고 고개를 끄덕이며 그러라고 했다.

믿고 싶은

자기가 알아서 하겠다던 태신은 그 후로 연락이 없었다. 언제 어떻게 하겠다는 얘기가 전혀 없었지만, 희원은 쓸데없이 고민하지 않고 일에 전념했다.

"희원아."

평소처럼 퇴근하고 집에 들어갔는데, 작은아빠가 먼저 와 있었다. 요즘 움직이는 시간대가 달라 얼굴 보기가 힘들었던 탓에 거의 보름 만에 보는 거였다.

"작은아빠."

다녀왔다고 인사한 희원이 조금 놀란 얼굴을 하자 류진규는 웃으며 다가가 어깨를 두드려 줬다.

"요즘 네가 고생이 많다고 들었어. 사람 비위 맞추기가 쉽지 않지?"

"아……."

김태신 얘기라는 걸 알아들은 희원이 애매하게 말을 흐리자 그는 다 이해한다는 듯 쓴웃음을 지었다. 작은아빠가 자신을 아끼고 위한다는 건 알았지만, 작은엄마를 향한 신뢰가 굳건했다. 그녀가 절 괴롭힌다고 말해 봐야 오해라고 할 게 뻔했다.

"너한테까지 가지 않게 어른들 선에서 잘 처리해야 했는데, 미안하다. 너는 상관도 없던 일인 것을……."

"아니에요. 전 괜찮아요."

의젓하게 말하는 희원이 진규는 오히려 더 안쓰럽게 느껴졌다. 어떻게 이렇게 예쁜 딸을 두고 먼저 갈 생각을 했는지, 형을 도저히 이해할 수가 없었다.

"네게 해코지를 하진 않았지? 할아버지 얼굴을 봐서라도 그러진 못할 거야."

"네. 제가 할아버지 손녀인 게 신경 쓰였는지, 생각보다 신사적으로 대해 주셨어요. 위협한다든지 하는 일은 없었어요."

"그래. 그럴 것 같았다. 그래도 조금이라도 무례하게 굴거나 널 모욕한다면 바로 말하거라. 그래도 작은아빠가 널 지켜 줄 정도는 돼."

"감사해요."

많이 걱정했는데 생각보다 괜찮아 보이는 희원의 반응에 진규는 마음을 놓을 수 있었다. 저녁 안 먹었으면 같이 먹자는 말에 희원은 씻고 오겠다며 자리를 떴다.

작은아빠를 뒤로하고 방으로 향하는 희원은 티 나지 않게 이를 꾹 물었다. 확실히 작은아빠는 작은엄마와 태도가 다른 게 느껴졌다.

아빠의 빈자리에 부채감이라도 느끼는지 그는 희원을 많이 신경 썼다. 재산을 상속받는 과정에서도 그렇고 희원이 신성 바이오에 들어가겠다고 했을 때도 전적으로 희원을 도와주고 지지해 줬다.

그래서 희원은 그나마 자신이 아직 살아 있을 수 있다고 생각했다. 만약 그가 작은엄마와 같은 마음이었다면 저는 이미 숨이 막혀 살 수 없었을 것이다.

그래도 둘은 부부니까 희원은 끝까지 방심하지 않을 생각이었다. 아주 중

대사가 아니고서는 작은아빠가 언제나 작은엄마의 의견을 따른다는 걸 알기 때문이었다.

"어서 와 앉아라."

씻고 나오니 이미 한 상 가득 음식이 차려져 있었다. 작은아빠 앞이라 작은엄마를 신경 쓸 필요가 없어 희원은 편하게 자리에 앉았다.

"많이 먹어라. 오랜만에 봐서 그런지 뺨이 다 야위어 보인다."

"네. 작은아빠도 많이 드세요. 이럴 때 더 건강 챙기셔야죠."

"그래, 그래. 하하, 역시 우리 희원이밖에 없다. 우리 딸이랑은 언제 밥을 같이 먹어 봤나 기억도 안 나는데. 여보, 진아는 언제 들어온대?"

"내가 걔 속을 어떻게 알아. 당신이 직접 물어보든가."

"까칠하기는. 당신도 어서 와 먹어."

곧 해결된다던 말과 달리 큰 진전이 없는지 요즘 작은엄마의 신경이 무척 날카로워져 있었다. 김태신과의 협상이 제대로 안 되는 게 틀림없었다.

그럴수록 희원은 숨도 못 쉴 만큼 그녀의 눈치를 봐야 했다. 차라리 밖에 나가 있고 싶을 정도였는데, 야속할 만큼 김태신에게선 아무 연락도 없었다. 그래서 저와 만나지 않는 것까지도 김태신의 계획 일부라는 생각이 들었다.

그래야 작은엄마가 제대로 속을 테니까.

"고기 많이 먹어라, 고기."

아내의 눈치를 보는 희원을 발견한 진규가 신경 쓰지 말고 먹으라며 잘 구워진 고기반찬을 희원 쪽으로 밀어 줬다.

작은엄마의 눈이 뾰족해지는 것을 알면서도 희원은 작은아빠를 방패막이 삼아 식사를 시작했다. 오랜만에 일찍 집에 온 그는 기분이 무척 좋아 보였다. 아내의 심기가 사납다는 것도 모를 정도로.

"김 이사는 슬슬 얘기가 없어?"

탁. 막 수저를 들던 상연이 남편의 말에 도로 내려놨다. 그 소리가 어찌나 쨍하게 울렸는지 희원은 물론 진규까지도 움찔할 정도였다.

"분명히 보상안을 받아들이겠다고까지 했는데, 자꾸 말이 바뀌어."

"왜, 부족하대? 그냥 넉넉히 챙겨 줘. 아주 무리한 요구를 하는 건 아닐 거 아니야."

다시 식사를 시작한 진규가 천연덕스럽게 말하는 것에 상연은 속에 열불이 났다.

"차라리 무리한 금액을 부르는 거면 낫겠어. 그러면 협상 여지라도 있지."

"그럼?"

"사람을 소개해 달래. 자기 결혼해야 하는데, 혼담 상대가 사라졌으니 책임지라는 거야."

상연이 어이가 없다는 듯 내뱉은 말에 진규는 물론 희원까지도 눈이 동그래졌다. 특히나 더 이해를 못 한 진규가 의아한 듯 되물었다.

"우리 말고도 후보로 정한 상대가 있을 텐데. 김 회장님이 우리 진아 한 명만 보고 진행하셨을 리 없잖아."

"진짜 상대를 구해 오란 게 아니야. 쉽게 말해서 폭탄 돌리고 욕먹으란 거지."

주변 다른 집안에 김태신을 추천한다? 그것도 제 딸에게 들어온 혼담을 양보하면서? 욕먹는 정도로 끝날 일이 아니라 인맥 자체가 끊어질 일이었다.

자신이 알아낼 수 있는 비공개 정보를 그들이라고 알아내지 못할 리 없으니까.

"처음엔 돈 얘기를 하길래 쉽게 풀릴 줄 알았는데, 지금 보니 사람 가지고 노는 거였어."

상연의 말을 듣는 사이 진규도 웃고 넘길 만한 사안이 아니라고 느꼈는지 수저를 움직이는 속도가 느려졌다.

"그 정도면 내가 나서는 게 더 낫겠는데. 한번 자리를 만들어 볼까."

"당신이?"

뼈에 붙은 고기를 크게 물어 씹은 진규가 눈썹을 으쓱했다. 그 목소리는 더 이상 가볍지 않았다.

"어디 나도 가지고 놀 수 있는지 보자고."

아무 소리도 내지 않고 조용히 식사만 이어 가던 희원은 예상과 다르게 흘러가는 대화에 얼굴 근육이 뻣뻣하게 굳었다. 작은아빠가 나설 거라고는 생각하지 못했기에 초조해졌다.

달그락. 저도 모르게 수저가 그릇에 닿으면서 소리가 났다. 작은엄마가 예민하게 시선을 돌리는 걸 느낀 희원은 모르는 척 국물을 떠 입가에 가져갔다. 가슴이 심하게 두근거렸지만, 다행히 포커페이스를 연기하는 건 이제 도가 텄다.

"그러고 보면 김 이사랑 개인적으로 만나는 건 처음이네."

작은아빠가 다시 입을 열면서 작은엄마의 시선이 멀어졌다. 그제야 희원은 숨을 골랐다.

머릿속에는 얼른 식사를 마치고 태신에게 이 얘기를 해 줘야 한다는 생각밖에 없었지만, 초조한 기색을 드러낼 수는 없었다. 아무렇지 않아 보이는 희원에게서 시선을 떼지 않는 상연의 눈빛이 날카로웠다.

"잘 먹었습니다."

끝까지 내색하지 않고 천천히 식사를 마친 희원이 자리에서 일어났다. 식기를 치우고 방으로 돌아가기까지도 긴장을 늦추지 않았다.

하아.

방문을 닫고 나서야 참았던 호흡이 터져 나왔다. 핸드폰을 찾아 태신의 번호로 메시지를 보내는 손이 어느덧 땀이 배어 나왔던 듯 미끈거렸다.

[작은아빠가 태신 씨를 만나려고 하세요.]

메시지를 보내고도 가슴이 심하게 두근거렸다. 핸드폰을 두 손으로 꼭 쥔 채 진정하려고 심호흡을 하는데, 갑자기 핸드폰이 마구 진동하기 시작했다.

소스라치게 놀랐던 희원은 발신인을 보고 크게 안도했다. 목소리가 방 밖으로 새어 나갈까 봐 욕조 안에 숨듯이 들어간 후에야 전화를 받았다.

"네, 태신 씨."

조심스럽게 속삭이듯 말했는데, 정작 전화를 건 태신은 아무 말이 없었다. 고개를 갸웃거린 희원은 핸드폰을 귀에서 뗐다가 다시 대며 그를 불렀다.

"태신 씨?"

- 그래. 말해.

한참 만에 들려온 목소리는 조금 잠겨 있었다. 헛기침으로 목청을 가다듬은 태신이 평소의 목소리로 말했다.

- 류진규 사장님이 나와 만나려고 한다고?

"네. 작은엄마 얘기를 들으시더니……. 작은아빠는 정면 돌파를 선호하셔서 어떤 피해가 생기든 그냥 다 없던 일로 만드실 거예요. 그렇게 되면……."

- 우린 결혼할 수 없다?

"네……."

- 이번 주 일요일에 데리러 갈게. 11시까지 앞에 나와 있어.

"절요?"

작은아빠가 아니라 자신을 만날 거란 소리에 희원이 의아한 듯 되물었다.

- 본가에 갈 거야. 가족 모두가 모이는 자리지.

"그 말은……."

희원의 손이 파르르 떨렸다. 태신의 본가에 간다. 가족 모두가 모이는 자리에 자신을 데려간다는 의미는 단 하나밖에 없었다.

- 내 아내 될 사람을 소개하는 자리. 네가 가장 바란 순간이 온 거야.

태신의 목소리가 조금 즐거운 듯 들렸다. 희원은 아까와 다른 의미로 두근거리는 가슴을 꾹 눌렀다.

"고마워요."

다른 말은 할 수가 없었다. 복잡한 집안 사정까지 까발려진 마당에도 제 손을 놓지 않아 준 게 고마웠다.

그에 반해 저는 그에게 해 줄 수 있는 게 이미지 메이킹을 위한 보여 주기용 아내가 전부라는 게 미안했다.

─ 그전에 네가 해 줘야 할 일이 있어.

"뭐든 얘기해요. 뭐든지 할게요."

─ 겁도 없이 뭘 줄 알고. 그런 말 함부로 하면 꼭 후회하게 되지.

작게 웃는 소리가 귓속에 스몄다. 하지만 희원은 이상하게도 무섭지 않았다. 태신과 관련된 소문들이 사실이 아닐지도 모른다는 생각이 들었을 때, 희원은 바로 대학 친구에게 조사를 부탁했었다.

'찾아봤는데, 다 추측성 기사였고 정작 처벌받은 건 하나도 없었어. 재밌는 건 보통 입건은 되거든? 아무리 재벌이어도 현장 적발은 못 빠져나간단 말이지. 대신 불구속 기소 되고 재판 가서 돈으로 무마하는 건데, 김태신은 다 불입건, 불송치야. 물증 없음, 귀가 조치.'

희원은 대학 다닐 때 정보 보안 동아리에 들어간 적이 있었다. 하지만 관련 지식이 전혀 없다 보니 동아리 활동을 따라갈 수가 없었다. 그런 희원 같은 학생들을 위해 동아리에서 기초 스터디를 구성했는데, 그 수업을 맡아 가르친 정보보안학과 학생 송미나와 부쩍 친해졌다.

대학 다니는 동안 남자라고는 전혀 모르던 희원이 한 남자를 조사해 달라고 하니 미나는 대체 무슨 사이냐고 난리를 쳤다. 어디 이상한 놈에게 걸린 거 아니냐고 길길이 날뛰었는데, 직접 조사를 하더니 알려진 것과 다르다며 호기심을 보였다.

'주변 연놈들 사고 칠 때 같이 엮어 넣을 수도 없을 만큼 깨끗했다는 소리인데, 이상하지 않아? 그런 사람이 왜 굳이 쓰레기들하고 놀아서 추문에 휩싸이지? 자기 이미지 깎아 먹는 짓인 거 알 텐데. 솔직히 그렇게 만나는 사람마다 다 문제가 있으면 그것도 문제 아니야?'

만나는 사람마다 문제가 있다. 그 말에서 희원은 태신이 제게 '믿음'을 요구했던 것을 떠올렸다.

사람들은 '유유상종'이란 말을 즐겨 쓴다. 끼리끼리는 과학이라고까지 한다. 문제가 많은 이들과 함께 있으면 그 사람도 분명히 무슨 문제가 있을 거라고 속단한다.

김태신의 악의적인 소문들은 대부분 그렇게 힘을 얻은 것 같았다. 주변이 다 저런 걸 보니 김태신의 소문도 사실이겠다고 믿게 되는 것이다.

왜 김태신쯤 되는 사람이 그렇게 문제가 많은 이들과 어울리는지는 이해할 수 없었지만.

아무튼 희원은 김태신과 관련된 소문들의 진위를 알지 못하는 만큼 제가 본 모습만 믿기로 했다.

"제가 본 태신 씨를 믿으니까요. 어떤 요구든 이유가 있겠죠."

- ······.

다만 그를 믿는다는 말을 너무 쉽게 했을까. 태신은 한동안 말이 없었다. 희원은 가만히 욕실 타일 위에 태신이 지금 어떤 얼굴을 하고 있을지 그려 봤다.

- 류 회장님 일정을 알려 줘. 비밀리에 찾아뵙고 말씀드릴 거야.

말을 돌린 건지 원래부터 이 얘기를 하려던 건지는 알 수 없었지만, 희원은 태신의 목소리가 아까보다 조금 가라앉았다는 걸 예민하게 알아챘다. 성급하게 그의 역린을 건드렸다는 생각이 들었다. 그래도 뱉은 말을 주워 담고 싶지는 않았다. 진심이었으니까.

"목요일에 회사에 나가시는 걸로 알고 있는데, 한 번 더 확인하고 알려 줄게요."

- 그래. 그럼.

뚝 끊긴 전화가 그의 기분을 대변하는 것 같았다. 희원은 살짝 따끈하게 느껴지는 핸드폰을 뺨에 댄 채 느리게 호흡했다.

"그냥 한 말이 아니란 걸 알아줄까……."

* * *

'제가 본 태신 씨를 믿으니까요.'

내 눈으로 본 것만 믿는다는 말이 전화를 끊고도 계속 귓가에 맴돌았다.

잠시 가만히 있던 태신은 우연히 창에 비친 제 얼굴을 보고는 손으로 벅벅 쓸어내렸다. 못 봐 줄 만큼 멍청한 표정을 짓고 있었다.

핸드폰을 내려놓고 일어난 태신이 컴퓨터 앞으로 갔다. 이미 켜져 있는 컴퓨터의 불빛이 그의 얼굴에 은은한 빛을 더했다. 안경을 찾아 낀 태신이 냉철한 눈으로 남 비서가 보낸 파일을 열어 내용을 살폈다.

류경수, 자회사, 의료 법인, 특수 관계인, 국민연금……. 신성 바이오와 신성 홀딩스는 물론 계열사 하나까지 지분 구조 변경 내역을 꼼꼼히 살피던 태신이 어느 한 지점에서 스크롤을 멈췄다.

미국계 헤지펀드 데니스 매니지먼트. 근래 공격적으로 국내 기업 주식을 사들이는 걸로 유명세를 탄 헤지펀드가 신성 바이오에 당당히 이름을 올리고 있었다.

"데니스 매니지먼트."

그러나 이것만 보고 데니스 매니지먼트가 김영신과 관련이 있다고 보는 건 억측이었다. 데니스가 신성 바이오 주식을 하루 이틀 가지고 있었던 것도 아니었으니. 근래 지분 보유율을 늘렸다고 하지만 그건 신성의 주인이 바뀌는 흐름에 맞춘 움직임으로 보였다.

그럼에도 태신은 데니스 매니지먼트를 눈여겨봤다. 아무리 미미한 확률이라고 하더라도 가능성이 있다면 철저하게 조사해 봐야 했다. 남 비서에게 이 헤지펀드에 대해 더 알아보라고 메모를 남긴 후 자료를 마저 살폈다.

하지만 그 외의 정보 속에서도 김영신의 흔적은 찾아볼 수 없었다. 류경수 회장이 승계를 위해 자신의 주식을 현물 출자해 지주 회사를 설립했다는 게 주요 골자였다.

태신은 류 회장이 아직 아들에게 지분을 넘기지 않았다는 것 정도만 머릿속에 남겨 놓고 파일을 덮었다.

컴퓨터 불빛이 꺼지면서 드러난 까만 화면에 얼굴이 흐릿하게 비쳤다. 태신은 제 얼굴을 빤히 바라보다가 안경을 벗고 눈을 비볐다.

'태신 씨?'

귀에 입술을 붙인 채 속삭이는 느낌이었다. 핸드폰 너머로 전해지는 걸 아는데도 옆에 있는 게 아닌지 돌아볼 만큼.

'제가 본 태신 씨를 믿어요.'

태신은 의식하지 못하는 채로 주먹을 쥐었다가 펴기를 반복했다.

* * *

목요일. 신성 그룹의 최고 경영층 임원들의 회의가 있는 날이었다. 류경수 회장을 비롯해 신성 바이오의 임원들과 헬스케어, 제약, 홀딩스 등의 주요 경영자는 모두 자리해야 했다.

"모시겠습니다, 회장님."

본사에 도착한 차의 문이 열리며 비서 실장이 류 회장을 반겼다. 지팡이를 짚고 차에서 내린 류 회장이 나지막한 심호흡과 함께 고개를 들었다.

회장이 몸소 걸음 하는 중요한 날임에도 비서진을 제외하고는 의전을 나온 이들을 찾아볼 수 없었다. 의전 문화를 불편하고 쓸데없다 여기는 류 회장이 일찌감치 없애 버렸기 때문이었다. 그는 의전 따위에 직원들이 시간과 공을 들이는 걸 이해하지 못했다.

그를 보좌하는 비서진과 함께 안으로 걸음을 옮기는 류 회장에게 한 사람이 다가왔다.

"오랜만에 뵙습니다, 회장님."

류 회장의 걸음을 멈추게 하는 목소리였다. 지팡이에 의지하는 만큼 수그러졌던 등이 조금 펴지면서 그가 고개를 옆으로 돌렸다.

정중하게 허리를 굽혀 인사하는 이를 본 순간, 류 회장이 눈을 반개했다. 누군지 가늠하는 표정이었다. 류 회장과 눈이 마주친 태신이 단정한 미소와 함께 자신을 밝혔다.

"도원 그룹의 김태신입니다. 저희 큰형 결혼식에 오셔서 자리를 빛내 주셨을 때 뵀었는데, 기억하실지 모르겠습니다."

"아아, 자엽이 막내로구나."

그제야 기억이 났다는 듯 류 회장의 눈이 온전히 뜨였다.

"그래, 네가 여긴 어쩐 일인고?"

미국에서 돌아온 김자엽의 막내아들이 계열사 하나를 맡아 성과를 내고 있다는 얘기는 류 회장도 들어서 알고 있었다. 하지만 자신은 물론 신성 그룹과도 전혀 연이 없는 인물이었기에 본사 로비에서 만난 것이 이상하게 느껴졌다.

"혹시 손녀분께 오늘 잠시 시간을 내어 달라는 부탁을 받지 않으셨습니까?"

"음?"

그게 무슨 소리냐고 눈을 크게 뜨던 류 회장의 머릿속에 엊그제 제 아픈 손가락인 첫째 손녀와 나눴던 대화가 떠올랐다.

가족들 얼굴도 보지 않고 별채에서만 지낸 지 오래였다. 그럼에도 끝까지 문안하러 오는 건 첫째 손녀 희원밖에 없었다.

첫째 며느리와 똑같이 생긴 희원을 보면 자연스럽게 며느리와 아들이 떠올라 늘 가슴이 미어졌다. 그렇게 슬픔에 잠기다가도 이 어린 것은 또 얼마나 가슴이 아플지 생각하면 저는 아픔을 내색할 수조차 없었다.

그저 미안했다. 제 아들이 나약해 이 가여운 아이에게 씻을 수 없는 상처를 남겼다는 것이.

그 상처가 낫지 않은 것이 명백한데도 저를 보러 올 때면 언제나 얼굴 가득 미소를 그리는 아이가 엊그제 묘한 부탁을 했다.

'할아버지. 제게 할아버지의 시간을 30분만 주실 수 있을까요?'

'그게 무슨 소리냐? 우리 희원이에게 내 어찌 고작 30분밖에 못 내겠어. 이 할아비랑 뭐 하고 싶은 게 있는 거야?'

'네. 제겐 정말 중요한 일이거든요. 목요일 전략 회의 들어가시기 전에 제게 시간을 내주세요.'

'안 될 것 없지. 회의 전에 회장실로 오려무나.'

'감사해요, 할아버지.'

필요한 게 있다면 지금 얘기하면 될 텐데 군이 목요일 회의 전으로 시간을 특정하는 것에서 희원에게 무언가 생각이 있다는 느낌이 왔다. 그래서 가타부타 캐묻지 않고 알겠다고만 했다.

"따로 뵙고 드릴 말씀이 있어서 제가 부탁했습니다."

그런데 그 시간에 희원이 아니라 김태신이 나타날 줄은 전혀 예상하지 못했다. 무슨 속내를 가지고 찾아온 건지 가늠하려는 눈초리를 태신은 덤덤히 받아 냈다.

"……올라오게."

군이 희원에게 연락해 사실인지 확인할 필요는 없다는 생각에 류 회장은 일단 데리고 올라가기로 했다.

비서진은 갑작스러운 김태신의 등장이 당황스러운 듯 웅성거렸지만, 금세 입을 다물고 본분을 지켰다.

"우리 희원이랑은 어떻게 아는 사이인가?"

회장실로 올라가는 엘리베이터 안에서 류 회장이 나직이 입을 열었다. 김자엽 회장과 격식 없는 사이라고는 하지만 가족 친분까지 있는 건 아니었다.

김자엽의 아들들이 제 손녀들보다 살짝 나이가 위이기도 했고 접점이 없다 보니 어떻게 알게 된 건지 궁금했다.

김태신이 희원보다 몇 살 위인지를 따져 보면 류 회장은 태신의 입에서 나온 말에 귀를 의심했다.

"저희가 맞선 본 걸 모르고 계셨습니까?"

최근 눈도 침침하고 귀도 어둡긴 하지만, 이렇게 조용한 공간에서 바로 옆에서 하는 말을 제대로 못 들을 만큼 상태가 나쁜 건 아니었다.

"맞선이라니, 자네가 희원이와?"

처음 듣는 이야기에 놀란 것도 잠시, 류 회장은 요즘 집안의 대소사를 모두 둘째 며느리에게 일임했다는 걸 떠올렸다. 세세한 이야기는 보고조차 하지 않아도 되게끔 권한을 이양한 지 벌써 3년이었다.

아무리 그래도 맞선 같은 중대사를 제게 알리지조차 않았다니?

알릴 새가 없었다는 건 말이 되지 않았다. 류 회장은 절 대면하고도 맞선 관련 얘기는 입도 뻥긋 안 하던 며느리를 떠올리고는 입을 꾹 다물었다.

때마침 엘리베이터가 멈추었다. 태신을 데리고 회장실로 들어가려는데, 안내대 비서가 다가와 보고했다.

"손녀분이 와 계십니다."

류 회장은 대답 대신 김태신을 바라봤다. 둘이 맞선을 봤고 함께 자신을 만나러 왔다? 그렇다면 무슨 말을 할지도 예상할 수 있었다.

"음."

류 회장은 자신도 모르게 신음을 흘렸다. 김자엽의 막내아들과 제 장손녀라니. 단 한 번도 생각조차 안 해 본 조합이었다.

어쨌든 회의를 앞두고 이대로 시간을 흘려보낼 수는 없는 노릇이라 일단 안으로 들어갔다. 소파에 앉아 있던 희원이 기척을 느끼고 일어나는 게 보였다.

"할아버지."

평소와 같은 예쁜 미소를 짓는 희원을 보니 머리를 지끈거리게 하던 생각들이 눈 녹듯 녹아내렸다.

"어려운 부탁 들어주셔서 감사해요."

가까이 다가가자 희원이 태신에게는 눈짓으로만 인사하고 류 회장에게 다가왔다.

"그런 말 말거라. 이런 일이라면 내 당연히 시간을 내야지. 일단 앉아라. 자네도 앉게."

"예."

조용히 서 있던 태신이 희원의 옆에 자리하는 걸 보고 류 회장도 소파에 앉았다.

비서가 차를 내오기까지 아무도 입을 열지 않았다. 류 회장은 일부러 입을 다물고 두 사람을 지켜보기만 했다.

상상도 못 한 조합이었는데, 이렇게 같이 있는 그림을 보니 또 나쁘지 않았다. 겉보기로는 선남선녀인 것이 더할 나위 없이 잘 어울렸다.

"그래, 둘이 맞선을 보았다고. 내 처음 들어 당황했는데, 보니 이미 진전이 있는 모양이로구나."

차를 한 모금 마신 류 회장이 입을 열자 그제야 태신이 고개를 끄덕였다.

"그렇습니다. 당연히 알고 계실 줄 알고 오늘은 결혼 허락을 받고자 뵙기를 청했습니다."

"어째서 자엽이가 내게 먼저 말하지 않았는지 의문이 드는데, 네가 이유를 아느냐?"

류 회장의 말에 대답한 건 희원이었다. 그의 시선이 손녀에게로 옮겨 갔다.

"원래 맞선 상대가 진아였어요, 할아버지."

"진아?"

"네. 그래서 작은아빠가 연락을 받으셨는데, 상황이 바뀌어서 제가 대신 나간 거예요."

뜬금없이 튀어나온 철부지 둘째 손녀의 이름에 류 회장은 찻잔을 놓칠 뻔했다. 자엽이 놈이 치매가 왔나 하는 말이 목 끝까지 치솟으면서 머리에 열이 뻗쳤다.

정략결혼 상대로 신성 그룹을 선택했다는 것을 머리로는 이해했지만, 아무리 그래도 스물셋밖에 안 된 어린 손녀를 넘봤다는 것은 용납할 수 없었다.

류 회장의 얼굴이 붉으락푸르락하는 걸 본 태신이 타이밍 좋게 일어나 허리를 숙였다.

"아버지의 무례한 선택을 대신 사과드립니다. 소중한 손녀분의 입장을 더 세심히 살폈어야 했습니다."

"……내 소중한 손녀는 눈앞에도 있네."

허리를 일으킨 태신이 희원을 바라보고는 자리에 앉으며 손을 꼭 잡았다. 희원은 살짝 놀란 듯 눈이 커졌지만, 손을 빼거나 불편해하지 않고 오히려 그 손 위에 왼손도 겹쳤다.

희원의 행동을 본 류 회장의 표정이 아주 살짝 풀어졌다.

"희원 씨를 정략결혼을 위한 맞선으로 만난 것은 부정하지 않겠습니다. 하지만 저희는 그 이상의 교감을 나누면서 인생을 함께하고 싶다고 생각했습니다."

태신의 말을 듣는 내내 류 회장은 손녀의 표정만 살폈다. 조금이라도 꾸며낸 모습이 보인다면 바로 갈라놓을 요량이었다. 하지만 손녀의 표정에는 부정적인 느낌이 전혀 없었다.

아니, 저런 표정 자체를 몇 년 만에 보는 건지 모를 일이었다. 항상 걷을 수 없는 슬픔의 장막이 얼굴에 깔린 아이였는데, 지금은 마치 은은한 햇빛이 비치는 것처럼 환했다.

슬픔이 모두 없어졌다고는 할 수 없지만, 그래도 손녀에게서 저런 밝은 모습을 끄집어낸 것이 김태신이란 점은 부정할 수 없어 보였다.

"희원이 너는 어째서 내게 맞선 본 걸 말하지 않았느냐."

결혼을 결심하고 나서야 제게 털어났다는 것이 의아해 묻자 희원이 조금 난처한 듯 시선을 내렸다.

그러자 괜찮다고 응원하듯 태신이 손을 꼭 잡아 주었다. 마치 제게 의지

해도 된다는 듯한 모습에 류 회장은 저도 모르게 입꼬리가 위로 올라갈 뻔했다.

보기만 해도 흐뭇했다. 두 사람이 정략결혼 이상의 교감을 나누었다는 말이 진심이었다는 것이 느껴져서 결혼을 허락할 마음이 절로 들었다. 그러나 상황 파악이 된 건 아니기에 류 회장은 일부러 엄한 표정을 지었다.

"작은엄마가 반대하셨기 때문이에요."

"널 진아 대신 보내 놓고 반대했다고?"

"네. 도원 그룹과 정략결혼을 할 생각이 없다면서 거절하라고 하셨어요."

그제야 류 회장은 상황을 제대로 파악할 수 있었다. 진아는 재벌가에 시집가서 참고 살 성격이 되지 못했다. 그걸 누구보다 잘 아는 둘째 며느리는 도원 그룹의 혼담을 거절해야만 했을 것이다. 그걸 희원에게 부탁한 거고.

하지만 제 선에서 해결하면 깔끔했을 일인 것을, 굳이 제게 알리지 않고 희원을 이용한 며느리가 괘씸했다. 일이 어떻게 돌아갈 줄 알고 그런 수를 쓴단 말인가. 그건 절차뿐 아니라 김자엽 내외를 무시하는 처사였다.

만약 눈앞의 두 사람의 마음이 통하지 않았다면 더 곤란해졌을 수도 있었다. 머리도 좋은 사람이 왜 그런 식으로밖에 못 했는지 이해하기 힘들었다. 딸의 인생이 걸린 일이라 눈이 뒤집혔는지도 몰랐다.

류 회장은 둘째 며느리를 불러다 호통을 치고 싶은 마음을 꾹 누르고 희원의 얘기에 집중했다.

"하지만 태신 씨를 만나고 얘기를 나누면서 마음이 가는 걸 막을 수 없었어요……."

말끝을 흐린 희원이 용기를 낸 것처럼 또박또박 말을 이었다.

"할아버지, 저 태신 씨 놓치고 싶지 않아요."

"걱정하지 말거라. 네가 좋다는데 누가 반대할 수 있겠느냐. 반대해서도 안 되는 일이고. 물론 자네가 좋은 사람이라는 가정하에 하는 말일세."

인자한 할아버지의 눈빛과 말투로 희원에게 얘기하던 류 회장이 세상 날카로운 시선으로 자신을 바라보는데도 태신은 움찔도 하지 않았다. 마치 찔리는 바가 조금도 없다는 듯이 예의 바르면서도 당당한 태도였다.

"자네에 대한 이야기들을 모르지 않네. 하지만 김자엽이가 자식 교육을 그렇게 시켰을 리 없지. 그리고 나는 내가 보고 들은 것 아니면 안 믿네."

태신의 눈이 살짝 흔들렸다. 여태 굳건하고 당당하기만 했던 눈빛에 살짝 실금이 간 것을 류 회장은 놓치지 않았다.

"말해 보게. 자네는 좋은 사람인가?"

여든이 넘은 류 회장은 노쇠했다. 몸보다 마음이 늙고 쇠약해졌다. 건강이야 좀만 관리하면 십 년은 더 거뜬히 일할 수 있겠지만, 그러고 싶은 마음이 들지 않았다. 첫째 아들을 보낸 후로 류 회장은 언제든 눈을 감을 준비가 되어 있었다.

다만 제 어리석고 나약한 아들이 예쁜 손녀에게 한 짓을 반복할 수 없어 하루하루를 버텨 나갈 뿐이었다. 제가 삶을 놓아 버린다면 눈에 넣어도 안 아플 예쁜 손녀의 마음이 다시 산산조각으로 부서질 테니.

"내 손녀를 울리지 않을 좋은 사람이냐 물었네."

그렇게 쇠약해진 마음이 드러나듯 기력이 없던 류 회장이 지금 이 순간만큼은 백전노장의 기백을 보여 주고 있었다.

"저는……."

태신은 자신을 압도하는 기백이 진실만을 말하라고 압박하는 것을 느꼈다. 그래서 같잖은 말로 둘러대서는 넘어갈 수 없음을 알았다.

자신이 보고 들은 것만 믿는다. 그의 말을 듣고 나니 류희원이 누구를 닮았는지 바로 알 수 있었다. 그리고 신기하게도 그 말에 대한 부담감이 사라지는 기분이 들었다.

제게 잘 보이려고, 혹은 잘 알지도 못하면서 한 말이 아니라 원래 그런 사람이라는 걸 알았기 때문이었다.

"제가 좋은 사람이라고 자신 있게 말씀드리기는 어렵지만, 희원 씨를 울릴 일은 없을 거라고 확신합니다."

"후후. 자기 입으로 자신을 좋은 사람이라 말하면 사기꾼인 게지. 좋네. 합격이야."

오로지 사기꾼만이 당당하게 자신이 좋은 사람이라 말한다. 좋은 사람일수록 자신에게도 안 좋은 면이 있다고 생각하기 때문에 함부로 말하지 않는 것이다. 그런 면에서 김태신은 합격이었다.

류 회장은 김태신이 유난하리만큼 구설에 휘말리는 것이 도원 그룹의 후계 문제와도 연관이 있다고 여겼다. 그런 게 아니라면 오히려 더 깔끔하게 정리해 소문이 돌지 않도록 했을 테니까. 너무 더러워서 오히려 가짜 티가 나는 경우였다.

"시간이 다 됐군."

회의가 곧 시작될 참인데, 심각한 얘기를 하는 것 같으니 가까이 다가오지는 못하고 문 근처를 서성이는 비서 실장을 본 그가 대화를 마무리 지었다.

"시간 내주셔서 감사합니다."

태신의 인사에 류 회장은 잠시 두 사람을 바라봤다. 희원의 짝이 김자엽의 아들이 될 거라고는 상상도 못 했지만 생각해 보면 나쁠 건 없었다.

"이런 얘기를 하기엔 너무 짧은 시간이었네. 조만간 식사 한번 같이하세나."

먼저 일어선 류 회장은 따라 일어나는 희원의 어깨를 톡톡 두드려 주고는 회의에 늦겠다며 자리를 떴다.

"후아……."

회장실 문이 닫히고 나서야 희원이 몸에 힘을 빼며 한숨을 길게 내쉬었다. 가장 큰 관문을 무사히 넘긴 기분이었다. 옆을 보니 태신도 그답지 않게 긴장을 했었는지 눈가를 문지르는 게 보였다.

"긴장했었어요?"

"그럼. 저리 정정하신 분이 왜 벌써 자리를 물려주려고 하시는지 모르겠던데."

"……."

희원의 얼굴에 살짝 그늘이 졌다. 하지만 확실히 그녀가 보기에도 오늘 본 할아버지는 평소와 다르게 힘이 있어 보였다.

"제가 태신 씨와 결혼하는 거…… 생각보다 마음에 들어 하시는 것 같았어요."

희원의 말에 태신이 잘 모르겠다는 듯이 눈썹을 들썩였다.

"그래? 나는 잡아먹히는 줄 알았어. 아버지를 조카 부르듯 하실 때 알아봤어야 했는데."

태신은 마른세수하다 말고 피식 웃었다. 세상에 '자엽이'라니. 천하의 김자엽 회장을 자엽이라고 친근히 부르는 걸 들었을 때, 놀란 것을 겉으로 티 내지 않으려고 부단히 애를 써야 했다.

큰형의 결혼식에 참석했을 때는 그런 식으로 친분을 드러내지 않았기 때문에 전혀 예상하지 못했다. 심지어 신성 그룹을 혼처로 정하던 아버지 또한 그런 내색을 전혀 하지 않았다.

신성을 집어삼키라는 의도로 류진아를 골랐던 게 아니었나? 태신이 보기에 두 사람의 친분은 어딘지 모르게 의뭉스러운 구석이 있었다.

"그만큼 진지하게 보신 거겠죠. 손녀사위 될 사람이니까……."

희원은 할아버지를 속였다는 것이 죄송했다. 진실로 사랑하는 사람을 소개하는 줄 아셨을 텐데, 자신들은 거래로 묶인 관계일 뿐이라는 것이.

태신이 일순 말이 없어진 희원을 바라봤다.

"할아버님을 많이 닮았어."

"제가요?"

희원이 그런 얘기는 처음 듣는다는 듯 눈을 크게 떴다. 동의하지 않는 눈치이기도 했지만, 태신은 의견을 바꾸지 않았다.

"네가 회사 일을 배우겠다고 했을 때 무척 좋아하셨겠어."

"그야 저 아니면 아무도 없었으니까요."

외동아들이었던 할아버지에겐 두 아들이 전부였고 그 밑으로는 두 손녀가 끝이었다. 이제는 기업도 전문 경영인에게 맡기는 시대라고 하지만, 그래도 기업을 일궈 온 할아버지 입장에서는 가족 경영을 완전히 내려놓기 아쉬울 터였다.

"류진아도 있잖아. 네 사촌이 아니라 네가 이어받겠다고 해서 안도하셨을 걸. 그건 내가 장담하지."

"그건 굳이 태신 씨가 장담하지 않아도……."

희원이 말을 아끼며 어색하게 웃었다. 진아가 가업을 물려받는다? 차라리 신성 패션을 새로 만들면 모를까, 바이오 쪽은 상상도 할 수 없었다.

낮게 웃은 태신이 이만 나가자며 희원의 손등을 툭툭 쳤다.

"시간이 애매한데. 점심 먹고 복귀할 건가?"

"1시까지만 들어가면 돼요."

"그럼 같이 점심 먹지."

"좋아요."

11시가 조금 넘은 터라 점심을 먹기엔 이르기는 했지만, 문제는 없었다.

태신의 차를 타고 회사를 나섰다. 근처 문을 연 음식점으로 가는 동안, 희원은 곁눈질로 태신을 바라봤다. 오랜만에 보는 얼굴이었다. 사실 그래 봐야 일주일이 조금 넘었을 뿐인데도 오랜만인 것처럼 느껴졌다.

"얼굴 뚫어지겠어. 할 말 있으면 해."

"네? 아……. 그냥 작은엄마가 어떻게 나오실지 생각하느라고요."

쳐다보는 것을 들켰다는 것에 화끈거리는 뺨을 모른 척하고 희원이 말을 돌렸다.

"속았다는 걸 알고 분개하겠지. 결혼을 막을 순 없을 테니 대신 널 괴롭힐 수도 있겠어."

"네……."

희원이 생각하기에도 충분히 가능한 일이었다.

할아버지에게는 태신이 억지로 결혼을 밀어붙이는 것처럼 꾸밀 수가 없었다. 희원이 원하는 결혼이 아니라면 어떻게 해서는 막을 사람이니 서로 마음이 통해서 결혼하는 것처럼 보여야만 했다.

여기서 오류가 발생했다. 여태껏 희원은 김태신에게 끌려다니는 척해 왔는데, 그게 다 거짓이었다고 까발린 거나 마찬가지였다.

작은엄마라면 태신은 단순히 시간을 끌었을 뿐이고 사실 이 모든 게 희원의 계획이었다는 것까지도 눈치챌지도 모른다.

"그래도 대놓고 해코지는 못 하실 테니까요. 최대한 버텨 봐야죠."

무섭기는 했다. 대놓고 해코지할 사람은 아니지만, 뒤로는 무슨 짓이든 할 수 있는 사람인 걸 알아서 두려웠다. 하지만 그게 두렵다고 해서 물러날 거였으면 이런 일을 저지르지도 않았다.

의식하지 못한 듯 손을 파르르 떨고 있는 희원을 슬쩍 본 태신이 지나가는 말처럼 입을 열었다.

"불편하면 미리 나와도 좋아."

"네?"

"어차피 결혼하면 같이 살 거잖아? 내 집은 둘이 살기 충분하니 미리 들어와도 상관없다고."

"아……."

결혼식을 올리기 전에 미리 함께 산다. 거기까진 생각 못 해 봤던 희원이 느리게 고개를 끄덕였다. 하지만 그렇게 하겠다는 의미는 아니라는 티가 났다.

"혹시 새로 신혼집을 구하길 원했던 거라면……."

"아니요. 그런 건 아니에요. 저는 괜찮으니까 태신 씨 편한 대로 하세요. 제가 다 맞춰 드릴게요."

자신과의 결혼이 태신에게 큰 메리트가 없다는 걸 아는 희원은 최대한 그에게 맞춰 줄 생각이었다.

"그래. 그럼 몸만 와."

흔쾌히 나온 한마디는 결혼할 때 흔히들 하는 말이었다. 그러나 태신이 말하니 왠지 모르게 의미심장하게 들려서 희원은 입술을 슬쩍 핥았다. 우리가 여느 연인처럼 사랑해서 결혼하는 게 아닌 걸 누구보다 잘 아는데도 태신의 다정한 모습에 순간 가슴이 뛰려고 했다.

일주일만이라 그런지 태신에 대한 면역이 다시 없어진 것 같았다. 꿀꺽. 마른침을 삼키는 소리가 유난히 크게 느껴졌다.

차가 음식점 주차장으로 들어섰다. 아직 시간이 일러서 그런지 평소와 달리 한산했다. 필로티 구조의 주차장 안쪽에 차를 댄 태신이 안전벨트를 푸는 희원의 손을 잡았다. 내릴 채비를 하던 희원이 반사적으로 돌아봤다가 태신과 눈을 마주치고는 호흡을 멈췄다.

"왜 이렇게 긴장했어?"

바짝 굳은 게 티가 났는지 태신이 미간을 살짝 좁혔다. 뭐라 할 말이 없어서 어물쩍대는 희원을 끌어당긴 그가 얼굴 옆의 머리칼을 손으로 쓸어 넘기며 뺨을 감싸 쥐었다.

자연스럽게 눈을 감은 희원은 태신의 입가에 미소가 어리는 걸 보지 못했다.

입술을 빨고 잡아당기며 키스하자 마치 경직이 풀리는 것처럼 희원이 부드럽게 녹아내렸다. 편하게 제게 기댄 입술을 연 희원이 숨을 내쉴 때마다 미치도록 달콤한 향이 끼쳤다.

벌어진 입술 사이로 드러나는 희원의 발간 혀를 빨아 당긴 태신이 눈을 지그시 감으며 뻐근한 가슴을 내리눌렀다.

태신이 숨을 모조리 집어삼킬 듯이 빨아들인 탓에 희원은 숨을 헐떡였다. 하지만 호흡을 가다듬을 틈도 주지 않고 밀어붙이는 통에 점점 한계가 찾아왔다.

더 적극적으로 키스에 응해 주도권을 쟁탈하는 수밖에 없다는 걸 깨달은 희원이 용감하게 태신의 혀를 물고 빨아당기며 적극적으로 나섰다.

"……."

정답이었는지 태신이 우뚝 멈추었다. 그때를 놓치지 않고 고개를 뗀 희원이 숨을 몰아쉬었다. 얕은 수였지만 먹히는 수였기에 태신은 피식 웃었다.

"좋았어. 더 해 봐."

손끝을 까딱거리는 태신의 태도가 숨 막히도록 매력적이라 희원은 제가 눌러서는 안 되는 스위치를 누른 게 아닌가 하는 생각이 들었다. 물론 이미 늦은 듯했지만.

입술을 부딪치고 혀를 얽으면서 호흡이 점차 달아올랐다. 열도 났다. 차 안의 공기가 후덥지근하게 데워지면서 정신을 몽롱하게 했다.

눈을 느리게 감았다가 뜬 희원은 자신을 빤히 바라보는 태신을 보고 침을 꿀꺽 삼켰다. 음식점 주차장에서 하기에는 지나치게 섹시한 눈빛이었다.

"1시까지랬지?"

물어보는 의미가 명확했다. 희원이 대답하기도 전에 자세를 바로 한 태신이 다시 차를 몰았다. 허둥지둥 안전벨트를 매는 희원의 얼굴이 빨갰다.

주차장을 빠져나가는 운전이 들어올 때와 달리 조금 거칠었다. 도로로 나온 태신은 차선 변경도 서슴지 않았다. 복잡한 강남 도로를 곡예하듯 미끄러져 나가는 솜씨가 예술적이었다.

다행히도 목적지가 멀지 않았기에 아무런 사고도 없이 도착할 수 있었다. 차가 로비로 들어서고 나서야 희원은 목적지를 알아봤다.

르뮈에 라운지. 이전에 태신을 찾아왔던 곳이었다. 호텔을 겸하는 곳…….

태신은 차를 직원에게 맡기고 희원을 챙겼다. 손을 잡고 로비 안으로 들어가는 걸음은 분명히 차분하고 절도 있었지만, 손에서 느껴지는 열기는 다른 얘기를 하고 있었다.

그 열기는 엘리베이터 문이 닫히기 무섭게 밖으로 터져 나왔다. 희원을 한

쪽 구석으로 몰아넣은 태신이 커다란 체구로 CCTV를 가린 채 입을 겹쳤다. 그때까지도 잡고 있던 손바닥에서 심장 박동이 마치 망치로 두드리듯 쿵쿵 울렸다.

엘리베이터가 올라가는 몇 초조차도 기다릴 수 없다는 듯 호흡을 앗아 가는 키스가 격렬했다. 목이 꺾일 듯이 고개가 뒤로 젖혀진 희원은 태신의 옷을 움켜쥔 채 쏟아지는 키스를 받아 냈다.

띵. 엘리베이터가 멈추고 문이 열리는데도 태신은 멈추지 않았다. 오히려 더 깊숙이 혀를 밀어 넣고 희원의 입 안을 샅샅이 핥고 빨아들였다.

"태신 씨……."

입술이 살짝 떨어진 순간에 희원이 그를 불렀다. 얼음 따위는 순식간에 녹일 정도로 예쁘고 보드라운 목소리였다.

태신은 희원과 얼굴을 맞댄 채 으르렁대듯 낮은 숨을 흘렸다. 벽을 짚은 그의 손등에 힘줄이 바짝 섰다.

전화 너머로 듣는 것도 타격이 컸는데, 직접 듣는 것은 비교도 할 수 없었다. 왜 그럴까. 왜 이렇게 류희원이 절 부르면 미칠 것 같은 기분이 드는 걸까.

고개를 조금 든 태신이 희원을 내려다봤다. 달뜬 얼굴로 숨을 고르는 희원을 보는 것만으로도 단전으로 몰리는 흥분을 자제하기 어려웠다.

제가 언제부터 이랬다고. 류희원을 만난 후로 저답지 않은 행동들이 늘어났다.

그게 마음에 들지 않는데 도무지 류희원의 손을 놓을 수가 없었다.

"아아……."

여전히 잡고 있던 손에 힘이 들어가자 희원이 눈을 질끈 감으며 신음을 흘렸다. 그 신음조차 고통스러운 소리가 아니라 야하게 들려 태신은 이를 악물어야 했다.

입을 꾹 다물고 심호흡한 태신이 몸을 돌렸다. 멈춰 서 있는 엘리베이터

문을 열고 희원을 밖으로 이끌었다.

태신이 비켜서면서 쏟아진 조명 빛이 눈에 부셔서 잠시 움찔한 희원이 태신의 손에 의지해 걸음을 옮겼다.

복도를 지나 방 앞에 선 태신이 희원의 어깨를 감싸듯 끌어당겨 앞세웠다. 태신을 등지고 서서 짙은 원목의 문을 바라보게 된 희원의 귀로 그의 입술이 내려앉았다.

훗……. 귀에 닿는 아찔한 감촉에 희원이 목을 움츠렸다. 하지만 귓바퀴를 문 태신이 혀를 안쪽으로 밀어 넣었을 때는 저도 모르게 턱을 치켜들며 뜨거운 숨을 흘렸다.

"하아……."

"아직 밖이야."

작게 속삭인 태신이 웃는 게 느껴져서 희원은 얼굴이 빨갛게 달아올랐다. 복도를 오가는 사람은 전혀 없었지만, 그의 말대로 밖은 밖이었다. 그럼에도 태신은 문을 열 생각이 아직 없어 보였다. 문을 열어 달라고 애원하길 바라는 걸까.

"이만큼 길게 참아 본 건 처음이야. 내가 얼마나 인내심이 없는 새끼인지 알려 줘서 고마워."

낮게 속삭이는 목소리가 귓속으로 파고들었다. 그럴 때마다 희원은 제 몸 안쪽이 질척하게 녹아내리는 것만 같았다. 젖었다는 느낌이 몹시 선연하고 사타구니가 묘하게 찌릿했다.

희원이 주춤하는 사이 태신은 한 손으로 그녀의 허리를 감싸 안았다. 그에게 반쯤 기대게 된 희원은 귀와 뺨, 목에 쏟아지는 키스를 받아 냈다.

허리를 문지르는 손과 엉덩이에 닿는 단단한 허벅지의 감촉도 무시할 수 없었다. 섬세하면서도 거침없이 움직이는 손은 언제든 옷 속으로 파고들 것 같았고 다리 사이의 열기는 이미 뚜렷이 느껴지고 있었다.

지갑에서 카드 키를 꺼낸 태신이 희원의 눈앞에 보여 줬다.

"지금 들어가면 1시 전에 못 돌아갈 거야."

밥도 못 먹일 만큼 불이 붙어서 반쯤 이성이 나간 채로 오기는 했는데, 시간이 한 시간밖에 없었다. 한 시간 만에 끝내고 회사로 돌려보낸다? 솔직히 불가능했다.

희원도 반쯤 날아갔던 이성이 도로 돌아왔다. 힘이 빠져 나른해졌던 눈이 또렷해진 희원이 마른침을 삼켰다.

눈앞의 카드는 마치 태신이 베푸는 자비처럼 여겨졌다. 이 문을 열고 들어가면 놔주지 않을 거니 거부하려면 지금 하라고.

희원은 자연스럽게 저 자신을 돌아봤다. 단순히 작은엄마에게 대항하고 자신의 삶을 되찾기 위해 김태신에게 억지로 어울려 주고 있는 건지.

그런 거라면 돌아가도 된다고 태신은 자비를 베풀고 있었다. 그리고 이대로 제가 돌아가더라도 김태신은 실망하거나 아쉬워하지 않을 것이다. 지금은 어떤 이유로 이렇게 다정하게 대해 주는지 모르겠지만 그의 말을 듣지 않으면 금세 흥미를 잃을 게 분명했다. 그대로 결혼을 무르고 끝내 버리겠지.

하지만 저는?

결혼을 위해서 원하지도 않는 키스를 억지로 했던가? 태신의 연락이 없던 동안 그와 나눴던 키스를 얼마나 생각했는지 셀 수도 없었다.

"문 연다."

카드 키가 눈앞에서 점점 아래로 내려갔다. 문고리에 다가가자 녹색 불이 들어오며 잠금이 풀렸다. 멍하니 그 모습을 바라보던 희원이 다급히 핸드폰을 찾았다.

"회사에 연락 좀 할게요."

"천천히 해."

돌아가지 않겠다는 거나 다름없는 말에 태신의 입가에 미소가 뚜렷해졌다.

솔직히 말해서 제가 원하는 대로 강요할 수 있었다. 가지 말라고 말하면 희원은 가지 않을 것이다. 여태 그렇게 해 온 것도 사실이었다. 자신들은 그래도 되는, 철저하게 거래로 이루어진 갑과 을의 관계였으니까.

하지만 그렇게 강제할 수 있는 것을 포기하고 직접 선택하도록 기회를 줬는데, 류희원이 제 의지로 남기를 결정했다는 것이 그의 기분을 좋게 만들었다.

태신이 희원의 허리를 끌어안은 채로 앞으로 걸음을 내디뎠다.

"앗……."

핸드폰 화면에 집중하던 희원은 떠밀리듯 앞으로 걸어가야 했다. 시야가 흔들리니 핸드폰을 제대로 터치할 수 있을 리 없었다.

오전 반차로 적어 둔 스케줄을 휴가로 변경하는 게 시급한데, 태신은 기다려 줄 생각이 전혀 없어 보였다.

화면이 이상하게 바뀌고 다른 게 눌리는 것에 당황하는 것도 잠시, 태신이 치마를 아래로 끄집어 내리자 더 정신을 차릴 수가 없었다.

문이 닫히는 소리가 귀를 스쳤다.

치마와 스타킹, 속옷이 어정쩡하게 내려가며 뽀얀 엉덩이를 드러내자 희원이 다급히 그를 말렸다.

"태신 씨, 잠, 잠깐만요. 이것부터……."

"나 신경 쓰지 말고 계속해."

블라우스 안쪽 어깨에 입을 묻은 채 속삭이는 목소리가 눈이 다 떨릴 만큼 오싹했다. 그 바람에 바닥으로 떨어진 치마에 발이 엉킬 뻔했는데, 태신이 허리를 잡아 줘서 넘어지는 추태만은 피할 수 있었다.

희원과 몸을 완전히 밀착한 태신의 손이 허리 아래로 내려갔다. 허벅지에 걸린 속옷을 무릎으로 내리누르며 음부를 매만졌다.

"이렇게 젖어선 회사에 가도 문제였겠는걸."

손끝이 미끈거리자 태신이 빙긋 웃으며 목에 입을 맞췄다. 그 짧은 키스에 맞춰 손가락이 깊숙이 쑥 들어와 희원은 순간 다리에 힘이 풀릴 뻔했다. 마치 전기가 통한 것처럼 뭔가가 찌르르 울렸다.

"히큽……."

"그 귀여운 소리는 뭐야."

숨을 들이켜다 삑사리가 나자 태신이 크게 웃음을 터트렸다. 얼굴이 화끈 거린 희원은 모른 척했지만, 손가락이 그렇게 두지 않았다. 안쪽으로 들어온 손가락 하나가 희원을 놀리듯 둥글게 휘저었다.

"얼른 연락해야지?"

이제는 화면조차 꺼진 핸드폰을 상기시켜 주는 말에 희원이 정신을 차렸 다. 태신이 잠시 기다려 준 덕에 간신히 팀 일정표에 휴가 체크를 하는 데 성 공했다. 하지만 아직 팀장에게 연락하는 일이 남아 있었다. 사실 이게 더 중 요했다. 할아버지 믿고 건방지게 군다는 뒷말은 듣고 싶지 않았으니까.

문제는 다시 시작된 태신의 방해였다. 커다란 손으로 음부를 덮듯이 감싸 더니 스타킹과 속옷을 확 벗겨 버렸다. 몸이 아래로 딸려 내려가는 것을 막 는 역할을 하는 손에 애액이 흥건하게 묻어났다.

거의 몸이 들리다시피 한 채로 하반신이 나체가 된 희원은 상체가 앞으로 고꾸라지지 않게 태신에게 필사적으로 매달려야 했다. 핸드폰이 바닥으로 툭 떨어졌다.

"전화는 안 해도 돼?"

"아직, 못 한 거…… . 하앗…… ."

희원의 말이 채 끝나기도 전에 태신이 손가락을 굽혔다. 기다란 손가락이 미끈거리는 질구를 타고 미끄러지듯 안으로 쑥 들어갔다. 얕은 곳만 매만졌 던 아까는 맛보기에 불과했다는 듯이 깊숙한 안쪽을 어루만졌다.

엄지로는 음핵을 간질이면서 안쪽을 휘저으니 그 자극이 상상을 초월했다. 희원은 핸드폰을 주우려고 노력하던 것조차 잊은 채 태신에게 매달려 신음을 흘렸다.

"훗, 거기 너무…… . 아."

"너무 뭐? 제대로 말해."

말을 똑바로 하라고 혼내면서 안쪽을 찌르니 희원은 저도 모르게 울먹거렸다. 그의 손가락이 움직일 때마다 찌릿찌릿하고 오금이 저리고 발가락이 절로 조여들었는데, 이걸 뭐라고 표현해야 할지 도저히 알 수가 없었다.

"아, 아아."

"말을 해야지, 희원아."

헝클어진 머리칼에 가려진 귀를 지분거리며 태신이 속삭인 순간, 희원의 안쪽이 확 조여들면서 흠뻑 젖었다. 태신의 손가락을 따라 물이 주룩 흘러내릴 정도였다.

"뭐가 그렇게 좋아서 이렇게 물을 흘려. 여기 만져 준 거?"

오돌토돌한 내벽을 손가락으로 꾹 누르고 비비던 태신이 기습 공격을 하듯 한마디를 덧붙였다.

"아니면 말 놓은 거?"

마치 대신 대답이라도 하려는 듯이 조임이 다시 강해졌다. 희원이 일부러 힘을 줬을 리는 없으니 본능적인 반응이라 봐도 무방했다. 태신의 미소가 진한 향기를 풍겼다. 기분이 나쁘지 않았다.

"으…… 흐앗."

희원은 아니라고 부정하지 못해 더 미칠 노릇이었다. 태신이 '희원아.'라고 부른 순간, 물리적인 자극과는 다른 전기가 쫙 통했다. 고작해야 이름 부른 게 뭐라고 이러는지 저도 제 몸을 이해하지 못할 지경이었다.

"태신 씨, 아, 태신 씨."

점점 격렬해지는 손의 움직임을 견디지 못한 희원이 주저앉았다. 무릎을 꿇어 높이를 맞춘 태신이 희원의 허리를 단단히 고정한 채로 속도를 올렸다. 그러면서 신음과 호흡이 마구잡이로 튀어나오는 입술을 겹쳐 물고 빨았다.

"괜찮아. 나도 네가 그렇게 부르면 단단히 서니까."

태신이 비밀을 말해 주듯 코와 입술을 거의 맞댄 채로 속삭였다. 마치 엄청난 비밀이라도 들은 양 몸을 부르르 떠는 희원의 반응에 호응하듯 페니스가 크게 까딱였다.

손을 타고 흘러내린 애액으로 바닥에 물방울 자국이 하나둘 번졌다. 살짝 입맛을 다신 태신은 앞에 보이는 소파까지 무릎걸음을 걸었다. 다릿심이 풀린 희원은 한 발짝 내딛기도 쉽지 않았지만, 태신이 몸을 들어 주다시피 해 간신히 걸음을 옮길 수 있었다.

소파 팔걸이에 배를 대고 엎드리게 된 희원의 엉덩이를 잡고 벌린 태신이 주저 없이 얼굴을 묻었다.

"흐읏……!"

깜짝 놀란 희원이 비명이 튀어나오는 입을 손으로 틀어막았다. 엄지로 음부를 넓게 벌리고 혀로 안쪽을 헤집어 대자 강렬한 충격이 발끝부터 머리끝까지 내달렸다.

소파 팔걸이에 걸려 앞으로 도망도 칠 수 없었다. 그저 태신이 주는 자극에 몸을 내맡긴 채로 희원은 전신이 물처럼 녹았다가 파핑 캔디처럼 톡톡 터졌다가 뜨겁게 들끓는 기분을 느꼈다.

"아, 아아, 앙."

입을 틀어막은 손 사이로 흘러나오는 신음이 애간장을 녹일 듯이 간드러졌다. 태신은 맞선 날을 떠올렸다. 그날 통나무처럼 뻣뻣하게 군은 채 자신을 받아들였던 류희원은 신음 하나도 제대로 내지 못했었다. 그랬던 게 거짓말인 것처럼 지금의 류희원은 자연스럽게 저와의 섹스를 느끼고 있었다.

움찔. 힘을 준 것도 아닌데 페니스가 보채듯이 고개를 연신 꺼떡거렸다. 달고 중독적인 애액을 더 맛보고 싶었지만, 한계에 도달한 하반신을 마냥 무시할 수도 없었다.

몸을 일으킨 태신이 옷을 벗었다. 쾌감에 떠느라 몸에 바짝 힘이 들어갔던 희원이 몸을 소파 위로 누이며 헐떡였다.

"본 게임은 시작도 안 했는데 벌써 지치면 쓰나."

"미치는 줄 알았어요……."

"좋아서?"

"그럴지도……. 좀 많이 부끄럽고 이상한데……."

이제는 제 생각을 솔직하게 말하기까지 한다. 보기 좋은 변화였다. 잘했다고 엉덩이를 톡톡 두들겨 주니 귀까지 빨개지는 게 보였다.

"귀엽긴."

"……."

태신은 문득 바닥에 내버려 두고 온 핸드폰을 떠올리고는 주워 왔다. 희원의 눈앞에 내밀자 그제야 생각났다는 얼굴로 건네받는다.

"연락해야지?"

"……이대로요?"

"그럼? 넣고 할래?"

"얼른 전화할게요."

몸을 겹치고서 팀장과 통화한다? 그것만은 절대 안 된다는 듯 빠르게 고개를 흔든 희원이 황급히 전화번호를 찾았다.

연결음을 듣는 희원의 얼굴이 점점 더 빨개졌다. 심장이 귓가에서 콩닥콩닥 뛰었다. 발가벗은 채로 전화를 건다니, 영상 통화가 아님에도 부끄러워 죽고 싶었다.

"히윽!"

그 와중에 태신이 엉덩이를 어루만져서 저도 모르게 신음이 튀어나왔다. 천만다행으로 아직 전화는 연결되지 않은 상황이었다.

뒤를 돌아본 희원이 무슨 짓이냐고 째려보자 태신은 그만 소리 내어 웃을 뻔했다. 저런 표정을 제게 보여 주다니. 차 안에서 회사 동료와 얘기 중이었던 류희원의 모습이 눈앞에 어른거렸다. 그때만큼은 아닐지라도 제가 많이 편해지긴 한 모양이었다. 이유 모를 감정이 어깨를 으쓱하게 했다.

- 여보세요?

그때 전화가 연결되었는지, 팀장의 목소리가 핸드폰 너머로 흘러나왔다. 주변이 조용해서 그런지 태신에게까지 또렷이 들렸다.

"네, 팀장님. 저 류희원인데요. 오늘 오전 반차를 하루 휴가로 변경하게 되어 연락드렸습니다."

- 그래요? 아픈 건 아니죠?

"네. 개인 사정으로……."

회장 손녀인 류희원이 당일 연차를 쓴다고 그걸 뭐라 할 수 있는 팀장이 있을까. 태신은 통화를 들으며 느릿느릿 희원의 엉덩이 위에 손가락을 움직였다. 아까 한 번 당해서 그런지 희원은 용케 이상한 소리를 내지 않고 통화를 마쳤다.

"그럼 내일 뵐게요. 네."

무사히 전화를 끊은 희원이 안도의 한숨을 내쉬며 고개를 떨궜다. 어지간히 긴장한 채로 통화한 듯했다.

그 긴장이 풀린 순간을 놓칠 태신이 아니었다. 페니스를 잡고 위치를 맞춰 꾹 밀자 희원이 크게 움찔했다. 반사적으로 몸을 세우려는 것을 등을 눌러 막고서 허리를 밀었다.

"아앗……."

"더는 못 기다려, 희원아."

반칙이다. 이럴 때 살갑게 이름으로 부르다니. 희원은 고개를 소파에 처박은 채로 부르르 떨었다. 뜨거운 것이 몸을 반으로 가르며 들어오는 게 생생하게 느껴졌다. 아픔과는 확연히 다른 오싹한 느낌이 그 뒤를 따라붙었다.

쭉 밀고 들어오는 페니스에 긁힌 안쪽이 저릿저릿해 자꾸 몸에 힘이 들어가자 태신이 엉덩이를 톡톡 치며 힘을 빼라고 일렀다. 힘을 어떻게 빼야 하는지 몰라서 헐떡이기만 하니 손을 앞으로 옮겨 음핵을 꾹꾹 만져 줬다.

"아흑……. 아, 아."

마법처럼 몸에 힘이 빠진 덕에 막힘없이 안으로 들어오던 페니스는 거의 밑동만 남기고 멈춰 섰다. 안을 가득 메운 두꺼운 페니스가 버거워 희원이 숨을 제대로 못 쉬고 꺽꺽거렸다.

"후우……."

희원의 호흡이 밭은 탓에 안쪽이 성을 내듯 조여들었다. 거의 성기를 자를 듯이 조여대는 통에 태신도 살짝 가빠진 숨을 골랐다.

희원의 위로 몸을 겹친 태신이 고개를 돌리게 해 입술을 겹쳤다. 입술을 감쳐물고 빨아당기며 달콤한 타액을 맛봤다. 느린 키스가 마치 마음의 안정을 찾아 주는 듯해 희원의 눈이 서서히 뜨였다.

"잘했어."

뭘 잘했다는 건지 모르겠는데도 희원은 그 말에 안도의 숨을 내쉬었다. 희원의 얼굴에 희미한 미소가 어리는 걸 보며 태신이 얼굴을 가리는 머리를 정리해 줬다. 발갛게 홍조가 든 뺨을 어루만지며 짧은 키스를 연신 반복했다.

희원은 그 키스가 무척이나 다정하다고 느꼈다. 마치 마음을 어루만지는 듯했다.

"……."

눈을 감은 채 키스를 음미하는 희원을 본 태신의 눈빛이 짙어졌다. 삽입만 하고 움직이지 않았는데도 격렬하게 허리를 쓸 때보다 더 충만감이 몰려왔다. 뜨끈한 안쪽이 천천히 조였다 풀어 주기를 반복하며 성기를 자극하는데, 그것만으로도 사정할 수 있을 것 같았다.

그러다 눈을 뜬 희원과 시선이 마주쳤다. 까만 우주를 담은 것처럼 찬란한 눈동자가 자신을 본다.

티라고는 하나도 없어 보이는 이 눈을 볼 때면 태신은 류희원은 믿을 만한 사람이라는 근거 없는 생각이 들곤 했다. 이렇게 순수하고 아름다운 눈을 가진 사람이 누구를 속이고 배신할 수 있을 리 없다고. 제 인생에 걸쳐 학습한 진리에 어긋나는 믿음이 자꾸만 고개를 쳐들었다.

"왜…… 그래요?"

태신이 말없이 바라보기만 하자 희원이 조심스레 물었다. 살짝 걱정이 느껴지는 어투였다. 누가 누굴 걱정하는 건지.

"예뻐서."

"……."

예상치 못한 답이었는지 입술을 숨기듯 꾹 물고 눈을 깜박인다. 그러다가 입술을 힘없이 터트리며 옅게 웃었다.

"다행이네요. 태신 씨에게 예뻐 보인다니."

이왕 결혼하는데 못나 보이는 것보단 예쁘게 보이는 게 낫지 않냐며 웃는 희원을 보며 태신은 허탈한 웃음을 지었다. 이 여자는 자기가 얼마나 예쁜지도 모르는 게 분명했다.

평생 주변에서 떠받들고 남자들이 말 한번 걸어 보려고 온갖 수작을 부렸을 텐데도 모를 수가 있나? 그런데 류희원이라면 왠지 모를 것도 같았다. 남들이 자신을 어떻게 생각하는지 전혀 관심이 없어 보이니.

"그러면 그 새끼 마음도 몰랐다는 거군."

"네?"

갑자기 그 새끼 타령에 희원이 의아한 표정을 지었다. 둔하기가 곰과 다르지 않았다. 태신은 죄 없는 희원의 코를 살짝 깨물고 잘근거렸다. 갑자기 코를 깨물린 희원이 으앗, 하고 놀란 소리를 냈지만, 이내 입술이 겹쳐지면서 달콤한 비음으로 바뀌었다.

"그래. 몰라도 돼."

태신이 무슨 얘기를 하는 건지 전혀 알아듣지 못했지만, 그의 기분이 나쁘지 않아 보여 희원은 좋게 생각하기로 했다.

상체를 일으킨 태신이 본격적으로 허리를 움직일 채비를 했다. 달콤했던 키스 타임이 끝났다는 걸 깨달은 희원이 마른침을 삼키며 배가 너무 눌리지 않게 자리를 잡았다.

희원이 긴장한 듯 페니스가 꽉 조이자 태신이 탐스러운 엉덩이를 톡톡 쳐 주며 가볍게 말했다.

"긴장할 것 없어."

희원은 어떻게 긴장을 안 하느냐 되묻고 싶었지만, 신기하게도 그 한마디에 긴장이 풀어졌다. 그리고 그 변화를 느낀 태신이 소리 없이 웃었다.

허리를 잡고 살짝 들어 높이를 맞춘 태신이 허리를 뒤로 물렸다. 페니스가 빠져나가며 안쪽을 긁는 느낌이 오싹해 희원은 눈을 제대로 뜨지 못하며 부르르 떨었다. 끝도 없이 계속해서 빠져나가는 것 같던 페니스가 다시 안으로 꾹 밀고 들어왔다.

"으응……."

아픔과는 확연히 다른 감각에 절로 비음이 흘러나왔다. 저릿저릿한데 좀 더 느끼고 싶은 그런 느낌이었다. 이제는 확실하게 좋아서 미칠 것 같다고 말할 수 있었다.

"후……."

눈을 반쯤 감은 채 느끼는 희원을 보며 태신이 입술을 꾹 물었다. 삽입하고 좀 시간을 두고 기다린 덕분인지 안쪽이 부드럽고 탄력 있게 풀어졌다. 문제는 그 자극이 생각보다 강렬하다는 데 있었다. 천천히 희원의 속도에 맞춰 주고 싶었는데, 몸이 홀로 앞서 나가듯 허리가 저절로 튕겼다.

"흐읍……!"

안쪽 깊숙이 들어온 상태에서 쿡 찌르니 희원의 눈이 튀어나올 듯 커졌다. 저도 모르게 고개를 든 희원이 버둥거리자, 태신이 허리를 도로 잡아당겼다.

엉덩이가 뒤로 빠지면서 더 깊이 들어온 페니스가 안쪽을 마구 찔러 대니 희원은 버틸 방도가 없었다. 엉덩이를 잡은 손의 힘이 어찌나 센지 발이 공중에 뜰 정도였다.

태신은 희원을 단단히 붙잡은 채로 허리를 퍽퍽 쳐올렸다. 천천히 밀어 넣어 안쪽을 강하게 퍽 찌르고는 빠르게 나가는 페니스의 움직임에 희원은 정신을 차리지 못했다. 움직임 하나하나가 다 미치도록 짜릿했다.

"아아, 음! 하앗!"

퍽퍽, 살 부딪히는 소리가 퍽 야릇하게 울렸다. 희원은 태신이 밀어붙이는 힘에 허리가 꺾일 듯이 휘었다. 고개는 다시 소파에 처박은 채로 안쪽을 후벼 파는 거친 움직임에 속수무책으로 흐느꼈다.

가장 깊은 곳을 거침없이 찌르고는 허리를 빙 돌리는 태신의 행동에 등줄기를 따라 소름이 쫙 끼쳤다. 희원은 저도 모르게 소파를 손끝으로 긁어 댔다. 이런 건 살면서 한 번도 경험해 보지 못한 것이었다. 심지어 지난 두 번의 관계 역시 이런 정도는 아니었다.

"흑, 태신 씨……! 아……!"

미치겠다고 고개를 흔든 희원이 울먹거리며 태신을 불렀다. 부름에 답하는 대신 태신이 덮치듯 몸을 겹쳤다. 그 바람에 성기가 더 깊숙이 들어와 희원이 몸을 경직시켰다. 하지만 태신이 어깨를 감싸 안고 가슴을 어루만지자 안쪽이 흠뻑 젖어 들었다.

"희원아, 미치겠다면서 날 더 자극하면 어떡해."

"태신 씨, 태신 씨."

태신의 말을 제대로 듣지 못했는지 희원이 계속해서 그를 불렀다. 태신의 웃음이 짙어졌다. 희원은 이렇게 느껴 본 게 처음이라 받아들이기 힘든 듯했다.

한 손을 아래로 내려 음핵까지 자극해 주니 희원은 거의 엉엉 울기 직전이었다. 게다가 안쪽은 어찌나 뜨겁게 젖었는지 태신은 제 성기가 이미 녹아 물이 된 건 아닌가 싶을 정도였다.

"괜찮아. 내게 맡기고 더 느껴도 돼."

태신이 속삭인 말에 희원이 눈물에 젖은 눈을 하고서 그를 찾았다. 눈이 마주치자 주저 없이 손을 뻗어 그의 얼굴을 잡고 끌어당겼다.

뺨에 닿는 손길에 살짝 움찔한 태신이었지만 이내 순순히 끌려가 줬다. 그대로 맞닿은 입술이 다디달았다.

희원을 일으킨 태신은 소파 중앙으로 자리를 옮겼다. 그가 먼저 앉고 희원에게 마주 보게끔 올라타게 했다. 다리가 후들거려 제 마음대로 되지 않는 희원이 허벅지 위에 털썩 주저앉자 태신은 웃음을 터트리고 말았다.

"이거 위에 앉아야지. 그만할 거야?"

손으로 페니스 기둥을 잡고 흔들자 희원이 당황하며 눈을 연신 깜박였다.

"엉덩이 들고 더 가까이 다가와."

손수 무릎을 당겨 주는 태신의 행동에 희원이 엉거주춤 움직였다. 무릎이 소파 등받이에 닿을 만큼 끌어당기고 나니 몸이 바짝 밀착됐다. 태신은 성기 끝을 음부에 문지르며 희원의 턱에 쪽쪽 입을 맞췄다.

"으응……."

위아래로 달콤한 자극이 가해지니 희원의 신음도 덩달아 달콤해졌다. 태신은 성기가 휘어지지 않도록 꽉 잡은 채 통통한 귀두를 구멍 안쪽으로 드밀었다. 반쯤 들어갔다 싶었을 때 희원의 허리를 잡고 깊이 주저앉게 했다.

"흐웃, 조금, 깊, 하앙."

"엉덩이를 비벼 봐. 좋아하는 곳에 닿게."

이렇게 하라고 태신이 직접 엉덩이를 움직이게끔 도왔다. 희원은 그의 몸 위에 엉덩이로 그림을 그리는 것 같은 자세가 되자 몹시 부끄러워했다. 골반을 앞뒤로 움직이자 페니스가 찌르는 부분이 달라지면서 몸 안쪽 이곳저곳을 자극해 댔다.

"아, 아응……."

"좋아. 잘하고 있어."

태신의 말이 뭐라고, 분명 지쳐서 더는 못 움직일 것 같았는데 희원은 다시금 엉덩이를 쓰는 자신을 느끼고는 얼굴이 벌게졌다. 그래도 힘이 드는 건 사실이라 태신의 어깨를 잡고 상체를 기댔다. 그 바람에 살짝 각도가 틀어져 호흡을 들이켠 희원이 태신의 목에 대고 헉헉 거친 숨을 흘렸다.

태신은 그런 희원의 뒷머리를 잡고 고개를 들게 해 입을 맞췄다. 혀가 입 안 깊숙이 들어오는 격렬한 키스가 아니라 입술만 빠는 가벼운 키스였다. 그럼에도 숨을 달아오르게 하는 끈적한 무언가가 있었다.

"벌써 이렇게 잘 배우니 결혼한 후엔 정말 내 머리 꼭대기에 있겠어. 청출어람이라고."

태신의 말에 희원이 크게 당황하며 수줍어했다. 두 번이나 머리채를 잡힌 게 꽤 충격적이었던 모양이었다.

"이제 절대 머리 안 잡을 거예요……."

"쉽게 단언하는 거 아니야. 또 잡게 될지 누가 알겠어?"

짓궂은 느낌이 가득한 말이 의미심장했다. 머리를 잡을 수밖에 없는 일을 하겠다는 뜻일까? 희원의 눈에 당혹감이 가득 차오르자 태신의 미소도 한층 짓궂어졌다. 희원이 눈치채지 못한 사이 아래로 내려간 손이 유두를 꼬집듯이 잡고 비볐다.

"히읏……!"

갑자기 가슴을 꼬집혀 놀란 희원이 얕은 비명을 지르며 몸을 움츠렸다. 희원의 안에 자리한 성기가 같은 세기로 쥐어 짜이자 태신도 살짝 눈을 떨었다.

"이런 식으로 반격을 하겠다?"

"아니, 훗……."

태신의 손에 좀 더 힘이 들어가자 희원은 몸을 비비 꼬았다. 아픈 게 분명한데, 그 느낌이 페니스가 들어와 있는 곳까지 이어진 듯 배 안쪽이 찌르르 울렸다.

"아응……."

희원의 반응이 속속들이 성기에 전해지자 태신의 입가에 미소가 마를 새가 없었다. 그대로 몸을 일으켜 희원을 끌어안고 유두를 입에 문 그가 혀를 놀렸다.

흡! 안 그래도 예민해진 유두를 혀가 간지럼 태우듯 희롱하니 희원은 미칠 노릇이었다. 거칠게 페니스가 드나들어 미칠 것 같을 때와는 또 다른 느낌이었다. 그때는 이성을 잃고 이상해질 것 같았다면 지금은 애가 타고 답답해 참기 힘들었다.

"하아, 태신 씨……."

가슴을 크게 물고 볼이 홀쭉해질 정도로 강하게 빨아들이다 놔 준 태신이 생크림을 핥아먹듯 가슴을 빨다가 짙은 숨이 강하게 섞인 목소리로 중얼거렸다. 깊게 가라앉은 목소리에서 들끓는 흥분이 고스란히 느껴졌다.

"원하는 걸 말해, 희원아."

희원은 왠지 모르게 눈물이 맺혔다. 울려고 한 것도 아니고 울 상황도 아닌데 저 낮게 그르렁대는 듯한 목소리를 듣는 순간 그냥 눈이 젖어 버렸다.

쉬이 입을 열지 못하자 태신이 재촉하듯 가슴살을 물고 빨아 붉은 자국을 만들어 냈다. 붉은 꽃잎 같은 자국이 흰 가슴에 하나둘 피어나기 시작했다.

가슴을 울긋불긋하게 꽃밭으로 만들어 버린 태신이 제 작품에 서명을 하듯 유두에 진하게 입을 맞추고 고개를 들었다.

희원은 그새 쾌감에 완전히 굴복한 듯 눈물을 뚝뚝 흘리고 있었다. 눈이 마주치는 순간, 울음을 터트리듯 입을 열었다.

"움직여…… 주세요……."

작고 불분명한 말이었으나 의미 전달만큼은 확실히 됐다. 태신은 희원의 상체를 꽉 고정하고 허리를 올려 쳤다. 끈적하게 페니스를 붙들고 있던 내벽이 지진이 난 듯 떨렸다.

하체 힘만으로 일어나 버리는 태신의 힘에 희원은 반사적으로 그의 허리를 다리로 휘감았다. 퍽, 퍽. 가장 안쪽을 찍고 나오는 성기의 움직임이 날렵한 동시에 묵직했다.

"훗, 하, 아아! 아."

태신이 몸을 퍽 쳐올릴 때마다 희원의 입에서 달큰한 목소리가 팡팡 튀었다. 눈물로 흐릿해진 시야에 태신이 단편적으로 잡혔다. 희원은 태신을 와락 끌어안은 채 그가 흔드는 대로 흔들렸다.

안쪽을 퍽퍽 쳐올릴 때마다 눈앞에 별이 튀는 것처럼 번쩍번쩍했다. 귀두가 내벽을 긁으며 빠져나가면 소름이 쫙 끼치고 불도저처럼 쳐들어오면 몸

안에서 폭죽이 터지는 것만 같았다.

　마치 바보가 되어 버린 듯 머리가 하얘져 아무 생각도 할 수 없었다. 이미 지나칠 정도로 애가 타던 몸은 태신을 기쁘게 받아들였다. 거칠게 안을 들쑤셔도 좋다고 젖은 내벽을 조여 그를 감쌌다.

　"나 봐 봐, 희원아. 류희원."

　희원의 엉덩이를 잡고 그녀를 태우듯 허리를 올려 치던 태신이 그녀의 뒷머리를 살짝 당겨 고개를 들게 했다. 목을 조를 듯이 끌어안고 있던 희원이 겨우 고개를 들자 기다렸다는 듯 입을 맞췄다.

　입술이 겹쳐지는 순간, 폭풍처럼 몰아치는 사정감이 태신을 덮쳤다. 태신은 굳이 저항하지 않았다. 류희원을 안고 입을 맞추며 살면서 가장 격렬한 사정을 쏟아 냈다.

　실신하기 직전인 희원을 소파에 눕히고 성기를 반쯤 잡아 뺀 태신이 그 움직임에 정액이 마저 나오자 잠시 멈추고 사정의 여운에 집중했다.

　몸에 힘 하나 줄 수 없어 널브러지듯 소파에 누운 희원도 그걸 느꼈는지 몸을 움찔거렸다. 희원의 반응을 본 태신이 조심스럽게 성기를 빼냈다. 끝까지 놔주기 싫은 것처럼 물고 있던 질벽이 떨어져 나가고 이내 밖으로 빠져나온 성기가 후끈거렸다.

　희원의 옆에 털썩 앉은 태신이 땀에 젖은 머리를 쓸어 올렸다. 희원은 여전히 손가락 하나 까딱 못 하겠는지 가만히 누워만 있었는데, 아직 여운에 잠겨 있는 듯 잘게 경련했다.

　진이 빠진 듯 힘없이 누운 모습을 보고도 다시 성기로 피가 몰리려고 하는 걸 보니 제 몸이지만 제가 생각해도 좀 과했다.

　매일 네다섯 번씩 자위를 해도 부족하다는 십 대 청소년도 아니고 나이 먹을 대로 먹어서 이렇게까지 통제 불능에 빠지다니. 제 일이라고 믿기지 않을 만큼 이상한 일이었다. 단순히 이 정도까지 마음 편하게 몸을 섞어 본 상대가 없었기 때문에 그런 걸까. 차라리 그런 거라면 괜찮았다.

"그러고 보니 배고프겠어. 룸서비스 시킬게."

문득 밥 먹으려던 걸 납치하듯 데려왔다는 걸 상기한 태신이 일어났다. 점심 메뉴를 대충 주문하고 생수를 가져와 희원의 입에 흘려 넣어 줬다.

"먹기 전에 씻자."

"네……."

몸을 일으키려는 희원을 안아 일으킨 태신이 욕실로 데려갔다. 희원은 그에게 안긴 자세에서 느껴지는 안정감에 가슴이 묘하게 간질거렸다. 어쩌면 몸이 자꾸 경련해서 그렇게 느껴지는 건지도 몰랐다.

욕조에 걸터앉은 태신은 물 온도를 확인한 후에 희원의 몸 위에 샤워기를 올렸다. 조금 따끈할 정도의 온수 물줄기에 희원이 나지막이 신음을 흘렸다. 몸이 노곤하게 풀어지려 하는 것을 억지로 힘주어 버티니 태신이 그러지 말라는 듯 다리를 쓰다듬었다.

"힘 빼고 편하게 기대."

"무겁잖아요……."

"방금까지 널 안아 든 채 섹스했던 건 잊은 거야?"

귓가를 지분거리며 속삭이는 말에 희원은 얼굴이 화끈거렸다. 저를 번쩍 든 채로 움직였던 태신이 떠오르면서 그 순간의 제 모습까지 함께 떠올라 버린 탓이었다. 완전히 정신을 놓고 그에게 매달렸던 게 이제 와서 부끄러워졌다.

"왜 움찔거려? 생각하니까 또 하고 싶어졌어?"

"아니요! 아닌데요!"

"흠. 강하게 부정하는 건……."

일부러 뒷말을 흐린 태신이 짓궂게 웃었다. 잡아먹어도 밥은 먹이고 잡아먹어야지. 귀에 대고 작게 속삭이는 목소리가 몹시도 뇌쇄적이었다. 저도 모르게 바르르 떤 희원이 마른 입술을 혀로 축였다.

"결혼 생활이 아주 즐겁겠어."

태신이 픽 웃으면서 뱉은 한마디가 희원의 가슴에 콕 박혔다. 그래서 자신과 태신의 결혼이 철저하게 거래로 이루어졌다는 걸 알면서도 아주 작은 욕심이 그 자리에 피어올랐다.

"저도…… 기대돼요."

발갛게 달아오른 얼굴로 수줍게 속삭이는 희원을 보는 순간 태신은 아랫배가 묵직해지는 걸 막지 못했다.

갑자기 딱딱한 것이 엉덩이를 찌르자 흠칫 놀라는 희원의 고개를 잡아 돌려 잡아먹을 듯이 입을 겹쳤다. 으음. 희원의 몸에 힘이 빠지면서 욕실 안이 후끈 달아올랐다.

* * *

"아버지."

회의가 끝나고 임원진이 자리를 파하는 가운데, 류진규가 아버지에게 다가갔다. 아직 자리에 앉아 있던 류 회장의 시선이 그에게 향했다.

"바로 돌아가실 거예요? 괜찮으시면 저랑 점심 같이 드시죠."

류 회장은 말없이 아들에게 시선만 지그시 보냈다. 김자엽이 혼담을 보낸 걸 며느리 혼자 알지는 않았을 것이다. 분명 아들도 알 텐데 제게 입도 뻥긋하지 않는 것에서 자신이 얼마나 눈을 감고 귀를 닫고 살았는지가 느껴졌다.

"왜 그러세요?"

가만히 보기만 하니 진규가 살짝 당황한 듯 눈을 끔벅였다.

오늘따라 아버지가 평소와 많이 달라 보였다. 늘 어쩔 수 없이 회장직을 유지하는 것처럼 손을 뗀 느낌이 명백했는데, 오늘은 안광도 형형하고 하나하나 꼼꼼히 듣고 확인하는 것이 형을 잃기 전의 아버지로 돌아온 것 같았다.

어떤 심경의 변화가 있는 건지 궁금해 식사 제안을 한 것이었다.

"됐다. 다음에 먹자꾸나."

지팡이를 짚고 자리에서 일어나는 류 회장을 비서 실장이 보필했다. 류진규는 알겠다고 물러났지만, 아버지의 태도에서 집으로 가시는 게 아닌 것 같단 느낌이 들었다.

이 나이 먹고 아버지의 일거수일투족을 다 파악해야 하는 것도 아니니 굳이 어디 가시냐 묻지는 않았지만, 어쩌면 오늘 아버지가 저리 비장해 보이시는 것과 연관이 있지 않을까 하는 생각이 들었다.

회의실을 빠져나가는 아버지의 뒷모습을 빤히 바라보던 류진규가 제게 말을 걸어오는 계열사 임원을 상대하며 시선을 뗐다.

밖으로 나온 류 회장이 비서 실장에게 덤덤히 말했다.

"바로 가지."

"예, 모시겠습니다."

회의에 들어가기 전, 류 회장은 김자엽에게 연락부터 했다. 두 사람이 자신을 찾아온 이상 자엽과 제대로 얘기를 나눌 필요가 있었다. 그래서 방금도 아들에게 이러쿵저러쿵 얘기하지 않고 자리를 뜬 것이다.

류 회장의 연락에 김자엽 회장은 바로 시간을 내겠다며 점심 약속을 잡았다. 마치 연락이 오길 기다렸다는 듯이.

* * *

집에 들어가는 희원의 가슴이 벌렁벌렁했다. 이러다 심장이 입 밖으로 튀어나오는 게 아닐까 싶을 만큼 팔딱거렸다.

"다녀왔습니다……?"

그런데 그렇게 들어간 집안 분위기가 생각한 바와 몹시 달랐다. 일단 귀신 같은 얼굴로 절 맞이할 줄 알았던 작은엄마가 보이지 않았다.

부엌 쪽이 분주한 걸 보고 손님이 있는 건가 싶어진 희원이 걸음을 옮기며 슬쩍 살폈다. 바쁘게 움직이는 사람들 사이에서 진두지휘하는 작은엄마가 보였다.

"왔니? 씻고 나오렴. 7시에 저녁 먹을 거야."

마치 지금 널 신경 쓸 때가 아니라는 듯한 태도에 희원은 얼떨떨해졌다. 그러면서 아직 태신과 할아버지를 찾아뵌 이야기가 그녀의 귀에 들어가지 않았다는 걸 알아차렸다. 만약 알았다면 저렇게 차분할 리 없었으니까.

중요한 손님이 오는 건지, 진아가 귀국하는 건지 아무것도 알지 못했지만, 희원은 잠시나마 긴장을 풀 수 있었다. 방에 들어간 희원이 미리 켜 두었던 핸드폰의 녹음 기능을 껐다.

'혹시 모르니 녹음기는 항상 켜 놔. 그리고 만에 하나 폭언으로 그치지 않고 네게 손찌검을 한다면 길게 말할 것 없이 내게 와.'

집에 가기 위해 출발할 때부터 긴장감을 숨기지 못하고 바들바들 떠는 희원이 신경 쓰였는지 태신이 주소 하나를 건네며 한 말이었다. 곧 신혼집이 될 그의 집 주소라는 건 듣지 않아도 알 수 있었다.

신기하게도 그 말을 듣고 나니 두려움이 거의 가셨다. 녹음기가 아니라 제 편이 있다는 데서 오는 든든함 덕분이었다.

"할아버지?"

시간 맞춰 다이닝룸으로 간 희원은 중요한 손님이 할아버지라는 걸 알고 눈이 커졌다. 할아버지가 별채를 나와 본가에서 함께 식사하는 게 몇 년 만인지 몰랐다.

그래서 깜짝 놀랐던 희원은 한발 늦게 상황이 어떻게 돌아가는지 이해했다. 저녁 식사 자리에서 결혼 얘기를 꺼내려고 하시는 게 틀림없었다.

희원과 눈이 마주친 류 회장이 인자한 미소로 어서 와 앉으라고 손짓했다. 고개를 끄덕인 희원은 자리에 앉으며 작은엄마를 슬쩍 곁눈질로 살폈다. 과연 그녀가 이 저녁 식사 자리의 목적을 아는지 궁금했다. 일단 겉보기로는 전혀 모르는 듯했는데 표정에 숨겨지지 않은 궁금증이 살짝 깔려 있었다.

"하하, 아버지. 오늘 제가 점심 얘기해서 일부러 오신 거예요? 항상 이렇게 같이 식사하면 좋겠습니다."

작은아빠는 가족 모두가 한자리에 모인 것을 순수하게 기뻐했다. 그러다 자리에 없는 딸을 떠올리고는 슬쩍 인상을 찌푸렸다.

"거, 진아 좀 들어오라고 하지? 아주 눌러앉겠네."

"안 그래도 주말 지나고 들어올 거라고 연락 왔어."

"그랬어? 잘됐네. 아버지, 그럼 다음 주에도 이렇게 같이 밥 먹는 겁니다?"

그의 방정맞은 언행에 작은엄마의 눈이 세모꼴이 되는 걸 희원만이 알아봤다.

"오늘."

그때, 내내 잠자코 듣기만 하던 류 회장이 입을 열어 모두의 눈과 귀가 집중됐다.

"김자엽이랑 점심을 들었다."

순간, 집 안에 정적이 깔렸다. 김자엽. 대한민국 사람이라면 누구나 아는 이름이었지만, 너무 친근하게 나온 탓에 인지 부조화가 온 것이다. 마치 오랜 친우의 이름처럼 꺼낸 탓에 도원 그룹 회장을 의미하는 거라고 바로 받아들여지지 않았다.

"김자엽이……. 도원 회장님 말씀이세요?"

눈을 끔뻑거리던 진규가 헛기침 끝에 되물었다. 대답을 듣지 못했지만 부정하지 않는 것만으로도 답이 됐다.

"아버님, 그게…… 일부러 말씀 안 드린 게 아니라."

"예, 아버지. 괜히 심려 끼칠까 봐 말씀 안 드린 거예요."

당황한 기색을 숨기지 못하고 변명을 늘어놓는 부부의 얼굴에 사색이 역력했다. 직접 김 회장을 만났다는 건 보통 일이 아니었다. 두 사람이 사적으로 식사를 같이 할 만한 사이였던가 따위는 생각할 겨를도 없었다.

그에게 숨긴 채 일을 진행해 놓고 제대로 해결조차 하지 못하고 지지부진한 상황인 걸 들켰으니 입이 열 개여도 할 말이 없었다.

류 회장은 오랜만의 가족 식사를 위해 상다리가 부러지도록 차려진 음식을 한 번 쭉 둘러보고는 따뜻한 물로 입을 축였다. 화가 난 건지 아닌지 구별하기 어려운 표정에 부부가 다급한 눈짓을 주고받았다.

상연은 남편의 느긋함이 원망스러웠다. 김태신을 만나 보겠다고 했지만, 일이 바쁘다는 이유로 아직 연락조차 취하지 않은 걸 알고 있었다. 더 채근해야 했다고 후회하기엔 너무 늦은 일이었다.

"희원이가 자엽이 막내와 만나고 있다고."

기어이 시아버지의 입에서 희원의 이름이 나오니 상연은 낭패의 감정을 숨기기가 어려웠다. 희원을 이용하기로 한 것은 그녀의 아이디어였기 때문이었다.

류 회장이 진아보다 희원을 훨씬 더 애지중지하는 건 딱히 비밀도 오해도 아니었다. 일찍이 부모를 잃었다는 것 때문에 그는 희원을 유난히 아픈 손가락으로 여겼다.

그런 희원을 위험에 처하게 했다는 것 하나만으로 그의 진노를 받기 충분했다.

"아버님, 그건……."

황급히 입을 여는데 류 회장의 말이 더 또렷이 흘러나왔다.

"자엽이가 가을이 오기 전에 결혼시키자 해서 그러기로 했다."

"네……?"

상연은 변명을 생각하느라 정신이 없어 제대로 못 들었다고 생각했다. 그게 아니고서는 말이 안 되니까.

"아버지, 그게 무슨 말씀이세요. 희원이를 김 이사랑 결혼시키시겠다고요?"

그런데 남편마저도 그렇게 들었다는 걸 알게 되니 패닉이 찾아왔다. 일어나선 안 되는 일이 벌어진 데서 오는 공포였다. 류희원이 도원의 며느리가 된다? 저보다 높은 자리에 올라선다고?

"아직 머리에 피도 안 마른 진아를 넘본 건 용납할 수 없었지만, 희원이랑은 괜찮을 것 같더구나."

"아니, 그렇지만……. 아버지, 김 이사는 그 소문이……."

"어리석기는. 네가 형과 우애가 좋았다고 다른 집안도 그럴 거라고 믿는 게냐?"

류 회장이 혀를 차며 한심하게 쳐다보자 류진규는 말을 잇지 못하고 우물 쭈물했다. 사실 그 역시 후계 다툼의 결과라고 생각했지만, 아내의 성화에 밀렸다는 말은 차마 할 수 없었다. 그의 시선이 슬쩍 아내에게로 향했다. 얼 굴이 붉으락푸르락하다 이내 꺼멓게 죽어 버린 것이 이런 상황을 전혀 예상 하지 못한 기색이 역력했다.

'당신도, 당신 조카도 어쩜 그렇게 자신감이 넘쳐? 그런 대단한 집안에서 희원이를 며느리 삼을 것 같아? 무슨 이득이 있다고?'

무척이나 자신만만했는데, 그 예상이 뒤엎어졌으니 충격이 클 만도 했다. 솔직히 아내의 태도에서 희원이를 무시하는 느낌을 받은 게 한두 번이 아니 었다. 그러니 정말로 도원 그룹에서 희원을 며느리로 들일 리 없다고 확신하 고 있었을 것이다.

"그런데 김 회장님이 어째서 희원이를……. 아니, 제 말은 희원이가 부족 하다는 게 아니라 정략결혼이라기엔 도원이 얻는 게 없지 않나 싶어서요."

혹여라도 아버지의 심기를 거스를까 봐 진규는 단어 선정에 조심해야 했 다. 그러면서 희원을 보며 절대 널 비하한 게 아니라며 한 번 더 못을 박 았다.

"희원이 뒤에 신성 그룹이 있는데 무엇이 부족하다고 그러느냐."

아무렇지 않은 듯 나온 말에 상연의 관자놀이에 힘줄이 바짝 섰다.

류희원 뒤에 신성 그룹이 있다.

틀린 말은 아니었으나 상연의 귀에는 그게 마치 류희원과 신성 그룹을 동 일시하는 것처럼 들려 인정할 수 없었다. 그 말은 진아에게나 어울리지 절대 류희원을 두고 쓸 게 아니었다.

"그래서 더 걱정스럽기도 합니다."

그때, 표정을 굳힌 진규가 신중히 입을 열었다.

"왜냐면 저희는 도원이 갑자기 진아한테 혼담을 넣은 게 신성을 넘보는 건가 하는 걱정도 했거든요, 아버지."

상연이 이때다, 하고 얼른 맞장구를 쳤다.

"김태신 이사 능력도 좋다면서요. 희원이 지분에 도원의 자금이 붙으면 무시 못 할 거예요."

희원의 표정이 얼어붙었다. 그런 희원을 힐끗 보는 상연의 표정에는 그룹에 대한 염려가 가득했다.

'*신성을 먹으려는 게냐?*'

류 회장 역시 점심에 만난 김자엽에게 대놓고 물어본 바 있었다. 희원은 몰라도 처음에 진아를 노렸다는 건 그런 속셈으로밖에 보이지 않았으니까.

'*예. 어차피 삼촌 내려가시고 나면 지킬 힘 없는 금싸라기 땅 아닙니까. 하이에나들이 붙어서 낱낱이 해체해 버리기 전에 제가 통째로 꿀꺽하려고 했지요.*'

자엽은 그런 놈이었다. 입에 꿀을 바른 채 배 속에는 칼을 준비하는 놈이 못 됐다. 어쩌면 자신감이기도 했다. 그렇게 칼을 숨기고 수작을 부릴 필요가 없다는.

그리고 자엽의 말에는 차남 류진규가 경영을 맡는 걸로는 역부족이라는 속뜻이 담겨 있기도 했다.

류 회장도 부정할 수 없는 사실이기는 했다. 장남이 살아 있을 때는 계속 개발이 이루어져 신약 출시가 꾸준히 이루어졌을 뿐 아니라 류 회장의 공격적인 경영이 뒤를 받쳐 줬다.

연구·개발을 주도할 핵심 인재를 잃은 지금은 상황이 많이 달랐다. 게다가 류진규의 경영 방식도 류 회장보다 훨씬 온건적이었다. 가진 것을 지키기에는 좋으나 사업 규모를 키우는 데는 부족한 면이 많았다.

발전이 없는 기업에는 미래도 없었다. 류 회장도 알고 있었으나 일부러 눈을 감고 생각하지 않은 일이기도 했다.

'태신이 그놈이 제 아들이라서가 아니라 정말로 능력이 좋습니다. 에너지를 맡겨 봤는데, 말도 안 되는 성과를 이루었죠. 바이오 맡아도 아주 잘할 겁니다. 도원 제약에 신성 바이오가 합쳐진 모습, 삼촌도 보고 싶지 않으세요?'

김자엽의 말은 삼촌이 포기하고 버린 기업, 자신이 주워서 살리겠다는 뜻이었다. 먼저 버려 놓고 무슨 염치로 못 줄게 하려는 거냐는 질문이기도 했다.

"그래서 도원이 넘보면 여기 있습니다, 가져가시오, 하고 넘겨줄 게냐? 지킬 자신이 없어?"

"그게 아니라요, 아버지…….."

"그럴 자신이 없으면 말하거라. 승계를 너무 서둘렀다는 것 아니냐."

예상외로 강경하게 답하는 아버지에게 놀란 진규가 꾸지람을 들은 것처럼 머리를 긁적였다. 승계 얘기가 나오자 상연이 어금니에 힘을 줬다. 아무리 표정 관리를 하려고 해도 대화가 이어지면 이어질수록 자연히 표정이 일그러졌다.

"자엽이도, 나도 생각하는 바가 있고 만족스러우니 결혼시키자 하는 게지. 불안하면 네가 더 잘하면 될 일이야. 왜, 겁이 나서 희원이가 도원 그룹에 시집 안 갔으면 하는 게야?"

류 회장의 말 한마디 한마디에 뼈가 있었다. 거기에 대고 '예, 겁먹었으니 시집 안 갔으면 좋겠습니다.'라고 대답할 수 있는 사람이 누가 있을까. 그렇게 말하는 순간 승계를 무를 분위기인데. 이 자리에 있는 세 사람 모두 그렇게 느꼈으니 단순한 착각일 리 없었다.

진규가 얼른 손사래를 치며 고개를 절레절레 흔들었다.

"아유, 아버지도 참. 희원이에게도 좋은 일이고 집안에도 경사인데, 시집 안 갔으면 좋겠다니요. 아버지 말씀대로 제가 잘하면 되는 거죠. 맞습니다."

마치 굳은 결심을 한 듯 주먹을 불끈 쥔 진규가 이제 불안은 종식되었다는 듯 크게 웃으며 분위기를 환기했다.

그러면서 희원을 힐끗 바라봤는데, 몹시 당황한 듯하나 김태신과 결혼한다는 게 딱히 싫지는 않은 눈치였다.

하긴 김태신은 같은 남자가 보더라도 매력적이었다. 외모적으로도 능력적으로도. 사이코패스에 마약 중독자라는 악명이 과장된 거라면 그와의 결혼을 마다할 이유가 없었다.

"그러고 보니 희원이도 전에 김 이사가 신사적으로 잘 대해 준다고 했는데, 역시 떠도는 소문은 믿을 게 못 되네요. 하하."

홀로 납득한 듯 고개를 끄덕이고 있는 남편을 보니 상연은 울화통이 터졌다. 어떻게든 안 된다고 기를 쓰고 반대해야 할 사람이 저렇게 인정하고 축하해 주고 있으니 미치고 팔짝 뛸 노릇이었다. 이러다간 정말 큰일 나겠다 싶어 얼른 입을 열었다.

"그…… 소문이 정말 다 조작된 걸까요? 그러기엔 너무 확실하던데, 저는 반대하는 건 아니고 단지 희원이 안전을 위해서 조금은 더 지켜봐야 한다고 생각해요, 아버님."

힘겹게 꺼낸 반론에 류 회장의 시선이 둘째 며느리에게로 향했다. 아무 말도 하지 않았건만, 눈빛이 대신 말해 주고 있었다. 그런 걸 걱정하는 사람이 희원을 김태신과 만나게 했느냐고.

물론, 이쯤 되면 상연도 자신이 김 상무 와이프에게 이용당했다는 걸 눈치챌 수밖에 없었다. 정보 제공자가 장남의 아내라서 철석같이 믿었는데 지금은 그 탓에 객관성을 잃어버렸다. 후계 다툼 때문에 동생의 명예를 훼손한 거란 말에 반박할 확실한 증거가 없었다.

하지만 그렇다고 해서 이대로 인정하고 받아들일 수는 없었다. 김태신이 악명대로 구제 불능 쓰레기가 아니라면 자신은 그 귀한 다이아몬드를 제대로 확인도 안 하고 차 버린 머저리가 되는 것 아닌가.

그래서 상연은 약간의 가능성이라도 짚고 넘어가야 한다고 우기는 걸 선택했다. 무엇보다 류희원이 진아 대신 도원의 막내며느리가 되는 걸 두고 볼 수는 없었다. 다시 진아에게 돌려줄 수 없다면 희원이 차지하는 것만이라도 막아야 했다.

"지금이야 아버님 눈치가 보이니 잘 대해 줬겠죠. 어디 감히 신성 그룹 손녀를 막 대하겠어요. 하지만 결혼하면 출가외인이잖아요. 집안에서 일어나는 일을 다 알 수도 없는 법이고요."

맞고 사는 아내가 될까 봐 걱정이라고 한숨을 내쉬는 모습이 희원에게만 가식적으로 보이는 건 아닐 터였다. 그럼에도 그녀는 흔들리지 않고 자기주장을 이어 갔다.

"일이 일어나고 난 후엔 늦어요."

반대를 위한 반대라는 티가 나기는 했지만, 완전히 무시할 만한 의견은 아니었다.

김태신의 온갖 추잡한 소문이 정말 후계 다툼 과정의 산물인지 증명된 건 아니었으니까.

"진아 엄마 말에도 일리는 있습니다, 아버지. 바로 결혼시키는 것보다 좀 검증 기간을 두는 게 낫지 않을까요?"

진규가 조심스레 제 의견을 피력했다. 결혼을 무작정 반대하는 게 아니라 아직 만난 지 얼마 안 됐으니 좀 더 서로 알아 갈 시간을 가지는 게 좋겠다고. 물론 희원을 생각해서 한 말이었다. 만에 하나라는 건 언제든 염두에 둬야 하는 거니까.

뜻하지 않게 남편이 어시스트를 해 주자 상연의 표정이 대번에 밝아졌다. 일단 시간이라도 벌자는 생각으로 열심히 고개를 끄덕이는데, 어째 시아버지의 표정은 변화가 없었다.

"그것도 나쁘지는 않으나 내가 아직 회장직을 맡고 있을 때 보내고 싶구나. 그래야 더 힘을 실어 줄 수 있겠지."

"……."

"그리고 만약 결혼 후에 돌변한다면 내 무슨 일이 있어도 대가를 치르게 할 것이야."

무슨 말을 해도 생각을 바꿀 의향이 전혀 없어 보이는 시아버지의 태도에 상연이 입술 끝을 파르르 떨었다.

"희원이 의견도 들어 보셔야죠? 많이 놀란 것 같은데……."

그녀는 마지막 수단으로 희원을 언급했다. 마치 원치 않는 정략결혼을 하게 된 희원을 향한 연민을 연기했지만, 희원은 그 눈동자 속에 담긴 광기를 누구보다 확실하게 읽었다. 절대로 받아들이지 말라고 강요하고 있었다.

"저는……."

내내 잠자코 있던 희원의 목소리가 얼핏 떨렸다. 예전 같으면 저 눈빛만으로도 두려움에 떨며 바짝 고개를 조아렸을 것이다.

'언제든 내게 와.'

하지만 이제는 아니었다. 더는 그렇게 피하고 도망치고 숨죽이고 살지 않을 것이다. 그러지 않을 용기를 준 사람을 봐서라도 그래서는 안 됐다.

"할아버지 의견을 따를게요."

류희원! 실제로 소리를 지른 건 아니지만, 희원의 귀에는 그런 환청이 들렸다. 그만큼 작은엄마의 안광이 무시무시했다. 희원은 너무 되바라져 보이지 않게 표정을 조심하며 숨을 가다듬었다.

"그래. 내가 더 일찍 희원이 너를 신경 썼어야 하는 건데, 그간 이 할아비가 너무 소홀했지. 그래도 늦기 전에 우리 희원이 결혼하는 걸 본다니 여한이 없다. 잘됐어. 아주 잘됐어."

희원은 '늦기 전에'라는 게 아까 말한 것처럼 아직 회장직에 있을 때를 의미한다는 걸 알아차렸다. 아무래도 혼주석이 공석인 걸 신경 쓰시는 듯했다. 남들 눈에 보기 좋게 하려면 당연히 작은아빠 내외가 앉겠지만, 할아버지 당신이 앉고자 하는 티가 났다.

희원은 눈치가 보여 대놓고 감사하다고 말하지는 못했지만, 마음속으로는 절을 하고도 남을 정도였다. 제 부모 자리에 작은엄마가 앉는 것만은 상상도 하고 싶지 않았다.

"내 먹고 나서 얘기할 것을, 음식이 식었겠구나. 어서들 들어라."

할 말은 이제 다 했다는 듯 수저를 드는 류 회장의 단호한 태도에 어색한 식사 자리가 이어졌다.

희원은 작은엄마가 이렇게까지 동요를 겉으로 드러내고 표정 관리를 못 하는 걸 살면서 처음 봤다. 어떤 일이 있어도 저 얼굴의 가면은 벗겨지지 않을 것 같았는데. 제가 그녀를 너무 두려워해서 더 그렇게 생각했던 걸지도 모른다.

* * *

"할아버지. 제가 모셔다드릴게요."

세상 길게 느껴진 식사가 끝나고 희원은 재빨리 할아버지에게 달라붙었다. 할아버지가 현관을 나가기 무섭게 자신을 쥐잡듯 잡을 생각이었던 작은엄마가 인상을 찡그리는 걸 봤으면서도 모른 척했다.

"허허, 그래라."

할아버지 팔을 잡고 함께 별채로 간 희원이 어릴 때처럼 그를 와락 끌어안았다.

"감사해요, 할아버지. 정말……."

여태 의젓한 태도를 보였던 손녀가 아이처럼 울먹이는 걸 보며 류 회장의 얼굴에 오만 가지 감정이 피어올랐다. 어릴 적 희원은 늘 이런 식으로 살갑게 굴던 아이였다. 어찌나 사랑스러운지 눈에 넣어도 안 아프다는 말이 절로 나오곤 했다.

그랬던 아이가 부모를 잃은 후로는 시든 해바라기처럼 고개를 떨궜다. 문제는 류 회장 본인도 제 슬픔이 버거워 그런 손녀를 제대로 챙겨 주지 못했다.

"내 예쁜 손녀가 결혼하고 싶다는데, 이 할아버지가 뭔들 못 해 주겠느냐. 어떤 소원이든 다 들어줘야지."

희원은 할아버지가 얼마나 큰 방패를 세워 줬는지 여실히 느끼고 있었다.

태신과 함께 만났을 때 제가 한 말을 그대로 말할 수도 있었다. 희원이 김태신과 결혼하고 싶어 해서 허락했노라고.

그랬다면 그간 속았다는 걸 안 작은엄마의 분노가 고스란히 희원에게로 향했을 것이다.

하지만 할아버지는 희원이 원해서 하는 결혼이 아니라 집안에서 본 목적대로 정략결혼을 시키는 것처럼 말했다. 그렇게 해 주십사 부탁한 것도 아닌데.

덕분에 희원은 그저 할아버지 말씀을 거역하지 않은 정도의 반항만 했을 뿐이니 작은엄마의 분노도 크기가 커질 수가 없었다. 단순한 화풀이와 결혼방해 정도만 예상됐다.

그러니 어찌 감사하지 않을 수 있을까. 사실 할아버지가 이렇게까지 해 주실 거라고 희원은 상상조차 하지 못했다.

작은엄마의 세 치 혀의 농간에 휘말려 할아버지와 데면데면 지낸 세월이 꽤 됐다. 신성에 입사하기로 한 후로 할아버지의 애정을 아주 조금 회복하기는 했지만, 빈말로도 예전 같은 관계라고는 할 수 없었다.

"이 할아비가 네 아비의 빈자리를 채워 줬어야 하는 건데, 너무 무심했지."

"아니에요, 할아버지. 얼마나 상심이 크셨을지 제가 제일 잘 아는걸요."

할아버지가 아빠에게 얼마나 큰 기대를 걸고 있었는지 모르는 사람이 없었다. 아빠는 신성 바이오를 바이오시밀러 분야의 강자로 만들기도 했지만, 신약 개발 쪽으로도 꼭 성공하고 말겠다는 야심과 포부가 있는 사람이었다. 가능성도 보였고. 그런 사람이 스스로 죽음을 택했다는 걸 그렇구나 하고 받아들일 수 있는 이가 얼마나 될까. 적어도 그의 부친과 딸은 아니었다.

"현희도 하늘에서 보고 무척 좋아할 게야. 그럴 거다."

류 회장은 수년 만에 처음으로 며느리의 이름을 입에 담았다. 아들을 죽게 한 원흉이라고 원망하고 인생의 부질없음을 느끼게 해 줬다고 체념하며 가슴 아래 묻었던 이름이었다. 그 이름이 유난히 애달프게 울렸다.

엄마가 좋아할 거란 말에 희원은 눈이 타들어 갈 듯이 뜨거워졌다. 오히려 지금이라도 네 인생만 생각하라고 화를 내고 계실 것 같았기에.

"네, 좋아하실 거예요……."

그럼에도 희원은 몇 번이고 고개를 주억거리며 좋아하실 거라고 중얼거렸다. 마치 그러면 바뀌기라도 할 듯이.

* * *

"악! 아악! 으아아!"

쨍그랑! 지하 갤러리에서 무언가 깨지는 소리가 날카롭게 울렸다. 상연의 개인 휴식 공간이자 컬렉션을 보관해 두는 소형 갤러리였다. 원래는 창고처럼 방치된 공간이었는데, 상연이 이 집에 들어오면서 모조리 뜯어고쳤다.

아끼는 소장품들을 연신 바닥에 팽개치며 소리를 지르고도 분이 안 풀린 상연이 이를 갈았다. 그녀답지 않게 헝클어진 머리와 번진 화장도 신경 쓰지 않은 채 소파에 주저앉아 씩씩거렸다.

"류희원이 도원에……?"

전혀 예상하지 못한 상황이 그녀를 미치게 했다. 이제는 죽을 날만 기다리는 시아버지의 개입 정도는 크게 걱정하지도 않았다. 혼 좀 나고 말 일이라고 가볍게 생각했으니까.

그런데 도원 김자엽 회장과 만나 결혼 날짜를 잡았다? 상연은 도원에서 희원을 며느리로 맞기로 했다는 것을 도저히 받아들일 수가 없었다.

절대 그런 일이 없다고 확신했기 때문에 희원을 김태신에게 붙여 줄 수 있던 것이었다. 김태신이 장난감처럼 가지고 놀 수는 있어도 도원에서 며느리로 맞이할 일은 결단코 없었으니까.

"대체 뭐가 잘못된 거지? 뭐가 문제였던 거냐고!"

자신이 잘못 판단했다고? 그런 일은 있을 수 없었다. 분명히 류희원은 정략결혼의 상대로는 한참 부족하다. 그럼에도 김자엽 회장이 류희원을 받아들인다는 건 다른 노림수가 있다고 봐야 했다.

'그리고 자엽이도……. 음, 다 생각하는 바가 있고 만족스러우니 결혼시키자 하는 게지.'

요컨대 류희원과 김태신의 결혼은 두 그룹의 총수가 서로 만족할 만한 거래였다는 뜻이었다. 류진아에서 류희원으로 바뀌었음에도 성사됐다는 건 시아버지 류 회장이 무슨 수를 썼을 가능성이 컸다.

으득. 상연은 시아버지의 말을 곱씹다가 신경질적으로 손톱을 깨물었다. 예쁘게 관리된 손톱이었지만, 그 힘을 이기지 못하고 깨져 나갔다.

"그럴 거면 진아랑 결혼시켰지……!"

도원의 장남에게 이용당했다는 것도 참을 수 없이 화가 나는데, 거기 속아 넘어가 진아가 도원의 며느리가 될 기회를 제 손으로 류희원에게 넘겼다는 사실을 견디기 어려웠다.

다른 사람도 아닌 류희원이라니. 주먹을 움켜쥔 상연의 손이 부들부들 떨렸다. 눈을 질끈 감은 채 희원을 떠올리던 상연은 희원과 똑같으면서 훨씬 나이 든 얼굴이 망막에 어른거리자 히스테리를 부리며 소리를 질렀다.

"꺼져……!"

홧김에 쳐 낸 팔에 걸린 장식품이 퍽 하고 날아가 처박혔다. 값비쌀 뿐 아니라 디자이너 작품이라 다시 구할 수도 없었지만, 지금 상연의 눈에는 들어오지도 않았다.

망막에 새겨진 죽은 동서의 그림자가 너무도 진했다. 그녀가 살아서 저를 내려다볼 때를 떠올린 상연이 발작적으로 소리를 질러 댔다.

"내가 이런 꼴을 보려고 그 수모를 감수하고 비위를 맞추면서 산 줄 알아?

내가 너 따위한테 머리 조아리고 산 세월이 얼만데……!"

정말이지, 저보다 나은 것 하나 없는 멍청한 여자였다. 제가 능력을 발휘해 신성 병원을 국내 최고의 여성 병원으로 만들고 특별 건강 검진으로 덩치를 키울 때 그녀는 아무것도 하지 않고 집 안에만 있었다. 물론 할 줄 아는 것도 없었고.

그런 여자를 단지 장남의 아내라는 이유로 형님으로 모셔야 했다. 바보처럼 웃는 것밖에 할 줄 모르는 여자가 맏며느리라는 이유로 집안의 권력을 꿰차고 관심을 한 몸에 받았다.

신성 그룹의 후계 구도는 상연이 며느리로 들어오기 전부터 확정되어 있던 거라 어떤 노력을 해도 바꿀 수 없었다.

천재 장남과 범재 차남. 두 형제 사이의 간극은 어떤 방식으로도 좁힐 수 없었다. 심지어 형과 사이가 좋은 제 남편은 그 자리를 차지하려는 욕심조차 없는 멍청이였다.

제가 아니었다면 신성 병원이 지금의 명성을 가지는 건 요원했겠지만, 달리 말하면 신성 병원이 제가 받을 수 있는 전부였다. 신성 그룹의 다음 주인은 장남이었고 제 남편은 일개 회사원이나 다름없었으니까.

하지만 더는 아니었다. 아주버님이 저절로 고꾸라져 준 덕에 남편을 신성 그룹의 주인으로 만들기까지 딱 한 걸음 남은 상황 아닌가.

이런 상황에서 상연은 어떤 변수도 원치 않았다. 류희원이 도원을 등에 업고 덩치를 키워 제 남편의 경쟁자가 될 가능성 따위 절대 생기게 둘 수 없었다.

"절대 용납할 수 없어……."

상연의 눈동자가 음험한 빛을 머금었다.

* * *

희원은 평소 직접 화장을 하는 편이었지만, 특별한 날에는 전문가를 불렀다. 특별한 날이란 대부분 연주회가 있거나 집안 행사가 있을 때였다. 하지만 스무 살이 넘어서는 그럴 일이 거의 없었는데, 오늘은 희원이 생각하기에 전문가가 필요한 날이었다.

"세상에, 언제 이렇게 컸어요?"

"실장님. 제가 키가 클 나이는 아닌데……."

"말이 그렇다는 거지! 진짜 오랜만이라고요. 항상 사모님이랑 함께 다녀서 유명했잖아. 인형이 인형을 낳았다고, 호호호. 어떻게, 사모님은 잘 계시죠?"

태신의 집에 가기 전 메이크업을 받으려고 오랜만에 찾아간 메이크업숍에서 불쑥 엄마의 안부를 묻자 희원의 표정이 미묘해졌다.

반가움에 지었던 미소를 완전히 거두지도 못하고 어정쩡하게 서 있자 실장이 일순 실언을 깨닫고 굳었다. 입을 가리며 어쩔 줄을 모르는 걸 보니 아무래도 희원의 어머니가 돌아가셨다는 사실 자체를 잊어버렸던 모양이었다.

"오, 호호, 그럼 이쪽으로 갈까요?"

식은땀이 난 듯 황급히 자리를 안내하는 실장을 보며 희원도 고개를 끄덕였다. 굳이 이런 사소한 일 하나하나에 마음 쓰고 싶지 않았다. 악의적으로 그런 것도 아니고.

"어떤 자리인가요? 조명이 강해요?"

"아니요. 오늘은 중요한 어른들을 뵈러 갈 거라서 자연스럽게만 해 주세요."

"오케이. 접수. 한 듯 안 한 듯 세상 아름답게 해 드릴게요."

일부러 더 활기찬 목소리를 낸 실장이 바삐 움직였다. 희원은 작은 심호흡 끝에 거울 속 자신을 바라봤다.

몇 시간 뒤면 태신의 본가에 간다. 사실 김태신과 어떻게든 결혼을 해야겠다는 생각만 했지, 그의 식구들에 대해서는 크게 생각해 본 적이 없었다. 아니, 거기까지 생각할 여유가 없었다는 게 더 정확했다.

태신의 가족 관계야 잘 알고 있었다. 위로 두 형이 있는데 첫째 형은 결혼했고 둘째 형은 안 했다는 것도.

그중 큰형 김영신에 생각이 미친 희원의 표정이 묘해졌다. 웃는 것도 같고 슬퍼하는 것도 같은 표정은 지금 희원이 떠올린 감정을 고스란히 표현하고 있었다.

준비를 마친 희원은 태신과 만나기로 한 시간에 맞춰 집으로 돌아갔다. 작은엄마와 마주치기는 싫으니 일부러 본채로 들어가지 않고 할아버지가 계실 별채로 향했다. 안에서 일하고 있던 김 집사가 희원을 보고 반색했다.

"아저씨, 할아버지 안에 계세요?"

"어떡하지? 약 드시고 오침에 드셨단다."

"아, 괜찮아요. 오늘 김자엽 회장님 댁에 인사드리러 간다고 말씀드리려던 것뿐이에요. 아저씨가 대신 전해 주시겠어요?"

"그래, 내 이따 말씀드리마. 뭐 필요한 건 없고? 선물은 챙겼니?"

"어제 준비하긴 했어요."

"흠, 잠시만 기다리렴. 분명히 회장님이 준비하신 게 있을 텐데, 내 찾아보고 오마."

따로 준비한 게 있다는 얘기에 희원의 눈이 커졌다. 잠시 자리를 떠났다가 돌아온 김 집사의 손에 큼직한 상자 하나가 들려 있었다.

"김 회장님이 좋아하셨던 고(故) 정홍수 장인이 빚은 20년산 명주란다. 세상에 딱 10병밖에 나오지 않은 것이니 선물로 드리기 딱 좋을 게다."

딱 10병만 세상에 선보이고 장인이 돌아가셨으니 지금은 구하고 싶어도 구할 수 없는 진귀한 소장품이었다. 그런 귀한 것을 손녀를 위해 흔쾌히 내 준다는 것에 희원은 감동했다.

"감사해요, 아저씨. 할아버지께도 감사하다 전해 주세요."

"그러마. 가서 기죽지 말고 당당하게. 알지?"

"그럼요."

예쁘게 웃는 희원을 보며 반사적으로 머리를 쓰다듬을 뻔했다며 김 집사가 너털웃음을 터트렸다. 어릴 때 생각이 나서 그랬다며 웃는 그의 얼굴에도 어느덧 주름이 가득했다.

희원은 문득 세월의 흐름이 느껴져 기분이 묘해졌다. 할아버지의 얼굴에는 그보다 더 깊은 주름이 가득했다. 세월도 세월이지만 집안의 우환이 새긴 주름의 깊이가 또 있을 것이기에.

지잉. 진동하는 핸드폰 메시지를 확인한 희원의 표정이 조금 밝아졌다.

"데리러 온 거야?"

"네. 도착했다네요. 아저씨, 그럼 저 가 볼게요."

"앞까지 배웅해 주마."

아저씨와 함께 별채를 나서던 희원은 정원에서 작은엄마와 마주치자 깜짝 놀라고 말았다. 원래 정원에 나와 있었던 건지, 태신이 온 걸 보고 나온 건지는 알지 못했지만, 이 순간 희원은 김 집사 아저씨의 배웅을 사양하지 않은 것에 깊이 안도했다.

"나가는 거니?"

"네. 김태신 씨 가족분들께 인사드리러 가요."

"⋯⋯."

공손히 대답하는 희원을 보는 상연의 표정은 온화했지만, 속으로는 피가 거꾸로 솟으려고 했다.

지금이라도 결혼 못 하겠다고 얘기하라고 류희원을 잡아 족치고 싶은 마음이 굴뚝 같았다. 물론 두 그룹의 총수가 정한 사항을 희원이 무를 수 있을 리 만무했다. 하지만 지금 상연에게는 그렇게 화풀이할 데가 필요했다. 가장 만만한 게 류희원이었고.

하지만 옆에 김 집사가 있으니 내색할 수조차 없었다. 이 집에 들어온 후로 빈 안주인 자리를 차지하고 권력을 휘두르는 건 좋았지만, 언제나 김 집사가 발목을 잡았다.

늙어 빠진 호랑이를 호위하는 늑대의 이빨이 상상 이상으로 날카로웠다.

아직도 표정 하나 편히 짓지 못한다는 게 안 그래도 복잡한 상연의 심기를 더욱 어지럽혔다.

남편의 승계만 끝나면 두고 보자고 칼을 갈며 인고한 시간을 생각해서라도 아직 더 참아야 했다.

김 집사가 무전으로 뭐라 지시하는가 싶더니 육중한 대문이 천천히 열리기 시작했다. 사이즈가 거대한 만큼 열리는 데 시간이 오래 걸려 평소에는 다 열지 않고 쪽문을 이용했다. 그럼에도 그 문을 다 연다는 건 그만큼 상대를 존중한다는 표현이라 할 수 있었다.

천천히 열리는 문 사이로 날렵한 몸체를 자랑하는 까만 세단이 모습을 드러냈다. 그리고 그 앞에 서 있는 한 남자도.

까만 차체와 어우러지는 까만 울 트윌 클래식 슈트를 걸친 모습이 마치 화보에서 튀어나온 듯 빛이 났다. 때마침 내리쬐는 햇볕마저도 그를 돋보이게 했다.

문이 열릴 만큼 열리자 안으로 걸어 들어온 태신이 절도 있게 인사를 올렸다. 그런데 그 방향이 오상연이 아니라 김 집사에게 향했다. 노골적으로 무시당했다는 것에 상연의 얼굴이 시뻘겋게 물들었다.

"어서 오세요. 김정복입니다. 회장님을 모시고 있지요."

"김태신입니다."

"태신 씨, 제게는 큰아버지 같은 분이세요."

희원이 덧붙인 설명에 김 집사는 너털웃음을 터트렸다. 그러면서도 자신은 그저 오래 묵은 집사일 뿐이라고 명확히 선을 그었다. 상연이 서 있는 곳을 가리키며 인사할 기회를 주자 태신이 그제야 그녀를 발견한 것처럼 눈썹을 들어 올렸다.

그의 시선을 받은 상연이 저도 모르게 파르르 떨었다. 분명히 계단 위에 있는 상연이 태신을 내려다보는 상황이었는데도 태신의 오만한 시선이 자신을 내리누르는 것만 같았다. 네 같잖은 수작이 안 통한 기분이 어떠냐고 조롱하는 듯한 눈빛에 상연은 솟구치는 분노로 정신이 다 혼미했다.

"얼굴을 뵙는 건 처음이군요, 오상연 원장님."

상연을 향해 묵례해 보인 태신의 입술이 아름다운 호를 그렸다. 그 미소가 도발로 다가오는 것은 상연의 오해일까. 상연은 저 천연덕스러운 얼굴에 현관 계단을 장식한 분재를 집어 던지고 싶은 충동을 느꼈다.

"그럼 저희는 이만 가 보겠습니다. 다음번에 정식으로 인사드리러 오죠."

자연스럽게 희원에게 팔을 뻗어 에스코트한 태신이 김 집사에게 한 번 더 인사를 올리고 걸음을 옮겼다. 그 옆을 따라 걷는 희원이 대문에 도착했을 즈음에 작게 속삭였다.

"뒤통수가 뚫릴 것 같아요……."

"나는 아까 이마가 깨질 것 같더군. 뭐라도 집어 던질 태세였어."

태신이 웃으며 받아쳤다. 사람이 눈으로 레이저를 쏠 수 있다면 지금 오상연의 왼쪽 눈은 김태신을, 오른쪽 눈은 류희원을 뚫어 버리려고 하고 있을 것이다.

"자."

"고마워요."

조수석에 오른 희원은 태신이 차 보닛을 돌아오는 사이 아직 열린 대문 안쪽을 바라봤다. 여전히 이쪽을 보고 있는 상연이 보였다. 거리가 있어서 표정까지 보이는 건 아니었지만, 펜과 종이가 있다면 그릴 수도 있을 만큼 눈에 선했다.

그러다가 시야가 가려졌다. 태신이 문을 열고 차에 올라탔다. 차 문을 닫은 태신은 희원이 저를 보고 있자 조금의 망설임도 없이 뒷목을 끌어당겨 입을 맞췄다.

"음……."

희원은 조금 놀랐지만, 순식간에 머릿속에 가득했던 어두운 생각들이 기화되듯 날아가고 김태신으로 가득 차는 걸 느낄 수 있었다.

"이런, 화장을 망쳤네."

입을 뗀 태신이 난감한 듯 웃으며 희원을 놔줬다. 은은한 산홋빛을 띠던 입술이 어느덧 본래의 색으로 돌아와 있었다.

오늘을 위해 새벽같이 나가서 몇 시간에 걸쳐 받고 온 헤어와 메이크업이었는데, 키스하는 동안 전혀 생각도 안 했다는 것에 희원이 얼굴을 붉혔다. 거울을 꺼내 보니 그래도 립스틱만 다시 바르면 될 것 같았다.

"괜찮아요. 입술만 고치면 될 것 같아요."

"그럼 다행이고. 항상 이런 식으로 기 싸움을 하고 살았어?"

"제가 일방적으로 얻어맞는 쪽이었죠."

희원은 제가 말해 놓고 제풀에 놀라서 진짜 얻어맞은 건 아니라고 덧붙였다. 태신은 차를 출발시키며 오해하지 않았다고 웃었다.

"저렇게 노골적인데 집안의 아무도 모른 거야? 아니면 알면서 모른 척한 건가."

"원래는 절대 티 내지 않으셨어요. 철저하게 저 혼자 있을 때만 본모습을 보이셨죠. 그래서 오죽하면 진아가 저 보고 왜 그렇게 무서워하냐고 물어본 적도 있어요. 이해가 안 된다고."

할아버지는 별채에 칩거하시고 작은아빠는 회사를 지키느라 바쁘고 진아는 집에 거의 없었다. 그러니 맘껏 저를 괴롭히다가 식구들이 들어오면 온갖 고상한 척을 하며 챙겨 줬다. 그 이중성에 욕지기가 치밀어 오르는 걸 참는 것도 고역이었다.

"잘해 주기만 하는데 왜 그러냐. 과민 반응하는 거 아니냐. 마치 네가 이상한 것처럼."

태신이 제 속을 들여다본 것처럼 너무 잘 알고 얘기하자 희원은 그의 공감 능력에 놀랐다. 다들 하나같이 그렇게 얘기했다. 저렇게 잘해 주고 엄마의 빈자리를 채워 주는 사람에게 왜 그러냐고. 모든 게 다 희원이 문제인 것처럼 되어 버렸다.

"맞아요. 없는 말도 어찌나 잘 지어내시는지……. 그 때문에 전 항상 이상한 사람이 되기 일쑤였어요."

트라우마가 될 만큼 당해 온 시간이 적지 않았기에 잠시 말을 멈추고 깊게 호흡한 희원이 태신을 보고는 살며시 웃었다.

"그런데 태신 씨랑 결혼 얘기가 본격적으로 나오면서 완전히 바뀐 거예요. 표정 관리도 잘 못 하시고……. 그래서 지금은 모두가 알 거예요. 제가 결혼하는 걸 탐탁지 않아 하신다는 것쯤은."

"아깝고 분해서 미칠 노릇이겠지. 네게 해코지하진 않았어?"

큰 도로로 나가기 전, 태신이 희원을 이리저리 살폈다. 아까 전신을 다 봤기 때문에 아무 문제 없고 예쁘기만 한 걸 알고 있는데도 재확인하려 드는 모습에 희원은 가슴 한구석이 지르르 울렸다.

"네. 다행히도요."

"그럼 됐고. 결혼을 방해하려고 들겠지만, 신경 쓸 것 없어."

희원도 작은엄마가 이대로 포기하고 태신과 결혼하는 걸 지켜볼 거라 낙관하지는 않았다. 어떤 수작을 부려서라도 방해하려고 들 게 분명했다. 그게 뭔지 모르겠지만, 짐작 갈 만한 게 없는 건 아니었다. 그에 생각이 미친 희원의 표정이 조금 어두워졌다.

"그건 뭐야? 선물은 어제 샀잖아."

태신이 희원이 가지고 탄 쇼핑백으로 화제를 돌렸다. 희원은 아저씨에게 들은 설명을 그대로 전하며 봉투를 살짝 열어 보였다.

"이전에 경매로 나왔을 때 못 구하셨다고 아쉬워하시던 게 기억이 나는데……. 정말 귀한 걸 주셨네."

장인이 딱 10명의 지인에게만 증정한 거라 경매에 나온 것도 그때가 처음이었다. 그마저도 주인이 작고하여 유족이 경매에 냈던 건데, 소식이 늦어 김 회장은 경매에 참여 자체를 하지 못했다. 두고두고 아쉬워하신 터라 태신도 기억할 정도였다.

"대체 두 분이 만나셨을 때 무슨 얘기가 오간 걸까요?"

희원에게서 류 회장의 얘기를 전해 들은 태신도 두 총수가 이 결혼을 만족스러워한다는 걸 알았다. 어떤 이익이나 목적이 일치했다는 소리였다.

'저로 하여금 신성을 집어삼키게 하려는 아버지의 야심을 류 회장님이 용인했다?'

일평생 일궈 온 기업을 넘겨준다는 건 아무리 봐도 말이 안 됐다.

"조만간 알게 되겠지."

조만간. 그래, 때가 되면 원치 않아도 알게 될 일이었다. 정략결혼이라면 그에 해당하는 액션이 따라올 테니까.

차를 세운 태신이 어제 희원과 함께 산 선물들을 트렁크에서 꺼냈다. 안으로 들어가기 전, 저택을 둘러본 희원이 낮게 심호흡했다. 결혼 허락은 이미 받았다고는 해도 처음 뵙는 자리인 만큼 절로 긴장이 됐다.

그런 희원을 옆에서 바라보는 태신은 태연해 보였지만, 속은 그렇지만도 않았다. 오늘 이 자리가 제가 류희원에게 가진 일말의 의혹을 완전히 뿌리칠 수 있는지 없는지를 가릴 테니까.

류희원에게서는 더는 어떤 의심 가는 부분도 찾아볼 수 없었지만, 태신은 큰형 영신의 태도가 마음에 걸렸다.

'막내며느리 될 사람도 만나 보셔야죠, 아버지. 저도 얼른 보고 싶네요.'

자신이 신성 그룹을 처가로 가지게 되는 걸 보고만 있을 리 없는 큰형이 너무도 잠잠하다는 것과 류희원과 결혼하는 걸 대놓고 축하하는 모습이 대놓고 수상쩍었다.

오늘 두 사람이 만나는 모습을 보면 결론이 날 터였다. 두 사람 사이에 의심 가는 점이 없다면 큰형이 따로 술수를 부리려고 하는 걸 테니까.

어쨌거나 류희원만 엮여 있지 않으면 된다. 태신이 바라는 건 그거 하나였다. 어째서 이토록 그녀에게 목매는 건지 설명할 수 없었지만 이젠 그냥 받아들이고 있었다.

"기다려 줘서 고마워요. 이제 들어가도 돼요."

마음의 준비가 끝났는지 한결 단단해진 눈빛을 한 류희원이 유난히 예뻐 보였다. 평소보다 공들인 화장 때문일 거라고 넘겨 버린 태신이 희원을 데리고 안으로 들어갔다.

저택은 희원이 생각한 것보다 훨씬 더 현대적인 외관을 가지고 있었다. 아래쪽으로는 석재가, 위쪽에는 유리가 쓰여 일반 집 같지 않은 느낌마저 들었다.

희원이 사는 할아버지 집은 좋게 말하면 고풍스럽고 애들 취향에는 맞지 않은 올드한 모습인데, 이곳은 현대 미술관에 온 것 같은 정도였다.

"밖에서 보는 거랑 또 다르네요."

밖에서는 석벽과 유리 벽 때문에 단단하고 무겁고 차가운 느낌이었는데 안에 들어서니 화원이라는 착각이 들 만큼 초록이 가득했다.

"어머니가 식물을 좋아하셔. 이 식물 인테리어 전부 어머니 솜씨야."

직접 디자인하고 식물을 고르고 가꿔 탄생한 인테리어라는 말에 희원이 감탄을 숨기지 못했다. 식물이나 인테리어 디자인에는 영 문외한인 희원이 보기에도 보통 전문적인 느낌이 드는 게 아니었다.

"대단하시네요. 아! 죄송해요. 그 도원 온실 갤러리 관장님이시죠?"

"맞아."

문득 태신의 어머니가 '도원 한애란 관장'이라고 불린다는 걸 상기한 희원이 뒤늦게 이해했다는 듯 고개를 끄덕였다.

한국 최초로 문을 연 온실 갤러리는 식물원과 미술관이 결합된 복합 문화 공간이었다. 문을 연 지 3년밖에 안 돼서 희원은 아직 가 본 적 없지만, 인기가 대단하다는 것쯤은 익히 알고 있었다.

"정말 멋지시네요. 온실 갤러리도 직접 다 진두지휘하셨다는 인터뷰를 본 것 같은데……."

"평생에 걸쳐 준비하신 거니까. 어머니의 인생이 다 담긴 공간이지."

얘기를 나누다 보니 전실에 도착해 자연스럽게 대화가 끊겼다. 차가 들어

올 때부터 미리 나와 있던 건지 태신의 어머니가 보였다.

"저희 왔습니다."

"그래, 어서 오렴. 어서 와요."

웃으며 맞이해 주는 그녀가 방금까지 태신과 얘기했던 한애란 관장이라는 걸 알아본 희원이 얼른 인사를 올렸다.

"안녕하세요. 류희원이라고 합니다."

"호호, 그래요. 참 예쁜 아가씨네. 오는 길이 불편하진 않았어요?"

"네. 신경 써 주셔서 감사합니다."

"어머니. 희원이가 준비한 선물이에요."

태신이 쏙 끼어들자 한 여사의 눈에 눈웃음이 어렸다. 그래도 결혼할 사람이라고 챙기는 모습이 신기했다.

그전에는 결혼 얘기를 하면 질색을 하고 여자 한 번 데려온 적 없던 태신이었다. 이번 혼담도 처음에는 전혀 관심이 없어서 정략으로라도 맺어 주려고 했던 건데, 지금은 본인이 얼른 결혼하고 싶어 하는 눈치였다. 그렇게 치면 맞선 상대를 바꿔 준 오 원장에게 고마워해야 할 일이었다.

"뭘 이런 걸. 그냥 와도 됐는데. 아무튼 고마워요. 여기는 태신이 형수. 나이 차가 있으니 민희 네가 동생이라 생각하고 잘 챙겨 줘."

"그럼요, 어머니."

한 여사는 옆에 서 있는 첫째 며느리 최민희를 소개하고 먼저 들어갔다. 형님 될 사람이란 얘기에 희원이 공손히 인사하는데, 정작 인사를 받는 최민희의 표정은 미묘했다. 태신은 미소 속에서 느껴지는 달갑지 않은 기색을 놓치지 않았다.

안으로 들어가다가 마주친 둘째 형 주성과도 인사를 나누고 거실에 도착하니 김 회장이 자리에서 일어나 희원을 반겼다.

"네가 희원이로구나. 장손녀."

"처음 뵙겠습니다."

"아주 눈부시게 예쁜 것이 삼촌 얼굴은 안 닮아서 다행이다. 어머니가 미인이셨던 모양이야."

삼촌? 순간적으로 이해하지 못한 호칭에 희원이 커다란 눈을 끔뻑거렸다. 태신도 마찬가지였는지 의아하단 듯 되물었다.

"삼촌이요?"

"경수 삼촌 말이다. 아버지 연배이신데 그럼 내가 건방지게 류 회장, 류 회장 해야겠느냐. 알고 지낸 세월도 있고 호칭이야 일찍이 정리했지."

화통하게 웃던 김 회장이 문득 희원의 손에 들린 쇼핑백을 발견했다. 두꺼운 눈썹과 처진 눈꺼풀에 반쯤 가려져 있었던 눈이 큼지막하게 모습을 드러냈다.

"그건……?"

"아, 할아버지께서 회장님 드리라고 보내셨어요."

"이 귀한 것을! 죽으면 관짝에 안고 들어가시겠다던 양반이!"

쩌렁쩌렁한 목소리에 놀란 희원이 어정쩡하게 내민 쇼핑백을 낚아챈 김 회장의 눈이 이글이글했다. 그러더니 희원을 보고는 씩 웃었다.

"할아버지 사랑을 듬뿍 받았구나. 널 잘 부탁한다고 이걸 다 내주셨다니, 이러면 수지 타산이 맞지 않는데 어찌할꼬. 태신이 이놈이 널 업고 다녀야겠다."

아무리 구하기 힘든 명주라고 하나 희원에게는 그저 술 한 병에 불과했는데, 보이는 게 다가 아니었던 모양이었다. 김 회장의 말처럼 절 아끼는 할아버지의 애정이 느껴져서 희원은 가슴이 뭉클해졌다.

그런 희원의 손을 잡으며 잘 왔다고 두드려 주기까지 한 김 회장은 태신에게 알아서 잘하라며 큰소리를 쳤다.

"받기는 아버지가 받고 보답은 제가 해야 해요?"

태신이 어이없어했지만, 귓등으로도 듣지 않고 그는 자리에 앉아 세상 조심스러운 손길로 쇼핑백 속에서 술 상자를 꺼내기 바빴다.

"아버지 저러면 아무것도 안 들리셔. 다들 인사 나눈 거야? 내 차례네?"

맞은편에서 가만히 지켜보던 이가 입을 열자 희원과 태신의 고개가 동시에 그쪽으로 향했다. 씩 웃는 얼굴은 태신과는 전혀 닮지 않았고 조금 전 인사를 나눴던 둘째와 비슷했다.

"태신이 맏형 김영신입니다. 류희원 양?"

영신이 씩 웃으며 손을 내밀었다. 그를 빤히 보고 있던 희원이 뒤늦게 악수하자는 의미를 알아채고 손을 마주 잡았다.

"아, 안녕하세요."

갑자기 입을 연 탓에 더듬거리는 인사를 들으며 영신이 손을 흔들었다. 마치 그의 존재를 각인하는 듯한 힘 있는 악수였다.

"이거, 이거 처음부터 점수를 많이 땄네. 우리도 처음 인사할 때 저런 것 좀 준비할 걸 그랬어."

영신이 웃으며 한 말에 민희의 표정이 어색하게 흔들렸다. 정색해 봐야 농담인데 왜 그러냐 할 게 뻔하니 뭐라 말도 못 한 채 같이 웃을 수밖에 없었다. 농담은커녕 진심이자 힐책이라는 걸 알면서도.

"어린 친구가 들어와서 그런가? 평소보다 집이 더 환한 것 같네. 어머니도 좋으시겠어요."

"나? 물론 새아가 들어오면 좋지."

자연스럽게 분위기를 주도하는 영신은 마치 이 자리의 주인공 같았다. 그리고 그는 희원을 이미 가족의 일원으로 대하고 있었다.

"……."

태신은 그의 꿍꿍이속을 알 수 없었지만, 적어도 그가 진심으로 류희원의 입성을 바라고 있다는 것만은 느낄 수 있었다.

"호호, 배고프겠다. 다들 식사하러 가자꾸나."

명주를 마치 잃어버렸던 애인 찾은 사람처럼 꿀이 뚝뚝 떨어지는 눈으로 쓰다듬고 있는 김 회장을 본 한 여사가 영신에게 눈짓을 보내고는 남편에게로 향했다.

영신이 모두를 다이닝 룸으로 이끄는 사이, 뒤에서 북 터지는 듯한 소리가 났다. 희원은 용케 뒤를 돌아보지 않았다며 안도했다.

김 회장의 명주 사랑은 마치 한 편의 희극 같았다. 할아버지의 체면을 높이려고 일부러 과장하는 건가 싶을 정도였다. 그만큼 두 분의 친분이 몹시 깊다는 방증이기도 했고.

태신의 가족이자 도원가 사람들을 처음 뵙는 자리다 보니 긴장도 하고 정신이 없었는데, 이렇게 사람 사는 냄새가 가득한 집일 줄은 상상도 하지 못했다. 첫 만남 때 느꼈던 태신의 냉랭한 분위기도 그렇고 으레 재벌의 이미지라는 게 있는 탓이었다. 희원의 집도 이 정도로 사람 냄새가 나지는 않았으니까.

막연하게 어렵게만 느껴졌던 태신의 식구들인데 다 좋은 사람인 것 같아서 다행이라는 안도가 들었다. 그러다가 태신에 대한 소문들이 후계 다툼으로 인한 루머일 거라던 할아버지 말씀이 떠올랐다.

'겉으로 보이는 게 다가 아닌 걸까······.'

희원은 태신이 소문처럼 나쁜 사람이 절대 아니라고 확신하고 있었기에 할아버지 말을 믿었다. 다만 그렇다는 건 그런 소문을 퍼트린 사람이 형제라는 뜻이라 조금 마음이 복잡해졌다.

대체 후계가, 권력이, 돈이 뭐길래 가족끼리 이렇게 얼굴 붉히고 싸워야 하는 걸까.

작은엄마가 자신을 미워하고 눈엣가시로 여기는 이유도 마찬가지였다. 제가 작은아빠의 자리를 탐낼까 봐 경계하는 것이다.

당시에는 눈치채지 못했지만, 지금 와서 생각해 보면 제 부모를 얼마나 미워했을지 알 만했다.

아빠 때문에 작은아빠가 후계자가 되지 못한다고 생각할 사람이니까. 가족은 물론 세상 모두가 아빠가 할아버지의 뒤를 잇는 게 당연하다고 생각해도 작은엄마만큼은 용납하지 못했을 것이다.

그러니 아빠가 죽었을 때 작은엄마가 얼마나 기뻐했을지 생각하면 소름이 끼쳤다. 솔직히 희원은 그녀가 사람으로 보이지도 않았다.

걸림돌인 장남을 치워 내고 남편을 그 자리에 앉혔으니 만족할 줄 알았는데, 저마저도 못 잡아먹어 안달이었다.

작은아빠가 할아버지 나이까지 회장직을 맡아야 하는데, 몸집이 커진 제가 그 자리를 노리고 하극상을 저지르는 게 작은엄마의 머릿속에 끊임없이 재생되는 모양이었다.

제가 그럴 리 없지 않으냐, 같은 말은 의미가 없었다. 그럴 싹 자체를 짓밟아 없애 버려야 직성이 풀리는 사람이니까.

"왜 그래?"

희원이 자리에 앉지 않고 생각에 빠져 있자 태신이 나지막이 물었다. 얼른 상념에서 벗어난 희원이 고개를 흔들며 옅은 미소를 지어 보였다.

"살다 보니 막내가 여자 챙기는 걸 다 보네. 웬만해선 거들떠보지도 않는 녀석인데, 아주 예뻐 죽겠나 보다."

영신이 보기 좋다며 웃었다. 웬만해선 거들떠보지도 않는다는 말에 태신은 관자놀이에 힘이 들어갔다. 영신이 제게 망나니 난봉꾼, 여자 패는 새끼라는 이미지를 덧씌우기 위해 붙였던 여자들이 눈앞을 스치고 지나갔다.

태신이 억지로 술 먹이고 덮쳤다느니, 태신에게 맞아서 유산했다느니. 증거 하나 제대로 만들지도 못한 조잡한 주장이었는데, 연기 하나만큼은 끝내주게 잘했다. 김영신이 무슨 연기 교습소라도 하나 차려서 배우들을 배출하고 있나 싶을 정도였다.

대체 얼마나 달콤한 보상을 약속한 건지, 인생에 큰 흠이 생기는 일임에도 주저하는 이가 없었다.

그러다 보니 류희원을 처음 만났을 때도 의심할 수밖에 없었다. 이 아가씨는 또 뭘 약속받고 이렇게 수준급의 연기를 하는 걸까 하고.

하지만 류희원은 달랐다. 제 의심을 뒷받칠 근거가 없었고 한 번, 두 번,

만나면 만날수록 그녀를 믿고 싶어졌다. 아니, 이미 류희원은 큰형과 손잡지 않았다는 확신 아닌 확신을 가지고 있었다.

오늘 두 사람의 태도를 보니 더 명확했다. 제 결혼을 반기는 큰형의 태도가 미심쩍기는 해도 류희원은 결백하다고.

"제수씨, 지금 신성 바이오 다닌다죠?"

태신이 아무 대꾸도 하지 않자 영신은 자연스럽게 희원에게 말을 걸었다. 태신이 탐탁지 않다는 눈으로 큰형을 응시했다.

"네."

조금 긴장한 듯 희원의 대답이 짧았다. 태신으로선 오히려 반길 일이었다. 대화가 이어지지 않을 테니. 하지만 집요한 영신은 티키타카 따위를 신경 쓰지 않았다.

"그럼 결혼 후에도 계속 일할 생각?"

"네? 아……. 그만둘 생각은 해 본 적 없는데요."

혹시 결혼하면 도원가 며느리로서 의무를 다하며 살아야 하는 건가?

그럴 수도 있다는 생각은 미처 못했던 희원이 난감한 얼굴로 태신을 바라봤다.

"귀한 선물 도로 토해 낼 소리 하고 있구나."

그런데 태신이 고개를 저으며 아니라고 덧붙이기 전에, 어느덧 평정을 되찾은 목소리가 근엄하게 들려왔다.

"기특하게 회사 잘 다니는 애한테 왜 그러느냐."

상석에 앉은 김 회장이 세상 인자한 표정으로 희원을 바라보자 다들 어이가 없다는 얼굴이 되고 말았다. 옆에서 따라온 한 여사 역시 못 말린다며 고개를 절레절레 흔들었다.

"우리 새아가 하고 싶은 대로 다 하거라."

제 아버지가 이렇게나 관대하고 사랑이 가득한 사람이었던가. 삼 형제 모두 처음 보는 아버지의 태도에 어안이 벙벙해졌다. 너무 과해서 연기 같다는 생각이 먼저 들었다. 마치 신성 그룹과의 결속이 단단하다는 것을 과시하려는 듯한.

그런 의도라면 진심인지 연기인지는 중요하지 않았다. 그가 류희원을 며느리로 받아들이는 데 아무도 토를 달지 말라는 경고와도 같았으니까.

"이야. 벌써부터 막내며느리 사랑이 대단하시네. 여보, 위기감 좀 느끼겠어?"

"위기감 느낄 것도 많다."

아내 민희에게 농을 하는 영신을 핀잔하듯 김 회장이 혀를 찼다. 하등 신경 쓸 것 없다는 말에 최민희가 어색하게 웃어 보였다.

다시 희원에게로 시선을 돌린 김 회장이 많이 먹으라며 챙겨 줬다. 그러면서 지나가는 말처럼 가볍게 덧붙인 말에 갑자기 분위기가 얼어붙었다.

"태신이 너도 결혼하면 이제 제약을 맡도록 해라."

이렇게 새 식구를 처음 만나는 식사 자리에서 밥 먹으며 할 얘기가 아니었다. 그럼에도 김 회장은 맛있게 먹으라는 정도의 느낌으로 가볍게 얘기하고는 식사를 시작했다.

"갑자기 제약이라니, 너무 생뚱맞아서 막내가 많이 당황한 것 같은데요, 아버지?"

영신이 웃으며 말했다. 흔들림 없는 태연한 미소였지만, 태신의 눈에는 가면 안쪽에 금이 간 것이 훤히 보였다. 이렇게 대놓고 얘기할 줄은 천하의 김영신조차도 예상하지 못한 모양이었다. 당황한 영신과 달리 태신의 표정은 굉장히 담담했다. 마치 그 정도는 예상했다는 듯이.

"당황할 게 무어냐. 처음 맡은 에너지에서 기대 이상의 성과를 보여 줬으니 이제는 내실을 키울 때다. 제약 바이오는 길게 봐야 하는 분야야. 많이 배워야 하고 많이 투자해야 하는 대신 잠재력이 엄청나지."

확실히 국내 제약 바이오 업계는 이렇다 할 공룡 기업이 거의 없었다. 호기롭게 뛰어들었던 대기업들도 신약 개발에 실패하거나 제대로 수익을 내지 못해 철수하기 일쑤였다.

그 불모지를 개척해 깃발을 꽂은 게 바로 신성이었다. 하지만 그렇게 독주할 줄 알았던 신성도 류선규의 죽음 이후로 기세가 죽고 성장세가 멈추었다.

"영신이 너는 그렇게 시간이 오래 걸리는 산업은 맞지 않아. 도원 전체를 보는 공부를 하기에도 벅차지. 그러니 막내에게 한번 삽질을 해 보라는 것이야."

삼 형제 중 태신이 맡는 게 타당하다는 김 회장의 말은 논리정연했다. 하지만 거기엔 빠진 내용이 있었다.

오너 경영 기업에서 제약 바이오 분야는 일종의 승계 시험대였다. 오랜 기간 무덤이라 불리던 분야인 만큼, 성공한다면 무조건 경영 능력을 인정받게 되어 있다. 게다가 그룹 몸집까지 키워 내는 거니 승계 과정에 어떤 영향을 끼칠지는 말하지 않아도 짐작할 수 있었다.

그러니 영신이 후계자 공부로 바쁘다고 말하고 있지만, 실제로는 태신에게 기회를 주는 것이나 다름없었다.

"그래서 신성 그룹을 고르신 거예요?"

"그렇지. 비록 지금은 빛이 바래긴 했지만, 신성이 쌓은 토대는 단단하니까."

먼저 그 업계를 선도한 든든한 뒷배까지 붙여 주면서.

이쯤 되니 영신의 눈빛 온도가 바뀌었다. 미소는 한층 진해졌고 입으로는 태신에게 열심히 해야겠다고 조언을 아끼지 않았지만, 눈빛은 보는 사람이 얼어붙을 만큼 차가웠다. 영하의 살기가 그 안에 담겨 있었다.

"생각해 볼게요."

태신은 적당히 대답하고 식사를 시작했다. 눈치를 보느라 전혀 못 먹고 있던 희원을 챙기는 모습에 김 회장이 보기 좋다며 웃음을 터트렸다.

* * *

식사를 마치고 자리를 옮긴 태신과 희원은 한 여사와 셋이서 결혼식 관련한 얘기를 나누었다.

"결혼식은 6월이 괜찮겠더구나. 조금 촉박한 감이 있으니 준비를 서둘러야겠지."

한 여사가 받아 온 길일은 3개월 뒤였다. 온실 갤러리에는 건축상을 받은 가든 홀이 있는데, 그곳에서 결혼식을 올리기로 했다.

유리로 된 돔 천장에서 벽으로 이어지는 플랜테리어는 영화 속 세상을 연상케 했다. 날이 좋은 날이면 유리 벽을 통해 햇빛이 보석처럼 발광하는데, 그 모습이 무척 신비로워 사람들의 발길이 끊이지 않는 곳이었다.

"웨딩 촬영 없이 본식에 집중할 생각입니다."

"그래? 아쉽지 않겠니? 시간이 없긴 해도 할 건 다 해야지."

웨딩 촬영을 하지 않겠다는 말에 한 여사가 되레 더 아쉬워했다. 희원마저도 괜찮다고 하니 이해하긴 했지만, 그냥 넘어갈 수는 없다며 의견을 냈다.

"웨딩홀이 준비되면 결혼식 전에 하루 잡아서 사진 찍자꾸나. 너희 필요 없으면 내가 포트폴리오로 유용하게 쓰마."

가든 홀에서는 현재도 이런저런 공연이나 이벤트를 진행하고 있었지만, 결혼식을 올린 적은 없었다. 도원 그룹과 신성 그룹 자녀들의 결혼식이라면 그 어떤 포트폴리오보다 강력한 영향력을 가질 게 틀림없었다.

이쯤 되니 거절할 수 없는 제안이라는 걸 알아들은 태신이 쓴웃음을 지었다.

"그렇게 하죠."

일부러 결혼식을 위해 웨딩홀을 만들어 주기까지 하겠다는 분의 호의를 거절할 수는 없었기에 희원도 두말없이 동의했다.

사실 두 사람에게 결혼식은 그렇게 중요한 행사가 아니었다. 두 사람의 배경이 가진 사회적 위치 때문에 생략하지 못하는 것이지, 사실 혼인 신고만 하고 넘어가도 무방했다.

거창하게 할 필요까진 없지만, 체면 상하지 않게 제대로 구색을 갖춰야 하기에 웬만해서는 한 여사의 말을 따를 필요가 있었다.

"신혼집은 태신이 집으로 들어가기로 한 거니?"

"네. 제가 들어오라고 했어요."

"혼자 살던 집에서 둘이 살면 좁게 느껴질 수 있어. 더 넓은 집으로 알아봐 줄까?"

오랫동안 혼자 살아온 만큼 이미 집 전체가 태신 위주로 짜여 있었다. 거기에 새로 한 사람분의 공간을 만드는 건 아예 새집에서 시작하는 것보다 훨씬 어렵고 번거로웠다. 공간에 대해서는 셋 중 가장 전문가인 만큼 한 여사의 말은 타당했다.

"신혼인데 붙어 있는 게 더 좋죠."

"어머……. 얘 말하는 것 좀 봐."

태신의 천연덕스러운 말에 한 여사의 입이 떡 벌어졌다. 막내아들이 저런 닭살 돋는 말도 할 줄 아는 녀석이었나? 하도 무덤덤하고 여색에 관심이 없어 사랑도 모를 줄만 알았는데, 괜한 걱정을 한 모양이었다.

결혼에 관해서 대략적인 얘기를 나누고 난 태신과 희원이 이만 자리에서 일어났다. 다음을 기약하고 밖으로 나온 희원이 저도 모르게 바짝 굳어 있던 어깨에 힘을 뺐다.

"이제 내 마음을 알겠어?"

"네? 아……."

할아버지를 만났던 때를 얘기한다는 걸 알아차린 희원이 낮게 웃었다. 힘이 빠진 느른한 미소가 평소와 다른 매력을 지녀 태신을 유혹했다.

"……나온 김에 집도 보지."

"집이요? 네, 그게 좋겠네요."

집에 들인다는 말의 속뜻을 이해 못 한 듯 보여 태신은 낮게 웃었다. 뭐, 몰라도 상관없었다. 집에 가면 알아서 알게 될 테니.

태신이 집을 향해 차를 몰았다. 일요일이라 도로에 차가 많았다. 가다 서기를 반복하느라 영 속도가 나지 않았다. 운전대를 의미 없이 손끝으로 두드리던 태신이 희원을 바라봤다.

등받이에 몸을 기댄 채 편하게 앉아 있는 모습을 보니 입술 끝이 절로 위로 올라갔다. 저와 둘이 있는 것에는 더는 긴장하지 않는 게 느껴졌다.

"그래서 만나 본 느낌은 어땠어. 문제는 없을 것 같아?"

"모두 잘 대해 주셔서 괜찮을 것 같아요. 이렇게 말해도 될지 모르겠는데……. 생각보다 더 화목해서 조금 놀랐어요."

"안 그럴 줄 알았나 보지? 머리채 잡고 쌍욕하고 그럴 줄 알았어?"

"그, 그런 건 아니지만……. 후계 다툼이 있다고 들어서 좀 더 사이가 나쁠 줄 알았어요."

손끝을 맞부딪히며 조심스럽게 말하는 희원을 보는 태신의 눈빛이 오묘하게 변했다. 겉모습만 보면 화목해 보일 테니 그 말이 신경에 거슬린 건 아니었다. 하지만 사이가 나쁘지 않다고 생각하는 건 바로잡아 주고 싶었다.

"좋게 말한다고 다 사이가 좋은 건 아니야."

"그렇겠죠. 작은엄마도 제게 대놓고 나쁜 소리를 한 적은 없으시거든요. 항상 좋게 말씀하시죠……."

희원이 고개를 주억거리며 한 말에 태신은 그러고 보니 두 집안의 분위기가 참 비슷하단 생각이 들었다. 그 안에서 둘의 포지션도. 그래서 동질감을 느낀 건가. 동질감이라는 단어로 류희원과 묶이는 기분이 생각보다 괜찮았다.

"차라리 욕을 했으면 좋겠고?"

"맞아요. 위선 떨지 말고 그냥 본심을 말하면 덜 화가 날 거예요."

가증스럽게도 좋은 사람인 척하는 게 제일 참기 힘들다며 희원이 평소답지 않게 열변을 토했다. 그만큼 진심이 느껴졌는데, 그 모습이 무척 귀엽게 느껴졌다. 귀엽다니, 태신은 제 생각을 의심했다.

"……"

태신이 큰형에게 느끼는 감정과 같았다. 위선이 제일 견디기 힘들었다. 그래 놓고 자신이 정말 좋은 사람인 것처럼 자신의 행동에 정당성을 부여하는 것까지.

비슷한 게 많아서 류희원에게 끌린 걸까. 마음이 가는 줄도 모른 채로 여기까지 왔다.

처음 발만 담갔을 때는 언제라도 금방 뺄 수 있을 줄 알았다. 아니다 싶으면 뒤돌아 나가면 그만이라고 자신만만했다.

어느새 발목을 적신 늪은 이제 무릎을 넘었다. 이제는 정말 위험한 수위였다. 여기서 한 발만 삐끗하면 완전히 빠져 버릴 것이다.

"그……. 제약 맡으라고 하신 게 저희 결혼의 목적인 걸까요? 신성 바이오와 도원 제약의 협력?"

갑자기 바뀐 화제 역시 자신들 이야기였기에 태신은 덤덤히 대답했다.

"단기적으로 보면 협력이고 장기적으로 보면 도원 바이오를 키워 내겠다는 야심이겠지."

"……신성을 집어삼켜서요?"

"재계 순위 30위권에 달하는 공룡을 집어삼키려고 하면 입이 찢어지지 않겠어? 신성이 어디 자금난을 겪는 부실 징후 기업도 아니고 말이야."

"……."

"뭐 문어 다리처럼 야금야금 씹어 먹을 순 있겠지. 먹히는 줄도 모를 만큼 조금씩."

장기전으로 간다면 먼저 지치는 쪽은 신성이 될 것이다. 바이오 분야에 집중한 신성과 다르게 도원의 계열사는 백여 개에 달했다.

희원의 표정이 신중해졌다. 제 개인의 문제에 너무 매몰되었던 탓에 두 집안이 정략으로 엮이는 일이란 걸 간과하고 있었다. 잘못하면 집안의 여우 잡자고 호랑이를 끌어들이는 꼴이 된다. 그것도 한번 들이면 내쫓을 수도 없는 대호를.

"뭐, 류 회장님이 그 정도도 모르고 널 시집보내시겠어?"

그때, 태신이 가볍게 덧붙였다. 그 노련한 기업인이 그 정도 의도도 읽지 못하고 손녀의 결혼을 추진했을 거라고는 생각할 수 없었다.

"아……."

희원의 표정이 대번에 밝아지는 걸 보며 태신은 피식 웃었다. 정말이지 투명했다. 표정만 봐도 머릿속을 들여다보는 것처럼 무슨 생각인지 읽을 수 있었다.

그런 투명한 류희원이 유일하게 감추는 비밀. 지금은 그 비밀이 큰형과 관계가 없다는 걸 알았다. 그저 그런 개인적인 일까지 다 털어놓을 정도의 사이가 아니라 말해 주지 않는 것일 터였다.

"그러니 너는 그냥 너 하던 대로 계속하면 돼. 신성을 지키고 싶어서 입사한 거잖아?"

"태신 씨는…… 욕심나지 않으세요?"

"뭐가."

"데릴사위로 들어와 신성을 안에서부터 장악할 수도 있는 거잖아요."

진아와 결혼했을 때의 시나리오였다. 만약 일이 그렇게 진행됐다면 류진규 다음 후계자는 희원이 아니라 태신이 됐을 가능성이 컸다.

"나한테는 그게 좌천이 되는 건데?"

"네? 앗……."

"우리 집 후계 문제는 가망이 없어 보이니 차라리 너랑 후계 경쟁을 하라고?"

"미안해요. 그런 의미는 아니었어요."

"알아."

태신이 웃으며 말한 덕에 말실수를 인지했음에도 희원은 덜 미안해할 수 있었다.

도원의 수많은 계열사를 놔두고 신성을 노리는 건 도원의 후계 경쟁에서 도태한다는 소리가 됐다.

그럼에도 사람들이 당연하게 태신이 도원의 후계보다 신성을 노릴 거라 생각하는 건 그의 지독한 악명 때문이었다. 도원의 후계자가 될 가능성이 없으니 다른 데로 눈을 돌릴 거라고 지레짐작하는 것이다.

"정말 미안해요."

그의 억울함을 알면서도 그들과 같은 생각을 했다는 것이 미안해서 다시 한번 사과하자 태신의 웃음이 짙어졌다.

"너랑은 후계 경쟁이 아니라 다른 좋은 걸 해야지."

때마침 차가 지하 주차장으로 들어섰다. 순식간에 시야가 어두워지면서 차 안의 분위기가 급변했다. 지하로 내려가 직선으로 쭉 들어간 태신이 빈자리에 차를 세웠다.

"내리자."

"아, 네."

시동을 끄자마자 문을 여는 태신의 신속한 행동에 희원도 허둥지둥 차에서 내렸다. 희원의 손을 잡은 태신이 엘리베이터를 향해 걸었다.

엘리베이터에는 지하와 지상 버튼 둘밖에 없었다. 심지어 지문 인식으로 작동했다. 태신의 지문을 인식한 엘리베이터가 순식간에 1층에 두 사람을 내려 줬다.

지상에 나오고 나서야 희원은 집마다 각각의 엘리베이터를 쓰는 타운 하우스라는 걸 알아차렸다. 대화에 집중하느라 주변 전경이 어떤지 전혀 보지 않은 탓에 갑자기 별세계에 온 듯했다.

집 주변으로 초록 정원이 꾸며져 있고 지하 주차장 덕에 자동차는 하나도 보이지 않아 공원 속에 예쁜 집이 여럿 있는 듯한 느낌이었다.

"너무 예쁘네요. 서울이 아닌 것 같아요."

"이렇게 일찍 결혼할 줄 알았으면 좀 더 큰 평수를 고를 걸 그랬어."

"전혀 안 좁아 보이는걸요."

2층 구조로 된 단독 주택이라 작다는 생각은 들지 않았다. 물론 혼자 쓰다가 둘이 쓰려면 좁게 느낄 수도 있는 문제이기는 했다. 태신이 감수할 불편함을 걱정한 희원이 얼른 말을 이었다.

"그리고 저 짐 별로 없어서 괜찮아요."

윗방과 책장 하나만 있으면 된다며 희원이 웃었다. 그 미소가 묘하게 씁쓸했다. 추억을 담은 모든 물건은 여전히 부모님 집에 있다는 걸 상기한 탓이었다.

희원은 트라우마 때문에 지금도 그 집에 들어가지 못했다. 이렇게 생각만 해도 눈을 감으면 그 장면이 생생하게 떠오르는데, 어떻게 직접 발을 디딜 수 있을까.

"살면서 차차 채워 가게 될 거야."

그때, 태신이 던진 한마디가 희원을 현실로 되돌렸다.

"마음에 드는 것들로 하나씩 채우다 보면 집에도 애정이 생기는 법이거든."

"······."

희원은 할아버지 집에서 지내면서 제 짐을 늘린다는 생각을 해 본 적이 없었다. 옷이나 가방, 화장품 같은 일상에 필요한 것들이나 샀지, 개인적으로 소장품을 들인다거나 하는 일은 일절 없었다.

그래서 애정이 안 생긴 모양이었다. 한 번도 그곳에 제집이라고 생각해 본 적 없었으니까. 그건 할아버지를 향한 애정과는 별개였다. 희원은 그 장소에 소속되어 있지 않았고 임시로 지낼 뿐이었다.

그리고 태신은 이제 이곳이 희원의 집이라고 말하고 있었다. 네 흔적을 남기고 냄새를 묻히며 아껴 주라고.

"태신 씨는······ 정말 소문과 다른 사람이네요."

"글쎄. 불법적인 일을 저지른 적 없다는 걸 빼면 그다지 다르지도 않아. 성깔 더러운 냉혈한이라잖아? 부정하기 힘들어."

"할아버지가 그러셨잖아요. 자기 입으로 자기가 좋은 사람이라고 말하는 사람은 사기꾼이라고. 제가 보기에 태신 씨는 좋은 사람 맞아요."

칭찬이 익숙하지 않은 건지 태신이 미간을 좁혔다. 어딘지 멋쩍어하는 표정에 희원이 환하게 웃었다. 처음과 달리 이제는 그를 무서워하지 않는 희원의 미소가 햇살처럼 반짝거렸다.

"더는 한계야. 들어가자."

뭐가 한계라는 건지 모른 채 태신을 따라가던 희원은 현관문이 닫히기도 전에 얼굴을 잡히고 나서야 알아들었다.

순식간에 등이 벽에 닿고 입술이 겹쳐졌다. 양 뺨이 짓눌리도록 강하게 붙잡은 커다란 손에서 안도감을 느끼는 건 뭔가 잘못된 걸까.

희원은 그런 생각이 드는 걸 뒤로 넘기고 태신에게 집중했다. 그가 이리도 거칠게 달려들 정도로 절 원하는 게 너무도 좋았다.

입술이, 혀가 닿는 모든 감각이 달았다. 뜨거운 열기에 오랫동안 졸아들어 농축된 것처럼 몹시 달아서 혀가 다 저릴 정도였다.

서로를 뜨겁게 원한다는 것이 말로 하지 않아도 전달이 됐다. 언어를 대신하는 몸짓이, 손짓이, 표정이, 숨결이 하나같이 의미 깊었다.

희원의 입술을 부르틀 정도로 빨아대며 태신이 원피스 지퍼를 내렸다. 예쁘게 차려입은 원피스가 바닥에 떨어지기까지는 몇 초도 걸리지 않았다. 살구색 브래지어가 가슴을 한층 더 탐스럽게 보이게 했다.

희원의 목으로 타깃을 바꾼 태신이 희고 기다란 목을 길게 빨아 올렸다. 히이읍, 야릇한 숨소리가 머리 위에서 터져 나오는 걸 들으며 브래지어마저 벗겨 버렸다.

어째서 류희원은 살결에서조차 단맛이 나는지 모를 일이었다. 심지어 중독적이기까지 했다. 류희원을 보기만 해도 키스하고 싶고 물고 빨고 싶다는 생각이 머릿속을 가득 메웠다. 마치 종소리를 들은 개새끼처럼 입에 침이 고이는 것이다.

"아으응……."

얼굴을 가슴골에 파묻은 채 가슴을 주무르자 희원이 몸을 비틀며 달아오른 숨을 길게 내쉬었다. 복숭아 과육 같은 가슴을 물고 빨아당기니 과즙 맛이 느껴진다는 착각이 들었다. 더 맛보고 싶어서 강하게 빨아올리니 희원이 미치겠다는 듯 엉덩이를 들썩거렸다.

"훗, 태신 씨."

그 와중에 불린 제 이름에 귀가 뜨거웠다. 평생 들어 온 이름이 왜 류희원의 입술을 거치면 이리도 특별해지는 건지.

버릇처럼 머리에 닿은 희원의 손이 머리칼을 쓰다듬는 게 소름이 돋을 만큼 오싹했다. 꽉 움켜쥘 때와 달리 두피를 살짝만 스치는 게 미치도록 자극적이었다.

순간, 흥분을 그대로 표출한 태신이 살갗에 이를 박았다. 코와 입술이 가슴살에 눌릴 정도로 파묻은 채로 거친 숨을 흘리니 희원은 희원대로 미칠 노릇이었다. 가슴에 닿는 모든 감촉이 지나치게 예민하게 느껴졌다. 태신의 얼굴도 그렇지만, 숨결이 흩뿌려지거나 머리칼이 스칠 때면 솜털이 다 쭈뼛 섰다.

"아응!"

그 와중에 유두를 아프게 꼬집힌 희원이 몸을 크게 움찔거렸다. 눈물이 핑 돌 정도로 아팠는데, 태신이 마치 병 주고 약 주는 것처럼 살살 핥아 주자 그건 또 좋았다. 속옷이 젖는 게 스스로 느껴질 만큼.

"그래도 이번엔 머리 안 쥐어뜯네?"

태신이 웃으며 흘린 숨결이 가슴을 간지럽혔다. 희원은 괜히 눈을 흘기며 그를 내려다봤다. 하지만 그의 혀가 유두를 핥는 걸 정통으로 보니 부끄러워 다시 시선을 위로 들었다. 태신이 귀엽다는 듯 그 턱에 입을 맞췄다.

"후계 경쟁보다 이게 더 좋지?"

눈을 맞춘 채 씩 웃는 얼굴이 혼을 빼앗을 정도로 잘생겨서 희원은 저도 모르게 고개를 끄덕였다. 그러고 나서야 말뜻을 알아듣고 얼굴을 확 붉혔다.

"많이 솔직해졌어."

"읏……."

부끄러웠지만 사실 틀린 말도 아니었기에 번복할 수조차 없었다. 우물쭈물 눈을 피하는 게 귀엽다고 느낀 태신이 입술을 훔치듯 겹쳤다. 혀를 쓰지 않고 입술만 쭉 빨아 올린 키스가 다정했다.

그제야 신발을 벗을 여유를 찾은 태신이 희원을 집 안으로 데리고 들어갔다. 스타킹과 속옷 하나만 입은 채로 그의 집에 들어가는 제 모습이 희원은 믿기 어려웠다. 옷을 전부 갖춰 입은 채인 태신과 대비돼서 더욱 그랬다.

집은 무척 깔끔했다. 미니멀리즘이라는 단어가 바로 생각날 만큼 간소하기도 했다. 예쁘고 독특한 디자인의 가구들이 마치 갤러리에 온 듯한 기분을 느끼게 했다. 어머니의 인테리어 감각을 그대로 물려받은 듯 집을 꾸민 솜씨가 뛰어났다.

그런데 집 안 구경이나 할 때가 아니라는 양 태신이 희원을 소파에 앉혔다. 그대로 스타킹과 속옷을 쭉 벗겨 버리는 힘에 밀린 희원의 몸이 뒤로 넘어갔다. 독특한 소파 재질의 부드러운 감촉이 맨살에 닿자 희원이 당황을 표했다.

"읏, 태, 태신 씨, 소파 더러워지면……."

"그런 걱정을 할 여유가 다 있어? 아, 더 분발하라고 돌려 말하는 건가?"

"그런 게 아니라……. 훗!"

스타킹을 뒤로 휙 던져 버린 태신이 희원의 다리 사이에 무릎을 굽혀 앉았다. 허벅지 사이로 보이는 그의 얼굴을 차마 마주할 수 없어서 희원은 눈을 가려 버렸다.

그러자 혼을 내는 것처럼 태신이 허벅지를 깨물었다. 잇자국이 선연할 만큼 강하게 깨물린 희원이 허리를 쭉 뻗으며 간신히 손을 치웠다. 그러자 잘했다는 듯이 뜨거운 혀가 잇자국이 난 허벅지를 살살 핥았다.

잇자국을 따라 둥근 원을 그리던 혀가 허벅지 안쪽으로 투명한 선을 그리며 올라갔다. 미끈하면서 말캉한 혀가 살갗 위에서 움직이는 감촉은 말로 어떻게 표현할 수가 없었다. 희원의 발가락이 쥐가 날 정도로 오그라들었다.

"흡!"

그러다 갑자기 태신이 사타구니에 바람을 후 불었을 때, 마치 감전된 것처럼 희원의 몸이 크게 튕겼다. 직접적으로 애무를 받은 것도 아닌데, 안쪽에서 물이 주룩 흘러나왔다. 거침없이 입을 댄 태신이 조금도 놓칠 수 없다는 듯 쭉 빨아먹었다.

조금 새어 나온 정도로는 부족하다는 듯 구멍 안쪽으로 손가락을 밀어 넣어 쑤시고 입으로는 쪽쪽 빠니 희원은 숫제 머릿속에 천둥이 치는 듯했다. 이제는 소파가 더러워지는 것 따위를 걱정할 겨를도 없었다.

어느새 두 다리가 태신의 어깨 위로 넘어간 희원은 소파를 쥐어뜯으며 그가 주는 쾌락을 어떻게든 삼켜 내리려고 애썼다.

"아아…… 아……."

하지만 태신이 혀마저도 구멍 안쪽으로 집어넣으니 희원이 소화할 수 있는 정도를 훨씬 넘어갔다. 저도 모르게 몸을 웅크리고 허리를 들썩이며 마치 섹스하는 것처럼 움직이는 희원의 몸짓에 태신은 열이 오른 듯 눈이 뜨거워졌다.

바지 속에서 터지려고 하는 성기를 끄집어내고 옷을 벗으면서도 태신은 고개를 들지 않았다. 음핵을 사탕 굴리듯 굴려 빨고 또 구멍 속에 혀를 넣다 빼기를 반복했다. 희원이 계속 느낄 수 있도록 쉬지 않았다.

셔츠 속 내의까지 다 벗고서야 고개를 든 태신을 희원이 허겁지겁 끌어안았다. 키스를 갈구하는 듯 그의 목과 어깨를 안으며 매달려 오자 태신은 심장이 절로 뻐근해졌다.

기꺼이 입술을 겹친 태신이 페니스를 희원의 음부에 맞춰 비볐다. 구멍이 성기를 삼키려는 듯 움찔거리면서 애액을 뚝뚝 떨구었다. 공들여 풀어 준 덕분인지 성기가 한 번에 부드럽게 쑥 들어갔다. 탄력 있게 벌어지며 성기를 삼키는 안쪽이 몹시도 뜨거웠다.

"으음……."

삽입이야 조금 수월해졌다지만, 여전히 버거운 크기에 희원이 조금 끙끙
댔다. 배 안쪽이 불이 붙은 듯 뜨거웠다. 그 열기를 감당하기 위해 희원이 호
흡을 더 크게 했다.

호흡에 맞춰 배가 쪼그라들었다가 펴질 때마다 질 안도 조여들고 이완됐
다. 그것만으로도 사정감이 확 밀려와 태신이 살짝 눈을 떨었다.

정말 분발해야겠는데. 허리 한번 흔들지도 못하고 사정하면 얼마나 우스
울까. 심지어 처음 하는 것도 아니다. 자조적으로 웃으면서도 태신은 하면
할수록 점점 더 좋다는 걸 자각하게 됐다. 첫사랑에 빠진 동정의 소년처럼
여유가 없었다.

"좀 꼴불견이네."

"흐……. 네?"

몸 안에 가득 들어찬 성기를 받아들이느라 정신없던 희원은 태신이 뭐라
말한 건 알았지만, 알아듣지는 못했다. 간신히 눈을 뜨고 되묻는데 태신이
미소를 짓는 게 보였다. 힘을 뺀 미소는 멋쩍은 듯도 했고 기분 좋은 듯 보이
기도 했다.

의문이 담긴 희원의 시선에 태신이 장난스럽게 희원의 도톰한 입술을 깨
물고 잡아당겼다. 그러면서도 그냥 혼잣말이었는지 다시 말해 주지는 않았
다. 그의 기분이 나빠 보이지는 않아서 희원도 굳이 캐묻지 않았다.

놀이처럼 서로 입술을 물고 빨던 게 점점 농밀해졌다. 뜨거운 숨결이 오가
고 혀가 격렬하게 서로를 꼬고 얽었다. 누가 먼저랄 것 없이 몸을 더 밀착하
고 으스러질 듯 끌어안았다.

으음, 음, 음. 키스에 정신이 팔린 희원이 눈치채지 못할 정도로 조금씩 움
직이던 페니스가 이내 거침없이 드나들었다.

태신이 본격적으로 움직이면서 희원의 몸이 위쪽으로 밀려났다. 희원의
어깨 위에 팔꿈치를 대고 머리를 감싸 밀려나지 않게 고정한 태신이 허리를
깊게 쳐올렸다. 퍽퍽, 크고 능숙한 허리 움직임에 희원의 몸이 들썩들썩했지

만, 머리를 잡아 주는 손 덕분에 더 빠져나가지는 않았다.

"아, 하아! 아……!"

커다란 체구와 단단한 근육이 폭발적인 힘을 뿜아냈다. 본격적인 움직임에 희원은 마치 제 몸이 물이 되어 출렁거리는 것처럼 느껴졌다. 제 통제에서 벗어나 태신이 흔드는 대로 이리저리 흔들리는 게 딱 그러했다.

그럼에도 그게 좋았다. 희원은 그를 더 깊이, 많이 받아들이고자 그의 허리를 다리로 휘감고 매달렸다. 희원의 작은 몸으로는 다 안을 수도 없는 거구였지만, 몸이 밀착될수록 가슴 안쪽에 충만한 기분이 차올랐다.

"하아, 희원아."

희원의 행동이 그를 자극했는지 태신의 목소리에 흥분이 짙게 배어났다. 숨이 막힐 정도로 키스를 쏟아부으며 태신은 더 거칠게 허리를 움직였다. 완전히 고정한 상체가 흔들리지 않는 덕에 하반신의 거친 교합이 더욱더 강렬하게 다가왔다.

희원의 다리를 잡은 태신이 자세를 바꿨다. 상체가 떨어져 나가자 희원이 본능적으로 깊은 상실감을 느끼고 잘게 몸을 떨었다. 신체 일부가 아직 연결되어 있음에도 태신과 떨어지고 싶지 않다는 마음이 불쑥 들었다.

그런 아쉬움을 줄여 주는 것은 바로 태신의 시선이었다. 뜨거운 열기가 일렁거리는 눈빛이 희원을 부드럽게 녹였다.

희원은 그 시선이 좋았다. 입으로는 자신이 냉혈한이라면서 자조하지만, 그의 눈빛은 전혀 차갑지 않았다. 오히려 너무 뜨거워서 그 눈빛에 닿은 즉시 무장 해제되는 기분이었다.

"좋아?"

녹아내린 희원의 표정이 기분 좋은 듯 보였는지 태신이 빙그레 웃었다. 좋으냐고? 좋았다. 희원은 부정할 필요를 느끼지 못하고 순순히 고개를 주억였다.

"좋아요……."

그 대답이 소리를 담고 입술을 빠져나오자 태신은 아랫입술을 질끈 물었다. 류희원은 지금 자신이 무슨 표정을 짓고 있는지 알긴 할까. 저런 얼굴로 좋다고 말하는 게 남자를 얼마나 뒤흔드는지도?

순진무구한 얼굴과 달리 몸 안쪽은 태신의 페니스를 요사스럽게 물어뜯었다. 가만히 있지 말고 얼른 움직이라는 재촉 같아서 피식 웃은 태신이 천천히 허리를 움직였다.

아까와 달리 속도는 느렸지만 리드미컬했다. 허리를 움직이는 것만 보면 야한 춤 같기도 했다. 페니스를 깊이 밀어 넣고 허리를 돌릴 때는 보는 것만으로 코에 피가 몰리는 게 느껴질 정도였다. 게다가 찌를 때마다 자극점이 달라져서 희원은 터져 나오는 비성을 참을 수가 없었다. 마치 교태 부리는 듯 요염한 소리가 스스로 듣기 민망해서 손가락을 깨물자 태신이 고개를 저었다.

"좋으면 좋다고 맘껏 표현해."

태신은 일부러 상체를 살짝 숙여 페니스를 더 깊숙이 박아 넣었다. 희원이 허리를 크게 휘며 자지러지는 반응을 보이자 일부러 같은 자리를 몇 번이고 찔러 댔다.

앞으로 내민 가슴이 유혹적으로 흔들렸다. 만지지 않고는 배길 수 없는 모습에 태신이 반사적으로 손을 뻗어 움켜쥐었다. 손에 가득 차는 가슴의 감촉이 몹시 부드러웠다.

"아응……."

가슴을 떡 주무르듯 주무르는 손길에 희원이 야릇한 숨을 터뜨렸다. 무언가 참는 듯 아랫입술을 깨물었다 놓기를 반복하는 모습에 태신이 마른침을 삼켰다.

검지와 중지 사이에 낀 유두가 자주 맛 사탕처럼 보였다. 손끝으로 비비다가 손톱으로 긁자 안쪽이 사정없이 조여들었다. 성기를 물어뜯으려 드는 반응이 좋아서 몇 번 더 손끝으로 눌러 주다가 유혹을 참지 못하고 입에 물었다.

사탕보다 더 진한 단맛에 머리까지 찌릿찌릿했다. 태신은 마치 처음 젖을 입에 문 아기처럼 정신없이 빨아 댔다.

"앙……. 아, 좋아요……."

아주 작지만 선명하게 들려온 표현이 태신의 이성을 쥐고 흔들었다. 팔을 희원의 등 뒤로 넣어 어깨를 감싸 안은 태신이 다시금 속도에 박차를 가했다.

허리를 빠르게 쳐올릴 때마다 다디단 교성이 음악처럼 흘렀다. 희원을 단단히 끌어안은 태신은 가장 깊은 곳을 향해 거침없이 성기를 찔러 넣었다.

"아, 하앗! 아!"

성기가 몸 안쪽을 짓이기듯 찔러대니 희원은 정신을 차릴 수가 없었다. 손가락을 깨물기도 하고 입을 가리기도 하며 버텨 봤지만 결국은 참지 못하고 태신의 머리를 바짝 끌어안았다. 팔과 가슴 사이에 낀 태신은 그 압박감을 즐기며 흰 가슴 곳곳에 붉은 자국을 만들었다.

류희원이 얼마나 느끼고 있는지는 묻지 않아도 알 수 있었다. 그녀의 몸이 그만큼 솔직하게 반응을 보여 주고 있었으니까. 성기를 퍽퍽 쳐올릴 때마다 애액이 사방으로 튄다든지, 성기를 미칠 듯이 조여댄다든지 하면서.

"희원아, 좋아?"

그럼에도 태신은 고개를 위로 들어 희원을 보면서 물었다. 그 말이 떨어지기가 무섭게 희원이 몸을 떨어 댔다. 그 반응이 백 마디 말보다 더 진실 되게 다가왔다.

"흐으응……!"

절정에 달한 듯 희원이 이를 악물고 몸을 떨었다. 강하게 수축하는 질이 성기를 짜부라뜨리려 들고 애액이 물처럼 줄줄 흘렀다. 그대로 성기가 압착되거나 터져 버릴 것 같은데도 태신은 웃음을 매단 채 희원에게 입을 겹쳤다.

숨도 제대로 못 쉬던 희원은 숨통을 트여 주려는 듯 입 안으로 들어오는 혀를 정신도 못 차린 채로 빨았다.

태신은 절정에 휩싸여 거의 우는 거나 다름없이 일그러진 희원을 보고도 여전히 미치도록 예쁘다고 생각했다. 붉어진 눈가는 화장이 번져 엉망이고 산홋빛 립스틱은 서로 먹어 치운 지 오래임에도. 류희원의 아름다움은 언제 어느 순간에나 빛을 발했다.

"사람 미치게 한다는 게, 이런 거였어. 후……."

정신을 못 차리고 흐느끼는 희원을 보니 멈출 수가 없었다. 태신이 다시 움직이기 시작하자 절정의 여운에 빠져 있던 희원이 당황한 듯 움찔거렸다.

조금의 자극도 몇 배로 증폭되어 느껴지는 탓에 질벽을 조금만 긁혀도 전기가 머리끝까지 타고 올라왔다. 어쩔 줄 몰라 하던 희원이 저도 모르게 태신을 밀어 냈다. 물론 조금도 밀리지 않았지만.

"훗, 잠깐, 아흑!"

"안 돼, 희원아. 이제, 내 차례잖아?"

절정으로 예민해진 질벽이 어찌나 사납게 물어뜯는지 태신의 목소리가 거칠었다. 사정감이 전신을 사정없이 내달렸다. 얼른 분출하고 싶다고 아우성치는지라 희원의 사정을 봐줄 수가 없었다. 제 어깨를 밀어 내는 희원의 손등에 입을 쪽 맞추며 어르고 달랬다.

"이렇게 물어 대면 더 못 가. 힘 빼 봐."

"흑, 마음대로, 할, 수가, 아흑!"

일부러 힘을 주는 게 아니라며 울먹이던 희원이 태신이 강하게 쳐올리는 순간 다시 심하게 잔지러졌다.

다리를 넓게 벌리게 한 태신이 허벅지를 꽉 누른 채 펴퍽 내리찍었다. 단단하고 묵직한 페니스가 힘 있게 안쪽을 두드리자 희원은 끝난 줄 알았던 절정이 다시금, 더 크게 밀려오는 걸 느꼈다. 두려움과 흥분이 공존하는 감정이 머릿속에서 휘몰아쳤다.

속도를 최대로 올린 태신이 성기를 가장 안쪽에 퍼퍽 처박았다. 찍어 내릴 때마다 성기가 터지는 것 같은 쾌감이 머릿속을 두드렸다.

"흐읏, 태신 씨, 태신 씨."

희원이 안아 달라는 듯이 팔을 뻗는 걸 보자 뭐라 형용하기 힘든 애틋한 감정이 피어올랐다. 그 감정의 이름을 채 생각도 하기 전에 끝이 찾아왔다. 영혼마저 빨려 나가는 듯 격렬한 사정감이 몰아치며 정액이 폭죽처럼 쏟아졌다.

"하아, 하아……."

희원을 끌어안으며 거친 숨을 몰아쉬는 태신은 마치 몸속 깊은 곳에 불이 난 것 같다는 생각을 했다. 저 스스로는 도저히 끌 수 없는 불이.

* * *

"참 예쁘지 않았어?"

가족 식사를 마치고 집에 가던 중 영신이 문득 입을 열었다. 민희가 미간을 좁힌 채 남편을 바라봤다.

김영신은 종잡을 수가 없는 사람이었다. 결혼까지 했지만, 최민희는 지금도 그가 어떤 사람인지 완벽하게 파악하지 못했다. 아내에게도 속내를 절대 드러내지 않는 사람이었다. 그가 믿는 사람이 세상에 존재는 할까? 적어도 아내인 자신은 아니었다.

"응. 예쁘더라."

순순히 고개를 끄덕이니 영신이 그렇지? 하며 환하게 웃었다. 민희는 기분이 썩 좋지 않았다.

막내 도련님의 혼담 상대를 바꾸는 데 이용당할 때만 해도 신성 그룹과의 혼담을 파기하려는 줄만 알았다. 영신은 어떤 지시를 내릴 때 일일이 설명하고 가르쳐 주는 친절을 베풀지 않았다. 그러니 알아서 추측하는 수밖에 없었다.

"나는 자기가 반대할 줄 알았어."

"내가?"

무슨 소리를 하는 거냐는 듯 영신이 눈썹을 으쓱거렸다. 그런 적 없다는 태도에 민희가 오히려 당황했다.

"신성 그룹이랑은 절대 안 된다는 식으로 말했잖아. 무슨 수를 써도 훼방 놓으라고 안 그랬어?"

"그때는 류희원이 아니었잖아."

"⋯⋯류진아는 안 되는데, 류희원은 된다?"

민희가 이해가 안 된다는 얼굴로 고개를 기울였다. 물론 사장 딸과 조카의 위상이 다르기는 했다. 하지만 그 조카가 결국 신성 그룹을 이어받을 것 아닌가. 그렇게 치면 류진아나 류희원이나 대동소이했다.

게다가 류 회장이 아직 건재함을 과시하듯 류희원을 밀어 주기까지 했다. 결혼까지 일사천리로 진행되는 것을 보면 신성 그룹은 막내 도련님의 든든한 뒷배가 되어 줄 터였다.

아버님 역시 결혼이 정해지자마자 제약 바이오를 맡기며 믿음을 드러냈다. 만약 거기서도 막내 도련님이 에너지에서 보여 줬던 것처럼 두각을 드러낸다면 강력한 후계자 후보로 우뚝 설 것이다.

아무리 봐도 상황이 영신이 의도한 것과는 다르게 흘러가는 것 같은데, 태연하게 류희원이 예쁘다는 말이나 하고 있으니 민희는 도무지 그의 의중을 읽을 수가 없었다.

'누구 하나 죽여야 풀릴 만큼 화났을 줄 알았는데⋯⋯.'

아버님이 제약 얘기를 꺼냈을 때 영신에게서 흘러나온 살기를 떠올리면 지금도 몸이 부르르 떨렸다. 하지만 그랬던 것치고 지금은 기분이 퍽 좋아 보였다.

"류희원이 뭔데? 자기 계획의 일부야?"

혹시 이미 포섭한 사람인가 하는 생각이 안 들 수가 없었다. 그렇다면 막내 도련님을 안에서부터 무너뜨릴 폭탄을 심은 것이니까.

"그냥 예쁘잖아. 사랑에 빠지지 않고는 못 배길 만큼."

"⋯⋯."

미인계라는 소리인가? 민희가 도통 모르겠다는 표정으로 보는데도 영신은 실실 웃기만 할 뿐, 제대로 설명해 주지 않았다. 그의 길쭉한 손가락이 허벅지 위에서 마치 피아노를 연주하는 듯 살랑살랑 움직였지만, 고민을 거듭하는 민희는 눈치채지 못했다.

* * *

언제 잠들었는지도 모르게 잠들었던 희원이 눈을 움찔거렸다. 잠에서 깨긴 했지만, 아직 부유하는 정신을 채 추스르지 못한 그녀의 귓가에 탕탕, 작게 두드리는 소리가 들렸다. 눈을 감은 채로 소리의 정체를 유추하던 희원은 문득 칼날이 도마에 닿는 소리라는 걸 깨달았다. 그 추리를 도와준 건 맛있는 냄새였다. 고소하니 후각을 자극하는 냄새.

몇 번 눈을 깜박인 희원이 정신을 차리고 몸을 일으켰다. 잠든 건지, 실신한 건지 몰랐지만, 어쨌든 기억이 끝난 지점을 생각하면 소파 위일 것 같았는데, 의외로 침대 위에 누워 있었다.

몸을 감싸는 하얀 침구의 감촉이 좋아서 그런지 밤잠을 잔 것처럼 개운했다. 개운한 느낌과 다르게 팔다리에는 힘이 하나도 없었지만.

침대에서 내려오려고 이불을 걷고 나서야 희원은 자신이 알몸인 걸 알아차렸다. 그리고 몸이 깨끗한 것도. 아무래도 태신이 씻긴 다음 침대에 눕혀 준 듯했다. 슬쩍 머리칼을 집어 냄새를 맡으니 평소와 다른 향이 났다.

울긋불긋한 가슴을 보니 괜히 얼굴이 화끈거렸다. 지난번에도 이렇게 자국이 남아 한참 갔었는데, 다 사라지기도 전에 다시금 새겨졌다. 보고 있으려니 가슴에 입을 맞추는 태신이 떠오르는 듯해 희원은 황급히 고개를 흔들었다.

침대 끝자락에 걸쳐 둔 흰 셔츠를 보니 일어나면 입으라고 놔둔 듯했다. 원피스는 안 보이는 걸 보니 꼼짝없이 이걸 입어야 할 듯했다.

태신의 셔츠는 생각보다 더 커다랬다. 체격이 크다는 건 알았지만 이 정도로 몸집 차이가 나는 줄은 몰라서 조금 신기했다. 허벅지를 반 이상 가려 주니 하의를 안 입어도 괜찮을 것 같긴 했다. 만세 할 일은 없을 테니.

속옷을 안 입은 게 신경 쓰이긴 했지만, 이것저것 따질 상황은 아니니 감수하기로 했다.

희원은 손끝까지 덮어 버리는 소매를 걷어 올리며 일단 집 구조를 파악했다. 거실 천장이 2층까지 뚫려 있어서 침실 한쪽에 유리 난간이 보였다. 난간으로 다가가 아래를 보니 아까 일을 벌였던 거실이 보였다.

소파를 보는 순간 귀가 뜨거워졌지만, 애써 무시한 희원이 위에서 내려다볼 수 없는 안쪽에 부엌이 있을 거라 짐작하고 계단을 내려갔다.

맛있는 냄새가 한층 더 선명하게 느껴졌다. 계단을 모두 내려가 뒤를 돌자 정말 부엌이 거기 있었다. 요리 중인 태신도.

태신이 직접 요리를 한다는 게 놀라워서 희원의 눈이 커졌다. 소문과 다른 정도를 떠나서 상상할 수 없는 일이었는데, 눈에 보이는 모습으로는 너무도 잘 어울렸다. 까만 앞치마를 두른 모습이 마치 셰프 같았다.

"일어났어? 거의 다 됐으니 앉아."

"직접 요리를 할 줄은 몰랐어요."

"유학 갔을 때 시작했지. 먹을 만할 거야."

슬쩍 태신의 곁으로 다가가 무슨 음식을 만드는지 본 희원이 감탄을 흘렸다. 보글보글 끓는 리소토와 연어 스테이크가 먹음직스러운 자태를 뽐내고 있었다. 연어에 버터를 뿌리던 태신이 위험하다며 너무 가까이 오지 않게끔 한마디 했다.

"먹을 만한 정도가 아닌데요? 레스토랑에 온 것 같아요. 전문 수업이라도 받으셨어요?"

"그냥 하다 보니 는 거지. 그러고 보니 연어 괜찮아?"

"그럼요."

희원은 요리를 전혀 할 줄 몰랐다. 할 일이 없으니 관심도 없었고 일부러 배우려고 해 본 적도 없었다.

예전에 요리 못 하는 사람 특징이 불 조절을 못 하는 거라고 하는 소리를 들었는데, 희원이 딱 그랬다. 솔직히 불 조절이 뭘 말하는 건지도 잘 몰랐다.

자신은 전혀 못 하는 요리를 이렇게 전문가 수준으로 해내니 태신이 대단해 보일 수밖에 없었다. 솔직히 그 역시 사람을 쓰려면 얼마든지 쓸 수 있는 환경에서 자랐으니까.

순식간에 가니시까지 만들어 내는 태신의 옆에서 감탄만 하던 희원은 뭐라도 도와주고 싶었지만, 처음 온 집이다 보니 식기 위치조차 몰라 방해만 됐다. 결국 한 걸음 물러나 구경만 하다가 민망한 웃음을 지으며 말했다.

"살림을 합쳐도 부엌은 건드릴 게 없겠어요."

"식기부터 싹 바꿔야지."

"태신 씨가 바꾸고 싶은 거라면 모를까, 저는 전혀 상관없어요. 있는 거 그대로 써도 돼요."

음식이나 요리를 좋아하는 사람이 식기 욕심도 있는 법이었다. 희원은 그런 면에서 식기야 뭘 써도 상관없는 사람이었다.

"직접 구입해 보면 또 다를 거야. 같은 요리라도 다르게 느껴지거든."

그의 말이 문득 집 앞에서 나눈 대화를 떠올리게 했다. 마음에 드는 것들로 하나둘 채우다 보면 집에도 애정이 생길 거라던.

그를 배려하려는 의도로 꺼낸 말이지만, 그러면 그에게 얹혀사는 것밖에 되지 않는다고 태신은 돌려 말하고 있었다. 그게 네가 바라는 거냐고.

그제야 희원은 자신이 버릇처럼 정을 붙이지 않으려고 했다는 걸 깨달았다. 기껏해야 수저, 젓가락, 그릇에 무슨 의미를 부여하느냐 할 수도 있지만, 따지고 보면 매일 손에 쥐고 눈으로 보는 것들이었다.

"그럼 같이 보러 가요."

희원의 대답이 흡족했는지 태신의 입가에 미소가 머물렀다. 몹시도 매력적인.

담백한 크림 리소토에 연어 스테이크. 태신은 간단히 차렸다고 하지만 희원은 미쉐린 식당에 온 것처럼 느껴졌다.

"잘 먹을게요."

"입에 맞으면 좋겠네."

태신이 걱정한 것과 달리 요리는 훌륭했다. 희원이 연신 감탄하며 엄지를 세우기 바쁘자 태신도 안도한 듯 수저를 들었다.

요리를 직접 하기 시작한 건 사람을 썼다가 크게 당한 적이 있기 때문이었다. 유학 시절이었다. 태신도 살면서 요리를 해 본 적이 없었으니 당연히 사람을 고용했다. 그리고 일이 터졌다. 음식에 수면제를 넣은 건지 흥분제를 넣은 건지, 자고 일어나자 옆에 생전 처음 보는 여자가 같이 자고 있었다. 서로 밤새 뒹굴었다고 증명하듯 널브러진 침대 위에서 알몸으로.

방심한 잘못이라고 해도 할 말은 없었다. 한국을 떠나 유학을 왔다고 실제로 마음을 놓고 있었으니까. 설마 큰형의 손길이 여기까지 뻗치진 않을 거라고 순진하게 자신한 죄였다.

그 한 번의 방심 때문에 시달렸던 세월을 생각하면 지금도 이가 갈렸다. 그 후로 태신은 요리든 청소든 사람을 쓰겠다는 생각을 버렸다. 그리고 그 누구도 집에 들이지 않았다.

"진짜 맛있어요. 특히 이 연어 스테이크는 먹어 본 중 최고예요."

한 입 먹을 때마다 눈이 동그래져서는 감탄하기 바쁜 류희원을 보니 기분이 나쁘지 않았다. 길었던 불신의 시간 동안 쌓인 실력도 실력이라고 인정받으니 뿌듯한 모양이었다. 태신은 간지러운 입꼬리를 모른 척하고 식사에 집중했다.

식사를 마치고 희원은 태신과 함께 집을 돌아보며 방을 어떻게 쓸 건지 가구는 어떻게 바꿀 건지 등을 논의했다.

1층에 있는 빈방은 희원의 개인 서재로, 2층 방은 드레스룸으로 쓰기로 했다. 인테리어를 손볼 필요가 있었는데, 아직 결혼식까지 시간이 있으니 문제는 없었다.

"잠시 앉아 있어."

태신이 커피를 내려 주겠다며 희원을 소파에 앉혔다. 희원은 더러워졌을 소파가 걱정돼 안절부절못했는데, 신기하게도 소파에는 어떤 흔적도 남아 있지 않았다. 만져 봤을 때 촉감이 좀 다르다 싶었는데 오염 방지 기능이 있는 모양이었다. 저도 모르게 안도의 한숨을 내쉬는 희원을 보며 태신이 귀엽다는 듯 픽 웃었다.

"요리, 청소를 못하는 건 확실하군."

"부끄럽네요……."

방 청소 정도는 희원도 했지만, 기껏해야 로봇 청소기를 돌리고 먼지를 터는 정도였다. 그 이상은 일하는 분이 해 주시니 신경 써 본 적이 없었다. 욕실 청소 한 번 제 손으로 해 본 적이 없다는 것에 희원은 갑자기 뺨이 화끈거렸다.

"내가 사람을 잘 못 믿어."

커피를 내려 가지고 온 태신이 희원의 앞에 놔 주며 자리에 앉았다. 핸드 드립 커피의 은은하며 고소한 향기가 기분 좋게 주위를 감돌았다.

"그러다 보니 이것저것 다 직접 하게 됐어. 네가 들어오더라도 상주하는 사람을 쓰긴 힘들 거야."

고용인조차 믿지 못한다는 말이 희원은 조금 가슴 아팠다. 이유 없는 불신은 없다고 생각하기 때문에. 알면 알수록 태신이 안타깝게 느껴져서 희원은 뭐라도 도움이 되고 싶었다. 그리고 저는 믿어 주기를 바랐다. 저마저도 못 믿고 의심한다면 그가 더 힘들어질 테니.

"저도 할게요. 제대로 못 하거나 부족한 부분은 가르쳐 주세요. 배우는 데는 소질이 있거든요."

"요리는 하던 대로 내가 할게. 바쁠 땐 사 먹으면 되고. 괜히 예쁜 손 다치면 안 되지."

순간, 시선이 흔들린 희원이 커피를 향하는 척 고개를 숙였다.

'우리 딸 귀한 손, 데기라도 하면 어떡해. 엄마가 할게.'

엄마는 손 조심해야 한다고 커피포트에 물도 못 끓이게 했었다. 피아노 치는 귀한 손이라고. 그렇게 아끼고 아꼈는데, 지금은 피아노 근처도 가지 않는다는 걸 생각하니 씁쓸했다.

"청소도 어차피 로봇 청소기 있으니까 머문 자리 정돈하는 정도면 돼."

"네, 그 정도는 문제없어요."

고개를 든 희원은 언제 서글펐었냐는 듯 눈에 힘주어 웃었다. 태신은 그 표정 변화를 알아봤지만, 굳이 언급하지는 않았다.

"따로 뭐가 필요하겠다, 생각나는 건 없고?"

"지금은 딱히……."

희원이 보기에 태신의 집은 지금 자체로도 완벽했다. 왜 몸만 오라고 했는지 이해가 될 정도였다. 가구는 최소한으로 갖추었지만, 가전은 없는 게 없었다.

바로 떠올리지 못하고 골똘히 생각하는 희원을 두고 자리에서 일어난 태신이 무릎 위에 담요를 덮어 줬다.

"아, 고마워요."

셔츠 하나만 입고 있던 터라 훤히 드러난 맨다리에 담요를 덮자 따스한 온기가 느껴졌다. 추운 건 아니었지만, 담요의 감촉이 좋았다. 그대로 옆에 앉은 태신이 담요째로 희원을 감싸 안으며 머리에 입을 맞췄다.

"아……."

"뭔가 생각이 났어?"

"그게 아니라……."

"나 신경 쓰지 말고 계속 생각해. 하나쯤은 있겠지."

신경 쓰지 말라지만 어떻게 신경 쓰지 않을까. 귀에 내려앉은 입술에 신경이 온통 쏠려 다른 생각을 할 수가 없었다. 츕, 추웁. 입술을 붙였다 뗄 때마다 끈적한 소리가 귓속에 쏙쏙 꽂혔다.

"내 셔츠를 꺼내 놓을 땐 아무 흑심이 없었는데, 이렇게 자극적일 줄은 몰랐어."

태신의 셔츠가 지나치게 크다 보니 딱히 몸 선이 드러난다거나 하지도 않았다. 그런데도 헐렁한 옷깃 속으로 목선이 보인다든지, 움직일 때 단추 사이가 살짝 벌어진다든지 할 때마다 열이 올랐다.

소파에 앉으면서 허벅지가 반 이상 보이는 것도 한몫했다. 속옷을 안 입었다는 걸 잊었는지 편하게 벌어진 다리 사이가 온갖 음심을 자극했다.

"으음······."

태신이 귓구멍 속으로 혀를 넣자 희원이 놀란 듯 허리를 세웠다. 하필 흐트러진 중심을 잡으려고 손을 짚은 곳이 태신의 허벅지였다. 혀를 빼고 귓불을 쪽 빤 태신이 웃으며 속삭였다.

"만지면서 생각해도 돼. 손장난이 집중력을 높여 준다는 연구 결과도 있잖아."

장난기 가득한 말에 희원은 심장이 얼굴에서 뛰는 것처럼 쿵쿵거렸다. 손을 뗄 수도 없고 그렇다고 태신의 말처럼 만질 수도 없는 상황이 곤혹스러웠다. 그러는 사이 태신의 입술이 목으로 내려왔다. 거추장스러운 머리칼을 반대편으로 넘겨 버리고 쪽쪽 입을 맞췄다.

"히읏! 아······."

뒷목의 뼈가 튀어나온 부분을 이로 긁었을 때는 저도 모르게 소리를 지른 희원이 뒤늦게 입을 틀어막았다.

태신은 희원이 비명을 지르든 입을 막든 상관하지 않았다. 오히려 희원이 입을 가리느라 손을 못 쓰는 상황을 이용해 허리를 번쩍 들어 제 다리 사이에 앉혀 버렸다. 다리 위에 얹어져 있던 담요가 스르륵 소파 아래로 흘러내렸다.

말려 올라간 셔츠는 입으나 마나인 상태가 됐고 그 속은 아무것도 없이 무방비였다. 자연스럽게 사타구니로 손을 뻗은 태신이 음부를 만져 상태를 확인했다. 살짝 부은 듯 도톰하게 느껴지는 속살은 이미 젖어 있었다.

"음향 기기를 바꿔야겠어. 소리 좋은 걸로."

문득 생각이 났다는 듯 태신이 필요한 가전을 얘기했다. 희원은 쩍 벌어진 다리 사이에서 현란하게 움직이는 손가락에 정신이 팔려 그 말을 제대로 듣지도 못했다. 그러자 태신이 집중하라는 듯이 음핵을 손끝으로 꾹 눌렀다.

"아흑!"

순간 전기가 통한 듯 찌릿한 감각이 희원을 관통했다. 다리 사이가 축축해지면서 태신의 바지를 적셨다.

"희원아, 어떻게 생각해?"

뭘 어떻게 생각한다는 건지 모르니 대답도 할 수 없었다. 그러는 중에도 태신은 손을 멈추지 않았다. 부은 질구는 두고 음핵만 집중해 공략하자 희원은 미칠 지경이었다.

제 몸에 이렇게 건드리기만 해도 미칠 것 같은 부위가 있으리라고는 생각도 하지 못했다. 태신의 손이 닿기만 하면 찌릿찌릿 전기가 통하면서 발끝까지 힘이 들어갔다.

"하도 어려워하니까 내가 추천해 줬잖아. 마음에 안 들어?"

"좋아요, 흡, 좋아, 아……."

"뭐가 좋은데? 여기 만져 주는 게 좋다고?"

"흐읏……."

짓궂었다. 아니, 심술 궂었다. 희원은 눈물을 대롱대롱 매단 채로 고개를 돌려 태신을 바라봤다. 눈물이 그렁그렁한 눈을 보는 순간, 태신은 힘이 탁 풀려 더는 놀릴 수가 없었다. 힘없이 웃은 태신이 발간 입술을 잡아먹을 듯이 물고 빨았다. 시럽 같은 타액이 감미로웠다.

농밀한 키스에 희원의 표정이 조금 멍해졌다. 그래서 태신이 입을 떼고 자신을 바라보고 있다는 것도 모르고 그의 입술을 따라 고개를 들이밀었다.

태신은 희원이 제 입술을 누르고 살살 빠는 걸 가만히 지켜봤다. 느리고 서툴렀다. 기껏해야 입술을 간지럽히는 정도라 이걸 키스라고 부를 수 있을까 싶은데도 가슴이 전력 질주를 하는 것처럼 빨리 뛰었다.

희원이 밭게 내쉬는 숨결과 부드러운 입술과 혀의 감촉도 자극적이었지만, 시키지도 않았는데 류희원이 원해서 이렇게 입술을 붙여 온다는 것 자체가 주는 감동이 있었다.

"……."

한참 뒤에야 눈을 뜬 희원이 태신이 멈췄다는 걸 알아차리고 그를 바라봤다. 보석 같은 눈동자가 코앞에서 자신을 온전히 담자 태신은 속이 시끄러워지는 걸 느꼈다.

처음부터 이 눈에 홀렸던 것을 부정할 수 없었다. 티 하나 없이 아름다운 눈이 류희원이 어떤 사람인지를 나타냈다.

문득 류희원이 대리로 나왔던 맞선 날이 떠올랐다. 만약 그날, 원래대로 류진아가 나왔다면. 만약 류희원에게 저와 결혼하려는 생각이 없었다면.

자신은 그저 마음의 문을 닫은 채 아무도 믿지 못하는 삶을 끔찍하게 여기며 계속해서 무미건조한 삶을 살아갔을 것이다.

이런 감정을 느껴 볼 새도 없이.

태신은 제 가슴에 자리 잡은 아주 작은 감정이 조금씩 크기를 키워 가는 걸 알았다. 알고 있었지만 무시했다. 이리 작고 하찮은 감정에 굳이 이름을 붙이고 싶지 않아서.

하지만 그래도 상관없다는 듯 조금씩 조금씩 또렷해진 감정이 이제는 무시할 수 없을 만큼 커지고 있었다.

"태신 씨……?"

"좋았어, 방금."

조금 잠긴 목소리를 가다듬은 태신이 슬며시 미소를 지었다. 희원은 괜히 뺨이 발그레해졌다.

"잠깐 있어 봐."

희원의 허리를 감싼 태신이 몸을 숙여 바닥에 떨어진 담요를 주웠다. 희원을 옆으로 앉혀 제게 기대게 한 채 담요를 덮어 줬다. 몸이 착 밀착된 채로 담요를 덮으니 포근함이 전신에 살포시 내려앉았다.

"춥진 않아?"

"괜찮아요. 태신 씨 체온도 높고…….."

자연스럽게 태신의 가슴에 손을 올리고 있다는 걸 깨달았지만, 희원은 굳이 손을 내리거나 하지 않았다. 태신이 담요가 떨어지지 않게 신경 쓰며 희원의 팔다리를 어루만졌다. 열이 확 올랐다가 식어서 그런지 살갗이 서늘했다.

"신기해요."

"뭐가?"

"영화 같은 데서 이렇게 앉는 거 보면 되게 불편해 보였는데…….."

"생각보다 안 불편해?"

"네."

불편하기는커녕 포근했다. 계속 이러고 있고 싶을 만큼. 희원은 자신이 생각보다 사람의 체온에 목말라 있었다는 생각이 들었다. 그리고 그걸 채워 주는 사람이 김태신이라는 게 신기했다. 제 목줄을 쥔 사람이라고만 여겼는데…….

"안 무거워요?"

"가만 보면 날 약골로 여기는 것 같단 말이야."

"그런 게 아니라, 앗."

말을 채 끝내기도 전에 태신이 희원을 번쩍 들며 일어섰다. 깜짝 놀라 버둥거렸지만, 그는 손쉽게 희원을 어깨에 둘러업어 버렸다.

"힉, 태신 씨."

"이러고 온종일 있을 수도 있어. 스쿼트라도 해 볼까?"

"알겠어요. 힘센 거 알았으니까 그만 내려 줘요."

떨어진 담요를 발로 치워 낸 태신이 그대로 걸음을 옮겼다. 희원은 태신의 어깨 위가 생각보다 높다는 걸 느끼고 바들바들 떨었다. 태신이 떨어뜨리지 않을 것 같다고 생각하지만, 몸에 힘이 들어가는 것까지는 어쩔 수 없었다.

"그렇게 무서워?"

"조금, 조금요."

"날 못 믿는 거군."

"웃……."

그렇게 말하면 뭐라 대답하느냐고 희원이 고개를 푹 숙였다. 하하 웃은 태신이 계단을 오르기 시작했다. 안심시켜 주려는 건지 허벅다리를 끌어안은 팔에 힘이 꽉 들어갔다. 희원은 그의 손이 엉덩이를 꽉 쥐고 있는 걸 그제야 느끼고 얼굴을 붉혔다.

금세 2층으로 올라간 태신이 희원을 침대에 내려 줬다. 그의 어깨에서 내려왔다는 안도감을 채 느낄 겨를도 없이 몸이 휙 굴렀다. 태신이 몸 아래 깔린 이불을 빼려고 잡아당긴 것이다.

"으아아……."

놀이기구를 타고 내려왔을 때 느낌이 이럴까. 너무 어릴 적 기억이라 확실하진 않았지만, 체감은 비슷했다. 엉망으로 헝클어져 시야를 가리는 머리카락을 치우는 사이 허리를 끌어안는 손길과 함께 이불이 덮어졌다.

"감기 걸리면 안 되니까 꼭꼭 잘 덮어."

얇고 힘없는 담요로는 안 되겠다고 판단하고 올라온 모양이었다. 확실히 열을 보존하는 데는 이불이 훨씬 효과적이었다. 이불 안쪽이 두 사람의 체온으로 벌써 후끈거리는 기분이었다.

"음. 좀 나아지는 것 같네."

희원의 팔다리를 쓰다듬으며 체온을 확인한 태신이 만족한 듯 고개를 끄덕였다. 하지만 뒤에 있는 그는 그가 손을 움직일 때마다 희원의 표정이 어떻게 바뀌는지는 전혀 모를 터였다.

희원은 그의 손바닥이 제 몸을 훑는 감촉에 입을 열었다가 다물길 반복하며 소리 없는 비명을 삼켜야 했다. 사타구니 같은 민감한 부분을 만지는 것도 아닌데 그의 손이 닿는 족족 불이 붙는 듯했다.

"살결이 정말 부드러워. 만져도 만져도 질리지 않아."

옆구리를 문지르며 다리를 얽은 태신이 귓가를 지분거리며 중얼거렸다.
희원은 제 다리 사이를 가르고 들어오는 두꺼운 다리를 너무 신경 쓰지 않으려고 애를 썼다. 하지만 그 다리가 신묘하게 움직여 제 무릎을 활짝 벌리게 했을 때는 저도 모르게 혀를 깨물었다. 쩍 벌어진 다리 사이로 내려온 손이 서혜부를 살살 어루만졌다.

"아, 음……."

"한 번 더 할 수 있겠어?"

갈라진 틈을 벌리며 들어오는 손길이 조심스러웠다. 오랜 시간을 들여서 구멍 주변을 훑고 안으로 들어갔다. 손가락이 하나에서 둘로 늘어나는 데 얼마나 긴 시간이 흘렀는지는 알지 못했지만, 희원은 제 몸이 그를 받아들이는 데 아무 문제가 없음을 느낄 수 있었다.

끄덕끄덕. 앞뒤로 끄덕이는 고갯짓마저 사랑스러웠다. 태신은 문득 눈앞에 드러난 흰 목에 얼른 제가 선물한 목걸이를 채우고 싶다는 생각을 했다. 그날도 느꼈지만 정말 잘 어울렸다. 류희원을 위해 만들어진 목걸이인 것처럼.

"훗……."

그런 생각을 하는 사이 저도 모르게 뒷목에 이를 박자 희원이 감전된 사람처럼 몸을 떨며 손가락을 꾹 조였다.

"그러고 보니 넥타이로 손목을 묶었었지."

갑자기 튀어나온 맞선 날 얘기에 희원이 움찔했다. 그때는 그 넥타이가 어찌나 무서웠는지 몰랐다. 태신이 가학적인 성격이라는 소문을 들었던 탓도 있지만, 태신의 손에 들린 넥타이 자체가 무척 위협적으로 보였었다.

"그것도 괜찮았어. 잘 어울렸거든. 다시 떠올리는 것만으로도 아래가 서네."

빈말이 아니라는 듯 태신이 허리를 밀착해 비볐다. 단단하게 선 기둥이 엉덩이를 찔러 댔다.

희원은 밭은 숨을 흘리며 그날을 상기했다. 신체 일부가 묶인다는 것은 무서운 일이었지만, 이렇게 되새길 때는 흥분으로 작용했다. 저도 모르는 사이

다리 사이가 젖어 들었다. 손가락을 넣고 있는 태신이 모를 리 없는 반응이었다. 그가 웃는 게 느껴졌다.

"우리 취향이 잘 맞나 본데? 묶고 묶이고."

얼굴이 빨개진 희원이 다급하게 고개를 흔들었지만, 이런 상황에서는 믿지 않을 것 같았다.

"신혼집 필수품으로 구속구라도 사야 하나? 수갑 안대라든가."

웃음이 잔뜩 섞인 목소리에서 농담이란 걸 알았지만, 왠지 장난으로라도 살 것 같아서 희원은 그러지 말라고 애원해야 했다.

"싫어요, 그런 거……."

"싫다니 아쉽네."

산뜻하게 포기하는 태신의 반응이 왠지 모르게 수상했지만, 바로 성기를 끄집어내 엉덩이골 사이로 찔러 넣는 바람에 깊게 생각할 겨를이 없었다. 살짝 앞으로 몸이 기운 희원은 뒤에서부터 들어오는 성기의 묵직한 존재감에 낮게 신음했다.

손가락이 빠져나간 자리를 대신하는 성기는 아까보다 훨씬 두껍게 느껴졌다. 들어오는 것만으로 버거워 몸에 힘이 바짝 들어갔다. 그럴 거라고 예상했다는 듯 태신의 손이 음핵을 살살 만졌다.

"흐읏……."

조금 전 소파에서 자극해 두었던 탓인지 그것만으로도 몸에 힘이 쭉 빠졌다.

"잘했어."

귓가로 스며드는 칭찬이 또 한 번 희원을 녹였다. 별 의미도 없는 칭찬이 뭐라고 이렇게 뜨거운 팬에 올라간 버터처럼 흐물거릴까.

"세계 안 움직일 거야. 그냥 보내기 아쉬워서 하자고 한 거니까 힘 빼고 편하게 있어."

그의 배려에 안도감과 뭉클한 마음이 함께 들었다. 태신은 진심이라는 듯 희원이 편한 자세를 취할 수 있도록 해 줬다. 그대로 몸을 살살 어루만져 주는데, 그 손길이 삽입하기 전과 다를 바 없었다.

"잠버릇이 어떻게 돼?"

"딱히……. 아, 옆으로 웅크리고 자는 것 같아요."

"지금처럼?"

"비슷해요."

"뭘 끌어안지는 않고?"

"네. 어릴 때부터 그런 버릇은 없었어요."

느리지만 기분 좋은 손길이 전신을 쓰다듬으니 자연스럽게 몸이 이완됐다. 마치 뜨거운 물 속에 몸을 담근 것처럼.

"그러면 이러고 잘까? 마음이 편안한 게 잠이 잘 올 것 같은데."

이렇게 몸을 맞대고 잔다? 자다 보면 불편할 수도 있겠지만, 잠들 때는 태신의 말처럼 잠이 잘 올 것 같았다. 그만큼 안심이 되는 자세였다. 제가 평소 자는 자세와도 크게 다르지 않고.

"괜찮을 것 같아요."

"좋아. 함께 잘 때면 이러고 자자."

희원은 알 길이 없겠지만, 태신에게는 무척이나 중요한 결정이었다. 사실 태신은 옆에 누가 있으면 잘 수 없었다. 뼈에 사무치는 불신 탓이었다.

그래서 이전에 희원이 술기운에 잠들었을 때도 태신은 한숨도 자지 않고 옆에서 보기만 했다. 아무리 졸려도 잠들 수 없었다. 자신이 눈을 감는 순간, 일어나 제게 칼을 꽂을 것 같았으니까.

류희원에 대한 의심은 다 가신 상황이었지만, 그렇다고 옆에 누가 있으면 못 자는 습관이 한순간에 사라질 수는 없었다.

희원과 방을 따로 쓴다고 해결될 문제도 아니라 어떻게 할지 고민했었는데, 이 자세라면 괜찮겠다는 생각이 들었다. 일단 류희원이 제 품 안에 있다는 점이 제일 마음에 들었다. 제 품에서 벗어나려고 한다면 바로 깰 테니까.

"내가 안 움직여서 그런가, 여기가 안달이 났는데?"

태신이 아랫배 쪽을 톡톡 두드리자 희원의 얼굴이 확 붉어졌다. 애써 모른 척하고 있던 사실을 까발리니 부끄러웠다.

"제가 그러는 게 아니에요……."

"알아서 조이고 풀고 한다니 더 대단한걸."

놀리는 게 분명한 말에 희원은 귀까지 다 빨개졌다. 열이 나는 듯 뜨거워진 귀를 입술로 지분거린 태신이 허리를 살짝 들썩였다. 젖었음에도 뻑뻑했던 아까와 달리 성기가 부드럽게 움직였다.

"나는 알아서 못 하니 직접 움직일게."

"웃……. 너무 짓궂어요."

"고작 이 정도로?"

귀 아래에 쪽쪽 입을 맞춘 태신이 갈 길이 멀다며 웃었다. 그가 본격적으로 허리를 움직이면서 희원의 몸이 앞으로 기울었다. 희원의 다리 하나를 팔에 끼워 올린 태신이 골반을 튕기며 안쪽에 도장을 찍었다.

태신의 성기가 움직일 때마다 희원은 아픔과는 다른 짜릿한 감각에 휘달렸다. 성기가 드나드는 건 아래쪽인데 머릿속이 마치 전기 마사지를 받는 듯 찌릿찌릿했다.

강하게 치받는 것도 아닌데 희열이 끊임없이 느껴졌다. 뭉근하게 달군 몸은 열 게이지가 다 찼다는 듯이 기분 좋다는 신호를 계속해서 내보냈다.

"자세를 바꿔 볼까."

앞으로 기운 희원을 아예 엎드리게 한 태신이 양팔을 위로 들게 했다. 그대로 손목을 잡히자 희원은 몸을 옴짝달싹할 수 없게 됐다.

"어때, 구속된 느낌이 좀 들어?"

태신의 커다란 체구가 주는 압박감이 상당했다. 몸을 전혀 움직이지 못하는 채로 깔아뭉개진 희원의 벌어진 입에서 덜덜 떨리는 신음이 흘러나왔다.

"아…… 아훗. 앙……."

그건 어디로 보나 절정에 젖은 목소리였다. 얕은 절정의 파도에 잠겼다는 것을 알려 주듯이 희원의 몸 안쪽이 삽시간에 젖어 들어 태신의 페니스를 깨물고 조여 댔다.

생각 이상의 반응에 태신이 시야가 흐려지는 눈에 억지로 힘을 줬다. 질 안쪽이 문어 빨판처럼 달라붙어 쪽쪽 빨아대는데 버틸 재간이 없었다. 일부러 강하게 퍽퍽 치받아 버리니 희원이 교성을 내질렀다. 둑이 터진 듯 애액이 성기를 휩쓸고 쏟아졌다.

희원은 몰아치는 절정의 쾌락을 감당하지 못하고 다리를 버둥거렸다. 하지만 태신이 끊어칠 때마다 힘이 도로 빠지며 성기가 한층 더 깊은 곳을 찔렀다.

눈앞에 끊임없이 별이 튀고 머릿속이 곤죽이 되어 버리는 느낌에 희원은 정신이 나갈 것만 같았다. 하지만 전신을 옥죄고 이 모든 감각을 쏟아 내는 태신의 존재감이 희원을 붙들었다. 온전한 정신으로 생생하게 느끼고 받아들이기를 종용했다.

태신은 머리카락에 가려진 희원의 얼굴을 입술로 더듬어 기어이 키스했다. 입속으로 머리카락이 함께 빨려 들어왔지만, 신경 쓰지 않고 혀를 얽었다.

희원의 입에 고인 타액을 모조리 빨아 먹은 태신이 그러고도 부족하다는 듯 혀를 깊이 넣고 졸랐다. 희원은 그의 혀를 빨기를 주저하지 않았다. 서로를 갈구하는 키스가 오래도록 이어졌다.

불붙는 건 순식간

집에 들어가던 희원은 거실에 앉아 있는 작은엄마를 보고 소스라치게 놀랐다. 태신의 차를 타고 왔으니 귀가 보고도 못 받았을 텐데 저렇게 기다리고 있다니 소름이 끼쳤다.

"다녀⋯⋯왔습니다."

차라리 골프 치러 간 작은아빠를 기다리는 것이길 간절히 바랐지만, 제가 들어오기 무섭게 자리에서 일어나는 걸 보니 헛된 바람이었다.

"아주 신났구나?"

빈정거리는 목소리에 담긴 뜻을 모르지 않지만, 희원은 굳이 대꾸하지 않았다. 시간이 늦었다는 건 자각하고 있었다.

"기다리셨어요?"

"기다리셨어요오?"

상연은 기가 막혀 희원의 말을 그대로 따라 했다. 시아버지가 결정한 일을 희원이 바꿀 수 없다는 걸 알고는 있지만, 희원은 싫다고조차 하지 않았다.

마치 기회라는 듯 얼른 받아들인 걸 똑똑히 기억했다.

"희원이 널 어쩜 좋을까. 이러니 작은엄마가 네 걱정을 내려놓지를 못하는 거 아니니."

"네?"

상연은 이마를 짚으며 긴 한숨을 내쉬었다. 시야가 좁아 한 치 앞을 못 보는 희원이 한심하게 느껴졌다.

"이게 다 무슨 상황인지 정녕 모르겠어?"

희원의 표정을 보니 정말 모른다는 게 느껴졌다. 저러니 헛똑똑이라 하는 것이다. 신성 바이오에 다니면 뭐 할까. 전체를 볼 줄 모르는데.

"도원은 신성을 바이오로 진출하는 발판 삼을 생각이고 신성은 그런 도원을 이용해 몸집을 키울 속셈이지. 알겠니? 정략결혼은 눈속임에 불과해. 수틀리면 언제든 파국으로 치닫는 아주 위험하고 불안한 상황이란 거야."

상연은 시아버지가 결혼 발표를 했을 때부터 그 목적을 추측하는 데 온 정신을 쏟았다. 그러다 불안해하는 제 남편에게 한 말이 답이라는 걸 깨달았다.

신성을 지킬 자신이 없느냐던 말. 만약 그렇다면 지금이라도 승계를 취소하겠다는 태도에서 상연은 시아버지의 야심이 아직 완전히 꺼지지 않았다는 걸 느낄 수 있었다.

다행히도 시아버지는 다시 전권을 쥐고 휘두를 생각은 아닌 것 같았고 간이 작고 욕심이 없는 아들을 각성시키려고 한 말 같았다. 과감히 도원을 이용해 신성의 몸집을 키우려면 확실히 제 남편은 각성할 필요가 있었다.

"그런 정략적인 상황인 걸 읽지 못하고 희원이 네가 뭐라도 되는 걸로 착각하는 것 같아 걱정이구나."

상연은 진심으로 한숨이 다 나왔다. 시아버지는 아끼는 장손녀를 희생해서라도 신성을 키울 생각인데, 그 장손녀는 헛꿈을 꾸고 있으니 어찌 안타깝지 않을 수 있을까.

"지금이라도 정신을 차리고 네 분수에 맞게 행동한다면 작은엄마가 도와줄 수 있어."

희원의 두 손을 꼭 잡은 상연은 세상 인자한 미소를 지었다. 엇나가는 딸을 바로잡으려는 엄마의 마음이 바로 이런 걸 거라고 생각하며.

"그래. 원래대로 혼담을 진아 앞으로 되돌리는 건 어떨까?"

도원을 이용하는 위험한 일에 진아를 밀어 넣는 건 내키지 않았지만, 두 마리 토끼를 다 잡는 미래를 생각하면 아무리 봐도 그 자리에 어울리는 건 류희원이 아니라 류진아였다. 마치 진심으로 희원을 위해서 말하는 것처럼 상연이 다정한 표정을 지었다.

"너랑 다르게 진아는 차기 회장의 직계인 만큼 안전을 보장할 수 있잖니. 그만큼 신성의 격도 올라가는 거고."

그리고 김태신에 대한 소문들이 다 거짓이라면 더 이상 두려워할 필요도 없었다. 도원과 사이가 아무리 틀어져도 진아가 희생될 일은 없을 터였다.

그게 바로 직계와 방계의 차이였다. 류희원은 앞으로 죽을 때까지 넘볼 수 없는 벽이었다.

"아버님께는 내가 말씀드릴게."

진아에게 도원 며느리 자리를 넘기라는 말에 희원의 표정이 크게 흔들렸다. 그것만 봐도 류희원이 얼마나 욕심에 가득 차 있는지 느껴졌다. 건방지게 자신이 신데렐라가 되는 꿈을 꾸고 있는 모양이었다. 우습지도 않았다.

"희원이 네가 꽃다운 나이에 정치적으로 이리저리 이용당하고 꺾이는 걸 보기 힘들어서 그래. 그렇게 되면 돌아가신 네 부모님이 얼마나 슬퍼하시겠니."

부모 얘기가 나오자마자 희원은 마치 땅이 무너진 것 같은 표정을 지었다.

"저는……."

간신히 흘러나오는 목소리가 작디작았다. 평소에도 그랬기에 상연은 딱히 신경 쓰지 않았다. 언제 한 번이라도 희원이 제 앞에서 제대로 말한 적이 있던가.

"착각하지 않았어요."

그러나 그 뒤에 이어진 말이 상연의 신경을 건드렸다. 작고 조심스러운 목소리였지만, 그 안에 담긴 의미는 도발적이었다.

"지금 뭐라고……."

"신경 써 주셔서 감사하지만, 전 괜찮아요."

제 걱정과 충고를 정면으로 반박하는 말에 상연의 표정에 금이 갔다.

"윽, 아파요."

저도 모르게 으스러뜨릴 듯이 힘을 준 손을 억지로 빼낸 희원이 이만 들어가 보겠다며 고개를 꾸벅 숙였다. 희원이 시야에서 벗어나도록 상연은 충격에서 헤어 나올 수가 없었다.

"하……."

코웃음을 쳤다. 신데렐라가 되는 상상이 아주 달콤했던 모양이었다. 이렇게까지 경고를 해 줬는데도 욕심을 못 버리는 걸 보니.

으득. 이가 갈릴 정도로 악문 상연은 희원의 방 쪽을 노려봤다. 정신을 못 차리면 차리게 해 주면 된다.

"그래. 맘껏 즐기렴. 제자리로 돌아왔을 때의 여파는 본인이 감수할 일이니."

* * *

방에 들어와 문을 잠근 희원이 웃음을 터트렸다. 정말이지 작은엄마는 예상과 조금도 다르지 않았다. 무슨 개소리를 장황하게 지껄이든 결국은 진아에게 양보하라고 할 줄 알고 있었다.

자기 꾀에 자기가 넘어간 걸 인정하기 싫었을 것이다. 어떻게든 만회하려고 궤변을 늘어놓는 꼴이 우스워서, 그 앞에서 웃음을 참느라 고역이었다.

다만 그 입에서 나온 단 한마디가 희원을 난도질했다. 그래서인지 분명 통쾌한데도 입에서 피 맛이 났다.

'돌아가신 네 부모님이 얼마나 슬퍼하시겠니.'

그 가증스러운 입으로 제 부모님을 언급하는 순간 희원은 그녀의 뺨을 후려칠 뻔했다.

희원은 엄마의 죽음에 관한 풀리지 않은 의문을 마음에 담고 살았다. 꾸준히 병원에 다니고 검진을 받았음에도 낌새조차 알지 못한 건 단순히 난소암이 발견하기 힘든 암이라는 말로는 시원하게 설명되지 않았다.

그렇다고 다짜고짜 작은엄마를 의심해선 안 되겠지만, 최소한 의사로서 도의적인 책임은 느끼기를 바랐다. 의사로서, 사람으로서 양심이 있다면.

산부인과 의사가 운영하는 VIP 건강 검진 전문 병원에서 난소암을 놓쳤다는 건 누가 봐도 부끄러운 일이었다.

암이 4기까지 진행되도록 몰라서 사람을 죽게 만들었으면서 그 죽음을 아무렇지 않게 입에 담는 그녀가 괘씸했다.

단순히 무능한 거라면, 무능한 주제에 도의적 책임도 못 느끼는 뻔뻔한 종자인 거라면 희원도 굳이 왈가왈부할 생각은 없었다. 쇠귀에 경 읽기일 테니까.

하지만 마음속 한편에 아주 작게 싹튼 의혹이 사실이라면…….

"하아……."

몸 깊은 곳에서부터 피어오른 소름에 부르르 떤 희원이 힘없이 머리를 쓸어 올렸다. 태신과 헤어진 지 이제 고작 30분은 지났을까 싶은데, 벌써 아쉬움이 가득했다.

그만큼 그를 의지하게 됐다는 뜻이기도 했다. 태신이 뭘 해 주지 않더라도 그가 곁에 있는 것만으로 없던 용기가 나고 마음이 편안해졌다.

하지만 지금 그가 보고 싶은 건 단지 마음의 안정 때문만은 아니었다. 그의 집에서 함께 보낸 시간이 너무 좋았기에 집에 오기 싫었다.

희원은 방 안을 쭉 둘러봤다. 깔끔한 걸로는 웬만한 호텔이나 모델 하우스보다 더 깔끔했지만, 그게 전부였다. 처음 방문한 사람에게 이 방을 손님방이라고 소개해도 믿을 만큼 류희원 개인의 흔적이라곤 찾아볼 수가 없었다.

희원은 이 방에서 무려 6년을 살았다. 6년을 손님처럼 살았다는 걸 오늘 태신의 말을 듣고서야 깨달았다.

'*다음에 올 때는 네가 제일 아끼는 걸 가져와.*'

태신의 집을 나서기 전에 들은 말이었다. 이 방에 제가 아끼는 게 있던가. 방을 둘러보는 희원의 눈이 바빴지만, 이렇다 할 만한 게 없었다. 한참을 방 안을 서성거리며 이것저것 집어 보다가 반쯤 포기하고 씻으러 들어갔다.

욕실에 들어가던 희원의 눈에 향수 장식장이 보였다. 마음의 안정을 찾을 때 뿌리곤 했는데, 아이러니하게도 집 안에서 희원이 가장 안정을 찾는 장소가 바로 이곳, 욕실이었다. 작은엄마의 손길이 전혀 닿지 않아 오롯하게 마음을 놓을 수 있는 공간.

희원은 가장 제 손길이 많이 탄 향수를 집어 들었다. 얼마나 썼는지 반도 남지 않은 향수가 아름다운 병 안에서 찰랑거렸다.

"이걸 가져가도 될까."

가장 아끼는 거라고 할 순 없었지만, 제일 의미가 있을 것 같았다. 희원은 향수를 주변에 두어 번 뿌리고 눈을 감았다. 기분 좋은 향기의 파편이 보이지 않는 눈송이처럼 내렸다.

* * *

희원을 집에 데려다주고 돌아온 태신이 현관문을 열고 들어가다 멈칫했다.

"……어떻게 왔지?"

현관 옆에 한 사람이 서 있었다. 정원 쪽으로 비껴 서 있었다고는 하나 눈에 떡하니 보이는데도 놓친 건 누가 있을 거라 상상조차 하지 못했기 때문이었다. 머릿속으로 다른 생각을 한 탓도 있었고.

"운전해서 왔지. 예쁜 집이네? 김태신이 이런 아기자기한 주택에서 살 줄은 몰랐어."

"집 주소를 알려 준 기억이 없는데."

"굳이 알려 줘야만 아는 건 아니잖아?"

벽에 기댄 채로 홍소연이 실실 웃었다. 그 미소는 뭇사람 마음에 불을 지르기 충분할 만큼 아름다웠지만, 태신은 눈 하나 깜짝하지 않았다.

"들어오라고 안 해?"

태신은 대꾸조차 하지 않고 그대로 들어갔다. 좋았던 기분이 확 가라앉았다.

다른 사람도 아니고 큰형과 연관된 홍소연이 집 앞에 나타났다는 것이 태신을 자극했다. 아직 대놓고 수작을 부린 적이 없어서 내버려 뒀는데, 오늘 본색을 드러내기로 한 모양이었다. 하필 오늘이라는 것이 태신의 신경을 긁었지만 애써 무시했다.

"아악!"

그런데 현관문을 쾅 닫는 순간, 잘못됐다는 걸 깨달았다. 문 사이에 손이 낀 홍소연이 집이 떠나갈 듯이 비명을 내질렀다. 과장하지 않은 진짜 비명이란 건 문을 세게 닫은 태신이 제일 잘 알았다.

"가지가지 하는군, 진짜."

한숨을 내쉰 태신이 뒤를 돌아봤다. 손목을 붙잡은 채 주저앉은 소연의 손이 심상치 않은 색으로 변하는 게 보였다. 촬영 중인 배우가 커리어를 망칠 수도 있는 짓을 아무렇지 않게 하다니 정말이지 태신은 이해할 수가 없었다.

"하아, 이래도…… 안 들여보내 줄 거야? 119 부르면 스캔들 날 텐데."

홍소연은 끙끙거리면서도 입꼬리를 올려 보였다. 김영신과 관련된 인간들은 이런 식으로 설명되지 않는 광기를 보였다. 뼈가 부러졌을지도 모르는 상황에도 집에 들어오는 게 더 중요하다니. 제정신이 아니었다.

"스캔들 나는 걸 내가 겁낼 필요가 있나? 고작해야 더러운 소문 하나 더해지는 건데."

"하하……. 그러네. 그럼 이건 어때. 김태신, 전 여자 친구 폭행. 여자 친구를 버리고 다른 사람과 결혼하려는 그를 붙잡는 여자 친구를 무참하게 폭행했다⋯⋯."

"참신함이라곤 전혀 없네."

얘기를 듣고 있는 것만으로 낭비되는 제 시간이 아까워서 태신은 고개를 절레절레 흔들었다. 문제는 문을 닫으려면 홍소연을 어떻게든 밀어 내야 한다는 데 있었다.

그 순간, 누군가 주변에서 찍고 있을 수도 있다는 생각이 뇌리를 스쳤다. 문에 손을 찧는 것과 직접 내팽개치는 건 아예 다른 상황이었다.

이런 식으로 조작해 언론 플레이를 하시겠다? 운전기사 때처럼?

태신의 눈에 살기가 감돌았지만, 홍소연은 식은땀만 흘릴 뿐 물러설 기미를 보이지 않았다.

물론 이런 상황을 대비해 설치해 둔 현관 CCTV가 목소리까지 생생하게 담고 있을 테니 걱정하지 않았다. 그럼에도 만에 하나 CCTV를 고장 냈거나 렌즈를 가렸을 가능성도 염두에 둬야 했기에 태신은 극도로 조심했다.

경비실에 연락을 취하려고 핸드폰을 꺼내는데, 홍소연이 아직 안 끝났다는 듯 말을 이었다.

"그 아가씨도 그렇게 생각할까?"

"⋯⋯."

그 아가씨. 류희원을 언급하기가 무섭게 멈칫하는 김태신의 반응에 소연이 입술을 비틀었다.

소연은 이곳에 오기 전 투여한 약물 효과로 감각이 둔해진 상태인데도 식은 땀이 나고 눈앞이 흐려질 정도로 고통이 상당했다. 견딜 수 있는 정도를 넘어서는 통증에 오히려 웃음이 나왔다. 아니, 그냥 웃고 싶을 뿐인지도 모른다.

그날 라운지에 데리고 왔을 때만 해도 가지고 노는 것처럼 보이더니 며칠 사이에 완전히 푹 빠진 사람처럼 굴었다.

아지트인 르뮈에 라운지뿐 아니라 어디서도 김태신을 볼 수가 없었다. 마치 한순간에 개과천선한 것처럼 얌전하고 착실한 남자가 됐다. 그건 김태신이 아니었다.

심지어 그 여자를 집에까지 들이는 걸 보자 눈이 뒤집히는 줄 알았다. 순진해 빠져서는 김태신이 정말 자기를 좋아하는 줄 아는 그 여자의 얼굴이 그렇게 행복해 보일 수가 없었다.

김태신에게 사랑을 받으면 누군들 안 행복할까. 그 행복이 왜 그 여자의 것인지 납득할 수 없었다.

괜찮은 집안에서 태어나서? 그래 봐야 도원과 동급이 아니면 김태신에게는 거기서 거기일 터였다. 예뻐서? 예쁘긴 하지만 저도 빠지지 않았다.

저는 눈길 한번 제대로 받은 적이 없는데 그 여자는 뭐가 그렇게 잘나서, 뭐가 그렇게 매력적이라 김태신의 마음에 들었을까.

생각하면 할수록 홍소연의 눈에 불길이 일었다. 자기 자신을 태우며 몸집을 키운 화마가 김태신마저 태우겠다고 거칠게 널름거렸다.

"분명히 무서워할 거야. 네가 때릴까 봐 겁먹는 모습이…… 눈에 선하네?"

고통이 상당한 듯 홍소연의 얼굴은 말이 아니었다. 손등도 심각하게 부풀어 올랐다. 자기가 한 말을 현실로 만들려는 건지 그런 와중에도 집 안으로 기어들어 가려 했다. 그 고통이 광기에 더해졌는지 도무지 제정신으로 보이지 않았다.

태신은 다리로 막으면서 최대한 이성을 유지하는 데 주력했다. 고통을 참아 가면서까지 절 자극하는 홍소연이 성과를 이루게 할 수는 없었다.

호흡을 길게 뱉은 태신이 손을 움직였다. 결국 화를 참지 못하는구나, 하고 소연이 입꼬리를 올렸다. 때리려는 동작만 취해도 얼마든지 상황을 조작할 수 있었다. 상처를 만드는 건 일도 아니었다.

"……?"

눈을 질끈 감고 찾아올 고통을 기다렸지만, 이상하게도 아무 감각이 없었다. 실눈을 뜨는 순간 머리에 닿는 감촉이 느껴졌다. 기다렸던 고통이 아니라 몹시 부드러운 손길이었다.

무릎을 굽혀 앉은 태신이 제 머리를 쓰다듬는 걸 알아차린 소연이 멍한 표
정을 지었다.

"고맙다."

"뭐……?"

"결혼 전에 본색을 드러내 줬잖아. 네가 안 움직였으면 정말 찝찝했을 거야."

"……."

알고 지내는 동안 한 번도 겪지 못했던 다정한 손길이 소연을 혼란스럽게
했다. 그대로 태신을 끌어안고 싶은 충동에 엉덩이가 들썩거렸다. 본색을 드
러냈다는 말뜻을 조금만 늦게 이해했어도 그를 덥석 끌어안았을 것이다.

"알고…… 있었어?"

제가 김영신의 지시를 받고 접근한 걸 알고 있었다고? 소연은 완벽하게
숨겼다고 자신했다. 의심스러운 행동은 하나도 하지 않았고 김영신과의 연락
도 철저하게 제삼자를 통했다.

"색다르긴 했어. 보통 어떻게든 날 망치려고 드는데, 너는 마치 나랑 어떻
게 해 보려는 것 같았거든."

"……."

참기 힘든 통증 탓에 창백해졌던 소연의 얼굴이 속마음을 들키자 마치 얼
룩지듯이 붉어졌다.

"설마 그게 가능하다고 믿는 멍청이는 아닐 테니, 내 오해겠지?"

질문처럼 떨어진 말이었지만, 조롱이 가득해 소연은 견딜 수 없는 수치심
에 시달려야 했다. 헛된 꿈이었다고, 그럴 가능성은 애초에 없었다고 단언하
는 것보다 훨씬 더 잔인했다.

시시각각 변하는 소연을 바라보던 태신이 소연의 무릎 아래 팔을 쑥 넣고
등을 받쳐 안았다. 소연이 혼란과 수치심 때문에 반응하지 못하는 사이 그녀
를 집 앞 벤치에 내려놨다.

정신을 차렸을 때는 이미 현관문이 자동으로 닫히는 소리가 냉정하게 울리고 있었다. 여기까지 찾아온 목적을 하나도 달성하지 못하고 애꿎은 손만 망가진 소연이 이를 악물었다.

태신은 볼일이 끝났다는 듯 몸을 돌려 경비실에 전화를 걸었다.

"출입을 허가하지 않은 외부인이 집 앞을 서성이는데, 내게 연락도 안 하고 출동도 안 한 게 말이 됩니까?"

차디찬 목소리로 질책하는 태신을 바라보던 소연은 벤치 아래로 내려가 그의 다리를 붙들었다. 이렇게라도 해야 하는 제 처지가 비참했지만, 그런 걸 가릴 때가 아니었다.

'태신이를 흔들고 싶다고? 굳이 그럴 필요는 없는데.'

안 해도 된다는 걸 억지로 하겠다고 우겨서 온 자리였다. 김태신의 집 주소를 받아 내고 경비 업체가 눈감아 주게 하는 수고마저 들였다. 그랬는데 이렇게 쫓겨나면 저는 나락으로 떨어지게 된다. 아니, 제 발로 나락에 뛰어든 거겠지.

"하, 할 얘기가 있어! 그 사람 얘기야. 네, 네 결혼을 찬성한다고 했어! 이대로 결혼하면 그 사람 수작에 넘어가는 거야. 알잖아……. 네 주변에 그 사람 손이 닿지 않은 사람은 없어."

"……."

핸드폰을 귀에서 뗀 태신이 홍소연을 내려다봤다. 소연은 최후의 수단이 먹혔다는 생각에 표정이 밝아졌다. 질리도록 당했으니 김영신의 속내를 알고 싶을 게 당연했다.

"그 여자를 잘 아는 것 같았어. 나한테! 말했거든."

이래도 내 얘기를 안 들을 거냐는 소연의 간절한 눈빛에 태신이 다리를 굽혀 시선을 맞췄다.

마치 동아줄이 내려온 것처럼 기뻐하던 소연이 문득 두려움에 몸을 떨었다. 태신의 시선이 잘 벼른 칼날처럼 날카로웠다. 한마디만 더 하면 죽여 버리겠다는 듯 서슬이 시퍼렜다.

"네가 아는 걸 내가 모를 것 같아?"

"……."

소연은 여태 제가 김태신을 잘못 판단했음을 인정해야 했다. 그는 형한테 속절없이 당하면서 서툰 반항이나 하는 난봉꾼이 아니었다. 큰형에 대항할 힘을 기를 때까지 와신상담하는 책략가였다.

그동안 보여 줬던 모습이 김영신을 방심시키기 위해 연기한 거란 걸 이제야 깨달은 소연이 바들바들 떨었다. 제가 어떻게 해 볼 사람이 아니란 것을 너무 늦게 알았다. 물러설 수 있을 때 물러섰어야 했다. 그럴 기회가 있었는데! 과한 욕심에 눈이 멀어 버렸다.

"나, 나는……."

"너 같은 쓰레기들은 항상 똑같아. 김영신을 등에 업고는 마치 자신이 뭐라도 되는 것처럼 으스대지. 자기가 멘 게 불붙은 짚인 줄도 모르고."

"……."

몸을 일으킨 태신이 시선을 옆으로 돌렸다. 차에서 내린 경비원들이 달려오는 게 보였다. 실질적으로 일을 벌인 책임자는 오지 않고 아랫사람들만 보냈을 게 뻔했다. 상관없었다. 뒤집어엎는 건 특기나 다름없었으니까.

경비들이 홍소연을 차에 태우는 것까지 보고 나서야 태신이 걸음을 돌렸다. 집으로 향하는 그의 표정이 이루 말할 수 없을 만큼 험악해졌다.

'그 여자를 잘 아는 것 같았어.'

홍소연이 늘어놓은 온갖 쓸데없는 말 중 그 한마디만은 다르게 들렸다.

* * *

"손을 심하게 다쳤다는군요. 제대로 건진 영상은 없는데, 무리 좀 하면 사랑싸움으로 밀어붙일 수는 있겠습니다. 결혼 소식에 흠집 내는 정도로."

홍소연이 타운 하우스 단지에서 쫓겨나듯 병원으로 이송된 것을 보고받는 영신의 표정은 덤덤했다. 마치 아무것도 기대하지 않았다는 듯이 실망도 아쉬움도 없었다.

"흠집이라……. 고작 만나던 여자가 있다는 소문으로는 아버지 심기만 더 럽히겠지. 됐어. 폐기해."

"네."

어쩌다 손을 다쳤는지조차 묻지 않는다. 아무 관심도 없다는 뜻이었다. 애초에 류희원과의 결혼을 반기는 영신은 굳이 그 결혼을 훼방 놓을 생각이 전혀 없었다.

다만 홍소연이 직접 나서서 뭔가 하겠다고 하니 말릴 필요는 없다고 생각했다.

"태신이 반응은?"

"침착하시더군요. 손을 다친 건 홍소연이 무리한 거고 막내 도련님은 초지일관 차분하게 대하셨습니다."

"많이 컸네, 우리 막내. 결혼하니 어른이 되는 건가."

영신이 샴페인을 마시며 키득키득 웃었다. 입 안 가득 터지는 탄산이 더 기분을 좋게 했다. 아름다운 맛이었다. 세상에 이렇게 황홀한 자극이 많은데 마약 따위에 미치는 것들을 보면 너무도 한심하게 느껴졌다.

"그에 관련해서 한 말씀 드리자면 막내 도련님이 오늘 류희원 씨를 집에 데려가셨습니다."

집. 조 비서의 입에서 나온 '집'이라는 단어가 영신의 흥미를 끌었다. 김태신에게 집이란 성역과도 다름없는 공간이었다. 어찌나 보안을 철저히 하는지 영신의 능력으로도 집 안으론 잠입할 수 없었다.

"벌써 집에 데려갔다고?"

"7시간 가까이 머물더군요. 먼저 도착한 홍소연이 같이 나오는 모습을 본 모양입니다."

홍소연이 급발진한 연유가 거기에 있었다. 주변 그 누구도 집에 초대한 적 없던 김태신이 여자를 집에 들이니 질투심에 눈이 먼 게 틀림없었다.

"참 주제를 모르는 친구란 말이야."

"처분할까요?"

"알아서 해."

"예."

배우 홍소연의 생명이 끝났음을 알리는 한마디였다. 물론 홍소연 본인의 의견은 필요 없었다.

영신이 조 비서에게도 샴페인을 권했다. 일하는 중이니 괜찮다고 사양하면서도 조 비서는 마치 영광이라는 듯 감격한 눈치였다.

영신은 이렇게 주제를 알고 선을 잘 지키는 사람을 좋아했다. 개는 개답게 굴어야 하고 노예는 노예답게 굴어야 주인에게 칭찬을 받는 법이었다.

"그나저나 아무리 결혼이 정해졌다고 해도 벌써 집에 들일 정도라니 어지간히 마음에 든 모양이네. 뭐, 희원이면 그럴 만하지."

막내의 풋풋한 사랑이 귀엽다는 듯 영신이 연신 웃음을 흘렸다. 경계심이 강한 막내에게 미끼를 물게 하는 건 쉽지 않았다. 하지만 어려운 만큼 더 재밌는 것 아닌가. 그런 의미에서 둘째는 영 재미가 없는 놈이었다.

지금쯤이면 막내는 류희원이 제가 뿌려 놓은 미끼일 가능성이 없다고 생각하고 있을 것이다.

그렇게 믿게 하려고 영신은 일부러 희원에게 접촉하지 않았다. 오늘 집에서 봤을 때도 제게 할 말이 많아 보이는 희원의 눈빛을 봤음에도 모른 척했다.

그렇다고 미끼를 문 건 또 아니지만, 이 정도면 슬슬 흔들어 봐도 좋을 듯했다. 얼른 먹고 싶어서 몸이 달아 있을 테니 제대로 된 판단이 안 설 것이다.

"희원이를 한번 만나야겠어."

"연락을 취할까요?"

"그보다는 자연스럽게 보고 싶은데…… 음, 민희를 통하는 게 낫겠어. 내가 알아서 하지."

"알겠습니다."

빈 잔을 조 비서가 기민하게 움직여 새로 채워 줬다. 방울방울 예쁘게 터지는 탄산들이 마치 축포를 터트리는 기분이 들게 했다.

"미끼가 제 몫 이상을 해냈으니 챔질을 잘해서 물게 해야지. 우리 막내 입술이 안 찢어지면 좋겠는데."

태신의 눈앞에서 미끼 달린 낚싯바늘을 흔드는 그림을 그리며 영신은 흐뭇한 미소를 지었다.

* * *

3개월 만에 결혼식 준비를 한다는 건 생각 이상으로 빡빡했다. 결혼식장을 예약할 필요가 없고 큼직큼직한 일은 대신 처리해 주는 사람들이 있다고 해도 신부인 희원이 직접 결정하고 알아봐야 하는 일들도 많았다.

평소처럼 출근하면서는 도저히 진행할 수 없었기에 희원은 거의 쓰지 않았던 연차를 털어 써야 했다.

"안녕하세요."

"어서 와. 아, 말 놓아도 되지?"

"네. 편하게 말씀하세요."

"아마 내가 열 살쯤 많을 건데, 너무 격식 차릴 필요는 없어. 동서지간에 편하게 지내자. 응?"

둘이 따로 만난 최민희는 지난번에 태신의 본가에서 인사를 나눴을 때보다 훨씬 편해 보였다.

결혼식 준비를 위해 희원이 가장 먼저 해야 하는 건 웨딩드레스를 고르는 일이었다. 그런 쪽으로 아무런 지식이 없는 희원을 도와주러 나선 게 바로 예비 형님 최민희였다.

시어머니 한 여사가 많이 도와주라고 했다면서 연락을 한 최민희는 바로 약속을 잡았다.

"내가 도와줄 부분은 웨딩드레스랑 에스테틱이야. 혹시 관리받는 중이라거나?"

"아뇨. 따로 다니는 곳은 없어요."

"그게 관리 안 받은 얼굴이라니 어린 게 좋네. 그럼 웨딩 관리는 내가 다니는 곳에서 받자."

20대답게 탱탱하고 수분 가득한 피부는 관리가 따로 필요하냐고 말하는 듯했다. 하지만 류희원의 저 빛나는 피부는 단순히 어리기 때문만이 아니라 타고난 게 커 보였다.

'*예쁘잖아. 사랑에 빠지지 않고는 못 배길 만큼.*'

남편의 목소리가 방금 들은 것처럼 선명하게 귓가를 맴돌았다. 물론 제가 봐도 예쁘기는 했다. 하지만 제가 본 사람 중에 가장 예쁘다고 묻는다면 그건 아니었다.

남편의 눈은 외형적인 것 이상의 무언가를 보는 듯했다. 김영신은 그런 사람이었으니까. 남들과는 다른 걸 보고 다르게 생각하는.

그나마 류희원을 여자로 보는 기미가 없다는 게 다행이라면 다행이었다.

"오늘은 어떤 웨딩드레스가 있는지 정도만 볼 거야. 원하는 브랜드가 따로 없다고 해서 내가 괜찮게 생각하는 곳들 위주로 불렀어."

"감사합니다."

최민희가 희원을 부른 장소는 강남의 한 호텔이었다. 스위트룸 전체가 웨딩드레스 업체에서 나온 사람들로 북적였다.

민희와 함께 소파에 앉은 희원은 자신만을 위해 웨딩드레스 패션쇼가 열리는 것에 살짝 당황했다.

한 명, 한 명의 모델이 각각의 웨딩드레스를 입고 나와 희원의 앞에서 포즈를 취했다. 자신과 매우 흡사한 모델의 체형에 희원의 눈이 커졌다. 직접 입어 볼 필요 없이 눈으로만 봐도 되게끔 신경 쓴 티가 났다.

"의견을 기탄없이 말해 줘. 마음에 드는 게 없으면 없다고 해도 돼."

어릴 때부터 연주용 드레스를 수십 벌도 넘게 입어야 했던 희원이었지만, 이런 식으로 개인 패션쇼를 연 적은 없었다. 조금 부담스럽기는 했지만, 공 들여 준비한 자리를 망칠 수는 없어서 희원은 웨딩드레스를 고르는 데 집중 하기로 했다.

하나부터 열까지 다 예뻐서 고르기 힘들었는데, 민희가 드레스에 대해 잘 아는 듯 첨언을 해 주는 게 도움이 됐다. 전문가적인 느낌이 난다 했더니 실 제로도 도원의 패션 부문에서 사업총괄팀장을 맡고 있다고 했다.

"어머님이 식장을 화려하게 꾸미실 테니 본식은 거기에 맞춰서 벨이나 A 라인의 풍성한 드레스를 선택하고 2부 드레스는 시스 라인으로 가는 게 나 을 거야."

희원이 괜찮다고 한 드레스에서 더 추가할 장식이나 희원에게 맞게 바꿀 부분을 즉석에서 손보며 새로운 디자인을 만들어 내는 솜씨가 무척 뛰어났다.

"네 이미지가 튤이랑 잘 맞거든. 사랑스럽고 청순하고. 그런 드레스는 이 디자이너가 제일 잘 만들어. 한번 맡겨 볼래?"

"네. 너무 예쁘네요."

"좋아. 그럼 오늘은 치수만 재고 다음번에 디자이너랑 같이 만나자."

"신경 써 주셔서 감사해요."

희원은 웨딩드레스에 큰 의미를 부여하지 않았었는데, 이렇게 눈으로 보 고 또 제 마음에 드는 걸 고르다 보니 살짝 마음이 붕 뜨려 했다.

처음 태신에게 결혼을 제안할 때만 해도 쇼윈도 부부가 돼도 좋다는 생각 이었는데……

맞선 날 이후로 많은 것이 달라졌다는 게 새삼 느껴졌다. 달라진 건 그와 의 관계뿐만이 아니었다.

제 마음도 달랐다. 과연 지금 단순히 태신을 의지하는 거라고 말할 수 있을까. 그보다 뜨겁고 애틋한 감정이 어느새 무시할 수 없을 만큼 커져 있었다.

"어, 여보. 지금? 예비 동서랑 드레스 보고 있는데, 왜?"

전화를 받은 민희의 목소리가 희원의 상념을 깨웠다. 남편의 전화인 듯했다. 희원은 웨딩드레스를 다시 보며 기다렸는데, 민희가 말을 걸었다.

"시간 괜찮으면 같이 식사 어때? 우리 남편이 근처라는데."

민희의 남편이라면 태신의 큰형 김영신이었다. 지난번에 봤을 때 제대로 대화도 못 했던지라 희원은 거절할 이유가 없었다.

"좋아요."

단번에 수락하는 희원의 반응에 민희의 눈썹이 살짝 들썩였다. 언뜻 보면 별 의미 없는 행동이라 희원은 이상한 느낌을 받지 못했다.

"괜찮대, 여보. 여기 호텔 레스토랑 솜씨 괜찮으니까 여기서 먹지, 뭐. 응. 이따 봐요."

전화를 끊은 민희가 묘한 표정으로 희원을 바라봤다. 웨딩드레스에 정신이 팔린 희원은 함께 식사하는 것에 별생각이 없어 보였다. 김영신을 만난다고 긴장하는 기색도 보이지 않았다. 태신을 배신하는 일이라 느끼는 것 같지도 않고.

'대체 무슨 관계야?'

오늘 이 자리를 만든 건 시어머니의 부탁 때문이 아니라 남편 때문이었다. 사실 민희는 이렇게까지 정성을 들여서 희원을 도울 생각이 추호도 없었다. 그냥 그런 시늉만 할 생각이었는데, 영신이 콕 집어서 이렇게 하라고 지시했다.

지금 온 전화 역시 사전에 계획해 둔 일이었다. 영신은 자연스럽게 희원과 식사 자리를 만들고 싶어 했다.

"뭐⋯⋯. 보면 알겠지."

민희가 중얼거리는 말에 희원이 뒤를 돌아봤다.

"뭐라고 하셨어요?"

"아니야. 얼른 치수 재자. 금방 도착한대."

"아, 네."

민희의 손짓에 담당자가 희원을 이끌고 다른 방으로 들어갔다. 홀로 남은 민희가 제가 휘갈기듯 그린 디자인을 바라보고 피식 웃었다.

"잘 어울리겠네."

* * *

'웨딩드레스 고르는 걸 도와주시겠대요.'

뜬금없이 최민희와 만난다는 희원의 말에 태신은 머리가 복잡해졌다. 최민희는 패션 전문이고 어머니가 시켰으니 합당한 만남이었다. 하지만 태신은 류희원 앞에서 최민희가 떨떠름한 얼굴을 한 걸 똑똑히 기억했다.

별로 내키지 않았을 텐데 이렇게 나서서 도와준다? 그 호의가 순수하게 다가오지 않는 건 단순히 그녀가 김영신의 아내이기 때문일까.

하필 제가 MOU 체결식 때문에 자리를 비울 수 없는 때를 노렸다는 것부터가 불순하게 느껴졌다.

이번 친환경 사업 관련 MOU는 태신이 에너지를 떠나기 전 이루게 된 마지막 성과였다. 이번 협약을 시작으로 배터리 관련 사업 등도 추진할 계획이라 첫 단추가 무척 중요했다.

체결식이 진행되는 내내 김영신이 무슨 수작을 부리려는 건지 생각하느라 제대로 집중하지 못했던 태신은 일정을 마치기 무섭게 희원에게 전화를 걸었다.

연결음이 울리는 몇 초의 기다림이 수십 분처럼 길게 느껴졌다. 초조하게 기다린 끝에 희원이 전화를 받자 태신은 그 목소리에 온 신경을 곤두세웠다.

- 네, 태신 씨.

"웨딩드레스는 잘 봤어?"

- 네, 잘 봤어요. 하나같이 너무 예뻐서 고르기 힘들더라고요. 다음번에

디자이너랑 함께 만나 보기로 했어요.

"그래……. 그럼 지금은 뭐 해?"

- 아, 그, 아주버님도 오셔서 같이 식사하고 있어요.

뭐라고 불러야 할지 고민하다 어색하게 뱉은 아주버님이라는 호칭이 살갑게 들렸다. 영신 역시 똑같이 느꼈는지 희미한 웃음소리가 뒤를 이었다.

그 웃음소리가 들리는 순간, 태신은 이성을 붙들던 끈이 툭 끊어지는 느낌이 들었다.

- 같이 식사했으면 좋았을 텐데. 막내야, 다음엔 함께하자.

핸드폰에 대고 말하는지 영신의 목소리가 한결 또렷해졌다. 태신은 말을 하기 위해 입을 열고 나서야 제가 얼마나 이를 악물고 있었는지 깨달았다. 저릿저릿한 턱을 뒤로한 채 태신이 말했다.

"지금 데리러 갈게."

- 이야, 뜨거운걸.

희원에게 한 말이었지만, 핸드폰이 여전히 영신을 향해 있었는지 엉뚱한 대답이 나왔다. 태신은 더는 참지 못하고 전화를 끊었다.

감정을 조절하지 못해 영신이 원하는 반응을 보였다는 것이 뒤늦게 화가 났다.

절 자극하려고 일부러 오늘 일을 꾸몄다는 걸 아는데도 속절없이 미숙한 반응을 보이고 만 건 류희원을 이용했기 때문이었다.

류희원을 향한 제 감정이 이만큼이나 깊어졌다는 걸 김영신에게 들킨 것이다.

핸드폰을 부술 듯이 쥐고 있는 태신을 바라보던 남 비서가 조심스럽게 차를 몰았다. 부디 길이 막히지 않아 최대한 빠르게 갈 수 있기를 기도하며.

* * *

"좋을 때지. 결혼한 지 10년쯤 되면 느끼기 힘든 풋풋함이기도 하고."

영신이 안 그러냐며 민희를 바라봤다. 하지만 민희는 미묘한 얼굴로 디저트를 먹을 뿐 대답하지 않았다. 자신들의 신혼에는 저런 풋풋한 열기가 없었으니까.

확실히 김태신과 류희원은 마치 연애결혼을 하는 것 같은 풋풋하고 달착지근한 느낌을 풍겼다. 정략결혼이라고는 믿을 수 없을 정도로, 서로를 바라보는 눈빛에서 사랑이 느껴졌다.

애정이 완전히 배제되어 있던 제 결혼이 얼마나 삭막하고 건조했는지 다시금 느끼게 해 줘서 달콤한 디저트를 먹는데도 소태를 문 듯 입이 텁텁했다.

영신은 자신을 여자로 보지 않았다. 아무리 정략결혼이라고 해도 너무한 거 아니냐 화도 내 봤지만, 저 남자의 눈빛이 바뀌는 일은 없었다.

결혼 초기에는 의무 방어전이라도 했다면 지금은 그마저도 없어진 지 오래였다. 때가 되면 체외 수정을 하기 위해 정자, 난자 모두 냉동해 두었다.

이걸 정말 부부라고 할 수 있을까. 가장 슬픈 건 이렇게 비참하다고 생각하면서도 이혼 서류를 내밀지 못하는 제 삶일 터였다.

"왜, 신혼 때로 돌아가고 싶어?"

신혼 때는 저러기라도 했다는 양 천연덕스럽게 말하는 게 어이가 없어 대꾸하지 않았더니 영신의 미소가 진해졌다. 마치 과분한 걸 바란다는 듯 내려다보는 시선에 민희는 너덜너덜한 가슴속이 한 번 더 난도질당하는 기분을 느껴야 했다.

"그나저나 정말 사람 인연이라는 게 있는가 봐. 내가 후원했던 친구가 이렇게 예쁘게 커서 내 동생하고 결혼한다니."

영신이 새삼스럽다는 듯 말하자 희원은 깊이 공감하며 고개를 연신 끄덕였다.

영신과의 인연은 깊다면 깊고 얕다면 한없이 얕았다. 예술 학교에 다닐 때 뽑혔던 유망주 후원 프로그램의 후원자 중 한 명이 바로 영신이었다.

인맥과 좋은 환경을 지원해 줘서 세계적인 음악가를 만들어 내겠다는 취지로 클래식 음악에 관심이 많은 재계 유명 인사들이 모여 만든 후원 프로그램이었다. 1기 장학생이었던 희원에게는 잊을 수 없는 사람이지만, 상대적으로 영신에게는 수많은 영재 중 한 명에 불과했다.

그래서 희원은 영신이 당연하게 절 기억하지 못할 거라고 생각했다. 그런데 얘기를 꺼내자 영신은 당연히 기억한다며 웃었다. 그가 도움을 줬던 입시 얘기를 먼저 꺼낼 정도로 확실하게 기억하고 있었다.

"교수님을 연결해 주셨을 땐 정말 감사했는데, 감사 인사도 제대로 못 드렸었네요. 죄송해요."

"그런 거야 아무것도 아니지. 내가 처음 후원했던 1기 학생 중 눈에 띄게 예쁜 소리를 내서 주의 깊게 봤었어. 그러니 입시 때 바로 도움 줄 수 있었던 거고, 합격하고도 진학을 안 했다는 소식을 들었을 땐 얼마나 안타까웠는지 모른다?"

희원이 어색한 미소를 지으며 눈을 살짝 내리깔았다. 그럴 수밖에 없었던 당시의 심정이 다시금 표면으로 떠오른 탓이었다.

"음악을 다시 할 생각은 없어? 손이 좀 굳긴 했겠지만, 길게 보면 늦지 않았을 텐데."

희원은 테이블 아래 가려진 손을 꾹 움켜쥐었다. 피아노를 다시 칠 생각을 안 해 본 건 아니었다. 하지만 피아노 앞에 앉으면 손이 얼어 버리고 경련이 일어서 건반을 누를 수조차 없었다.

이 역시 아직도 부모님과 함께 산 집에 못 들어가는 것과 같은 이유였다. 입시 때문에 엄마의 병도 알지 못했고 임종조차 지키지 못했다는 것이 트라우마로 남은 것이다.

"물론 가업을 잇는 것도 대단한 일이야. 네 음악적 재능이 아까워서 그렇지."

"그렇게 생각해 주시는 것만으로도 영광인걸요."

다시 벌어진 상처에서 나는 피를 도로 삼킨 희원이 애써 웃어 보였다. 복잡해 보이는 얼굴에 영신은 마치 다 이해한다는 듯 고개를 끄덕였다.

민희는 그런 제 남편이 낯설어서 살짝 오한이 들었다. 무척 마음에 들어 하고 좋아하길래 무슨 대단한 관계라도 되는 줄 알았는데, 얘기를 들으니 무슨 길 가다 옷깃이 스친 사이나 다름없었다.

후원자와 장학생의 관계? 김영신은 클래식 음악뿐 아니라 웬만한 분야의 영재들을 모조리 다 후원하고 있었다. 심지어 장학 재단마저 운영하고 있는 그가 학생들을 일일이 기억할 리 만무했다. 그나마 신성 그룹 손녀니까 기억이라도 하는 게 분명했다.

뭐 피아노 소리가 유난히 예뻤네, 재능이 있었네, 하는 말들은 개소리나 다름없다는 뜻이었다. 최민희가 본 김영신은 그렇게 섬세한 남자가 아니었다.

고작 이 정도 인연 가지고 생색을 내며 류희원을 자기편으로 끌어들이려는 걸까? 두 사람의 태도로 보아 이미 희원을 포섭한 건 아닌 듯 보였다.

'옛날에 은혜 좀 입었다고 김태신을 배신할 사람으로는 안 보이는데…….'

도대체 무슨 꿍꿍이인지 모르겠다. 하긴 언제는 알았느냐며 민희가 눈을 삐딱하게 떴다.

"희원아."

그때, 마치 악의 손아귀에서 공주를 구하러 온 용사처럼 태신이 나타났다. 저벅저벅 걸어오는 모습에서는 급하게 온 티가 나지는 않았지만, 시간으로 봐서는 과속 티켓 좀 끊었겠다 싶었다. 전화 끊은 지 얼마나 됐다고 벌써 오다니. 민희는 영신이 마수를 뻗치지 못하게 하려고 기를 쓰는 태신의 태도에서 류희원을 향한 마음이 느껴져 쓴웃음을 지었다.

저러니 영신이 류희원을 이용하려고 하는구나 하고 저절로 이해가 되는 모습이었다.

"태신 씨."

그 와중에 아무것도 모르는 듯 해맑은 얼굴로 일어나는 희원을 보니 민희는 온몸이 간지러워 미친 듯이 웃고 싶었다.

"식사는 끝난 모양이네. 가자."

같이 시간을 보낼 생각이 없는 단호한 태도에 희원은 군말 없이 자리에서 일어났다. 자신이 영신에게 고마운 것과 별개로 두 사람 사이가 그리 좋지 않다는 건 짐작하고 있기 때문이었다. 태신을 인간쓰레기로 만든 소문의 진원이 첫째 형 영신이란 건 어렵지 않게 추측할 수 있었다.

이전에 못 한 감사 인사를 전한 걸로 마음의 짐을 내려놓은 희원은 두말없이 태신의 곁으로 갔다.

"그러고 보니 막내 도련님, 건강 검진 받아야 하는 거 알죠?"

태신이 뻗은 손을 희원이 잡기 전, 민희의 목소리가 울렸다. 건강 검진이라는 말에 희원이 움찔하며 돌아봤다.

"동서도. 어디 아프다고 결혼 무르고 그런 거 아니니까 부담 안 가져도 돼. 우리도 다 했거든."

뒷말은 희원을 보면서 얘기한 민희가 맞지? 하며 남편에게 동의를 구했다. 영신은 그저 고개만 끄덕거렸다.

"아, 동서는 집안이 집안이니만큼 익숙하겠네."

"네……."

신성 병원이 강남 노른자위 땅 위에 VIP 건강 검진 전문 시설을 세운 걸 모르는 사람은 없었다. 하지만 그 얘기를 듣는 희원의 표정은 그리 좋지 않았다.

"알겠습니다. 먼저 들어가 보겠습니다."

"네. 조심히 가요."

민희에게 꾸벅 인사한 태신이 희원의 손을 잡고 식당을 나섰다. 다리를 꼰 채 무릎에 손을 올리고 그 모습을 바라보는 영신이 즐거워 죽겠다는 얼굴을 한 걸 보고 민희가 몸서리를 쳤다.

"대체 얼마나 큰 그림을 그리는 거야?"

"용을 잡으려면 그만큼 철저히 준비해야지 않겠어?"

막냇동생을 용이라 표현하는 데 주저함이 없다. 그만큼 강력한 상대라는 의미였다. 수도 없이 방해하고 괴롭혔음에도 꺾이기는커녕 어느새 당당히 후계 후보로서의 면모를 보이고 있으니 인정하지 않을 수 없었다.

물론 영신은 형제라고 봐주는 사람이 아니었다. 제 것을 두고 경쟁하는 사이니 오히려 더 잔인해졌다.

"그래도 내 눈에는 자기가 저 미끼를 완전히 장악하지 못한 걸로 보이는 걸?"

김영신이 이렇게까지 조심하는 걸 본 적이 없는 민희로서는 이해하기 힘들었다. 신성 그룹 손녀라는 위치 때문일까. 아니, 김영신은 그런 걸 가리지 않았다. 상대의 가장 약한 부분을 파고들어 장악하고 나면 다들 알아서 김영신의 노예가 됐다. 자신처럼.

처음으로 애먹는 모습을 보니 조금 고소해서 웃으며 말하는데, 영신이 포크를 들어 아직 건드리지 않은 디저트 에클레어를 조각냈다.

에클레어 조각을 올린 포크를 눈앞에 들이대자 민희가 떨떠름한 표정으로 영신과 포크를 번갈아 바라봤다. 생글생글 웃는 영신의 얼굴이 야차보다 더 무서웠기에 마지못해 입을 벌렸다.

디저트가 싫은 게 아니라 김영신 손에 들어가면 포크조차 무기가 될 수 있다는 걸 잘 아는 탓이었다. 초콜릿이 묻은 포크 날이 유난히 날카롭게 느껴졌다.

입 안에 들어와 디저트를 내려놓은 포크가 바로 빠져나가지 않고 안에 머물렀다. 민희는 그 순간 숨도 쉬지 못했다. 포크 날이 목젖을 찌를까, 입천장을 뚫을까, 별의별 상상이 다 펼쳐졌다.

"……."

인고의 시간 끝에 포크가 혀를 긁으며 얌전히 빠져나갔다. 목덜미를 따라 흐르는 식은땀을 내색하지 않고 입을 다무는 민희를 흐뭇하게 보며 영신이 말을 이었다.

"기껏 팔팔하게 산 미끼를 골라 놓고 죽이면 안 되잖아. 미끼를 물 때까지 예쁘게 살아 있어 줘야지."

* * *

희원은 제 손을 잡은 채 묵묵히 걷는 태신을 바라봤다. 차를 타고 왔을 텐데 호텔을 빠져나와 거리를 걷는 동안 그는 아무 말이 없었다.

저녁의 거리는 퇴근하는 사람들과 놀러 나온 사람들로 북적거렸다. 호텔에서 떨어지면서 점점 복잡해지는 거리에는 음식점과 주점이 끝도 없이 이어져 있었다.

가게 앞에 삼삼오오 모여 수다를 떠는 사람들과 좁은 길을 헤치고 들어오는 차로 인해 앞이 막히자 그제야 정신을 차린 듯 태신이 우뚝 멈췄다.

뒤를 돌아보며 희원을 찾은 그는 마침 희원의 뒤로 나타난 오토바이를 보고는 얼른 희원을 끌어안았다. 오토바이를 탄 남성은 익숙한지 속도 하나 줄이지 않고 곡예를 하듯 옆으로 곡선을 그리며 지나갔다.

"괜찮아요?"

태신에게 반쯤 안긴 자세가 된 희원이 올려다보며 물었다. 누가 누구에게 할 말인지. 방금 오토바이에 부딪힐 뻔한 건 아예 모르는 듯했다.

"무작정 끌고 나와서 미안해."

"아니에요. 식사도 마쳤는걸요. 태신 씨는 식사했어요? 안 먹었으면 어디 들어갈래요?"

주변 음식점에서 온갖 냄새가 자극적으로 흘러나왔다. 하지만 주변의 담배 냄새와 섞여서 그런지 그다지 좋게 느껴지지 않았다.

"괜찮아. 일단 자리를 옮기자."

"네."

이번에는 태신이 보폭을 맞춰 줘서 나란히 걸을 수 있었다. 희원을 안쪽 자리로 옮기고 어깨를 감싼 태신은 다른 사람과 부딪히지 않도록 신경 썼다.

"호텔 옆에 이런 골목이 있는 줄 처음 알았네."

늘 차로만 다니니 이런 안쪽은 잘 알지 못했던 태신은 이 거리 자체가 신기하고 불편했다. 그에 반하면 희원은 딱히 아무렇지도 않은 듯 익숙해 보였다.

"이쪽으로 저녁 상권이 발달했더라고요."

"많이 와 봤어?"

"그렇지는 않고……. 가끔 회식할 때 왔었어요."

"아, 회사가 근처겠군."

"네. 점심 회식은 이쪽으로 안 오지만, 저녁에는 주로 이쪽으로 와요."

희원의 말에 태신이 옅은 웃음을 흘렸다.

"방금 굉장히 평범한 직장인 같았어."

"평범한 직장인 맞는걸요."

희원이 당연한 얘기를 한다며 고개를 갸웃거렸다. 그 모습에서 오너 가문의 일원이라는 자부심이나 특권 의식은 전혀 찾아볼 수 없었다.

"회사 사람들이 부담스러워하지 않아?"

"아무래도 부담스럽기야 하겠죠? 그래서 터놓고 친하게 지내는 사람이 없어요. 하지만 위에서 절 특별 대우 하지 않으니 다들 일적으로는 평범하게 대해 주세요."

처음 회장의 손녀라는 게 밝혀졌을 때만 해도 낙하산이라는 인식이 강했는데, 특별 대우를 위한 어떤 지시도 내려오지 않으니 시선이 점차 바뀌었다.

그런다고 희원의 핏줄이 달라지는 건 아니니 여전히 조심스럽고 부담스럽긴 하겠지만, 그래도 일을 시키거나 하는 건 일반 사원과 똑같아졌다.

"특별 대우 하지 말라는 건 류 사장님의 지시야?"

"그렇지 않을까요? 작은아빠도 저처럼 신입 사원부터 시작해서 지금 자리까지 올라갔다고 늘 얘기하셨거든요. 거기다가 할아버지의 수업까지 겸해서 무척 힘들었다고 들었어요."

그에 비하면 자기는 아무것도 아니라며 희원은 작게 웃었다. 할아버지가 경영에서 손을 떼다시피 한 후로 회장 대리를 맡은 거나 다름없는 작은아빠는 희원의 교육까지 겸하기엔 지나치게 바빴다. 그 자신도 총수의 자질을 증명해야 하는 처지였으니 희원도 이해했다.

"할아버지께서 태신 씨와의 결혼을 밀어주셨으니 회사에서 쫓겨날 걱정은 안 해도 될 거예요. 승계가 마무리되면 저도 배울 게 많아지겠죠."

가장 긍정적으로 보는 미래였다. 작은엄마가 훼방을 놓을 가능성이 있는 만큼 어찌 될지는 아직 모르기에 안심할 수 없었다.

'건강 검진 받아야 하는 거 알죠?'

문득 최민희의 말이 떠오른 희원의 표정이 살짝 굳었다. 결혼 전 서로의 건강 상태를 체크하는 일이야 당연히 필요한 과정이라고 생각했다. 건강 상태를 두고 트집 잡을 수도 있는데, 그러지 않는다고 못 박기까지 했으니 그냥 하나의 절차라고 보면 됐다.

다만 매년 건강 검진을 받고도 병을 발견하지 못했던 엄마가 떠오른 탓에 의미가 없다고 느껴졌다.

"터놓고 친하게 지내는 사람 있던 것 같은데."

"네? 아, 그건 수환 씨가 워낙 사교성이 좋은 사람이라……."

갑자기 동기 조수환이 언급되자 희원은 허둥지둥 변명했다. 저번에 혹시 그를 좋아하는 게 아니냐는 얘기를 들은 게 기억이 난 탓이었다. 그렇지만 그때도 지금도 희원에게 조수환은 사람 좋은 동기일 뿐이었다.

그런데 고작 한번 지나가다 봤을 뿐인 태신이 꾸준히 수환을 언급하는 게 신기했다. 혹시 질투를…… 하는 건가?

"혹시 신경 쓰여요?"

"뭐가?"

"친하게 지내는 남자가 있다는 거요."

"내가 그런 걸 신경 쓸 것 같나 봐?"

"자꾸 얘기를 꺼내시니까……."

시큰둥한 태신의 반응에 희원은 제가 오해했나 싶어 살짝 뺨이 달아올랐다. 하긴 김태신과 질투는 어울리지 않는 조합이기는 했다. 그리고 태신이 질투한다는 게 가당키나 한가.

"못 들은 걸로 해요."

그렇게 말하는 순간, 태신이 손을 꾹 잡아당겼다. 갑작스러운 힘에 끌려간 희원의 몸이 태신의 품에 쏙 안겼다.

"태신 씨?"

끌어안는 걸로 그치지 않고 코트로 감싸기까지 하는 바람에 희원은 그를 올려다볼 수가 없었다.

"잠깐만 이러고 있자."

희원을 품에 넣어 버린 태신이 소리 없는 한숨을 내쉬었다. 꼴불견이었다. 희원이 말하기 전까지 제가 질투를 하고 있다는 것도 깨닫지 못하고 있었다. 그저 그날 류희원이 보여 준 미소가 가슴에 세게 박혀서 잊히지 않을 뿐이었다.

제 품에 안긴 채 얌전히 있던 희원이 잠시 꼬물거렸다. 숨이 막히는 건가 싶어 살짝 놔 주는데, 팔이 허리를 휘감았다.

"……."

코트 안쪽에서 저를 끌어안는 희원의 감촉이 너무도 선명했다. 고개까지 옆으로 돌려서 자신을 끌어안은 희원을 느끼고 나니 희한하게도 속이 조금 편해졌다.

뭘 먹지 않는데도 마치 얹힌 것처럼 딱딱하게 굳어 있었는데, 희원의 열기가 부드럽게 녹이는 듯했다.

큰형이 이렇게 대놓고 접근했다는 것은 아이러니하게도 희원의 결백을 더 공고히 했다. 그럼에도 이렇게 경기를 일으키듯이 격하게 반응한 건 큰형의 마수가 뻗치는 것 자체가 싫기 때문이었다.

이성적으로는 이 상황을 역이용해 큰형이 수작을 부리는 직접적인 증거를 찾아야 한다고 생각했다. 작은형의 사고에 관여했다는 걸 입증하지 못한 이상, 그간 자신을 괴롭힌 정도로는 그를 끌어내릴 수 없으니까.

이대로 제가 제약, 바이오를 맡고 거기서도 성과를 낸다면 큰형의 입지가 좁아지는 건 당연지사였다. 그렇게 두지 않으려고 분명히 무슨 수든 쓰려고 할 거고 그건 작은형을 망가뜨린 차 사고보다 더 끔찍한 일일 가능성이 컸다.

그런 비인간적이고 섬뜩한 일에 류희원이 엮이게 하고 싶지 않았다. 하지만 오늘 제가 보인 미숙한 태도로 인해 큰형은 류희원이 제 약점이라고 확신했을 것이다.

과연 이 상황에서 류희원을 배제할 방법이 있을까? 변심해서 결혼을 안 하겠다고 해도, 다른 여자를 만나도 그는 속지 않을 것이다.

"스스로 약점을 만드는 바보짓은 안 할 줄 알았는데……."

한 번도 소중한 사람을 만든 적이 없었다. 희원이 회사 내에서 마음을 터놓고 지내는 사람이 없다고 한 것처럼 태신은 인생에 그런 사람이 없었다.

소중한 사람이 변심해서 절 망가뜨리려고 드는 경험은 하고 싶지 않으니까. 기대가 없으면 실망도 없다고, 일부러 남에게 기대하지 않는 삶을 살아왔다.

그런데 이렇게나 마음이 가는 존재가 생길 줄은 스스로도 예상하지 못했다. 류희원이 제시한 거래에 응할 때만 해도 그저 흥미가 동했을 뿐이었고 그녀의 이용 가치에만 집중했다. 사실 류희원의 가치보다는 배경인 신성 그룹의 가치가 더 컸다.

그렇지만 지금도 그렇게 생각하느냐 묻는다면 아니었다. 희원을 믿고 싶은 마음이 부정할 수 없을 정도로 커졌다. 그리고 그 마음이 신뢰의 범주를 넘어갔다는 것도 인정했다.

"희원아."

품을 열어 주며 부르자 희원이 고개를 들었다. 따끈하게 열이 올라 복숭앗빛으로 물든 뺨을 보니 가슴이 미칠 듯이 뛰었다.

하지만 무엇보다 강렬하게 시선을 붙드는 건 다름 아닌 희원의 눈이었다. 처음 봤을 때부터 반하고 말았던 맑게 빛나는 눈. 보석 같은 눈동자가 자신을 온전히 담는 순간, 말로 표현하기 힘든 에너지가 솟는 걸 느꼈다.

"질투했다면 실망할 거야?"

"네? 아니, 실망이라뇨. 왜……."

실망이라니, 그럴 리 없지 않으냐고 말하던 희원은 점차 가까워지는 태신의 고개에 자연스럽게 눈을 감았다. 쪽, 입술에 닿았다가 떨어지는 입술의 감촉이 평소와 달리 거칠었다. 마치 오늘 태신이 얼마나 힘든 하루를 보냈는지 알려 주듯이.

코트 속에 파묻힌 탓에 살짝 헝클어진 머리를 정돈해 주며 태신이 조곤조곤 말했다.

"말했잖아. 내 아내한테 다른 새끼 냄새가 나는 거 싫다고. 그 냄새는 아직 또렷이 생각나거든."

"하지만 정말 아무 사이 아닌걸요……."

"알아. 그냥 너한테 뭐든 꼬이는 것 자체가 싫어서 그래. 그런 날벌레는 무시하면 되지만, 개 같은 짐승이 들러붙으면 곤란하거든."

살짝 억울한 마음에 항변하던 희원의 입이 꾹 다물어졌다. 태신의 말속에 숨은 의미가 확연히 느껴졌다. 개 같은 짐승. 지금 상황에 그렇게 칭할 만한 사람은 단 한 사람밖에 없었다.

태신과 같은 배에서 나왔음에도 생긴 건 전혀 닮지 않은 남자. 여유와 관대한 마음에서 우러나오는 너그러운 미소가 지금도 선연하게 떠올랐다.

"제가 김영신 씨를 만나는 게 싫은가요?"

기가 막히게도 단번에 알아듣는 희원을 보며 태신이 미묘한 표정을 지었다. 희원도 정답이란 걸 알고는 표정이 어색해졌다.

희원은 평생 가도 과거의 은인인 김영신을 개 같은 짐승이라 부르지 않을 것이다.

하지만 악질적인 소문에 시달려 온 태신이 그를 개 같은 짐승이라 부르는 건 이해했다. 사람은 본디 입체적이라 살인자도 누군가에게는 따뜻하다 했으니까.

그러니 알고 보면 좋은 사람이라고 태신을 설득할 생각은 전혀 없었다. 무엇보다 희원은 태신에게 깊이 공감했다. 자신도 작은엄마의 이간질에 당할 대로 당한 기억이 있으니.

"괜찮아. 네가 만나고 싶어서 만난 것도 아닐 테니."

"……."

앞으로 영신과 따로 만날 일이 없기는 하지만 그래도 영신과의 인연을 알리는 게 낫겠다는 생각이 든 희원이 입을 열려고 하는데, 태신의 말이 먼저 이어졌다.

"오늘처럼 네가 거절할 수 없는 상황이 꽤 생길 거야. 형수님이 널 돕고 있으니 핑계를 만들기도 쉽지."

"네……."

"그저 한 가지만 기억해 주길 원해."

"뭐든 말해요."

열심히 고개를 끄덕이는 희원의 행동에 태신은 피식 웃고 말았다.

"그렇게 말하는 거 위험하다고 알려 주지 않았나? 똑똑해서 한 번 배우면 잊지 않는 줄 알았는데."

"전 태신 씨를 믿는다고 대답했고요."

"……."

한 방 먹었다는 표정을 지은 태신이 희원을 다시 끌어안으며 이마에 입을 맞췄다. 희원이 힐을 신고 있어서 이마가 딱 입술 높이에 있었다.

"그거면 돼. 내가 네게 바라는 건 믿음, 그거 하나야."

입을 떼고 중얼거린 한마디가 희원의 가슴을 욱신거리게 했다.

이전에 믿음에 관한 얘기를 나눴을 때가 떠올랐다. 마음을 다칠 정도로 심하게 배신당한 적이 있느냐고 물었던……. 대답을 듣진 못했지만, 침묵이야말로 긍정의 의미였다.

지금 태신은 자신을 배신하지 말아 달라고 부탁하고 있는 거였다. 그런 부탁을 해야만 한다는 것이 희원은 가슴 아팠다.

"절대로 태신 씨의 믿음을 저버리지 않을게요."

태신은 그저 웃기만 했다. 살면서 가장 듣고 싶어 하는 말이었지만, 역설적으로 가장 믿지 못하는 말이었기에. 자신만은 다르다고, 자신을 믿어야 한다고 말한 이들은 지금 다 어디에 있더라.

그럼에도 다시 한번, 마지막으로 믿고 싶었다. 이미 제 마음은 류희원을 담고 있으니까.

"돌아가자. 호텔에서 너무 멀어졌어."

인적이 드문 곳까지 정처 없이 걸어온 탓에 호텔로 돌아가려면 꽤 걸어야 했다. 희원은 그전에 뭐라도 먹는 게 좋지 않겠느냐고 생각했지만, 아무래도 태신은 입맛이 없는 모양이었다.

희원은 호텔로 돌아가는 동안, 영신과의 인연에 대해 얘기했다. 오늘 감사 인사를 전했으니 더는 따로 볼일이 없다는 것까지도.

태신은 희원의 얘기를 묵묵히 들었다. 제게 오해받기 싫은지 하나하나 성심성의껏 얘기하는 모습에 자꾸 미소가 지어지려고 해 입매를 굳게 다물어야 했다.

"처음 듣는 얘기인데, 생각해 보니 그리 놀랄 일은 아니네. 그 인간은 온갖 곳에 다 후원하거든."

국내의 모든 영재에게 선을 댄다는 것은 아무리 돈이 많아도 쉽게 할 수 없는 일이었다. 노블레스 오블리주라고 포장하지만, 태신은 꼭 빚을 지워 놓는 것 같다는 생각을 지울 수가 없었다.

실제로 그가 이용했던 인간 중에 그에게 이런 빚이 있는 이들도 적지 않았다. 이번에 본색을 드러냈던 홍소연도 한국예술종합학교에 다닐 때 김영신의 후원을 받은 전적이 있었다. 모를 줄 알았겠지만, 태신은 그래서 단 한 번도 홍소연을 믿은 적이 없었다.

물론 희원이 후원을 받았다는 건 의외였다. 집요할 정도로 조사했었는데도 나오지 않은 정보였다. 당시 후원의 주체가 김영신이 아니었기 때문인 것 같았다. 일대일 후원이 아니었기에 희원이 신성 그룹 손녀가 아니었다면 영신도 기억 못 했을 것 같은 얕은 인연이었다.

어쨌든 그 후원이 대학 입시에서 끊겼다는 것을 태신은 다행이라 여겼다. 만약 그때 희원이 무사히 대학에 입학하고 김영신과의 인연이 계속 이어졌어도 우리가 지금처럼 엮일 수 있었을까?

홍소연처럼 불신했겠지만, 류희원이라면 왠지 그래도 결국 믿게 됐을 것 같았다. 지금보다 훨씬 어렵고 지난한 과정을 겪을 테지만 결국에는 지금과 같아졌을 거라는 생각이 들어 태신은 가슴 안쪽이 조금 간지러웠다.

"아쉽지 않아? 음악을 계속했다면 전혀 다른 인생을 살았을 텐데."

영신에게도 들은 말인데, 태신에게 들으니 느낌이 또 다르다고 생각하며 희원은 어색하게 웃었다. 마침 발렛을 담당하는 직원이 차를 몰고 와 키를 건네줘서 자연스럽게 대화가 끊겼다.

"집에 데려다줄게."

"……."

희원은 순간, 태신의 집에 함께 가고 싶다고 생각하는 자신을 발견하고 놀라고 말았다. 내일 출근도 해야 하는데, 어째서 그런 생각을 했을까.

게다가 태신은 같이 가고 싶다면 말하기 전에 행동하는 사람이었다. 그가 집에 데려다준다고 하는 건 오늘 밤은 혼자 있고 싶다는 뜻이나 다름없었다.

"저번에 내가 가져다 둔 향수 기억해요?"

그래도 이렇게 헤어지기엔 아쉬워서 희원이 얼른 말을 건넸다. 갑자기 꺼낸 얘기에 태신이 눈썹을 들었다.

"당연히 기억하지."

제일 아끼는 걸 가져오라고 하니까 예쁜 보석함에 들어 있는 향수를 들고 온 걸 기억했다. 장식품으로서의 가치도 있었지만, 양이 많이 줄어들어 있는 걸로 보아 보이지 않는 손때가 탄 게 느껴졌다.

다만 평소 희원에게서 진한 향기를 느껴 본 적이 없어서 조금 의외이기는 했다.

"그중에 보라색 향수가…… 아마도 양이 제일 적을 텐데, 집에 가면 그걸 뿌려 봐요. 심신 안정에 도움이 되는 향이거든요. 잠도 잘 오고요."

희원은 제가 제일 애용하던 거라고 덧붙였다. 심적으로 힘들었을 오늘, 태신에게도 도움이 되지 않을까 해서 권한 건데, 괜한 참견이라고 할까 봐 살짝 걱정되기도 했다.

"심신 안정, 불면에 도움이라……."

기가 막히게 지금 제 심리 상태를 읽은 것에 태신이 쓴웃음을 흘렸다.

솔직한 말로는 이대로 희원을 데리고 집에 가고 싶었다. 하지만 그러면 밤새 희원을 얼마나 몰아붙일지 눈에 선하게 그려졌다. 스스로도 감당하지 못하는 불안한 심리 상태를 변명 삼아 거칠게 굴고 싶지 않았다.

"고마워. 꼭 뿌려 볼게."

긍정적으로 답하자 희원의 미소가 밝아졌다. 그 미소 속에서 자신을 향한 걱정과 배려, 기쁨과 같은 감정들이 속속들이 전해져 와 태신은 가슴이 아플 정도로 뻐근해졌다. 숨을 쉬기 힘들 만큼 가슴 근육이 수축하는데, 그 고통이 이상하게도 싫지 않았다.

길이 막히지 않으니 순식간에 희원의 집에 도착했다. 내려 주자니 아쉬운 마음을 금할 길이 없었다. 희원도 비슷한 생각인지 도착한 걸 알면서도 움직이지 않았다.

그 미적거림 때문인지 어쩐지 웃음이 났다. 소리 내서 웃는 태신을 본 희원도 같이 웃어 버려서 난데없이 차 안에 웃음이 울려 퍼졌다.

웃음이 스트레스를 날려 버리기라도 하는 걸까. 한결 편해진 표정을 한 태신이 자연스럽게 희원의 머리를 끌어안았다.

"집에 데려가고 싶다."

나지막이 흘러나온 한마디에 희원의 얼굴이 발그레해졌다. 태신은 고개를 숙여 희원의 콧대에 입을 맞췄다. 희원이 시선이 들면서 자연스럽게 코에서 입으로 내려갔다. 보들보들한 입술 감촉이 마음을 간지럽히는 듯했다.

시작은 달콤한 입맞춤이었지만, 점차 진해지는 숨이 분위기를 달구었다. 입술을 비집어 열고 들어간 태신의 혀가 농밀하게 희롱하면 희원 역시 서툰 혀 놀림으로 응했다.

어설프게 진해진 키스에 감질이 난 태신이 희원의 안전벨트를 풀고 끌어당겼다. 운전석으로 넘어온 희원이 불편하지 않도록 시트를 뒤로 기울인 태신이 희원을 끌어안았다. 앞으로 흘러내린 머리를 쓸어 넘겨 주니 수줍은 듯 보이는 예쁜 얼굴이 드러났다.

"왜 수줍은 새색시 얼굴 같다는 표현이 있는 줄 알겠어."

"네……?"

"네 얼굴 보니 온갖 꽃이 다 떠올라서."

수줍은 새색시 같다는 표현에 희원이 당황한 듯 눈을 연신 깜박였다. 기다란 속눈썹이 날갯짓하듯 파르르 떨리는데, 그 모습마저도 살 떨리게 예뻤다.

태신이 엄지로 뺨을 쓰다듬으며 떠오르는 꽃 이름을 하나하나 중얼거리자 희원은 얼굴이 화끈거려 참기 힘들었다.

그 부끄러워하는 반응이 좋았는지 씩 웃은 태신이 뒷목을 부드럽게 감싸며 끌어당겨 다시 입을 맞췄다. 희원도 입을 벌리며 그의 혀를 받아들였다.

입천장을 쓱 훑으며 안쪽으로 파고든 혀가 거침없이 희원의 혀를 휘감아 얽었다. 쭉 빨아 올리는 힘이 어찌나 강한지 희원은 허리가 곧추서며 바르르 떨었다. 혀를 빨렸을 뿐인데 그 짜릿한 느낌이 머리를 곤두서게 하고 허벅지 사이를 젖게 했다.

"아흥……."

저도 모르게 몸을 움찔거린 걸 느꼈는지 태신이 엉덩이를 아프도록 꽉 움켜쥐었다. 한 손에 들어오는 엉덩잇살의 탱탱하면서 말랑한 감촉이 태신을 자극했다.

희원의 아랫입술을 문 채 낮고 거친 숨을 몰아쉬던 태신이 이러다 일 치르겠다며 고개를 들었다.

"이만 들어가."

"……."

꽉 붙잡고 있던 걸 놔줬지만, 희원이 머뭇거리기만 할 뿐 움직이지 않자 태신의 입가에 진한 미소가 머물렀다.

어딘지 모르게 아쉬워 보이는 희원의 표정이 가슴을 간질간질하게 했다. 류희원도 저와 좀 더 함께 있고 싶어 하는 게 확실하게 느껴져서.

"오늘은 널 배려해 줄 여유가 없어서 그래. 네가 아프든 말든 내 성욕 푸는 데만 급급하면 되겠어?"

이렇게까지 말하니 억지를 부릴 수 없어진 희원이 마지못해 고개를 끄덕였다.

"알겠어요."

보조석으로 돌아간 희원이 내릴 채비를 했다. 흐트러진 옷과 머리를 정돈하고 문을 여니 아직은 찬 공기가 휘돌면서 차 안의 뜨거운 열기를 단숨에 날려 버렸다.

"조심히 가요."

차를 빙 돌아 운전석 쪽으로 간 희원이 그새 창문을 내린 태신에게 작별 인사를 했다. 가는 거 보고 들어가겠다며 버티고 서 있으니 태신이 먼저 차를 출발했다. 멀어지는 차를 가만히 보고 있는데, 갑자기 희원의 어깨가 확 무거워졌다.

"대박, 미쳤네."

소스라치게 놀란 희원이 몸을 확 피하며 돌아봤다.

류진아였다. 희원의 어깨에 턱을 기댔던 진아가 앞으로 휘청거리다가 중심을 잡았다.

"아, 갑자기 움직이면 어떡해!"

"놀랐잖아. 언제 온 거야?"

"아주 푹 빠졌네, 빠졌어. 동생이 언제 들어오는지도 모르고. 뭐 이해해. 원래 늦게 불붙으면 못 말리더라."

"무슨 소리야……."

"그 나이에 처음 만나는 남자잖아. 눈 돌아가는 것도 이해가 간다고."

"……."

"심지어 그 유명한 김태신이랑? 이건 못 참지."

눈을 휘며 웃는 진아의 얼굴에 놀리고 싶다는 기색이 역력해서 희원은 조금 불편해졌다. 그런 희원의 표정을 본체만체하며 진아가 멀어지는 차를 향해 시선을 돌렸다. 시야 끝에 간신히 걸린 차는 금세 모습을 감췄다.

"장난 아니긴 하더라. 잘생겼다고 듣긴 했지만 그래도 나는 꼰대 개저씨일 줄 알았거든? 11살이나 많다며."

11살 차이. 띠동갑에 가까운 나이 차가 희원을 도와줬다. 만약 진아가 제 나이였다면 제게는 아예 기회 자체가 오지 않았을 테니까.

"사람이 어떻게 저렇게 생겼지? 지금 보니까 너무 잘생겨서 사진발이 안 받는 거였네. 사진은 되게 무섭게 보이던데."

어두운 차 안에 있는 사람을 잘도 관찰했다 싶어서 희원은 조금 떨떠름해졌다. 저와 함께 있는 모습을 다 봤다는 거니까. 아랑곳하지 않고 끊임없이 감탄을 내뱉던 진아가 문득 샐쭉한 표정을 지으며 희원을 쳐다봤다.

"아깝다. 내가 맞선 보러 나갔으면 지금 저 차에서 내린 게 언니가 아니라 나인 거잖아."

"……."

표정부터 말까지 모두 다 의미심장했다. 이미 작은엄마가 뭐라 언질을 했을지도 모르겠다는 생각이 들었다. 아니, 하고도 남았다.

희원은 개의치 않고자 애쓰며 들어가자고 몸을 돌렸다. 이미 태신의 차가 뿜어내던 빨간 불빛의 잔상마저 사라진 지 오래였다.

"우리 엄마 웃기지 않아? 언제는 죽어도 결혼 못 시킨다고 가방까지 사 주면서 미국 가 있으라더니 지금은 또 결혼하겠다고 하라고 난리야."

"……."

재빨리 희원에게 따라붙은 진아가 팔짱을 끼며 치댔다. 진아는 이런 행동에 스스럼이 없었다. 고등학생 때 이미 희원의 키를 추월했고 이제 머리 하나는 더 큰데도 아직도 자신이 4살 난 귀염둥이 꼬마 동생인 줄 아는 것처럼 굴었다.

저보다 작고 앙상했던 어린 진아가 언니랑 같이 살 거라며 떼를 쓰던 게 생각이 난 희원의 표정이 미묘해졌다. 연달아 떠오르는 여러 기억을 애써 덮은 희원은 진아의 말에 집중하려 애를 썼다.

"그런 가방 열 개도 더 사 주겠대. 어지간히 아깝나 봐."

엄마의 바뀐 태도가 웃겨 죽겠다는 듯 진아가 연신 키득거렸지만, 희원은 딱히 웃기지도 놀랍지도 않았다. 도원 며느리 자리에 미련이 가득해 보였으니 진아에게 억지를 부리라고 시키는 게 이상하지 않았다.

"아니, 여자 때리는 나쁜 새끼라고 절대 안 된다고 할 땐 언제고. 그건 억까였나 봐?"

"억까?"

"억지로 까는 거라고. 김태신, 여자 때리는 사람 아니지?"

"전혀 아니야."

"킥킥, 울 엄마는 어디서 그런 얘기를 들었길래 속아 넘어갔대."

배를 잡고 웃던 진아가 불 켜져 있는 본채를 힐끗 보더니 희원을 붙잡았다. 앞으로 가던 몸이 당겨진 희원이 옆을 돌아봤다. 제 말을 귀담아듣지 않는 듯한 태도에 진아의 표정이 살짝 불퉁해졌다.

"농담 아니야. 진짜 신부 바꿔치기하려고 작정했다니까?"

"……너는 어떤데? 태신 씨랑 결혼하고 싶어?"

"뭐, 하라면 하겠지? 나이는 많지만 존나 잘생겼잖아. 제대로 보면 숨도 못 쉴 것 같더라. 그리고 도원 그룹이니까 평생 나 하고 싶은 거만 하고 살게 해 주지 않을까?"

진심인지 농담인지 가늠하기 힘든 대답이었다. 희원은 진아를 빤히 바라보다가 딱 한마디만 했다.

"작은엄마 생각이 어떻든 지금 와서 바뀔 일은 없어."

"헤에."

진아가 묘한 콧소리를 내며 머리를 빙빙 꼬았다. 대단한 자신감인데. 웃으며 중얼거린 혼잣말이 희원에게도 또렷이 들렸다.

"언니가 이렇게 강하게 자기주장 하는 거 처음 봐. 그럴 가치가 있다는 거잖아? 이 결혼이."

"……."

"욕심나게."

킥, 짧게 웃은 진아가 먼저 집에 들어갔다. 홀로 남겨진 희원은 입을 꾹 다문 채 깊은 한숨을 내쉬었다.

저런 점 때문에 진아는 작은엄마와 다른 의미로 대하기 어려웠다. 어디로 튈지 모르는 탱탱볼 같은 성격이라 예측이 안 됐다.

게다가 사람을 골탕 먹이거나 놀리는 걸 좋아해 선을 넘거나 도가 지나치는 행동도 서슴지 않았다. 나쁜 뜻이 없는 게 더 고약했다.

'그래도 양쪽 집안이 함께 추진하고 있고 태신 씨가 확고하니 바뀌는 건 없을 거야.'

진아를 앞세워서 바꾸려고 들어 봐야 너무 늦었기에 희원은 크게 걱정하지 않았다. 그보다는 신부 바꾸기에 실패한 작은엄마가 어떤 식으로 훼방을 놓을지를 걱정해야 했다.

집 안으로 들어간 희원은 진아를 붙잡고 얘기 중인 작은엄마를 보고 꾸벅 인사했다. 인사를 받는 둥 마는 둥 하며 말을 이어 가는 그녀의 얼굴이 무척 신경질적으로 보였다. 평소 자연스럽게 묻어 나오던 여유는 눈을 씻고 봐도 찾을 수 없었다.

'작은엄마……. 아, 건강 검진도 받아야…….'

순간적으로 번뜩인 생각에 소름이 끼친 희원이 몸을 부르르 떨었다.

건강 검진. 신성 병원에서 받는 검사의 결과를 조작하는 것쯤은 병원장에 겐 식은 죽 먹기나 다름없을 것이다.

궁지에 몰린 작은엄마가 무슨 짓을 저지를지는 아무도 모른다. 하지만 건강 검진 결과를 조작하는 것보다 더 쉬운 일은 없어 보였다.

제 건강에 문제가 있는 것처럼 꾸며 도원 그룹이 꺼림칙하게 만들고서 자연스럽게 진아로 상대를 바꾸자고 권한다.

충분히 일어날 수 있는 일이었다. 그럴 것을 대비해 다른 병원에서도 검사를 받아야겠다고 생각하던 희원은 오한이 든 것처럼 식은땀을 흘렸다.

'만약 내 건강 검진 결과에 손을 댄다면……. 그 의혹도 진짜라는 거겠지.'

사실 희원은 작은엄마가 일부러 엄마의 병환을 숨긴 게 아닐까 하는 작은 의혹을 가지고 있었다.

하지만 그런 문제가 있었다면 할아버지가 먼저 알아보셨지 않을까 하며 덮었던 일이었다. 그래야만 했다. 자신은 입증할 힘이 없었으니까.

신성 병원은 작은엄마의 지배 아래 있었고 당시 엄마의 검진을 담당한 의사와 작은엄마 몰래 접촉하는 건 불가능했다.

그래서 지난 6년간, 그런 의심은 아예 생각도 하지 않는 것처럼 살았다. 고개를 숙이고 순종하면서.

그렇게 죽지 못해 살던 끝에 김태신이라는 동아줄을 붙잡았지만, 그 역시 제가 살기 위해서였다. 일단 제가 살아남아야 의혹을 해소하든 뭘 하든 할 테니까.

그런데 바로 지금, 무력하게 잊어야만 했던 그 의혹이 불현듯 고개를 들었다. 마음속 깊은 곳에 묻어 놓은 동안 훨씬 더 짙어지고 크기가 커진 채로.

'정말 일부러 돌이킬 수 없을 때까지 병환을 숨긴 거라면…….'

생각만 해도 가슴이 시려서 희원은 표정을 제대로 관리할 수가 없었다.

병을 조금만 일찍 발견했다면 엄마도 죽지 않고 아빠도 자살하지 않았을 것이다. 만약 작은엄마가 고의로 엄마의 병을 숨긴 거라면 살인이나 마찬가지였다.

그간 집안의 권력을 잡고 자신을 찍어 누르기 위해 부렸던 온갖 수작만으로도 그녀가 끔찍하게 느껴졌는데, 알고 보니 엄마를 죽인 사람과 한솥밥을 먹고 산 거라고?

"……허억, 허억."

숨이 안 쉬어지고 눈앞이 아찔했다. 균형 감각을 상실한 듯 지금 제가 서 있는 건지 누워 있는 건지도 알지 못했다. 그런 생각 자체가 제대로 이루어지지 않았다.

"언니, 왜 그래?"

그런 희원의 상태를 눈치챈 건 진아였다. 잔소리를 듣는 데 질려 딴청을 피우던 그녀의 눈에 희원이 비틀거리는 게 보였다. 재빨리 다가가는데, 엄마가 히스테리컬하게 소리를 질렀다.

"류진아! 엄마 말 안 끝났어."

말이 끝나기 전에 자리를 뜨는 건 그녀를 무시하는 처사라고 제일 싫어하는 행동이기는 했다. 하지만 진아는 그런 걸 아랑곳하지 않는 성격이었고 무엇보다 희원의 상태가 많이 심각해 보였다.

"잠깐만. 언니 어디 아픈 것 같아. 저거 안 보여?"

"……."

잔소리를 피할 핑계여도 상관없었는데, 가까이에서 본 희원이 정말 식은 땀을 줄줄 흘리고 있어서 깜짝 놀랐다.

진아는 큰소리로 일하는 사람을 부르며 엄마에게 상태 좀 보라고 거듭 말했다. 하지만 인상을 쓴 채 지켜만 보는 모습에 기대를 내려놨다.

소파로 옮겨진 희원의 얼굴이 마치 죽은 사람처럼 창백했다. 식은땀을 줄줄 흘리고 있지 않았다면, 당장 숨이 넘어가도 이상하지 않은 모습이었다.

밭은 숨을 쉬며 힘들어하는 희원을 챙기는 진아가 못마땅한 상연은 자리를 피해 버렸다. 죽을병에 걸린 것도 아닌 희원의 상태에는 관심이 없었다.

"갑자기 왜 그래? 밖에선 좋아 죽더니."

쪽쪽. 입술을 모아 뽀뽀하는 시늉을 하며 희원을 놀리는 진아지만, 갑자기 상태가 안 좋아진 건 정말 이해할 수 없었다.

"병원 갈래?"

"괜찮아……."

"전혀 안 괜찮은 목소리인데, 고집은."

일단 해열 진통제를 먹으며 안정을 취하는 희원을 지켜보던 진아가 어느새 없어진 엄마를 찾고는 속으로 쓴웃음을 지었다.

"정말 괜찮아. 잠깐……. 어지러워서 그랬어."

희원은 패닉에서는 조금 벗어났지만, 소파 옆 창에 비치는 제 얼굴에서 다시금 엄마가 떠올라 눈물이 차올랐다. 그럼에도 울지 않기 위해 눈을 질끈 감았다.

삶이 그대를 속일지라도

　시아버지가 참전하면서 완전히 뒤집힌 상황은 상연이 아무리 애를 써도 되돌릴 수 없었다. 심지어 흐름을 타 버려서 방향조차 바꾸기 쉽지 않았다.

　무엇보다 늘 바짝 엎드리던 류희원이 고개를 뻣뻣하게 쳐드는 것이 상연의 신경을 거슬렀다. 주제를 알게 하는 데 6년이 걸렸는데, 도로 아미타불이 된 것이다.

　어디서부터 잘못된 건지 따지는 건 아무 의미가 없었다. 따지고 들자면 김태신의 소문에 휘둘린 저도 문제였고 그런 소문을 전한 도원의 장남도 문제고 다 죽어 가던 양반이 끼어든 것도 문제였으니까.

　그런 것보다 어떻게 이 상황을 타개할지 생각하는 게 훨씬 중요했다. 일단 귀국한 진아를 이용해서 흐름을 한 번 막을 생각이었는데, 철없는 딸이 고집을 부렸다.

　'내가 왜 그래야 하는데? 아빠가 난 살고 싶은 대로 살라고 했단 말이야. 결혼도 내가 원하는 사람이랑 할 거야.'

이따위 답답한 소리나 하고 있으니 요즘 상연은 화병이 날 지경이었다. 잘 살아 보려고 이렇게 고군분투하는데, 남편이고 딸이고 도와주지는 못할망정 초를 치고 있으니 화가 안 나려야 안 날 수가 없었다.

"건강 검진?"

어떻게든 상견례 전에 다시 진아를 결혼 상대 자리에 올려야 했다. 상견례 까지 하고 나면 더는 신부를 바꿀 방법이 없을 테니까.

진아를 설득할 수단을 강구하던 상연은 아침 식사 자리에서 나온 건강 검 진 얘기에 눈이 뜨였다.

"네. 결혼 전에 건강 검진 받고 결과 공유한다는데, 저희 쪽에서 함께 받 으면 어떻겠냐고 얘기가 나왔어요."

"당연히 그래야지."

대답은 남편의 입에서 나왔다. VIP 전문 건강 검진 센터가 있는데 다른 데서 하는 게 말이 되느냐면서 호탕하게 웃었다.

"당신이 신경 많이 써 줘."

남편의 말에 상연은 희원을 지그시 바라봤다. 시차 핑계를 대는 딸은 아직 꿈나라라서 셋이서 아침 식사를 함께하는 중이었다. 남들 눈에는 오순도순해 보일지 몰라도 상연은 눈앞의 이 애물단지를 어떻게 치울지 고민하느라 정신 이 없었다.

건강 검진. 이제는 잊었다 싶었던 기억이 수면으로 떠오르는 듯했다.

'…흠을 내는 정도라면.'

문제가 없는 걸 있다고 속이는 건 하수나 할 법한 일이었다. 금세 들통나 게 되어 있으니까. 그러니 문제가 없어도 있는 것처럼 느끼게 해야 했다. 그 건 어렵지도 않았다. 류희원에게는 유전이라는 약점이 있으니까.

"당연하지. 예약만 미리 잡아. 특별히 더 성심성의껏 모시라고 말해 둘 테 니까."

특별히. 성심성의껏. 유난히 힘이 들어간 단어가 부담스러웠는지 희원이 눈치를 살폈다. 그러다가 기어들어 가는 목소리로 감사 인사를 전했다.

* * *

햇살이 방 안으로 쏟아져 들어왔다. 알람보다 일찍 아침을 알리는 햇빛에 태신이 눈을 떴다.

전혀 못 잘 거라 예상했는데, 의외로 숙면했다는 사실에 마른 웃음이 나왔다. 옆으로 몸을 튼 태신이 비어 있는 자리를 보며 눈을 감았다가 뜨길 반복했다. 그런다고 빈자리가 채워질 리는 없었다.

몸을 완전히 엎드린 태신이 베개에 얼굴을 묻고 숨을 길게 들이마셨다. 이제는 희미해진 향기가 살짝 느껴지는 듯했다.

희원의 추천을 받아 뿌렸던 보라색 향수였다. 향이 독해서 머리가 아픈 건 아닌지 걱정했던 것과 달리 은은한 향기 속에 언제 잠든 줄도 모르고 푹 잤다.

아무리 심신 안정과 숙면에 효과가 있는 향이라고는 하나 이 정도면 약이라고 봐야 했다. 그러니 향수보다는 이 방법을 권한 류희원의 마음이 통한 것 같았다.

"고맙다고 해야겠어."

생각지도 않게 잘 자기는 했지만, 희원과 함께 자고 일어났다면 더 좋았겠지 하는 아쉬움은 금할 길이 없었다. 그러다 희원과 같이 누워서도 잘 수 있을 거라 생각한 자신에게 놀라 피식 웃었다.

누가 옆에 있으면 전혀 자지 못하면서, 아무렇지 않게 같이 잤을 거라 생각한 게 신기해서.

머리를 털며 몸을 일으킨 태신이 창밖을 바라봤다. 오늘따라 날씨마저 좋았다. 미세먼지 없이 화창한 하늘을 보니 회사가 아니라 류희원을 만나러 가고 싶다는 생각이 들었다.

"머리가 맑으니 별생각이 다 드네."

갓 스무 살 돼서 첫 연애 하는 것도 아니고. 정신 차리려고 스트레칭을 하는데, 전화가 울렸다. 기민하게 핸드폰을 집어 든 태신은 발신인이 양호준인 걸 보고 묘한 실망감을 느꼈다. 생각해 보면 희원이 아침부터 연락할 일도 없는데 뭘 기대한 건지.

"쯧, 뭔데."

- 와, 이 까칠함 보소. 또 잠 못 잤나?

호준이 상처받은 척하는 소리를 한 귀로 흘려넘기며 태신은 욕실로 걸음을 옮겼다. 다른 곳에 놔도 되는데, 희원은 집에서도 욕실에 둔다며 향수 세트를 욕실에 가져다 두었다. 보라색 액체가 찰랑거리는 향수를 보고 있자니 그 향이 다시 맡아지는 듯했다.

- 오늘 저녁 모임 안 까먹었지? 친절하게 리마인드 해 주려고 전화했지.

"모임?"

- …장난치지 말고.

까맣게 잊고 있었던 일정이 그제야 떠올랐다. 차세대 기업인 클럽의 정기 모임이었는데, 정확히는 재벌 4세의 사교 모임이었다.

우습게도 이 모임을 소개해 준 건 큰형 김영신이었다. 좀 더 어렸을 때는 이런 건 다 쳐 냈지만, 이제는 굳이 사양하지 않았다.

김영신에게 오염됐다고 질색하며 피하다 보면 설 자리가 없어지기 때문이었다. 적당히 상대하면서 누가 적인지 파악하고 또 회유할 수 있으면 회유하는 것이 더 나은 방향이란 걸 안 이후로 태신은 영신의 수작을 알고도 받아 주는 편이었다.

그러다 보면 이렇게 양호준처럼 제 편도 생겼다. '노답 문제아'라는 별명과 달리 양호준은 언제나 선을 지켰고 그래서인지 김영신에게 약점을 잡히지 않았다.

"지금 생각났어. 참석할 거야."

- 아주 사람을 들었다 놨다 하네. 응? 아주 쫄깃쫄깃해. 이래서 김태신한

테 빠지면 답이 없다나 봐.

호준이 투덜대며 비꼬았다. 그래도 나쁜 뜻은 없었고 무엇보다 태신은 여전히 귀담아듣지 않고 있었다. 오상연의 눈치를 보느라 욕실에서나 마음을 놓던 류희원이 제집에서도 이 향수를 욕실에 두었다는 게 신경 쓰였다.

- 그나저나 홍소연 소식 들었어? 손이, 어후….

제집에서도 욕실에 틀어박혀 혼자 감내할 생각인가. 그 모습을 상상하는 것만으로도 마음에 들지 않았다.

- 뭔 일이 있었던 건지 애가 맛이 갔던데…. 야, 듣고 있어? 나 또 혼자 말하고 있는 거냐?

"그런 얘기를 굳이 이 아침에 해서 좋을 게 뭐야."

- 어휴, 귀 얼어붙겠네. 아무튼 온다니까 됐어. 이따 보자.

"그래."

전화를 끊고서도 태신은 한참 동안 향수를 노려봤다. 그러다 아예 통째로 집어 들어 침대 머리맡으로 옮겼다. 침대 헤드에 올려 두니 훨씬 보기 좋았다. 태신의 입가에 만족스러운 미소가 어렸다.

* * *

"태신 씨."

점심시간이었다. 점심을 먹고 사내 카페에서 커피를 마시고 있던 희원은 태신의 전화에 반색했다.

- 점심은?

"막 먹었어요. 태신 씨는요?"

- 이제 먹으려고.

어제는 괜찮았느냐고 물어보려고 했는데, 목소리만 들어도 상태가 나아졌다는 게 느껴졌다. 그래서 질문을 삼키고 혼자 배시시 웃다가 슬쩍 입을 가렸다. 음성 통화라 제 모습이 보일 리도 없는데.

— 덕분에 잘 잤어.

그런데 희원의 마음을 읽은 것처럼 태신이 먼저 어제 얘기를 꺼냈다. 잘 잤다는 말에 안도감이 확 든 희원이 슬그머니 손을 내렸다.

"도움이 됐다니 다행이네요. 저도 잘 쓰거든요."

— 욕실에 숨어서?

"……."

비밀을 들킨 듯 희원은 사색이 됐다. 적과의 동침이나 다름없는 생활이니 맘 편히 지내지 못한다는 것쯤은 태신도 짐작하고 있었을 것이다. 하지만 겁쟁이처럼 욕실에 쭈그려 앉아 몰래 숨을 쉰다는 걸 들키고 싶지는 않았다.

— 나 좀 상처받았는데.

"네?"

왜 태신이 상처를 받지? 대화의 흐름이 이상해서 희원은 고개를 갸웃거렸다.

— 우리 집에도 욕실에 뒀잖아. 내가 널 그 좁은 공간으로 몰아넣을 것 같아?

"아니, 그건⋯."

— 그건?

"그냥 습관대로⋯. 그런 생각은 전혀 안 했어요."

당황한 희원이 얼른 부정했다. 그러고 보니 왜 태신의 집 욕실에 뒀지? 제겐 욕실에 둔 게 당연해서 그랬던 모양이었다. 태신의 집에서는 그럴 필요가 없을 텐데.

— 정말로? 나랑 싸우면 욕실 문 잠그고 숨지 않을 거야?

"싸워요⋯?"

싸운다? 김태신과 제가? 상상도 할 수 없는 일이었다.

— 만약에. 살다 보면 싸울 수도 있지 않겠어?

"⋯그런 생각 안 해 봤어요."

— 다 나한테 맞춰 줄 생각이었으니까?

"……."

─ 류희원 주관은 없이. 무조건 내가 원하는 대로, 내가 시키는 대로?

태신의 말을 들으면 들을수록 말문이 막혀 아무 말도 할 수 없었다. 희원의 목소리가 사라지자 태신이 웃음 섞인 한숨을 내쉬었다.

─ 너무 몰아붙였네. 먹은 거 얹히겠다.

희원은 그래도 말없이 입술만 잘근거렸다. 무슨 말이든 하고 싶었는데, 제대로 정리가 되지 않았다. 태신이 원하는 대로 다 맞춰 주겠다는 말은 제가 입버릇처럼 해 오던 말이었으니까. 부정할 수도 없고 긍정하긴 싫은 말이 머리를 아프게 했다.

─ 끝나고 보고 싶은데, 하필 모임이 있어. 잠깐 얼굴만 비치고 나올 테니까 만날래?

"아, 네. 저도 일이 많아서 조금 늦게 퇴근하면 돼요."

─ 그래. 그럼 저녁에 연락할게.

"네. 식사 맛있게 하세요."

─ 응. 고마워.

전화를 끊은 희원이 어느새 귀에 닿을 정도로 치솟았던 어깨를 내리며 한숨을 내쉬었다.

"지금 그대로 숨을 들이마시면서 가슴을 쫙 펴요."

"으앗?"

갑자기 등 뒤에서 들린 목소리에 깜짝 놀란 희원이 뒤를 돌아봤다. 언제 온 건지 수환이 뒤에 서 있었다. 늘 그렇듯 미소를 지은 채.

희원이 생각 이상으로 놀라자 당황한 수환이 얼른 손을 내저으며 물러섰다.

"놀라게 해서 미안해요. 저는 스트레칭하는 줄 알고…. 요즘 뭐만 하면 다 운동, 건강으로 생각이 도나 봐요."

"아…."

커피를 손에 든 채로 수환이 앞으로 넘어와 건너편 소파에 앉았다. 며칠 사이지만 확실히 몸이 더 좋아져 보이긴 했다.

"열심히 운동하시나 봐요. 티가 나요."

"티 나요?"

아이처럼 기뻐하며 팔을 들어 자세를 취하는 수환을 보니 희원도 그를 따라 웃게 됐다.

문득 태신이 수환을 질투했던 걸 떠올렸다. 툭하면 수환의 얘기를 꺼내곤 했지. 혹시 이렇게 대화 나누는 것도 신경 쓰일까.

하지만 수환을 봤을 때 이상한 기류는 전혀 느낄 수 없었다. 지금도 헬스 얘기하느라 정신이 없고.

"혹시 수환 씨, 여자 친구 있으세요?"

"느억, 네?"

순간 혀를 씹은 수환이 크게 당황하며 버벅거렸다.

"아, 혹시 여자 친구분이 이렇게 둘이 대화하는 거 싫어하실까 해서요."

"저, 없어요. 없습니다!"

"아…"

겸연쩍은 듯 커피를 쭉쭉 빨아 마시는 수환의 얼굴이 티가 날 정도로 빨개졌다. 뜬금없는 질문을 한 것 같아 희원이 미안하다고 사과하자 격하게 손사래를 쳤다.

"혹시… 그분이 신경 쓰이신대요? 제가 너무 거리감 없이 굴었나?"

"그분이요?"

"그때 차로 데리러 오셨던…."

"아."

태신이 수환을 본 만큼 수환도 태신을 봤다는 걸 깨달은 희원이 어색하게 웃었다. 그 웃음이 예뻤다. 늘 경직되어 있던 모습과 달리 속에서 우러나오는 미소였다.

긍정도 부정도 하지 않았지만, 대답으로 보기 충분해서 수환은 그 예쁜 미소를 보고도 좋아할 수가 없었다.

"남자 친구분이 신경 쓰이시면 제가 자중할게요."

"아니에요. 그냥 동료끼리 대화하는 건데요."

동료끼리 대화. 이보다 더 정확하게 자신들 관계를 정의할 수 없다. 수환의 미소에 씁쓸한 기색이 어렸지만, 희원은 거기까지는 알아채지 못했다.

수환은 금세 기색을 바꿔 평소처럼 웃었다. 어차피 지난번 봤을 때 고이 간직했던 마음을 접어야 한다는 걸 직감했다. 게다가 아까 통화하는 걸 들으니 사이가 더 깊어진 것도 같았고.

적당한 시점에서 수환이 다 마신 커피 핑계를 대며 먼저 자리를 떴다. 희원은 다시 핸드폰으로 시선을 돌렸다. 수환이 아무렇지 않게 쓴 '남자 친구'라는 표현이 묘하게 가슴에 남았다. 곧 남편이 될 사람이긴 하지만….

남들 눈에는 여자 친구, 남자 친구로 보이는 걸까. 그 표현 자체가 굉장히 간질간질한 어감으로 느껴졌다.

안 보면 보고 싶고 같이 살다 보면 투닥거리고 싸우기도 하고….

태신과 그런 사이가 된다는 게 이상했다. 믿기지 않는다고 해야 하나.

'싫어?'

마음속에 떠오른 질문에 희원은 저도 모르게 고개를 흔들었다. 수줍은 마음이 뺨을 발그레 물들였다.

* * *

모임 장소에 나타난 김태신을 반기는 호준의 얼굴에 신난 기색이 가득했다. 양호준뿐만 아니라 다른 사람들도 태신의 참석을 반기는 눈치였다.

김태신은 그런 존재였다. 참석만 해도 그 자리를 빛내고 누구나 그와 어울리고 싶어 하는.

"뒤풀이도 참석할 거지?"

아직 모임은 정식으로 시작하지도 않았는데, 뒤풀이 얘기부터 하는 게 어이가 없었지만, 원래 그런 친목 모임이었다. 1차에선 예의 좀 차려 주고 2차에서 신명 나게 노는. 인맥을 공고히 하자는 목적이 가장 크니 분위기가 과열되지만 않으면 나쁠 것도 없었다.

"금방 갈 거야. 약속 있어."

"아니, 갑자기 무슨 약속…. 설마 제수씨?"

호준이 빠른 눈치로 이전에 라운지에서 만났던 희원을 떠올렸다. 성숙한 이미지와 다르게 순진무구했던 여자. 태신이 바람을 피우든 여자를 데려오든 상관없다고 했었나.

"그냥 대충 구색이나 갖추려는 줄 알았는데, 진지하게 만나는 거야?"

호준의 얘기에 주변에서 무슨 소리냐면서 끼어들었다. 곧 청첩장도 돌릴 거니 결혼이나 류희원의 존재를 숨길 필요는 없었다.

집에서 억지로 붙여 준 정략결혼 상대라고 오해하게 하는 것도 의미가 없었다. 그런 식으로 류희원의 중요도를 낮추기에는 이미 큰형이 눈치를 챘으니까.

"진지하지 않을 건 뭔데."

"아니, 너 그때만 해도…."

나는 바람피워도 너는 피지 말라는 노래 가사를 속삭이듯 흥얼거리던 호준이 머리를 긁적였다. 그런 가벼운 분위기가 아닌 것을 기민하게 캐치한 것이다.

"와, 진심인가 보네. 하긴 예쁘긴 엄청나게 예쁘더라. 그런 와이프가 집에서 기다리고 있으면 딴 여자는 여자로 보이지도 않겠지."

킬킬 웃은 호준이 턱을 쓰다듬으며 그때 봤던 류희원을 떠올렸다. 김태신이 데려온 게 아니었다면 누구든 그 자리에서 자빠뜨리려고 하지 않았을까.

나중에 조윤호도 비슷한 얘기를 한 적이 있는데, 김태신이 보고 있는데도 그 탐스러운 몸매에 침을 질질 흘렸다며 웃었었다.

그러다가 문득 태신의 시선이 느껴진 호준은 고개를 들었다가 찔끔 놀랐다. 머릿속을 들여다보고 있는지 제 여자를 품평하지 말라는 경고가 담긴 눈빛이었다.

"김태신, 너 결혼한다고?"

그때, 끼어든 목소리가 호준을 살렸다. 태신의 시선이 옆으로 옮겨 가며 숨통이 트인 호준이 속으로 안도의 한숨을 내쉬었다.

"곧 청첩장 돌릴 거야."

"와, 천하의 김태신이 결혼을 한다고? 어디의 누구랑?"

"신성 그룹 장손녀."

"장손녀? 신성이면 그 SNS 모델 걔 아니야? 류진아?"

"그 사촌 언니."

"사촌?"

사장 딸이 아니라 조카라는 말에 의아한 눈빛들이 오갔지만, 태신은 부가 설명을 덧붙이지 않았다.

"그럼 우리 총각 파티 하겠네? 김태신이 주최하는 거면 장난 아니겠는데!"

김칫국부터 마시는 놈부터 일단 축하주부터 뜯자는 놈까지 별별 놈이 다 있었다. 태신은 적당히 상대하면서 그 안에 불순한 느낌을 풍기는 자가 있는지 살폈다.

"이럴 게 아니라 불러 봐. 얼굴 좀 보자."

"좋은 생각! 불러라, 짝! 불러라, 짝!"

누군가 선동한 것처럼 꺼낸 얘기에 금세 분위기가 올라 다들 목소리를 높였다. 태신은 꿈쩍도 하지 않았지만, 누가 선동했는지는 확실히 파악했다.

아나나 다를까, 큰형의 수족 같은 인간이었다. 워낙 도박이니 여자니 쉴 새 없이 사고 치는 걸로 유명하니 무슨 약점을 잡힌 건지 보지 않아도 뻔했다.

피식 웃은 태신이 눈을 가늘게 뜨며 말했다. 위로 말려 올라간 입꼬리가 그리는 호가 살 떨리게 매력적이었다.

"귀한 건 함부로 자랑하는 거 아니야."

묘한 분위기가 나는 표정으로 저런 말을 하니 같은 남자인데도 두근거리게 됐다. 확실히 감탄을 해도 해도 부족한 외모였다.

"결혼식 날 봐."

워낙 인기가 있기도 했고 노는 걸로 빠지지 않는 김태신이 저렇게 말할 정도니 자연스레 그 신부에 대한 기대치가 높아졌다. 더 궁금한 듯 몸이 단 사람들이 이것저것 물어봤지만, 태신은 더는 여기 남을 필요를 느끼지 못하고 자리를 떴다.

"크, 진짜 김태신. 등장만으로 이렇게 초토화를 시켜 놓고 가네. 저 새끼는 진짜 빠지는 구석이 없다니까?"

소란스러워진 자리를 피해 슬쩍 빠져나온 호준이 고개를 절레절레 흔들었다. 이렇게 얼굴만 비치고 가다니, 치고 빠지는 솜씨마저 예술이었다.

"그나저나 이 정도로 진심이란 말이지."

씩 웃은 호준이 고개를 끄덕끄덕했다. 원하는 건 다 얻었다는 듯이.

* * *

결혼 준비 때문에 연차를 쓰는 일이 잦아진 탓에 희원은 태신이 연락할 때까지 남아서 일을 더 하기로 했다.

수환이 보면 주인 의식이라며 치켜세우겠지만, 그보다는 팀에 폐를 끼치기 싫고 인정받고 싶은 욕구가 더 컸다. 오너의 손녀가 회사에 놀러 다닌다는 소리는 듣기 싫었으니까. 무엇보다 아빠의 딸로서 그런 소리를 듣는 건 용납할 수 없었다.

한참 밀린 업무를 보고 있으니 곧 도착한다는 연락이 왔다. 시간 맞춰 내려가려니 회사 앞에 세워진 차가 보였다.

"태신 씨."

조수석에 올라타 태신을 보니 유난히 반갑게 느껴졌다. 어제저녁에 봤으면서 며칠은 못 본 것처럼. 이게 보고 싶다는 마음인가 보다며 희원은 수줍게 웃었다.

그 미소를 보니 불쑥 치미는 충동을 이기지 못한 태신이 슬그머니 끌어당겨 입을 맞췄다. 그 부드러운 입맞춤에 희원의 미소가 진해졌다.

목적지를 얘기하지 않은 채 태신이 차를 몰았다. 그의 집으로 간다는 걸 알아차린 희원은 암묵적인 동의를 표했다.

"중요한 모임이었던 거 아니에요?"

"그냥 인맥 쌓는 자리야. 그런 모임 많이 다니지 않았어?"

"어릴 때는 다녔는데, 성인 돼서는⋯."

말끝을 흐리자 무슨 뜻인지 알아들은 듯 태신이 고개를 끄덕였다.

"무슨 얘기를 들을지 뻔하니까 가고 싶지도 않았어요. 그런 자리일수록 남얘기하는 거 좋아하잖아요."

"사람은 두셋만 모여도 남 얘기를 한다지. 다른 사람을 욕하면서 친목을 공고히 하고 말이야."

부모상을 당한 희원은 그런 모임에 나가는 게 고역이었다. 자신을 두고 무슨 얘기를 수군거릴지 너무도 뻔했으니까.

그러니 자연스럽게 발길을 끊게 됐고 그러면서 연락이 끊긴 친구들도 많았다. 그 정도로 부질없는 인연이었던 것이다. 부모가 죽었다는 것 하나만으로 끊어질 만큼 덧없고 허망한 가짜 우정.

"아까워할 거 없어. 어차피 다 걸러질 인연이었던 거니까."

제 속을 읽은 것처럼 말하는 태신을 보며 희원은 가슴 한편이 간질간질한 기분이 들었다.

잠시 운전에 집중하던 태신이 문득 생각이 났다는 듯 말했다.

"아, 결혼식에서 볼 수도 있겠어."

갑자기 나온 결혼식 얘기에 희원의 눈이 동그래졌다. 하지만 생각해 보니 그의 말이 맞았다.

희원이 나갔던 모임은 대부분 집안에서 아이들을 연결해 준 인연이었기 때문에 희원 개인의 인맥이라고 볼 수 없었다. 그러니 희원이 초대하지 않더라도 청첩장이 갈 확률이 높았다.

희원의 표정이 복잡해진 걸 본 태신이 낮게 웃으며 그녀의 손을 힘주어 잡았다.

"기대한 거랑 다르니 실망할 테지. 그 표정이 볼만하지 않겠어?"

기대한 것과 다르다. 부모가 죽고 뒷배를 잃은 류희원이 철저하게 망하기를 기대했을 텐데, 오히려 도원 그룹의 며느리가 됐으니 여간 실망할 게 아닐 터였다.

남의 불행을 비웃을 생각밖에 없는 자들이 뜻대로 안 됐을 때 짓는 표정. 굳이 봐야 한다면 의기양양한 표정보다는 볼만할 것 같긴 했다.

이런 생각을 한다는 게 씁쓸한 한편, 그때 느꼈던 배신감이 은근히 컸다는 것도 깨닫게 됐다. 하긴 친하게 지낸다고 다 친구가 아니란 걸 처음 알게 된 순간이었으니 쉽게 잊기는 힘들었다.

"똑같은 수준으로 떨어질 필요는 없지만, 굳이 상대가 원하는 반응을 보여 줄 이유도 없지."

태신이 큰형 김영신을 대하는 마음가짐이었다. 그래서인지 태신은 희원에게 말하면서도 저 자신에게 하는 말 같다는 생각이 들어 자조했다.

"그렇네요. 명심할게요."

곰곰 생각해 보는 듯하던 희원이 고개를 주억거리는 걸 보니 태신은 조금 흐뭇한 마음이 들었다.

집까지 가는 거리가 너무 멀다고 느꼈었는데 지금은 이것도 나쁘지 않았다. 잡고 있는 희원의 손을 조물조물하며 운전하는 내내 태신의 입가에 머문 미소가 가실 줄을 몰랐다.

"아…."

태신의 집에 간 희원은 향수가 침실로 옮겨진 것을 알게 됐다. 그런 희원을 뒤에서 끌어안은 태신이 귀를 깨물듯이 잘근거렸다. 아프면서도 묘하게 흥분되는 느낌에 움찔한 희원이 몸을 뒤로 뺐다. 그 바람에 오히려 태신에게 몸을 붙이는 게 되어 버려 더 꽉 끌어안기게 됐다.

"허락하지 않을 거야. 욕실에 문 잠그고 숨어서 혼자 삭이는 방법 같은 건."

"태신 씨….."

허리를 조이는 팔에 힘이 들어가면서 희원의 숨이 조금 가빠졌다.

"대답."

희원의 뺨을 입술로 지분거린 태신이 턱을 돌리게 해 입을 맞췄다. 키스가 끝날 때는 대답을 하라는 의미일까. 희원은 그런 생각을 끝으로 눈을 감았다. 목이 뻐근할 정도로 꺾였지만 느끼지도 못했다.

키스가 단순히 입술을 맞대고 혀를 섞는 행위에 그치지 않고 서로의 감정까지 공유하는 비언어적 의사소통 수단이라는 걸 희원은 자연스럽게 깨달았다. 일부러 제 마음을 표현할 단어나 표현을 떠올리려고 할 필요가 없었다. 제가 느끼고 생각하는 그대로 태신에게 전해지리라는 걸 알았다.

"약속할게요….."

호흡을 잊을 만큼 깊이 키스에 집중하던 희원이 입을 떼고 속삭인 말에 태신의 얼굴에 진한 미소가 어렸다.

류희원이 사랑스럽다는 생각이 들자 가슴이 아프도록 뻐근해졌다. 태신은 희원을 안다시피 해 침대 위로 올리고 눈높이를 맞췄다.

"나도 약속할게. 앞으로는 어제처럼 혼자 삭이지 않겠다고."

생각지 못한 말에 희원의 눈이 커졌다. 저도 모르게 벅차오른 마음을 추스르느라 억지로 몸에 힘을 줘야 할 정도였다.

"태신 씨, 저는……."

평소처럼 그럴 필요 없다고, 저는 괜찮다고 대답하려는 희원을 태신이 막았다.

"나는 우리 관계가 맞선 날과는 많이 달라졌다고 생각하는데, 나 혼자만 그렇게 느꼈나?"

"……."

맞선 날이 그렇게 오래된 것도 아닌데 까마득하게 느껴졌다. 그 정도로 달라졌다. 감정 없이 목적만 가지고 손을 잡았던 때와 서로가 마음에 들어온 지금이 어떻게 같을까.

태신을 좋아하게 되는 건 아주 자연스럽게 이루어졌다. 제 앞가림하기도 벅차서 그런 감정을 가지게 될 줄은 꿈에도 몰랐는데, 그건 의지와는 상관이 없었다.

"내가 널 좋아하는 게 전해지지 않은 거야?"

태신이 좋아한다는 말을 입에 담자 희원은 가슴이 확 솟구쳤다가 내려앉았다가 다시 튀어 오르는 등 난리를 쳤다.

좋아한다고 듣는 건 지금이 처음이었지만, 사실 태신은 그동안 그의 마음을 표현하는 걸 주저하지 않았다. 본격적으로 결혼 준비를 하면서부터는 정략결혼이라는 생각이 전혀 들지 않을 정도였다.

"내가 누군가를 이렇게 좋아할 수 있을 거라곤 생각하지 못했어. 그게 너일 줄은 더 예상하지 못했지."

태신이 약간 자조적인 웃음을 흘렸다. 큰형의 손길이 닿았는지 의심하고 또 의심하느라 가장 경계했던 사람이 가장 자신을 이해한다는 걸 느꼈을 때, 마음에 굳건히 세웠던 벽이 허물어졌다.

한 번도 다른 이를 허용하지 않았던 마음에 류희원을 담자, 그 후로는 급물살을 탔다. 마음이 가는 걸 막을 길이 없었다. 큰형의 접근에 심장이 떨어지는 것 같았을 만큼.

"네가 나와 같은 마음이라면 그렇게 일방적으로 물러서고 희생하려고 하지 마. 좋아하는 사람이 내 눈치나 보며 살면 내 기분이 어떻겠어."

눈물이 그렁그렁한 희원의 눈은 마치 별을 담은 듯 반짝거렸다. 처음 봤을 때부터 이 예쁜 눈에 시선을 빼앗겼다. 반짝거리는 까만 눈동자는 단순히 예쁜 걸 떠나서 류희원이란 사람의 내면을 보여 주는 창이었다.

"저는 항상 태신 씨에게 받기만 하니까……. 어떻게 갚아야 할지 몰라서……."

울지 않으려고 눈에 힘을 주며 말하는 희원의 목소리가 조금씩 떨렸다. 너무 많은 것을 받았기 때문에 그에게 다 맞춰 주고 싶었다.

제 사정이 절박하다고 일방적으로 그를 이용하려고 했었기 때문에 더더욱 그의 사랑을 받는 게 미안했다.

"받기만 한다니, 나도 네게 많은 걸 받았어."

믿지 못하겠다는 듯 눈을 크게 뜨는 희원을 보고 옅게 웃은 태신이 그 눈꼬리에 매달린 눈물을 손끝으로 훔쳤다. 동그란 방울이 손끝으로 옮겨 왔다가 또르르 굴러떨어졌다.

"그리고 넌 내게 가장 중요한 걸 줬잖아."

남을 믿지 않으면 배신감을 느낄 이유도, 상처를 받을 일도 없다. 태신은 그렇게 스스로를 고립시키며 내면의 평화를 유지해 왔다. 하지만 그렇게 만든 평화는 전혀 행복하지 않았다. 불신의 고통 속에서 고독하게 말라 가던 태신은 류희원을 만나 다시 한번 누군가를 믿고 싶다는 생각을 했다.

"그러니까 자신감을 가져. 내가 네게 해 준 것들을 다 합쳐도 네가 내게 준 믿음보다 크지 못하니까."

태신은 희원이 울음을 터트리기 전에 먼저 입술을 맞댔다. 희원의 속에서 끓어올라 터지기 직전이었던 감정이 그대로 태신에게로 흘러들었다.

희원의 뺨을 잡고 숨을 섞으며 입을 맞추는 태신이 밀어붙이는 힘에 몸이 뒤로 넘어갔다. 침대가 푹신하게 출렁거리며 두 사람의 무게를 받아 냈다. 희원은 격한 감정의 소용돌이를 그대로 풀어 놓으며 태신을 끌어안았다.

"흐웃……."

얽힌 혀를 강하게 빨린 희원이 달큰한 숨을 흩뿌렸다. 그 숨마저 놓치기 싫다는 듯 태신은 입술을 완전히 겹치고 혀를 놀렸다. 희원은 정신이 몽롱할 정도로 호흡이 딸리는데도 그를 밀어 내는 게 아니라 오히려 더 꽉 끌어당겼다.

목과 머리를 끌어안는 손길에 태신이 몸을 바짝 밀착해 비볐다. 옷 따위는 둘 사이를 가로막지 못했다. 체온이 서로를 녹일 듯이 점점 더 열기를 더했다.

"하아, 하아."

태신은 도톰한 아랫입술을 당기듯 물며 입을 뗐다. 희원이 숨을 몰아쉬는 사이 그의 손이 거추장스러운 옷을 풀었다.

등 뒤로 팔을 둘러 희원을 끌어안은 태신이 봉긋하게 모습을 드러낸 가슴에 얼굴을 묻었다. 향수의 인공적인 향이 아니라 류희원 본연의 살 내음이 콧속을 파고들었다.

태신이 자신을 와락 끌어안은 채 깊이 숨을 마시고 내쉬기를 반복하자 희원의 볼이 발그레하게 물들었다. 그의 호흡이 그대로 피부에 스며드는 느낌이었다.

게다가 약간 어리광을 부리는 것 같다고 해야 할까. 어리광보다는 편한 모습을 보여 주는 것에 더 가깝지만, 어쨌든 제게 이런 모습을 보여 준다는 것이 무엇보다 가슴을 뛰게 했다.

쿵쿵! 시끄럽게 뛰는 심장 박동은 태신에게도 고스란히 전해졌다. 뺨과 귀를 통해 전해지는 리듬을 느끼며 태신은 희원의 가슴을 그러모으고는 얼굴에 비볐다. 코끝에 걸리는 유두를 간질이다 입술로 물고 핥으니 희원이 허리를 틀며 달뜬 숨을 흩뿌렸다.

유두를 잇새에 끼우고 사탕 굴리듯 핥으며 손을 아래로 내렸다. 반사적으로 오므리고 싶어 하는 다리 사이는 이미 뜨겁고 축축했다. 속옷을 옆으로 밀치고 문지르자 미끈거리는 음부 안쪽이 움찔거리는 게 느껴졌다.

"으응, 태신 씨…."

손끝이 음핵을 스치는 순간 희원이 몸을 튕겼지만, 태신이 위에서 누르고 있으니 별 의미가 없었다.

녹아내릴 듯이 부드러운 가슴이 도저히 고개를 들지 못하게 했다. 태신은 얼굴을 파묻은 채 손을 놀렸다. 엄지로 음핵을 간질이고 검지, 중지로 질구 안쪽을 문지르자 희원의 호흡이 거칠어지며 체온이 확 올랐다. 은은하던 살 내음이 진해진 만큼.

희원이 오므리지 못하는 다리를 버둥거리다가 태신을 휘감았다. 허벅지와 엉덩이에서 느껴지는 다리의 감촉에 태신은 미소를 지으며 고개를 들었다.

어느새 몸을 둥글게 말며 그가 주는 쾌감에 떨고 있는 희원을 보니 참을 수 없는 흥분이 몰려왔다. 목을 길게 빼 다시 입을 맞추자 반쯤 눈을 감고 있던 희원이 허겁지겁 입술을 열고 그를 받아들였다.

'언니 말이 엄마가 어떻게 해도 이젠 못 바꿀 거라던데? 내가 봐도 그래. 할아버지가 직접 날짜까지 잡았다던데, 억지 부려 봐야 내 이미지만 나락 가는 거잖아. 제발 그만 좀 해, 엄마.'

끝까지 고집을 부리는 진아의 말 중 한마디가 상연의 뇌리에서 떨어질 줄을 몰랐다.

'엄마가 어떻게 해도 이젠 못 바꾼대.'

그 말을 류희원이 했다는 것에서 상연은 분노를 넘어선 충격을 받아야 했다. 제 앞에서는 항상 주눅이 든 채 말 한마디 못 하고 눈치만 보던 것이 저런 말을 했다니. 아직 결혼하기도 전인데 이미 도원 며느리가 된 양 기세등등하다는 소리였다.

벌써 그러는데 정말 결혼하고 나면 어떻게 나올까. 생각하는 것만으로도 끔찍했다.

계속 피아노나 치지 트라우마를 핑계로 관두고 가업을 이어받겠다고 신성에 입사했을 때부터 알아봤어야 했다. 죽은 아비 지분을 고스란히 물려받은 상황에서 회사 일에 참여한다는 건 누가 봐도 야욕을 드러내는 일이었다.

그 속내를 부모 잃은 슬픔으로 포장하며 머리 굴리는 게 빤히 보였는데, 망할 남편은 멍청하게도 그에 속아 넘어갔다.

그렇게 야심이 넘치는 애한테 진아 대신 선을 보고 오라고 했으니 다 제 잘못이었다. 제 욕심을 위해서는 독이라도 삼킬 수 있는 무서운 애라는 걸 못 알아봤다. 저 역시도 류희원을 과소평가했다는 소리였다.

"수를 써야만 해…."

이대로 류희원이 계속 힘을 쌓게 둘 수는 없었다. 상연은 희원의 지난 검진 기록을 열었다. 어미가 난소암으로 세상을 떴기 때문에 아직 젊더라도 정기 검진은 필수였다.

검진 결과는 깨끗했다. 젊은 데다가 신경 써서 건강한 생활을 하고 있으니 당연했다.

굳이 하나 끄집어내자면 기능성 낭종이 생겼다가 없어진 적이 있었다. 배란과 관련된 생리적인 물혹이라 가임기 여성이라면 누구에게나 발생할 수 있는 일이었다.

증상이 없고 크기도 작았던 낭종은 호르몬 변화가 있었는지 저절로 없어졌다. 정기적으로 검사를 받기만 하면 추가적인 관리도 필요 없었다.

"하지만 문제 삼으면 얼마든지 문제가 될 수 있는 일이지."

난소암은 다른 암과 달리 표준 선별 검사가 없었다. 그나마 매년 2회 혈액 검사와 골반 초음파 검사를 받는 게 최선인데, 그마저도 난소암의 조기 발견으로 이어지는 건 아니었다.

희원은 난소암 발병 위험을 기하급수적으로 올린다는 BRCA 유전자 변이는 가지고 있지 않았지만, 그래도 가족력이 있으니 평생 검사를 받으며 주의 깊게 관찰해야 했다.

"여기다가 이번에 새로 나온 연구 결과를 넣으면……."

최근 국내 연구진이 암 가족력이 있으면 유전자 변이가 없더라도 난소암이 발생한다는 걸 입증해 냈다.

도원 그룹 같은 재벌 집에서 암 발생 가능성이 있는 며느리를 과연 기꺼이 반길까. 심지어 자식에게로 또 넘어갈 수도 있는 문제인 만큼 예민할 수밖에 없었다.

지금은 정략결혼 대상으로 골랐으니 거기까지 생각 못 하는 것 같은데, 찜찜한 검사 결과를 받고 나면 생각이 달라질 게 뻔했다.

"거기다 이번 검사에서 낭종이 보인다면 시나리오가 더 탄탄해지겠지."

아무리 호르몬 변화에 따라 있었다가도 없어지는 것이라지만, 이런 가족력과 연구 결과가 더해지면 류희원에게는 치명적인 흠으로 작용할 터였다.

아무리 날짜가 잡히고 상견례를 한다고 해도 도원 측에서 못마땅한 신부를 고집할 이유는 없었다.

그래서 상연은 만약 초음파 화면이 깨끗하다면 결과를 조작할 생각까지 했다. 물혹 정도야 큰 문제도 아니었고 초음파는 전문적인 지식이 없으면 판독하기 힘들었다.

생각지도 않았던 건강 검진 덕분에 일이 술술 풀리게 된 상연의 표정이 이제야 조금 부드럽게 풀어졌다.

* * *

예비 형님 민희에게 연락을 받은 희원은 웨딩드레스 디자이너를 만났다.

그날 즉석에서 민희가 선보였던 디자인도 마음에 들었었는데, 확실히 웨딩드레스 전문 디자이너의 눈은 또 다른지 거기서 한층 더 디자인이 발전되어 있었다. 여기서 원단이나 레이스, 비즈 등 구성 요소를 정하고 나면 제작이 시작된다고 했다.

오늘도 민희와 함께 움직였기 때문에 또 영신과 만나게 되는 게 아닐까 했는데, 의외로 헤어질 때까지 영신이 끼어드는 일은 없었다.

'태신 씨가 너무 과민하게 생각한 걸까….'

큰형이 무슨 수작을 부릴지 모른다는 생각에 태신은 희원에게 사람까지 붙여 줬다. 무려 그의 수행 비서라는 사람이었다.

"피팅하러 올 때는 혼자 와도 되지?"

"네, 그럼요."

"그럼 이제 에스테틱만 남았네. 얼굴은 이미 완성형이라 뭐 피부과는 안 가도 되겠어. 너무 부럽다."

혹시 뭐 좋은 화장품 쓰면 자기도 알려 달라면서 눈을 찡긋한 민희가 다음 약속을 잡고는 먼저 떠났다.

너무 깔끔한 만남이었던 탓에 태신의 대비가 오히려 과하게 느껴졌을 정도였다. 희원은 몸을 돌려 태신의 비서를 바라봤다.

"볼일 끝났으니 이제 돌아가 보셔도 되겠어요. 오늘 감사했습니다."

"아닙니다. 이사님 댁에 모셔드리는 것까지가 제 일이니 함께 가시지요."

"그러지 않으셔도 되는데….."

"정 불편하시면 택시로 따라가겠습니다."

눈이 동그래진 희원이 그럴 필요 없다며 같이 타고 가자고 했다. 원하는 대답이었는지 씩 웃은 남 비서가 잽싸게 문을 열어 줬다. 과한 친절이 조금 부담스러웠지만, 태신의 마음이라 생각하고 희원은 받아들이기로 했다.

태신의 집으로 가는 동안 기나긴 상념이 이어졌다. 태신의 우려대로 정말 그의 큰형이 제게 접근할까? 접근한다면 뭘 노리고?

'어떤 대가를 약속하든 내가 태신 씨를 배신할 리가 없는데….'

생각할 수 있는 거라고는 승계에 도전할 수 있게 밀어 주겠다 정도였다. 물론 언젠가는 희원에게 내려올 자리지만, 그 시간을 당겨 주겠다는 식으로 유혹할 수도 있었다.

물론 희원은 전혀 관심이 없었다. 물론 할아버지가 좀 더 오래 회장직을 맡으시길 바라기는 하지만, 당신이 힘드시다면 작은아빠가 이어받는 게 맞았다. 감당할 수 없는 자리를 욕심내는 건 다 같이 망하자는 것밖에 되지 않았다.

사실 그런 이유로 희원은 태신이 지나치게 걱정한다고 생각했다. 그럴 줄 알고 일부러 자리를 만들어 태신을 놀린 것 같았다.

아무 짓 안 해도 지레짐작해서 스트레스받고 괴로워할 테니까. 생각만 해도 악질이기는 했지만, 태신을 이렇게까지 몰아붙인 걸 보면 충분히 있을 법한 일이었다.

그래서 너무 걱정하지 말라고 태신을 안심시키려고 했는데 그게 마음처럼 되지 않는 모양이었다. 대체 얼마나 오랫동안 시달려 온 건지 짐작도 하기 힘들었다.

"그럼 가 보겠습니다. 이사님께서는 7시쯤 오실 겁니다."

"알려 주셔서 감사해요"

기어이 집에 들어가는 걸 보고 나서야 남 비서가 떠났다. 다시 태신을 보필하러 가는 것 같았다.

혼자 태신의 집에 들어가는 건 처음 있는 일이었지만, 그의 집은 그새 익숙해졌는지 아늑하게 느껴지기까지 했다.

'이젠 태신 씨의 집이 아니게 되는 거구나. 우리 집….'

불현듯 떠오른 생각에 희원의 뺨이 발갛게 물들었다. 그에게 고백을 받았다는 것이 아직도 꿈같았다.

화끈거리는 뺨을 손등으로 식히며 올라가는 입꼬리를 잡아 내렸다. 이렇게 좋아도 되는 걸까. 그런 생각이 들 만큼 행복했다. 그만큼 태신을 좋아하고 있었구나 하는 걸 너무 늦게 깨달았다. 사실 이미 알고도 남았는데, 그동안은 제 마음을 덮어 놓고 무시하려고 애써 왔다.

어쨌거나 제가 거래로 제안해서 맺어진 관계였으니까 그를 좋아할 자격이 없고 그의 사랑을 받을 자격 또한 없다고 생각했다.

'내가 누군가를 이렇게 좋아할 수 있을 거라곤 생각하지 못했어. 그게 너일 줄은 더 예상하지 못했지.'

태신이 한 말이었지만, 희원이 생각한 것과 완벽하게 일치했다. 희원도 자신이 누군가를 좋아하게 될 거라곤 상상도 하지 못했다. 특히 지금 같은 상황에서, 그게 김태신일 줄은 죽었다 깨어나도 예상할 수 없었을 것이다.

어쩌면 이렇게 예기치 못한 순간이고 사람이기에 빨려들듯 서로에게 빠졌는지도 모른다.

잠시 생각에 잠겨 있던 희원이 정신 차려야지, 하고 뺨을 톡톡 두드리고는 노트북을 꺼냈다.

희원이 개인 서재로 쓰기로 한 방은 아직 인테리어가 끝나지 않아 식탁에 앉아 일하려는데, 이 부엌에서 태신이 요리해 줬던 게 생각이 나 다시 가슴이 두근거렸다. 저답지 않게 기분이 붕 뜨는 게 낯선데, 싫지 않았다.

딩동.

집중을 못 할 것 같았는데, 그래도 어느새 시간이 흘렀는지 초인종이 울렸다. 시계를 본 희원은 7시란 숫자에 저도 모르게 미소가 지어졌다.

자리에서 일어나 현관으로 향하는데, 문득 태신이 왜 초인종을 눌렀나 하는 생각이 들었다. 그냥 열고 들어오면 될 텐데.

혹시 몰라 먼저 확인한 인터폰 화면 속에는 확실히 태신이 보이고 있었다. 열어 주기를 기다리는 사람처럼 보여 의아했지만, 희원은 얼른 문을 열러 갔다.

철컥. 잠금이 풀리는 소리와 함께 둔중한 현관문이 열리고 밖에서 기다리고 있던 태신의 모습이 드러났다. 눈이 마주치자 무정하던 얼굴에 햇빛이 드리우듯 미소가 그려졌다.

"다녀왔어, 희원아."

평소에도 살 떨리게 잘생긴 건 익히 알고 있었지만, 자신을 쳐다보는 그의 눈빛에 사랑이 담긴 걸 의식하자 희원은 얼굴이 빨개지고 귓가에 제 심장 소리가 들리는 듯했다.

희원을 집에서 기다리게 한 이유는 별것 아니었다. 어차피 웨딩드레스 때문에 오전 출근만 했다는 걸 알았고 희원이 쓸 서재 인테리어 문제로 한 번 봐야 했기 때문이었다.

어차피 남 비서를 딸려 보내기도 했으니 먼저 집에 가 있으면 일 마치고 가겠다고 한 거였는데, 막상 퇴근하고 집에 가는 동안 희원이 기다리고 있다고 생각하니 기분이 들떴다.

결혼 후엔 당연해질 일인데도 머리로 아는 것과는 별개였다. 저도 모르게 올라가려는 입꼬리를 단속하는데, 언제 이런 감정을 느껴 봤나 싶어 다시 웃음이 나왔다.

차에서 내려 집까지 걸어가는 짧은 시간 사이에 꽃이라도 사 올 것을 그랬다는 후회가 들었다. 집 앞 화단을 보고서야 떠올렸으니 늦어도 너무 늦었지만.

직접 문을 열고 들어갈 수 있었지만, 일부러 초인종을 눌렀다. 이성적으로는 자기 할 일 하고 있었을 것을 알고 있으면서 희원이 절 기다리고 있다는 걸 실감하고 싶다는 유치찬란한 의도였다.

얼마 지나지 않아 문이 열렸다. 점차 벌어지는 문 너머로 희원이 보였다. 기다란 머리가 가슴 앞에서 찰랑거리고 아이보리 원피스를 입은 모습이 눈부시게 예뻤다. 하지만 그 무엇보다 태신의 시선을 사로잡은 건 자신을 반겨 주는 희원의 표정이었다.

"다녀왔어, 희원아."

오는 내내 몇 번이고 입 안에서 되뇌었던 한마디를 건네는 순간, 마치 물 위에 붉은 물감을 똑 떨어뜨린 것처럼 희원의 뺨이 발그레하게 물들었다.

그 모습을 보자 참을 수 없는 충동이 가슴을 방망이질해 태신은 그대로 성큼 걸음을 내디뎌 희원을 끌어안았다. 품에 폭 들어오는 느낌이나 은은한 향기, 그리고 숨결까지 모든 것이 미치도록 자극적이었다.

"좋다."

무의식적으로 나온 한마디가 마음을 전부 담고 있었다. 가슴에 폭 파묻혔던 얼굴을 살짝 든 희원이 환하게 웃으며 미리 말하지 못한 인사를 건넸다.

"어서 와요, 태신 씨."

그 빨간 얼굴이 예뻐서 태신은 웃음을 멈출 수가 없었다. 이런 기분을 느끼게 해 준 희원이 너무도 고맙고 사랑스러웠다.

자연스럽게 입술이 맞닿았다. 입술만 맞댄 버드 키스가 그렇게 달콤할 수가 없었다. 천천히 열리는 입술 사이로 혀를 밀어 넣다가 조심스레 마중 나온 희원의 혀와 닿았다. 그 잠깐의 스침이 오싹할 정도로 찌릿했다.

유영하듯 부드럽게 움직이는 혀가 얽히고설켰다. 산뜻했던 키스가 점차 진해지면서 호흡에도 열기가 담기기 시작했다.

"앗…!"

입을 뗀 태신이 품을 감쌌던 팔을 내려 그대로 번쩍 안아 들자 희원이 새된 비명을 흘렸다.

"씻으러 가자."

이대로 있다가는 현관에서 일을 치르겠다며 웃는 태신의 얼굴이 환했다. 평소와 비교할 수 없이 밝은 표정에 희원은 가슴 안쪽이 간질거렸다. 태신이 이렇게 웃는 걸 보니 제 기분이 다 좋아졌다.

"태신 씨, 굉장히 기분 좋아 보여요."

"티 나?"

"네. 오늘 좋은 일 있었어요?"

눈치 없는 말 한마디에 태신이 황당하다는 듯 웃음을 터트렸다.

"지금이 좋은 건데?"

"……."

왜 지금이 좋으냐고 물어볼 만큼 둔하진 않은지 살짝 움찔한 희원의 얼굴이 터질 듯 빨개졌다.

욕실까지 가는 길에 겉옷이 허물처럼 하나둘 떨어졌다. 스르륵 흘러내리는 아이보리 원피스를 마지막으로 욕실 문이 닫혔다.

"상견례 장소와 날짜 정했다는 연락 받았어?"

브래지어를 풀자 지난번 남긴 자국들이 옅게 남아 있는 게 보였다. 그 자국 하나하나에 입을 맞추는 태신의 행동에 희원은 뜨거운 얼굴을 주체하지 못해 손으로 가리며 고개를 끄덕였다.

"네, 홋…."

"상견례 하면 같이 살지 않을래? 그때쯤이면 인테리어도 끝날 거야."

미리 살림을 합치자는 얘기에 신음을 삼키던 희원의 눈이 동그래졌다. 그런데 생각해 보니 그렇게 놀랄 일이 아니었다. 집에 도착했을 때 태신이 보인 태도가 이미 모든 설명을 대신했으니까.

결혼식 전에 같이 살면 안 될 이유가 있을까? 굳이 짚자면 이것저것 많았다. 보는 눈도 있고 양가의 체면도 있고, 작은엄마가 트집을 잡을 확률도 높았다.

하지만 그런 게 정말 이유가 될까? 희원은 제 마음이 하고 싶은 대로 하고 싶었다.

"그렇게 해요."

긍정의 대답이 나오자 태신이 고개를 들었다. 그 환한 표정을 보니 솔직하게 마음을 따르길 잘했다는 생각이 들었다.

희원을 물줄기 아래로 이끈 태신이 뒤에서 끌어안고 목에 입술을 묻었다. 쏟아지는 물줄기 아래 겹친 몸의 열기가 후끈했다.

희원의 목을 감싸 얼굴을 돌리게 한 태신이 입을 겹쳤다. 슬며시 벌어지는 입으로 혀가 들어왔다. 얼굴을 타고 흐르는 물도 스몄지만, 신경 쓰지 않고 혀를 섞었다.

태신의 밀어붙이는 힘이 강했는지 희원의 어깨가 벽에 닿았다. 차가운 타일의 감촉에 순간 움찔했지만, 태신이 지닌 뜨거운 열기가 금세 덮어 버렸다.

"으응…."

엉덩이에 닿는 묵직한 성기의 감촉에 희원이 몸을 떨었다. 옷을 벗을 때부터 이미 커져 있던 성기는 하늘 높이 고개를 치켜든 채 얼른 희원의 안으로 들어가고 싶다고 성화를 부렸다.

태신이 성기를 희원의 다리 사이로 드밀었다. 화끈거릴 정도로 뜨거운 귀두가 사타구니를 스치듯 문지르자 희원은 다릿심이 풀리려고 했다. 허리와 가슴을 꼭 끌어안긴 상태가 아니었다면 주저앉아 버렸을지도 몰랐다. 눈앞에 짧은 번개가 친 것 같은 느낌에 저도 모르게 태신에게 매달리자 끌어안는 힘이 한층 더 강해졌다.

희원의 몸짓에 자극받은 태신의 숨이 거칠어졌다. 혀를 깊숙이 밀어 넣고 타액이란 타액은 다 핥아 먹을 듯이 훑었다. 그리고 혀를 강하게 얽어 뽑아 올릴 듯 빨자 희원이 더 크게 몸을 떨었다.

제가 주는 자극 하나하나에 이렇게 어쩔 줄 모르겠다는 듯이 반응하는 게 좋아서 더 짓궂게 굴게 됐다. 태신이 보디워시를 손에 묻혀 음핵을 간질이자 희원이 펄쩍 뛰었다. 비명 같은 신음마저 삼켜 버리며 살살 문지르는데, 자극이 강한 건지 살짝 우는 듯한 소리가 났다. 입을 떼고 살피는데 좋아서 울먹거리는 게 느껴져서 태신의 입꼬리가 멈출 줄을 모르고 위로 솟았다.

"희원아, 좋아?"

"훗…. 좋아요…."

처음 할 때만 해도 그렇게 딱딱하게 굳어서 부끄러워하던 류희원이 이제는 좋다고 표현할 줄도 알게 됐다. 태신은 문득 처음 몸을 섞었던 날을 떠올리고는 표정이 씁쓰름해졌다.

이렇게 솔직하고 순수한 사람이 처음 보는 남자와 몸을 섞을 각오를 했다는 건 그만큼 궁지에 몰려 있었다는 뜻밖에 되지 않았다. 그런 사람을 넥타이로 묶으면서까지 몰아붙였다니…. 희원에게 그날은 전혀 좋은 기억이 아니겠다는 생각이 들자 미안한 감정이 확 몸집을 부풀렸다.

"왜 그래요…?"

태신의 반응이 이상했는지 희원이 그의 뺨에 조심스럽게 손을 올렸다가 얼른 내렸다. 미안하다고 작게 속삭이는 걸 보니 얼굴 만지는 걸 싫어한다는 얘기를 기억하는 모양이었다.

태신은 희원의 손을 잡다가 제 뺨 위에 겹쳐 올렸다. 보드라운 손바닥의 감촉이 뺨에 닿자 씁쓸했던 감정들이 눈 녹듯 녹아 없어졌다.

"만져도 돼."

아무리 잘생겼다는 말을 듣더라도 태신은 제 얼굴을 싫어했다. 가족과 닮지 않았다는 말이 늘 뒤따랐으니까. 아버지를 빼다 박은 큰형이나 얼추 닮은 작은형과 다르게 태신의 얼굴에서는 부모의 생김새를 떠올리기 힘들었다.

큰형은 그마저도 이용했다. 마치 태신이 밖에서 낳아 온 자식이라고, 저 얼굴이 증거라고 소문을 퍼트렸다. 실질적 증거는 하나도 없이 상대의 이미지만 깎아내리는, '아니면 말고' 식의 소문은 흥밋거리로 퍼져 나갔다.

도원 그룹 오너 일가의 사생아 추문이라니. 진짜면 대박이고 아니어도 씹기 좋은 소재였다.

그러다 태신의 귀에 얘기가 들어가면 '네가 하도 잘생겨서 그래.' 하고 웃으며 변명하는 모습이 그렇게 추악할 수가 없었다.

칭찬하는 건데 화내지 말라고 들었다. 그렇게 과민 반응하는 게 더 이상하다는 식으로.

하도 오래 반복되어 온 일이라 제 얼굴을 좋아하려야 좋아할 수가 없었다. 다른 사람이 만지는 건 상상조차 하기 싫었다.

희원이 모르고 만졌을 때도 끔찍이 싫었지만, 이상하게도 화가 나진 않았다. 예쁘니까 봐준다는 말도 빈말이 아니었다. 예쁘니까 화가 안 나는 거라고, 한 번쯤은 봐줄 수 있다고 생각했다.

그리고 지금은 뺨에 닿으려던 손이 도로 내려가자 아쉬웠다. 그리고 그 손을 붙잡아 뺨에 대니 가슴에 따뜻한 기운이 확 퍼지는 것처럼 기분이 좋아졌다.

"네가 만지는 건 좋아, 희원아."

세상에 오로지 너에게만 허락하는 거란 말에 희원의 뺨이 발그레하게 물들었다. 그 말속에 태신의 약한 모습이 언뜻 비치는 듯했다. 제게 그런 모습을 보여 준다는 것에 가슴이 아려 왔다. 태신이 마음을 여는 게 느껴져서. 제가 그에게 동질감을 느끼고 사랑을 느낀 것처럼 태신도 그렇다는 걸 자연히 알게 됐다.

희원은 태신을 향해 몸을 돌리며 양손으로 그의 뺨을 잡았다. 고개를 숙여 주는 태신의 입에 입술을 겹치며 제 마음을 전했다.

더는 참을 수 없다는 걸 서로가 느꼈다. 희원이 자연스럽게 다리를 벌렸고 태신이 그 사이로 다리를 밀어 넣으며 자리를 잡았다.

성기를 희원의 음부에 딱 붙인 태신이 안쪽이 젖어 있는 걸 확인하고는 그대로 찔러 넣었다. 희원의 골반을 잡아 위로 뜨지 못하게 막고는 한 번에 끝까지 찍어 올렸다.

지금 당장 태신을 원하는 마음은 희원도 뒤처지지 않았다. 한순간에 깊숙이 찔러 들어오는 성기가 버거우면서도 크나큰 열락이 함께 찾아왔다.

"흐으응……!"

그저 삽입만 했을 뿐인데, 몸이 마치 그를 빨아들이듯 강하게 수축하고 환희로 떨리는 걸 스스로 느꼈다.

몸이 이어져 있으니 희원의 반응을 태신이 모를 수가 없었다. 오히려 희원 본인보다 더 잘 알았다. 성기에 전해지는 자극이 달랐으니까.

아찔한 느낌에 눈가를 살짝 뜬 태신이 희원을 아예 번쩍 안아 들었다. 그 바람에 성기가 반 이상 빠져나갔다가 자세를 잡으며 다시 쑥 밀려들었다.

"아훗……!"

몸 안쪽이 쫙 긁혔다가 강하게 문지르는 느낌에 희원은 번개가 번쩍번쩍 내리친 듯 몇 번이나 눈앞이 하얗게 점멸했다. 반사적으로 태신의 머리를 꼭 끌어안고 매달리자 태신의 숨이 거칠어진 게 더 확연히 느껴졌다.

태신이 본격적으로 허리를 쳐올리기 시작했다. 빨아서 녹여 버릴 듯이 조여대는 안쪽을 성기가 불도저처럼 거침없이 드나들었다.

희원은 배 안쪽이 불타는 것처럼 뜨겁게 젖어 드는 걸 느꼈다. 참을 수 없는 감각이 머리를 마비시키고 미치게 만들었다. 마치 몸속에 폭풍이 휘몰아치는 것 같았고 그 폭풍의 시작점은 태신이었다.

자신을 와락 끌어안은 채 헐떡이는 희원이 사랑스러운 한편, 성기를 압착해 버릴 듯 조여대는 안쪽에 강렬한 쾌감이 몰려오자 태신의 움직임도 점점 거칠어질 수밖에 없었다.

사정감이 몰려오기 시작하며 더 커진 성기를 희원의 무게를 이용해 가장 깊은 곳까지 사정없이 찔러 넣었다.

"흐읏!"

퍽퍽 올려붙일 때마다 희원이 크게 자지러지며 등을 폈다가 말기를 반복했다. 태신의 성기가 안쪽을 확 찌르면 마치 뜨거운 물을 뿜는 것처럼 애액이 뿜어져 나왔다.

태신은 희원의 목에 입술을 묻었다가 이걸로는 부족함을 느끼고 고개를 들었다. 앙앙 헐떡이는 희원의 입술이 시야에 잡혔다. 턱을 이로 긁어 자신을 인식시키자 희원이 본능적으로 고개를 움직였다. 앞이 보이지 않아 촉감으로 더듬듯이 입술이 얼굴을 훑는 감촉이 미치도록 오싹했다. 힘이 빠졌다면 그대로 사정해 버렸을 정도로 강렬한 쾌감이었다.

얼굴을 훑고 내려와 입술에 안착하는 순간, 태신은 참지 못하고 희원을 벽으로 밀어붙인 채 키스를 퍼부었다. 그마저도 달갑게 반겨 주는 게 미치도록 좋았다.

입을 밀착한 채 키스를 퍼붓자 성기에 가해지는 자극이 더 강해졌다. 태신은 힘 있게 밀어붙이면서도 사정하고 싶은 마음과 이대로 계속하고 싶은 마음을 동시에 느껴야 했다. 끝내고 싶지 않은 마음이 더 커서 조금 물릴라치면 그러지 말라는 듯 더 뜨겁게 조여 와서 다시 성기를 박아 넣게 됐다.

대담하게 혀를 얽어 오는 희원의 혀를 붙잡아 쪽쪽 빨며 성기를 짧고 빠르게 치댔다. 자극이 강한지 희원의 손톱이 어깨를 긁었다. 그 날카로운 통증마저 쾌감으로 받아들이며 태신은 강렬한 사정감을 그대로 풀어냈다.

"아아……."

희원이 눈도 뜨지 못한 채 바르르 떨었다. 마치 전기가 통한 것처럼 숨도 제대로 쉬지 못했다. 막 사정한 성기가 견디기에는 지나치게 자극적이었지만, 태신은 성기를 빼지 않은 채 몸을 돌려 침실로 나갔다.

침대에 희원을 눕히고 한번 사정했지만 여전히 줄어들 줄 모르고 딱딱한 성기를 천천히 움직였다. 느리게 왕복하며 안쪽을 문질러 주자 희원이 허리를 비틀며 자지러졌다.

"흐읏, 지금, 아…… 안 돼……."

자극이 너무 강했는지 움직이지 말아 달라고 애원하는 모습이 음심을 마구 부추겼다.

다리를 벌리게 해 결합된 부분을 확인하니 제 성기를 얼마나 강하게 물고 있는지가 확연하게 드러났다. 성기를 타고 흘러내리는 체액을 손에 묻혀 음핵을 문질러 주자 희원은 거의 울기 직전이었다.

태신이 몸을 겹쳐 절 끌어안게 하고 입술에 쪽쪽 입을 맞추니 희원이 눈물 가득 맺힌 눈으로 바라봤다.

"왜 이렇게 예뻐."

눈물로 얼룩진 얼굴마저 이렇게 가슴 뛰게 예쁘니 간이고 쓸개고 다 빼 주게 생겼다며 태신이 웃었다. 처음부터 반했었다는 사실을 인정할 수밖에 없었다. 그러니 의심하면서도 믿고 싶어 하고, 그래서 더 의심했다.

희원의 눈가에 입술을 붙여 말간 눈물을 핥았다. 그저 수분에 불과한 눈물이 달았다.

"안 움직이고 안고만 있을게."

희원이 편하도록 자세를 바꾼 태신이 몸을 빈틈없이 꽉 맞추고는 힘을 뺐다. 커다란 손이 성애의 의미 없이 부드럽게 희원의 몸을 어루만졌다.

절정의 여운이 어느 정도 가시면서 안정을 찾은 희원은 그 손길에서 행복을 느꼈다. 몸에 딱 붙은 태신의 몸이 주는 안정감도 좋아서, 이러다 집에 가려고 헤어지면 그 허전함에 몸서리칠 것 같았다. 왜 태신이 하루라도 빨리 같이 살자고 하는지 이해가 됐다.

희원도 몸에 힘을 빼고 태신을 끌어안았다. 맞닿은 가슴으로 서로의 심장 박동이 하나처럼 울렸다.

* * *

결혼 준비는 착착 진행됐다. 태신의 어머니가 결혼 장소를 직접 만들고 있고 큰며느리를 시켜서 결혼 준비를 돕게 하니 희원이 신경 쓸 일은 별로 없었다.

태신과 함께 건강 검진을 받았고 희원은 혼자 시간을 내서 상급 종합 병원에서 한 번 더 건강 검진을 진행했다.

얼추 모습이 잡힌 웨딩드레스를 피팅하러 가는 날은 태신이 함께 갔다. 그의 마음에도 들었는지 내내 기분이 좋아 보였다. 이 디자인이 마음에 드느냐고 물었더니 어떤 걸 입었어도 다 마음에 들었을 거란 대답이 돌아왔다.

'류희원이 나랑 결혼하려고 입는 거니까.'

그 대답에 희원은 귀가 김이 날 정도로 뜨거워져서 곤란할 정도였다. 태신이 사랑스러워 죽겠다며 능글맞은 표정을 짓자 옆에서 결혼 축하한다며 웃던 직원들이 비명을 지를 정도였다. 가만히 있어도 감탄이 나올 정도로 잘생긴 사람이 사랑에 빠진 눈을 하고 보니 희원은 차마 뻔뻔하게 받아칠 수 없었다.

그때를 생각하니 지금도 얼굴이 빨개지는 기분이라 희원은 괜히 손부채질을 했다.

"더우세요?"

"아, 아니에요. 괜찮아요."

갑자기 부채질하는 게 이상했는지 메이크업숍 실장이 말을 걸었다. 손을 내리고 어색하게 웃으니 실장이 뭔가 느낀 듯 눈웃음을 그렸다.

"좋아서 그렇구나? 하긴 예랑 생각만 해도 막 좋아서 온몸이 비비 꼬일 때죠."

희원은 그런 거 아니라고 하면서도 정말 얼굴이 빨개지고 말았다.

"저번에 봤을 때만 해도 언제 이렇게 컸나 했는데 벌써 결혼을 한다니. 세월이 느껴지네요. 사모님이 좋아하시겠어."

한 번 말실수한 적이 있었던 것 때문에 실장의 마지막 말은 조금 조심스러웠다. 희원은 그 말에 거울에 비친 제 얼굴을 다시 보게 됐다. 누구보다 엄마를 닮은 여자가 거울 속에 앉아 있었다.

"네. 좋아하실 거예요."

그 대답이 자연스럽게 나왔다. 거울 속 제가 입을 움직이는 게 마치 엄마가 직접 말하는 것처럼 느껴졌다.

만약 정말 작은엄마의 등쌀에 시달려 살길을 찾기 위해 어쩔 수 없이 태신과 결혼하는 거였다면 슬퍼하셨겠지만, 지금은 당당하게 태신을 좋아해서 결혼한다고 말씀드릴 수 있었다.

그래서 그런지 거울 속 제 얼굴이 정말 행복해 보였다.

"호호, 내 딸 시집갈 때도 이런 기분이 들까? 아무튼 정말 축하해요."

"감사합니다."

"결혼식 때도 나한테 맡겨 줄 거죠? 내가 세상에서 가장 아름다운 신부로 만들어 줄게요."

"그럼요. 제가 달리 누구한테 부탁하겠어요."

희원의 대답이 기분 좋았는지 실장이 입꼬리를 씰룩거렸다.

준비를 마치고 내려오니 태신의 차가 보였다. 밖을 보고 있었는지 계단을 다 내려가기 전에 태신이 차에서 내렸다.

오늘은 상견례 자리라고 평소보다 신경을 썼는지 빛이 나는 듯했다. 태신이 그만큼 꾸민 건지, 그냥 제 눈에 콩깍지가 씐 건지 알 수 없었지만, 가슴이 하도 두근거려서 걷다 말고 잠시 호흡을 다스려야 했을 정도였다.

그러고 보면 처음 만났을 때는 완전히 흐트러진 모습이었는데, 그때도 잘생겼다는 생각밖에 안 들었기는 했었다.

그래도 멀끔하게 차려입은 모습을 보니 오늘 상견례를 중요하게 생각하는 게 느껴졌다.

"왜 그래?"

내려오다 말고 멈춰 빤히 보고 있으니 태신이 다가와 손을 내밀었다.

"결혼식 날에는 태신 씨 못 쳐다볼까 봐 걱정돼서요."

"멋있어서?"

"네."

"너한테 듣는 멋있다는 말은 기분 좋네."

피식 웃은 태신이 계단을 다 내려온 희원을 살짝 안았다가 놔줬다. 마음 같아서는 품 안에 가둬 버리고 싶었지만, 상견례를 위해 일부러 공을 들인 머리를 망칠 순 없으니 참아야 했다.

단아하게 꾸민 희원을 빤히 바라본 태신이 턱을 어루만졌다. 그러다 이내 괜찮겠다는 듯이 고개를 끄덕였다. 희원은 뭔지 몰랐지만, 태신이 흡족하다는 표정을 지으니 화장이 잘됐나 보다고 가볍게 넘어갔다.

차에 올라탄 희원이 안전벨트를 잡는데 태신이 잠깐 기다리라며 막았다.

"가만히 있어."

뒷자리로 팔을 길게 뻗은 태신이 하얀 종이봉투를 집어 들었다. 리본으로 포장된 깔끔한 하얀 봉투에 적힌 로고에 희원의 눈이 커졌다.

금빛 테두리를 두른 하얀 케이스를 열자 지난번에 맞췄던 목걸이가 눈 부신 빛을 뿜어냈다.

"너무 화려할까 걱정했는데 잘 어울리겠어."

단정해 보이려고 입은 플레어 원피스가 올 실크 소재라서 화사한 목걸이와 잘 어울렸다.

태신이 목걸이를 채워 주려고 손을 뻗자 희원은 살짝 긴장한 채 목을 길게 뺐다. 피식 웃는 소리에 귀가 뜨거워지려 했다.

기다란 목을 감싸는 영롱한 다이아몬드가 류희원과 이렇게 잘 어울릴 수가 없었다. 태신은 머리카락을 정돈하는 희원을 보며 제 안목을 자화자찬했다.

"상견례 자리인데… 과하지 않을까요?"

"잘 어울리니까 괜찮아. 그리고 의미도 있잖아?"

의미가 있다는 말이 의미심장했다.

"……목줄이요?"

미묘한 얼굴로 입꼬리를 샐쭉 움직이는 게 귀여워서 태신은 그만 웃음을 터트리고 말았다.

"떨떠름해?"

"그런 건 아니지만…."

아닌 게 아닌 것 같아서 웃음을 멈출 수가 없었다. 눈꼬리를 훔칠 만큼 웃은 태신이 희원의 머리를 쓰다듬고 싶은 마음에 손을 들었다가 톡톡 두드리기만 했다.

"농담이야. 우리에게 의미가 있다는 말이었어. 그리고 말했잖아. 개의 남편이긴 싫다고."

거울에 얼굴과 목을 비춰 보던 희원이 어깨에 힘을 빼고는 그를 따라 웃었다. 그때는 어떻게든 태신의 심기를 거스르지 않으려고 애쓰던 때라 목줄처럼 느껴지기만 했는데, 지금은 전혀 그렇게 보이지 않았다.

제 목을 두른 목걸이는 그날 매장에서 착용해 봤을 때보다 더 잘 어울리는 것 같았다. 옷차림의 변화 때문일까. 마음의 변화 때문일까. 답이 정해져 있다고 가슴이 말해서 희원도 자꾸 입꼬리가 위로 솟았다.

"키스하고 싶어서 큰일이야. 저번에도 그랬는데."

집에 처음 인사 갈 때도 키스를 참지 못해 입술 화장을 수정하게 했던 기억이 선명했다. 희원도 같은 기억을 떠올렸지만, 태신을 마주 보니 안 된다는 말이 나오지 않았다. 제가 더 안 하고는 못 배기겠다고 생각하며 바라보니 마음이 통했는지 태신이 씩 웃으며 고개를 숙였다.

쪽. 느리고 가볍게, 아주 살짝 닿았다가 떨어지는 입술이 진한 키스를 한 것보다 더 가슴 뛰게 했다.

* * *

"너무 기분 좋아 보이니까 이상하네."

콧노래를 부르며 걷는 남편 영신을 흘겨본 민희가 몸서리치듯 어깨를 떨었다. 영 속을 알 수 없는 사람이었지만 같이 산 시간이 있으니 저렇게 기분 좋을 때가 더 위험한 사람이란 것 정도는 알고 있었다.

막내 도련님 태신의 결혼식이 다가오고 있는데도 그녀는 남편의 계획을 도저히 짐작할 수 없었다.

그 후로도 만나 본 희원은 남편을 속이거나 배신할 수 있는 성격이 못됐다. 솔직히 민희가 보기에도 투명한 사람인데 김태신을 속일 수 있을 리 없었다. 여태 어떤 사람을 붙여도 속지 않았는데, 저런 초짜에게 속을 리가.

'사랑에 눈이 돌아 버리면 속을 수도 있겠다마는….'

민희가 보기에는 김태신도 큰형과 비슷한 부분이 있었다. 동생을 신경 쇠약에 걸릴 만큼 괴롭히는 영신도 영신이었지만 태신의 철벽 방어도 만만치 않았다.

사람을 절대 안 믿고 아주 사소한 것까지도 의심부터 하고 보는 김태신이 사랑한다는 이유로 아내를 전적으로 믿는다? 어림도 없는 일이었다. 세기의 사랑이라도 김태신의 불신을 내려놓기에는 부족한 점이 있었다.

"내가 기분 좋으면 당신도 기분 좋아야지. 왜 이상해?"

눈웃음을 치는 영신이 소름 끼치게 가증스러웠지만, 민희는 내색하지 않으려고 애를 썼다.

"아니, 이대로 결혼하면 막내 도련님이 제약을 맡는다며. 그런데 얼른 결혼하길 바라는 태도니까 하는 소리지."

아버님 입에서 태신에게 제약을 맡기겠다는 말이 나왔을 때 영신의 분위기가 바뀌었던 것을 민희는 똑똑히 기억했다.

"얼른 결혼하길 바란다니. 내가?"

"아니야?"

"한 치 앞도 모르는 게 인생인데, 그렇게 단정 지으면 쓰나."

이건 또 무슨 소리야. 민희의 눈이 동그래졌지만, 이미 식당 안으로 들어선지라 대화가 더 이어질 수 없었다.

자리로 안내받아 걸어가는 남편을 의심 가득한 눈으로 바라보던 민희가 이내 고개를 절레절레 흔들며 생각을 내려놓았다. 제가 안다고 해서 어쩔 수 있는 일도 아니고 그저 남편이 원하는 대로 잘 가길 바라는 수밖에 없었다.

이미 와 계신 양가 어르신들께 인사를 드리고 자리에 앉은 민희는 자신을 노려보는 오상연 병원장과 시선이 마주쳤다.

태신에 대한 거짓 소문을 전한 것을 마음에 두고 있는 모양이었다. 물론 저렇게 노려본다고 무서울 것도 없는 여자였고 저러는 심정도 이해했다.

놓친 물고기가 얼마나 아깝겠나. 김태신과 결혼했으면 딸이 도원의 며느리가 되는 건데.

민희는 그 옆에 앉아 있는 딸, 류진아를 보며 싱긋 웃었다. 엄마와 외모는 닮았지만, 성격은 전혀 달라 보이는 자유분방한 아가씨였다.

그대로 맞선이 진행되었다고 해도 김태신의 눈에 차지 않았을 것 같은데, 집안의 힘으로 밀어붙이면 될 줄 아는 모양이었다.

잠깐 자기 좀 보자고 눈에서 레이저를 쏘듯 쳐다보는 상연의 시선에 민희가 어깨를 으쓱하고는 자리에서 일어났다. 부리나케 밖으로 나온 상연이 민희를 죽일 듯이 노려봤다.

"어떻게 나한테 그럴 수가 있어요?"

"흥분하지 마요."

"하, 내가 흥분 안 하게…! 생겼어?"

목소리가 커지는 걸 우려했는지 말하는 도중 잠시 심호흡을 한 상연이 잇새로 짓씹듯 말했다. 표정만 봐서는 멱살을 틀어쥐고 싶은 기색이 역력했다.

"미안하네요. 나도 그러고 싶지 않았는데, 우리 남편이 신성 그룹이랑 사돈 맺으면 안 된다고 어찌나 성화인지……. 나 이해하죠? 난 우리 남편 말이라면 껌벅 죽어서."

미안한 감정 하나 없이 뻔뻔하기 그지없는 태도였다. 상연은 기가 막혀 말이 안 나올 지경이었다. 이를 빠득빠득 갈며 따졌다.

"결국 사돈 맺게 됐잖아요. 그럼 이 결혼도 반대해야 하는 거 아닌가?"

상대가 류진아에서 류희원으로 바뀌었을 뿐, 결국 신성 그룹과 혼맥을 형성하는 건 같았다. 무엇 하나 바뀐 게 없는데, 동생이 신성 그룹을 등에 짊어지는 게 싫어서 가짜 소문까지 전달하며 훼방을 놓던 사람이 류희원과의 결혼은 방해하지 않고 그냥 보고만 있는지 이해하지 못할 일이었다.

그런데 최민희의 반응이 가관이었다.

"그러게 말이에요. 나도 그게 궁금하단 말이야. 오 원장님이 우리 남편한테 대신 좀 물어봐 줄래요?"

"하……."

뭐든 다 남편에게 떠넘겨 버리는 민희의 태도에 상연은 속이 부글부글 끓었다.

"어쨌거나 류진아보다는 류희원이 낫다는 판단 아니겠어요?"

마지막 말이 상연의 속을 확 긁었다. 순간 눈이 뒤집힌 상연이 사납게 웃으며 반박했다.

"하자 있는 애가 어떻게 더 나아요? 난소암 가족력은 유전도 되는데."

류희원의 이번 건강 검진 결과는 깨끗했다. 그 흔한 낭종 하나도 보이지 않았다. 하지만 상연은 결과를 조작해서라도 류희원에게 흠을 만들 생각이었다.

그런데 딱히 놀랍지 않은지 민희의 표정은 태연하기만 했다. 아니, 오히려 악수를 둔 상연을 안타깝게 여기듯 동정 어린 목소리로 속삭였다.

"그럼 더 좋은 거 아닌가? 우리 남편에게는."

"……!"

상연의 눈이 번쩍 뜨였다. 도원의 김 회장이나 한 여사가 마음에 안 들어 할 거라고만 생각했지, 오히려 장남 입장에서는 호재라는 것을 간과하고 있었다. 낭패라는 게 얼굴에 고스란히 드러나자 민희의 표정이 더 애잔해졌다. 그걸 머리라고 쓴 거냐는 듯이.

"다 도착했겠네요. 먼저 들어가요?"

등 돌려 떠나는 민희를 보며 부들부들 떠는 상연의 얼굴에 독이 서렸다.

이대로 상견례를 진행하면 류희원은 정말 도원의 며느리로 낙점되는 것이다.

'내가 어떻게 이 자리를 차지했는데……'

차남의 아내로 신성 그룹 오너가에 들어가 병원장의 자리에 오르기는 했지만, 그게 전부였다. 머저리처럼 욕심 없이 착하기만 한 제 남편 위에는 장남 류선규가 굳건히 버티고 있었다.

하극상이라도 노려 볼 만한데, 형제의 우애가 좋아 그럴 생각이 전혀 없는 남편을 보며 복장이 터지던 중, 형님 박현희의 검진 결과에서 이상을 발견했다.

천운이었다. 난소암이라고 확인한 건 아니었다. 그러려면 조직 검사를 해야 하니까. 하지만 깊숙이 숨겨져 있는 덩어리를 보는 순간 상연은 이 작은 씨앗을 키울 결심을 했다.

검사를 진행한 의사를 매수해 아무 이상이 없다고 결과를 조작하게 하고 모른 척했다.

그렇게 씨앗은 무럭무럭 자랐다. 처음 발견하기까지는 오래 걸리지만, 그 후는 일사천리였다. 하루하루 커지고 있을 씨앗을 생각하면 늘 위로 솟구치는 입꼬리를 단속하느라 곤욕일 정도였다.

박현희가 이상을 느끼기 시작한 건 이미 시일이 꽤 지난 후였다. 그래도 상연은 여전히 기다렸다. 더 돌이킬 수 없을 때까지 인내해야 했다.

다른 이유를 가져다 붙이면서 인내한 결과 전이까지 됐다. 상연은 제가 지을 수 있는 가장 참담한 표정을 지으며 사형 선고를 내렸다.

죽은 박현희를 따라 류선규가 자살했을 때, 상연은 운명의 신이 제 손을 들어 줬다고 생각했다.

제가 의도한 것도 아닌데 일이 술술 풀렸다. 마치 신성 그룹 회장 사모 자리는 처음부터 네 자리였다고 말하는 듯했고 마치 운명이 알아서 원래의 자리를 찾아 준 느낌이었다.

낙동강 오리알 신세인 류희원이 거슬리기는 했지만, 큰 위협은 되지 않았다. 지분을 많이 가졌다고는 해도 제 남편에게는 한참 뒤처졌고 무엇보다 저런 풋내기에게 경영을 맡길 시아버지가 아니었다.

그럼에도 상연은 철저하게 희원의 기를 죽여 놨다. 괜히 지분이 많다고 헛바람이라도 들면 안 되니까. 일부러 시아버지를 모신다는 핑계로 시가에 들어갔다. 어차피 남편은 바빠서 얼굴 볼 시간도 없겠다, 시아버지는 별채에 틀어박혔겠다, 완전히 제 세상이었으니 희원의 행동 하나하나 꼬투리 잡고 후려치면서 자존감을 깎아 먹는 건 일도 아니었다. 가뜩이나 부모를 잃고 나사가 빠진 희원이 고개도 못 들게 되는 데는 오래 걸리지 않았다.

그랬는데 이제 와서 뭐? 도원의 며느리?

'오 원장님이 우리 남편한테 대신 좀 물어봐 줄래요?'

최민희의 의미심장했던 말이 상연의 뒤통수를 때렸다. 혹시 김영신과 손을 잡으라는 뜻인가? 만약 그런 거라면 류희원이 도원의 며느리가 되더라도 제가 생각하는 위협은 되지 못할 수도 있었다.

만약 김영신이 막내 부부를 모두 밟을 생각이라면……

머릿속이 복잡해 두통까지 이는 상연의 눈이 시뻘겋게 충혈됐다.

"엄마. 왜 안 들어와? 다 도착했어."

그녀를 찾으러 온 딸 진아가 이상하다는 듯 물었다.

"혹시 인공 눈물이나 안약 가진 거 있니?"

"잠깐만. 헐, 엄마 눈 핏줄이 다 터졌는데?"

가방에서 인공 눈물을 찾아 꺼내 준 진아가 상연의 빨개진 눈을 보고 식겁

했다. 하지만 요즘 워낙 히스테리가 심하고 예민했던지라 이해하지 못할 건 아니었다.

오늘 상견례는 결국 사촌 언니 류희원이 도원 그룹에 시집을 간다고 확정 짓는 거였으니 엄마 기분이 나쁠 만도 했다.

하지만 진아는 오히려 잘됐다고 생각했다. 오늘이 지나면 더는 억지를 부리라는 강요를 듣지 않을 테니까.

게다가 엄마를 찾기 전에 도착한 김태신과 희원은 누가 봐도 사랑하는 연인의 얼굴을 하고 있었다. 정략결혼은 핑계일 뿐, 서로 좋아서 붙어 있는 사람 사이에 끼어들라니 생각만 해도 끔찍했다.

게다가 사실 진아는 저 대신 희원이 선을 보러 가서 다행이라고 생각했다. 이유야 어쨌든 저렇게 인연을 만나게 된 거니까. 큰엄마, 큰아빠가 돌아가신 후로 삶의 의미를 잃어버린 사람처럼 우울하게 살던 희원이 웃음을 되찾은 것이 진아는 제 일처럼 기뻤다.

"할아버지도 기분 완전 좋아 보이시더라? 그렇게 팔팔하신 거 처음 보네."

그래서 일부러 한 소리였는데 인공 눈물로 눈을 축이던 엄마가 빨개진 눈으로 노려보는 통에 재빨리 도망쳤다.

"하여간 빨리 와."

눈치 없이 속만 긁어 놓고 도망가는 딸을 노려본 상연은 속으로 칼을 갈았다.

* * *

류경수 회장과 김자엽 회장이 서로 친근하게 인사를 주고받는 걸 보는 다른 이들의 표정이 묘했다. 이 정략결혼이 어떻게 이렇게 일사천리로 진행됐는지를 알 수 있는 모습이었다. 민희는 몰래 남편의 눈치를 살폈다. 원체 감정을 숨기는 데 능한 사람이라서 티가 나지 않기는 했지만, 눈은 거짓말을 못 한다고 하지 않나. 눈빛을 보니 어딘지 모르게 음험한 느낌이 들었다. 무언가를 꾸미고 있는 게 분명했다.

"서로 잘 어울리니 보기 좋네요."

태신과 희원이 도착하자 한 여사가 미소를 지으며 말했다. 그 말을 시작으로 상견례는 매우 좋은 분위기에서 시작됐다.

자리를 비웠던 상연이 조금 굳은 얼굴로 돌아오긴 했지만, 이내 능숙하게 분위기를 맞췄다.

희원은 상연이 들어왔을 때 그 표정에서 그녀의 뜻대로 되지 않아 기분이 안 좋다는 것을 읽었다. 아직도 포기하지 않고 방해하려고 하는 게 아닌가 싶어 긴장하는데, 태신이 테이블 밑으로 손을 잡아 줬다.

그 따뜻하고 듬직한 손길에 희원은 순간 경직됐던 몸이 부드럽게 이완되는 걸 느꼈다.

옆을 보자 태신이 마주 보며 웃어 줬다. 신기했다. 그 미소가 마치 아무것도 무서워하지 않아도 된다고 말해 주는 듯했다.

"자기 짝은 자기가 찾는다더니, 처음 정해진 상대가 아니었는데도 이렇게 제자리를 찾아가는 걸 보니 맞는 말 같습니다, 삼촌."

"네 눈이 삐었던 게지."

처음에 진아에게 혼담을 넣은 걸 비꼬는 류 회장의 말에 김 회장이 너털웃음을 터트렸다. 그런 말을 들어도 전혀 기분 나쁘지 않다는 듯이.

"처숙모님이 현명하게 대처해 주셨으니 다 잘된 거죠."

그때, 내내 가만히 듣고 있던 태신이 한마디 했다. 처숙모라는 호칭 때문에 잠시 어색한 정적이 찾아왔지만, 그게 오상연을 가리킨다는 것을 이해한 김 회장이 더 크게 웃었다.

"저놈 보십시오. 벌써 결혼한 것처럼 구는 거."

의자 손잡이까지 내리치며 웃는 통에 다른 이들도 모두 그를 따라 웃었다. 특히 한 여사는 막내아들이 처갓집 쇠말뚝 보고도 절할 녀석인 줄 몰랐다며 너스레를 떨었다.

그 화기애애한 자리에서 오로지 상연만이 진심으로 웃지 못하고 입술 끝을 바들바들 떨고 있었다. 이상해 보이지 않으려고 억지로 미소를 지으려니 경련이 일었다.

"감사합니다."

그런 상연을 똑바로 바라보며 태신이 기어이 감사 인사를 덧붙였다. 상연은 머릿속에서 뭔가 끊어지는 기분을 느꼈다.

"희원이와 서로 힘이 되어 주며 잘 살겠습니다."

힘이 되어 주겠다는 말이 오상연에게는 경고로 들렸다. 류희원은 이제 도원가 사람이니 건드릴 생각하지 말라는.

정신이 아득하고 눈앞이 뿌예졌다. 이 자리의 모든 것을 견딜 수가 없었다. 바보처럼 허허 웃기만 하는 남편, 절 도울 생각이 없는 딸, 첫째 손녀밖에 모르는 시아버지.

그리고 무엇보다 이 모든 일의 원흉인 류희원과 김태신까지.

조용히 숨죽이고 살면 되지 않았느냐는 원망과 분노가 활활 타올랐다. 죽은 아비 지분까지 다 삼켜 놓고 무엇이 부족해서 이런 욕심을 부리느냐고.

"그러고 보니 건강 검진 받았다면서? 아이 생각하면 건강 관리도 잘해야지. 제수씨는 아직 어리지만, 태신이 너는 30대잖아."

그때, 김영신이 건강 검진 얘기를 꺼냈다. 태신이 형도 아직 아이를 안 가졌으면서 무슨 얘기냐며 받아치는 건 들리지도 않았다.

뭐지? 신호 주는 건가? 그런 생각이 든 건 김영신과 눈이 마주쳤을 때였다. 잠깐 자신을 보고 지나간 시선이었지만, 상연은 신호가 분명하다는 생각이 들었다. 심지어 그는 아이 얘기까지 꺼냈다.

"아무래도 걱정이 좀 되겠죠. 희원이가 신경 많이 쓰는 것 같은데."

상연이 입을 열자 자연스럽게 대화가 끊기며 시선이 모였다. 걱정이라는 단어를 입에 담았으니 그럴 수밖에 없었다. 상연은 염려 가득한 얼굴로 말을 이었다.

"이번에 난소암 가족력에 대한 연구가 새로 나와서…. 암이 유전될 수 있다니까 얼마나 무섭겠어요."

찬물을 끼얹은 듯한 정적이 자리를 휩쓸었다. 상연은 심각한 일은 아니라는 듯 희원을 보며 웃었다.

"그래도 꾸준히 검사도 받고 있으니 사서 걱정할 필요는 없죠."

희원의 얼굴이 하얗게 질리는 것이 겉으로 티가 났다. 그 표정을 보니 상연은 얹혔던 속이 쑥 내려가는 것 같은 쾌감이 느껴졌다.

"당신, 왜 그래."

그런데 가만히 있어야 할 남편이 딱딱하게 굳어서는 드물게 목소리를 냈다. 상연은 이 남자가 눈치 없이 지금 왜 끼어드나 싶었지만, 그의 얼굴을 보는 순간 주춤하고 말았다.

마치 역린을 건드린 것처럼 화가 난 얼굴이었다. 제가 누구보다 잘 아는 사람이었다. 류진규는 좀 답답하리만큼 착하고 성실하고 순한, 무엇보다 제게 늘 져 주는 우유부단한 남자였다. 그가 지금 진심으로 제게 화를 내고 있었다.

그러자 상연도 욱할 수밖에 없었다. 지금 제가 무엇을 위해 이렇게까지 하고 있는 건데. 류희원이 김태신을 등에 업고 하극상을 벌이면 어쩌려고!

"왜 그러냐니…. 너무 걱정할 필요 없다고 얘기하고 있었잖아요?"

최대한 내색하지 않고 좋게 대화를 끝내려고 하는데, 그럼에도 진규의 표정은 풀어지지 않았다. 집에 가서 얘기하자는 듯 눈을 부라리더니 김 회장 내외를 향해 크게 고개 숙여 사과까지 했다.

"이 사람이 의사다 보니 말주변이 좀 떨어집니다. 제가 대신 사과드리겠습니다."

"허허, 이해합니다. 제 주치의도 돌려 말할 줄을 몰라서 가끔 집사람이 너무 심각하게 받아들이곤 하지요."

이해한다는 듯이 웃는 김 회장과 달리 한 여사의 표정은 쉬이 풀어지지 않았다. 암이라는 단어가 가진 무게였다.

"처숙모님이 계시는데 걱정할 이유가 있을까요. 누구보다 신경 써서 챙겨 주실 텐데."

태신은 희원의 손이 얼음장처럼 느껴졌다. 제가 잡아 주고 있었는데도 실시간으로 차게 얼어붙었다. 그래서 더 꾹 잡아 주며 다독였다.

"같은 일이 또 벌어진다면 신성 병원을 누가 신뢰하겠습니까."

누가 봐도 뼈가 있는 말에 상연이 표정 관리를 하지 못하고 눈을 치켜떴다.

"……무슨 의미죠?"

"들으신 그대로입니다만?"

태신은 태연하게 희원의 손을 어루만지면서 그 시선을 받아쳤다.

"그만해라, 막내야."

그때였다. 영신이 두 사람을 말리려는 듯 끼어들었다.

"안 그래도 오해 많이 받아서 꽤 곤란하셨을 텐데. 그런 의심 불식시키고 싶어서라도 어련히 잘 봐주시려고."

그런데 영신이 도리어 기름을 붓자 상연은 어안이 벙벙해졌다. 자신을 도와주려고 얘기를 꺼냈던 것 아닌가?

이렇게 되면 류희원이 아니라 오히려 신성 병원의 이미지만 깎일 판이었다. 심지어 오해를 많이 받았다는 말은 거짓이 아니었다. 그의 말처럼 수많은 '오해'를 꼬리표처럼 매달고 여기까지 왔다.

오진이라고 해서 무조건 과실인 건 아니었다. 심지어 난소암처럼 희귀하고 판별이 어려운 경우 일찍 발견하지 못하는 일이 비일비재했다.

그럼에도 의혹의 눈길이 붙은 건 류선규가 돌연 자살했기 때문이었다. 분명히 밝혀지지 않은 비사가 있는 거라고, 남 얘기를 좋아하는 사람들이 건수를 잡았다는 듯 상연을 물어뜯었다.

상연은 아무 반응도 하지 않았다. 시간이 해결해 줄 일이라고 생각했고 류선규의 자살로 제가 가장 바라던 걸 얻었으니 만족스러운 게 컸다.

그런데 여기 이 자리에서 그 의혹이 수면 위로 올라올 줄은 꿈에도 생각하지 못했다.

모욕을 참지 못하고 벌떡 일어나려는 순간, 남편이 손목을 으스러뜨릴 듯이 잡고 아래로 끌어 내렸다. 가만히 있으라는 눈빛에 상연은 분노와 서운함에 부들부들 떨었다.

한번 어색해진 분위기를 다시 푸는 일은 쉽지 않았다. 내내 가만히 있었던 류 회장이 피곤하다면서 먼저 자리를 뜨는 게 정점을 찍었다.

그러자 굳은 표정을 풀지 못한 진규도 상연을 끌고 나가다시피 하며 가 버렸고 자연스럽게 자리를 파하게 됐다.

"저희도 일어나 보겠습니다."

태신도 희원을 챙겼다. 아무렇지 않은 척하려고 하는 희원이 안쓰러워서라도 얼른 자리를 피하고 싶었다.

그러라는 어른들께 인사하고 밖으로 나온 태신이 희원을 차에 태우고 집으로 차를 몰았다. 생각 같아서는 일단 호텔의 아무 방이나 잡고 희원을 끌어안아 줄 생각도 했지만, 그보다는 희원이 편하게 느낄 장소로 가고 싶었다.

이제 '우리 집'이 될 곳이었으니까. 희원이 편하게 마음을 표현할 수 있기를 바랐다.

여태껏은 이런 기분이 들면 화장실에 틀어박혔을 것이다. 숨죽여 울거나 소리 없는 악을 써 가며 혼자 감내했을 것이다.

그 모습이 마치 본 것처럼 눈앞에 그려졌다. 그것만으로도 가슴이 저릿할 만큼 뻐근했다.

집으로 가는 동안 한마디도 하지 않았던 희원은 차가 멈추고 나서야 태신이 그의 집으로 데려왔다는 걸 알아차렸다.

오는 동안 시간이 은근히 걸렸는데 전혀 몰랐다. 그만큼 생각에 빠져 있었다.

'희원이가 신경 많이 쓰는 것 같던데…. 암이 유전될 수 있다니까 얼마나 무섭겠어요.'

어떻게 사람이 그렇게 아무렇지 않은 얼굴로 상처를 헤집을 수 있을까. 가증스럽게도 걱정이 가득한 얼굴을 하고서 상처에 소금을 뿌렸다.

엄마의 죽음과 관련이 있고 없고를 떠나서 사람 대 사람으로 해선 안 되는 얘기였다.

그래 놓고 정작 '오해를 받았다'는 말 한마디를 넘기지 못하고 파르르 떠는 꼴이라니.

"들어가자."

차 문을 열어 준 태신이 손을 내밀었다. 그 손을 보니 희원은 가슴 언저리가 찌르르 울렸다. 손을 잡고 차에서 내리는데, 태신이 단단히 지탱할 수 있도록 힘을 줬다.

집에 들어가기까지 몇 걸음 되지 않았지만, 희원은 그 한 걸음마다 조각났던 마음이 하나씩 치유되는 기분이 들었다.

작은엄마가 일부러 헤집어 피가 철철 나던 가슴에 지혈제를 뿌리고 아프지 말라고 어루만져 주는 듯했다.

철컥, 문을 연 태신이 먼저 들어가라고 옆으로 살짝 비켜 줬을 때, 희원은 집 안이 아니라 태신의 품으로 뛰어들었다. 그를 꼭 끌어안고 가슴에 얼굴을 묻었다.

태신은 아무 말도 하지 않고 그저 그녀의 머리를 다정하게 어루만져 주었다. 희원이 가장 위로받고 싶을 때 제가 그 역할을 해 줄 수 있다는 것에 감사하며.

"…싫어요. 정말 싫어."

처음 드러낸 감정이었다. 억눌려 있는 목소리에 담긴 진심을 태신은 이해했다.

생각해 보면 류희원은 처음 만났을 때부터 싫은 소리를 전혀 못 하는 사람이었다. 오상연 때문에 불편하고 힘들게 살고 있었음에도 그녀를 욕하는 걸 들은 적이 없었다.

그랬던 희원이 처음으로 싫다는 감정을 있는 그대로 드러냈다. 태신은 그게 기꺼웠다. 무엇보다 다른 사람이 아닌 자신에게 감정을 쏟아 냈다는 것이 가슴을 떨리게 했다.

"엄마가 그렇게 된 거에 아무 미안함도 느끼지 못하는 거……. 이상하잖아. 아주 남도 아니고 아니, 최소한 의사로서 도의적 책임이라도 느껴야 하는데……. 마치 죽어서 기쁜 것 같았어."

희원의 목소리에 울음이 가득했다. 옷 속에서 웅얼대는 터라 제대로 들리지 않았지만, 그 눈물로 얼룩진 마음을 태신은 다 이해할 수 있었다.

"정말 끔찍해……."

마음을 다칠 정도로 배신당한 적이 있다고 했었다. 절대 그럴 리 없다고 믿은 사람에게. 믿음이 칼날이 되어 돌아와 대비할 수조차 없이 당하고 말았다고.

어쭙잖게 절 위로하려 드는 게 아닌가 의심하기도 했지만, 직접 겪어 보지 않고는 알 수 없는 아픔이 느껴지는 얘기였다.

오상연. 그 여자가 희원에게 그런 상처를 입힌 장본인이었다. 결혼을 방해하겠다는 같잖은 이유로 오늘도 희원의 상처를 헤집은 거고.

어머니의 성격을 생각하면 분명 한마디 하기는 할 터였다. 희원의 어머니가 난소암으로 세상을 뜬 게 비밀은 아니지만, 희원과 연관해서 생각하지는 않으려고 했을 것이다. 의사 입으로 가족력이라는 말을 들었으니 퍽 신경을 쓸 게 분명했다. 그걸 의도한 걸 거고.

저와 형이 의도치 않게 합작해서 한 방 먹였다고는 하지만 희원이 느끼기에는 전혀 통쾌하지 않았을 것이다.

"일찍 발견하기만 했어도…!"

결국, 무너져 내리는 희원을 번쩍 안아 든 태신이 집으로 데리고 들어갔다. 울음을 터트린 희원을 품에 안은 채 소파에 앉았다.

그의 품과 팔에 매달린 채 희원은 펑펑 울음을 쏟아 냈다. 이렇게 우는 것조차 마음대로 하지 못하는 삶이었다.

작은엄마가 권력을 휘어잡은 집에서 희원은 사는 게 사는 게 아니었다. 작은엄마는 둘이 있으면 항상 부모의 죽음을 상기시켰다.

네가 이렇게 사는 게 다 부모가 죽었기 때문이라는 듯이. 널 지켜 줄 사람은 이제 없다는 식으로 가스라이팅을 했다.

태신은 희원이 맘껏 울도록 기다려 줬다. 속에 쌓인 응어리를 다 토해 낼 수 있도록.

* * *

"당신, 미쳤어?"

"미친 건 당신이지. 어떻게 그 상황에서 날 쪽 줘?"

"이 사람이 진짜. 형수 얘기를 대체 왜 꺼내? 뭐 좋은 얘기라고. 아버지가 눈을 질끈 감으시더라."

진규는 그 당시를 회상하는 것만으로도 피가 발끝으로 다 빠져나가는 듯한 기분이 들었다. 그때 봤던 아버지의 참담한 표정 역시 매한가지였다.

식구들 사이에 형 내외의 일은 굳이 입에 담지 않겠다는 암묵적인 규칙이 있었다. 생각해 봐야 슬픔만 다시금 짙어질 뿐이니까. 아무렇지 않게 사는 것 같지만 아버지도 저도 희원이도 그 슬픔을 내려놓지 못했기에 만든 규칙이었다.

희원에겐 미안한 소리지만, 형수만 그렇게 안타깝게 세상을 떴다면 적당히 가슴에 묻을 수 있었을지도 모른다. 진규는 진심으로 그렇게 생각했다. 하지만 아내를 잃은 현실을 받아들이지 못하고 형이 스스로 목숨을 끊었을 때, 진규도 아버지도 심장 일부가 바삭 부서져 버렸다.

그만큼 형 류선규는 집안의 대들보였고 구심점이었다. 또한, 신성 그룹의 미래였다.

아무리 아버지 류경수 회장의 경영이 신성 그룹을 지금 위치까지 끌어올리는 데 중요한 역할을 했다고는 하나 형이 없었다면 애초에 신성 그룹도 있을 수 없었다.

이렇게 바이오에 올인하게 된 것부터가 형을 밀어 주겠다는 아버지의 마음에서 시작된 거고 진규도 그런 형을 서포트하는 데서 삶의 의의를 찾았다.

그런 형이 죽었을 때, 진규는 사실 아내를 원망하기도 했었다. 이기적이게도 얼굴 모르는 타인 100명을 오진하더라도 형수의 병만큼은 초기에 발견해 줬어야지, 하는 마음이었다.

일부러 그럴 사람이 아니라는 것을 아는데도 그 원망을 묻는 데 참 오랜 시간이 걸렸다. 그리고 마음에 응어리가 남지 않게 하려고 최대한 생각하지 않으려고 했다.

그동안 아내도 저와 희원을 배려해 그 얘기를 꺼내지 않는다고 생각했는데, 설마 상견례 자리에서 난소암 운운할 거라고는 상상도 하지 못했다.

"당신 그렇게 눈치 없는 사람 아니잖아."

내가 뭘. 딱 그 표정으로 눈을 피하는 상연을 보며 진규는 치밀어 오르는 화를 참느라 고역을 치렀다. 몇 번이나 주먹을 움켜쥐었다가 풀기를 반복한 끝에 차분하게 입을 열었다.

"그래. 희원이가 김 이사랑 결혼하는 게 싫은 건 이해해. 진아 자리였으니까 아깝고 분하겠지."

김태신이 이상한 사람이 아니란 걸 안 후로 아내가 얼마나 자책하고 힘들어했는지 옆에서 봤기에 모르지 않았다. 첫째 며느리에게서 악담을 듣지 않았다면, 조금만 더 신중히 알아봤더라면 속지 않았을 테니 다 자기 잘못 같을 터였다.

"하지만 이건 아니지. 우리 집 사람들한테 그 일이 얼마나 큰 상처고 아픔인 줄 당신도 알잖아. 적어도 그 얘기는 하면 안 됐어."

"너무 과민 반응하는 거 아니야? 내 의도를 곡해하고 있어, 당신. 나는 결혼 전에 확실히 짚고 넘어가는 게 좋겠다고 생각해서……."

"희원이 결혼 훼방 놓으려고 꺼낸 얘기가 아니고? 내가 당신을 몰라?"

"……."

뻔히 보이는 거짓말은 못 하겠는지 입을 꾹 다무는 아내를 보며 진규는 땅이 꺼지도록 한숨을 내쉬었다.

아무리 마음에 들지 않았어도 해선 안 되는 일이었다. 아버지 볼 낯이 없는 건 둘째고 희원에게도 정말 미안했다.

"당신이 그간 희원이 얼마나 챙겼는지 아니까 여기까지만 할게. 희원이 들어오면 사과해."

"사과?"

"그럼 그냥 이대로 넘어가려고? 희원이 표정 못 봤어?"

"내가 없는 말을 지어냈어? 아니면 내 발언 때문에 뭐 혼사가 취소되기를 했어. 그리고 솔직히 도원에서도 알 건 알아야 하잖아? 세상에 병력 때문에 파혼당하는 일 허다해."

"여보!"

결국 노성을 터트리는 진규의 얼굴이 시뻘겠다. 자신이 이렇게까지 얘기했는데도 잘못을 인정하지 않는 아내를 보니 기가 막혔다.

희원과 한집에 살면서 부모의 빈자리를 채워 주려고 노력하는 모습을 보며 고마워했는데 배신당하는 기분이었다.

"왜 그렇게 분에 안 맞는 욕심을 부려!"

처음부터 진아와 잘되던 걸 희원이 가로챈 것도 아니었다. 진아와 태신은 일면식도 없는 데다가 진아가 결혼에 뜻이 있는 애도 아니었다.

아무도 원치 않는 걸 제 욕심에 이렇게 고집을 부리는 아내가 낯설고 거부감마저 들었다. 이 사람이 이런 사람이었나? 하는 생각이 그의 머리를 후려쳤다.

"분에 안 맞는 욕심……?"

화가 난 건 그 혼자만이 아니라는 듯 상연의 얼굴에 충격이 어렸다. 점점 전신으로 번진 충격은 분노가 되어 머리끝까지 솟구쳤다. 남편의 뺨을 철썩 내리치고 싶은 충동을 가까스로 참는 상연의 몸이 부들부들 떨렸다.

"나 아니었으면 지금의 당신이 있을 줄 알아?!"

"당신이 나한테 잘한 거 누가 몰라? 지금 그 말이 왜 나와."

누가 잘했네, 못했네를 따지는 게 아닌데 갑자기 무슨 소리냐며 진규가 인상을 찌푸렸다.

하지만 경기를 일으키듯 부들부들 떠는 상연의 상태가 심상치 않아 보였다. 마치 엄청난 배신감이라도 느낀 것 같은 반응이었다. 단순히 남편이 자기편을 들어 주지 않아서 그런다기에는 반응이 지나쳤다.

분에 안 맞는 욕심······. 설마 진아를 도원에 시집 보내는 걸 분에 안 맞는다고 표현했다고 생각하는 건가? 진규가 이유를 따지고 있을 때, 상연은 이미 몸을 돌려 자리를 뜨고 있었다.

성격상 지금 붙잡아 봐야 해결이 안 된다는 걸 알기에 진규는 아내에게 시간을 주기로 했다. 하지만 마음이 편치 못했다.

* * *

태신은 울다 지쳐 잠든 희원의 얼굴을 가만히 내려다봤다. 붉게 부어오른 눈가가 애잔했다.

신성 그룹 장남의 죽음에 얽힌 이야기가 워낙 유명하다 보니 처음 만났을 때부터 알고는 있었다.

'네게 류진아 이상의 가치가 있어 보이진 않는데.'

네 부모는 죽지 않았느냐고 조소했던 과거의 저를 용서하기 힘들었다. 부모를 잃은 슬픔을 그저 가치 상실로 취급한 자신이 한심했다.

아무리 잘 알지 못했고 불순한 의도로 접근한 게 아닌지 의심하고 있었다고 하더라도 그런 말은 해선 안 됐다.

그 슬픔의 크기를 알게 된 지금은 쉽게 사과조차 할 수 없었다.

태신은 이럴 때 어떻게 해야 하는지 알지 못했다. 배우지 못했다는 말이 더 맞을 것이다.

그가 할 줄 아는 건 자신을 괴롭힌 사람에게 대가를 치르게 하는 것뿐이었다. 큰형의 사주를 받고 접근한 사람들에게는 법의 심판을 받게 하고 그게 어렵다면 인생을 편히 살기 힘들게 해 줬다.

워낙 철두철미한 큰형에게는 아직 받은 대로 돌려주지 못했지만, 그냥 참고 넘어가는 게 아니라 한 방에 끌어내리기 위해 와신상담하며 때를 기다리는 것뿐이었다. 형이 선을 넘는 순간이 반격의 서막이 될 거고.

그런 자신이 희원을 돕는다면 그 방식은 오상연을 끌어내리는 식일 터였다. 류경수 회장이 이 결혼에 매우 적극적이고 희원을 많이 아끼는 걸 보았으니 집안 내 희원의 입지가 달라질 것은 자명했다.

오상연이 두려워하는 건 희원의 하극상이라고 했다. 오늘 보니 이미 꽤 몰려 있던데, 그 두려움을 자극해 주면 알아서 자멸할 여자였다.

오늘 류진규 사장의 반응을 보아하니 그는 아내와 생각이 많이 달라 보였다. 희원을 아끼는 것도 고스란히 드러났고.

태신의 머리가 빠르게 돌아갔다. 어차피 제약을 맡기로 했으니 신성 바이오에 더 관심이 있는 것처럼 보이면 마치 제가 희원을 업고 신성을 삼키려고 야욕을 드러내는 것처럼 보일 터였다.

그런 상황에 처가에서 식사라도 하면서 의미심장한 말들을 던져 주면 상황 종료였다.

'병원 쪽도 한번 털어 봐야겠어.'

아주 무너뜨리는 건 또 희원이 싫어할 테니 적당히 위협만 느끼게 할 생각이었다.

그런 계획들을 따지고 있다 보니 문득 제 표정이 너무 차갑고 날카롭게 느껴져서 태신은 한 손으로 얼굴을 가렸다. 희원이 깼을 때는 다정하게 웃어 주고 싶었다. 괜찮다고 다독이면서.

희원과 동질감을 느끼고 서로 깊은 상처를 가진 것을 이해하는 게 좋으면서 싫었다. 자신을 이해할 만큼 상처를 받고 살아왔다는 게.

저와 결혼을 결심할 만큼 한계에 몰리기까지 얼마나 괴로운 나날을 보냈을지 짐작도 하기 힘들었다.

맞선 전, 희원의 인적 사항을 받았을 때 봤던 사진 속 모습이 이제야 이해가 됐다. 단순히 일찍이 부모를 잃었기 때문이 아니라 그 후의 삶이 얼마나 피폐했는지 단적으로 보여 주는 모습이었다.

그래도 그렇게 생기 없이 시든 꽃 같았던 희원이 지금은 늘 빛이 나는 것처럼 생기가 돌았다. 저와의 관계가 그녀에게 긍정적으로 작용했다는 것이 태신은 더없이 기뻤다.

"내가 지켜 줄게."

희원의 머리를 부드럽게 어루만지며 태신은 마치 자신에게 다짐하듯 속삭였다. 어여쁜 뺨을 쓰다듬고 이마에 쪽 입을 맞추면서 몇 번이고 다짐했다.

* * *

희원은 할아버지를 뵈러 가 태신과 같이 살겠다는 뜻을 전했다.

"나는 이미 손녀사위 본 거니 너 좋을 대로 하거라."

이미 결혼한 거나 다름없게 생각한다는 할아버지의 말에 희원은 가슴이 뭉클했다. 어리광을 부리듯 할아버지를 끌어안자 힘없이 마른 팔이 어깨를 톡톡 두드려 줬다.

"할아버지. 오래오래 건강하세요."

"그럼. 내 증손주는 보고 가야지 않겠느냐."

"간다는 말 하지 마시고요……."

왜 그런 말씀을 하시느냐며 희원이 할아버지를 올려다봤다. 걱정과 슬픔이 가득한 표정에 할아버지 류경수가 허허 웃었다. 언제 봐도 며느리를 쏙 빼닮은 얼굴이었다. 그렇다고 아들이 안 느껴지는 것도 아니었다.

"사실…… 할아버지랑 좀 더 시간을 많이 보내고 싶었어요. 하지만 절 보면 더 힘들어하시는 걸 아니까……."

희원이 고백하듯 작게 얘기를 꺼내자 류경수는 매우 놀라고 말았다. 그리고 바로 자책했다. 부모를 많이 닮은 얼굴이란 건 희원 자신이 누구보다 잘 알 터였다. 그런 아이 앞에서 어른이 나잇값 못 하고 부정적인 감정을 그대로 드러냈다니…….

"미안하구나, 희원아. 내가 너무 내 슬픔에만 잠겨 있었어."

"아니에요, 할아버지. 저도 그랬는걸요. 거울을 제대로 보기까지 오래 걸렸어요……."

"널 너무 오해했던 것 같구나. 애들이 그렇게 가고 네가 많이 힘들어서 방황한다고 생각했다."

할아버지의 입에서 방황이라는 표현이 나오자 희원의 표정이 눈에 띄게 굳었다. 할아버지에게 저런 인식을 심어 준 게 바로 작은엄마였다.

피아노도 관두고 방황하며 집안 망신을 시킨다는 식으로 말을 지어내곤 했다. 학교 과제 때문에, 혹은 도서관에 있다가 늦게 들어오기라도 하면 대학 가더니 노느라 바쁘다고 몰아갔다. 얼마나 교묘하게 이미지를 깎아내리는지 희원이 아무리 진실을 호소해도 소용이 없었다.

지금 와서 다 작은엄마의 이간질이었다, 거짓말이었다고 말해 봐야 할아버지 심기만 어지럽히는 일임을 알기에 희원은 구구절절 늘어놓기보다는 제 마음만을 전했다.

"비록 부모님이 더는 곁에 안 계신다는 걸 받아들이기 힘들었지만……. 할아버지, 저 단 한 번도 부모님께 부끄러운 삶을 살지는 않았어요."

피아노를 관둔 건 트라우마 때문이었다. 엄마가 아픈 것도 알아차리지 못하고 입시에만 치중했던 자신을 용서할 수가 없어서 피아노만 보면 몸이 바짝 굳었다. 그래서 피아노 앞에 앉을 수가 없었고 건반에 손이라도 올리면 공황마저 찾아왔다.

하지만 그래서 전공을 바꾼 것 말고 희원은 부모에게 한 점 부끄럼 없이 살았다고 자부했다.

희원의 눈빛에서 진실함을 읽은 류경수의 표정이 안쓰럽게 변했다. 슬픔과 아픔이 제 눈을 가린 모양이었다. 이런 아이가 속을 썩인다고 생각했다니.

문득 그런 얘기를 제게 걱정스럽다면서 전했던 며느리가 생각난 그의 눈빛이 살짝 흔들렸다. 그때는 정말 걱정이라고만 여겼는데, 근래 희원의 결혼을 놓고 보인 모습을 생각해 보니 정말 희원을 위하는 마음이었을까 하는 의심이 들었다.

"할아버지?"

표정이 굳은 걸 느꼈는지 희원이 안색을 살펴서 그는 얼른 인자한 미소를 지어 안심시켰다.

"그래, 그래. 안다. 네가 얼마나 노력했는지."

슬픔에 잠겨 모든 것을 포기했던 자신과 달리 희원은 발버둥 치고 있었다는 걸 느낄 수 있었다. 슬픔을 극복하고 앞으로 나아가기 위해.

얼마나 노력했는지 안다는 말에 희원은 눈물이 핑 돌았다. 입술을 끌어 올려 웃는데 자꾸 표정이 무너지려고 해서 할아버지를 와락 끌어안았다.

"잘 살려무나. 이 할아버지 보고 싶으면 언제든지 오고."

그런 손녀를 꼭 안아 주며 류경수는 이 예쁜 아이가 자신의 인생을 살아가는 모습을 지켜보고 있을 아들 내외를 떠올렸다.

지켜보는 것밖에 할 수 없는 그들과 달리 자신은 아직 살아 있었다. 얼마나 더 살지 몰라도 사는 동안 못 해 준 것까지 더 잘해 줘야겠다는 마음을 굳게 먹었다.

"참 없다, 없어. 그게 다야?"

짐을 다 챙기고 마지막으로 점검하는데, 언제 온 건지 진아가 방 안으로 들어오며 길게 하품을 했다. 시차 때문인지 이제 일어난 모양새였다.

"응. 다 챙긴 것 같아."

"나 저번에 미국 나갈 때 챙긴 캐리어가 딱 그 정도였는데."

진아가 보기에는 여행 갈 때 챙기는 정도밖에 되지 않는 짐이었다. 희원은 늘 옷장이 부족하다며 투덜거리던 진아를 떠올리고 쓴웃음을 지었다.

"이제 이 방, 네 옷장으로 쓰면 되겠다."

"뭐야? 가끔 와서 자기도 할 거 아냐. 아예 방 뺀다고?"

희원은 그 말을 듣고 나서야 여기서 자고 갈 생각을 전혀 하지 않았다는 것을 깨달았다. 집안 행사로 오더라도 당일에 돌아갈 거라고 자연스럽게 생각하고 있었다. 진아에게 그렇게 대답하는 건 너무 정 떼는 것 같아서 얼른 대답을 돌렸다.

"침실만 남겨 주면 되지. 드레스룸 너 쓰고."

"하긴 그러네? 그럼 진짜 나 쓴다?"

"마음대로 써."

진아가 눈을 빛내며 좋아했다. 시즌마다 신상을 다 사들이니 공간이 아무리 많아도 부족한 탓이었다.

"신혼집에서는 언니 짐도 편하게 두고 살아."

그때, 진아가 뱉은 한마디에 희원은 가슴이 콕 찔렸다. 늘 별생각 없어 보이던 진아의 눈에조차 제가 남의 집에 얹혀사는 것처럼 보였나 싶어서.

희원의 반응을 본 진아가 피식 웃었다.

"뭘 그렇게 놀라? 솔직히 호텔에서 장기 투숙해도 언니보다는 더 짐 풀고 살거든?"

머쓱해진 희원이 어색하게 웃으며 짐을 챙겨 밖으로 향했다. 진아가 하품을 길게 하며 캐리어를 끌어 줬다.

작은엄마가 병원에 있을 때라 마음 편히 움직일 수 있었다. 마주치면 그냥 넘어갈 사람이 아닌 탓에 피하고 싶었다.

운전기사가 짐을 실어 주는 동안 희원은 집에 시선을 던졌다. 어쨌거나 6년을 산 집이었다.

떠난다니 후련했다. 섭섭한 감정이 전혀 들지 않는 것이 좀 씁쓸할 뿐.

오히려 진짜 짐을 챙기러 슬슬 본가에 가야 하지 않을까 하는 생각이 들었다. 자신을 기다리고 있는 운전기사에게 집으로 가 달라고 부탁하려다가 마음을 바꿨다. 아직은 그 집에 들어갈 정도로 마음을 열지는 못했다.

'결과를 바꾸진 않았지…….'

두 병원에서 받은 건강 검진 결과가 똑같이 나왔다. 그걸로 의혹이 완전히 해소됐다고 하기는 힘들었지만, 의심할 증거가 없었다.

'오해 많이 받아서 꽤 곤란하셨을 텐데. 그런 의심 불식시키고 싶어서라도 어련히 잘 봐주시려고.'

태신이 먼저 언급하긴 했지만, 희원은 영신이 말한 게 더 신경 쓰였다. 태신의 말은 알아서 잘하라는 경고였다면 영신은 '오해', '의심'이라는 단어를 강조하는 느낌이었다.

'그냥 작은엄마 탓을 하고 싶은 걸까…….'

생각할수록 머릿속이 복잡해져서 희원은 눈을 감고 길게 심호흡했다.

* * *

"여기 원장이 그렇게 잘해. 얼굴을 입체적으로 다듬어 줄 뿐만 아니라 목에서 어깨로 떨어지는 라인을 진짜 예쁘게 만들어 주거든. 결혼 전문이라서 이런 시즌에는 예약 못 하는데, 내가 특별히 부탁한 거야."

"감사해요."

"감사 인사 받겠다고 생색낸 건 아니고."

피식 웃은 민희가 차를 들었다. 고급 살롱을 연상케 하는 분위기 탓에 좀 어색하기는 했지만, 결혼식을 위해서 하는 거니 두근거리기도 했다.

개인실로 안내받아 마사지를 받으니 노곤했다. 결혼 준비를 시작하면서부터 쌓인 피로가 풀리는 기분이 들면서 절로 잠이 왔다.

도중에 얼굴을 만질 때 조금 아프기는 했지만 끝나고 나니 받기를 잘했다는 생각이 들었다.

"응?"

씻고 탈의실로 돌아와 옷을 갈아입으려고 사물함을 열었던 희원이 웬 서류 봉투가 든 걸 보고 멈칫했다. 사물함 비밀번호는 제가 직접 설정했기 때문에 직원조차 알 수 없었다. 다만 직원이라면 마스터키가 있긴 할 터였다. 제게 말하지 않고 사물함을 열었다는 것에 희원의 기분이 바닥을 쳤다.

따져야겠다고 생각하며 봉투를 집어 들었다. 밀봉조차 되어 있지 않은 봉투를 옆에 두고 옷부터 갈아입으려고 하는데, 보내는 사람 주소에 적힌 글자가 눈에 들어왔다.

[신성 병원]

그 순간, 이유도 모른 채 가슴이 철렁했다. 저 봉투 안에 뭐가 들었는지도, 누가 저 봉투를 제 사물함 안에 넣었는지도 모르는데 왠지 모르게 그 안에 든 게 제게 정말 중요할 거란 예감이 들었다.

희원은 미친 듯이 요동치는 가슴을 부여잡고 숨을 연신 몰아쉰 끝에 봉투를 집었다. 신성 병원에서 사용하는 서류 봉투일 뿐, 보낸 사람의 흔적도 없었고 받는 사람도 적혀 있지 않았다.

제 의지와 상관없이 떨리는 손으로 안에 든 서류를 꺼냈다. 예상과 다르게 서류는 단 한 장밖에 없었다. 의아하게 생각하면서도 일단 서류를 확인하던 희원의 얼굴이 창백하게 질렸다.

[환자 성명 박현희]

엄마의 이름을 보는 순간 버티지 못하고 주저앉았다. 서류를 보낸 상대는 악질이었다. 엄마의 이름은 적혀 있었지만 아래 내용은 모두 다 흐릿하게 처리해 읽을 수 없게 해 두었다.

내용을 보지 않아도 희원은 상대의 의도를 알 수 있었다. 그는 엄마의 죽음에 대한 증거를 손에 쥐고 희원을 부르고 있었다.

과연 아무 문제 없는 진단서를 가지고 자신을 농락하는 걸까? 분란을 만들 목적으로?

"…그럴 리 없어."

그렇게 얕은수를 쓰는 사람이 아니었다. 이 서류는 엄마의 죽음에 대한 진실이 자기 손에 있다고 알려 주기 위해 보낸 것이 틀림없었다.

희원은 눈을 질끈 감고 고개를 푹 숙였다. 등이 굽고 어깨가 말리면서 얼굴이 다리 사이에 파묻혔다. 점점 들썩거리는 어깨 사이로 소리 없는 울음이 쏟아졌다.

의사가 병을 놓친 게 아니라 고의로 늦게 알려 줬다고 누가 상상이나 할까.

아예 모르는 사람도 아니고 한 식구였다. 그저 엄마의 죽음에 전혀 책임을 느끼지 않는 모습에 상처받고 화가 난 거지, 엄마를 일부러 죽게 했을 거라고는 의심조차 할 수 없었다.

사람이라면 그럴 수 없으니까. 사람인 줄 알았던 게 잘못이라면 잘못이었다.

"엄마……."

똑똑. 그때, 누군가 문을 두드렸다. 흠칫 놀란 희원이 고개를 들었다. 탈의실 문은 따로 잠금장치 없이 사람이 있다, 없다는 표시만 되는 거라서 들어가도 되는지 노크를 한 것 같았다.

희원은 그 문을 가만히 올려다보기만 했다. 밖에 누가 있는지는 물어볼 필요도 없었다. 밖에 있는 사람도 딱히 희원의 허락을 구하지 않는 듯 그대로 문을 열었다.

"아우, 깜빡 잠들었지 뭐야."

민희가 목을 좌우로 돌리며 들어왔다. 바닥에 주저앉아 있는 희원을 보고도 별말 없이 자기 얘기만 하며 사물함을 열었다.

"맞다. 남편이 끝나면 연락하랬는데."

사물함에서 핸드폰을 꺼낸 민희가 자연스럽게 전화를 걸었다. 그 일련의 과정에서 희원은 완전하게 빠져 있었다. 눈물범벅인 얼굴도, 주저앉은 자세도, 무너진 표정도 전혀 보지 못한 사람처럼 민희는 정해진 행동을 이어 갔다.

"응. 지금 끝났어. 밥? 이제 먹어야지. 저번처럼 동서랑 같이 먹을까?"

민희가 희원의 앞에 쭈그리고 앉았다. 아직 물기가 남아 있는 머리를 손으로 빗겨 주며 핸드폰을 눈앞에 내밀었다.

희원의 시선이 핸드폰 화면 속 이름 석 자에 머물렀다가 어느새 잔뜩 구겨진 종이로 내려갔다.

"김영신 씨…."

잔뜩 쉬고 갈라진 목소리에 담은 이름 석 자가 무거웠다. 숨을 쉬기가 어려워서 훨씬 깊게 들이마시고 힘주어 내쉬어야 했다. 그럼에도 공기가 제대로 들어온다는 느낌이 없었다. 점점 더 숨이 막혔다.

- 얼굴 보고 얘기하는 게 좋겠지? 맛있는 거 사 줄 테니 같이 와.

영신의 목소리는 밝고 산뜻했다.

'어떤 대가를 약속하든 내가 태신 씨를 배신할 리가 없는데….'

희원은 눈을 질끈 감고 헐떡였다. 더는 숨을 쉴 수가 없었다.

* * *

결혼 준비도 결혼 준비였지만 에너지에서 하던 일을 마무리하느라 태신은 눈코 뜰 새 없이 바빴다.

3년 동안 업계 3위에서 도통 움직일 줄 모르던 회사를 독보적 선두로 치고 나가게 했을 때는 그만큼 벌인 일이 많다는 뜻이었다. 제자리를 답보하는 부분을 다 뜯어고치고 바로바로 성과가 나올 수 있도록 손을 보며 보냈기에 이걸 유지하도록 시스템을 안정화할 필요가 있었다.

더는 제가 맡지 않는다고 해도 여전히 도원의 계열사였고 중요한 업종이었기에 미흡한 점이 있어서는 안 됐다.

또한, 태신이 일에는 완벽주의에 가까운 성향을 보이기 때문에 대충이라는 건 스스로 용납하지 못했다.

그래서 오늘 희원이 형수와 함께 에스테틱에 간다는 얘기를 들었음에도 따라갈 시간을 내지 못했다. 저번처럼 남 비서라도 보내고 싶었는데, 남 비서는 저보다 더 바쁘게 뛰어다니고 있어서 그마저도 여의치 않았다.

한숨 돌릴 때쯤 희원에게 온 메시지를 읽은 태신이 눈가를 찌푸렸다.

[지금 끝났고 형님이랑 식사 같이하기로 했어요. 아주버님도 볼 것 같아서 미리 얘기해요.]

김영신이 또다시 희원에게 접근하는 모양인데, 딱히 놀랍지 않았다. 오히려 지금까지 수작을 안 부린 게 더 이상했으니까. 희원과 결혼이 확실시된 이상 무조건 일을 벌일 거라 예상하고 있었다. 다만 그게 어떤 건지 짐작할 수 없을 뿐이지.

생각에 잠긴 태신의 표정이 점차 사나워졌다. 큰형이 지금까지 얼마나 제 앞에 똥물을 뿌렸는지는 아버지도 알고 있었다. 그럼에도 별다른 제재가 없었다. 그 정도는 후계 경쟁의 수준으로 받아들이는 것처럼.

아버지는 둘째 형의 사고가 큰형의 짓이라는 걸 믿지 않았다. 결정적인 증거가 없기도 했거니와 믿고 싶지 않다는 게 더 큰 이유였을 것이다.

태신은 그때 정말 실망을 감출 수 없었다. 솔직히 아버지가 진심으로 나서서 조사했다면 증거를 잡았을 수도 있었다. 하지만 아버지는 큰형의 짓이라는 얘기를 듣고 싶지 않아 하고 가능성을 언급하는 것만으로도 크게 노해 불호령을 내렸다. 그만큼 첫째를 향한 신뢰가 대단했다.

"이사님?"

옆에서 채근하는 목소리에 상념에서 깬 태신이 빠르게 답장을 보냈다. 일단은 일에 집중해야 하는 시간이었다.

[알겠어. 식사 맛있게 하고 이따 봐.]

큰형이 자꾸 접근하는 것 때문에 희원이 제 눈치를 볼까 봐 최대한 아무렇지 않은 느낌으로 메시지를 보냈다.

"……."

핸드폰을 집어넣던 태신이 다시 꺼내 메시지를 하나 더 보냈다. 옷매무새를 단정히 정돈하던 태신은 제 입가가 부드럽게 풀어져 있는 걸 느끼고 손으로 쓰다듬었다. 보고 싶다는 생각을 했을 뿐인데 기분이 풀어졌다.

[보고 싶다. 사랑해.]

연달아 도착한 메시지를 보는 순간 희원의 표정이 눈에 띄게 흔들렸다. 메시지로 이런 말을 받은 적은 처음이었다. 애초에 전화를 하면 했지, 메시지를 주고받는 일은 드물었거니와 태신이 이런 말을 하는 사람이 아니기도 했다.

상견례가 끝나고 집에 왔을 때, 펑펑 울던 자신을 다정히 안아 주던 태신이 떠올랐다. 누가 제 가슴을 터트려 버리려는 듯 움켜쥐고 옥죄는 듯한 고통이 뒤따랐다.

울다 지쳐 잠들었다가 깼을 때도 태신은 자신을 바라보고 어루만져 주고 있었다. 그 다정했던 표정과 눈빛, 손길이 지금도 생생하기만 한데, 자신은 기로에 서 있었다.

"왜, 막내가 뭐라고 해?"

핸드폰을 움켜쥔 채 고개를 든 희원이 영신을 마주 봤다. 화장실에 다녀오 겠다며 자리를 뜬 민희는 돌아올 생각을 안 했다.

중식당 개인실에 영신과 둘이 마주 앉아 있으려니 희원은 온갖 감정이 한 꺼번에 몰려와 속이 시끄러웠다.

처음 재회했을 때만 해도 고마운 은인이었던 사람이었다. 피아니스트 유 망주였던 자신을 이끌어 준, 평생에 걸쳐 고마워해야 할 사람.

지금도 작은엄마가 저지른 일을 밝혀 줄 수 있는 사람이란 부분은 여전히 고마워해야 하는 일이었다. 하지만 그 대가가 문제였다.

영신을 만나는 게 싫으냐고 물었을 때, 태신은 만나고 싶어서 만나는 것도 아니니 괜찮다고 했다. 다만 단 한 가지만 기억해 주길 원한다고 덧붙였다.

'내가 네게 바라는 건 믿음, 그거 하나야.'

믿음. 그렇게 태신이 강조한 믿음. 그는 이런 순간이 올 걸 알았던 것이다. 김영신이라는 사람을 저보다 더 잘 알기에, 분명히 절 시험하고 유혹하려고 들 걸 알기에. 그렇게 절박하게 믿음만을 요구했던 것이다.

희원의 시선이 영신이 테이블에 올려 둔 두툼한 서류 봉투로 향했다. 이번 에도 '신성 병원'이라고 적힌 봉투였다.

"어떻게…… 손에 넣으셨어요?"

"밥도 먹기 전에 본론으로 들어가자고? 증거에 발이 달린 것도 아니고 그 렇게 급할 거 없어."

"……."

물만 마셔도 체할 것 같은데 밥을 어떻게 먹을까. 그리고 죄책감이 계속해 서 가슴을 짓누르고 있어서 이 시간을 길게 끌고 싶지도 않았다. 희원의 표 정이 그런 심정을 고스란히 보였지만, 영신은 태연하기만 했다. 그는 기어이 음식이 나올 때까지 중요한 얘기는 한마디도 하지 않았다.

희원은 부담스럽게 차려진 중식을 앞에 두고 받은 숨을 몰아쉬었다. 뭘 먹 겠다는 의지조차 들지 않았다. 하지만 제가 식사를 끝내지 않으면 말을 안

할 것 같은 영신의 태도에 결국 젓가락을 들었다.

고무를 씹어 억지로 삼키는 고문 같은 식사였다. 희원은 정말 먹기 싫은 걸 입에 넣으면 식도가 좁아져서 음식을 삼킬 수 없다는 것을 인생에서 처음 깨달았다. 억지로 삼켰다가 눈물이 핑 돌고 토할 것 같은 구역감이 치밀어 올랐다.

그 과정을 영신은 즐겁다는 듯 바라봤다. 생글생글 웃으면서 음식 하나하나를 음미하며 먹는 모습이 정말 사이코패스처럼 느껴졌다. 간신히 식사를 마친 희원이 젓가락을 내려놓고 물을 마시자 합격이라는 듯 영신도 식사를 끝냈다.

"신성 그룹 첫째 며느리가 난소암으로 사망했다."

움찔. 영신의 입에서 나온 한마디에 희원은 굳건하게 다잡았던 마음이 마구 요동쳤다.

"누가 봐도 이상하잖아. 아무리 희소한 암이고 검사에서 놓칠 가능성이 크다지만, 그건 증상이 없어서 검사를 안 받은 사람들 얘기야. 물론 검사에서도 잘 안 보이는 위치에 있었을 수도 있겠지. 그래. 다들 그렇게 생각하고 넘어갔을 거야. 전문의가 아니니까."

"……."

"하지만 난 궁금한 건 파 봐야 직성이 풀리는 성격이란 말이야? 그래서 알아봤지. 박현희의 검사를 담당한 의사가 누군지, 그 의사의 생활에 특이한 변화가 있지는 않은지. 뇌물을 받으면 씀씀이가 커지는 법이거든."

희원의 눈이 튀어나올 듯이 커졌다. 그런 건 생각조차 하지 못했던 일이었다.

그때, 문이 열리고 직원이 디저트와 따뜻한 차를 내오는 바람에 말이 끊겼다. 희원은 식은땀마저 흘리고 있었는데 인지하지도 못했다.

"오 병원장이 꽤 똑똑하게 처신했어. 투자를 아끼면 돈을 쓰고도 손해를 보기 마련이니 통 크게 쐈더라고."

실실 웃으며 차를 마신 영신이 입 안을 향긋하고 개운하게 씻어 주는 느낌
을 즐겼다.

"나처럼 집요한 사람이 없었다면 그대로 완전 범죄가 됐을 테니 말이야."

완전 범죄. 범죄. 그래, 작은엄마 오상연이 한 짓은 엄연히 범죄였다. 그의
말대로 영신이 아니었으면 이대로 완전히 묻힐, 아무도 몰랐을 범죄.

"하지만 돈으로 해결한 문제는 더 큰 돈으로 파헤칠 수 있는 법이거든."

영신이 두툼한 서류 봉투 위를 중지로 톡톡 두드렸다.

"그럼 저도 돈을 드릴게요. 얼마가 됐든……."

"네 지분 전부."

움찔. 희원이 믿을 수 없는 말을 들었다는 듯 귀를 의심했다. 얼마가 됐든
주겠다고 말한 건 저였다. 하지만 상식을 한참 벗어난 답이 돌아오자 말문이
막혔다.

제가 가진 지분이 어떤 의미인지는 희원이 제일 잘 알았다. 신성의 주인을
결정지을 수 있는 키. 그 중요도는 아빠의 지분을 상속받을 때부터 익히 들
어 알고 있었다.

그러니 제 지분을 원한다고 하는 건 신성을 쥐고 흔들겠다고 말하는 것과
다름없었다.

"그럼 내가 푼돈에 넘어갈 줄 안 거야? 의사 나부랭이랑 똑같이 취급하면
안 되지?"

찻잔을 비운 영신이 이해가 안 간다는 투로 말했다. 그 표정이 뱀을 연상
시킬 만큼 비열했다. 어디로 보나 태신과 닮은 점을 찾을 수 없는 외모와 성
격이었다. 형제라는 걸 믿을 수 없을 만큼 달랐다.

"아, 죽은 사람 되살릴 수 있는 것도 아니니 아깝나? 그런 거면 그냥 묻고
살아. 인제 와서 진실을 밝혀 봐야 집안 분란밖에 더 돼?"

정말이지 사람 상처를 어떻게 찢고 헤집는지 잘 아는 사람이었다. 이런 사
람에게 태신은 평생을 시달려 왔다니…….

"놀리는 재미가 있네."

영신이 웃으며 서류 봉투를 쓰다듬었다. 희원의 시선이 제 손의 움직임에 따라 전전긍긍하는 걸 즐기는 듯했다.

"나도 이거 가지고 지분 전부를 달라는 건 밸런스가 안 맞는다는 것쯤은 알아. 그러니 우리 물질적이지 않은 걸로 거래하는 게 어때?"

"······."

"이를테면 김태신의 유책으로 파혼이라든가."

희원의 눈이 크게 떨렸다. 영신의 본 목적은 이쪽인 게 틀림없었다. 이 증거를 받겠다고 그룹의 근간을 흔들 지분을 통째로 넘기는 건 말이 안 됐으니까.

"강제 성관계, 이런 건 어때? 장소와 상황은 내가 다 만들어 줄 수 있어. 마약을 살짝 첨가하면 완벽할 거야."

희원은 더는 견디지 못하고 벌떡 일어났다. 의자가 밀리면서 난 거친 소리가 심정을 대변했다. 두 다리에 힘이 제대로 들어가지 않은 탓에 테이블을 붙잡고 힘겹게 버텨 냈다.

"설마 만난 지 얼마 안 된 정략결혼 상대 때문에 부모 죽음의 진실을 묻어 버릴 거야? 어머니가 억울해서 꿈에 나오시겠는데?"

희원은 그대로 도망치듯 식당을 빠져나갔다. 숨이 자꾸만 막혔다. 아무리 숨을 크게 들이쉬어도 몸이 호흡하기를 거부하는 것 같았다. 결국 주차장까지 가지도 못하고 주저앉아 가슴을 퍽퍽 내리쳤다.

* * *

오늘 희원과 만나기 전부터 영신이 자신도 갈 거라고 얘기했기 때문에 민희는 전적으로 그를 도왔다.

희원이 관리를 받으러 들어갔을 때, 직원에게 비밀번호를 잊어버렸다는 식으로 얘기해 사물함을 열게 하고 그가 준 서류 봉투를 집어넣었다. 무슨 내용인지 들여다볼 생각은 처음부터 하지 않았다. 류희원의 약점일 게 뻔하니.

탈의실 밖에서 기다릴 때, 안에서 들린 흐느낌에 남편이 작정하고 준비했구나 하는 생각이 들어 몸을 부르르 떨었다. 사람을 나락으로 떨어뜨리는 데 천부적인 재능이 있는 자가 작정까지 했으니 버틸 재간이 없을 터였다.

탈의실을 열고 들어갔을 때, 절망이 어린 희원의 얼굴을 마주했다. 미안한 마음이 없지 않았으나 너도 똑같구나, 하는 생각이 더 컸다.

정해진 대사를 뱉고 희원을 영신의 앞에 데려다 놓고 자리를 피했다. 민희는 사람 괴롭히고 나락으로 떨어뜨리는 모습을 보며 아무렇지 않게 식사할 수 있을 만큼 뻔뻔하지 못했다.

"참 귀엽다니까."

희원이 자리를 뜬 걸 보고 들어왔는데, 남편의 첫 마디가 바로 저거였다.

"그렇게 좋아? 예쁘다느니, 귀엽다느니 아내 앞에서 할 말은 아니지 않나."

"질투해?"

민희가 코웃음을 쳤다. 만약 영신이 괴롭히지 않고 애지중지 아끼는 모습을 보였다면 질투로 활활 타올랐겠지만, 똑같이 나락에 떨어지는 신세를 왜 질투할까.

"만약 지금 저 봉투가 없었다면 질투했겠지?"

자신을 잘 아는 아내의 말에 영신이 웃음을 터트렸다. 민희는 영신의 옆자리에 앉아 식어 빠진 차를 물처럼 들이켰다.

"어떻게, 귀엽고 예쁜 동서가 당신 의도대로 움직일 것 같아?"

"딱히 내 의도대로 안 움직여도 돼."

"작정하고 몰아붙여 놓고서는 그게 무슨 소리야?"

"쥐도 궁지에 몰리면 고양이를 무는 법이잖아. 이걸 가지려면 류희원은 집안이나 사랑하는 사람, 둘 중 하나를 포기해야만 해. 당신이라면 그런 결정을 할 수 있겠어?"

"……."

"차라리 이걸 포기하자고 생각하지 않겠어?"

엄마의 죽음을 파헤칠 천금 같은 기회였다. 하지만 현재의 행복을 포기할 만큼 값지냐고 묻는다면 쉽게 답할 수 없을 것이다.

영신은 희원이 이리도 쉽게 태신을 배신할 거라 기대하지 않았다. 그럴 수 있는 사람도 아니었고.

"그럼 뭘 노리고 그렇게 몰아간 거야? 이대로 이걸 포기하면 자기한텐 아무 이득도 없는 거잖아."

아내의 질문은 여전히 그녀가 순진한 구석이 있다는 걸 알려 줬다. 저와 벌써 몇 년을 함께 살고 있으면서도 이렇게 순진할 수 있는 것도 재주라면 재주였다.

"하긴 그러니 결혼했지."

"응?"

민희가 뭔 뜬금없는 소리냐며 반문했지만, 영신은 웃으며 자리에서 일어났다. 손에 든 봉투의 묵직함이 기분 좋게 느껴졌다.

이 서류의 존재를 류희원이 안 것으로 제가 할 일은 끝이 났다. 이제 구슬은 알아서 굴러갈 것이다. 눈덩이처럼 점점 불어나며 모든 것을 엉망으로 만들겠지.

그걸 지켜볼 생각을 하는 것만으로도 영신은 희열이 차올랐다.

* * *

집에 가는 동안 태신은 왠지 모를 불안감을 느꼈다. 보고 싶다던 메시지 이후로 희원의 연락이 전혀 없었던 탓이었다.

답장을 바라고 한 말은 아니었지만, 식사 후에 자리를 파하고 나서도 연락이 없던 것이 마음에 걸렸다. 아직도 안 헤어졌을 리는 없을 테니.

평소의 저라면 먼저 연락을 했겠지만, 그러지 않았다. 분명 김영신이 무슨 소리를 했다는 직감이 들었기에 얼굴 보고 얘기하는 게 더 나을 거란 판단이었다.

하필 같이 살기로 한 직후 이런 일이 벌어지다니, 참 얄궂은 타이밍이었다. 영신이 노리고 그러진 않았을 거고 단순히 상견례가 끝난 시점을 노린 듯했다.

'믿음······.'

처음 만나서부터 지금까지 희원에게 바란 건 그것 하나뿐이었다.

만약 희원이 흔들리는 모습을 보인다면······. 태신은 그걸 상상하는 것만으로도 가슴이 찢어질 듯 아렸다.

다른 사람에게 배신당하는 것과는 완전히 다른 문제였다. 애초에 마음을 안 주고 기대도 안 한 사람과 이렇게 사랑하는 사람이 가지는 무게는 비교조차 할 수 없다.

복잡한 머릿속을 정리하지도 못한 채 집에 도착했다. 엊그제만 해도 희원이 집에 있다는 사실에 그렇게 행복을 느꼈는데 지금은 불안감을 떨칠 수가 없었다.

현관 앞에 도착한 태신은 쉽사리 초인종을 누르지 못하고 망설였다. 이렇게 망설이는 것조차 싫어 미간에 선이 깊게 팼다.

후우. 깊이 심호흡한 끝에 결국 손가락을 가져다 댔다. 초인종이 울리고 문이 열리기까지 수 초, 살면서 이보다 더 가슴이 떨린 적이 없었다.

30초 같기도 하고 한 시간 같기도 한 끔찍한 시간이 지나고 문이 열렸다.

"어서 와요, 태신 씨."

평소와 같은 목소리. 평소와 같은 미소.

"······."

그리고 화장으로도 가려지지 않는 부은 눈가.

태신은 진심으로 형을 증오했다.

큰형의 존재가 이렇게 끔찍하게 여겨질 수가 있을까. 차라리 생판 남이었으면 좋겠다는 생각밖에 안 들었다.

들어오지 않고 가만히 서 있자 희원이 왜 그러느냐는 듯 눈을 크게 떴다. 그럴수록 눈에 더 시선이 갔다. 충혈된 눈만 봐도 평소와 다르다는 걸 알 수 있는데, 이렇게 태연하게 아무 일도 없던 척하는 모습을 보니 가슴이 뻐근했다.

"언제 왔어?"

갈라지려는 목소리를 간신히 가다듬으며 말하고 들어가 희원을 꼭 끌어안았다. 얼굴이 파묻혀서 대답을 듣지 못했지만, 상관없었다. 언제 집에 왔느냐 따위 중요하지 않았다.

품에 안긴 희원이 움찔하며 어쩔 줄 몰라 하는 것이 세세하게 전해졌다. 그 반응이 평소와 다른 것만으로도 태신은 미칠 것 같았다.

형이 무슨 제안을 했어? 뭘 약점 잡고 협박한 거야? 어떻게 하래?

질문이 수도 없이 입천장을 때렸다. 하지만 희원이 먼저 말해 주기를 바라는 마음이 발목을 잡았다.

어차피 류희원이 탐욕이나 개인적인 야망 때문에 흔들릴 사람이 아니란 건 누구보다 잘 알고 있었다.

그런 류희원이 흔들렸다는 건 그만큼 피치 못할 사정이 있다는 뜻이었다. 그런 일을 미리 대비하지 못했다는 것이 분했다. 형이 희원에 대해 아는 걸 저는 모른다는 소리니까.

"배고프죠. 저녁 시켜 뒀는데, 같이 먹어요."

희원이 몸을 떼면서 말했다. 태신은 저녁 생각이 전혀 없었지만, 그녀를 따라 들어갈 수밖에 없었다.

씻고 오겠다고 이 층으로 올라간 후에야 태신의 표정이 일그러졌다.

'왜 아무 말도 안 해, 희원아. 형이 이런 제안을 하더라고 말해 줄 수 있잖아.'

머리로는 알았다. 분명 말도 못 하게 했을 거란 걸. 하지만 마음이 받아들이는 건 별개였다.

두 주먹으로 이마를 부술 듯 누르며 감정을 추스른 태신이 욕실로 향했다. 찬물 아래 서자, 전신의 피가 다 빠져나가는 것처럼 느껴졌다.

저녁은 단호박 갈비찜이었다. 막 오븐에서 꺼내 따끈따끈한 김이 모락모락 피어오르는 찜을 가운데 두고 상을 차린 희원이 씻고 내려온 태신을 보며 어설프게 웃었다.

본인도 느끼고 있을까. 자신의 태도가 평소와 다르다는 걸. 그렇게 꾸며 낼수록 더 티가 난다는 걸.

태신은 입 안에 가시가 돋은 듯했지만, 기어이 말을 삼키고 마주 웃었다.

식사를 하면서 의미 없는 대화를 나누었다. 오늘 하루가 어땠느니, 청첩장이 인쇄에 들어갔다느니, 어떤 사람들이 참석할 거라느니. 물론 평소라면 하나하나 다 의미 있는 말들이었지만, 지금 이 순간에는 말하는 사람이나 듣는 사람 모두 귀에 안 들어오는 내용이었다.

"에스테틱은 자주 가야 하는 거야?"

"아……. 일주일에 한 번 가는 거더라고요."

"그럼 계속 형수님이랑 같이 다니나?"

"그런 얘기는 안 했는데……. 그럴 필요는 없을 것 같아요. 저도 토요일에 받아야 일에 지장이 없을 테니까요."

"그래."

도중에 에스테틱 얘기를 슬쩍 집어넣은 건 희원의 반응을 살피기 위해서였다.

"형이랑 같이 식사해서 불편했겠네."

"……."

고기를 접시로 옮기면서 꺼낸 말이라 희원의 표정을 보지 못했다. 아니,

일부러 보지 않은 거였다. 대답이 돌아오지 않자 태신은 고개를 들어 확인하려고 했지만, 몸이 말을 듣지 않았다. 마치 지금 희원이 어떤 표정을 짓고 있을지 보기 겁이 나는 것처럼.

"그러고 보니 청첩장 줄 친구들 만나야 하지 않아?"

"네. 슬슬 얘기하려고요."

화제를 돌리자 희원도 기다렸다는 듯 말을 이어 갔다.

"괜찮으면 르뮈에 라운지 하루 비워 줄게. 거기 초대하는 게 어때?"

"비워 줘요?"

"내 소유거든. 형이 하도 수작을 부리니까 아무 데나 다닐 수 없었어."

"아……."

"아예 활동을 제한할 수는 없으니까. 내가 감시할 수 있는 공간이니 누가 딴마음을 품고 접근했는지 파악하기도 쉽지. 내 술잔에 약을 타려고 한다든지 하는 것도 바로 알 수 있거든."

"……."

태신은 계속 시선을 내리고 있었지만, 그래서 오히려 물잔을 쥐는 희원의 손이 잘게 떨리는 게 눈에 보였다. 허벅지 위에 올려 뒀던 왼손에 힘이 꾹 들어갔다.

이렇게 우회해서 떠보지 말고 그냥 대놓고 물어보자는 마음이 없는 건 아니었다. 하지만 그래도 말해 주지 않는다면? 미안하다면서 울면? 상상만 해도 미칠 것 같아서 차마 입이 떨어지지 않았다.

"고마워요. 생각해 볼게요."

"그래."

마음의 준비를 하고 나서야 태신은 시선을 들었다. 희원이 자신을 보고 있어서 눈이 마주쳤다. 언제나 그랬듯이 예쁜 눈이 자신을 담자 태신은 더는 식사를 이어 갈 수 없었다.

"사실 저녁을 먹고 왔는데, 더 먹으려니까 쉽지 않네."

"그랬어요? 얘기하지……."

"정성껏 준비했는데 안 먹기 그렇잖아."

신경 쓰지 말고 더 먹으라고 권했지만, 희원도 먹는 둥 마는 둥 한 건 매한가지였기에 자연스럽게 식사를 마치게 됐다.

반도 못 먹은 갈비찜을 치우는 동안 어색한 침묵이 이어졌다.

침대에 누웠을 때, 태신은 어색하게 떨어진 채 자리 잡은 희원을 제 품으로 끌어당겼다. 마른 몸이 엉거주춤 끌려왔다.

"이러고 자기로 했잖아."

옆으로 돌려 품에 수납하듯이 꼭 끌어안으니 희원이 살짝 버둥거리다가 포기하듯 멈췄다. 희원의 등에 제 가슴을 맞댄 자세라서 얼굴을 볼 수 없었다. 다만 어깨를 끌어안은 팔에 전해지는 숨결이라든지 눈앞에 보이는 작은 머리통만으로도 희원의 감정 상태가 고스란히 전해졌다.

기다란 머리카락이 몸에 깔린 게 불편해 보여 정리를 해 주자 희원이 몸을 움찔거렸다. 그게 마치 지금은 손이 닿는 것조차 원치 않는 것처럼 느껴져서 태신의 표정이 점점 딱딱하게 굳었다.

기분이 진창으로 처박힐수록 태신은 희원을 더 강하게 끌어안았다. 전신을 옭아매듯 끌어안고 호흡했더니 희원의 향기가 콧속으로 파고들었다.

어떤 인위적인 향도 섞이지 않은 포근한 살냄새. 맡는 것만으로도 늘 태신을 흥분하게 하거나 안정감을 느끼게 하는 향이었는데, 지금은 도리어 가슴이 울렁거리려고 했다.

그때, 희원이 작게 입을 열었다.

"태신 씨……."

"응."

희원을 내려다본 태신은 그녀의 표정이 보이지 않는 것에 애가 탔다. 드디어 희원이 제게 얘기를 해 주는구나 하는 마음에 가슴이 미친 듯이 요동쳤다.

어떻게 대답을 해야 할까. 아니, 일단 괜찮다고 달래기부터 할 생각이었다. 큰형의 지난 전적을 보면 그저 그런 협박을 한 게 아닐 테니 지금 무척 힘들 터였다.

그래도 저를 보고 얘기하라고 하려는데, 희원이 꺼낸 말은 그가 기다리던 얘기가 아니었다.

"잘 자요."

기대가 곤두박질치자 동요가 그대로 겉으로 드러날 뻔했다. 태신은 이를 악물고 감정을 억눌렀다. 호흡이 거칠어지려는 것을 가까스로 참아 내고 말했다.

"잘 자."

흔들리지 않는

상연은 마음이 급했다. 상견례 일로 남편과 다투면서 분위기가 급속도로 냉랭해졌다. 보통 이렇게 말다툼을 하면 남편이 먼저 숙이고 들어오는데, 이번에는 그런 기미가 없었다. 마치 제 성이 풀리면 사과하기를 기다리는 사람 같았다.

문제는 그뿐이 아니었다. 시아버지의 태도가 너무도 노골적으로 변했다. 심지어 김 집사가 집안일에 참견하기 시작했다. 아니, 권한을 하나둘 회수해 가는 것에 가까웠다.

상견례 자리에서 병력 얘기를 꺼낸 것이 이 정도로 심각한 일이라니? 상연은 이 모든 변화가 제 말 한마디로 인해 벌어졌다는 게 어이가 없고 기가 찼다.

하지만 이유가 뭐든 간에 제게 좋은 흐름은 절대 아니었기에 뭐라도 손을 써야 한다는 조급한 마음이 들었다.

그래서 상연은 고민 없이 김영신에게 연락했다. 최민희가 중간에 있으니 약속을 잡는 건 어렵지 않았다. 일부러 남편 얘기를 꺼냈던 것이 맞았는지 그녀는 이유도 묻지 않고 남편과의 자리를 만들어 줬다.

"안 그래도 병원장님 얘기를 했었는데, 이렇게 보네요?"

제 얘기를 했단 말이 이렇게 불안하게 들리다니. 상연은 제가 너무 구석에 몰려 있다는 걸 인지했다. 하지만 이미 늦은 상황이었다. 지금 와서 자존심을 세우며 대등한 관계를 요구하기에는 그의 도움이 절실했다.

"제 얘기라……. 저도 상무님 얘기 많이 했답니다. 제 딸의 혼사를 방해하신 연유가 있을 거라고."

"내가 그랬습니까?"

뻔뻔하게도 모르는 척하는 모습에 상연은 턱에 힘이 들어갔다. 요즘 들어 왜 이렇게 표정 관리가 어려운지 모를 일이었다. 박현희와 그 긴 시간 동안 사이좋은 동서지간을 연기할 때도 이리 어렵지 않았건만.

"믿는 건 어디까지나 본인이 선택하는 거니까요. 뭐, 이해합니다. 눈앞에 증거를 들이밀어도 안 믿기고 반대로 아무 증거가 없어도 덜컥 믿어 버리는 게 사람 아닙니까."

"……."

아무 증거도 없이 내민 미끼를 덥석 문 건 너 아니냐는 노골적인 조롱에 상연의 얼굴이 시뻘게졌다. 눈이 뻐근할 정도로 노려보는데도 영신은 태연하기만 했다.

"이런 소모적인 기 싸움이나 하려고 온 거 아니에요. 상무님도 솔직히 지금 뜻대로 안 돼서 마음에 안 드실 거잖아요. 저 좀 도와주세요."

상연은 제 말이 끝나기도 전에 영신의 입꼬리가 위로 올라가는 걸 보고 눈매를 좁혔다. 무슨 속셈이 있는 건지 모르겠지만, 제게 좋은 느낌은 아니라는 직감이 경종을 울렸다.

"왜 다들 내 뜻대로 안 됐다고 속단하는 건지."

아직 한낮인데도 영신의 앞에는 술이 놓여 있었다. 한 잔에 천만 원이 넘는다는 귀한 술을 아무렇지 않게 따른 그가 가볍게 잔을 돌렸다.

"나는 말입니다. 오 병원장 같은 사람이 싫지 않아요."

뜬금없는 말을 꺼낸 영신이 술을 한 모금 마셨다. 깊고 복잡한 맛을 음미하듯 눈을 감고 잘게 떨다가 이내 만족스러웠는지 표정이 부드러워졌다.

"발가벗은 임금님 같단 말이지."

"무슨 뜻이죠?"

상연이 인상을 찌푸리며 날카롭게 쏘아붙였다.

"탐욕을 덕지덕지 붙여 놓고 자기 혼자 안 보일 거라 믿고 여기저기 뽐내고 다니는 게 참 재밌단 말입니다."

"……."

"하물며 악취도 이렇게 진한데, 자기 코에는 향긋하게 느껴지나?"

영신이 코를 가리는 시늉을 하자 상연의 얼굴이 모멸감으로 바들바들 떨렸다. 아무리 제가 도움을 청하러 왔다지만, 나름대로 기브 앤 테이크를 할 생각이었다. 이렇게 일방적으로 모욕을 당하면서 손을 벌릴 생각은 추호도 없었다.

"김 상무님!"

"손위 동서를 죽이고 나서도 어찌나 당당한지, 아무도 모를 줄 알았나 봅니다?"

"……!"

벌떡 일어났던 상연이 그대로 얼음이 되어 버렸다. 박현희를 죽였다는 말이 마치 진실을 알고 말하는 것 같아 가슴이 철렁했다.

오해다. 말도 안 되는 의심이다. 수년간 자기 최면을 걸어 왔던 일이기에 상연은 주저앉는다는 식의 멍청한 반응을 보이지 않고 인상을 쓸 수 있었다.

"날 떠보려는 모양인데, 난 의사예요. 의료 윤리는 물론 생명 윤리까지 지향하는 의사라고요."

그런 내가 사람을 죽였을 리 있느냐는 자신 넘치는 반문에 영신의 미소가 진해졌다. 그는 빈 잔에 술을 따라 상연의 앞으로 내밀었다.

"술 한 잔 값은 충분히 하는 연기였어요. 보는 맛이 좋네."

끝까지 절 떠보려고 하는 영신에게 넘어가지 않기 위해 상연은 긴장감을 늦추지 않았다.

자리에서 일어나는 영신을 향해 제가 준비해 온 말을 뱉었다.

"나도 이제 와서 결혼 상대를 다시 진아로 바꾸는 게 어렵다는 건 알아요. 하지만 희원이가 결혼하는 꼴도 못 보겠어요. 파혼하도록 도와만 주면 그에 합당한 대가를 드릴게요."

책상 쪽으로 가 버린 영신은 듣기는 한 건지 아무 답이 없었다. 대가를 정확히 명시하지 않았기 때문일까. 상연은 초조한 마음을 간신히 억누르며 그를 설득하고자 애를 썼다.

"솔직히 김태신 이사와 신성이 손잡는 거, 상무님에게도 좋은 일 아니지 않나요? 막내를 매우 견제하는 걸로 아는데요. 워낙 출중하고 능력이 좋으니 신경 쓰이시겠죠."

일부러 살살 긁기까지 했는데도 들은 척도 안 하던 영신이 뭔가를 손에 들고 자리로 돌아왔다.

"……."

협상의 상대가 서류 봉투를 들고 자리에 나오는 건 좋은 신호가 아니었다. 특히 제 손은 맨손일 경우에. 상연의 가슴이 미친 듯이 경종을 울려 댔다.

"힘들여서 파혼시켜 봐야 더 좋은 혼처를 찾을 수도 있으니 끌리지 않네요. 준다는 대가도 내 성에 찰지 모르겠고."

영신이 서류를 테이블 위에 놓고 그 위에 조금 전에 따른 술잔을 올렸다. 상연의 시선이 [신성 병원]이라는 네 글자에 꽂혀 움직일 줄을 몰랐다.

"차라리 신성을 무너뜨리는 게 낫겠는데?"

상연이 저도 모르게 뒤로 주춤거리다가 소파에 걸려 털썩 주저앉았다. 창백하게 질린 얼굴로 밭은 호흡을 몰아쉬다가 영신을 바라봤다. 귀신이라도 본 표정에 영신이 웃음을 터뜨렸다.

"병이 생긴 걸 의사가 함구한다는 건 그만큼 평소에 벼르고 있었다는 소리겠죠. 장남 부부가 앞길을 가로막고 있는 것 같고, 응? 어떻게 끌어내리나 그런 생각만 하고 있었는데, 기회가 왔네?"

"어, 어떻게⋯⋯. 어떻게⋯⋯."

"설마 진짜로 완벽하게 숨길 수 있을 줄 알았어요? 고작 아들 유학 자금에 넘어가는 사람인데, 더 큰 돈에 넘어갈 거란 생각이 안 드나?"

미국 유학을 보낸 아들의 학자금을 대 주는 대신 모든 자료를 다 폐기하고 입을 단속하기로 약속했다. 서로 원하는 바를 이루었고 의사 생명이 걸린 일이니 절대 발설하지 않을 거라고 굳게 믿었다. 이 자료가 공개되면 저만 망하는 게 아니니까.

"내가 의사 관두고 미국 가서 평생 살 만큼 챙겨 줬거든."

상연의 표정에서 그런 생각을 읽은 듯 영신이 흥겨운 목소리로 속삭였다.

상연은 참지 못하고 술잔을 치우고 서류를 집어 들었다. 비싼 술이 손을 적시고 테이블로 쏟아졌지만 그런 게 중요한 게 아니었다. 초음파 사진부터 초진 검사 기록, 소견서 등 모든 자료가 다 있었다. 제가 조작을 지시했다는 의사의 진술과 함께 나눈 대화가 스크립트로 뽑혀 있기까지 했다.

"욕심에 눈이 먼 둘째 며느리가 첫째 며느리의 병을 묵인, 죽게 내버려 뒀다는 사실을 눈치채고 스스로 목숨을 끊은 장남. 이 정도면 신성 그룹이 자멸하기 충분해 보이는데, 어떻게 생각해요?"

"아니, 아니야⋯⋯. 아주버님은 아무것도 모르셨어!"

상연은 반사적으로 종이를 마구 찢기 시작했다. 물론 원본이 아니라는 걸 알고 있었지만, 손이 먼저 움직였다.

"그걸 누가 믿지?"

사람들은 보고 싶은 대로 보고 듣고 싶은 대로 듣는다. 아내가 죽자 바로 뒤따라가 버린 남편. 아내의 죽음에 얽힌 가족 비사를 알았다는 건 매우 그럴듯하게 들렸다.

상연은 혼비백산하여 영신의 앞에 무릎을 꿇었다. 고개를 절레절레 흔들며 제발 봐달라고 매달렸다.

그제야 영신이 흡족하다는 듯 미소를 지었다. 그는 아직 반 이상 남은 술병을 쥐더니 상연의 머리 위에 쏟았다. 수천만 원이 상연의 머리칼을 적시고 얼굴을 타고 쏟아졌다.

"이제야 눈높이가 맞네."

* * *

희원은 밤새 절 꼭 안고 있었던 태신을 떠올리자 도저히 일이 손에 잡히지 않았다. 하긴 그런 일이 있었는데 멀쩡히 일할 수 있을 리 만무했다.

퇴근한 태신을 차마 볼 자신이 없어서 몇 시간을 그 고민만 했다. 일단 얘기는 해 보자는 생각도 했지만 가장 먼저 기각됐다.

이제 태신이 큰형에 대해 어떻게 반응하는지 아니까. 그가 이런 일로 절 협박했다는 걸 알면 가만히 있지 못할 게 틀림없었다. 그러다가 만에 하나 영신이 그 자료를 공개해 버릴까 봐 겁이 났다.

막말로 그는 그렇게 하고도 남을 사람이니까. 지금은 지분이나 태신과의 관계를 놓고 절 협박하며 즐기고 있지만, 수틀리면 무슨 짓을 할지 모르는 사람이었다.

만약 그 자료가 아무 대비 없이 세상에 공개된다면 할아버지는 충격으로 쓰러지실 것이다. 그렇게 아끼던 아들이 죽은 이유가 둘째 며느리 때문이라니, 받아들일 수 없는 일이었다. 아무리 진실을 밝히는 게 중요하다지만 이 일로 할아버지가 돌아가시기라도 한다면 희원은 견딜 수 없을 것이다.

그래서 태신에게 말을 꺼내는 것조차 조심스러웠다. 영신이 제게 접근했다는 사실 하나만으로도 불안해하며 달려왔던 사람이니까.

무엇보다 제 입으로 얘기하기 너무도 끔찍하고 추악한 일이었다.

늘 어떻게 의사가 저리 뻔뻔할 수 있지? 하고 생각했었다. 적어도 미안한 감정은 느껴야 하지 않나?

그런데 병을 놓친 게 아니라 일부러 숨긴 거니 책임도 느끼지 못하고 죽음을 함부로 입에 담을 수 있는 거였다.

그런 사람 같지도 않은 괴물과 한솥밥을 먹고 살았다는 것에 희원은 구역감을 참을 수가 없었다. 지금도 갑자기 토기가 치밀어 올라 화장실로 뛰어야 했다.

변기를 붙잡고 웩웩 토하려고 했지만, 먹은 게 없으니 나오는 것도 없었다. 결국 노란 위액이 섞인 타액만 뱉고 주저앉은 희원이 눈을 질끈 감았다.

엄마의 죽음에 관한 의문을 좀 더 자세히 파고들걸. 김영신처럼 돈을 뿌려서라도 파헤쳐 볼걸. 진실이 밝혀지기는커녕 분란을 일으킨다고 욕만 먹었을 수도 있겠지만, 할 수 있는 데까진 다 해 볼 걸 그랬다는 후회를 멈출 수가 없었다.

가족을 의심해선 안 된다는 멍청하게 순진한 생각 때문에 주저하는 사이, 증거는 김영신이 유유히 가져가 버렸다.

'이를테면 파혼이라든가.'

영신이 정말 파혼만 요구한 거라면 희원은 흔들렸을 것이다. 이제 막 서로의 마음을 인정한 태신에게는 정말 미안했지만, 그렇게 해서라도 그 증거를 손에 넣고 싶었다.

작은엄마, 오상연이 아무 잘못 없는 사람처럼 그렇게 하하 호호 웃으며 사는 모습을 더는 볼 수 없으니까. 어떻게든 그녀의 죄를 까발려서 대가를 치르게 하고 싶었다.

사실 이런 생각을 했던 것 때문에 어제 태신의 얼굴을 제대로 볼 수가 없었다.

하지만 김영신이 바라는 건 파혼이 아니라 태신을 함정에 빠뜨리는 일이었다. 약을 타고 강제 성관계를 한 걸로 상황을 만든다?

신성과의 관계가 결렬되는 정도가 아니라 김태신이란 사람을 나락으로 떨어뜨려 두 번 다시 재기하지 못하게 날개를 꺾겠다는 소리였다.

그런 일은 절대 할 수 없었다. 죽어도. 다시는 그를 보지 않을 마음으로 선택할 수 있는 그런 단순한 문제가 아니었다.

'부모 죽음의 진실을 묻어 버릴 거야? 어머니가 억울해서 꿈에 나오시 겠는데?'

희원은 다시 토기를 참지 못하고 고개를 숙였다. 여전히 나오는 건 없었지만, 위액 때문인지 속이 쓰라리고 위장이 뒤틀리는 듯한 고통이 찾아왔다. 배를 잡고 끙끙거리는 희원의 얼굴에 식은땀이 가득했다. 피가 나도록 깨문 입술이 아픈 줄도 모른 채 고통에 허덕였다.

* * *

"표정이 안 좋으십니다."

남 비서가 조심스럽게 말을 걸었다. 태신은 원체 살가운 사람은 아니었지만, 이렇게 날카롭게 날이 서 있는 건 오랜만이었다.

예전에는 많이 봤던 모습이었다. 자꾸 태신과 엮인 사람들과 관련된 사건이 터지고 그 때문에 여기저기 불려갈 때는 늘 이렇게 날이 서 있었다.

이번에 홍소연이 집에 찾아와 난동을 피웠던 일은 애교라고 할 수 있을 만큼 온갖 일에 다 휘말렸다. 마약, 폭행, 갑질. 재벌의 이미지를 훼손할 수 있는 모든 일은 다 포함된다고 보면 됐다.

태신은 망나니라는 제 소문을 잘 이용했다. 방심하고 흐트러진 모습을 보이면 불나방처럼 뛰어들며 본심을 드러내는 것들을 가려내기 쉬웠다. 제 소유의 라운지를 전적으로 이용한 것도 도움이 됐다.

남들 눈에는 허점투성이였지만, 그러는 중에도 태신은 단 한 번도 방심하지 않았다는 걸 남 비서가 누구보다 잘 알았다.

그러다 보니 최근 태신의 분위기가 부드럽던 것이 신기할 정도였다. 물론 처음에는 의심을 좀처럼 거두지 못하는 듯했지만, 지금은 신뢰하고 결혼을 결심한 것 같아 다행이라 생각했다.

그렇게 상사에게 행복이 찾아옴과 함께 제 근무 환경도 조금 숨통이 트이나 싶었는데, 오늘 다시 칼날 위를 걷는 듯하니 솔직히 힘들었다.

"화가 나."

"뭐가 잘못됐습니까?"

"내 아내에 대해 형은 알고 나는 모르는 게 있더군. 이미 내가 해결할 수 없을 거라 생각하고 있는 거겠지."

"……."

"믿음을 달라고 그렇게 얘기했는데, 정작 나부터가 믿음을 주지 못했던 거야."

남 비서는 어느 순간부터 태신이 제게 하는 말이 아니라 자기 자신에게 말하는 거란 걸 알아차리고 입을 다물었다. 태신 역시 대답을 원한 게 아니라는 듯 홀로 생각에 잠겼다.

"그래 놓고 얘기해 주지 않는다고 서운해하고 있었으니, 정말 철이 없어도 너무 없군."

생각해 보면 류희원이 저와 결혼하겠다고 나온 것도 지금과 같은 상황이었다. 류희원은 어디까지나 직계 손이었다. 류 회장이 끔찍이 아끼는.

그럼에도 희원은 할아버지에게 작은엄마의 괴롭힘을 토로하고 도움을 청하는 대신 외부의 힘을 빌리려고 했다.

이상하게 생각할 수 있지만, 결국 할아버지가 제 편을 들어 줄 거란 믿음이 없었기 때문이었다. 생판 남의 힘을 빌려서 스스로 해결하고 말지, 하고 생각할 정도로.

지금도 저를 믿지 못해 혼자 끙끙 앓고 있는 거라 생각하니 태신은 자기 자신에게 화가 나 미칠 지경이었다.

저는 희원을 믿지 못해 그렇게 오래 의심하고 시험해 왔으면서 희원은 당연히 절 믿어 주길 바랐다니.

"이사님답지 않은 고민이네요."

"나답지 않다고?"

"제가 아는 이사님이라면 벌써 그 일이 뭔지, 가능성이 있는 건 다 리스트에 넣어 보고 하나씩 제거하셨을 겁니다."

남 비서가 어렵게 꺼낸 말이 뒤통수를 때렸다. 태신의 눈이 커지자 남 비서는 씩 웃고는 자리로 돌아갔다. 키워드라고는 신성 그룹, 류희원, 김영신. 이 세 가지밖에 없는 상황이니 조사하기가 쉽지 않을 테지만, 파다 보면 뭐라도 나올 터였다.

"나답지 않다……."

자리에 남은 태신이 이마를 쓸며 헛웃음을 흘렸다. 희원과 관련된 일이라 그런지 확실히 저답지 않았다.

제게 의지하길 바라는 게 아니라 의지하게 만들어야 저다운 거다. 태신의 눈빛이 한순간에 돌변했다.

* * *

[언제 퇴근해?]

태신에게서 온 연락에 희원은 가슴이 덜컹거렸다. 고작 퇴근 시간을 묻는 것뿐인데 이렇게 동요하다니.

곧 퇴근할 거라고 가볍게 답장을 보내고 나서 희원은 한숨을 길게 내쉬었다. 안 그래도 퇴근하려고 준비 중이었다 보니 이 연락이 달갑지 않았다.

차라리 오늘은 본가로 돌아갈까 하는 생각도 했다. 하지만 멀쩡한 얼굴로 할아버지를 뵐 자신은 더더욱 없었다.

할아버지를 보면 그대로 울어 버릴 것 같았다. 제 손에 증거가 들어온 것도 아닌데 얘기를 해도 될까. 김영신이 모른 척하면 작은엄마를 음해한 게 되어 버린다.

증거도 없이 작은아빠가 제 편을 들어 줄까. 말도 안 되는 소리였다. 자기 아내가 그럴 사람이 아니라고 오히려 호통을 치겠지.

[기다릴 테니 끝나면 내려와. 저녁 먹고 들어가자.]

그때 도착한 답장에 희원의 눈이 커졌다. 데리러 오겠다는 것도 아니고 이미 와 있다는 소리였다. 심장이 마구 뛰어서 핸드폰을 놓칠 뻔한 희원이 가까스로 손에 힘을 줬다.

태신을 피한다고 될 일이 아닌 건 알았기에 알겠다고 답장을 보내는데, 몇 번이나 오타가 나서 다시 써야 할 정도였다.

가방을 챙겨 내려가던 희원은 1층에 펼쳐진 상황에 눈앞이 아찔했다. 어쩌다 마주친 건지 작은아빠와 태신이 함께 있었다. 막 엘리베이터에서 내린 터라 둘은 희원을 발견하지 못했지만, 두 사람의 분위기는 화기애애하고 좋았다.

직원들이 모두 멀찍이 물러나 있어서 다가가는 건 어렵지 않았다. 작은아빠의 수행 비서가 희원을 알아보고 조용히 인사했다.

"내 확실히 알아봤는데, 희원이 정말 아무 문제 없네. 그 변이 유전인자도 없다고 했어."

"예. 괜찮습니다. 별일 아닌데, 이렇게까지 미안해하시니 얼마나 희원이를 아끼시는지 느껴집니다. 희원이가 사랑 많이 받은 것 같습니다."

"희원이는 정말 내 딸이나 마찬가지야. 물론 형만큼 잘해 주지는 못했을 거야. 이번 일로 생각해 보니 바쁘다고 애 엄마한테만 맡긴 것 같아 미안하더라고."

몇 걸음 가지 못하고 희원이 멈춰 섰다. 태신에게 멀쩡한 모습을 보이려고 화장실에서 몇 번이나 꼼꼼하게 확인한 게 물거품이 될 정도로 눈물이 뚝뚝 떨어졌다.

"하지만 나 정말 가슴에 손을 얹고 진아랑 차별해서 대한 적 없네. 회사 일 배우려고 애쓰는 거 보면 기특해 죽겠어. 정말 괜찮은 아이야. 흠이 있다고 생각하지 말아 주게."

바빠서 신경 못 썼다는 작은아빠의 말은 사실이었다. 아빠의 빈자리는 집 안에서보다 회사에서 더 치명적이었다. 게다가 몸져누운 할아버지의 일까지 도맡아야 했으니 집에서 작은아빠의 얼굴을 본 일이 손에 꼽았을 정도였다.

사실 그래서 더 작은엄마가 마음껏 날뛴 것도 있었다. 할아버지는 별채에 칩거하시고 작은아빠는 밖에만 있으니 희원을 괴롭혀도 아무도 알아차리지 못했다. 진아마저 패션 스쿨에 다니겠다고 유학을 갔을 때니 실질적으로 작은엄마와 둘이 산 거나 다름없었다.

희원은 그렇게 고립되어 있었다. 차라리 집에 돌아가고 싶었지만, 아빠가 목숨을 끊은 집에 들어가는 건 더 자신이 없어 늘 현관 앞까지만 갔다가 돌아오기를 반복했다.

"걱정하지 않으셔도 됩니다. 희원이, 제게 과분한 사람이고 그런 일로 부모님께서 홀대한다거나 할 일은 절대 없습니다."

태신의 단단한 목소리가 희원의 마음을 세게 두드렸다. 저도 모르게 쌓았던 벽이 무너지면서 감정이 마구 쏟아져 나왔다.

류진규 사장과 마주친 건 우연이었다. 그냥 인사만 할 생각이었는데, 그쪽에서는 그렇지 않은 모양이었다. 상견례 자리에서 있었던 일이 어지간히 마음에 걸렸는지 태신을 붙잡고 연신 사과했다.

진정성이 느껴지는 사과에 그래도 희원이 할아버지나 작은아버지에겐 사랑받았다는 게 느껴져서 다행이었다. 비록 이들이 오상연의 수작을 눈치채지 못한 건 아쉬웠지만.

얼추 대화가 끝나고 류진규 사장이 먼저 자리를 뜨려고 하는데, 그의 수행 비서가 희원이 왔었다는 걸 알려 줬다.

"걸음을 돌리셨는데……."

태신이 있어서 그런지 살짝 말을 흐린 그가 류 사장의 눈치를 봤다. 류 사장이 고개를 끄덕이고 나서야 사실대로 말해 줬다.

"두 분 대화 나누시는 걸 듣더니 감정이 복받친 듯했습니다."

"이런, 들었단 말인가?"

멋쩍은 듯 뒷머리를 쓰다듬는 류진규의 태도와 달리 태신은 눈빛을 굳혔다.

"어디로 갔습니까?"

수행 비서는 이번에도 류 사장의 눈짓을 받고서야 희원이 간 방향을 알려 줬다. 태신은 먼저 가 보겠다며 인사를 하고는 그쪽으로 서둘러 움직였다.

다행히 희원을 찾는 건 어렵지 않았다. 류진규 사장과 함께 있는 모습을 봐서 그런 건지 사람들이 다 고갯짓으로 알려 준 덕이었다. 그 방향을 따라 가니 건물 뒤쪽으로 난 오솔길에 들어서게 됐다. 살짝 후미져서 사람들 시선에서 벗어난 곳에 희원이 있었다.

"희원아."

살짝 움찔한 희원이 급하게 눈을 훔쳤다. 눈물의 이유를 태신은 정확히 알 수 없었다. 하지만 류 사장이 오해한 것처럼 감동이 복받친 건 아닐 터였다. 그렇기에 혼자 울게 하고 싶지 않았다.

다가가 뒤에서 끌어안으니 희원이 숨을 들이켜며 나지막한 신음을 흘렸다. 태신은 그저 희원이 안정을 찾도록 기다렸다.

나뭇잎이 바람에 쏠리는 소리와 지나다니는 사람들의 목소리, 차 소리가 공간을 채웠지만, 태신은 오로지 희원의 숨소리만이 들렸다.

"괜찮아."

희원의 숨이 잔잔해졌을 무렵, 태신은 오늘 꼭 해 주고 싶었던 말을 전했다. 그 한마디에 그의 마음이 모두 다 담겨 있었다. 지금 얘기하지 않아도 괜찮다. 나는 언제나 네 곁에 있을 거니 괜찮다.

"……."

희원이 몸을 돌려 그를 마주 봤다. 눈물에 젖어 반짝이는 눈동자에 자신이 담기자 태신은 가슴이 속절없이 뛰었다.

희원의 손이 위로 올라와 뺨을 감싸는 것이 슬로 모션처럼 느리게 시야에 들어왔다. 태신은 머리로 인지하기 전에 고개를 숙였다. 희원의 입술이 먼저 그의 입술에 살포시 닿았다.

태신은 백 마디 말보다 희원이 먼저 제게 다가와 준 이 키스가 더 반갑고 기뻤다. 그래, 지금 자신들에게는 많은 말이 필요하지 않았다.

오히려 서로 말을 어떻게 해야 할지 고민하고 망설이면서 서로 감정이 상하고 반목하고 오해가 쌓였다. 그리고 그게 형의 노림수일 터였다. 그렇게 자신을 뒤흔들어서 그가 원하는 방향으로 흘러가게 하는 것.

하지만 그가 예상하지 못한 게 있었다.

"사랑해요, 태신 씨……."

마음. 희원과 자신은 마음을 주고받은 사이였다. 운명이라고 단정 지을 수 있을 만큼 깊은 애정이 있었다.

그 마음은 이런 의도적인 역경 따위로 무너질 만큼 허술하고 얕지 않았다.

"내가 더 사랑해. 내게 과분한 사람이란 말 진심이야."

류희원은 자신을 구원해 줬다. 아주 서서히 물에 잠겨서 익사 당하고 있다는 사실조차 깨닫지 못하고 살았던 자신을 수면 위로 끄집어냈다. 숨을 쉬는 법을 알려 주고 혼자가 아니라고 손을 잡아 줬다.

희원을 만나지 못했다면 태신은 여전히 홀로 고립되어 아무도 믿지 못하고 모든 것을 의심하며 살고 있었을 것이다.

무엇보다 누군가를 사랑한다는 게 얼마나 행복한 일인지 절대 알지 못했을 것이다.

"다 괜찮을 거야. 걱정하지 않아도 돼."

믿음을 주고, 믿음을 얻고. 그런 건 생각해서 행동할 수 있는 일이 아니었다. 태신은 제가 많이 서툴렀음을 인정했다.

천천히 한 발짝씩 나아가도 된다. 희원과 둘이 함께라면 오히려 뒤로 물러나는 것도 괜찮다.

괜찮다는 말이 와닿았는지 희원의 표정에 안도가 어렸다. 그게 느껴져서 태신도 미소를 지을 수 있었다.

어제부터 이 표정을 보고 싶었다. 고작 하루였지만, 희원과 저 사이에 벽이 세워져 있는 것 같아 괴로웠다.

"밥 먹으러 가자. 어제부터 제대로 못 먹었잖아."

얼굴이 핼쑥했다. 어제 김영신을 만나서 제대로 먹었을 리도 없고 저랑 저녁을 먹을 때도 깨작거리기만 했고 오늘이라고 뭐 다르지 않았을 것 같았다.

반쪽이 된 얼굴을 보니 죄책감이 들었지만, 태신은 그에 연연하지 않고 힘주어 웃었다. 지금 필요한 건 죄책감이 아니라 안심이었으니까.

희원의 손을 잡고 주차장으로 향하니 이래저래 호기심 가득한 시선이 모여들었다. 태신은 왼손으로 희원의 손을 옮겨 잡고 오른손으로 어깨와 팔을 쓸어 줬다. 네 곁에는 내가 있으니 다른 건 아무 신경 쓸 필요 없다는 의미였다.

심혈을 기울여 고른 식사 메뉴는 기름 없이 담백하게 끓이는 삼계탕이었다. 닭보다 닭죽이 메인이라서 부담 없이 먹기 좋을 것 같았다.

희원이 국물을 뜨는 걸 보고 나서야 태신도 수저를 들었다. 뜨끈한 국물이 들어가니 그 역시 여태 빈속에 제대로 된 식사를 하지 못했던 게 떠올랐다.

고기보다 죽 위주로 식사를 마치고 집으로 향했다. 별다른 말을 나누지 않았지만, 그 시간이 전혀 어색하지 않았다.

태신은 희원을 소파에 앉히고 커피를 내렸다. 늘 마시는 커피인데 지금이 가장 향긋하게 느껴졌다. 기분 좋은 향 덕분인지 자연스럽게 미소를 지은 채 커피를 가지고 희원에게 향했다.

커피 잔을 두 손으로 쥐고 그 따끈한 온기에 손과 마음을 녹이던 희원이 입을 열었다. 말을 고르고 고민한 끝에 어렵게 꺼낸 게 아니라 그냥 자연스럽게 나온 말이었다.

"의심하는 것조차 죄책감을 느꼈었어요. 그렇게 남 탓을 하고 싶은 거냐고……."

태신은 희원의 말을 끊거나 추임새를 넣지 않고 가만히 들었다.

"상대가 그런 상식으로 재단할 수 없는 악마인 것도 모르고, 그런 생각을 하는 걸 죄송스러워하면서 같이 밥 먹고 얘기하고……."

희원의 목소리가 가늘게 떨렸다. 울지는 않았지만, 감정을 추스르기 힘든 듯했다. 태신은 그 정도만 듣고도 무슨 상황인지 알아차리고 침음을 삼켰다.

상식. 그래, 상식 밖의 일이었다. 누가 동서지간의 관계에서 일부러 병을 키워 죽음에 이르게 할 생각을 한단 말인가. 그것도 의사라는 사람이.

그러니 상식이 없고 자기의 기준으로 사는 김영신만이 수상하게 여긴 것이다. 그의 눈에는 가능성 있는 일로 보였을 테니까.

김영신 역시 눈엣가시로 여기는 사람을 치우기 위해 못 하는 일이 없지 않은가. 기분 나쁘다고 동생을 차로 치는 놈인데, 피도 안 섞인 남을 치우는 데 거리낌이 있을 리 없었다.

"그 증거를 가지고 있었어요. 엄마의 병을 처음부터 알고 있었다는 증거."

희원은 눈을 감은 채 호흡을 골랐다. 하지만 까매진 시야에 영신이 보여 줬던 서류 봉투가 떠오르자 도리어 동요해 버리고 말았다. 커피가 넘칠 정도로 잔이 흔들리자 태신이 잔을 치우고 그 손을 대신 잡아 줬다.

"집안이나 태신 씨, 둘 중 하나를 선택하라고 했어요."

고였던 눈물이 똑 굴러떨어졌다.

"단순히 태신 씨와 파혼하는 거였다면……. 그렇게 하겠다고 했을지도 몰라요. 미안해요."

"아니야. 이해해."

엄마를 죽인 자가 한집에 있다. 심지어 아무도 그 범행을 알지 못하고 안팎으로 승승장구하고 있었다. 그런 상황이라면 태신 저라도 고민해 봤을 것 같았다. 자신과의 이별을 말하는 그녀가 밉기는커녕 안쓰러워 보였다.

"하지만 김영신 씨가 원하는 건 태신 씨의 몰락이었어요. 그런 상황을 만들자고……. 도와주겠다고……."

태신은 웃고 말았다. 너무도 형다운 말이었다. 그리고 만약 희원이 그 제

안을 받아들였다면 자신은 꼼짝없이 당했을 것이다. 희원이 그럴 리 없다고 생각하면서.

사랑이란 감정을 믿지 않는 형이니까 할 수 있는 제안이었다. 사람은 간사하고 누구나 자신을 최우선으로 생각하는 인간이니까.

"내가 그렇게 하면 작은엄마랑 뭐가 달라요……?"

희원도 말도 안 된다는 듯 웃었다. 그 웃음은 처연하고 씁쓸했지만, 비웃음도 섞여 있었다. 그런 것에 넘어갈 줄 알았느냐고.

"나 그 증거 없어도 돼요."

"희원아."

태신이 손에 힘을 줬다. 하지만 희원은 고개를 도리질 쳤다. 단호함이 느껴지는 눈빛이 태신을 향했다.

"그 증거가 있다면 작은엄마의 죗값을 치르게 하는 게 수월하겠죠."

김영신이 그런 증거를 손에 넣었을 때는 다른 경로로는 구하지 못하게 만들었을 게 뻔했다. 오로지 자기 혼자만 가지고 있을 때 진정한 효력을 발휘하는 법이니까.

"하지만 마지막에 들은 말이 오히려 내 마음을 돌려놨어요."

희원은 영신의 말을 떠올리고는 저도 모르게 입술을 살짝 떨었다. 힘겨워하는 게 눈에 보여서 태신은 가슴이 뻐근하니 숨을 쉬는 게 괴로웠다. 하지만 아무리 제가 괴로워도 희원만 할까. 이런 결단을 내리기까지 얼마나 괴로워했을지 상상하기도 힘들었다.

"만난 지 얼마 안 된 사람 때문에 진실을 묻어 버릴 거냐고, 엄마가 억울해서 꿈에 나올 거라고……."

악랄하기 짝이 없는 말에 태신이 이를 악물었다.

"그런데 엄마는 그런 사람 아니에요. 엄마가…… 사랑하는 딸이 사랑하는 사람을 선택했다고 가슴 치면서 원망할 리 없잖아요."

엄마의 죽음을 밝히고 싶다는 열망에 가장 중요한 걸 놓치고 있었다. 그걸 아까 태신과 작은아빠의 얘기를 듣고서야 깨달았다.

작은아빠조차 저를 딸처럼 아끼고 사랑했는데, 제가 전부였던 엄마가 절 원망한다니?

그런 일은 있을 수 없었다. 물론 엄마의 죽음은 억울하기 그지없었지만, 그 억울함을 애꿎게 딸을 비난하는 데 쓸 사람은 절대 아니었다.

"엄마는 어떤 일이 있어도 내 행복이 우선이라는 분이셨어요."

엄마를 향한 그리움에 희원이 눈물을 뚝뚝 흘렸다. 하지만 표정은 한결 후련해 보였다.

태신은 희원을 끌어안았다. 희원은 그 든든한 품을 마주 끌어안으며 마음속으로 엄마에게 사랑한다고 전했다.

'엄마, 이 사람이 내가 사랑하는 사람이에요. 나…… 태신 씨를 만나서 살아가는 의미를 되찾았어요.'

악의에 휘둘려서 현재의 행복을 발로 차는 멍청한 짓은 하고 싶지 않았다. 이대로 김영신이 바라는 대로 휘둘린다면 제 인간성이 마모될뿐더러 살아가는 데 있어서 가장 중요한 마음을 상실할 것 같았다.

"그래도 할아버지께는 말씀드릴 거예요. 안 믿으신다고 해도 어쩔 수 없지만, 얘기를 미리 드려 놔야 만에 하나라도 증거가 유출됐을 때 충격을 덜 받으실 것 같아서요."

뜻대로 안 풀린 것에 앙심을 품은 영신이 작은엄마 오상연의 비리를 터트릴 경우까지 상정하는 모습에 태신이 고개를 끄덕였다. 충분히 일어날 수 있는 일이었다. 어쨌든 처가가 될 신성 그룹이 흔들리면 제게 타격이 올 테니까.

"형이 터트리기 전에 떼어 내는 게 가장 좋은 방법이겠어."

"떼어 내요?"

"오상연의 단독 범행인 것과 부부의 범행인 것은 다른 문제니까."

"아……."

희원의 얼굴이 희게 질렸다. 작은아빠가 알고도 묵인한 거라고, 혹은 같이 공모한 거라고 소문이 난다면 걷잡을 수 없게 된다. 심지어 할아버지마저 충격으로 쓰러지시기라도 한다면……. 생각하는 것만으로도 그런 일이 일어난 것처럼 희원이 파들파들 떨자 태신이 꾹 안아서 진정시켰다.

"그러니까 네가 오상연을 고발하는 것처럼 얘기하는 것보다 그런 얘기를 들었다는 식으로 나가는 게 나아. 아니, 내가 들은 걸로 할게. 어차피 소스는 큰형이니까."

태신은 기존에 희원의 입지를 끌어올리기 위해 세웠던 전략을 빠르게 수정해 이번 일에 대입했다.

어차피 큰형이 가진 증거를 빼돌릴 방법은 없었다. 심지어 빼돌린다고 하더라도 여기저기 백업을 해 놨을 게 분명했다.

오상연의 약점이 신성 그룹의 약점과 동일시되기 전에 오상연을 분리해야만 했다.

"그렇다고 바로 믿진 않으실 거야. 그래도 괜찮아. 일단 의심을 심어 두면 네 말대로 충격이 덜할 테니까."

"네……."

"잠깐만."

핸드폰을 꺼낸 태신이 남 비서에게 연락해 조사 범위를 좁혔다. 신성 그룹에서 신성 병원으로.

그리고 그런 일을 아무도 모르게 하기는 힘들었을 테니 당시 희원의 어머니의 주치의나 간호사 등도 함께 조사하도록 했다.

통화를 듣고 있던 희원이 긴장감을 숨기기 위해 마른침을 꾹 삼켰다. 증거는 김영신이 다 가져갔을지 몰라도 흔적 정도는 발견할 수 있을지도 몰랐다.

"할아버님과 다르게 류 사장님께는 확실히 알려야 해. 큰형이 가진 증거가 신성 그룹을 무너뜨리는 폭탄이 될 테니까."

"네."

과연 작은아빠를 설득할 수 있을까. 언제나 작은엄마의 편인 사람이니 자신은 없었다. 하지만 그렇다고 설득할 시도조차 포기할 수는 없기에 희원은 마음을 굳게 먹었다. 이 일로 작은아빠가 절 못 믿고 실망하고 반목하게 된다 할지라도 꼭 알려야만 했다.

"그런데 김영신 씨 정말 무섭더라고요……."

"무섭지. 어릴 때부터 좀 달랐어. 마치 처음부터 어딘가 비틀린 채 태어난 것처럼."

"그런 게 아니라 사실 만날 때 핸드폰 녹음을 켜고 들어갔거든요. 그런데 나와서 보니까 핸드폰이 꺼져 있었어요."

희원은 핸드폰이 먹통이 된 걸 보고 소름이 끼쳤던 걸 떠올렸다. 지금도 다시 소름이 끼쳤다. 전원이 다시 들어오기는 했지만 녹음은 되어 있지 않았다.

"핸드폰을 먹통으로 만드는 소형 EMP 같은 걸 썼겠지. 테이블 밑에 숨겨 뒀다면 가능해."

"아……."

테이블 밑에 무슨 장치가 있을 거라곤 생각조차 해 보지 않았기에 희원이 씁쓸하게 고개를 끄덕였다. 그 식당 안에서의 대화가 유출될 가능성이 없다는 걸 알기에 그렇게 대놓고 얘기했던 모양이었다.

"항상 남의 약점을 쥐고 협박하는 삶을 사니 자기의 약점은 잡히지 않으려고 철두철미하게 신경 써. 안 그랬다면 나도 이렇게 고생하지 않았지."

태신은 지금까지도 둘째 형 사고에 큰형이 연관된 증거를 잡기 위해 고군분투하고 있었다. 하지만 어찌나 철저하게 고리를 끊었는지 형과 엮였다는 걸 입증할 수가 없었다.

"그렇게 사는 건 무슨 기분일까요. 아마 세상 그 누구도 믿지 않으니까 그렇겠죠."

희원이 질린다는 듯 중얼거린 말에 태신도 고개를 끄덕였다. 큰형이 타인을 믿는 건 생각하기 힘들었다. 아마 형수조차 믿지 않을 터였다.

"불쌍하군."

문득 큰형을 동정한 태신이 피식 웃었다. 희원을 마주 보니 확실히 큰형이 불쌍하게 느껴졌다. 세상에 믿을 수 있는, 온전한 제 편이 있다는 게 어떤 기분인지 평생 모르고 산다는 거니까.

"말해 줘서 고마워, 희원아."

"아니에요. 어제 얘기해야 했는데……. 생각을 정리하기 쉽지 않았어요."

철없이 어제 얘기해 주지 않았다고 서운해했던 자신이 부끄러워진 태신이 쓰게 웃으며 희원의 뺨을 쓰다듬었다.

"정말 고마워."

희원은 태신의 눈을 가만히 바라봤다. 마치 만감이 교차한다는 듯한 눈빛이었다. 어제 제 태도가 이상했다는 걸 눈치채지 못했을 리 없었다. 하지만 태신은 묻지 않았다. 제가 말할 준비가 되기를 기다린 것처럼. 그리고 혹여나 혼자 삭일까 봐 일부러 품에 꼭 끌어안고 잔 거란 걸 알았다.

새벽에 슬쩍 그의 품에서 벗어나려고 해 봤지만, 단 1초의 망설임도 없이 더 꽉 끌어안는 걸 느끼고 태신도 잠을 못 이룬다는 걸 알았다. 그렇게 신경이 곤두서 있었음에도 제게는 언제나 다정했다.

화장실 다녀오려던 것뿐이라며 침대를 내려갔지만, 그가 안 자고 기다릴 걸 알아서 결국 몇 분 버티지 못하고 돌아갔다. 침대에 올라가기도 전부터 팔을 뻗어 공간을 내주는 모습에 울음을 참느라 얼마나 힘들었는지 몰랐다. 다시 품에 안겨 잠을 청하자 태신은 마치 눈물 냄새를 맡으려는 것처럼 머리에 코를 묻고 숨을 들이쉬었다.

태신이 그렇게 기다려 줬기 때문에 희원은 그에게 말할 용기가 생겼다. 제가 생각을 정리하고 얘기하면 이해해 줄 것 같았다. 거기다가 회사에서 안아 주며 괜찮다고 말했을 때, 혼자 고민한 자신이 정말 바보 같았다.

늘 홀로 삭여 버릇해서 그랬다. 작은엄마의 괴롭힘을 할아버지께 말씀드리지 못했듯 태신에게도 말하지 못했다.

오늘 태신이 절 붙잡아 주지 않았다면 얼마나 더 오랜 시간을 그렇게 바보

같이 굴었을지 가늠조차 할 수 없었다.

"나도 고마워요."

희원의 대답에 태신이 감동받은 것처럼 웃었다. 자연스럽게 이어진 키스가 무척 보드랍고 따스했다. 서로를 감싸 안는 손길이 애틋했다.

* * *

결혼 준비보다 더 중요한 일이었기에 태신은 바로 류 회장을 만날 약속을 잡았다. 희원과 함께 셋이 식사하고 싶다고 하니 류 회장도 흔쾌히 시간을 내주었다.

"태신 씨랑 같이 살아서 다행이에요. 계속 그 집에 있었다면 표정도 감정도 전혀 숨기지 못했겠죠……."

지금도 얼굴을 본다면 평정심을 유지하지 못할 터였다. 왜 그랬냐고, 그래야만 했냐고 악을 쓰며 난리를 칠 거다. 희원은 생각만 해도 가슴이 아려서 몸을 잘게 떨었다.

"꼭 죗값을 치르게 하자. 그런 짓을 저지른 사람이 잘 먹고 잘 지내고 마음을 다친 사람이 못 지내는 건 말이 안 되는 거잖아."

가해자는 두 발 뻗고 자고 피해자는 잠을 못 이룬다는 말이 떠오른 희원이 고개를 끄덕였다. 후회와 반성 같은 건 기대하지도 않았다. 용서를 구하는 것도 원치 않았다. 그런 인간 같지도 않은 인간이 진심으로 죄를 뉘우칠 거라는 생각은 전혀 들지 않았으니까.

"맞아요."

그저 자신이 저지른 일의 대가를 치르길 바랄 뿐이었다.

태신이 어깨를 꼭 감싸 쥐는 것이 그렇게 든든하게 느껴질 수가 없었다. 희원은 그를 올려다보며 빙그레 웃었다. 태신과 함께하면서 제 마음이 점점 단단해지는 게 느껴졌다.

"오래 기다렸느냐?"

먼저 자리에 앉아 기다리고 있으니 할아버지가 이어서 도착했다. 희원과 태신이 자리에서 일어나 그를 반겼다.

"아니에요, 할아버지. 몸은 좀 괜찮으세요?"

"그럼. 요즘은 산책도 시작했단다. 우리 희원이 데리고 입장하려면 나도 준비해야지. 그날은 지팡이 짚기 싫구나."

할아버지의 말에 희원의 표정이 밝아졌다. 할아버지가 먼저 제가 데리고 들어갈 거라고 말해 주셨다는 게 기뻤고 그날을 위해 건강까지 신경 쓰신다니 마음이 뭉클했다.

"사랑해요, 할아버지."

감사하다는 말보다 먼저 나온 고백에 류경수는 너털웃음을 터트렸다. 자엽이 놈 막내가 제 손녀에게 긍정적인 영향을 끼친다는 것이 무엇보다 흐뭇했다.

"너희 모습이 참 보기가 좋구나. 처음 인사 왔을 때보다 더 끈끈해진 게 느껴져."

"저희도 느끼고 있습니다."

태신이 고개를 주억거리며 동의했다. 끈끈하다는 말보다 더 어울리는 표현이 없었다. 그렇게 생각하니 역경마저도 자신들을 끈끈하게 만들어 주는 접착제처럼 느껴졌다.

화기애애한 분위기에서 식사가 이어졌다. 평소 입맛이 없다며 몇 술 뜨지 않던 할아버지가 고기도 가리지 않고 드시는 걸 본 희원의 표정이 매우 밝았다.

물론 속으로는 이 좋은 분위기가 곧 산산이 깨질 것 같다는 걱정이 들었지만, 그걸 내색할 만큼 불안하지는 않았다.

태신과 얘기를 나누며 마음이 단단해진 덕이었다. 예전에는 당연히 절 믿어 주지 않을 거란 생각에 시도도 전에 포기했지만, 이제는 몇 번이고 부딪힐 용기를 얻었다.

식사를 마치고 다과를 들 즈음, 태신이 분위기를 잡았다. 그쯤에서는 류경수도 할 말이 있어서 자신을 보자 했다는 걸 알아차렸다.

조금 긴장한 듯한 희원의 모습과 진중한 태신의 태도에서 가벼운 얘기가 아니라는 것도 느껴졌다.

다만 무슨 얘기를 하려는 건지 짐작할 수 없었다. 결혼 준비에는 아무 문제가 없었다. 양가 모두 흡족해하고 있고 심지어 김자엽이는 벌써 신성과의 시너지를 기대하는 듯 큰 그림을 그리고 있었다.

"말씀드리기 쉽지 않은 얘깁니다만……. 꼭 아셔야 할 거라고 판단했습니다."

태신이 말문을 뗐다. 그에게 맡기기로 했는지 희원은 잠자코 있기만 했다. 두 사람을 면밀히 살핀 류경수가 말해 보라고 고개를 끄덕였다.

"희원이 어머님에 관한 이야기가 조만간 증권가에 돌 겁니다."

뜻밖의 이야기에 처진 눈꺼풀에 가려졌던 류경수의 눈동자가 겉으로 드러났다. 자식 내외의 죽음은 그에게 여전히 큰 상처로 남아 있었다. 6년이나 지났지만 조금도 아물지 않아서 살짝만 건드리면 다시 피를 쏟아 내는, 그런 생생한 상처였다. 눈을 크게 뜬 류경수의 호흡이 거칠어졌다.

"그게 무슨 소리냐?"

"사실 난소암 4기에 발견해 손을 쓸 수 없던 게 아니라 병원에서 발병을 묵인하고 숨겼다는 이야기입니다."

류경수가 크게 한숨을 내쉬었다. 첫째 며느리의 장례를 치른 후에 한바탕 돌았던 소문이었다. 너무 뼈아픈 오진이었기에 그런 소문이 나도 할 말이 없었다.

"그 증거를 가진 사람이 있습니다."

정략결혼으로 인해 다시 소문에 불이 붙은 모양이라고 치부하려던 류경수가 찻물을 흘렸다. 늙어서 귀의 기능이 떨어진 모양이라고 부정부터 하고 봤다.

"오상연 병원장이 검사 결과를 조작……."

"그만! 그만하게."

류경수는 더 듣지 못하고 비틀거렸다. 희원이 벌떡 일어나 할아버지를 부

축했다. 하지만 그는 첫째 며느리와 판박이인 손녀를 보자 더 혼이 나가는
듯했다. 자신이 뜬소문으로 치부했던 일이 사실일 수 있다고 생각하는 것만
으로 심장이 터지려 했다.

"할아버지!"

류경수가 가슴을 부여잡고 헉헉대자 희원이 어쩔 줄을 모르고 안절부절못
했다.

"자네, 그 증거를 직접 보았나?"

"그렇지는 않습니다."

"그런데 어찌 그런 얘기를 함부로 하나!"

크게 노기를 띤 류경수가 성을 내고는 숨을 몰아쉬었다. 밖에서 대기하던
김 집사가 걱정을 참지 못하고 문을 열고 들어왔다. 안정을 취할 수 있게 하
는 동안 태신은 말을 덧붙이지 않고 가만히 기다렸다.

그리고 그 침묵이 오히려 류경수의 믿음을 샀다. 눈을 질끈 감은 류경수는
그 뒤로 아무 말도 하지 않았다. 제 손을 꼭 붙잡은 희원이 느껴졌지만, 그
마음을 어루만져 줄 심적 여유가 없었다.

태신이 한 이야기가 사실일 가능성이 조금이라도 있다고 생각하는 것만으
로도 그는 정신을 놔 버릴 것 같았다.

결국, 그 이상 대화를 하지 못하고 자리를 파했다. 김 집사의 부축을 받으
며 차에 타는 할아버지를 걱정 어린 눈으로 보던 희원이 이내 눈을 감고 마
음을 삭였다.

차가 떠나고 나서야 태신이 희원을 안아 줬다. 할아버지의 저런 모습을 보
는 게 쉽지 않았을 것을 알기에 더 보듬어 주고 싶었다.

"예상한 일이지만… 힘드네요."

할아버지의 반응은 예상과 다르지 않았다. 아니, 오히려 덜했다. 더 크게
충격을 받으실 줄 알았는데, 생각보다 침착한 반응이었다. 마치 그럴 가능성

을 생각은 해 본 것처럼.

"사람은 믿고 싶지 않은 얘기를 들으면 부정하고 분노부터 한다잖아. 하지만 머릿속으로는 그게 진실인 걸 모르진 않아. 그러니 기다리면 돼. 할아버님께서 먼저 우리를 부르시거나 나름대로 조처하실 거야."

희원은 묵묵히 고개를 끄덕였다. 그래, 할아버지가 충격으로 쓰러지지 않으신 것만으로도 매우 좋은 결과라고 할 수 있었다. 지금 제일 불안한 부분이 바로 할아버지의 건강이었으니까.

김 집사 아저씨에게도 할아버지를 특별히 더 신경 써 주십사 부탁을 했으니 큰일은 없을 터였다.

"남 비서가 알아보기로 당시 어머님의 주치의였던 의사가 지금은 미국에 산다고 했어. 미국 유학을 간 아들을 따라갔다고 하니 이상할 건 없지."

"의심하고 보면 의심스럽지만, 평범한 일이기도 하네요."

"그렇지. 하지만 유학 비용이 만만치 않을 텐데 의사라는 생계 수단을 그만뒀다? 원래 집안이 부유했던 것도 아닌데."

"돈을 받은 걸까요."

"아무래도. 큰형이라면 섭섭지 않게 챙겨 줬을 거야. 한국 다신 안 들어와도 될 만큼."

"그렇게 큰돈을 쓰면서까지 그러는 이유가 뭐예요? 자기랑 무슨 상관이 있다고……."

"그런 식으로 자기 꼭두각시로 만드는 거야. 그리고 항상 투자금보다 더 큰 이득을 끌어내. 신성 그룹의 약점을 쥘 기회인데 수억을 썼어도 그게 정말 거액일까?"

"……."

상상도 하기 힘든 악랄함에 희원이 입술을 질끈 물었다. 그러자 태신이 고개를 저으며 입술을 살살 어루만져 줬다. 이에 힘을 풀라는 것 같은 행동에 희원이 입을 살짝 벌렸다. 김영신 때문에 입술 하나도 아파하지 말라는 식으로 느껴졌다. 그럴 가치도 없다고.

"처숙부님께는 조금이라도 더 알아본 후에 말씀드리자. 간호사를 공략하고 있어. 그런 VIP였다면 결과를 기억할 거야. 돈을 받고 입을 닫았거나 지레 겁먹고 입을 다물었을 수도 있어."

희원도 동의했기에 고개를 끄덕였다. 좀 더 빨리 모든 가능성을 열어 두고 알아봐야 했다는 후회가 계속해서 마음 한편을 불편하게 했지만, 후회하면서 다시 시간을 낭비할 생각은 없었다.

"그건 내가 할 테니 너는 마음 편히 먹고 있어. 결혼 준비하면서 회사 일 병행하기 쉽지 않잖아."

"저도 뭐라도 하고 싶은데……."

희원의 마음을 모르지 않기에 태신은 잠시 망설인 끝에 한 가지를 제안했다.

"그럼 형수님을 한 번 더 만날 수 있겠어? 이유는 뭐든 좋아. 먼저 연락해서 만날 수 있겠냐고 해. 형에 대한 언급은 절대 하지 말고."

"할 수 있어요."

"그래. 네가 형수님을 만나려고 하면 무슨 생각인지 떠보려고 할 거야. 마음을 정한 건지, 자기들한테 휘둘리고 있는지."

"무슨 생각인지 모르게 하라는 거죠?"

"맞아. 너희 같은 것들한테 안 휘둘린다고 의연한 모습을 보이지 말고 그냥 불편해만 해. 실제로도 불편할 거고."

"시간 끌기인가요?"

"그렇지."

희원이 제 의도를 바로 파악하자 태신의 입가에 미소가 드리웠다. 지금 중요한 건 시간을 끄는 것이었다. 오상연과 신성 그룹을 뒤흔들 증거를 세상에 공개하는 걸 최대한 늦춰야만 하니까.

저 증거가 희원을 이용하는 데 도움이 안 된다는 판단을 내리면 김영신은 가차 없이 신성을 무너뜨리려고 들 터였다.

"잘해 볼게요."

"부담은 가지지 말고."

태신은 힘들고 괴로울 텐데 내색하지 않고 앞으로 나아가려고 애쓰는 게 대견하면서 안쓰러웠다.

그만큼 제가 더 잘해야겠지. 태신은 희원의 어깨를 어루만졌다. 제가 의지가 되길 바라며.

* * *

'*당장 눈앞에서 치워 버리면 승계니, 뭐니, 전전긍긍할 필요가 없어지는데, 이게 고민할 일인가?*'

김영신의 제안은 상연의 상상을 초월했다. 물론 시아버지가 얼른 세상을 뜨길 바라는 마음이야 굴뚝같았다.

안 그래도 요즘 시아버지가 정신을 차리면서 불안하던 참이었다. 지난번에 지나가는 말처럼 승계를 너무 서두른 거냐고 물어봤을 때는 정말 가슴이 철렁했다.

'눈앞에서 치워 버리면……'

회장이 갑자기 세상을 뜨면 천문학적인 상속세가 발목을 잡게 된다. 그래서 상연은 참고 견디는 수밖에 없었다.

하지만 상황이 달라지지 않았나. 이제는 상속세가 문제가 아니었다. 만약 시아버지가 딱 회장이 될 정도의 지분만 넘겨주고 나머지를 손에 쥐고 있다면 그게 류희원에게 가지 않으리란 보장이 없었다.

제 남편이 회장이 된다고 하더라도 늘 불안한 마음을 안고 살아야 한다?

'*나 역시 아버지처럼 도원과 신성의 시너지를 바랍니다. 하지만 그 이득을 볼 사람이 나여야지, 막내여서는 안 돼. 어떻게, 내 편이 되겠어요?*'

상연은 제 머리에 술을 쏟던 김영신의 눈빛을 떠올리고는 부르르 떨었다.

이렇게 일방적으로 약점을 잡혔으니 벗어날 방법은 없었다.

하지만 아무리 최악의 상황이더라도 제 이득을 취하기만 하면 견딜 수 있었다. 비록 김영신에게 목줄이 채워졌지만, 제 위치를 지키고 류희원을 꺾을 수 있다면 그조차도 기꺼웠다.

독하게 마음을 먹는 상연의 눈빛이 이글거렸다.

"식사?"

류 회장의 움직임이 희원이나 태신이 예상한 것보다 훨씬 빨랐다. 아직 류진규 사장에게 말을 꺼내기도 전이었기에 태신은 살짝 머리가 복잡해졌다.

류 회장이 가족을 모두 소집한 목적이 뭘까. 증거를 본 것도 아닌데, 얘기만 듣고 오상연을 추궁할 사람으로 보이지는 않았다. 그리고 추궁한다고 해서 오상연이 눈 하나 깜짝하겠는가?

"급해서 좋을 게 없는데……."

몇 번을 곱씹은 끝에 자신을 다시 부를 줄 알았는데 의외였다. 태신은 일단 지금까지 알아본 수상한 점들을 정리한 기록을 준비해 두기로 했다. 오늘 식사에서 류 회장이 어떻게 나올지 몰라도 일단 대비를 해 둬야 했다.

"무슨 생각이신 건지 모르겠어요."

얘기를 전하는 희원도 걱정이 앞섰다. 민희와 약속을 잡기는 했지만, 바로 볼 핑계가 없어서 아직 이틀 더 기다려야 했다.

김영신은 희원이 아무 연락이 없어도 독촉하거나 채근하는 법이 없었다. 그저 흔들어 놓은 걸로 만족한다는 듯이. 최민희에게 연락했을 때도 그렇게 반기는 태도를 보이지 않았다.

마치 지분과 태신, 어느 쪽도 선택하지 못할 걸 이미 알고 있었다는 듯이.

희원의 표정이 복잡해진 걸 읽은 태신이 괜찮다고 미소를 지었다.

"처음부터 불리한 싸움이었으니 쉽게 가지 못하는 게 당연해. 중요한 건 우리가 흔들리지 않는 거야. 어떤 변수가 생겨도."

희원은 태신의 말도 말이었지만, 그 미소에 묵직했던 가슴이 가벼워지는 걸 느꼈다. 태신을 꼭 끌어안은 희원이 어리광을 부리듯 고개를 파묻자 태신의 눈이 커졌다. 희원의 이런 모습이 처음이었기 때문이었다.

"내가 많이 의지하는 거 알죠? 태신 씨 아니었다면 이렇게 의연하게 버티지 못했을 거예요."

솔직한 말까지. 태신의 표정이 흐물흐물 풀어졌다. 자꾸 위로 솟는 입꼬리를 주체할 수가 없었다.

"알고 있었는데, 직접 들으니까 더 좋다."

"내가 표현이 적었어요?"

"아예 없었지."

희원이 고개를 살짝 들어 태신을 바라봤다가 멋쩍은 듯 다시 고개를 숙였다. 태신이 그러지 말라고 턱을 들게 해 입을 맞췄다. 부드럽게 쏟아지는 버드 키스에 희원의 마음이 달콤하게 녹았다.

"말 안 해도 알아서 괜찮았어. 그래도 직접 들으면 더 행복하니까 가끔은 이렇게 표현해 줘."

희원이 연신 고개를 끄덕였다. 아무리 마음이 통해도 말로 표현해야 하는 게 있는 법이었다. 태신이 행복하다고 말하는 걸 들으니 희원도 가슴이 부풀어 올랐다.

* * *

"아버지가 희원이 결혼으로 기운을 많이 차리신 것 같지?"

남편의 태평한 소리에 상연은 이성이 끊어질 뻔했다. 요즘 들어 참을성이나 인내심을 왜 이렇게 시험받는 건지, 이런 작은 자극에도 예민해졌다.

"무리하시는 거 아닌가?"

"그런가? 김 아저씨 말로는 건강 관리도 무척 신경 쓰신다더라고. 좋은 일이지. 벌써 몇 년째야. 나는 이러다 눈감으실까 봐 참……."

아버지가 모든 걸 내려놓은 순간이 떠올랐는지 쓰디쓴 한숨을 내쉰 진규가 다시금 표정을 털었다.

밝게 웃으며 좋아하는 남편을 보니 상연은 머리끄덩이를 잡고 뺨을 올려붙이며 정신 좀 차리라고 소리치고 싶었다. 당신 아버지가 기운을 차리는 게 좋은 일이 아니라고, 왜 그렇게 욕심이 없고 생각이 짧으냐고.

그러다가 다시 경영에 뛰어들겠다고 하시면 어쩔 거냐고 물어보려는 찰나, 사람들이 도착했다. 어중간하게 말이 끊겨 답답한 상연과 달리 진규는 희원을 맞이하러 나갔다.

촬영 일정이 있다는 진아를 뺀 가족이 모두 모였다. 상연의 기분과 달리 분위기는 매우 화기애애했다.

희원은 할아버지의 안색과 눈치를 살폈지만, 의중을 알기는 힘들었다. 그래도 지난번 태신과 만난 날의 충격은 떨쳐 낸 건지 상태가 나빠 보이지는 않으셔서 다행이었다.

"이제 우리 식구가 된 거니 한 번쯤은 같이 식사해야 도리에 맞는다고 생각해서 불렀네. 너무 불편하게 생각하지 말고 편히 들게."

"예, 할아버님."

대놓고 태신을 챙기는 모습에 상연이 테이블 아래 숨긴 손을 손톱으로 꽉 짓눌렀다. 결혼식도 안 올렸는데 벌써 식구라면서 챙기다니 기가 찼다.

상연만 빼고 모두 웃음꽃이 핀 채로 식사가 이어졌다. 상연은 모래를 씹는 느낌이라 뭘 먹는지도 모를 정도였다. 그 기분은 식사를 거의 마친 시아버지가 꺼낸 얘기에 완전히 진창에 처박혔다.

"이제 태신 군도 우리 식구니 내 편하게 얘기하마. 둘째에게 맡기려던 걸 잠시 멈추려고 한다."

귀를 의심했다. 뭘 멈춘다고? 상연만이 놀란 건 아닌지 모두의 눈이 토끼처럼 커졌다. 기다란 침묵을 깬 건 류진규였다.

"경영 일선에 복귀하시겠다는 뜻이세요?"

"내 그간 안개가 낀 것처럼 머리가 흐렸는데, 지금은 그 안개가 걷힌 기분이야. 네게 완전히 맡기기 전에 한번 정비를 하고 싶구나."

그동안 대리를 맡았던 진규의 경영 능력을 확인하겠다는 의미였다. 현재 기업의 상황이 탐탁지 않다면 승계를 멈추고 계속 회장직을 맡겠다는 소리이기도 했다.

말도 안 된다고 상연이 입을 떼려던 순간이었다.

"기다렸습니다, 아버지!"

남편이 초를 쳤다. 상연은 저도 모르게 남편의 팔을 꽉 붙잡았다. 하지만 그는 신경도 쓰지 않고 희희낙락했다. 심지어 그간 부담감 때문에 너무 힘들었다면서 우는소리도 했다. 저 스스로 자신이 부족하다고 말하는 걸 들으니 상연은 미치고 팔짝 뛸 노릇이었다.

"네게 다 맡겨 버리고 모른 척했던 내가 참 부끄럽기 짝이 없어. 참 못 할 짓을 했다."

"아닙니다, 아버지. 솔직히 아버지 전성기에 비하면 많이 부족해서 오히려 후련합니다. 더 배우고 정진할 시간을 얻은 거니."

"여보."

상연이 참지 못하고 나지막이 진규를 불렀다. 분명 제 손톱이 살을 파고드는 걸 느꼈을 텐데도 아랑곳하지 않는 남편이 제정신인가 싶었다.

"왜 그러느냐?"

그런데 정작 남편은 반응이 없고 시아버지가 묻자 상연은 표정을 관리하느라 근육 경련이 올 지경이었다.

"이이가 그간 헌신한 게 있는데……. 승계는 그대로 진행하셔도 되지 않을까요?"

"당신은 가만히 있어."

상연의 말이 떨어지기가 무섭게 진규가 단호하게 밀어 냈다. 처음 보는 남편의 단호한 태도에 잠시 움찔하는 사이, 시아버지의 말이 이어졌다.

"내가 경영에 복귀하는 것이 마음에 안 드느냐?"

"네? 그런 얘기가 아니라……."

말끝을 흐렸지만, 눈을 떼지 않는 시아버지의 모습에서 서늘한 한기를 느낀 상연이 얼른 미소를 지으며 대답을 이었다.

"아버님 갑자기 무리하실까 봐 걱정돼서 그랬어요. 집안의 대들보이시니 오래오래 건강하셔야 하잖아요."

"내 건강이야 어미가 잘 챙겨 주면 되지 않느냐."

"그건 당연하죠. 제가 아버님 맞춤으로 영양 주사도 놓아드릴게요."

상연은 경련을 의식하지 않은 채 한껏 미소를 지었다. 시아버지는 대답이 만족스러웠는지 다시 아들에게로 시선을 돌렸다.

상연은 방금 입에 들어간 음식물이 역류하는 기분이 들어 버티기 힘들었다. 하지만 지금 자리를 뜨면 이상하게 보일 것을 알기에 억지로 참을 수밖에 없었다.

인생 최대의 위기였지만, 다행히 식사를 거의 마치고 얘기를 나눈 거라 자리가 길게 이어지지는 않았다. 희원과 태신이 먼저 돌아가고 류 씨 부자가 별채로 자리를 옮기고 나서야 상연은 화장실로 달려가 먹은 것을 다 게워 낼 수 있었다.

"우웨엑!"

억지로 토하려고 하지 않아도 토사물이 쏟아질 만큼 상태가 좋지 않았다. 눈물, 콧물을 다 빼며 속을 비운 상연이 바닥에 그대로 주저앉았다.

* * *

"경영에 복귀하신다니……."

"떠보신 거야."

"네?"

"정말 둘째 며느리에게 혐의가 있는지 확인하고 싶으셨던 거겠지."

"작은아빠가 회장직에 오르는 걸 그토록 바라신 건 가족 모두가 알고 있던 사실인걸요?"

희원은 이해할 수 없었다. 작은엄마의 야망을 모르는 사람이 없기에 조금 전 보였던 태도 역시 놀랍지 않았다. 승계 번복을 한다는데 그 정도만 반응하다니 엄청난 인내심에 속으로 혀를 내둘렀을 정도였다.

"세상에 한 번이 어렵지, 두 번은 쉽다는 말이 있잖아?"

그때, 태신이 던진 말이 몹시 의미심장했다. 처음에는 무슨 뜻인지 몰랐는데, 곱씹을수록 희원의 얼굴이 창백해졌다. 차마 상상도 하기 싫은 일이었다.

"설마요……."

"할아버님도 그걸 확인하고 싶으셨던 거겠지. 승계를 미룬다고 했지만, 그게 10년 뒤가 된다면?"

"……."

"그리고 10년 뒤라면 다음 회장 자리가 꼭 처숙부님이란 보장도 없지."

"10년 뒤라도 당연히 작은아빠가 회장직을 맡으셔야죠."

"도원의 며느리가 되어 10년간 실무를 쌓은 네가 있는데?"

"……."

희원은 자신이 신성을 맡기에는 10년이 너무 짧다고 생각했지만, 그건 제 생각이고 작은엄마는 불안할 것이다. 지금도 하극상을 걱정하는 사람이니까.

"평범한 상식을 가진 사람은 그런 시아버지를 원망하는 데서 그치겠지. 속으로 저 노인네 언제 눈감나, 이런 생각 정도는 할 수 있어."

"하지만 한 번 일을 저지른 사람이라면……. 지름길을 선택한다는 거네요……."

지름길이라는 표현이 이렇게 끔찍할 수 있었나. 희원의 얼굴이 희게 질리다 못해 퍼레졌다.

"그렇겠지. 할아버님은 그걸 확인해 보실 생각이셨던 것 같아."

지난번에 뵀을 때만 해도 그저 결혼식을 위해 건강 관리를 하는 거라 말씀하셨던 할아버지의 경영 복귀 선언이 너무 뜬금없고 갑작스러웠는데, 이제야 이해가 됐다. 그리고 증거 없이 확인할 수 있는 가장 효과적인 방법이란 데 이견이 없었다.

다만…….

"정말 무슨 짓을 저지른다면……."

생각만 해도 끔찍한 일에 희원이 안절부절못했다. 그러자 태신이 손을 꼭 잡아 줬다.

"그 정도는 대비하셨겠지."

대비도 안 하고 일을 벌이셨을 리 없다는 말에 희원은 동의하면서도 불안한 마음을 완전히 내려놓지는 못했다.

"아무래도 아저씨께 언질을 드려야겠어요."

김 집사라면 할아버지를 누구보다 경애하니 쓸데없는 걱정이라 치부하지 않을 터였다. 그게 좋겠다며 태신이 희원의 손을 도닥여 줬다.

"그러고 보니 우리 신혼여행지도 골라야 하는데."

분위기를 바꿔 보고자 태신이 주제를 전환했다. 갑자기 신혼여행 얘기가 나오니 놀란 듯 눈을 크게 뜬 희원의 뺨이 발그레 물들었다.

워낙 이것저것 엮여 있다 보니 결혼식마저도 무사히 해치워야 하는 일로 여겨졌다. 태신과 부부가 되는 중요한 의식이라는 생각은 아예 내려놓고 있었다고 할 수 있었다. 생각해 보면 이보다 특별한 날이 없는데.

"생각해 본 신혼여행지 있어? 몰디브?"

없을 걸 알면서 묻는 표정이 짓궂었다. 몰디브. 말만 들어도 에메랄드빛 바다가 눈 앞에 펼쳐지는 듯했다.

"아니면 두바이?"

몰디브와는 또 다른 느낌의 지역에 희원이 들뜬 한숨을 내쉬었다. 몰디브든 두바이든 태신과 가는데 다 좋지 않을까. 그냥 제주도만 가도 행복할 것 같았다.

"어디든 한 열흘쯤 가고 싶군."

열흘. 긴 시간이었다. 물론 한 번뿐인 신혼여행이니 충분히 열흘이란 시간을 보낼 만도 했지만, 상황이 여의치 않으니 너무 길게 느껴졌다. 그런 희원의 시선에서 생각을 읽었는지 태신이 잡은 손을 엄지로 문지르며 말했다.

"그렇게 만들 거야."

그렇게 만든다? 열흘이나 시간을 낸다는 건 자신들을 둘러싼 일들이 어느 정도 해결되어야만 가능했다. 작은엄마를 신성에서 떼어 내고 영신의 수작을 막아 내는 일이 그렇게 쉬울 리 없건만, 어떻게 하겠다는 건지 알 수 없었다.

하지만 태신의 말투와 태도에서 그저 희망 사항을 얘기한 게 아니라는 걸 읽었기에 캐묻지 않았다.

"그러면 좋겠어요."

그저 제 희망을 조심스럽게 얹었다. 태신의 입가에 미소가 드리우는 걸 보니 그를 믿고 그렇게 말해 주길 바란 듯했다.

* * *

태신은 오랜만에 본가에 들렀다. 어머니의 호출이 있기 때문이었다. 왜 부르시는지 모르는 건 아니었지만, 솔직히 기분이 좋지는 않았다.

"정말 괜찮은 거 맞니?"

"어머니."

한마디만 더 하면 그냥 넘어가지 않겠다는 태신의 낮고 깊은 목소리에 한 여사가 인상을 썼다.

"2세와 관련된 일이니 걱정한 건데, 엄마를 그렇게 잡아먹을 듯이 노려보지 않아도 된다."

서운하다는 듯 눈을 흘긴 한 여사가 아들내미 키워 봐야 소용없다며 혼잣말을 했다.

"내 결혼에 반대하는 인간들이 딴지 걸 게 그것밖에 없으니 물고 넘어지는 거예요. 신경 안 쓰셔도 돼요."

"그게 신경 안 쓴다고 안 쓰일……."

"제가 괜찮습니다."

"……."

"만약 정말 문제가 있다고 하더라도 저는 괜찮다고요."

막내아들이 이렇게까지 단호하게 나오는 모습은 처음이라 한 여사는 말문이 막혔다. 물론 결혼을 결심하는 모습만 봤을 때도 평소와 다르다는 건 알았지만, 이 정도로 진심을 내보일 줄은 몰랐다.

"뭐에 그렇게 반했니? 이상하게 보는 게 아니라 네가 그렇게 단단히 빠진 게 신기해서. 네가 다른 사람을 이렇게 아끼는 걸 처음 봐서 그래."

"왜 제가 다른 사람을 아끼지 않는다고 생각하셨는데요?"

"그야, 너는 집에 친구라고 데려오는 애들도 없었고 여자 친구 한 번 소개한 적도 없잖니. 나는 네가 그 뭐야, 혼자인 걸 즐기는 그런 부류인 줄 알았어."

한 여사의 말에 태신이 비릿하게 웃었다. 희원이 할아버지에게 도움을 구하지 않은 걸 뭐라 하는 건 어불성설이었다. 제 가족도 이런데.

"어머니 눈에 그렇게 보였다면 그런 애였겠죠."

어딘지 모르게 뼈가 있는 말에 한 여사가 이상하다는 듯 눈을 삐뚜름하게 떴다. 그럼 그런 사람이 아니었다는 뜻인데, 그러면 상황과 맞지 않았다.

"희원이는 제가 살면서 처음으로 믿은 사람이자 저를 그 누구보다 깊이 이해하는 사람이에요."

그 말이 마치 가족을 포함해서 아무도 믿은 적이 없다는 듯이 들려 한 여사의 표정이 심각해졌다.

"사랑하는데, 몸이 아프면 어떻고 문제가 있으면 어떻겠어요. 아니, 오히려 그래서 더 제게 의지하고 저 없이 못 살면 좋겠네요."

"……."

"생각보다 심지가 단단하고 자립적인 성격이라 지금도 날 각인시키려고 부단히 노력하고 있거든요."

제 할 말을 끝마친 태신이 이만 자리에서 일어났다. 앞에 내어 준 커피가 채 식기도 전이었다.

"바빠서 먼저 일어날게요."

아무리 제멋대로고 종잡을 수 없는 아들이었지만, 지금처럼 거리감이 느껴진 적은 처음이라 한 여사는 붙잡지 못했다.

그저 태신이 한 말이 계속해서 귓가를 맴돌았다. 자신이 원해서 사람들을 멀리한 게 아니었다는 말이. 그럼 타의로 그렇게 철저하게 고립된 채 살았다는 뜻이 되는데, 그렇게 생각하는 것만으로도 끔찍했다.

"그런 애가 처음으로 마음을 준……."

정략결혼 대상이라지만, 당사자들의 마음이 통했는지는 매우 중요했다. 사랑 없이도 살 수 있고 정 없이도 살 수 있다지만, 그래도 사랑으로 사는 것이 순탄하고 행복했기에.

한 여사의 복잡한 속과 달리 태신은 제 마음을 숨기지 않고 말했다는 것에 스스로 흡족했다. 정작 희원에게는 말하지 못했지만, 솔직한 제 마음이었다.

"태, 태신아."

집을 나서는데, 작은형 주성이 태신을 불렀다. 태신은 제가 잠시 작은형의 존재를 잊었다는 걸 깨달았다. 이전에 큰형 때문에 또다시 발작했던 탓인지 상견례 자리에는 아예 참석하지 않았다. 그의 빈자리를 아무도 입에 담지 않았던 걸 떠올린 태신이 슬쩍 눈살을 찌푸렸다.

"좀 괜찮아?"

"으, 응. 괜찮아. 너는?"

"나야 뭐. 가장 행복해야 할 때 가장 불행하게 만드는 어떤 인간 때문에 골치 좀 썩고 있지."

"……."

무슨 얘기를 하는지 바로 알아차린 주성의 안색이 안 좋아졌다. 큰형을 언급하는 것만으로도 그의 입술이 바들바들 떨렸다. 침이 주룩 흐르자 태신이 안주머니에서 손수건을 꺼내 입에 대 줬다.

"그 인간이 그렇게 무서워?"

"……무서, 무서워."

주성이 고맙다며 손수건으로 침을 닦았다. 침울한 목소리에 담긴 진심에 태신이 한숨을 삼켰다. 그러면서 한 가지 가능성이 머리를 스쳤다.

'운전기사에게 더 조심하라고 일러야겠어.'

류희원을 직접 노리고 접촉 사고만 내도 자신은 희원을 집 밖에 내보내지 않으려고 할 테니 충분히 시도할 만했다.

"다, 다음엔 죽일 거야."

작디작게 중얼거린 말은 너무 떨려서 제대로 알아듣기 힘들었다. 하지만 아예 듣지 못했어도 표정만 보고도 알 수 있는 얘기였다.

"그래서 이렇게 죽은 것보다 못하게 살겠다고? 평생 벌벌 떨면서 큰형하고 마주치기만 해도 발작하고 쓰러지고 숨어 살고?"

"으으, 으……."

태신의 말에 주성이 머리를 붙잡고 신음했다. 손수건이 바닥에 떨어지고 다시 침이 줄줄 흘렀지만, 이번에는 태신도 딱히 신경 쓰지 않았다.

작은형에 대한 감정은 복잡했다. 어릴 때를 생각하면 동정의 여지도 없다가도 이런 모습을 보면 딱했다.

바닥에 떨어진 손수건을 주워 탈탈 터는데, 주성이 울음이 잔뜩 묻은 목소리로 물었다.

"너는 아, 안 무서워?"

태신은 웃음이 나오는 걸 참지 못했다. 이 얼마나 부질없는 질문인가.

"무섭냐고? 무섭지. 내가 이러다가 이성 놓고 확 죽여 버릴까 봐."

무섭다는 말에 동질감을 느끼려던 주성이 어안이 벙벙하여 말을 잇지 못했다.

"그 새끼처럼 인간이길 포기하면 나도 얼마든지 갚아 줄 수 있어. 하지만 인간 이하로 격하되고 싶지 않아서 참는 거야."

확실히 막내는 달랐다. 저처럼 줏대 없이 큰형에게 붙었다가 욕심을 부렸다고 버려져서 이렇게 쓰레기로 사는 저와는 도량이 다른 사람이었다.

"형은 그냥 지금처럼 살고 싶은 것 같은데, 내가 어떻게 생각하는지가 뭐 중요해?"

지금처럼 살고 싶은 게 아니었다. 하지만 망가진 것처럼 제멋대로 벌어진 입은 말도 제대로 하지 못했다. 이상한 신음만 흘리던 주성이 막내 태신을 올려다봤다. 마침 정원으로 쏟아지는 햇빛이 태신의 위로 찬란하게 부서졌다.

막내는 원래부터 이렇게 빛이 났다. 이 빛을 꺾겠다는 큰형을 도와 별의별 짓을 다 했지만, 한 번도 빛이 나지 않은 적이 없었다.

어릴 때는 질투했고 시기했고 보기 싫었다. 막내가 빛날수록 자신의 추악함이 더 잘 느껴졌으니까.

그런 추한 본성을 큰형이 아주 잘 이용했다. 자신의 손을 더럽히는 대신 제 손을 마음껏 써먹었다.

주성이 제 손을 내려다봤다. 침으로 범벅이 된 손이 마치 피범벅처럼 느껴졌다. 사고가 났던 때로 돌아가는 것처럼 정신이 흐려졌다. 보통 이러면 발작이 시작됐지만, 주성은 입술이 찢어지도록 깨물며 정신을 붙잡으려 애를 썼다.

무섭다. 차라리 죽고 싶을 만큼 무섭다. 처음이라 봐준 거라고 속삭이던 큰형의 목소리가 환청처럼 울렸다.

"발악 한번 해 보겠어?"

그때, 태신의 목소리가 빛처럼 뇌리에 꽂혔다.

＊ ＊ ＊

희원은 웨딩드레스 피팅을 핑계 삼아 민희와의 자리를 만들려고 했다. 하지만 태신의 어머니가 호출해서 피팅은 혼자 가기로 하고 온실 갤러리에서 만났다.

"어서 와. 오는 길은 괜찮았니?"

한 여사가 희원을 살갑게 맞이했다. 원래도 참 다정다감한 분이라고 생각했지만, 오늘은 유난히 살가워서 희원의 얼굴이 발갛게 물들었다. 오죽하면 민희가 고개를 갸웃할 정도였다.

"어머님, 기분 좋은 일 있으세요?"

"여기가 어떻게 변하는지 보여 줄 생각에 즐거워서 그렇지."

설계를 마치고 공사를 시작한 터라 안쪽은 매우 부산스러웠다. 지금 본다고 뭘 알까 싶었는데 민희의 눈에도 마찬가지인 모양이었다.

"일단 어떤 식으로 변할지 보여 주마."

커다란 스크린에 뜬 완성 예상도는 정말 영화에 나오는 것처럼 화려하고 신비로웠다. 이렇게 많은 꽃이 생화라는 것도 신기했다. 희원이 넋을 놓고 보자 한 여사의 표정이 흐뭇해졌다.

예상도를 보며 동선이 어떻게 될 건지, 웨딩드레스에 맞춰 어떤 꽃을 쓰고 어떤 조명과 색감이 들어갈 건지 세세하게 설명하는 한 여사의 얼굴에 열의가 묻어났다.

"어머님, 정말 신경 많이 쓰셨네요."

민희가 살짝 질투 난다는 듯 웃으며 말했다. 평범하게 프리미엄 호텔 결혼식을 했던 저와는 정성 면에서 차이가 컸다.

"하나라도 더 해 주고 싶다 보니 점점 욕심이 생기지 뭐야. 호호, 마음에 드니?"

"정말 마음에 들어요. 과분할 정도로요."

"네가 좋다니 됐다. 온 김에 식사하고 가렴. 민희, 너도 시간 있지?"

식당으로 자리를 옮긴 한 여사는 거기서도 피로연을 어떻게 진행할 건지 설명하느라 바빴다. 하나부터 열까지 손수 신경 쓰는 모습에 민희가 살짝 입술을 삐죽거렸지만 보이지도 않는 눈치였다.

희원은 제가 예상했던 그림이 아니라 조금 당황스러웠다. 이 상황을 최민희가 어떻게 받아들일지, 또 김영신에게 어떻게 전할지 감이 오지 않았다.

그래서 살짝 눈치를 보게 됐는데, 그러다 민희와 눈이 마주쳤다. 자신을 보는 민희의 눈빛에 어린 질투와 함께 묘한 감정이 담긴 게 느껴졌다.

가소롭달까, 비웃는달까. 여하튼 그런 느낌이었다. 그 눈빛을 받고 나서야 희원은 깨달았다. 이 결혼식 준비 자체가 저 사람에게는 헛짓으로 보이는 거구나.

그들이 바라는 대로 신성 그룹이 무너지든 태신이 함정에 빠지든 해서 제가 태신과 결혼할 일은 없게 할 생각이니까.

부창부수라더니 똑같은 인간들이었다. 그러니 그런 괴물과 결혼해 살겠지. 희원의 눈빛이 분노로 이글이글 타오르자 민희가 싱긋 웃었다. 속을 긁으려고 일부러 그런 표정을 지은 모양이었다.

제가 태신을 함정에 빠뜨릴 거라 생각하지는 않을 것이다. 역시 저를 흔들고 뒤로 자료를 유출할 생각이라는 태신의 예측이 맞아 보였다.

희원은 저 가면을 벗고 추한 본심을 드러내게 하고 싶어 들끓는 속을 굳이 숨기지 않았다. 제가 흔들리는 모습을 보일수록 저들은 더 자신만만해질 거고 방심할 것이다.

"동서, 나한테 할 말 없어?"

한 여사 홀로 즐거운 식사를 끝내고 밖으로 나온 희원이 차에 오르기 전, 민희가 말을 걸었다.

차 문까지 열었던 희원이 민희를 돌아봤다. 시어머니 앞이 아니라서 그런지, 아니면 남편이 협박한 뒤라 그런지 표정이 아주 뻔뻔했다.

"어떤 말이 듣고 싶으신 건데요?"

"글쎄?"

"그런 일을 쉽게 결정할 수 있겠어요? 어떤 것도 선택할 수 없게 했으면
서……."

"나한테 그러지 마. 나는 무슨 얘기인지 하나도 모르니까."

모르쇠로 일관하면서 눈썹을 들썩이는 민희의 모습에 희원은 씩씩거리다
가 애써 숨을 골랐다.

"너무 몰아붙이지 말라고 전해 주세요. 자꾸 그러시면 아버님께 말씀드릴
거니까."

"아버님?"

아직 결혼식도 올리지 않은 희원이 김 회장을 아버님이라고 부른 것이 거
슬린 건지 호칭을 따라 했던 민희가 코웃음을 쳤다.

"뭐라고 말씀드릴 건데? 믿어 주시지도 않을 텐데 의미가 있나?"

"그 자료가 제 손에 들어오지 않고 유출될 때를 대비하는 거죠."

"……."

"아버님이 지켜보시는데 유출자를 완벽히 숨길 수 있을지 저도 궁금하네
요. 아주버님 능력이 어디까지인지 알 수 있을 테니까."

세게 나오는 희원의 반응이 의외였는지, 아니면 김 회장을 끌어들일 줄은
몰랐는지 민희는 아무 말이 없었다. 희원은 굳이 기다리지 않고 차에 올라
그대로 떠났다.

"하아……."

차가 완전히 도로에 올라서고 나서야 희원이 참았던 숨을 몰아쉬었다. 손
발이 다 떨려서 운전기사가 연신 백미러를 힐끗거렸다.

"괜찮으십니까?"

"괜찮아요."

괜찮았다. 최민희가, 그 뒤에 있는 김영신이 무서워서 떨리는 게 아니라 처음으로 이를 드러낸 후유증일 뿐이었다.

아버님, 김자엽 회장에게 얘기하겠다는 건 태신과 미리 상의한 일이 아니었다. 충동적으로 꺼낸 얘기인데, 얘기하면서 스스로 납득했다.

할아버지에게도 한 얘기를 아버님에게는 숨길 필요가 있을까. 저들 손에 있는 증거를 빼내 올 수는 없어도 거기 있다고 말할 수는 있었다.

그러면 자꾸 시선이 그리로 갈 테니 행동이 조심스러워질 테고 그러면 쉽게 유출하지 못할 것이다. 절대로 흔적을 남겨서는 안 된다는 압박을 느낄 테니까.

최소한 시간을 끄는 데는 성공했다는 생각에 겨우 마음이 놓였다. 희원은 지금 이 순간, 그 누구보다 태신이 보고 싶었다. 엄마가 생각날 것 같았는데 막상 눈앞에 어른거리는 건 태신이었다.

"기사님, 도원 에너지로 가 주시겠어요?"

"알겠습니다."

일하는 사람을 방해하면 안 된다고 생각했지만, 잠깐 얼굴만이라도 보고 싶었다.

* * *

"희원아."

희원이 왔다는 소리에 주차장으로 몸소 내려온 태신이 놀란 표정을 감추지 못했다. 오늘 형수와 함께 어머니를 뵙기로 한 날이란 걸 알기에 또 무슨 일이 있었는지 걱정부터 들었다.

차에서 내리는 희원을 잡고 요리조리 살펴보는데, 희원이 그대로 와락 끌어안았다. 잠깐 멈칫한 태신이 그런 희원을 마주 안아 주며 머리며 등을 쓰다듬었다. 왠지 희원의 반응이 백 마디 말보다 가만히 안아 주기를 바라는 것처럼 느껴졌다.

정답이었는지 희원이 크게 숨을 들이마셨다가 깊게 뱉었다. 호흡이 부드러워지고 나서야 몸을 살짝 떼며 고개를 들었다. 태신은 그 예쁜 입술에 쪽 입을 맞추고는 이마를 가리는 머리카락을 살짝 넘겨 줬다.

"힘든 하루였어?"

다정한 목소리에 가슴이 뭉클해진 희원이 옅게 웃었다.

"한 방 먹여 줬어요."

예상외의 답에 태신의 눈이 커졌다. 주차장에서 할 얘기는 아닌 듯해 희원을 데리고 위로 올라갔다. 제 사무실로 데리고 들어가자 희원이 참았던 얘기를 털어놨다.

아버지를 끌어들여 제동을 걸었다는 말에 태신은 바로 반응을 보이지 못했다.

"혹시 그러면 안 되는 거였나요……?"

태신의 눈치를 본 희원이 조심스레 물었다. 제 딴에는 좋은 판단인 것 같았지만, 제가 미처 생각하지 못한 부분이 있을 수도 있었다.

"아니. 그런 게 아니야. 잘했어."

태신이 얼른 고개를 저으며 희원을 안심시켰다. 잠시 생각에 잠겼던 그가 피식 웃었다.

"확실한 증거를 들이밀지 않으면 안 믿으실 분이라고 당연하게 배제하고 있었거든. 그래서 그렇게 이용할 생각을 하지 못했어."

형제이기 때문에 아버지가 이유 없이 제 편을 들어 준 적이 없었다. 그래서 아버지의 도움 같은 건 기대도 하지 않았다.

그런데 도움이 아니라 이용이라. 그 발상의 전환에 태신은 머리를 한 대 얻어맞은 기분이었다.

"정말 잘했어. 이제 신성이 타격을 받는 건 아버지에게도 손해니까 그럴 가능성이 있다고 하면 어쨌든 신경 쓰실 거야. 그게 형의 손에 있다는 걸 믿든 안 믿든."

"그럼 정말 말씀드려도 될까요?"

"응. 아주 좋은 생각이었어."

태신이 몇 번이나 고개를 끄덕이고 나서야 희원의 표정이 밝아졌다. 태신은 희원을 끌어안으며 고맙다고 속삭였다. 저도 모르는 사이 사고가 한쪽으로 굳어 버린 걸 깨우쳐 줬다.

누가 먼저랄 것 없이 입술이 맞닿았다. 부드럽게 입술을 물고 쪽쪽 입을 맞추다가 점점 호흡이 느려졌다.

혀를 얽었다가 풀고 서로 간질이며 호흡을 섞었다. 혀가 부드럽게 스치고 비벼지면서 느껴지는 달콤한 감각을 만끽했다.

점점 짙어지는 숨결만큼 열기가 달아오르자 둘 다 이대로는 멈추지 못한다는 것을 직감했다. 태신은 그대로 희원을 안쪽 휴게실로 데려갔다.

소파 침대에 걸터앉아 다시 키스를 이어 갔다. 희고 보드라운 뺨을 손바닥으로 감싸 쥔 채 키스하다가 그대로 뒤로 눕히자 희원의 기다란 머리가 나풀거리며 침대 위로 펼쳐졌다.

넥타이를 푸는 태신을 본 희원이 저도 모르게 입술을 핥았다. 그 모습이 어찌나 사랑스럽고 예쁜지는 태신밖에 모를 것이다. 태신은 그 누구에게도 희원의 이런 모습을 보여 주고 싶지 않았다.

셔츠를 벗고 희원을 끌어안듯 몸을 겹친 태신이 잡아먹을 듯한 키스를 퍼부었다. 한순간에 격해진 키스에 희원이 다디단 신음을 흘렸다.

회사에서 이런 일을 한다는 걸 부끄럽게 생각할 여유조차 없었다. 지금은 희원도 태신을 원해 미칠 지경이었다. 그러지 않았다면 애초에 얼굴이라도 보고 싶다면서 찾아오지도 않았을 것이다.

달아오른 기색이 역력한 얼굴에 태신의 눈에도 흥분이 어렸다. 희원의 셔츠를 벗긴 그가 브래지어를 위로 올리고 가슴에 입을 묻었다.

봉긋하게 솟은 유두를 입에 물고 살짝 빨아올린 것만으로도 희원의 신음이 터졌다. 깨물면 앵두 같은 과즙이 나올 것 같은 예쁜 유두를 사탕 빨듯 혀로 굴리자 희원이 못 참겠다는 듯 허리를 비틀며 태신의 머리를 끌어안았다.

그 몸짓마저 사랑스러워서 태신의 콧김이 세졌다. 가슴을 반죽하듯 주무르며 고개를 아래로 내렸다. 움푹 들어간 명치를 혀로 핥아 내려가 배를 간질이자 희원이 참지 못하고 움찔거렸다. 배꼽으로 들어오는 혀에 기함하면서도 피하지 않고 숨만 크게 헐떡였다.

류희원은 살도 달았다. 살냄새도 중독될 정도로 좋아서 솔직히 이렇게 냄새를 맡고만 있어도 사정할 수 있을 것 같았다.

집요하게 살을 핥고 쪽쪽거리니 애간장이 녹는 듯 희원의 몸짓에 교태가 느껴졌다. 배 주변을 둥글게 혀로 핥으며 바지춤을 열었다.

한 번에 벗기려고 아래로 강하게 잡아당기자 희원의 몸이 힘을 이기지 못하고 같이 딸려 왔다.

바지와 속옷을 한 번에 벗겨 버린 태신이 희원의 엉덩이를 더 끌어당겨 위로 솟게 했다. 태신의 코앞에 중심을 들이민 자세가 되자 희원이 부끄럽다는 듯 얼굴을 손으로 가렸다.

희원의 허벅지를 혀로 핥은 태신이 손을 치우라는 듯이 이를 박았다.

"흐읏……!"

허벅지 안쪽 여린 살에 이가 파고들자 희원이 날카로운 신음을 흘렸다. 아무리 안쪽으로 격리된 방에 들어왔다지만 회사라는 사실은 여전히 인지하고 있었기에 최대한 목소리를 죽인 채였다.

"얼굴 가리지 마."

태신의 낮게 가라앉은 목소리에 희원이 손을 조금 내렸다. 입만 가린 채로 내려다보다 눈이 마주쳤다. 태신이 잘했다는 듯 이를 박았던 곳을 살살 핥아 줬다.

"후우……."

음부를 중심에 두고 그 주변을 핥은 태신이 흥분 어린 숨을 흘렸다. 질구가 움찔움찔하면서 달콤한 애액을 흘리는 게 눈앞에 보이는데 참는 건 쉽지 않았다. 당장 입에 물고 게걸스럽게 빨고 싶었지만, 희원의 흥분을 저에 맞춰 끌어 올리기 위해 속도를 조절했다.

도톰한 대음순을 입술로 물고 쪽 빨자 희원의 신음이 한층 진득해지는 걸 느꼈다. 일부러 주변부를 살살 공략하고 난 다음에 기습이라면 기습적으로 음핵을 혀로 튕기자 희원의 허리가 크게 들썩였다.

"으응!"

다리마저 떨며 입을 틀어막은 희원의 허리를 팔로 꽉 감아 안은 태신이 본격적으로 음핵을 혀로 지분거렸다. 혀를 넓게 빼 음부 전체를 핥다가 뾰족한 앞부분으로 음핵을 간지럽히자 희원은 울다시피 했다.

간드러진 목소리가 태신을 극한까지 몰아갔다. 피가 단전 아래로 빠르게 쏠리는 탓에 머리가 띵할 정도였다. 크게 부푼 성기가 바지를 밀어 내다가 아예 바지 위로 고개를 내밀었다. 아랫배에 올라붙은 성기 끝이 프리컴으로 번들거렸다.

"흐윽, 태신 씨……."

더는 참기 힘들다는 듯 입을 가렸던 손을 내려 태신의 무릎을 부여잡은 희원이 태신을 불렀다.

그걸 신호로 태신이 손가락을 질 안으로 밀어 넣었다. 안쪽 성감대를 손끝으로 살살 문지르며 음핵을 빨자 희원은 크게 자지러졌다.

머리에 전기가 관통하는 듯했다. 머리털이 다 곤두섰다. 사타구니에서 시작되어 척추를 타고 전신으로 퍼지는 오싹한 느낌에 감전된 것처럼 바들바들 떨었다.

"홋! 흐웃!"

손가락의 움직임을 따라 전신이 다 움찔거렸다. 요의와는 다른 느낌이 몰려드는 것이 약간 무서울 정도였다. 태신은 희원의 반응만 봐도 어떤 상태인지 안다는 듯이 여유롭게 손가락과 혀를 움직였지만, 사실 그도 한계에 다다른 상태였다.

희원이 참지 못하고 허리를 들썩이기 시작했다. 손가락을 성기라고 생각하는 듯이 허리를 쓰는 모습에 태신은 얼른 바지춤을 열고 성기를 꺼냈다.

커다란 성기는 그 어느 때보다도 더 크게 부풀어 있었다. 핏줄이 곤두설 정도로 발기해서는 얼른 안으로 들어가고 싶다고 움찔거렸다.

희원의 다리를 넓게 벌리고 합을 맞추자 두꺼운 귀두가 쑥 밀려들었다. 안쪽에서 마치 기다렸다는 듯이 자석으로 끌어당기는 느낌에 태신이 눈을 살짝 떨었다. 흥분이 절정에 올랐을 때 느끼기에는 지나치게 자극적이었다.

"흐읏, 으응……."

좁은 질벽을 비집으며 밀고 들어오는 성기의 묵직한 존재감에 희원이 긴 숨을 몰아쉬었다. 태신이 바로 움직이지 않고 가만히 있어 줘서 그런지 제 몸의 반응이 한층 더 선명하게 느껴졌다.

그런 희원을 바라보다가 어느 정도 적응했다는 걸 읽은 태신이 희원의 등 허리를 잡고 위로 들면서 허리를 움직였다. 질 위쪽을 긁듯이 방향을 맞춰 성기를 빼고 넣자 희원의 입이 크게 벌어졌다. 소리 없는 신음이 공기 중으로 흩어지고 뜨거운 숨이 뒤를 이었다.

"……!"

태신은 희원의 반응을 확인하고 그대로 허리를 쳐올렸다. 안쪽을 쑤시고 빠질 때마다 애액이 둑이 무너진 것처럼 쏟아졌다.

희원이 힘을 주는 것도 아닌데 안쪽이 어찌나 좁아지면서 꽉꽉 물어뜯는지 삐끗하면 그대로 사정해 버릴 것만 같았다.

희원이 절박하게 손을 들어 태신을 향해 흔들었다. 태신이 얼른 상체를 숙여 제 목을 끌어안도록 해 줬다. 희원은 등이 공중에 뜰 정도로 상체를 들어 태신을 와락 끌어안았다.

"아, 아아! 아!"

소리를 죽인다는 생각 같은 건 이미 날아간 지 오래였다. 너무 느껴져서 울음이 날 것 같은 걸 참느라 입술을 깨물기는 했지만, 잇새로 나오는 소리가 고스란히 태신의 귓속으로 파고들었다.

"좋아……. 좋아요……."

태신은 너무 행복해도 눈물이 날 수 있다는 걸 처음 깨달은 사람처럼 눈에 힘을 줬다. 사정감과는 다른 충만한 감각이 전신을 채웠다. 격렬한 행위로서 찾아온 게 아니라 사랑하는 사람과 몸을 맞대고 교감하는 데서 느껴지는 감정이었다.

태신은 희원의 입술을 감쳐물고 깊게 키스했다. 숨을 모조리 다 빨아들이고 오로지 제가 주는 숨만을 삼키길 바랐다. 희원이 그에 호응하며 달뜬 숨을 흘리자 태신의 얼굴에 진한 미소가 피어올랐다.

"사랑해, 희원아."

머리로 생각하기 전에 나온 말은 그의 마음 그 자체였다. 희원도 주저하지 않았다. 저도 사랑한다는 말이 태신에게로 고스란히 스며들었다.

희원의 안을 가득 메운 두툼한 성기가 크게 꺼떡거리며 존재감을 드러냈다. 민감하게 그 반응을 알아챈 질벽이 조여들면서 성기를 오물오물 씹어댔다.

얼른 움직여 달라고 보채는 듯한 느낌에 태신이 희원의 엉덩이를 꽉 움켜쥐며 안쪽으로 더 꾹 밀어 넣었다가 물러났다. 나가지 말라는 듯 조여대는 질벽을 긁으며 나왔다가 쑥 밀고 들어가자 희원이 교성을 지르며 태신에게 매달렸다.

"하아······!"

"꽉 안아."

가는 팔이 목을 조를 정도로 감쌌는데도 태신은 그 압박감마저 반겼다. 희원이 가장 예민하게 느끼는 지점을 귀두로 쿡쿡 찔러 주자 달콤한 교성이 마구 튀었다. 그게 좋아서 태신은 일부러 더 그 지점을 집요하게 자극했다.

"핫, 아아! 아!"

너무 느껴서 저도 모르게 위로 몸을 빼려는 희원을 붙잡아 꽉 고정하고 안쪽을 찔러 댔다. 버둥거리는 희원을 안아 들다시피 한 채로 깊숙이 쳐올렸다가 둥글게 비비자 정신을 차리지 못하고 울먹였다.

태신의 어깨에 얼굴을 묻은 희원이 속수무책으로 몸을 흔들었다. 쾌감이 머릿속에 가득 찼는데도 태신이 계속해서 쏟아부으니 이성이 날아갔다.

"훗, 좋아요, 아, 흑, 태신 씨……."

오로지 본능만이 남자 태신을 좋아하는 마음을 통제할 수가 없었다. 태신이 너무 좋아서, 그 마음을 표현하지 않고는 견딜 수가 없었다. 좋다, 사랑한다는 말이 희원의 입에서 끊임없이 튀어나왔다.

그 마음 하나하나가 태신을 자극했다. 태신은 가장 깊은 곳에 성기를 묻은 채 짧고 빠르게 쳐 댔다. 절정의 파도 속에서 몸부림치는 희원을 꽉 끌어안고 태신도 절정에 몸을 내맡겼다. 가장 안쪽에 뜨겁게 쏟아지는 정액에 희원이 저도 모르게 손끝을 세웠다.

"흐윽……."

"하아, 희원아. 하아."

전력 질주를 하고 난 것처럼 씩씩댄 태신이 희원의 얼굴을 살폈다. 눈물로 범벅이기는 했지만 달뜬 표정이 보이자 안심하고 웃을 수 있었다.

희원이 눈을 깜박거리자 눈에 맺혔던 눈물이 또르르 굴러떨어졌다. 태신은 그 눈물 자국을 따라 입술을 붙였다.

혹여 희원이 무겁게 느낄까 싶어 자세를 옆으로 돌렸다. 팔을 베고 기대게 된 희원이 내쉬는 숨결이 그의 가슴을 간질였다.

감정적으로 다 쏟아 내서 그럴까. 몸의 힘이 쑥 빠지면서 눈이 감겼다. 희원이 어느 순간 조용해진 걸 느낀 태신이 옆에 걸쳐 둔 담요를 덮어 줬다.

뽀얀 이마에 쪽 입을 맞추고 바라보는데, 제 의지와 상관없이 자꾸 미소가 지어졌다.

평생을 살면서 처음 있는 일이었다. 보고만 있어도 웃음이 나고 행복하다니. 그렇기에 더더욱 이 예쁜 얼굴이 슬픔에 잠기는 걸 보고 싶지 않았다. 흐뭇하게 웃던 태신의 입매가 일순 한 일 자로 굳고 눈빛이 날카롭게 변했다.

저 혼자 당할 때는 참고 인내할 수 있었다. 하지만 김영신의 마수가 희원에게까지 뻗치는 건 용납할 수 없었다.

처음 손에 넣은 행복이었다. 제 손으로 지켜야 하는.

행복 지키기

청첩장을 돌리기 위해 친구들을 한 사람씩 만나기에는 결혼식까지 일정이 너무 촉박해서 희원은 태신이 권유한 대로 르뮈에 라운지를 빌려 청첩 모임을 열기로 했다.

대부분 학교 친구라서 서로 아는 사이라는 것도 결정하는 데 한몫했다.

"홀 하나면 된다고? 전부 다 비워 줄 수 있어."

"솔직히 자리에 앉아서 얘기 나누는 것뿐이라 그럴 필요까지는 없을 것 같아요."

"흠. 그러면 합칠까?"

"합쳐요?"

"나도 같은 날 청첩장 돌리면 되니까. 서로 홀 하나씩 잡고 다른 공간은 자유롭게 이용하면 되지."

태신도 친구들을 부르겠다는 얘기에 희원이 잠시 생각해 보다가 괜찮겠다고 고개를 끄덕였다.

갑자기 결혼한다고 연락을 한 터라 친구들의 반응이 제각각이었다. '네가 결혼을?'이라는 친구가 제일 많았고 '제대로 된 상대냐'고 묻는 친구도 있었다.

'인생을 맡길 만한 사람이었나 보네?'

이전에 태신의 뒷조사를 해 줬던 송미나가 한 말이었다. 태신이 알려진 것과 다르게 뒤가 구린 사람이 아닌 걸 아는 그녀는 희원의 선택을 존중했다.

졸업하면서 거의 보지 못하고 연락만 간간이 취했던 친구들이라 얼굴을 본다는 게 기쁘면서도 살짝 아쉬운 마음도 들었다.

대학 다닐 때 희원은 마음을 연 적이 없었다. 그래서 이렇게 청첩장을 보낼 만큼 친하게 지낸 친구가 많지 않았다. 친해지고 싶다고 거리를 좁혀 오는 사람들을 밀어 낸 적도 많았다. 당시에는 누군가와 하하 호호 웃고 떠드는 것 자체를 견디기 힘들었으니까.

땅만 파고 지냈던 시간이 지금 생각하니 아쉽고 아까웠다. 그럴 때 만들어진 인연인 만큼 더 소중하게 여겨야겠다고 생각했다.

날짜와 장소를 알려 주면서 1부는 식사, 2부는 술자리니까 부담 없이 놀러 오라고 덧붙이자 친구들 대부분이 참석하겠다고 답했다.

태신이 직접 준비하고 지시한 덕에 모임의 수준은 웬만한 5성급 호텔 저리가라였다. 먼저 약속 장소에 도착한 희원은 그 고급스러운 광경에 입이 떡 벌어졌다.

"마음에 들어?"

"그런 수준을 넘어선걸요. 바쁜데 언제 이렇게 신경을 썼어요?"

"너와 관련된 일이라면 뭐든 대충이 안 돼."

힘들었을 텐데……. 희원의 눈에 그런 생각이 적혀 있자 태신이 고개를 살짝 숙이며 뺨을 내밀었다. 걱정보다는 감사 인사가 더 좋다는 의미가 느껴져서 희원이 얼른 까치발을 들어 볼에 쪽 입을 맞췄다.

"정말 좋아요. 고마워요."

그제야 흐뭇하게 웃는 태신을 보니 희원도 생각을 바꾸기로 했다. 저도 태신을 기쁘게 해 주면 되는 일이니까 부담 가질 필요 없다고.

회원제 프라이빗 라운지인 르뮈에 라운지는 그 이름만으로도 모르는 사람이 없었다. 그래서 청첩 모임 장소라고 알려 줬을 때 친구들의 반응이 대단했다. 결혼 소식보다 르뮈에 라운지에 초대받았다는 것을 더 좋아하는 듯했지만, 희원은 그런 반응도 괜찮았다. 장소가 어색한 분위기를 깨는 걸 도와줄 것 같으니까.

"오늘 옷 잘 어울린다."

블라우스에 A라인 롱스커트를 입은 희원의 모습이 평소와 비슷하면서도 달랐다. 하이웨이스트 치마가 가느다란 허리를 강조하면서 여성적인 미를 한껏 풍겼다. 우아하게 떨어지는 블라우스 아래로 드러난 팔을 바라보던 태신이 희원의 손을 잡았다.

"결혼반지는 식 올리고 끼는 건가?"

"네? 아……. 잘 모르겠는데, 보통 결혼식 때 끼니까 그렇지 않을까요?"

갑자기 튀어나온 결혼반지 얘기에 희원이 고개를 갸웃거렸다. 그리고 태신이 잡은 제 손을 바라봤다. 아무 액세서리도 하지 않은 손이 이제야 눈에 띄었다.

"먼저 낀다고 문제 될 건 없겠지?"

답이 정해져 있는 질문에 희원이 작게 웃었다.

"우리 마음대로 하는 거죠."

"그렇지."

만족스럽게 웃은 태신이 남 비서에게 연락해 예물 세트를 가져오게 했다.

그렇게 눈앞에 나타난 결혼반지를 보자 희원은 가슴이 뛰기 시작했다. 이미 상견례 날 목걸이를 받았음에도 결혼반지가 가지는 의미는 또 달랐다.

태신이 손을 달라고 내밀자 가슴이 배는 더 빠르게 요동쳤다. 태신도 눈치챘는지 장난스럽게 웃던 미소 대신 진중한 얼굴로 말했다.

"나와 결혼해 주겠어?"

그 순간, 희원은 눈물이 핑 돌았다. 이미 결혼한 거나 다름없이 살고 있고 오늘은 청첩장을 돌리는 날이었는데도 그 말 한마디에 감정이 복받쳐 올랐다.

"좋아요."

환하게 웃는 희원의 눈이 눈물에 젖어 보석처럼 반짝였다. 태신은 그 아름다운 눈을 넋 놓고 바라보다가 겨우 정신을 차리고 희원의 손가락에 반지를 끼워 줬다.

이 반지를 맞출 때만 해도 이런 감정을 알 거라고는 상상도 하지 못했다. 그저 류희원이라는 사람에게 호기심과 이유 모를 호감을 느낀 정도였다. 다른 사람이었어도 결혼할 마음이 들었을까. 절대 그러지 않았을 거라고 태신은 확신할 수 있었다.

"태신 씨, 저와 결혼해 줄래요?"

마찬가지로 반지를 집은 희원이 태신의 손에 끼워 주기 전에 물었다.

"부디."

희원의 눈꼬리에 매달렸던 눈물이 기어이 톡 떨어졌다. 얼굴에 닿지 않고 깔끔하게 떨어진 덕에 울었다는 티는 나지 않았다.

반지를 끼운 손을 번갈아 바라보니 기분이 묘했다. 이 반지 한 쌍이 마치 자신들을 하나로 묶어 주는 것 같았다.

"좋다."

희원은 제가 생각한 것과 동시에 튀어나온 태신의 감상에 고개를 연신 끄덕였다.

서로를 부둥켜안고 있다가 사람들이 하나둘 도착했다는 소리에 떨어졌다. 아쉬움이 남았지만, 그마저도 애틋했다.

"희원아!"

밖으로 나가자 기대 가득한 눈으로 주위를 둘러보는 친구들이 보였다. 그 어느 때보다 반가워하는 모습에 희원이 멋쩍은 웃음을 흘렸다. 아무래도 태신은 제 기를 살려 줄 목적으로 일부러 이 장소를 제공한 모양이었다. 아주 성공적이었고.

"어서 와. 찾아오기 어렵진 않았어?"

"얘는. 서울 한복판인데, 뭐. 그보다 예비 신랑분? 안녕하세요!"

기대감과 호기심으로 반짝반짝 빛나는 눈빛이 부담스럽다고 느끼는 찰나, 태신이 한 걸음 나섰다.

"반갑습니다. 김태신입니다."

김태신 이름 석 자에 누군지 알아본 친구가 헉 소리와 함께 입을 틀어막았다. 희원은 모르는 척 친구들을 자리로 안내했다. 태신도 인사만 나누고는 자신의 친구들을 맞이하러 갔다.

여자들끼리 모인 홀의 문이 닫히고 나서야 친구들이 환호성을 지르고 난리를 쳤다.

"류희원! 너 진짜 이 얌전한 고양이! 어디서 저런 분을 붙잡은 거야? 미쳤다, 미쳤어. 와, 얼굴 영접하는 것만으로도 영광인데······. 아침에 눈 뜨면 저 얼굴을 본다고?"

무슨 좋아하는 연예인을 만난 팬처럼 얘기해서 희원의 얼굴을 뜨겁게 만들기도 했다.

"끼리끼리 만난 거지. 희원이도 솔직히 얼굴로 안 빠지잖아?"

벌써 샴페인을 마시기 시작한 친구 은서의 말에 몇 친구들이 미묘한 표정을 지었다. 희원은 신경 쓰지 않고 다들 와 줘서 고맙다고 인사했다.

상대가 도원 그룹의 자제고 희원도 신성 그룹 사람이다 보니 어떻게 만났느냐 따위를 묻는 사람은 없었고 그저 부럽다, 좋겠다 같은 피상적인 얘기가 오갔다.

파인 다이닝에서나 맛볼 법한 식사가 마음에 들었는지 모임의 분위기는 대체로 좋았다. 희원은 그중에서도 가장 친한 친구들과 함께 앉은 터라 편하게 밥을 먹을 수 있었다.

식사를 마치고 나서는 닫았던 문도 활짝 열었기에 잿밥에 더 관심이 많은 친구들은 술을 마시러 이동했다. 미나를 비롯해 희원의 얘기를 더 듣고 싶어

하는 친구들과 자리에 남은 희원이 가볍게 와인을 들었다.

"너 많이 변했다."

"그래?"

미나의 말에 희원이 어색하게 웃었다. 부정하거나 놀라는 눈치가 없는 걸로 미나는 희원 스스로도 느꼈다는 걸 알아차렸다.

"널 보니까 좋은 사람인 걸 알겠네. 걱정 안 해도 되겠어."

"송미나, 너는 무슨 류희원 엄마냐?"

은서가 어이가 없다며 고개를 절레절레 흔들었다. 희원을 품에 끌어안은 미나가 엄마는 아니고 언니 정도는 된다며 웃었다.

"솔직히 류희원이 어디 남자 만나는 걸 상상이나 했어? 학교 다닐 때도 예쁜 걸로 워낙 유명했잖아. 신성 그룹 손녀라니까 다들 어려워서 접근을 못했지. 거기다 얘도 여지 하나 안 주고 철벽 치고 다녔고."

"철벽이 아니라 그냥 다른 사람에게 관심이 없던 거지. 관심 가질 여유가 없었다고 해야 하나?"

저를 너무 정확히 알고 있는 은서의 말에 희원이 놀란 표정을 감추지 못했다.

"그런 게 다 보였어?"

"뭐 장님이야? 못 보게?"

학교 다닐 때도 신랄하고 냉소적이기로 유명했던 은서였다. 오지랖이 많은 미나와 달리 은서는 성격이 호불호가 심해서 친구도 많고 적도 많았다. 희원에게는 고마운 친구였다.

"실례합니다."

태신이 와인 한 병을 들고 다가왔다. 일어서려고 하는 희원의 어깨를 두드려 주고는 테이블에 와인을 내려놓자 따라온 직원이 치즈 플레이트를 두고 갔다. 자리에 앉아도 되느냐 양해를 구하니 은서와 미나 모두 고개를 끄덕였다.

"희원이 친구들은 처음 만나는 거라 제대로 인사드리려고 왔습니다."

생각 이상으로 정중한 태도에 다들 허리가 꼿꼿하게 서자 태신이 금방 갈 거니 편하게 있으라며 웃었다. 희원은 태신이 직접 찾아와서 친구들을 챙겨 주자 기분이 날아갈 듯이 좋았다. 좋아하는 친구들과 술을 마셔서 더 풀어졌는지도 몰랐다.

테이블 아래로 슬쩍 손을 잡자 태신이 희원을 돌아보며 다정한 미소를 지었다. 그 미소가 희원의 가슴에 콕 박혔다.

* * *

'한번 보자.'

아버지의 호출이 떨어졌다. 본가로 향하는 영신의 입가에 미소가 떨어질 줄 몰랐다.

류희원을 만나고 온 아내에게 들은 얘기가 있었기에 왜 호출하신 건지는 짐작할 수 있었다. 다만 류희원에게 그런 강단과 행동력이 있다는 것이 놀라웠다.

영신은 사람을 잘 봤다. 그가 파악한 류희원은 이런 사람이 절대 아니었다. 특히 부모 문제를 건드리면 그대로 깨져 버려도 이상하지 않을 만큼 유약했다.

태신의 머리에서 나온 아이디어라고 보는 게 더 합당했지만, 영신은 왠지 그것도 아닐 것 같았다. 태신이 아버지를 끌어들이는 방법을 쓰는 것도 상상하기 힘들었으니까.

아버지에게 얘기한다. 재밌는 발상이었다. 제가 이런저런 지저분한 일에 손을 담근 것쯤은 아버지도 이미 알고 있었다. 하지만 도를 넘지만 않는다면 터치하지 않는다는 식이었다. 일을 잘하니까. 아버지의 뒤를 이어 도원을 이끌어 갈 면모를 보여 왔기에 자잘한 일은 그냥 넘어가자는 식이었다. 그런 걸 흠이라고 트집 잡기에는 도원 그룹이 너무도 거대했다.

물론 이번 일은 자잘하다고 하기 힘들기는 했다. 아버지가 알게 되면 그냥 넘어가진 않을 터였다. 그렇다면 모르게 하면 되는 것 아닌가. 여태 그렇게 해 왔고 앞으로도 그럴 예정이었다.

신성 그룹은 누구나 노리는 탐스러운 대어였다. 다만 이빨이 빠지고 비늘이 뜯겼다고 해도 여전히 고래였기 때문에 쉽게 접근할 수는 없었다.

오상연의 약점을 잡았을 때부터 영신은 이걸 어떻게 이용해야 신성을 잘 삼킬지 고심해 왔고 아버지가 태신의 처가로 신성을 붙여 줬을 때, 행동으로 옮길 때가 왔음을 알았다.

단순히 오상연 독단의 문제로 끝나서는 안 됐다. 물론 며느리 때문에 귀한 첫째 아들이 죽었다는 걸 알게 된 류경수 회장이 졸도한다든지 하는 부가 효과를 노려볼 수는 있겠지만, 그런 운에 기대는 방식은 영신과는 맞지 않았다.

그래서 오상연에게 시아버지도 치워 버리라고 한 것이다. 더 확실하게 끝을 보게. 그래야 와해되는 신성을 집어삼킬 수 있을 테니까.

이 모든 건 막내의 결혼 전에 끝나야 했다. 오너리스크로 주가가 폭락한 신성을 제가 손에 넣고 도원 바이오로 만들 생각이었다.

모든 계획이 착착 진행되고 있는 지금, 아버지의 호출이 제게 어떤 영향을 미칠까.

"네가 신성을 욕심낸다는 것이 사실이냐."

영신은 감정을 읽을 수 없는 아버지의 표정을 빤히 바라봤다. 적어도 화가 난 것 같지는 않았다.

"태신이가 신성을 등에 업는 것이 그렇게 싫은 것이야?"

"굳이 순서를 따지자면 제가 먼저 노렸어요, 아버지."

"그럼 처음부터 말하지 그랬어."

"제가 신성을 삼키는 걸 원치 않으셨잖아요."

"……"

제 속을 읽고 있었다는 첫째의 말에 김 회장이 침음을 삼켰다. 다른 기업이었다면 첫째의 공격적인 방식을 반대하지 않았을 것이다.

그러나 삼촌 류 회장과의 의리가 있기에 신성 그룹만큼은 신성으로 남기를 원했다. 장남 사망 이후 힘이 빠지기는 했지만 셋째라면 잘 써먹을 수 있을 거란 기대도 있었다.

"그런데 정말 제게 신성을 무너뜨릴 자료가 있는 건지는 묻지 않으시네요."

"가지고 있겠지."

김 회장은 자식들이 생각하는 것보다 더 첫째를 잘 알았다. 다른 일이면 몰라도 남의 약점을 수집하는 데는 타의 추종을 불허한다는 걸 알기에 충분히 가지고 있을 거라 생각됐다.

원래도 신성 둘째 며느리가 수상하다는 건 모두 쉬쉬하는 얘기였고 큰애에게서 의사에게로 흘러 들어간 자금을 추적하는 건 김 회장에게는 식은 죽 먹기였다.

"폐기하거라."

영신이 웃음을 참지 못하고 히죽거렸다. 김 회장은 길게 얘기하지 않고 그런 큰아들을 바라봤다. 여기서 너를 후계자로 삼을 테니 막내를 내버려 두라고 말하면 모든 일이 해결된다는 걸 알고 있었다. 그리고 첫째가 후계자에 가장 적합한 모습을 보이고 있다는 것도 사실이었다.

이대로 쭉 시간이 지나면 큰 문제가 있지 않은 이상 영신이 제 자리를 이어받을 것이다.

그럼에도 김 회장의 촉은 지금 영신을 후계자로 낙점해서는 안 된다고 경고하고 있었다.

"저는 신성을 먹을 겁니다. 아주 잘게 쪼개서 해체한 다음 도원 바이오로 만들 거예요."

"영신아."

"태신이한테 제대로 된 처가를 붙여 주고 싶다면 지금이라도 다른 데를 알아보세요."

히죽이 웃은 영신이 할 말이 끝났다며 자리에서 일어났다. 김 회장은 아들을 붙잡는 대신 깊은 생각에 빠졌다.

감자에 싹이 났다면 싹만 도려낼지 감자 자체를 미련 없이 버릴지 결정해야 하지 않나.

그 감자가 아까워서 싹만 도려낼 경우, 이제 괜찮다고 할 수 있을까. 혹시 이미 보이지 않는 독에 잠식당한 것은 아닐까.

그 판단을 내려야 하는 순간이 왔음을 직감한 김 회장의 표정이 좋을 수가 없었다. 마치 하늘이 자신을 시험대에 올린 것처럼 느껴져 속이 불편했다.

* * *

상연은 어딘지 모르게 저와 거리를 두는 남편의 태도에 모멸감을 느꼈다. 다른 것도 아니었다. 시아버지의 경영 복귀를 반기지 않았다는 이유 하나로 이런 식으로 나오다니 치사하고 더러워서 저 역시 말을 섞고 싶지 않았다.

시아버지가 회장직을 언제까지 손에 쥐고 있을지도 모르는데 저리 태평하다니. 이 남자가 이렇게 그릇이 작은 남자였나.

힐러리처럼 제가 남편을 대통령으로 만들려고 한 것도 아니고 고작해야 자기 밥그릇 챙기게 해 주는 것뿐인데 이리 어려울 줄이야. 상연은 남편에게 실망하다 못해 정이 다 떨어졌다.

하지만 그럼에도 신성 그룹의 차기 후계자였다. 남편이 회장이 되어야 제 신분 또한 상승했다.

'순리를 따르는 것뿐이니 절 원망하지 마세요.'

갈 사람은 가야 남은 사람들이 살아가는 법이다. 가야 할 사람이 미련하게 자리를 붙잡고 있는 것만큼 추악한 게 또 없다.

상연은 그렇게 제 행동을 합리화하며 준비한 약을 확인했다. 시아버지의 현재 건강 상태에 맞춘 영양 주사에 아마톡신을 섞었다.

독버섯에 들어 있는 아마톡신은 평균적으로 12시간 정도면 중독 증상이 나타나고 소변으로 빠르게 배설되는 특징이 있었다.

시아버지의 나이를 생각하면 투여량이 많지 않아도 될뿐더러 간부전이나 신부전으로 증상이 나타날 경우 빠르게 죽음에 이르게 할 수 있었다.

48시간은 지나고 죽어야 의심을 받아도 검사에 검출되지 않을 테니 상연은 용량을 조절하는 데 제일 공을 들였다.

설사가 주요 증상이기 때문에 장운동 억제제도 준비했다. 위장염 단계만 잘 넘겨서 잠복기에 이르고 나면 더는 마음을 졸일 필요도 없을 테니까.

"작은 사모님?"

영양 주사를 앞에 두고 상연이 생각에 잠긴 듯 보이자 김 집사가 문제가 있느냐고 물었다. 상연은 웃으며 고개를 저었다.

"아버님, 한 시간 정도 걸리니까 편히 주무시면 돼요. 간 기능 개선이랑 면역력 증강에 중점을 둔 거니 피로 회복 효과도 느껴지실 거예요."

누운 채로 상연의 얘기를 듣던 류 회장이 목을 가다듬듯 헛기침을 했다. 주삿바늘을 꽂을 준비를 하는 상연의 손에 긴장감이 감돌았다.

동서 때는 단순하게 병을 숨기기만 했던 거라 자신의 손을 쓴다는 생각이 아예 없었다. 그래서 거리낌이 거의 없었는데, 지금은 어쨌든 제 손으로 시아버지의 숨을 거두는 거니 평정을 유지하기가 쉽지 않았다. 한평생을 가면을 쓴 채 살며 속내를 숨겨 왔기에 잘할 줄 알았는데, 자꾸 손끝이 의지와 상관없이 떨리려고 했다.

토니켓을 묶고 시아버지의 팔을 더듬어 혈관을 확인한 상연이 입을 다문 채 심호흡을 했다. 주삿바늘을 찔러 넣기까지 한세월이 걸린 듯했다. 저도 모르는 사이 이마에 맺힌 땀이 거슬렸지만 훔치지도 못한 채 바늘을 삽입했다.

그런 상연을 류경수는 지그시 바라보기만 했다.

"여보, 여기 있어?"

그때, 방 밖에서 다급하게 상연을 찾는 진규의 목소리가 들렸다. 깜짝 놀란 상연이 무슨 일인가 하고 뒤를 돌아봤다.

문을 벌컥 열고 들어온 진규의 낯빛이 좋지 않았다. 무슨 일이 있는 게 틀림없었다.

그럴 리 없다는 걸 알면서도 혹시 들킨 건가 싶어 상연은 식은땀을 흘렸다. 아무렇지 않은 척 무슨 일이냐고 묻는데, 진규가 잠시 아버지를 보더니 나오라고 턱짓했다.

"무슨 일인데 그래? 아버님, 그럼 쉬세요."

상연은 수액이 떨어지는 초를 세어 보고는 인사를 올렸다. 류경수는 눈을 감은 채 느리게 고개를 끄덕였다. 나가 보라는 뜻으로 알아들은 상연이 몸을 일으켰다.

진규가 그런 아내의 팔을 거칠게 잡고는 밖으로 이끌었다.

"대체 무슨 일인데……."

"당신, 이거 뭐야?"

별채 밖으로 나온 진규가 몸을 돌려 상연의 눈앞에 핸드폰을 내밀었다. 웬 여자가 찍힌 영상이 떠 있었다. 다만 얼굴 아래만 보여 누군지는 알아볼 수 없었다.

"이게 뭔데?"

진규가 콧숨을 거칠게 뿜으며 영상을 재생하자 굵직하게 변조된 목소리가 흘러나왔다.

[처음에는 그냥 난소 낭종인 줄 알았어요. 원래 난소가 혹이 잘 생기거든요. 그런데 다음 검사 때 크기가 커졌더라고요. 8, 9cm? 그 정도면 검사해 보고 혹만 제거할지 난소를 들어낼지 결정해야 한단 말이에요?]

영상 속 여자는 여전히 얼굴이 보이지 않았다. 아마 얼굴을 본다고 하더라도 누군지 알아보지 못할 것이다. 하지만 상연은 저게 무슨 얘기인지 바로 알아들었다.

그 눈동자의 미세한 떨림을 진규는 놓치지 않았다. 그가 고개를 천천히 가로저었다. 믿을 수 없다는 듯이. 제 머릿속에 떠오른 가정을 부정하듯이.

"아니지……?"

상연은 입술을 깨물었다. 이럴 때 남편의 의심을 사다니, 좋지 않았다.

"무슨 얘기를 하는 건진 알겠는데 불쾌하네. 당신, 내가 이 일로 얼마나 오랫동안 고통받았는지 잊은 거야?"

일단 딱 잡아뗐다. 갑자기 당시 재직했던 간호사가 진술하는 영상을 보여 줘 당황하기는 했지만, 이 정도로 흔들리기에는 그보다 더한 짓도 벌이고 나온 참이었다.

"누구보다 내 편이어야 하는 사람이 이런 거에 휘둘리면 어쩌자는 거야? 또 누가 날 음해하려는 건가 본데, 말로는 무슨 말을 못 하겠어. 뭐, 8, 9cm? 그랬으면 저 말대로 당장 수술했을 일이야. 형님 본인도 몸에 문제가 있는 걸 느꼈을 텐데 그걸 어떻게 숨기겠어?"

"……."

진규가 미심쩍은 눈으로 아내를 살폈다. 분명 동요한 눈빛이었는데 어느새 침착함을 되찾은 상태였다. 그 태세의 전환이 몹시 빨랐다.

"대체 그건 누가 보낸 거야? 간호사 흉내까지 내고 아주 단단히 작정했네?"

"몰라. 이미 없는 번호래."

"용의주도하네. 누군지 대체 왜 날 못 잡아먹어 안달이지?"

"당신, 정말 아니야? 만약에 고의로 형수님 병을 숨긴 거라면……."

"여보!"

상연이 버럭 화를 냈다. 어떻게 지금 그렇게 끔찍한 의심을 하는 거냐고. 억울하다는 듯 팔짝 뛰는 아내를 보며 진규가 땀에 젖은 머리를 거칠게 쓸어 올렸다.

"지금 그걸 믿고 달려온 거야? 어떻게 당신이……."

상연이 배신감을 느낀 눈빛으로 쳐다보자 진규는 땅이 꺼질 듯이 한숨을 내쉬었다.

"미안해. 내가 너무 신경이 곤두서 있었나 봐."

"당신이? 요즘 나한테 차갑게 굴고 그러더니."

"그거야…… 사실 좀 쌓였잖아. 희원이 결혼부터 아버지 복귀까지 하도 반대만 하니까."

"그래서 내가 일부러 오진한 거란 생각까지 들었어?"

"……입이 열 개라도 할 말이 없어. 미안해."

"모르겠다. 대체 당신을 믿고 어떻게 살아야 하는지. 세상 사람이 다 날 의심해도 당신만큼은 날 믿어 줘야 하지 않아? 내가 이 집에 얼마나 헌신했는지 당신이 제일 잘 알잖아."

"그렇지. 내가 제일 잘 알지. 정말 미안해, 여보."

진규가 누그러진 걸 본 상연이 깊은숨을 내쉬었다. 이 정도면 잘 빠져나간 듯했다.

다만 딱 이 시점에 저런 영상이 남편에게 갔다는 것이 이상했다. 혹시 김영신의 짓일까? 제게 얼른 행동하라고 눈치를 주기 위해서?

김영신이라면 그러고도 남을 인간이었다. 시간을 끌면 그냥 공개해 버리겠다는 협박처럼 느껴졌다.

상연은 슬그머니 고개를 돌리는 척 별채 안쪽을 바라봤다. 그런다고 시아버지가 누워 있는 방 안이 보이는 건 아니었지만, 그녀의 눈앞에는 수액이 똑똑 떨어지는 모습이 훤히 보이는 듯했다.

"됐어. 아버님 상태 확인하러 들어가 봐야 해."

남편의 얼굴을 보고 싶지 않다는 듯 확 몸을 돌린 상연이 안으로 들어갔다. 눈을 감은 시아버지와 목석처럼 앉아 옆을 지키는 김 집사가 보였다.

상연의 시선이 수액 팩으로 향했다. 남편과 대화한 시간이 긴 건 아니었기에 거의 줄어들지 않은 모습이었다.

"뭐 더 필요하십니까?"

김 집사의 질문에 상연은 고개를 저었다. 아버님 상태를 확인하러 왔을 뿐이라고 설명하며 액이 잘 들어가는지 팔을 살폈다. 별문제 없어 보였지만, 느리게 들어가는 저 액체 속에 아마톡신이 녹아 있을 거라 생각하니 다시 심장이 벌렁거렸다.

이따 또 상태를 확인하러 오겠다며 자리를 뜬 상연이 눈을 질끈 감았다가 떴다. 이미 화살은 쏘아졌다. 남은 건 기다리는 것뿐이었다.

* * *

상연에게서 시행했다는 메시지를 받은 영신의 미소가 짙어졌다. 류경수 회장의 숨이 끊어지는 순간, 신성의 지반이 무너질 것이다.

그러면 자신은 오상연이 협박하는 데 쓴 자료를 류진규에게 보내고 그녀가 그의 아버지마저 살해했다는 달콤한 진실을 알려 주기만 하면 됐다.

"꼭두각시는 이래야지."

유일한 변수는 류희원이었다. 오상연처럼 약점이 있는 것도 아니고 스스로 무너질 줄 알았더니 은근히 강단이 있었다. 물론 할아버지가 작은엄마의 손에 죽었다는 걸 알고 나면 버틸 재간이 없을 테니 큰 걱정은 하지 않았다.

"우리 막내가 다른 신부를 찾을 것 같진 않으니 뭐 걱정할 필요 없겠고."

무너진 처가를 붙들고 뭘 할 수 있을까. 신성이 도원 바이오로 편입되고 나면 도원 에너지로 돌려보낼 생각이었다. 아예 해외로 진출시켜 버리는 것도 나쁘지 않았다.

영신은 제가 그리는 그림을 최종적으로 확인하며 술을 마셨다. 오상연의 머리에 쏟았던 술이라 그런지 유난히 맛있게 느껴졌다.

* * *

지이잉. 희원의 전화가 울렸다. 작은엄마가 움직였다는 얘기를 전달받은 터라 태신과 함께 검사 결과를 기다리고 있었다. 창밖은 이제 막 해가 뜨고 있었다.

정말 할아버지에게 놓을 영양 주사에 손을 썼을까.

수액 팩을 바꿔치기할 거라 할아버지에게 해가 되지 않을 거라는 얘기를 듣기는 했지만, 그래도 희원은 끝까지 긴장을 놓지 못했다.

다행히 익명의 제보자로부터 영상을 받은 작은아빠가 시간 맞춰 움직여 준 덕분에 수액이 혈관에 도달하기 전에 상연의 눈을 돌릴 수 있었다.

물론 익명의 제보자는 태신이었다. 간호사를 찾아내 설득에 들어가자 처음에는 꺼렸던 간호사가 꺼림칙했던 마음을 털어 내려는 듯 진술에 응했다.

김 집사가 빠르게 성분 검사를 맡겼고 그 결과를 기다리는 중이었다. 희원이 태신을 한 번 보고는 전화를 받았다. 스피커로 전환하자 김 집사의 목소리가 들려왔다.

- 성분 검사 결과…….

태신은 끌어안다시피 희원의 어깨를 꽉 잡아 줬다. 그럼에도 사시나무처럼 떨리는 어깨는 좀처럼 진정되지 않았다.

- 독버섯에서 추출한 성분으로 48시간 안에 죽음에 이를 수 있다고 합니다.

김 집사의 말이 이어질수록 더 떨림이 심해지더니 이내 고개를 떨궜다. 소리 없는 오열이 쏟아졌다.

엄마에 이어 할아버지까지. 악마가 실재해도 이보다는 덜 끔찍할 것 같았다.

할아버지가 경영 복귀를 하겠다고 선언하자마자 이런 짓을 꾸미다니. 신성 그룹 회장 사모님이라는 자리가 사람을 죽여서까지 가질 가치가 있는 걸까. 희원은 도저히 그 사고방식을 이해할 수 없었다. 아무리 욕심에 눈이 멀어도 그렇지 보통 살인은 선택지에 넣지도 않는 일이었다.

만약 이대로 할아버지가 돌아가셨다면? 그렇게 생각하는 것만으로 가슴이 찢어질 것만 같았다.

희원이 고통스러워하자 스피커를 끄고 전화를 귀에 댄 태신은 김 집사와 얘기를 주고받은 후 통화를 종료했다.

다리 사이에 얼굴을 묻고 어깨를 들썩거리는 희원을 보니 태신도 심정이 참담했다. 김영신이나 오상연 같은 사람이길 포기한 것들 때문에 피해를 보는 건 늘 정상적인 사람들이었다.

희원의 고개를 들게 해 품에 안은 태신은 아무 말 없이 등을 쓰다듬어 줬다. 가슴께가 뜨거운 눈물로 축축하게 젖었다. 희원의 눈물마저 제가 다 안고 가겠다는 듯 태신은 희원을 더 꼭 끌어안았다.

"아직 오상연은 할아버님이 눈치챘다는 사실을 몰라. 초조하게 할아버님의 상태를 살피고 있겠지."

김 집사의 말에 따르면 수액을 다 맞자 오상연이 지사제를 주고 갔다고 했다. 영양제가 고함량이라 혹시 탈이 날 수 있다면서.

지금쯤은 잠복기로 넘어갔을 시간이니 할아버지의 상태를 봐서는 언제 문제가 생길지 알 수 없을 터였다. 그러다 상태가 악화되면 그때 나설 생각인 게 틀림없었다.

"그러니 나는 지금 큰형을 공격할 생각이야."

"지금요?"

간신히 마음을 안정시킨 희원이 갑자기 영신으로 방향을 튼 태신을 의아하다는 듯이 바라봤다.

"만약 이대로 할아버님에게 안 좋은 일이 생긴다고 가정해 보자."

가정만으로도 희원의 눈이 잘게 떨리기에 태신은 괜찮다고 손을 꼭 잡아 주었다. 희원도 이미 실현 가능성이 없는 가정이었기에 마음을 단단히 먹었다.

"제대로 승계가 마무리되지 않은 신성은 크게 흔들릴 수밖에 없어. 그때가 김영신이 노리기 가장 좋은 타이밍이라고 생각이 되거든."

"아……"

김영신이 그런 순간을 놓칠 거라고는 희원도 생각할 수 없었다. 할아버지가 위독하다, 혹은 타계했다는 소식이 들리자마자 작은엄마가 벌인 짓을 까발릴 거라고 보는 게 더 타당했다.

"혹시…… 작은엄마도 협박당했을까요?"

"협박?"

"그 자료를 날 협박하는 데만 쓰진 않았을 것 같아서요. 사실 그게 진짜 효력을 발휘하는 건 잘못을 저지른 사람에게 사용할 때잖아요."

희원의 말에 태신도 바로 감이 왔다. 오상연이 왜 이렇게 급하게 움직였는지. 마치 다 완성된 퍼즐의 마지막 한 조각이 맞춰지는 기분이었다.

"그렇군. 그럼 형도 지금 오상연이 성공하기만을 기다리고 있겠어."

그렇게 됐을 때를 가정해 보는 태신의 표정이 한순간에 심각해졌다.

"그럼 더더욱 이러고 있을 수 없겠다. 당장 움직여야겠어."

태신이 이럴 때가 아니라며 자리에서 일어나자 희원도 그를 따라 일어났다. 어떻게 할 거냐고는 묻지 않았다. 태신의 표정만 봐도 그럴 필요를 느끼지 못했다. 희원은 그를 믿었다.

"저는 할아버지께 가 볼게요."

지금 본가에 가면 오상연과도 마주치는 거기에 태신이 걱정스레 희원을 바라봤다가 그 단단한 눈동자를 보고는 고개를 끄덕였다.

* * *

시간은 착착 흘러갔다. 하지만 상연은 1분이 한 시간처럼 길게 느껴져 미칠 지경이었다.

지금부터는 시간 싸움이었다. 언제 반응이 올지 모르니 상연은 일이 손에 안 잡혀 출근도 하지 못했다. 집에 남기는 했지만, 별채에 계속 드나들 핑계가 없어서 본채에서 전전긍긍하고만 있었다.

남편 진규는 오히려 제 눈치를 보기 시작해서 더는 신경 쓰지 않아도 될 듯했다. 김영신과의 관계가 꼬여서 그 일이 사실로 밝혀지지 않는 한 문제는 없었다.

그런데 밤이 지나고 날이 밝았음에도 시아버지의 상태는 큰 변화가 없었다. 아무리 지사제를 처방했다지만, 복통이나 발열, 구토 등 여러 증상이 나올 수 있었다. 그런데 별채는 조용하기만 했다.

혹시 양이 너무 적었던 건 아닌지 하는 걱정이 들었다. 이런 기회가 또 올 거라고는 생각하기 힘들었다. 무엇보다 김영신이 기다려 줄지가 문제였다.

촉각을 곤두세우고 별채의 분위기만 살피던 상연의 집중이 익숙한 차의 등장에 와장창 깨졌다. 희원의 차였다.

출근해야 할 애가 이렇게 이른 시간에 무슨 일인가 싶어 상연의 눈초리가 매서워졌다. 차 트렁크에서 고급스러운 박스를 꺼낸 희원이 주저 없이 별채로 향했다. 상연은 기회를 놓치지 않고 뛰어나갔다.

"너는 왔으면 왔다고 인사를 해야지? 이제 출가외인이라고 나는 본 척도 안 하는 거니?"

별채로 들어서려는 희원을 붙든 상연이 턱을 치켰다. 슬쩍 내려다보니 버섯이라는 글씨가 가장 먼저 눈에 들어왔다. 저도 모르게 눈을 움찔한 상연이 제대로 상자를 쳐다봤다.

상황버섯 선물 세트. 어디서 들어온 걸 할아버지 드리겠다고 가져온 모양인데, 타이밍이 참으로 공교로웠다. 상연이 쓴 독도 버섯에서 채취한 것이니까.

"가장 웃어른께 먼저 인사드릴 생각이었어요. 집에 계신 줄 몰랐지만요."

조심스럽고 예의 바른 말투였으나 이전처럼 기가 죽은 느낌은 전혀 없었다. 오히려 가르치는 느낌마저 다분했다. 네가 할아버지보다 윗사람이냐고 비꼬는 것처럼 들린 상연이 미간을 좁혔다.

"그런데 어쩐 일로 집에 계세요?"

병원에 있을 시간 아니냐며 나온 한마디에 상연은 더더욱 기분이 나빠졌다.

"그러는 너는 출근했을 시간 아니니?"

"아버님이 할아버지께 드리라고 부탁하셔서요."

아버님. 아직 결혼도 하지 않은 주제에 도원의 며느리인 양 행세하는 꼴이 봐주기 힘들었다. 상연은 다시 입을 열려고 했지만, 희원이 자신을 빤히 쳐다보는 게 신경 쓰였다. 이 아이가 언제부터 제 눈을 이렇게 똑바로 응시했단 말인가.

"상황버섯이 항산화와 면역에 좋대요. 아, 간 기능 강화에도요."

그런 걸 함부로 믿고 먹으면 더 위험한 거라고 말하려던 상연은 김자엽 회장의 선물이란 걸 상기하고 억지로 입을 다물었다. 어차피 시아버지가 이 버섯을 복용할 일도 없을 것 아닌가.

희원이 이만 들어가 보겠다며 고개를 꾸벅했다.

"같이 들어가자. 나도 아버님 상태가 좋으신지 확인하려던 참이니."

희원은 티 나지 않게 이를 악물었다. 안으로 들어가자 김 집사가 두 사람을 향해 꾸벅 인사했다.

"할아버지 기침하셨나요?"

"조식을 들고 계십니다."

순간, 상연의 표정이 바뀌었다. 탈진을 하든 빈맥이 오든 복통에 시달리든 해야 하는 사람이 아무렇지 않게 아침까지 들었다? 무언가 잘못돼도 한참 잘못됐다는 걸 깨달은 것이다.

"영양 주사가 잘 맞으셨나 보네요."

희원이 고개를 끄덕이며 말했다. 별생각 없이 한 말 같았지만, 상연은 그렇게 거슬릴 수가 없었다. 저도 모르게 움켜쥔 주먹 속에서 손톱이 손바닥을 파고들었다.

"아버님께서 전해 드리라고 하셨어요. 할아버지께 더 좋을 것 같다고."

희원이 내민 버섯 세트를 받아 든 김 집사가 류경수의 방으로 안내했다. 국물을 뜨고 있던 류경수가 둘째 며느리와 희원을 보고는 수저를 내려놓았다.

"아침부터 둘 다 무슨 일인 게야?"

힘이 없는 목소리였다. 상연은 다시 머리가 혼란스러웠다. 힐끗 쳐다본 아침상은 간단했는데 그마저도 거의 손대지 않은 상황이었다. 제대로 된 식사를 할 수 없는 상태로 보이는 게 아무래도 아마톡신의 양이 너무 적었던 듯했다.

저 나이를 먹고도 기력만 없을 뿐, 신체 상태는 정정하다는 소리였다. 상연이 입술 안쪽을 짓씹으며 애써 표정 관리를 했다. 너무 조심스러웠던 게 문제였다. 좀 더 과감히 쓸걸. 이제는 의미 없는 후회가 머릿속을 어지럽혔다.

"희원이가 왔길래 얼굴도 보고 겸사겸사 아버님 상태도 확인하러 왔어요. 어제 영양 주사 맞으신 게 괜찮으신지요."

"안 그래도 속이 울렁거리는 게 영 입맛이 없다. 이 나이에는 뭐든 과하면 독이라더니."

"몸이 적응할 시간이 필요한 걸 수도 있고요. 영 안 좋으시면 한번 병원에 오셔서 검사받아 보세요."

"그러마."

상연과의 대화를 짧게 끝낸 류경수가 희원을 불러다 옆에 앉혔다. 애틋한 시선으로 희원의 손을 잡는 시아버지의 모습에 상연이 이를 악물었다. 저 모습을 보니 오늘의 실패가 훨씬 더 뼈아팠다.

"저는 이만 병원에 가 봐야 해서 일어날게요. 희원아, 편히 있다 가렴."

더는 못 봐주겠다 싶어 상연이 먼저 자리를 피했다. 현관문이 닫히는 소리가 난 후에야 희원이 억지로 쓰고 있던 가면을 벗어던지고 할아버지를 바라봤다. 금세 눈물이 고였다.

"정말 괜찮으신 거죠, 할아버지?"

"그럼. 아무렇지도 않단다. 아침은 든 게야? 다시 상을 내오라고 하마."

"할아버지랑 같이 먹을게요."

"그래, 그래."

제가 먹어야 할아버지가 더 기운 내서 식사할 것 같아 희원은 그렇게 말했다. 태신과 함께 움직이지 않고 할아버지를 보러 온 건 할아버지가 받았을 정신적 충격을 조금이나마 줄여 드리고 싶었기 때문이었다.

둘째 며느리가 첫째 며느리뿐 아니라 자신마저 해치려고 했다는 걸 아셨을 때 할아버지가 버틸 수 있을지 자신이 없었다. 충격에 정신을 놓아 버려도 이상하지 않은 일이라 무조건 곁에 있을 생각이었다. 태신이 저를 붙잡아 줬던 것처럼, 저도 할아버지가 삶을 이어 갈 힘이 되어 드리고 싶었다.

김 집사가 상을 치우자 희원은 할아버지의 다리에 얼굴을 대고 손을 뺨 위에 얹었다. 윤기 없이 거죽만 남은 손에서 할아버지의 인생이 느껴졌다.

"할아버지, 정말로 저 두고 가시면 안 돼요."

"허허, 내가 어딜 간다는 게냐. 별걱정을 다 하는구나."

"아빠가…… 그렇게 가셨잖아요."

희원은 솔직히 아빠에 대한 원망을 지금까지도 내려놓지 못했다. 작은엄마를 향한 분노와는 전혀 결이 다른 문제였다.

슬픔은 이해했다. 저 역시 엄마를 따라갈까 하는 생각을 안 해 보지 않았으니까. 하지만 그걸 정말 실행에 옮겼어야 했을까. 그러는 동안 제 생각은 한 번도 안 들었을까. 저는 그냥 알아서 잘 살아갈 거라고 생각한 걸까.

그래서 지금까지도 집에 들어가지 못했다. 현관문을 열면 여전히 아빠가 매달려 있을 것만 같아서. 그날 본 장면이 다시 눈 앞에 펼쳐질 것 같아서.

"아비란 것이 심약해서 하나뿐인 딸에게…… 지울 수 없는 상처를 남겼구나."

류경수는 왜 손녀가 이 이른 아침부터 핑계까지 만들어 가며 달려왔는지 이해했다. 대체 저 상처를 어떻게 어루만져 줘야 할지 감도 오지 않았다. 이렇게 오래 살았는데, 한평생을 허투루 산 기분이었다.

다만 저 상처를 아물게 해 줄 수는 없어도 다시 뜯어내 피가 철철 나게 할 수는 없다는 생각만큼은 확실히 들었다. 정신을 붙잡고 버텨야 했다. 이 예쁜 손녀가 상처를 딛고 일어서 행복하게 사는 모습을 지켜봐야 했다. 그것이 심약한 아들을 둔 아비가 속죄하는 법이었다.

"이 할아버지가 꼭 약속하마. 앞으로 네가 낳을 아이가 걸음마를 떼고 유치원, 아니, 학교에 들어갈 때까지 정정하게 버티겠다고."

"할아버지……."

몸을 일으키는 희원의 눈에 눈물이 그렁그렁했다.

"저랑 약속하신 거예요? 꼭 지키셔야 해요."

"그래. 내 무조건 지키마."

몇 번이나 다시 말하며 호언장담하는 할아버지의 모습에 희원이 환하게 웃었다. 희원의 상처가 조금은, 아주 조금은 옅어진 것 같아 류경수도 마주 웃어 줄 수 있었다.

* * *

"올 때가 됐다고는 생각했다."

이른 아침부터 찾아온 막내의 표정에서 결의를 읽은 김 회장이 코로 한숨을 내쉬었다.

큰 애가 선전포고를 했으니 막내도 그렇게 되지 않도록 발악을 할 수밖에 없을 터였다. 하지만 어쨌든 결정적인 증거를 쥐고 있는 건 큰애인 만큼 막는 게 쉽진 않을 터였다.

만약 제힘을 빌리러 온 거라면 삼촌을 위해서라도 도와주기는 할 터지만 실망스러웠다. 막내도 제 자리를 이어받을 정도의 깜냥은 되지 않는다는 소리니까.

"큰형을 버리세요."

"신성을 삼키겠다고 한 게 마음에 안 들겠지만, 그래도 네 형이다. 장차 도원을 이끌어 갈 놈이고."

"정말 모르시는 겁니까. 계속 모른 척하기로 하신 겁니까."

"……."

김 회장의 두꺼운 눈썹이 들썩거리는 사이, 태신이 스위치를 눌러 스크린을 켰다. 김 회장의 서재에는 회의를 위한 스크린이 벽 한쪽을 차지하고 있어 바로 컴퓨터를 연결할 수 있었다. USB를 꽂아 파일을 연 태신이 다시 아버지를 바라봤다.

"언제까지 외면하실 생각이셨는지 모르겠지만, 둘째 아들에 존경한다는 삼촌까지 해치는 놈을 끝까지 안고 가시진 않으시겠죠."

"말조심하거라."

김 회장은 짐짓 노한 듯 엄한 목소리고 혼을 냈지만, 그의 시선은 스크린에서 떨어질 줄을 몰랐다.

횡령, 배임, 비자금 조성.

태신이 꺼내 든 자료는 김 회장이 파악하고 있던 것보다 훨씬 방대하고 구체적이었다. 영신이 도원을 장악하려고 딴 주머니를 차는 것도 월권을 행사하는 것도 알고는 있었지만, 이 정도 규모인 줄은 몰랐다.

이 자료가 어디서 났느냐고 물으려는데, 태신이 화면을 넘겼다.

조폭과의 연계, 용역 고용, 마약.

두 번째 자료는 더 심각했다. 사람을 불구로 또 마약 중독자로 만들었다는 내용에 김 회장이 참지 못하고 몸을 일으켰다.

"이게 다 무어야. 다…… 영신이 놈이 저지른 일이라고?"

자동으로 화면이 넘어가면서 피해자 목록이 떴다. 누군지 전혀 모르는 사람이 있는가 하면 김 회장도 알 만큼 유명한 이도 있었다.

증거 자료가 이리도 깔끔하게 정리되어 있음에도 부정하듯 고개를 흔드는 아버지를 환멸의 시선으로 바라보던 태신이 냉소적인 투로 말했다.

"왜 처음 보시는 것처럼 말씀하세요."

"뭐야?"

"큰형이 저지른 가장 큰 죄악을 매일 보고 계시잖아요."

"무슨……."

김 회장은 무슨 뜬구름 잡는 소리냐며 반문했다. 영신이 저지른 가장 큰 죄악? 그걸 매일 본다?

그때, 김 회장의 시선이 옆으로 돌아갔다. 무슨 기척을 느낀 것도 아닌데 본능이 꿈틀거렸다.

그 시선이 닿는 곳에 어느새 문을 열고 들어온 둘째 주성이 주춤거리며 서 있었다. 다리를 절뚝거리고 말도 어눌하게 해 볼 때마다 혀를 차게 했던 바로 그 모습으로.

영신이 저지른 가장 큰 죄악…….

"큰형이 그랬다는 거 사실 짐작하고 계셨잖아요."

"……."

수술 중 표시등이 켜진 수술실 앞에서 부디 무사하기만을 기도하며 기다렸던 순간이 떠올랐다. 졸도하기 직전인 어머니를 안아 주며 괜찮을 거라고 위로하던 영신을 기억했다.

중환자실로 이동했을 때도, 상태가 나아져서 일반 병실로 옮겨졌을 때도 영신은 동생 걱정에 여념이 없었다.

질끈 감은 김 회장의 눈꺼풀이 잘게 떨렸다. 그 안의 눈동자가 갈피를 잃고 흔들렸다.

"이것들 다 작은형이 모아 뒀던 거예요. 제가 알아본 사건들과 완벽하게 일치했죠. 작은형도 아버지 핏줄은 핏줄이더라고요. 그렇게 큰형을 무서워하면서도 자기 살길은 만들어 놓은 게."

태신이 코웃음을 치며 작은형 주성을 바라봤다. 영신이 자기를 진짜 죽여 버릴까 봐 무섭다며 엉엉 울던 사람이라고 믿기 힘들 만큼 주성은 큰형의 약점을 모조리 가지고 있었다. 달리 얘기하면 저런 약점을 쥐고도 큰형이 무서워 벌벌 떨며 살고 있던 것이다.

왜 큰형이 차 사고라는 강수를 둔 건지 태신은 저 자료들을 보고서야 이해했다. 큰형이 어떤 짓까지 저질렀는지 다 아는 사람이었으니 자신을 벗어나게 둘 수 없던 것이다.

죽으면 어쩔 수 없고, 살아도 두 번 다시 자신을 배신할 수 없게 차로 쳐 버렸다. 김영신이 노린 대로 주성은 사고 이후로 지금까지 살아도 사는 게 아닌 것처럼 살아왔다.

지금 사는 게 호흡기에만 의존하는 식물인간과 뭐가 다르냐는 태신의 말이 주성을 움직였다. 죽는 게 무서워서 숨어 사는 게 죽은 거와 다름없다는 걸 깨닫게 해 줬다.

"저나 주성이 형을 위해서 결단을 내리시라고 하진 않을게요. 하지만 아버지가 목숨보다 소중히 여기는 도원을 위해서라면 얘기가 다르겠죠."

태신은 제가 할 말은 여기까지라는 듯 몸을 돌렸다. 이제 아버지는 자신이 일궈 온 가업을 위해서라도 큰형의 권력을 회수하지 않을 수 없을 것이다.

"지금 움직이더라도 영신이가 신성을 물고 늘어지는 건 막을 수 없을 게다."

막 방을 나서려는 태신이 걸음을 멈추고 아버지를 돌아봤다. 맞는 말이었다. 당장 영신의 집과 회사를 급습하더라도 그가 마음먹고 오상연의 일을 유출한다면 막을 길이 없었다.

"막지 않을 겁니다."

태신을 엿 먹이기 위해서라도 그러고도 남을 사람이었다. 하지만 태신은 상관없었다.

"오상연을 떼어 낼 절호의 기회니까요."

물론 신성 그룹이 입을 타격이 만만치 않을 것이다. 류진규 사장이 승계를 준비하고 있었으니 더더욱 치명적이었다. 이혼하더라도 과연 오상연과 신성을 떼어놓고 볼 수 있을지 미지수였다.

하지만 최악만큼은 피하지 않나. 영신이 노린 것과 달리 류경수 회장의 건강에 이상이 없으니 주가 폭락 정도는 감내하면 될 일이었다.

비 온 뒤 땅이 더 단단히 굳듯이 신성 그룹도 암 덩어리를 떼어 내고 나면 더 건강해질 테니까.

본가를 나온 태신은 그 길로 류 회장을 만나러 갔다. 아직 희원이 할아버지와 함께 있다고 했으니 얘기하기 더 좋았다.

"괜찮으세요?"

도착한 태신도 제 안위부터 살피자 류경수가 소리 없이 웃으며 고개를 끄덕였다.

"괜찮네. 자네는 어찌 왔는가."

"곧 오상연 병원장이 저지른 부정이 세상에 알려질 겁니다. 신성이 흔들릴 테니 대비하셔야 합니다."

류경수는 눈을 질끈 감았다가 떴다. 심장에 좋지 않은 소식이었지만 충격을 받고 말고 할 때가 아니었다.

"진규를 부르게. 진아 어미는 그 뒤에 오게 하고."

"예, 회장님."

김 집사가 얼른 움직였다. 시간차를 두고 불렀다는 건 오늘 상황 정리를 끝내 버리겠다는 뜻이나 다름없었다.

류진규가 오기를 기다리는 동안 태신은 어떻게 진행이 되고 있는지 설명했다.

"어떻게 자기 형제를……."

희원은 그 말만 듣고도 졸도할 뻔했다. 오상연은 피가 안 통하는 남이기나 했지, 어떻게 형제를 죽이려고 한단 말인가.

"아마 지금쯤 후회하고 있을 거야. 이렇게 발목을 잡을 줄 알았다면 확실하게 죽여 버릴 걸 그랬다고."

후회한다는 말에 조금이라도 인간적인 면을 기대했던 희원이 질린다는 듯 고개를 흔들었다.

"어쨌든 손발이 묶고 무기를 뺏은 거니 더는 걱정하지 않아도 돼."

"오히려 눈이 뒤집혀서 더 위험해진 거 아닐까요?"

"모든 공포 정치의 끝은 처참하다는 말 들어 봤어?"

"네?"

"형이 약해지면 그동안 무자비하게 약점을 잡고 꼭두각시로 만든 사람들이 가만히 보고 있을까?"

"아……."

희원이 생각한 영신은 사람들을 잘 돕고 후원하면서 인맥과 자기편을 늘리는 사람이었지만, 그 이면은 마약과 돈, 폭력으로 군림하는 지배자였다.

"이미 형에게 약점을 잡혔던 대성 그룹 장남이나 천수 물산 사장한테 언질을 보내 뒀어. 특히 천수 물산 사장은 형이 일부러 함정에 빠뜨렸더라고. 그 일에 관해 다 알려 줬으니 가만히 있지 않겠지."

억눌려 피해를 볼 수밖에 없던 이들이 한 번에 들고 일어나면 영신은 그걸 대처하기 바쁠 터였다.

그렇게 되면 이번 위기만 넘기면 모두 일단락된다는 소리였다. 희원의 얼굴에 희망이 차자 태신도 기쁘기 그지없었다. 저 얼굴에 불안이 어리는 걸 더는 보고 싶지 않았다. 행복하게만 해 주고 싶은데 다른 사람도 아니고 제 형 때문에 불안에 떨며 살다니 용납할 수 없는 일이었다.

"아버지. 무슨 일이시길래……. 왜 다들 여기에?"

막 방에 들어서던 류진규가 희원과 태신을 보고는 눈이 휘둥그레졌다. 아버지가 급하게 찾는다는 소리에 놀라서 달려왔다가 심상치 않은 기운을 느끼고는 표정을 굳혔다.

"앉아라."

류진규는 알 수 없는 불안감이 밀려오는 걸 애써 누르고 자리에 앉았다. 앞에 놓인 차라도 마시려고 했다가 뜨거워서 도로 내려놨다.

"진아 어미를 살인 미수로 고소할 거다. 시간이 없으니 최대한 빨리 이혼 소송을 제기……."

"아, 아버지! 잠시만, 이게 다 무슨, 살인 미수요?"

류진규가 벌떡 일어나다가 차를 쏟았다. 뜨거운 차가 튀었지만, 그게 중요한 게 아니었다.

"혹시 형수님 루머 때문에 그러세요? 그거 다 음해라는 거 아시잖아요."

"날 죽이려고 하더구나."

"예……?"

류경수의 눈짓에 김 집사가 준비해 둔 서류를 내밀었다. 바짝 굳어서 진위를 따지던 진규가 서류를 훑어보고는 털썩 주저앉았다.

아내가 며칠 전부터 아버지의 영양 주사를 준비했다는 건 잘 알고 있었다. 동영상에 대해 추궁하러 왔을 때 주사를 놓고 있었던 것도 기억했다.

그 주사에…… 독이 들어 있었다고?

"무슨, 무슨 착오가……. 허억, 헉……."

진규가 말을 잇지 못하고 심장을 붙잡았다. 숨을 제대로 쉬지 못하는 그를 본 김 집사가 빠르게 셔츠 단추를 풀고 호흡하기 쉽도록 자세를 잡아 줬다. 마치 이럴 줄 알았다는 듯 신속한 반응이었다.

그가 안정을 찾을 때까지 아무도 입을 열지 않았다. 류경수는 아예 눈을 감고 있었고 태신은 희원의 손을 잡아 줬다.

그 무거운 침묵이 마치 진실의 무게처럼 류진규를 내리눌렀다. 그러다가 한순간 울컥한 그는 끅끅 울음을 삼켰다. 이를 악물 채 통곡하는 그의 심정이 무너져 내렸다.

한참을 울고 난 그가 빨갛게 충혈된 눈으로 희원을 바라봤다. 아무 얘기도 듣지 않았는데 형수 관련된 루머가 진실이었다는 것마저 알 수 있었다.

"미안하다. 미안해."

엎드리다시피 한 채 다시 우는 진규를 바라보는 희원의 표정도 좋을 수 없었다. 자신을 딸처럼 생각한다던 작은아빠의 말이 떠올랐다. 그가 무슨 죄가 있겠는가.

"그럴 시간에 얼른 움직이거라. 내게 한 짓은 우리만 알지만, 희원이 어미 일은 곧 밝혀질 것이야. 너와 네 형의 인생이 녹아 있는 신성을 이대로 무너 뜨릴 셈이냐."

아버지의 말에 진규가 눈을 부릅떴다. 생각해 보면 간호사 동영상도 익명으로 오지 않았나. 그 일이 밝혀진다면 신성 그룹이 사회적 지탄의 대상이 될 터였다. 오너 리스크로 흔들리면 주가가 크게 하락할 뿐 아니라 신성 병원에 대한 신뢰도 역시 회복 불가능했다.

"무엇이 중요한지 잘 판단하거라. 네가 마음을 단단히 먹어야 해."

아버지의 말 한마디 한마디가 가슴에 박혔다. 슬퍼할 시간도, 배신감에 치를 떨 시간도 없었다.

"알겠습니다, 아버지. 신성을 지키고……. 그러고 나서 형과 형수님께 사죄하러 가겠습니다."

자리에서 일어난 진규가 희원을 한 번 바라봤다. 그 마음을 알기에 희원은 그저 고개만 끄덕였다.

"아버님?"

그런데 그가 떠나기 전, 오상연이 도착했다. 방에 들어서던 오상연이 방 안 분위기를 보고는 멈칫했다. 김태신이 와 있다는 걸 신경 쓰기에는 남편의 상태가 좋지 않았다. 울었는지 붓고 충혈된 눈과 딱딱한 표정.

상연이 저도 모르게 무게 중심을 뒤로 뺐다. 뒷걸음질을 치지는 못하고 우물쭈물하던 그녀의 눈에 바닥에 흩어진 서류가 보였다.

"!"

마구 흐트러져 있어서 제대로 보기 힘들었지만, 한두 장만 봐도 무슨 내용인지 짐작할 수 있었다.

"이건……."

성분 의뢰서라니. 시아버지에게 수액을 맞히는 것까지 확인했는데! 눈앞이 아찔해진 상연이 헛숨을 들이켰다. 물론 수액이 다 들어가는 걸 제 눈으로 본 건 아니지만, 설마 제가 자리를 비운 사이에 바꿔치기했을 거라고는 상상도 하지 못했다. 그건 절 의심하고 있어야만 가능한 일이니까.

아마톡신을 준비해 준 건 김영신이었다. 절대 들키지 않을 경로로 받았고 그와 연락한 흔적 하나 남기지 않았다. 게다가 영양 팩에 넣을 때도 얼마나 조심했던가. 상연은 완전 범죄라고 확신하고 있었다.

그런데 그런 것과 전혀 상관없이 제가 수액에 농간을 부릴 걸 예상하고 있었다고?

상연은 믿을 수가 없었다. 어떻게 자신을 의심했는지. 제 무엇이 의심을 샀는지. 말도 안 되는 현실을 부정하듯 고개를 흔들었지만, 진규는 냉랭했다.

"말할 것 없어. 형사 고소 들어갈 거니 짐 싸. 병원장 해임 건으로 이사회 열 거니 알아 두고."

"여, 여보."

상연이 붙잡으려고 손을 뻗었지만, 진규는 닿는 것조차 용납하지 않았다. 거칠게 뿌리치다가 상연의 얼굴을 치고 말았다.

"악!"

의도치 않게 뺨을 후려친 탓에 옆으로 넘어진 상연이 비명을 질렀지만, 진규는 뒤도 돌아보지 않고 떠나 버렸다.

"아버님, 아버님. 다 오해예요. 저는 모르는 일이에요! 정말 모르는 일인데, 억울해요!"

상연이 재빨리 매달릴 상대를 바꿨다. 무릎걸음으로 엉금엉금 기어가 류경수에게 억울함을 호소했다. 하지만 그 손이 류경수에게 닿기 전, 이번에는 김 집사가 사이에 끼어들며 막아섰다. 비키라고 팔로 밀치는데도 꿈쩍도 하지 않고 서 있는 바람에 상연은 시아버지의 얼굴조차 제대로 볼 수 없었다.

"아버님, 절 믿어 주세요! 제가 시집와서 얼마나 헌신했는지 아시잖아요! 제가, 제가 왜 그러겠어요. 왜!"

김 집사를 피해 옆으로 돌던 오상연이 희원과 부딪치고는 멈칫했다. 희원의 표정을 보는 순간 수치심과 모욕감이 확 밀려온 것이다.

"정말 뻔뻔하시네요."

표정으로 그치지 않고 조롱까지 당하자 상연의 얼굴이 시뻘게졌다. 참지 못하고 손을 번쩍 들어 내리쳤는데, 희원의 뺨에 닿기는커녕 그전에 잡히고 말았다. 희원의 앞으로 팔을 뻗은 태신이 상연의 손목을 부러뜨릴 듯이 잡고는 옆으로 꺾었다.

"까악!"

고래고래 비명을 내지르는 오상연을 옆으로 치운 태신이 희원에게 괜찮은지 물었다. 맞지도 않았으니 안 괜찮을 게 있겠느냐마는 바로 앞에서 오상연이 난동을 피웠으니 여간 놀란 게 아닐 터였다.

괜찮다고 태신을 안심시킨 희원이 작은엄마, 이제는 작은엄마라고 생각하고 싶지도 않은 여자를 바라봤다. 늘 단정하게 올려 정돈한 머리가 어느새 산발이 되어 있었다.

"엄마를 죽게 하고 할아버지를 해치려고 하면서까지 얻으려고 했던 그 자리가 이제 절대로 당신 손에 들어가지 않게 됐네요."

희원의 말에 바닥으로 떨궜던 상연의 고개가 확 돌아갔다. 눈에 살기가 가득했지만, 다시 달려들지는 못했다. 바로 옆에 그보다 더한 살기를 띤 채 그녀를 주시하는 태신이 있었기 때문이었다.

희원에게 덤볐다가는 저 인간에게 목이 졸릴 것 같다는 본능적인 두려움이 살기마저 억눌렀다.

"앞으로 한번 지켜보세요. 당신 덕분에 저도 진심이 됐으니까."

도발. 혹은 선전포고. 그게 무엇을 의미하는지 알아듣지 못할 상연이 아니었다. 대놓고 신성의 주인을 노리겠다는 선포에 상연의 눈에 불꽃이 튀었다.

"너, 너 따위가……!"

"얼마든지 발버둥 치세요. 당신이 저지른 죗값 다 치를 때까지 절대 봐주지 않을 거니까."

희원은 이를 악물고 선언했다. 그토록 욕심을 부리던 것을 다 잃고 추악한 본성을 드러내는 오상연을 보니 자신이 뭘 원하는지 확실히 깨달을 수 있었다.

진심 어린 사과 같은 건 필요 없었다. 저런 사람은 진심조차 더러울 테니까. 그저 저지른 죄에 합당한 응분의 대가를 치르면 됐다.

이만하면 됐다고 여긴 류경수가 손짓하자 김 집사가 사람들을 불러 오상연을 끌어냈다. 이대로 무력하게 끌려 나갈 수는 없다고 상연은 고래고래 소리를 지르며 발악했다.

자신이 류씨가에 얼마나 헌신했는지를 떠들어 대며 자신이 없는 신성은 신성이 아니라고 악을 써댔다.

그 말 하나하나가 다 기가 찼다. 얼마나 자신을 과대평가하고 주변을 다 평가 절하해 왔으면 저런 말을 할 수 있을까 싶었다. 희원은 더 듣고 싶지도 않아 고개를 돌렸다.

"기사 올라왔다."

그사이 핸드폰을 확인한 태신이 속보로 뜬 기사를 희원에게 보여줬다. 류진규 사장이 오상연 신성 병원 병원장과 이혼하겠다는 의사를 공개적으로 표명했다는 내용이었다. 오 병원장의 유책이라는 간단한 설명과 함께 신성 병원 매각을 추진할 거라는 파격적인 소식이 담겨 있었다.

병원까지 매각한다는 것에 희원은 놀랐지만, 생각해 보면 이해가 되는 대목이었다. 오상연과 신성 병원은 떼어 놓을 수 없는 한 몸과도 같은 존재였으니까.

물론 오상연이 저지른 일 때문에 신뢰도와 평판이 하락하겠지만, 오상연이 해임되고 나면 매각 자체는 어렵지 않을 터였다.

"그럼 할아버님. 큰형 때문에 집안이 소란스러우니 저희도 이만 가 보겠습니다."

"그러거라. 자엽이에게 내 건재하다 전해 주고."

"예."

태신은 류경수의 눈빛이 끓어오르고 있다는 걸 알아차렸다. 앞으로 신성이 겪을 위기는 단숨에 해결할 수 없는 일이었다. 바이오계의 거대 공룡인 신성을 노리는 자들이 오너리스크를 물고 늘어지며 달라붙을 것이다. 그 모든 걸 이겨 내고 신성을 지켜 내는 일이 쉬울 리 없었다.

장기전을 대비하는 백전노장의 살아 있는 눈빛에 태신은 안심하고 희원을 데리고 나왔다.

"괜찮아?"

차에 타도록 희원이 아무 말이 없자 태신이 안색을 살폈다. 물론 괜찮을 리 없다는 것쯤은 알고 있었지만, 잘 이겨 내기를 바라는 마음이었다.

잠시 호흡을 가다듬으며 말을 고르던 희원이 마른 입술을 축이고는 입을 뗐다.

"조금 얼떨떨해서요. 이렇게 저 사람을 끌어낼 수 있을 줄 몰랐어요."

"어떻게 보면 큰형이 도와준 거지."

"네? 아……. 그렇게 볼 수 있네요."

영신이 오상연을 자극해서 움직이게 하지 않았다면 이렇게 급하게 일을 저지르지 않았을 가능성이 컸다. 만약 그랬다면 할아버지가 엄마 일을 믿어 주지 않았을 테니 김영신이 도왔다는 말도 틀린 건 아니었다.

"그만큼 우리가 위협적으로 느껴진 거야. 이대로 시간을 끌어 봐야 결속만 단단해질 테니 어떻게든 결혼 전에 해결하려고 한 걸 테고."

태신의 설명에 희원은 딱딱하게 굳고 말랐던 가슴이 부드럽게 풀어지는 기분이 들었다. 뻣뻣하던 몸도 힘이 빠지면서 살짝 풀어졌다.

태신이 없었다면 어땠을까? 태신과의 결혼을 각오했던 때가 떠올랐다. 숨도 못 쉬게 자신을 짓누르는 작은엄마에게서 살아남고자, 든든한 뒷배를 가지고자 필사적으로 손을 내밀었었다. 그 안에는 제 속에 싹텄던 의심을 불식시킬 힘을 가지고 싶다는 생각도 있었다. 김태신이라면 가능하게 해 줄 거라고.

그런데 현실은 그 이상이었다. 의심은 진실이었고 태신이 아니라면 해결할 수 없는 상황이 벌어졌다. 제가 한 거라고는 태신을 믿고 사랑한 것밖에 없는데, 그 믿음을 보답받은 것처럼 일이 술술 풀렸다.

희원의 감정 변화를 느낀 태신이 이마와 머리를 쓰다듬어 줬다. 희원의 입술이 자연스럽게 미소를 머금었다.

"그렇게 생각하니까 기분이 좋아서요."

정략결혼으로 시작했고 심지어 서로의 상대도 아니었다. 그렇게 어긋난 시작이었지만 어느새 어떤 역경에도 흔들리지 않을 만큼 단단한 사이가 되어 있었다. 거기다 정략결혼으로서의 시너지도 발휘해 무궁무진하게 발전할 가능성까지 보였으니 천하의 김영신이 위협을 느끼는 것도 무리가 아니었다.

"사랑해요."

그 마음을 그대로 담은 말이 희원의 입에서 흘러나왔다. 태신이 웃으며 팔을 벌렸다. 그의 품에 안긴 희원이 먼저 입술을 붙였다.

태신은 이 모든 것이 기꺼웠다. 희원이 더는 상처받지 않게 됐다는 것도 이렇게 마음을 표현하게 됐다는 것도.

그리고 희원과의 결혼이 제 평생의 숙원이었던 큰형을 무너뜨렸다는 데에 의의가 있었다. 큰형을 남기고 결혼했다면 신랑 신부가 입장하는 길 위에 가시덤불이 깔려 있는 거나 마찬가지였다.

희원의 뺨을 그러쥐며 부드럽게 입을 맞춘 태신이 희원의 눈을 정면으로 바라보며 사랑한다고 마음을 속삭였다.

* * *

"하하."

웃었다. 웃음밖에 안 나왔다. 류경수 회장의 소식만 기다리고 있던 영신을 찾아온 건 김 회장의 사람들이었다.

순식간이었다. 마치 검찰에서 압수수색이 나온 것처럼 수십 명의 사람이 우르르 쏟아져 들어왔다. 이 일로 일어날 손해를 감수하겠다는 듯이 모든 업무를 중지시키고 영신을 사무실에 억류했다.

"지금 부로 김영신 부사장님은 모든 업무에서 배제되었습니다. 본가로 모시고 오라는 회장님의 지시입니다."

다른 선택지는 아예 없다는 듯 다섯 명의 장정이 영신을 둘러쌌다. 영신은 히죽히죽 웃기만 했다.

"한 방 먹었네?"

그러면서 시간을 끄는 건지, 버티는 건지 움직이지 않았다. 사내들도 만만치 않았다. 기 싸움을 하듯 영신을 압박하며 기다렸다.

영신은 그들이 등장할 때부터 이미 지시를 다 내려 둔 참이었다. 신성을 무너뜨릴 폭탄을 터트렸으니 한 방 먹은 것에 답례는 해 줄 수 있을 터였다.

업무 배제. 부사장 해임. 아버지가 이런 초강수를 두었다는 건 단순히 신성 그룹 때문이 아닐 터였다.

태신에게 발목이 잡힐 만큼 허술하게 굴지 않았는데, 뭐가 문제였을까.

중요한 건 아버지의 신임을 다시 사야 한다는 거니 태신이 무슨 수를 쓴 건지는 중요하지 않았다. 막내가 불의의 사고를 당하기라도 하면 도원은 저절로 제 손에 들어오게 되지 않겠는가?

그러니 지금 상황이 어떻게 돌아가든 도원은 제 것이었다. 제가 장남으로 태어났을 때부터 그렇게 정해졌고 바뀔 일은 없었다.

"좋아. 아버지가 부르시는데 얼른 가야지."

자리에서 일어난 영신은 마치 야유회를 가는 사람처럼 느긋한 태도로 움직였다. 평소와 다른 분위기에 술렁거리는 직원들을 무시하고 아래로 내려가는 그의 얼굴에 위험한 미소가 감돌았다.

차로 이동하던 중, 커다란 빌딩 한 면을 차지한 전광판에 뜬 뉴스 속보가 영신의 시선을 붙들었다.

어찌나 깔끔히 준비해 두었는지 신성 병원 병원장의 추악한 민낯이라며 바로 속보가 떴다. 신성 병원에 신성 그룹까지 엮어 두었으니 주가가 폭락하기 시작할 터였다.

조각조각 예쁘게 잘린 신성을 맛있게 먹을 생각을 하니 콧노래가 다 나왔다. 이럴 때 한잔해야 하는 건데.

"차에 술 둔 거 없나?"

실제 영신이 타고 다니는 차에는 언제나 술이 준비되어 있어서 물어본 건데 대답조차 들을 수 없었다. 피식 웃은 영신이 손가락을 빙빙 돌리며 얼굴 하나하나를 눈에 담았다. 그의 눈에 띈다는 건 절대 좋은 일이 아니었다.

"이름이 어떻게 되지?"

물론 이름도 듣지 못했지만 상관하지 않았다. 이미 얼굴을 기억했으니까. 영신은 마치 살생부를 작성하듯 손가락을 움직였다.

* * *

영신을 데려오라고 지시를 내린 후 김 회장은 처음으로 둘째 아들 주성과

진지하게 얘기를 나눴다. 영신이 어릴 때부터 저질러 온 일들을 듣는 동안 김 회장은 억장이 몇 번이고 무너져 내렸다.

막내 태신을 괴롭힌 것은 물론 친구들 사이에서도 그는 평범하게 놀지 않았다. 영신이 다니던 학교에서 유난히 전학을 간 아이들이 많았던 것이 영신이 벌인 일이었다는 것을 김 회장은 지금 처음 알았다.

영신은 인생을 마치 게임하듯이 살고 있었다. 자기 자신만 플레이어고 남들은 모두 NPC라며 웃었다는 주성의 말을 정확히 이해할 수는 없었지만, 어쨌든 타인을 사람으로 보지 않았다는 뜻으로 해석됐다.

주성을 방으로 돌려보낸 후 김 회장은 스크린에 뜬 자료들을 다시 봤다.

횡령. 배임. 그런 거는 제가 생각한 것보다 규모가 컸을 뿐, 이해 범주 내에서 일어난 일이었다.

마약? 그래. 김 회장은 마약까지도 납득할 수 있었다. 요즘 마약 문제에 연루되는 재벌 3, 4세들이 한둘이던가?

그런데 제 아들이 그 주동자였다. 심지어 본인은 절대 손도 안 대면서 다른 이들을 중독시켰다. 물론 그들이 다 억울하게 당한 건 아닐 터였다. 하지만 그렇다고 마약을 공급했다는 죄가 없어지지는 않았다.

일부러 함정에 빠뜨려서 약점을 잡고 꼭두각시로 만들다니 대체 어떻게 하면 이런 악랄한 방법을 생각해 내고 실행하는 건지 김 회장은 아버지임에도 도저히 그를 이해할 수가 없었다.

게다가 수틀리면 폭행을 저지르는 건 물론이요. 인생이 망가져서 죽은 사람도 있었다는 것에 그는 자신이 악마를 낳았다는 생각마저 들었다. 잘못 키운 건지 처음부터 잘못된 놈이 태어난 건지 모르겠지만, 잘못돼도 한참 잘못됐다는 게 느껴졌다.

'정말 모르시는 겁니까. 모른 척하시는 거예요. 언제까지 외면하실 생각이셨는지 모르겠지만……'

태신이 비꼬듯 던진 말이 머릿속을 어지럽히고 가슴을 옥죄어 왔다. 자신은 눈뜬장님이었다. 진실이 코앞에 있는데도 보기를 외면했다.

겉보기로는 능력 좋고 대단한 아들이니까. 그런 아들에게 흠이 있다는 걸 인정하고 싶지 않아서 외면해 왔다.

삼 형제의 실제 사이가 어떤지 관심 한번 보이지 않고 알아서 잘 지내려니 했다.

교활하고 탐욕스러운 큰애가 태신의 이미지를 망가뜨리고 악의적인 소문을 퍼트리는 걸 알았으면서도 그 정도는 후계 경쟁의 신경전에 불과하다며 관심을 두지 않았다. 그런 건 태신이 알아서 이겨 내고 해결할 문제라고 선을 그으면서.

그 이면에 태신이 얼마나 상처받고 힘들어하고 있었는지는 보려고도 하지 않았다. 갑질 사건으로 고생할 때도 기업 이미지가 나빠지는 것만 걱정했던 걸 떠올린 김 회장은 창자가 끊어지는 듯한 참담한 심정을 느꼈다. 실제로 몸에 무리가 가는지 가슴께가 견디기 힘들 정도로 아파 끙끙댔다.

식은땀을 손수건으로 훔치는 중, 영신이 문을 열고 들어왔다.

"부르셨어요, 아버지."

태평하기 짝이 없는 말을 뱉던 영신이 켜져 있는 스크린을 보고 눈을 크게 떴다.

"와, 다 걸렸네?"

신기하다는 듯 화면을 훑어보던 그가 고개를 갸웃거렸다. 태신이가 이걸 찾았을 리가 없는데?

그 태연하고 뻔뻔한 모습에 김 회장이 긴 한숨을 내쉬었다.

"대체 뭐가 문제였느냐. 왜 그랬어."

물어나 보고 싶었다. 다 가지고 태어나 누구보다 큰 가능성을 손에 쥐고 있었으면서 왜 이래야 했는지.

그러자 화면에서 시선을 뗀 영신이 영문을 모르겠다는 듯 되물었다.

"안 될 이유는 뭡니까? 이렇게 하면 인생이 훨씬 쉽고 재밌게 돌아가는데."

다 들킨 마당에 포장 따윈 하지 않겠다는 듯이 영신이 본심을 그대로 드러 냈다. 그러면서 히죽 웃는 모습이 아버지의 눈으로 봐도 미친놈 같았다. 팔 걸이를 부여잡은 김 회장의 손이 파르르 떨렸다. 목에 핏대가 섰지만 아무 말도 하지 못했다.

한참을 끙끙거린 끝에 간신히 호흡을 터트린 김 회장이 축객령을 내렸다.

"근신해라. 집에서 한 발짝이라도 나가는 순간 너는 네 아들이 아니다."

"오랜만에 가족들과 좋은 시간 보내고 좋네요. 어차피 어머니께는 말씀 안 하실 거죠? 어머니랑 데이트해야겠네."

권한을 다 뺏고 집에 가둔다는데도 조금도 움츠러들지 않는 큰애의 태도 에 김 회장은 아무 대꾸도 하지 않았다.

끝까지 스크린을 살펴보던 영신이 방으로 가겠다며 꾸벅 인사하고 나섰다. 아버지에게 등을 돌린 그의 얼굴에 걸린 미소가 한층 진하고 위험해졌다.

아버지의 서재를 나와 2층으로 올라가는 그의 발걸음이 경쾌했다. 더는 본성을 숨기고 다른 사람들 흉내를 내지 않아도 된다는 데서 오는 자유로움 이 담긴 걸음걸이였다.

"우리 둘째가 형을 안 본 지 오래됐나 보네?"

그는 기억이 허락하는 가장 어릴 때부터 자신이 남들과 다르다는 걸 알고 있었다. 곤충을 보면 다리나 머리를 뜯고 싶어 했고 날개를 한쪽만 뜯고 놓 아주기도 했다. 동물로도 그러고 싶었지만, 그래서는 안 된다는 교육 아래 참고 살아야 했다.

그러다가 친구가 키우는 개에게 몰래 초콜릿을 먹였을 때의 쾌감은 이루 말할 수가 없었다. 그리고 제 앞에서 개가 죽었다며 우는 친구를 보며 자신 의 짓인 걸 사람들이 모르는 것도 꽤 재밌다는 걸 알았다.

그렇게 겉과 속이 다르게 살아왔는데, 가면을 벗어 던지니 이 또한 해방감 이 있었다. 이제는 정말 거리낄 게 없어진 것이다. 그 누구의 눈치도 보지 않 아도 된다니 앞으로의 삶이 기대돼 가슴이 뛸 정도였다.

아버지는 집에 가두고 권력을 빼앗으면 된다고 믿으시는 모양이지만, 바깥에는 여전히 영신의 수족이 수도 없이 많았다. 집 안에 있어서도 여전히 태신을 노릴 수 있다는 소리였다.

"그전에 우리 둘째부터 혼내 줘야지. 그렇게 친절하게 알려 줬는데 아직도 정신을 못 차렸어?"

주성의 방 앞에 도착한 영신이 리드미컬하게 노크를 하고 방문을 벌컥 열었다. 침대 끄트머리에 몸을 웅크린 채 벌벌 떨고 있는 동생을 보니 그의 입술이 귓가까지 찢어질 듯 올라갔다.

"동생아, 동생아."

영신의 목소리가 들리자 주성은 발작하듯 몸을 크게 떨며 다리 사이에 얼굴을 숨겼다. 그 모습이 마치 커튼 속에 얼굴을 숨기면 다 숨은 줄 아는 꼬마 아이처럼 멍청해 보였다.

"의! 으의! 잘모, 자못, 했어! 잘못!"

살려 달라고 울부짖는 동생의 애원에 영신은 웃음을 터트리며 방 안을 둘러봤다. 그러고 보니 주성의 방까지 들어온 건 처음이었다.

사고 이후 주성은 마치 자신의 방을 피난처럼 여겼다. 본가에 있으면 영신이 해코지하지 못할 거라는 믿음에서 비롯된 행동이었다.

확실히 영신도 그간 집 안에서 주성을 건드리거나 트라우마를 자극할 생각은 전혀 하지 않았다. 저만 보면 벌벌 떨며 죽으려고 하니 그럴 필요도 느끼지 못했고.

하지만 지금은 가면도 벗었겠다, 그의 소중한 보금자리에서 가르침을 내리는 게 좋은 생각 같았다.

"잘못했어, 흑! 사, 살려 줘, 흐윽!"

용서를 비는 주성의 울음을 배경 음악 삼은 채 방을 둘러보던 영신의 눈에 양주장이 보였다. 그래도 제 동생이라고 안목은 있는지 꽤 좋은 술만 있었다. 안 그래도 아까부터 술 생각이 났던 영신은 그리로 걸음을 옮겼다.

갇혀 있는 동안 충분히 마실 만하겠다고 생각하며 가장 좋아하는 술을 꺼냈다. 그러고 보니 오상연의 머리에 쏟았던 술이었다.

사태가 이렇게 된 데다 김태신이 조용한 걸 보니 아무래도 오상연이 꾸민 계획이 어그러진 모양이었다. 아니라면 지금쯤 자신이 붙여 둔 사람이 류경수 회장이 병원으로 이송됐다는 보고를 올려야 했다.

실행했다고는 했으니 본인도 실패할 줄 모른 것 같은데. 그렇다면 제가 부정을 까발리지 않았어도 오상연은 회생이 불가능했을 것이다. 신성이 그녀를 완전히 끊어 내기 전에 터트리길 잘했다고 자찬한 영신이 술을 따라 코끝에 대고 향을 음미했다.

"이 위스키를 가지고 있는 것만으로 널 조금은 용서할 마음이 든다, 동생아."

가볍게 한 입 머금고 눈을 감은 영신은 크게 숨을 들이마신 끝에 꿀꺽 삼켰다. 영롱한 액체가 식도를 타고 넘어가는 느낌이 황홀하리만큼 좋았다.

영신은 마약을 천박하고 저급하다고 생각했다. 이렇게 고급스럽고 수준 높은 술을 두고 마약을 왜 하는지 이해할 수 없었다.

주성은 여전히 고개도 들지 못하고 벌벌 떨고 있었다. 침대맡에 걸터앉아 그런 동생을 한심하게 바라보는데, 문득 살기가 솟았다.

"이렇게 무서워하면서 내 등에 칼을 꽂아?"

"으으, 으, 으의!"

영신의 목소리가 가까워지자 주성은 몸을 뒤틀고 침을 흘리며 더 구석으로 숨으려고 애썼다. 말도 제대로 못 하고 짐승처럼 낑낑대는 모습이었으나 영신은 오히려 눈매를 좁혔다.

"날 방심시키려고 내내 연기해 온 거야? 아니, 네가 그 정도로 치밀하고 계획적인 놈일 수가 없는데."

실제로 전신 경련 발작까지 일으켜 실려 갔을 정도니 연기라고 보기는 힘들었다.

"아. 믿는 구석이 있는 거구나? 아버지? 태신이?"

"히윽! 살려 줘……. 으, 사, 살려……."

"아니? 아버지도, 태신이도 널 살려 주지 못할 텐데?"

영신은 지린내가 피어오르자 질색을 하며 몸을 일으켰다. 좋은 향기에 취해 있었는데 이런 더러운 냄새가 섞이는 걸 용납할 수 없었다.

"더럽게."

짜증을 내며 뒤로 물러서던 영신이 순간 이상한 걸 느끼고 이마를 짚었다. 목에 밧줄이 칭칭 감긴 듯한 느낌이 들더니 그대로 눈이 뒤집혔다. 어떤 대처도 할 수 없을 만큼 순식간에 일어난 일이었다.

영신의 몸이 쓰러짐과 동시에 무릎 사이에 처박혀 있던 주성의 고개가 위로 올라왔다.

"형……?"

* * *

본가에 도착한 태신은 밖에서 마주친 아버지의 비서에게 어떤 상황인지 들었다. 오는 길에 이미 오상연의 부정이 속보로 흘러나온 것 때문에 정신이 없는 상황이었다. 신성 병원과 신성 바이오 본사 앞으로 기자들이 몰리고 있다는 소식을 들었다.

태신은 이럴 때 희원이 기자들 앞에 모습을 보이지 않게 해 달라는 진규의 전화를 받았다. 그도 같은 생각이기에 본가에 있다가 바로 집으로 가서 칩거할 계획이었다.

희원은 집안의 위기에 제가 할 수 있는 일이 없다는 것을 신경 썼지만, 그렇지 않았다. 희원이 없었다면 신성은 암 덩어리를 제거하지 못해 그대로 무너지고 말았을 테니까. 지금은 할아버지와 작은아빠를 믿고 기다릴 때였다.

"마주칠 수도 있는데 괜찮겠어?"

"나는 괜찮아요. 태신 씨는……."

"나도 괜찮아. 오히려 한번 보고 싶은걸? 무슨 얼굴을 하고 있을지."

희원은 그 말에서 문득 이전에 들었던 말을 떠올렸다. 제 불행을 비웃던 사람들이 결혼식에 왔을 때 어떤 표정을 지을지 생각해 보라던.

그 표정과 지금 영신이 지을 표정은 비교도 되지 않을 것 같았다. 자신이 무시하고 낮잡아 보던 이들에게 한 방 먹었으니 자존심이 상한 정도가 아닐 것이다.

"무엇보다 우리가 피할 이유가 없잖아?"

태신의 말에 희원이 그렇다며 고개를 끄덕였다. 저쪽에서 부끄러움을 느껴야 마땅한 일이지 피해를 본 사람이 피할 이유가 없었다.

"일단 아버지부터 뵙자."

"네."

집 안으로 들어간 태신이 아버지의 서재 쪽으로 희원을 이끌었다. 그런데 몇 걸음 떼기도 전에 위에서 쿵 소리가 났다. 그리 크지는 않지만 확실하게 신경을 잡아채는 소리였다.

"무슨 소리죠……?"

희원도 놀라서 걸음을 멈추고 계단 위를 바라봤다. 그런다고 뭐가 보이는 건 아니었기에 달라진 건 없었다. 소리는 그걸로 끝이었다. 쥐 죽은 듯한 정적이 이어지자 태신이 희원을 돌아봤다.

"올라가 볼 테니 여기서 기다려."

"같이 가면……."

"혹시 모르니까. 여기 있어."

위층에 있을 두 형을 생각하는 태신의 표정이 딱딱하게 굳어 있었다. 희원은 바로 고개를 끄덕였다. 자기는 신경 쓰지 말고 올라가 보라고 태신을 보내 줬다.

만약 작은형이 자신을 도운 걸 눈치챈 큰형이 보복하는 거라면 얼른 막아야 했기에 태신은 굳은 얼굴로 위로 뛰어 올라갔다.

집에서는 일을 벌이지 않을 거란 생각마저 큰형을 과소평가한 건지도 모른다. 완전히 눈이 뒤집힌 사람인데, 작은형이 제 앞길을 막았다는 걸 알면 집이든 어디든 신경 쓰지 않을 가능성이 컸다.

아버지 역시 그 정도로 미쳤다고는 생각하지 못하고 집에서 근신하라고 했을 것이다. 그럴 거면 작은형부터 격리했어야 하는 건데…….

뒤늦은 판단이 돌이킬 수 없는 후회를 낳지 않기를 바라며 태신은 뒤도 안 돌아보고 작은형의 방으로 뛰었다.

"형!"

벌컥 문을 열고 들어간 태신이 눈 앞에 펼쳐진 광경을 바로 이해하지 못하고 그대로 돌처럼 굳어 버렸다.

바닥에 쓰러진 사람은 제가 예상했던 작은형 주성이 아니었다. 큰형 영신이 쓰러져 있는 것을 이해할 수가 없어서 태신은 고장 난 것처럼 삐걱거렸다. 쓰러진 형 옆으로 깨진 술병과 쏟아진 술을 먼저 보고 간신히 주성을 쳐다봤다.

주성은 침대 위에 쭈그리고 앉아 있었다. 허공을 보는 건지 정신이 나간 건지 상태가 좋아 보이지 않았다. 둘 사이에 무슨 일이 있었던 건지 짐작하기도 어려웠다.

마른침을 억지로 삼킨 태신이 걸음을 옮겨 영신에게 다가갔다. 그는 미동조차 없었다. 숨을 쉬는지 확인해 본 것도 아닌데 태신은 그만 눈을 질끈 감았다.

"119……. 119 불러야지."

아무리 밉고 혐오한다지만 그래도 형이었다. 본능적으로 119를 떠올리며 핸드폰을 찾다가 주성과 눈이 마주쳤다. 그러자 주성이 태신을 인지한 듯 입을 헤 벌렸다. 엉성한 입 모양이 어쩐지 미소처럼 보였다.

"헤, 헤……. 태신아, 이, 이제 안심해."

그건 확실히 미소였다.

* * *

[더는 청정국이 아니다? 대한민국에 스며든 마약]

[재벌 3세 펜타닐 과다 복용으로 사망, 마약 어디까지?]

[더는 두고 볼 일이 아니다. 정부, '마약과의 전쟁 선포']

김영신의 죽음으로 세상이 떠들썩해졌다. 그를 즉사에 이르게 한 펜타닐, 마약에 초점이 맞춰져 있어 다른 일들은 조용히 묻혔다.

아들의 죽음에 충격을 받은 한 여사가 병원에 입원했지만, 김 회장은 그녀를 챙길 시간조차 없었다. 도원 그룹에서 후원하는 신문사, 방송사 쪽에 무조건 마약 문제로 몰아가게 지시하고 정계에 돈을 처바르면서 도원은 여전히 굳건하다는 걸 알려 줘야 했다.

무엇보다 큰애의 죽음이 둘째와는 아무 연관이 없게 보이게 하는 데 가장 주력했다. 물론 둘째가 약을 탄 술을 먹인 건지, 첫째가 약을 하고 둘째를 찾아간 건지는 아무도 몰랐다. 김 회장은 알고 싶지도 않았다. 그렇게 판도라의 상자를 완전히 봉인하고 가슴에 묻었다.

"또 뵈러 올게요, 어머니. 그럼 쉬세요."

손수건이 다 젖도록 눈물을 멈추지 못하고 울기만 하는 한 여사의 병문안을 마치고 나온 태신을 희원이 묵묵히 안아 줬다.

"어머니에겐 첫째가 첫사랑이고 첫정이란 말이 왜 있는지 알겠어."

어머니에게 큰형이 어떤 의미인지 알기에 태신은 그녀의 슬픔을 과하다고 생각하지 않았다.

"첫째에게만 그런 게 아닐 거예요. 작은 아주버님 다치셨을 때도 힘들어하시지 않았어요?"

"그렇긴 한데, 워낙 큰형에 대한 사랑이 남다르셨거든."

큰형의 일이라면 눈 감고 귀 틀어막고 외면해 온 건 아버지만이 아니었다. 어머니도 첫애에 대한 사랑에 눈이 멀어 형의 본질을 외면했다.

남겨진 자의 슬픔이 어떻든 결국 형의 죽음은 자업자득이었다. 아마 죽어서도 억울하다 말하지 못할 터였다. 태신은 이제 안심하라던 작은형의 한마디를 잊을 수 없었다.

태신은 까치발을 들어 제 등을 토닥여 주는 희원을 느끼고 엷은 미소를 지었다. 작고 가녀린 몸으로 자신을 용케 끌어안은 희원의 품이 몹시 든든했다. 류희원은 마음이 큰 사람이었다. 자신을 끌어안고 기운을 나눠 주는 희원이 고맙고 사랑스러웠다.

"밥 먹으러 가요."

태신이 며칠째 제대로 식사를 못 하는 걸 알기에 희원은 자꾸 식사를 권했다. 자신이 안 먹으면 희원 역시 안 먹으려고 하는 걸 알기에 태신은 한 번도 거절한 적 없었다. 그렇게 한 술이라도 뜨면 희원이 안심하니까.

식당으로 이동하면서 태신과 희원은 간단한 이야기를 나누었다. 오상연의 일이 터지면서 크게 흔들릴 뻔했던 신성 그룹이었지만, 류경수라는 든든한 선장이 버티고 서서 진두지휘한 덕인지 생각보다 침착하게 방어할 수 있었다.

* * *

희원은 할아버지가 경영에서 거의 손을 떼고 별채에 칩거한 후에 회사에 들어갔기 때문에 이렇게 일선에서 지휘하는 모습을 처음 봤다. 어째서 작은 아빠가 자신은 아직 멀었다면서 할아버지의 경영 복귀에 찬성했는지 알 수 있는 모습이었다.

유력한 후계자였던 장남 부부를 밀어 내기 위한 책략이었다고 음해하며 오너 리스크를 실제보다 더 키우려는 세력들이 쉬지 않고 공격했지만, 할아버지는 굳건했다.

빠르게 법적 공방에 들어감으로써 오상연과 손절했다는 이미지를 구축하고 기존에 미루고 있었던 거대 규모의 글로벌 생명 공학 연구 센터의 준공을 시작하겠다고 대대적으로 선언했다.

희원의 아버지가 세상을 뜨면서 흐지부지됐던 연구 센터를 재개한다는 소식은 신성이 앞으로 더 성장하겠다는 야심을 드러내는 것이었다. 마치 송곳니가 빠져 웅크리고 있었던 맹수가 기지개를 켜며 아직 다른 송곳니가 건재함을 드러내는 모양새였다.

심지어 류 회장은 주가 폭락조차 허락하지 않겠다는 듯 수차례에 걸쳐 수천 주를 매수했다. 다 합치면 수십억이 드는 일이었지만, 조금의 망설임도 없었고 지분 매입으로 류 회장의 존재감을 다시 키우는 건 그가 회장직을 내려놓지 않기로 했다는 뜻으로 비쳤다.

그래서인지 이혼을 준비하는 류 사장의 확고한 모습과 맞물려 신성은 최소한의 피해로 이번 사태를 막아 내고 있었다.

"저도 이제 출근해도 될 것 같은데, 아직 더 기다리라고만 하세요."

"내 생각에도 지금은 아니야. 네가 기자에게 포착되면 온갖 상상을 덧붙여 이야기를 만들어 낼 테니까."

"그렇겠죠. 진실에는 아무 관심 없으면서……."

"그런 인간들이지."

기자와 쓰레기의 합성어 '기레기'라는 말이 괜히 나온 게 아니었다. 죽은 장남 부부의 유일한 외동딸 류희원에 대한 관심이 어마어마했다. 미리 태신의 집으로 짐을 옮긴 게 신의 한 수로 여겨질 정도였다.

"사실 진실은 나도 알고 싶기는 해요. 오상연의 짓을 알고서 아빠가 좌절

한 건지……. 그냥 엄마를 잃은 슬픔을 이기지 못한 건지……."

"달라지는 게 있어?"

"그냥…… 그러면 아빠를 이해할 수 있을까 해서요."

"남겨진 자가 할 수 있는 건 그것밖에 없는 것 같아. 아버님을 덜 미워하고 싶은 거지?"

"네……."

식당에 도착해 차가 멈추었다. 희원은 멋들어진 한옥을 차창 너머로 바라보다가 태신에게로 시선을 돌렸다. 시동을 끈 태신이 그런 희원과 눈을 맞췄다.

"식사하고 같이 가고 싶은 곳이 있어요."

어렵게 꺼낸 얘기라는 걸 알아차린 태신이 일말의 망설임도 없이 희원의 손을 잡고 고개를 끄덕였다.

"어디든지."

현관 앞에 선 희원이 입을 꾹 다문 채 심호흡했다. 태신은 가만히 기다려 줬다.

이전에 그만뒀던 피아노를 다시 치지 않는 걸 물어봤을 때 듣지 못했던 대답을 여기 오는 길에 들은 터라 희원의 무슨 심정으로 이 문 앞에 섰는지 이해할 수 있었다.

오상연 때문에 살 수 있던 기회를 놓친 어머니의 죽음보다 예상치도 못하게 떠나 버린 아버지의 죽음이 희원에게 더 큰 상처로 남은 듯했다.

그리고 이 집은 그 상처가 난 장소였다. 아버지가 자신을 버리고 가 버린 장소.

솔직히 태신은 희원이 여기를 여태 처분하지 않은 것도 그렇지만, 다시 올 용기를 냈다는 것이 무엇보다 놀라웠다. 트라우마를 정면으로 마주하는 건 아무리 정신이 단단한 사람이라도 쉽지 않은 일이었다.

가녀리지만 사실 그 누구보다 단단한 어깨를 조심히 감싸 안자 희원이 그를 올려다봤다. 마음의 준비가 끝났다는 걸 알 수 있었다. 태신은 뽀얀 이마에 가볍게 입을 맞췄다. 옅게 웃은 희원이 이내 문을 열었다.

절대 못 열 줄 알았던 문은 잠금이 풀리자 손쉽게 열렸다. 희원은 이 순간 태신이 제 어깨를 잡아 주고 있다는 것에 진심으로 고마움을 느꼈다.

먼지를 제외하고는 아무것도 변한 게 없는 현관을 보자 마치 그날로 돌아가는 것 같아 희원이 저도 모르게 주춤했다. 하지만 어깨를 감싼 태신의 손 위로 제 손을 겹치고는 걸음을 뗐다. 여기서 돌아갈 거라면 오지도 않았다.

중문을 열고 거실로 들어가자 뭐라고 표현하기 힘든 냄새가 느껴졌다. 이상한 냄새 같은 건 아니었지만 어딘지 모르게 답답했다. 희원의 숨이 짧아지자, 태신이 환기해야겠다며 창문을 열러 갔다.

그가 걸어간 거실 창 옆에 피아노 룸이 있었다. 거실의 반을 나눠 방음 공사를 한 연습실이었다. 희원의 시선이 굳게 닫힌 방음실 문 너머의 까만 피아노에 꽂혔다. 마치 자석에 이끌리듯 다가가 문을 열었다. 환풍구 하나 없는 공간이다 보니 공기가 더 탁했지만, 그런 건 안중에도 없었다.

엄마가 아픈 것도 모르고 제 일에만 빠져 있었다는 죄책감은 희원을 피아노 앞에 앉지 못하게 했다. 운동선수가 움직임을 조절하지 못하는 입스(YIPS)[1]를 겪는 것처럼 희원은 피아노 앞에 앉으면 잘만 움직이던 손가락이 뻣뻣하게 굳어 움직이지 않았다.

"내가 너무 이기적으로 느껴졌어요. 내 인생만 중요해서 엄마가 아픈 것도 못 알아봤다고……."

그딴 입시가 뭐라고 엄마의 안색이 점점 안 좋아지는 것조차 알아보지 못했을까. 연습이 힘들고 뜻대로 안 된다고 투정이나 부리고.

---

1) 골프, 야구 등의 운동에서 압박감으로 인해 근육이 경직되면서 운동선수들이 평소에 잘하던 동작을 제대로 하지 못하게 되는 현상

피아노는 철없고 이기적이었던 자신을 비추는 거울과도 같았기에 마주할 자신이 없었다.

"어머님이 감추셨겠지. 혹여 딸이 신경 쓸까 봐 일부러 화장으로 혈색을 만들고 더 밝은 표정을 지으면서."

"……."

희원은 그랬어도 알아봤어야 했다 따위의 말을 하지는 않았다. 그렇게 숨긴 것이 엄마의 사랑이었음을 아니까. 못 알아봤다고 계속 속상해하는 것도 엄마는 원치 않을 것이다.

"제가 피아노를 그만둔 걸…… 슬퍼하시겠죠."

"너는 어떤데? 아쉽고 후회돼?"

"……."

"겁나?"

희원은 말없이 고개를 주억거렸다. 겁난다는 말보다 더 알맞은 표현이 없었다.

태신은 그런 희원을 살살 밀어 피아노 앞에 앉게 했다. 희원은 주저했지만 거부하지는 않았다. 희원을 앉힌 태신이 건반 위에 제 손을 올렸다. 띵, 띠링. 그냥 건반 두어 개를 누른 것뿐인데 희원의 눈이 커졌다. 건반을 누르는 손가락만 봐도 피아노를 칠 줄 아는 걸 알아본 것이다.

"배웠었어요?"

"어릴 때."

기억하고 있는 모차르트 소나타의 한 부분을 슬쩍 쳐 본 태신이 뒤는 기억나지 않는다며 웃었다.

가만히 보고 있던 희원이 건반에 손을 올려 그 뒤를 이어서 쳤다. 처음에는 오른손만, 그리고 왼손까지 합세했다. 태신은 건반에서 손을 내리고 조용히 감상했다.

"……."

1악장이 끝나는 부분에서 연주를 마친 희원이 멍하니 생각에 잠겼다. 길다면 길고 짧다면 짧은 시간이 흐른 끝에 살짝 젖은 눈으로 웃었다.

"너무 오랜만이라 버벅거렸네요."

"멋있었어."

태신의 칭찬에 쑥스럽다는 듯 희원이 자리에서 일어났다. 태신은 그런 희원의 머리를 감싸며 끌어안았다. 그의 가슴에 이마를 콕 찧듯이 기대게 된 희원이 숨을 길게 내쉬었다.

"피아노 가져갈래? 거실에 두면 될 텐데."

"그런……."

"치라고 강요하는 거 아니야. 4살 때부터 친 거면 피아노와 함께한 시간이 훨씬 긴 거잖아. 외면하지 않았으면 해."

희원이 고개를 들어 태신을 바라봤다. 그의 눈에는 숨길 수 없는 애정이 가득했다. 어째서 저를 이렇게나 사랑하는 건지, 이렇게나 아껴 주는 건지. 과분한 사랑을 받는다는 생각이 들어 눈물이 핑 돌았다.

"고마워요."

태신은 웃으며 희원의 눈가를 엄지로 쓸었다.

"내가 더 고맙지."

진심이 절절하게 느껴지는 답에 희원이 눈물을 꾹 참고 환하게 웃었다.

* * *

"신부님, 이쪽 봐주세요."

신부 대기실이 북적거렸다. 신부를 축하해 주기 위해 찾아온 사람들은 고급스러운 꽃으로 장식된 소파에 앉은 신부를 보며 연신 감탄을 터트렸다.

웨딩드레스 자체는 심플했는데 주위의 꽃과 어우러져 오히려 신부를 더 돋보이게 했다.

희원을 가운데 두고 양옆에 앉아 사진을 찍은 미나가 연신 예쁘다고 엄지를 치켜세웠다.

"이 갤러리에서 결혼하는 거 세상에 너밖에 없을 거야. 완전 꽃의 신부야. 진짜 희원아. 너무 예뻐."

은서도 동의한다고 고개를 계속 끄덕였다. 꽃의 신부. 그보다 더 잘 맞는 표현이 있을까.

도원 그룹 한애란 여사가 운영하는 온실 갤러리는 그 자체로도 유명했는데, 막내아들의 결혼식을 갤러리 안에서 한다는 것으로 더 이목을 끌었다.

결혼식의 주제가 꽃길이었다. 두 사람의 앞날에 펼쳐진 꽃길을 형상화한 식장은 그 자체로 예술 작품과 다름없었다.

"희원아. 오랜만이야."

미나와 은서와 함께 있어서 긴장을 풀고 손님을 맞이할 수 있었던 희원이 눈앞에 나타난 여성 무리를 보고 고개를 살짝 모로 기울였다. 누군지 못 알아본 게 분명한 반응에 인사했던 여자가 민망한 듯 웃었다.

"나 세희야. 정세희."

"아, 와 줘서 고마워."

알아본 건지 모르겠지만 지나치게 형식적인 인사에 세희의 표정이 뻣뻣하게 굳었다. 사진도 찍지 못한 무리가 밖으로 나가고 나서야 희원이 쓴웃음을 흘렸다.

이름을 듣기 전부터 누군지 알아보기는 했다. 초등학생 때부터 다녔던 모임의 멤버들이었으니 몇 년 못 봤다고 못 알아볼 수가 없었다.

"쟤넨 뭔데 축하한단 말도 없어?"

"괜찮아. 표정으로 말해 줬잖아."

은서가 인상을 찌푸리며 뒤에 대고 한마디 했지만, 희원은 전혀 신경 쓰지 않았다. 제 결혼이 못마땅하다는 저 표정이 생각보다 볼만했으니까.

태신은 앞에서 하객들을 맞이했다. 두 집안의 혼맥을 형성하는 자리였기에 참석하는 하객들의 면면이 대단했다.

장남을 잃었다는 슬픔을 딛고 일어난 한 여사는 수척해 보였지만 그래도 사람들을 맞이하는 얼굴에는 환한 미소가 끊이지 않았다.

김 회장과 류 회장이 함께 서 있는 모습이 두 집안의 결속이 얼마나 단단한지를 실감하게 했다.

이제 스러질 일만 남은 줄 알았던 신성이 재기에 성공하고 도원과 손을 잡았다는 것이 가지는 의미가 컸다. 도원 역시 바이오 쪽으로 진출하는 걸로 기업 규모를 키울 수 있게 됐으니 이 정략결혼의 가치가 매우 크다는 것을 부정할 사람은 없을 터였다.

근래 큰일을 겪었던 두 그룹이었지만 이 경사는 드리웠던 어둠을 걷어 내기엔 충분해 보였다.

"이만 희원이에게 가 봐라."

김 회장이 태신의 등을 툭툭 두드려 주며 자리를 뜰 수 있게 도왔다. 하객 수를 제한하고 관계자 외에는 참석하지 못하게 했지만, 그럼에도 그 수가 매우 많았기에 일일이 다 상대할 수가 없었다.

감사하다고 꾸벅 인사한 태신이 신부 대기실로 향했다. 그 모습을 흐뭇하게 바라보는 사람들이 김 회장에게 아들이 너무 멋있다며 찬사를 아끼지 않았다.

"희원아."

하객들과 사진을 찍으며 인사를 나누던 희원이 태신의 목소리를 듣고는 미소를 지었다. 그 순간을 놓치지 않고 사진기사가 셔터를 눌렀다. 지금까지 찍은 수백 장의 사진보다 지금 이 한 장이 가치 있었다. 그만큼 자연스럽게 나온 아름다운 미소였다.

"신랑님 오셨으니 같이 사진 찍는 게 어떨까요?"

따로 웨딩 촬영을 하지 않았기에 오늘 찍는 사진들이 웨딩 촬영이나 마찬가지였다. 원래 웨딩홀이 완성되면 결혼식 전에 웨딩 촬영을 하자고 했었지만, 그럴 분위기가 아니었기에 생략했다.

"우리가 비켜 줄게!"

미나가 얼른 일어나 은서를 데리고 옆으로 빠져 줬다. 태신이 고맙다며 꾸벅 인사하고는 희원의 옆에 앉았다. 두 사람이 한 컷에 들어오기가 무섭게 사진기사가 바빠졌다. 그는 대단한 사명감이라도 있는 것처럼 몸을 이리저리 움직여 가면서 사진을 찍기 바빴다.

"사진 찍는다고 생각하지 마시고 그냥 두 분끼리만 있다고 생각하세요. 절대 저를 의식하지 마시고!"

저리 부산스럽게 움직이고 찰칵거리는데 어떻게 의식하지 않을까. 희원이 어렵다며 웃자 태신도 따라 웃었다. 웨딩드레스를 입고 신부 화장을 한 희원은 평소와 다른 이미지였지만, 가슴 뛰게 아름다운 것만큼은 똑같았다.

희원의 목에 예쁘게 자리한 목걸이가 눈에 들어왔다. 웨딩드레스가 심플한 덕인지 목걸이가 훨씬 더 도드라졌다. 4줄의 굵직한 다이아몬드가 이렇게 사방으로 빛을 발하는데, 그럼에도 류희원이 훨씬 더 빛났다.

"평생의 운을 널 만나는 데 다 쓴 것 같아."

살면서 단 한 번도 운이 좋다거나 운으로 뭔가 이뤘다고 생각해 본 적이 없었는데, 류희원을 만난 것이 제 인생 일대의 행운이었다.

태신의 말에 희원이 어쩔 줄을 몰라 하며 부끄러워했다. 그 모습마저도 미치도록 사랑스러워서 태신은 살짝 고개를 숙였다. 사진기사가 그 순간을 놓치지 않고 카메라를 들이밀었다.

입술이 닿는 듯 닿지 않는 듯 아슬아슬하게 닿았다가 떨어졌다. 가볍게 입술로 쪽 소리를 낸 태신이 씩 웃었다.

그때, 사진기사가 환호성을 질러 희원의 얼굴이 빨개졌다. 대박 사진을 건졌다며 난리를 피우는데, 모니터를 보고 있던 미나도 돌고래 소리를 내며 좋아했다.

"침실에 이 사진 걸어야 해! 무조건!"

"꼭 그렇게 하겠습니다."

태신마저 맞장구를 치는 바람에 희원이 못 말린다고 고개를 흔들었다. 자연스럽게 신부 대기실에 웃음꽃이 피자 축하 인사를 건네러 들어오는 사람들도 더 진심 어린 축하를 건넸다.

각자의 이름이 적힌 자리에 하객들이 착석했다. 하객들의 위치마저 정교하게 짜인 구성에 속해 있어서 사람들이 꽤 많이 들어왔는데도 홀 전체의 분위기를 해치지 않았다.

높은 천장에는 꽃들이 비처럼 내려와 꽃의 은하를 이루었고 신랑 신부가 걸어갈 길 양옆으로는 물이 아름답게 흘렀다.

바닥을 채운 드라이아이스가 신비로운 느낌을 더했고 오케스트라가 분위기를 돋우었다.

신랑의 혼주석에는 김 회장과 한 여사 내외가 앉아 있었지만, 신부의 혼주석은 비어 있었다. 할아버지 류 회장이 신부와 함께 등장하기 위해 자리를 비운 것도 있지만, 희원은 굳이 친척을 어머니 자리에 앉히고 싶지 않았다. 화촉 점화를 생략하는 것을 한 여사는 기꺼이 동의해 줬다.

어차피 희원의 부모에 대해서 모르는 사람은 참석하지 않은 자리였다. 굳이 꾸며 낼 필요도 억지로 모양새를 갖출 이유도 없었다.

물론 도원의 첫째 며느리와 둘째 아들이 불참한 거라든지, 홀로 참석한 류지규 사장의 모습이 구설에 오르리란 걸 모르지 않았다. 두 집안 다 가족과 관련해 큰일을 겪었기 때문에 그런 구설 하나하나가 신경 쓰일 법도 한데, 정작 가족 구성원들의 표정에는 구김이 하나도 없었다. 오로지 오늘의 주인공인 신랑 신부의 행복만을 빈다는 듯 밝은 얼굴들이었다.

"지금부터 신랑 김태신 군과 신부 류희원 양의 예식을 거행하도록 하겠습니다."

결혼식의 시작을 알리는 사회자의 인사와 함께 식장 안이 쥐 죽은 듯 조용해졌다. 사회자는 능숙하게 진행을 시작했다.

"그럼 오늘의 두 주인공을 만나 보겠습니다. 먼저 오늘 가장 멋지고 늠름한 신랑 김태신 군이 입장하겠습니다."

하객들의 시선이 뒤로 돌아갔다. 그 순간 길 위를 가득 채우고 있던 꽃들이 스르륵 옆으로 벌어졌다. 그 길 끝에 태신이 서 있었다.

우레 같은 박수 소리와 함께 태신이 입장했다. 원래도 신이 내린 외모라고 유명했던 김태신이었다. 그런 그가 맞춤 턱시도를 입고 스타일리스트의 손길까지 거치자 넋을 잃고 바라보는 이들이 부지기수였다. 무엇보다 사람들의 시선을 사로잡은 건 행복해 죽겠다는 듯 자연스럽게 지어진 미소였다. 그는 이 순간 세상을 다 가진, 세상에서 가장 행복한 신랑이었다.

태신이 늠름한 자태로 자리에 서자 사회자가 이번에는 신부의 입장을 알렸다.

"오늘 이 자리에 수많은 꽃이 있습니다. 어디를 봐도 감탄이 나올 만큼 아름답죠. 그러나 그 어떤 꽃도 오늘의 주인공보다 아름답지는 않을 겁니다. 신부 류희원 양의 입장이 있겠습니다."

신랑이 너무 멋있으면 신랑에게 온갖 스포트라이트가 쏠려 신부가 기가 죽을 수도 있는 일이었다. 결혼식의 주인공은 신부여야 하는데, 신랑에게 비교당하면 얼마나 기분이 상하겠는가.

그러나 할아버지 류경수 회장의 손을 잡고 걷는 신부의 모습은 그런 우려를 한순간에 잠재웠다. 왜 사회자가 꽃보다 아름답다는 진부한 수식어를 붙였는지 이해가 갈 만큼 찬란하게 아름다운 모습이었다.

태신은 저를 향해 걸어오는 희원을 보며 이루 말할 수 없는 감동을 받았다. 32년 인생의 운을 모조리 모아서 류희원을 만나는 데 썼다는 말은 그냥 한 소리가 아니었다.

류희원을 만나고 그녀를 사랑하게 된 걸로 태신은 제가 세상에서 가장 운이 좋은 사람이라는 생각마저 했다. 인생이 아예 달라졌으니 그렇게 말해도 과하지 않았다.

태신은 제 앞에 선 류경수 회장에게 정중하게 인사드렸다. 잘 부탁한다는 듯이 그의 팔을 두드려 준 류 회장이 손녀의 손을 그에게 넘겨 줬다.

희원은 할아버지를 꼭 끌어안고 감사하다고 속삭였다. 할아버지가 저와 태신의 결혼을 흔쾌히 지지해 줬을 때가 떠올라 눈물이 나려고 했다.

류 회장이 자리로 이동하고 태신과 희원이 사회자의 리드에 따라 주례를 맡은 김 회장의 앞에 섰다.

태신과 희원이 서로를 마주 봤다. 방금까지도 본 얼굴이었는데, 결혼을 서약하는 자리라서 그런지 심장이 입 밖으로 튀어나올 듯이 요동쳤다.

맞절 후 반지를 교환했다. 이미 평소에 끼고 다녔던 것이긴 하지만, 결혼식에서 끼워 주는 것은 분명히 특별한 의미가 있었다.

희원은 결혼식 때문에 반지를 빼고 있던 동안 느꼈던 허전함을 기억했다. 태신이 다시 반지를 끼워 주자 그제야 허전함이 사라지고 온전해지는 기분이 들었다.

"신랑, 신부 서약이 있겠습니다."

혼인 서약. 평생을 함께하겠다는 진실된 맹세. 혼인 서약을 듣는 태신과 희원의 태도가 경건했다.

"어떠한 경우에도 항상 사랑하고 존중하며 행복한 가정을 이룰 것을 맹세합니까?"

"예."

짧고 굵은 대답에 담긴 진심이 깊고 무거웠다.

김 회장의 주례는 간결했다. 특히 신랑, 신부를 향해서는 서로 배려하고 진실할 것만을 당부했다.

"저는 이 두 사람이 얼마나 단단하고 아름다운 사랑을 하는지 지켜봤습니다. 그 마음 변치 않고 함께 발맞추어 걸어가기를 진심으로 바랍니다."

김 회장은 이 두 사람에게 많은 걸 바라지도 걱정하지도 않았다. 나이만 많지, 아집에 사로잡혀 있던 어른들보다 이미 훨씬 훌륭하게 살아온 아이들이었다.

태신과 희원이 함께하는 건 두 사람의 행복뿐 아니라 도원과 신성에도 건강한 미래가 보장되는 것과 같아 마음의 짐을 내려놓을 수 있었다. 이내 그는 굳건한 눈빛으로 두 사람을 바라보며 선언했다.

"이에 주례는 이 혼인이 원만하게 이루어진 것을 여러분 앞에 엄숙하게 선언합니다."

- 하고 싶어서 하는 fin.